검은머리 미군 대원수 6

명원(命元) 대체역사 소설

EugeneKim

일러두기

· 이 책은 문피아, 네이버시리즈에서 연재된 《검은머리 미군 대원수》를 바탕으로 편집, 제작되었습니다.
· 단행본, 일간지 이름은 《 》로, 노래 제목, 영화, 방송국, 글의 소제목 등은 〈 〉로 표기했습니다.
· 전화, 라디오 등 전파 매체를 통한 대사는 '―'로, 편지 등 문자 매체를 통한 대사는 '[ ]'로 표기했습니다.
· 인명 및 지명은 일부 표준어로 등재됐거나 용례가 존재할 경우를 제외하고 모두 연재본의 표기를 따랐습니다.
· 내지에 삽입된 지도는 웹소설 연재본에 삽입된 지도를 단행본 인쇄방식에 맞게 편집부에서 재편집했습니다.

1장
쓰나미

쓰나미 1

과달카날 해전으로부터 사흘이 지난 1940년 5월 15일. 야마모토와 일본 해군은 이제 현실을 받아들여야 했다. 미군은 결코 함대결전 따위를 원하지 않았고. 오직 항공 세력을 통한 싸움만이 성립하였고, 그때 동원할 수 있는 항공모함은 대부분 불귀의 객이 되고 말았다.

"미국 놈들은 결전에 응할 의사가 없어 보인다."

"……."

"이런 상황에서, 대규모 전력을 투입하기엔 소모되는 연료가 너무 많다. 우리의 목표였던 과달카날 인근의 제해권 장악이 큰 성과를 보인 만큼, 일시적 재정비의 시간을 갖도록 하겠다."

도저히 '패배'와 '후퇴'라는 말을 꺼낼 수 없었기에 온갖 미사여구를 덕지덕지 처발랐지만, 미 해군에게 패배해 철군한다는 의미가 사라지진 않았다.

"과달카날의 육군을 위한 보급은 지속한다."

"예!"

"명심해라. 아직 저 섬을 둔 싸움은 끝나지 않았다."

사실 끝났다. 겉과 속이 하나도 일치하지 않는 기이한 연설이 끝나고, 야마모토는 요 며칠간 쭉 그러했듯 자신의 선실에 틀어박혔다.

'빌어먹을 육군 같으니.'

과달카날 전역을 종결시킬 수 없다. 이번 작전은 애초에 과달카날에 상륙해 섬을 장악하기 위한 제국 육군의 싸움이었고, 해군은 제해권 확보 및 수송선단 호송을 맡았을 뿐이었다. 이걸 단장취의하여 대규모 함대결전으로 끌고 간 것은 야마모토를 위시한 해군 수뇌부.

그런데 이 상황에서 "니들 말 안 듣고 결전 붙었다가 개박살나버려서 더 이상 니네 병사들 지켜줄 수가 없게 되었습니다."라고 말했다간, 보나마나 이 기회를 놓치지 않고 육군 놈들이 해군을 아주 종처럼 부리지 않겠나. 한 명의 해군으로서, 절대, 절대로 해군이 육군의 노예로 전락하는 꼴은 피해야만 했다.

하지만 야마모토의 야무진 희망과는 달리. 이미 사태는 그가 손쓸 수 없는 방향으로 일파만파 커져가고 있었다. 애시당초 손을 쓰겠다는 발상부터가 글러먹었지만.

* * *

일본제국, 도쿄. 육군과 해군의 수뇌부. 그리고 고노에 총리와 신임 외무대신 등 내각의 일원까지. 히로히토 천황을 제외한다면 사실상 어전 회의와 거의 엇비슷한 수의 사람들이 모여, 이번 패전에 따른 향후 대전략을 논의하는 자리가 열렸다.

"이번 제국 해군의 참패는 실로 추태라는 말로밖에 표현할 수 없습니다."

"황국을 위해 용감히 싸운 장병들을 위무하지는 못할망정 추태라니, 세상에 이런 몰상식한 경우가 어디 있단 말입니까?"

"그들의 용기를 무의미하게 만든 건 그대들 자신이잖소? 당장 그대들만 믿고 과달카날로 향한 육군 장병들이 지금 어떤 고초를 겪고 있는지 우리 입으로 언급해야겠소?"

정규항모 네 척에 경항모 두 척 손실이란 보고를 접한 후, 해군 군령부는 발칵 뒤집히는 수준을 넘어 하늘이 노래진다는 말뜻을 뼛속까지 이해하게 되었다. 그들은 고심 끝에 놀랍게도 '일단 천황 폐하께만 진상을 보고하고, 육군에게는 적당히 구라를 치자.'라는 기적적인 발상을 떠올리고 실행에 옮겼지만, 이게 어디 숨긴다고 숨겨지는 일인가?

지난 해군의 쿠데타 시도가 실패로 돌아간 이후, 생존과 보신을 위해 육군의 프락치로 전향한 해군 인사들은 생각보다 더 많았다. 육군은 이들을 통해 해군이 은폐하고자 하는 정보를 빠르게 얻을 수 있었고, 지금 그 숨겨진 비수로 해군을 압박할 수 있었다. 이제 흑막 노릇도 집어치우고 사실상 육군의 대표 격으로 이 자리에 나온 도조 히데키가 피식 웃음을 흘렸다.

"도대체 무슨 저의로 패배를 은폐하였는지 모르겠으나……."

"은폐라니요. 저 머나먼 원양에서 보고를 올리다보니 일부 혼선이 있던 것뿐입니다."

"어쨌거나 보급이 어려워진 사실은 변하지 않았는데, 어째서 이 사실을 육군에 통지하지 않은 겁니까?"

"우리 해군의 자존심을 걸고 최선을 다해 보급 임무에 차질이 없도록 하겠소이다. 내가 할복이라도 하면 되겠소?"

저렇게 뻗대는 이상 뾰족한 수가 없다. 배 가르겠다는데 어쩌겠나. 빨리 가르라고 했다간 이 자리가 주먹다짐의 장으로 변할 텐데. 대신 도조는 곧장 그동안 준비해 온 육군의 구상을 제시하기로 했다.

"해군의 패배가 명확해진 지금, 육군은 현재의 전선을 유지할 수 없다는 결론에 이르렀습니다."

"그게 무슨 말씀입니까?"

"과달카날이 문제가 아닙니다. 자바, 보르네오, 뉴기니, 필리핀… 황국의 육군이 제아무리 용감무쌍할지라도 바다 건너에 있는 거의 모든 전선은 이제 언제든 미 해군의 공격에 노출되어버렸습니다."

"아직 제국 해군은 싸울 수 있소!"

"싸울 수야 있겠지요. 그래서 보급은 가능합니까?"

"……."

돌고 돌아 다시 보급. 가장 날카로운 칼이던 항공함대의 태반이 용궁 FC로 이적한 지금, 함대결전과 수송선단 호위 모두를 병행한다는 건 현실적으로 불가능한 일이 되고 말았다.

"따라서, 육군은 중국으로의 전면 후퇴를 제안하는 바입니다."

외무대신은 얼굴에서 핏기가 싹 가셨지만, 미리 논의를 끝내고 말을 맞춘 고노에는 무덤덤하기 그지없었다.

"어째서 그렇게까지 해야 하는지 더 자세한 설명을 듣고 싶습니다."

"지금이 아니면 육군은 고립되어 퇴각조차 마음대로 할 수 없습니다. 전력을 아끼고, 미군의 희생을 강요하며 그들을 협상 테이블로 끌어내려면 불가피한 일이 되었습니다."

도조의 제안을 정리하면 다음과 같았다.

1. 과달카날 전역에서 최대한 적을 붙들고, 아직 일본군이 호주를 고립시킬 의도가 있음을 천명한다.
2. 탈출에 손이 많이 가는 태평양의 몇몇 섬과 인도네시아 일부 병력을 제외한 버마와 필리핀, 베트남 방면군을 모두 철군시켜 중국 전선에 투입한다.
3. 철군하는 지역의 현지인을 무장시키고 귀축영미와의 항쟁을 적극 독려한다.
4. 사이판, 이오지마, 오키나와를 요새화하고 미군의 본토 침공을 억제한다.

"그 후 장강을 끼고 연합군에게 다대한 피해를 강요하고, 최종적으로는 황하 방어선을 사수해 만주와 화북을 제국의 강역으로 인정받는 것이 이 계획의 목표입니다."

"무척 과감한 수구려. 군무에는 무지하나 육군의 계획이 장대하고도 그 요지가 뚜렷해 실로 탁월한 방안이라 생각합니다."

"현지인들을 귀축영미의 쇠사슬에서 해방하고 스스로를 지킬 수 있도록 독려한다면, 대동아 공영의 이상과 실리 모두를 얻을 수 있습니다. 또한 1억 황국신민 모두가 이 성전에서 분발할 수 있도록 지금보다 더욱 뼈를 깎는 노력이 필요합니다."

말은 참으로 청산유수다. 노림수는 뻔했다. 어차피 빈약한 수송능력, 버리고 가야 할 무기와 물자가 제법 될 테니 현지 게릴라에게 쥐여주겠다는 셈. 미국은 몰라도 최소한 영국, 네덜란드, 프랑스는 다시 주인님으로 돌아오고 싶을 터. 현지인들은 자신들의 주권을 지키기 위해서라도 일본과 한편이 되어 죽을힘을 다해 싸우리라.

그리고 1억 신민의 노력. 고노에는 오늘 이 자리에서 자신에게 주어진 역할을 다했다.

"역시 황국의 미래를 생각하는 건 폐하의 손과 발인 육군뿐이구려."

"천만의 말씀입니다."

"내각을 배려하여 우리를 이 자리에 초청해준 것은 참으로 고마운 일이나, 전쟁을 총지휘해야 할 대본영에 문관들이 참석할 수 없으니 일사불란하게 움직일 수 없어 참으로 불편해 보입니다."

청일 전쟁 때는 천황의 특명으로 총리 이토 히로부미와 외무대신이 대본영에 포함되었으나, 이후 문관의 간섭을 싫어한 군부의 반발로 별도의 연락회의가 개설되었다. 하지만 육군이 요구하는 건 고작 연락회의 따위가 아니다.

"내 생각엔, 군무에 도통한 이가 새로이 내각을 맡아 이 어려운 전쟁을 이끌어나가야 할 것 같소."

"아니. 엄연히 문관과 무관의 영역이 다른데 그게 어인 말씀입니까?"

해군은 그제서야 돌아가는 판을 깨달았으나, 이미 늦었다.

"참으로 책임이 무겁지만… 제가 그 짐을 기꺼이 지고자 합니다."

"천황 폐하께는 내 직접 상주하리다."

"효율적인 전쟁 수행을 위해 소관이 총리대신과 육군대신을 겸임하면 좋겠습니다."

손발이 척척 맞아 돌아간다. 수십 년간 미국과 싸울 체급을 키워야 한다며 세금 퍼먹는 하마였던 해군은 전대미문의 대패를 당하며 발언권이 사라져버렸다.

"덴노헤이카 반자이!!"

"반자이!!!"

"반자이!!!"

이제 육군을 막을 수 있는 세력은 신주(神州, 일본) 그 어디에도 없었다. 도조 히데키가 마침내 전면으로 뛰쳐나오고, 이제 오직 육군만이 이 나라를 이끌 수 있노라 천명하였다. 하지만 도조에겐 모두를 무릎 꿇릴 수 있는 명문가의 휘광도 없었고, 탁월한 전공을 세워 대체 불가능한 인물이 된 것도 아니었다.

음습한 정쟁과 파벌싸움. 결국 도조 또한 육군 내의 계급, 보직과 별개로 한 파벌의 영수였고, 육군의 세를 확고히 굳혔기에 가장 큰 과실을 따먹게 되었을 뿐이었다. 그 말인즉슨, 도조는 결코 히틀러처럼 압도적인 지도자가 될 수 없다는 뜻. 당연히 육군 내에서도 도조를 배제하고픈 자들이 없을 수가 없었다. 도조 전시내각이 만천하에 그 모습을 드러내기 직전, 육군 내의 거물들이 은밀히 모인 것 또한 그 일환이었다.

"그 오만불손한 해군을 무릎 꿇린 일은 백 번이고 천 번이고 대단한 업적입니다만, 과연 제국의 강역을 버려야만 할진 의문입니다. 도조 그놈, 너무 새가슴이 된 게 아닌지."

강경파.

"전선을 줄이는 건 그 어떤 병법을 보더라도 당연한 일입니다. 장개석만 거꾸러뜨릴 수 있다면 연합군과도 충분히 해볼 만해요. 나는 이게 옳은 길이라고 생각합니다."

온건파.

"지금이야말로 천황 폐하를 설득해 이 나라를 좀먹는 역도들을 싹 몰아내야 할 때입니다!"

"소관의 의견으로는 인도를 정복해야 한다고 봅니다. 우리가 진격만 하면 나약한 영국군은 허겁지겁 항복할 겁니다."

병신과 머저리들.

동남아 전면 철수작전을 협의하기 위해 본토로 돌아온 데라우치 원수는 이 천태만상을 보고 헛웃음을 애써 참아야 했다.

"…이길 수 있을까요?"

"우리 해군이 미국을 막을 수 없다는 사실이 까발려진 이상, 아무리 지나에서 미국인의 피를 흘리게 해도 신주가 불바다가 되면 전쟁의 향방을 가늠하기 어려워집니다."

"본토가 위협받기 시작하면 교섭에도 악영향을 미칠 겁니다. 차라리 우리의 전력이 온전할 때 미국과 빨리……."

승리에 취해 완전히 뽕쟁이가 된 몇몇을 빼고는, 치명적인 패배를 맛보자 슬슬 현실감각이란 게 돌아오고 있었다. 애초에 남방 작전을 감행한 이유가 무언가. 제국의 강역에서 구할 수 없는 각종 자원을 확보하기 위함이었다. 아무리 박박 긁어모아도, 언젠가 비축한 자원은 그 바닥을 드러낸다. 미래가 어둡다. 이 자리에 있는 이들 대부분은 경각심을 느끼고 있었다.

"하지만 무슨 수로 협상을 한단 말이오? 결정적인 승리를 거두지도 못했는데."

"소련이라는 붉은 물결을 막을 방파제로서 황국은 여전히 큰 의미를 갖고 있습니다. 이 점을 어필한다면…….”

“말이 되는 소릴 해야지. 해군 놈들이 진주만을 불바다로 만든 이상 미국인들은 우릴 가루로 만들고 싶어 할게요.”

“제게 완벽한 방책이 하나 있습니다!”

병신 하나가 자신만만하게 외치자, 좌중의 시선이 모두 그에게 쏠렸다.

“일미의 화합을 주선할 인물이라면 역시 킨 장군이 있지 않습니까.”

“그 킨유진이 도쿄로 돌아오겠노라 큰소리친 걸 귀하만 못 들으셨소?”

“그야 맨입으로 거간꾼이 되어 달라 하니 그렇지요. 킨 장군 같은 인물을 우리 막하로 초빙하려면 충분히 셈을 치러야 하지 않겠습니까.”

기대 반, 어디 한번 지껄여 보라는 자포자기 반이 섞이자 그에게 입 닥치라 하는 이는 아무도 없었다.

“킨 장군에게 조선을 내어줍시다.”

“제정신이오?”

“끝까지 들어보시오! 내가 예전에 서양 신문을 보았는데, 거기 이르길 킨 장군이 옛 왕족의 후예라고 합니다. 우리로 치면 겐지(源氏)나 헤이시(平氏)의 말예쯤 되는 셈이니, 밥만 축내는 이왕가보다 훨씬 조선 국왕이 될 만하지 않겠습니까?”

“무슨 개소리야 이건?!”

“조선도 망하기 직전 제국을 칭했으니 킨 장군을 조선 황제로 세우고, 그 자녀 중 적당한 이를 물색해 방계 황족이나 화족 명문가와 혼약을 맺게 합시다. 옛날 오스트리아—헝가리가 그러했듯 이중제국을 세우는 게요.”

상식을 탈선해도 한참 탈선한 이야기에, 모두가 정신줄을 다시 부여잡느라고 차마 입을 열지 못했다.

“물론 조선 황제 같은 시시한 자리만 줘선 안 되지. 장군께 제국 내각의 대신 자리 한둘은 내줘야 할게요. 그래야 화평의 명분이 서지.”

“그러면…….”

"폐하의 눈을 흐리고 지나사변을 일으킨 역신 도조와 그 일당, 그리고 일미 평화를 해친 해군. 이들을 전범으로 싹 징치하고, 킨 장군과 우리 육군이 정의를 구현하는 겁니다."

"……."

"……."

"이러면 최소한 조선만큼은 제국의 강역으로 유지할 수 있고, 킨 장군은 결국 외지인이니 우리 육군의 도움을 받을 수밖에 없지. 미국인들도 이 정도면 우리에게 진정성이 있다고 생각하지 않겠소?"

젓가락 소리 하나 내지 못할 침묵이 한창 이어진 끝에, 누군가 탄식하며 그 침묵을 깼다.

"제정신이 아니군."

"하지만… 못 할 것도 없지 않습니까?"

"우리가 지금 그렇게 해서까지 평화를 구걸해야 하나!"

"그래도 한번 시도 정도는 해볼 수 있지 않겠소?"

"지금 저런 망언에 솔깃한 게요?"

답답하다. 데라우치는 더 이상 무어라 떠들기도 싫어져서 연신 술만 들이켰다. 하지만 그조차 잠깐, 아주 잠깐 혹하긴 했다. 그 어떤 사내대장부가, 한 나라를 주겠다는데 솔깃하지 않으랴? 술기운이 올라오고 서로 삿대질과 고성이 오가는 가운데, 데라우치는 고고히 제 잔을 채우고 있었다.

쓰나미 2

과달카날 해전은 끝났지만, 이곳에서 총성이 멈춘 건 절대 아니었다.

"해군 개새끼들… 병신들……."

"배고파……."

"빨리빨리 움직여라! 귀축 놈들이 온다!"

상륙이라는 게 그리 호락호락한 일이 아니다. 원 역사의 노르망디 상륙 작전처럼 미 해병대가 미리 진을 치고 일본 상륙부대를 맞이했다면 그야말 로 지옥도가 열렸겠지만, 일부 폭격을 제외하고 지상군의 방해는 거의 없었 음에도 불구하고 일본군의 상륙은 난항을 거듭했다. 결정적으로, 과달카날 해전에서 패하기가 무섭게 수송선들은 대강 싣고 온 병력과 물자를 내팽개 치고 허겁지겁 도망쳐버렸다. 물론 일본군에게 수송선은 천금과도 같이 귀 한 물건이기에 내린 판단이었지만, 일선에서 싸우는 장병들 입장에선 참으 로 기가 막힐 노릇. 여행 가는 관광버스에 탄 것처럼 싱글벙글하던 일본군 은 이내 휴게소에 외로이 버려진 관광객 신세가 되어 넋이 나가버렸고. 제 대로 정리도 되지 않은 막대한 보급품이 해안가에 이리저리 흩뿌려진 채, 짐 정리를 우선시하느냐 곧 있을 미군의 공세에 대비하는 걸 우선시하느냐 지옥의 양자택일에 빠져 번뇌하게 되고 만 것이다.

당연한 말이지만, 해전이 끝나기 무섭게 미 해병대가 본격적으로 모습을 드러냈다. 겨우 얼마 전, 그들 또한 과달카날에 상륙하자마자 미 해군이 해전에서 패하면서 쫄쫄 굶고 고통받았던 기억이 선명했으니.

"저놈들도 우리랑 똑같은 꼴로 만들어 주자!"

"잽스가 우리에게 보급을 보내줬다!"

"쌀! 기름! 술! 술을 내놔라아아!!"

모름지기 인간이란 자신이 당했던 부조리를 잊지 않고 남에게 베풀곤 하는 못된 동물.

"전차! 전차는 몇 대가 남아 있나? 지금 동원할 수 있는 전차의 수는?"

"전차 세 대를 급히 동원하였지만 모두 대전차포에 격파당했습니다."

"놈들의 화력이 그 정도라고?"

"그… 저놈들이 황국의 대전차포를 노획해 쏘고 있는 듯합니다."

"가지가지 한다 진짜. 못해 먹겠네."

치열한 교전이 벌어졌고, 해변의 일본군은 지상과 공중 두 방향에서 신나게 두들겨 맞은 끝에 상당수 물자를 포기하고 정글로 탈주했다.

"고마워요 도조!"

"아리가또우!"

일본군의 쌀밥을 먹고, 일본군의 대포를 쏘고, 일본군의 기름으로 트럭도 굴리고. 마침내 일본군을 해안가에서 쫓아낸 미 해병대는 도조 히데키가 보내준 푸짐한 선물 보따리를 챙겨 황급히 비행장으로 도주했다. 이렇게 또다시 미군의 보급을 도조가 책임져주었으니, 잽스의 은혜가 자못 감동스럽기 이를 데 없었다.

과달카날 해전이 종결되면서, 이 섬 일대의 제해권은 참으로 묘한 상태가 되었다. 해가 떠오르면 미군의 세상이 열렸다. 헨더슨 비행장에서 이륙한 과달카날 항공대는 이 일대를 지배하는 포악한 맹수였고, 일본군은 육군과 해군을 가리지 않고 이 맹수의 시선에 닿지 않으려 용을 써야 했다. 미군 수송선단은 이때 재빨리 과달카날로 와 물자를 실어날랐고, 가장 절실한 식량, 탄약, 기름부터 빠르게 들고 와선 해안가에 쓰레기 투기하듯 던지고 허겁지겁 섬을 떠났다.

그리고 해가 수평선 너머로 사라질 즈음, 일본군의 세상이 열렸다. 비행기가 함부로 뜰 수 없는 시간이 되면, 물개에서 올빼미로 종족 변환을 한 듯 밤낮을 바꿔먹은 일본 해군이 활개를 치기 시작했다. 느려터진 수송선이 이 섬에 왔다간 해가 뜨기 전에 모든 작업을 완료할 수 없었던 관계로, 일본군은 아예 수송선을 포기하고 구축함을 수송 임무 용도로 사용했다. 물론 미군 역시 일본군이 한밤중에 보급을 받는단 사실을 확인한 후 결코 이를 내버려 두지 않으려 했지만.

"견시로부터의 보고! 적함 발견! 방위 45! 수효 세 척 추정!"

"수뢰전 준비. 남은 산소어뢰가 몇 발이지?"

"그리 넉넉하진 않습니다."

"괜히 신줏단지처럼 모시고 있지 말고, 빨리빨리 손에서 털자고. 그거 들고 있다가 피격되면 골로 가기 십상이니까."

"산소어뢰 소모가 심하다고 얼마 전에 한소리 듣지 않으셨습니까?"

"그런 거 일일이 따져 가면서 싸웠다간 애들 집에 못 보내줘. 그냥 팍팍 쏴버려."

이 일대의 수송 임무를 담당하게 된 기무라 마사토미는, 미 해군이 한 번도 접해보지 못한 독특한 전법의 소유자였다.

'안 싸울 건데?'

'우린 어뢰만 쏴 갈기고 냅다 튈 건데?'

너무나 당연한 일이지만, 일본 해군은 그 당연한 집단이 아니었다. 적의 섬멸을 항상 우선으로 놓고 행동하던 일본 해군의 교리와는 무척 이질적으로 움직이는 이를 상대하자 미군은 몇 번 헛발질만 하며 체면을 구겼다. 미 해군이 기무라의 의도가 애초에 교전에 있지 않다는 사실을 깨닫고 다음 수를 고민하는 동안.

"그동안 정말 고생 많았네."

"저에게 너무 과중한 임무였습니다. 상급자가 오니 마음이 좀 편해지는 군요."

"상급자라니? 해군병학교 동기끼리 이거 왜 이러시나."

전함 공고, 키리시마를 위시한 증원군을 이끌고 온 다나카 라이조(田中頼三) 중장은 순순히 기무라를 풀어주지 않았다.

"뺀질거리면서도 할 일은 다 했네. 놀지 말라고 내가 자네 몫 별을 좀 챙겨왔어."

"뭐?"

"귀관은 오늘부로 소장이야. 축하하네 제독! 해군대학도 안 가고 제독이라니, 대단하구만."

"아니, 아니……."

"귀관은 앞으로도 하던 일을 계속해 줘야겠네. 이렇게 유능한 인재를 놔둘 순 없잖나."

과달카날의 육군에게 보급을 유지하면서 동시에 적 수송선단을 타격하고 최대한 물고 늘어질 것. 부여받은 임무는 참으로 곤혹스러웠고, 최근 돌아가는 윗선 분위기를 보면 필시 버림패 역할.

"자네는 하던 대로 수송작전에 전념하게. 나는 미국 놈들과 교전을 시도해 볼 테니."

"…어디 다치지 말고."

"하하. 그게 어디 뜻대로 되는 일이던가?"

하지만 영광스러운 제국 해군의 일원이 순순히 포기할 순 없었다. 일본군 입장에선 과달카날로 끝없이 몰려올 미 해군을 상상하며 몸을 부르르 떨어댔지만, 당장 미군 또한 사정이 그리 행복하지만은 않았다.

과달카날 인근은 미군과 일본군 모두 잠수함을 총동원하여 단 한 순간도 방심할 수 없는 마굴이 되었다. 요크타운과 호넷이 격침당하고, 남은 엔터프라이즈와 새러토가는 함재기 다수를 손실하여 추가 보급이 필요. 게다가 일본군이 상식이 있다면 수송선단에 대한 타격을 시도할 테니, 수송 호위에 또 충분한 함선을 할당해야 한다. 설상가상으로 적의 전함 일부가 과달카날 방면으로 향하고 있다는 첩보까지 입수하였으니, 조만간 날을 잡고 일본 함대와 제대로 된 한판 승부를 겨루어야 한다는 여론이 조성되기 시작했다.

이 애매모호한 상황을 타개하고 싶다는 바람은, 미국과 일본 양측을 막론하고 모두가 공유하고 있는 형국. 다시 한번 격돌은 예정되어 있었다.

* * *

헨리 드와이트 킴은 착륙한 후 가장 먼저 밀렸던 잠부터 청했다. 고생 많았다고 배려받았기에 원하는 대로 푹 쉴 순 있었지만, 그 대가로 단잠에서 깨어난 그를 기다리는 건 무수히 많은 '당장 해야 할 일'들이었다. 틈틈이 출격해서 잽스의 머리통 위에 폭탄 배달만 할 수 있다면 얼마나 편하겠냐마는, 안타깝게도 이 사회의 룰이라는 것이 한 번의 전투를 위해 수십 배의 행정 작업이 필요한 법인지라, 과달카날 해전의 생존자로서 사후 보고도 올려야 했고, 조선인들은 능숙하지도 않은 영어로 의사소통하니 그냥 헨리를 통해 윗선에 의견을 전달하고 싶어 했고, 적 항모와 함께 장렬한 최후를 맞이한 헨더슨 소령의 명예 훈장 추서를 위해 더 자세한 증언을 요청받아 몇 번이고 사령부를 들락거려야 했다.

"지난 해전에서 순국한 파일럿들을 위해 기도합시다. 하나님 아버지, 여기 당신의 곁으로 간 이들이 있으니……."

간략하나마 영결식이 행해졌으니 이 또한 결코 빠질 수 없는 일. 그들이 그토록 지키고자 노력했던 과달카날의 비행장은 이제 헨더슨 소령의 이름을 따 '헨더슨 비행장'으로 명명되었다. 왜 어렸을 적 그토록 아버지를 조르며 전쟁 무용담 좀 이야기해달라 졸라도 애써 말을 아꼈는지, 이런 식으로 알고 싶지는 않았다.

그가 쓰던 락커 앞엔 얼음이 다 녹아 없어진 커피 한 잔이 외로이 남아 있을 뿐. 그 커피잔만 멍하니 바라보던 헨리는 급한 호출을 받고 달려나가야 했다.

"어? 어?? 여긴, 여긴 어떻게 오셨습니까?"

"이 자식이 이제 다 컸다고 인사도 안 하고 어떻게 왔냐는 말만 하고 있네."

"너무 반가워서 그러지요! 삼촌이 대체 그런데 진짜 무슨 수로 이 전쟁터에… 혹시 아버지가 보냈어요?"

"그래. 내가 자청하긴 했는데… 안 올 수가 없는 말만 잔뜩 했으니 사실 보냈다고 봐도 되겠지. 사람 낚는 어부가 따로 없다니까."

유일한은 잠시 비행장을 휘휘 둘러보며 말했다.

"네가 살아 있어서 정말 다행이다. 네 아버지도 걱정이 태산이야."

"사람 목숨이 참 덧없으면서도 질기더라구요."

헨리에게 유일한은 참 든든하면서도, 한편으로는 신기한 이야기보따리였다. 물론 세계 최고의 이야기보따리 소파 선생 또한 곁에 있긴 했지만, 그분은 원체 바쁜 몸이라 만나기 어려웠고. 태어나서 쭉 샌프란시스코와 로스앤젤레스, 그리고 때때로 캔자스 정도를 왔다 갔다 하던 헨리에게 조선에서 태어나 깡촌 네브래스카를 거쳐 이곳에 당도한 유일한이 가끔 해주는 이야긴 정말 별세계 이야기였었다. 밀린 이야기가 참 많기도 했지만, 당장 폭탄 소리 요란하게 울려 퍼지고 비행기가 쌩쌩거리며 달려나가는 이곳은 회포를 풀기에 영 적당한 곳이 아니었다.

"일단 일 이야기부터 하자."

"그러시지요."

"미 해군 수송선단과 같이 오긴 했지만, 저 중 한 척은 내 사비로 구한 배야. 식량이랑 의료 물품, 그리고 공사 작업을 많이 한다고 들어서 장비도 좀 챙겨왔다."

"사비를 들였다구요?"

"그래. 너네 회사 주식 다 팔았다. 네 우호 지분이 날아간 것 같아서 배 아프냐?"

그게 한두 푼이 아닐진대, 유일한의 어조는 무슨 동네 술집에서 포커 치다가 지갑 털린 것마냥 평온했다.

"삼촌이 보유한 지분이 꽤 되잖습니까? 그, 라초이 넘기고 받은……."

"돈은 또 벌면 되지만, 사람 목숨은 돈 주고도 못 산다. 게다가 지금이 아니면 또 언제 저 백인 놈들에게 조선인의 가치를 인정받겠느냐? 이럴 때 아쉬워해선 안 된다."

헨리는 뭐라 말을 하려고 입을 달싹거리다가도, 차마 말문이 막혀 목구멍 바깥으로 무언가 튀어나오질 않았다.

"이 섬에 있는 조선인들은 대충 어떤 취급을 받고 있니?"

"군속 정도로 보면 되겠습니다. 아마 서류상으로는 포로겠지만."

"그게 문제지. 지금이야 목구멍이 포도청이니 상관없겠다만, 모든 일이 끝나고 나선 결국 서류가 모든 걸 정한다. 가장 급한 일이 뭔지 알겠구나."

그는 발걸음을 잠시 멈추고는 헨리를 향해 말했다.

"인석아. 무슨 잡념이 그리 많아?"

"아니, 거, 주식 생각하니……."

"네 애비한테 팔았으니 염려 좀 덜어 매라."

"아버지가 그걸 받고 입 닦았단 말입니까?"

"전쟁 끝나고 다시 계산하자 하더구나. 입 닦은 거 아니니 염려 말고. 그 정도로 돈에 굶주린 사람은 아냐."

"아니, 돈 욕심 충분히 많은데. 울 아빠."

"어허!"

불쑥 서랍 안 금괴가 머릿속을 둥실둥실 떠다녔지만, 연이은 일한의 채근에 헨리 또한 결국 발걸음을 옮겼다. 그의 말마따나, 지금이 아니면 기회가 없었으니까.

쓰나미 3

시간은 야속하리만치 빠르게 흘러흘러. 1940년 7월, 워싱턴 D.C. 나는 어쩐지 드래곤 레어가 아른거리는 듯한 환각을 애써 무시하며 전쟁부로 향하고 있었다.

과달카날 해전에서 닷새 뒤인 5월 17일. 11월 5일로 예정된 대통령 선거에 나갈 후보를 선출하기 위한 공화당 경선이 열렸다. 누가 뭐라 해도 현재 공화당 후보로 나갈 만한 사람은 당연히 맥아더 전쟁부 장관이었지만, 맥아더는 이미 몇 달 전부터 경선 불출마를 선언했다.

— 미합중국의 아들들이 자유와 정의를 지키기 위해 지금 이 시간에도 고귀한 생명을 불사르고 있습니다. 저는 비록 공화당원이지만 초당적 협력을 위해 현재 전쟁부 장관이란 무거운 자리를 떠안았으며, 이 자리를 내려놓기 전까지 당의 일로 돌아갈 의사는 없습니다. 그것이 제 책무이기 때문입니다.

말은 참 잘해. FDR이 3선에 나선다는 걸 고려하면 대선 출마는 확실히 독이 든 성배였지만, 그는 그렇게 미꾸라지처럼 명분을 챙기며 총대 메는 걸 피할 수 있었다. 민주당 경선은 7월 15일로 예정되어 있었고, 음험한 휠체어맨 루즈벨트는 아직 출마 여부에 대해 어떠한 논평도 하지 않고 있었다. 하지만 루즈벨트의 열성 지지자들은 벌써부터 거리로 뛰쳐나와 열심히 피켓을 들고 그의 이름을 연호했다.

"우린 루즈벨트를 원한다!!"

"우리에게 가장 필요한 사람은 FDR이다!!"

자기가 이성계야, 조비야? 제 입으로 '제가 한 번 더 출마하겠습니다.'라고 말했다간 어떤 파장이 있을지 모르니, 벌써 저렇게 은근슬쩍 여론을 굴리고 있는 모양이다. 다시 한번 느끼는 사실이지만, 절대 FDR과 정치판에서 싸울 순 없다. 저 양반은 언터처블이다. 이순신과 바다에서 싸우는 것과 비슷한 난이도 아닐까. 모름지기 민주 국가의 선거철은 난장판이 벌어지지 않으면 그게 더 이상한 법인데, 선거철을 맞이했음에도 불구하고 전시라는 특성상 생각보다 그리 난리가 나진 않았다.

한편 태평양에선 내 상상을 초월하는 대격변이 벌어지고 있었다. 희대의 핫스팟이 된 과달카날에선 연일 미군과 일본군이 박 터지게 싸우고 있고, 섬 주변의 바다에서도 그 유명한 '아이언 바텀 사운드'를 형성하며 난타전이 비일비재하게 벌어졌다.

내가 작전계획부장 할 적에 몇 번이고 충돌했던 곰리 제독 기억하는가? 감히 이 유진 킴을 음해하려던 밉살맞은 물개 말이다. 니미츠 제독의 반대에도 불구하고 킹이 강력하게 밀어서 그 양반이 저 과달카날 방면의 사령관으로 투입되었는데, 역대급으로 옴팡지게 패배하며 미 해군 흑역사의 새로운 장을 열어버렸다.

항공모함 대신 양군이 전함을 두 척씩 동원해 그야말로 영혼의 한타를 치렀다고 하는데, 어찌나 박살이 났는지 곰리 제독의 군생활은 사실상 좋났다고 한다. 그 오만한 킹이 한동안 고개를 제대로 못 들고 다녔단 소리가 내 귀에까지 들릴 정도면 말 다 했지. 하지만 이런 지엽적인 일보다 훨씬 더 큰 일이 벌어지고 있었으니……

"그렇게 불만인가?"

"아닙니다. 절차를 지켜주십사 요청드리는 겁니다."

"지금 한시가 급하지 않은가."

전쟁부 회의실에 도착하기 무섭게 가장 먼저 보이는 건 또 싸우는 두 사람이었다. 맥아더와 마셜이 으르렁대고 있다. 어메 무서워. 저 두 사람은 원역사에서도 사이가 썩 좋진 않았다고 기억하고 있다. 까마득한 후배가 상관이 되어버렸으니 천하의 맥가가 허허 웃으면서 행복해하면 그게 더 비정상이렷다. 하지만 여기선 장관이 되었으니 별일 없으리라 생각했는데 큰 오산이었다.

"물론 나는 귀관을 통해 군의 보고를 듣는 게 맞지."

"그럼 그 절차를 지켜주시면 될 일 아닙니까."

"나는 본래 군인이었기에 민간인 출신인 여타 장관들과 달리 군 내의 회의를 이해할 능력이 있네. 구태여 불필요한 보고 절차로 소중한 시간을 허비하느니, 그냥 내가 회의실에 앉아 있으면 더 좋지 않겠나?"

"장관님은 제 상급자이며 전직 군인인 점 저도 잘 알고 있습니다. 하지만 현직 군인이 아니시잖습니까? 이런 일이 선례로 남으면 향후 군부에 어떤 영향을 미칠지 누구보다 잘 아시는 분께서……."

맥아더는 회의에 끼고 싶어 하고, 마셜은 이걸 막는 상황. 우리 장관님께선 조용히 듣기만 하겠다고 말하고 있지만… 당장 내가 봤을 때도 맥아더가 입 다물고 얌전히 듣고 있으리란 생각은 전혀 안 든다.

대충 맥아더의 의도를 추측해보자면, 장관이란 자리가 썩 스포트라이트를 받는 자리가 아닌 만큼 본격적으로 차차기 대선을 위해 빌드업을 쌓으려는 게 아닐까 싶다. 하지만 문제는 마셜이란 사람은 상대가 대통령이건 차기 유력 대선 후보고 뭐고 아니다 싶으면 들이박는 인간이란 거고. 한창 실랑이가 더 이어진 끝에, 결국 패배한 건 마셜이었다.

"회의들 시작하지."

"……."

모두가 힐끗힐끗 옆에 앉아 있는 맥아더를 바라보았지만, 맥아더와 마셜 모두 마이페이스로 이를 무시한 채 회의가 시작되었다.

"아시아부터. 일본이 대체 무슨 짓을 하고 있는 건가?"

"동남아시아에서 전면 철수를 준비 중인 것으로 보입니다. 이미 상당수 병력이 주둔지를 떠나 중국 방면으로 북상 중입니다."

이게 진짜 핵폭탄이지.

[대동아 공영의 초석! 대동아회의, 도쿄에서 개최!]

[세계만방에 자유를 선물하는 대일본!]

[귀축영미에 맞서는 자유의 성전이 시작되다!]

대동아회의가 대체 뭐야. 저런 게 역사에 있었나? 일본 측이 뿌린 프로파간다에 따르면, 저 대동아회의라는 괴이한 행사의 참여국은 참으로 호화찬란했다.

대일본제국, 만주국, 몽강국, 중화민국 남경 국민정부, 필리핀 공화국, 버마국, 인도네시아 공화국, 베트남제국, 라오스왕국, 캄보디아왕국. 그리고 옵저버 태국.

"인도네시아와 버마에선 실제로 독립 및 건국 선언이 있었습니다. 일본이 현지인들을 포섭해 동맹으로 삼은 뒤 전장을 좁히려 하는 게 분명합니다."

"아이젠하워 장군의 의견은?"

"크게 다르지 않았습니다."

"잠시 내가 한마디 해도 되겠나?"

맥아더가 입을 열자, 마셜의 눈깔에서 살인 광선이 쏟아져나오는 듯했다.

"틀림없이 듣기만 한다고 하지 않으셨습니까?"

"국무부에서 공유받은 정보가 있네. 귀관들의 판단에 큰 영향을 주리라 생각하네만."

"…장관님의 말씀, 경청하겠습니다."

실내 공기는 후덥지근했지만, 나를 포함해 이 자리에 있는 이들 모두가 더위보다는 추위를 타는 것 같다. 눈보라가 휘몰아쳐도 이거보다 더 떨리진 않겠다고! 차라리 밖에 나가서 둘이 결투라도 한판 뜨고 오든가!

"그동안 일본군은 인도차이나의 프랑스 총독부를 명목상의 통치기구로 존속시켰지만, 이번에 이를 폐지했다고 하네."

"그렇습니까."

"일본군, 그리고 현지 반군 세력들이 기존의 친정부 인사들을 대거 학살했다는 보고 또한 있었네. 우리의 친애하는 동맹국 대사들이 당장 저 역도들을 토벌해야 한다고 난리를 치고 있다고 하네만."

머리가 지끈지끈 아프다. 처칠 또 너야? 그사이 몇몇 참모들이 새로이 준비한 지도를 꺼냈고, 일본군의 움직임 또한 표시되었다.

"지금 일본 육군의 움직임이 포착된 곳은 다음과 같습니다."

"버마는 전부 철수한 겁니까?"

"그건 아닌 듯합니다."

어차피 원 역사에서도 베트남이나 인도네시아를 수복하기 위해 피를 흘린 적은 없다. 그나마 문제가 있다면 필리핀이지. 아니나 다를까, 여기엔 마침 미합중국 최고의 필리핀성애자가 자리해 있었다.

"필리핀은?"

"필리핀에서도 대규모 수송선단의 움직임이 감지되고 있습니다."

"이건 기회 같은데. 우리 해군이 이를 노린다면……."

"장관님."

"이건 육군 이야기가 아니잖은가. 귀관에게 지시를 내린 게 아니니 안심하게."

마셜은 정말 멱살이라도 잡기 일보 직전인 모습이었다. 와, 사람을 긁어도 어쩜 저렇게 긁는담. 그래도 맥아더도 정말 처맞고 싶진 않았는지, 더 이상 입을 떼진 않았고 회의는 순조롭게 진행되었다.

"대충 결론은 나온 듯하군. 적은 분명 물러나는 듯 보이나, 그게 우리가 아시아—태평양 방면에서 공세에 힘을 실을 이유는 되지 않아."

"그렇습니다."

"현 기조인 '독일 우선'도 있고, 아직 태평양에서 공세를 개시할 역량은 충분하지 않습니다."

오늘따라 원 역사를 반추해볼 시간이 잦구만. 원래는 진주만을 41년 12월에 처맞았고, 미드웨이 해전과 과달카날 전역이 1942년에 진행되었다. 이때 미군은 '독일 우선' 원칙에 잠깐 예외를 두어 태평양에 제법 병력과 물자를 할애했는데, 이는 어차피 미 육군이 당장 독일에 쳐들어갈 준비 자체가 미흡했기 때문이다. 실제로 미군의 북아프리카 수복작전은 43년쯤에 시작되었고.

하지만 지금은 다르다. 나를 위시한 미 육군은 진작에 북아프리카 전역을 종결지었고, 당장 나는 오늘 시칠리아 상륙작전에 대해 논하기 위해 이 자리에 참석했다. 히틀러의 모가지를 치기 위한 대작전을 눈앞에 두고 있는 지금, 일본군이 방 좀 뺀다고 해서 이를 들이칠 순 없는 법. 본격적인 공세, 그것도 일본이 독립시킨 저 식민지에 쳐들어가려면 농담이 아니라 숫자 그대로 백만대군을 때려박아야 한다. 일본군조차 그 병력수가 감당이 안 돼서 철수하는 것일 테니.

따라서 군바리들은 '일단 우리 동맹국 친구들과 잘 협의해서 저 현지인들을 우리 편으로 끌어들여야 하지 않을까?'라는 지극히 상식적인 판단을 내렸다. 아무래도 호치민과 다시 논의를 해봐야 할 것 같은데.

"그럼 다음은 유럽 방면으로 넘어가지."

"히틀러가 다시 소련으로 대규모 공세를 개시하였습니다."

청색 작전. 독일은 소련의 수도 모스크바를 다시 공격하는 대신, 러시아 남부 지역을 목표로 움직이기 시작했다.

"독일군은 모스크바를 함락시켜 단숨에 전쟁을 끝내는 게 불가능하다고 판단한 모양입니다."

"확실히 독일이 이번에도 의표를 찔렀고, 러시아인들은 또다시 크게 패하고 있네. 그래서 당장 제2전선을 열어 달라는 요청이 빗발치고 있고."

"브리튼섬과 북아프리카에 이미 대대적으로 우리 육군을 추가 파병했는데도 불구하고 동부 전선의 공세를 저지할 순 없었습니다. 이탈리아를 침공한다 해도 히틀러가 과연 병력을 뺄까요?"

"히틀러가 병력을 뺄지 안 뺄지는 미지수지만, 적어도 우리의 동맹인 스탈린 서기장의 입은 좀 다물게 할 수 있겠지. 킴 장군, 상륙 준비는 잘되어 가는가?"

내 차례인가.

"현재 상륙에 특화된 수송선을 준비 중이며, 새로운 상륙 교리 또한 테스트 중에 있습니다. 영국인들의 디에프 상륙작전에서 확인된 치명적 사안들 상당수가 지휘권 분산에서 비롯된 만큼, 제대로 상륙작전에 나서려면 반드시 해군의 지휘권을 일시적으로 확보해야 합니다."

"…노력해보겠네."

알았다는 말이 안 나온다. 마셜조차 회의적으로 바라보고 있는 건가. 하지만 내가 생각해도 설득이 잘될 것 같진 않다. 반대로 생각해서, 웬 해군 제독 놈이 상륙작전의 지휘권을 통째로 인수받는다고 생각하면 나조차 안심이 안 될 게 뻔하다. '저 새낀 육군에 대해 아는 것도 없으면서 왜?' 하고 신뢰를 못 하겠지.

해군 또한 마찬가지렷다. 일시적이라곤 하지만 해군의 목숨을 문외한인 육군 장성에게 맡겨야 한다는 것 자체가 거부반응이 들 터. 유럽으로 떠나기 전 킹을 만나봐야 할 이유가 생겼다. 시칠리아, 나아가 이탈리아 본토 상륙까지 염두에 둔 대규모 작전계획. 시칠리아를 완전 정복하고 나면 이와 연계해 곧장 이탈리아 본토의 '협력자'들이 무솔리니를 몰아내고, 동시에 이탈리아 주둔 독일군을 공격한다. 이 혼란 속에서 곧장 이탈리아 남부와 로마 일대를 타격해 단숨에 이 전역을 매듭짓는다… 라곤 하는데, 가능할 것 같지가 않단 말이지.

"결국 이 계획의 핵심은 우리가 잘하느냐가 아닙니다."

"독일이 얼마나 잘하느냐."

"그렇습니다."

지긋지긋하게 싸웠고, 백악관과 국무부를 몇 번이나 들락날락했는지 모르겠다. 하지만 내가 누군가. 이성과 협력을 중시하는 민주주의의 덕장 아닌가? 기어이 나는 작계 말미에 내가 원하는 문구를 박아 넣는 데 성공했다.

[이탈리아인들이 독일군의 제압에 실패하거나 역으로 독일군이 이탈리아 본토에 대한 통제권을 확보했을 경우, 이탈리아 본토 상륙은 경과를 지켜보며 현장의 판단에 따라 재검토한다.]

결국 이탈리아 침공의 목표는 독일군 빼내기. 만약 짝불알 콧수염이 이탈리아로 대군을 휘몰아쳐 그 장화 모양 반도를 통째로 먹어버린다면… 아무튼 이것도 독일군을 빼낸 것 아니겠나? 그럼 굳이 우리가 왜 가? 미쳤어? 나는 제발 히틀러가 이탈리아를 정복해주길 기도했다. 이탈리아 전선이라니, 그딴 건 절대 사절이다.

"잘 알겠네. 다음으로 넘어가서, 이번에 도입 예정인 새 편제에 관해……."

어쩐지 시선이 따갑다. 고개를 들어보니 맥아더가 뭔가 은밀한 눈짓을 보내고 있는데… 제발, 제발 더 이상 마셜을 자극하지 마. 진짜로. 내가 어쩌다 이 나이 먹고 아저씨들 싸움에 휘말려야 하냔 말이다. 빨리 유럽으로 출발하고 싶다.

쓰나미 4

1940년 7월. 중화민국, 중경.

"지금 뭐 하자는 겁니까! 버마가 비었다니까? 버마 주둔 일본군 상당수가 태국을 경유해서 베트남으로, 베트남에서 다시 중국 땅으로 북상 중이라 몇 번을 말했소?!"

"저희 또한 그 사실은 잘 알고 있습니다."

"그런데?"

새롭게 별 4개를 달게 된 휴 드럼 대장은 스스로 지성과 교양을 겸비한 이성적 인물이라 자부하고 있었지만, 지금만큼은 잘 알고 지내는 어떤 아시안과 비교해도 결코 꿀리지 않을 미친개가 되어 으르렁대고 있었다. 하지만 눈앞에 미친개가 거품을 흘리기 직전까지 가고 있음에도 영국군은 태연스러웠다. 아니, 태연한 척하고 있었다.

"새로이 건국을 선언한 버마 반란군의 기세가 굉장합니다. 일본군은 상당량의 물자를 이들에게 양도하였고, 남아 있는 일본군은 고스란히 반란군을 훈련시키는 데 투입되었습니다."

"그래서요?"

"아시다시피 버마는 오지 중의 오지. 섣불리 공세를 펼쳤다 현지인들에게 휘말린다면 손해만 보기 십상입니다."

식민지 탈환, 그리고 인도 사수라는 두 목적을 동시에 달성할 수 있는 버마 공세에 난색을 표한다? 그 영국이? 드럼은 이제 기가 막혀서 웃음도 채 나오지 않았다.

"우리, 솔직해집시다."

"……."

"버마를 탈환하면 버마 로드가 복구되고, 그러면 중화민국에 대한 랜드리스가 가능해지지. 우리 합중국의 원조물자를 갈라 먹기 싫으니 이러는 거 아니오?"

"절대 그렇지 않습니다. 저희 영국군은 오직 전략적인 범주에서 판단하여……."

"그래요? 그러면 중국군이 중추가 되어 독자적으로 버마에 대한 공세를 개시할 테니, 당신들 영국군은 양동만 행해주시오."

"그럴 순 없습니다. 연합군의 군사작전은 상호 간의 동의를 구해야 하는 것이 원칙입니다."

드럼은 다행히 상대를 쏴 죽이기 직전에 참을 수 있었다. 얼굴이 시뻘게진 채 곧장 장개석을 만난 드럼은 더더욱 정신이 가출할 것만 같았다.

"내가 뭐랬소? 영국인들은 버마를 치지 않으리라 예상했잖소?"

"하."

"역시 장군께선 정치를 잘 모르시는구려. 이번 내기는 내가 이긴 것 같소."

"랜드리스 때문입니까?"

"그것도 당연히 이유 중 하나겠지만, 근본적인 이유는 저 해적 놈들이 우리 중국을 경계하기 때문이오."

장개석의 설명은 아주 명료했다. 영국이 어떤 나라인가. 남의 나라에 아편을 팔 자유를 얻기 위해 전쟁을 불사하는 신사의 나라다. 언젠가 중국이 오랜 고통과 절망에서 벗어나 다시 그 몸을 일으킨다면 인접한 동남아시아 일대에 다시 영향력을 행사하려 할 테고, 영국은 식민지를 유지하기 힘들어지리라. 원래 도둑이 제 발 저리는 법. 영국의 높으신 분들은 그렇게 믿는 모양이었다.

"처음엔 추풍낙엽처럼 무너지니 우리 중국군의 도움이라도 필요했겠지만, 지금 전세를 보아하니 정확히 언제가 될진 모를지언정 일제의 패망 자체는 기정사실 아니겠소?"

"그렇습니다."

"그러니 저 치들은 벌써 그 이후를 계산하고 있겠지요. 영국령 동남아에 중국의 손길이 닿는 것 자체가 싫은 겁니다.

랜드리스 또한 마찬가지. 언젠가 미제 전차와 미제 총기를 들고 버마 국경에서 우리 국부군과 교전한다고 생각하고 있으니 그걸 보내주기 싫겠지요."

"참으로 노고가 많으십니다."

상황이 묘하게 돌아가고 있다. 처음 드럼이 중국행을 고민하던 시점만 하더라도, 미 육군 인사들 중 중국 전선의 비중이 높아지리라 생각한 사람은 아무도 없었다. 기본적으로 육군은 히틀러를 쳐부수는 것이 최대 화두였고, 그다음은 필리핀 수복전이었으며, 해군이 할 일을 다 하고 필리핀마저 탈환했다면 구태여 중국에서 싸울 일이 어디 있겠는가?

하지만 평생을 군에 바친 드럼 자신이 생각하기에, 일본제국의 저 움직임은 틀림없이 중국을 확실히 끝장내겠다는 의지의 표명이었다. 맡은 전선이 막중해지면 군인으로서는 그만큼 자긍심을 갖기 마련이지만, 문제는 그가 지휘관이라기보단 참모나 외교관에 더 가까운 처지라는 것. 당장 이곳이 불바다가 된다 하더라도 태평양 건너편인 본국에서 대관절 무얼 해줄 수 있겠나.

"지금부터 일본 육군의 대규모 공세에 대비해야 합니다."

"차라리 동남아의 일본군이 오기 전에 우리가 먼저 치는 건 어떻게 생각하시오?"

"절대 안 됩니다."

드럼은 단호하게 잘라 말했다. 일본군과 중국군의 질적 차이는 누가 봐도 명백하다.

"저희들은 국부군의 정예부대라 하더라도 5 대 1에서 8 대 1. 급히 징병한 부대나 군벌들의 부대라고 하면 10대 1을 초과하는 전력비라 판단하고 있습니다."

"귀관을 비롯한 미군 고문단이 많은 노력을 기울이지 않았소? 그런데도 우리가 일본에 비해 이리 모자란단 말이오?"

"이게 현대전입니다. 제공권, 포병 화력, 기동력, 보급 능력까지. 애국심과 투지로 이길 수 있었다면 제가 오기도 전에 이미 잽스는 패배하지 않았겠습니까?"

장개석은 고개를 젖히고 한참 천장만 올려다보다, 한탄조로 중얼거렸다.

"그러면, 또 인민들이 엄청난 피를 흘리겠군요."

"…미합중국을 대표해 파견된 한 사람으로서, 결코 중화민국 인민의 투쟁을 잊지 않겠습니다."

"이 중국은 항상 그랬습니다. 하나로 뭉치면 평화가 도래했고, 갈기갈기 찢어지면 드넓은 대륙 전역에 피의 비가 내렸습니다. 군벌들, 그리고 공산당이 활개를 치는 이상 선량한 인민들만 죽어나갈 뿐입니다."

드럼은 쉽사리 대답하지 못했다. 그는 처세에 능하다 자부했지만 본질적으로는 군인이었으며, 중국 파견이 결정되기 전까지 아시아에 대해 특별히 아는 바도 없었다. 따라서 그의 저택 지하실에 차곡차곡 쌓이고 있는 번쩍번쩍한 '선물'을 굳이 거론하지 않더라도, 장개석의 이야기보단 각지의 군벌들이 보낸 밀사들의 논리가 미합중국 시민 휴 드럼에겐 훨씬 더 그럴듯하게 들리고 있었다.

'장개석은 중앙정부의 힘을 위해 지방 자치를 억누르고 있습니다.'

'중화민국 국부군이 중국 전역을 지켜주지 못하는데도 불구하고, 각 지방의 자위를 위해 존재하는 우릴 다짜고짜 군벌로 매도하면서 중경을 지키고자 할 뿐입니다.'

'어째서 지방 사람들의 피땀으로 구성된 우리 군대를 장개석이 날로 먹으려 한단 말입니까? 이건 명백한 정치적 탄압입니다.'

민병대와 주방위군의 나라 미합중국 군인은 어쩐지 마음 한편으로 그들의 주장에 고개를 끄덕이고 있었고, 장개석을 거스를 수도 없었지만 군벌들을 거슬러도 임무 수행이 어려워지긴 매한가지였기에 드럼은 극히 군벌 관련 문제에 대해선 항상 조심스러운 스탠스를 취했다.

딱 하나만 빼고.

"제가 다시 한번 주중 미국 대사를 만나도록 하겠습니다. 중국 공산당은 명백히 전쟁 수행보다는 다른 곳에 더 관심을 보이고 있는 만큼, 본국에 이 사실을 알려 더욱 강도 높은 액션을 취하도록 하지요."

"감사하오. 부디 이 공산당이란 놈들의 실체를 백일하에 까발려주시구려. 그놈들은 절대 건전한 정치단체가 아니오. 정권 탈취에만 관심이 있는 부역자들일 따름이지."

공산당이란 이름을 듣고서도 가만히 있을 순 없다. 그들은 미합중국과 연합국의 '권고'에도 불구하고 요지부동이었으며, 입 벌리고 물자만 요구하지 결코 연합군의 지휘에 응할 생각은 없어 보였다. 드럼은 항상 그랬듯 빨갱이가 너무 싫었다. 그 점만큼은 장개석과 의견이 완벽히 일치했다. 이번에도 제 놈들 멋대로 군다면, 워싱턴 D.C.로 직접 날아가는 한이 있더라도 기필코 그놈들 뒤에 있을 크렘린이 그 대가를 치르게 하리라.

* * *

아시아에서의 전쟁이 원 역사의 궤도를 이탈해 전혀 새로운 미답지를 향해 뻗어나갈 무렵. 독일 제3제국의 수뇌부들은 연일 레벤스라움 건설을 위해 온몸을 불태워 분골쇄신하고 있었다.

"총통 각하, 소련의 점령지에서 빨치산이 빈발하고 있습니다."

"지금이라도 정책을 바꾼다면……."

"너희들은 국가사회주의를 대체 뭐로 생각하는 거야! 내가 틀림없이 지시를 내리지 않았나. 3천만! 슬라브인 3천만을 지구상에서 박멸하라고 지시했는데 어째서 아직까지 저 명줄만 질긴 벌레들이 살아 있냔 말이야!"

독일 대 소련. 극우 대 극좌. 국가사회주의 대 스탈린주의.

결코 같은 하늘을 이고 살 수 없던 두 나라가 그동안의 평화가 얼마나 역겨웠는지 강조라도 하고 싶었던 듯, 독소 전쟁은 지금까지 인류가 치러 왔던 그 모든 전쟁을 아득히 벗어나 있었다. 대기근과 각종 차별로 소련에 대한 분노가 가득하던 우크라이나인들은 처음 발을 디딘 독일군을 해방자로 환대했었다.

하지만 나치는 자신들을 환영하던 그들을 죽이고, 또 죽이고, 씨를 말릴 듯 끝없이 죽여댔다. 현지의 슬라브인이 모두 죽어야 이 땅을 게르만의 낙원으로 만들 것 아닌가. 남자는 아기부터 노인까지 모두 학살당했고, 학살을 모면한 일부 여자들은 노예가 되어 맨손으로 독일군이 지시하는 온갖 노역에 끌려나갔다.

강간이 비일비재하다 못해 쉼 없이 벌어졌지만, 나치 상층부는 '아리아인의 피가 더러워지면 어쩌지?'라는 희한한 걱정뿐이었고 군부는 프로이센의 후예답게 노예들에게 성병 검사를 베푸는 '친절'을 발휘했다. 더러운 여자와 몸을 섞다가 전투력이 저하되면 안 되니까. 누구보다 반러 감정, 반공 정서로 가득 차 있던 독일 군부는 어차피 나치와 오십보백보. 실로 그 나물에 그 밤이었다.

그러나 이 사상 최악의 사악한 집단에 맞선 스탈린 또한 결코 나치에 꿀리지 않는 대단한 위인이었으니, 나치의 인종청소를 피해 동쪽으로 도망친 피난민들은 NKVD가 그들을 '잠재적 독일 첩자'로 분류하고 있음을 뒤늦게 알게 되었다.

"후방의 잡스러운 소요에 발목이 묶여선 안 되네. 최소한 스탈린그라드까지는 진격해야 해."

현대전은 결국 산업 능력의 싸움. 러시아 남부를 아무것도 없는 죽음의 땅으로 만들고, 만약 가능하다면 캅카스에 있는 러시아 최고의 유전 바쿠도 날려버린다. '스탈린의 도시'가 잿더미가 된다면 필시 저 질긴 슬라브인들의 전의도 꺾일 터. 놈들의 허를 찌른 후 허겁지겁 달려올 소련군을 크게 패퇴시키면 다시 한번 모스크바로의 길이 열릴 것이다.

"서방 연합국이 과연 가만히 있을까요?"

"오이겐 킴이 유럽 총사령관에 임명되어 런던에 도착했다고 합니다."

"영국과 북아프리카를 합쳐 백만가량 되는 군대가 모였다는 첩보가 입수되었습니다."

"이탈리아의 두체는 여전히 칩거 중이며, 불온분자들의 움직임이 활발해지고 있습니다."

"얼마 전 영국군 장교 시신 하나가 발견되었는데, 품에 그리스 상륙작전에 관한 군 기밀문서가 있었습니다. 발칸반도에 전선을 열어 소련에 쏠리는 압력을 해소하고, 동시에 루마니아를 노리는 것으로 해석됩니다."

무수한 보고, 보고, 보고의 파도 속에서 히틀러는 조용히 고개를 저었다.

"발칸 상륙이라니. 그곳이 얼마나 험한데 설마 상륙을 하겠나."

"얼마 전 각하께 보고서를 제출한 바 있지만, 우리 추축 동맹국을 위협하고 플로에슈티 유전을 폭격할 비행장만 확보하더라도 우린 큰 곤경을 겪게 됩니다.”

“오이겐 킴은 비열한 꾀로 가득 찬 인간이야. 그자가 연합군의 지휘봉을 잡은 이상, 눈앞의 먹음직스러운 정보가 있다면 당연히 의심부터 해야지.”

그는 지휘봉을 들어 유럽 한가운데 있는 장화 모양의 땅을 가리켰다.

“발칸을 친다? 유전을 파괴하기 위해? 그럼 해안과 주요 구릉지대를 미리 차지하고 미국인들을 쏴죽이기만 하면 되겠군. 오이겐 킴은 졸장으로 낙인찍혀 해임당할 테고. 우리에게 너무 좋은 일이군. 머리는 제법 굴렸다만, 독일 민족의 영도자라면 모름지기 이런 하찮은 수법은 판별할 수 있어야 하네.”

“그렇다면 역시 연합군이 이탈리아로…….”

“당연한 것 아닌가. 하찮은 블러핑이야. 중요한 건 바로 이탈리아지.”

연합군의 첫 공격 목표는 아마 시칠리아. 제해권을 상실한 추축군이 시칠리아를 영원히 지키긴 어려워 보인다. 그렇다면 역시, 살을 주고 뼈를 취해야 하는 법.

“연합군이 시칠리아를 치면 감히 두체를 거역하려는 반역도들이 곧장 준동할 거야. 우린 결코 배신자를 용서해선 안 되네! 오이겐 킴보다 더 빨리 이탈리아 전역을 장악해야 해.”

“역시 각하의 혜안은 그 누구도 범접할 수 없습니다!”

그렇게 기나긴 찬양을 코러스로 들으며 회의실을 빠져나온 히틀러는, 여기 있어서는 안 될 인물을 발견하고는 눈살을 찌푸렸다.

“자네가 여긴 왜 왔나?”

“각하. 제가 놀라운 첩보를 입수했습니다.”

루돌프 헤스 부총통. 히틀러의 진정한 충신이자 나치의 창업공신. 하지만 사람이 너무 좋고 무능한 탓에 지금은 바지사장 신세였고, 부총통을 비롯해 허울만 좋은 명예직을 받고 사실상 방치 상태였다.

“첩보? 자네가?”

"그렇습니다. 놀라지 마십쇼. 오이겐 킴이 런던에 도착했다고 합니다."

"이미 들었네."

"그는 저와 총통 각하와도 안면이 있는 사이 아닙니까. 어쩌면 킴이 영국과 우리 사이 평화를 이끌어줄 가교가 될지도 모릅니다! 각하께서도 그가 아리아인이라 말씀하셨잖습니까. 우리 모두 반공의 대의가 있는 만큼……."

히틀러는 잠시 자신의 충직한 부하가 혹시 그 몽골리안에게 매수당한 게 아닐까 진지한 고민을 하게 되었다.

"그땐 내가 미쳤었지. 자네의 충심은 굳이 그렇게 튀려 하지 않아도 누구보다 내가 제일 잘 알고 있네. 그러니 그냥 집에서 푹 쉬고 있게."

"각하! 같은 아리아인인 영국인들, 그리고 영국인의 후예인 미국인과 전쟁을 지속하는 건 실로 막심한 손해입니다!"

"내가 알아서 할 테니 신경 끄라니까! 대체 누가 얘를 여기 데려온 거야?!"

하지만 히틀러의 고난은 여기서 끝나지 않았다. 이틀 뒤, 꿈나라로 떠나기 위해 모든 채비를 마치고 침대에 누운 그는 다급히 문짝을 두들기는 소리에 도로 눈을 떠야 했다.

"무슨 일인가? 급한가?"

"각하. 헤스 부총통이 홀로 영국에 갔다고 합니다."

"…뭐?"

"부총통께서 전투기 한 대를 몰고 영국에 갔습니다. 혹시 각하께서 별도로 지시하신 바가……?"

"있을 리가 없잖아!!!"

루돌프 헤스. 영국에서 검거.

2장
허스키 익스프레스

허스키 익스프레스 1

영국 공군의 방공망을 뚫고 유유히 런던 근교에 착륙한 루돌프 헤스는 다급히 달려온 영국군에 의해 체포되었다.

"우리 아리아인들이 하나로 뭉쳐 소련에 맞서야 합니다. 부디 우리 가슴 속 이성의 목소리에 귀를 기울여 보십시오. 총통께선 그 누구보다 평화를 사랑하는 분이십니다."

"오이겐 킴을 만나게 해주시오! 그와 나는 흉금을 열고 함께했던 사이입니다. 유대인들의 음모 때문에 서로 칼을 맞대게 되었지만, 우리 문명인은 얼마든지 합의를 볼 수 있기에 문명인입니다!"

영국군은 처음엔 당황해하면서도 월척이라고 생각하였으나, 헤스가 정말 망상만 가득할 뿐 어떠한 알맹이도 없는 병신이란 사실에 빠져선 그 인간을 빵에 처박아버렸다. 뻔뻔함과 후안무치함으로는 세계 최고라 할 수 있는 악마의 주둥아리 괴벨스조차 이 사건에선 차마 할 말이 없는지 입을 다물었고, 대신 대변인 명의로 '그놈은 원래부터 정신병이 있었는데 갑자기 돌아버린 것.'이라며 재빨리 선을 그었다.

'저놈이 한 말 중에 혹시 쓸만한 이야기가 없을까?'

'저 병신이 어디까지 국가 기밀을 알고 있었지? 우리 작전이 유출되진 않았을까?'

어째 기시감이 팍팍 드는 희대의 병림픽이 벌어졌다. 예전에도 이런 쉐도우복싱이 있었던 것 같은데… 정말 전쟁이란 골때리는 일이구나.

"독일의 부총통, 히틀러의 충신이 미쳐서 영국에 단독으로 날아갔다고? 말이 되는 소릴 해야지! 서방 자본주의 국가들이 히틀러와 무언가 결탁하려는 게 틀림없어!"

"런던에 체류 중인 자들의 보고로는 루돌프 헤스가 정말 정신이상자일 확률이 높다고……."

"그놈들이 매수되었을지 어떻게 아는가."

하지만 이 사건은 편집증과 의심병이라는 정신질환에 시달리는 어떤 빨갱이 콧수염의 PTSD를 자극해버렸다. 이미 온 나라에 간첩이 가득하다고 확신하고 있던 찰나에 이런 기괴망측한 사건이 터져버렸는데 대관절 누가 스탈린을 납득시킬 수 있으리? 급기야 헤스를 모스크바로 보내라는 요구가 나왔고, 처칠은 처칠대로 빡쳐선 '니가 헤스 보러 오든가.'라고 질러버렸고… 이게 그 그리스 로마 신화의 황금 사과인가? 비록 무능했지만 한 몸 던져 연합국의 분열을 유발하다니, 헤스야말로 참된 충신이 아닐 수 없다. 하지만 그 개인에겐 조금 유감스럽게도, 나는 이미 런던을 떠나 자리를 옮긴 상태였다.

* * *

몰타, 라스카리스 워 룸(Lascaris War Rooms). 북아프리카 전역 내내 지옥 같은 시간을 보내던 몰타는 마침내 위기에서 벗어났다. 지중해 너머 아프리카에 보급을 해줄 추축군이 사라졌으니 피 같은 항공 전력을 할애해 몰타를 두들겨 팰 이유도 사라져버렸다. 영국 본토에서 이륙하는 폭격기 대응과 동부 전선의 공군 소요만으로도 이미 루프트바페는 혹사당하고 있을 테니까.

하지만 적이 안 때린다고 해서 우리도 놀릴 순 없다. 이제 몰타는 이탈리아 전역의 지휘본부이자 이탈리아에서 가장 가까운 불침항모의 역할을 수행할 예정이다. 이미 차곡차곡 상륙 준비가 진행되고 있었으며, 마지막까지 나는 서류 더미의 탑에 둘러싸여 참모들이 계속해서 던져주는 곳에 죽어라 서명을 해야만 했다.

"그 콧대 높은 영국 해군이 지휘권 이양에 동의하다니, 신기하군요."

콜린스 참모장의 말에 협의 당시가 생각나 두통이 재발할 것만 같다. 아, 머리 아파라.

"말도 마. 어찌나 옹고집이던지. 설득한다고 죽는 줄 알았다고."

"그래도 해내셨잖습니까. 도대체 뭐라고 했습니까?"

"디에프 상륙작전의 실패 전훈을 분석한 건 애초에 영국군이니까. 그걸 부정하면 자기네 얼굴에 침 뱉는 셈이거든."

물론 겨우 그 정도로 납득하면 오대양 육대주의 지배자를 자처하는 로열 네이비가 아니지. 여기서 또 오묘한 정치의 세계가 등장한다. 현재 처칠은 이겼는데도 불구하고 실각 위기 상태였다. 애초에 처칠이 정권을 잡고 총리에 취임하는 덴 야당의 역할이 컸고, 전시 연립 내각을 성립시키기 위해 처칠은 해군 장관과 공군 장관 자리를 각각 노동당과 자유당에 던져줬다.

그런데 같은 당인 보수당이 장관직을 잡은 육군은 딱히 전공이라 할 게 없었고, 롬멜을 때려 부수는 과정에서조차 충분한 역할을 하지 못했다는 정치 공세까지 얻어맞았다. 그 결과, 처칠은 살아남기 위해 몇 달 전 있었던 디에프 상륙작전 대참사의 책임 상당 부분을 해군에 뒤집어씌웠다. 정말 굉장해.

애초에 북아프리카 전역도 이탈리아 전역도 둘 다 미국 입장에서 선호하던 게 아니잖은가. 나 또한 지휘권 통일이 제대로 안 된다면 이거 못 한다고 언제든 짖어댈 만반의 준비를 끝내 놓았고, 처칠은 처칠대로 어떻게 해서든 이번 작전에선 영국군의 비중을 높여야 했다. 그 결과가 우리의 음습한 뒷거래였다.

'내가 해군을 잘… 설득할 테니 우리 영국 육군의 비중을 늘려 주시구려.'

'전공 많이 쌓을 수 있게 챙겨달란 소리지요?'

'이해가 빨라서 좋군. 몽고메리 장군은 결코 기대에 어긋나지 않을 게요.'

그래. 너네 많이 해. 이탈리아에서 실컷 싸워. 나는 언제든 공세 중단 선언할 만반의 준비가 되어 있다. 이탈리아 전선이 조금만 안 풀릴 징조가 보이면 바로 런할 거라고. 영국 놈들이 독자적으로 싸우겠다면 말리진 않겠지만.

그동안 갈아온 칼을 세상에 선보일 때가 왔다. 영국과 미국의 특수부대가 시칠리아로 향할 만반의 준비를 끝냈고, 오래전 뉴딜 정책과 연계해 확보해 놓은 막대한 분량의 보트와 상륙정들이 차곡차곡 배달되어 출정만을 기다리고 있다.

"다들 적당히들 하고 빨리들 들어가. 전투 시작되면 그때부턴 약 빨면서 일해야 하니까."

"알겠습니다!"

커피로는 안 된다. 뒤편 창고에 각성제만 몇 박스가 쌓여 있는지 모르겠다. 나는 먼저 퇴근해선 곧장 위스키 한 병을 땄고, 유리잔 두 개에 술을 가득 채웠다.

"미안하게 됐습니다."

샤를 놀렛 장군이 얼마 전 죽었다. 카사블랑카에서 몇 개월. 그사이 노인은 마지막 남은 생명을 모두 불사르고 완전히 시들어버렸다. 마음 같아서는 당장 알제리로 날아가고 싶지만, 그랬다간 내가 몰타에 있었다는 사실이 들킬지도 모른다.

조문조차 마음대로 갈 수 없다니. 몰랐다고 하면 거짓말이지만, 높으신 분이란 정말 숨이 턱턱 막힐 때가 있다. 피라미드 꼭대기 옥좌에 앉아 있는 게 아니라, 차라리 고층빌딩 옥상 난간에 매달려 있는 느낌. 언제 바람 한 번 제대로 불면 추락할지 모르는 곳에서 허우적거리고 있자니 현타가 진하게 온다. 이 미친 전쟁이 끝나고 나면…….

쾅!!

"어맛 씨발!"

누가 감히 이 높은 성의 4성 장군이 있는 곳 문짝을 저 따위로 험악하게 열고 들어온단 말인가? 노크라도 하고 들어오라고!

"어디서 지지리 궁상 떠는 냄새가 솔솔 풍기나 했더니, 우리 총사령관께서 혼자 위스키 까먹는 냄새였구만!!"

"그, 제가 좀 센티멘탈한 감성적 인간이거든요?"

"전쟁터에 감수성이라니. 그런 건 백만 대군을 거느리고 베를린의 모든 인간을 쏴 죽인 뒤 챙겨도 된다고. 네로 황제처럼 불타는 베를린을 배경으로 하프를 켜면 그림 좋지 않겠나?"

단 1분 만에 남의 감수성을 백악기 공룡처럼 소행성에 맞아 멸종시키는 인간이 세상에 둘씩이나 있겠나.

패튼은 무슨 예약석 찾아온 것처럼 자연스럽게 내 맞은편에 앉고는, 놀렛을 위해 부어놓은 위스키를 냅다 꿀떡꿀떡 마셔댔다. 참 복스럽게 마시는 모습을 보자니 왜 이리 뒤통수 한 대 때리고 싶지.

"꿍낑!!"

"어이구. 우리 돼지 살 뒤룩뒤룩해진 것 좀 보라지."

손님이 오니 에르빈이 꼬리를 펄렁대며 넙죽 다가와선 몸을 이리저리 부벼댄다. 저놈 저거, 몇 달 만에 봤다고 내 낯을 가리던 놈이 패튼한테 애교

부리는 것 보소. 여우 고기는 먹어본 적이 없는데.

"그래서, 왜 오셨습니까?"

"한 잔 더 마시고 말하지."

둘이서 다시 한번 잔을 비우고, 얼음을 아드득 아드득 씹던 패튼이 조용히 입을 열었다.

"채피가 쓰러졌어."

"예?"

"나도 자세한 건 몰라. 자네 부관이 전달해 주려고 오는 거, 내가 대신 왔네."

저번에 만났을 적에, 확실히 핼쑥해져 있긴 했었다.

"별일 아니었으면 좋겠는데."

"데버스 장군이 인수인계 준비를 하고 있다는군."

"지금 보직에서 물러난다고요?"

"그런 모양이야. 몇 달 병원에서 푹 요양하면 낫겠지? 그동안 일은 해야 하니까 뭐… 다 낫고 나면 이리로 부르자고. 아니면 빨리 전쟁 끝내고, 병문안 선물로 히틀러 불알 한 짝 챙겨서 가든가."

이 망할 전쟁은 대체 얼마나 더 사람 피를 빨아먹을지. 언제 누가 과로사하더라도 이상하지 않다. 솔직히 나도 내가 어떻게 살아 있는지 가끔 신기할 때가 있는데 뭘.

"그럼 여기서 술 마시면서 시간 허비하지 마시고, 베를린 빨리 갈 수 있게 더 열심히 일해주시지요."

"사람 노는 꼴을 못 보게 됐구만. 그런 나쁜 걸 누구한테서 배웠나? 마셜, 마셜이겠군. 마셜밖에 없어."

"그 말씀 꼭 전해드리지요."

"안 돼!"

우리는 애써 일 얘기를 빼고 오직 시시껄렁한 농담만 떠들며 술잔을 나

넜다. 나이를 먹으면 먹을수록, 저 멀리서 어른거리는 죽음의 그림자는 굳이 생각하고 싶지 않았다.

* * *

같은 시각. 이탈리아. 수만 명의 독일군이 험준한 알프스산맥을 건너 이탈리아 남부 지방으로 내려가고 있었다.

이탈리아 및 지중해 방위를 위해 파견된 독일의 케셀링 장군은 '조만간 연합군이 이탈리아 또는 발칸에 상륙할 것.'이라며 경고했고, 히틀러 또한 동맹국 방위를 위해 병력을 증원해주겠노라 제안하자 당연히 이탈리아는 이를 받아들였다. 하지만 독일군의 움직임은 조금 이상했는데, 가장 먼저 침공의 목표가 될 것으로 보이는 시칠리아에선 오히려 병력을 조금 줄이고 있었다.

"적을 시칠리아에서 요격해야 최대한 출혈을 강요할 수 있지 않겠소?"

"제해권을 빼앗긴 섬에서 얼마나 오래 항전할 수 있을지 다소 의문스럽습니다."

"지금 우리 해군을 얕보는 언사로 해석될 수도 있소만."

"실례했습니다. 시칠리아에서 지휘권 관련으로 벌써 분쟁이 발생하고 있기에 그만……."

이미 무솔리니를 버리기로 결심한 음모가들 입장에선 점점 상황이 이상해지고 있었다.

"혹시 두체께서 눈치챈 것 아닙니까?"

"그럴 리가. 매일마다 여자와 뒹굴기 바쁜 무솔리니가 대관절 무슨 눈치를 챈단 말이오?"

"얼마 전에 제가 장인어른… 두체를 만나뵈었습니다만, 예전의 총기는 오간 데 없고 눈 밑이 퀭하더군요. 눈치채진 못했을 겁니다."

"빨리 독일군을 남부 지방으로 보내버립시다. 우리가 거병한 후 연합군과 함께 독일군을 포위하면 대계가 성공합니다."

케셀링에겐 다소 미안하지만, 독일군 중에서 밥맛 떨어지지 않고 부드러운 태도를 견지하는 이는 케셀링 하나뿐이다. 나머지는 죄다 무슨 동맹이 아니라 식민지 병사 대하듯 구니, 총탄에 맞아 벌집이 되더라도 불평하진 못하렸다.

이미 모든 준비는 갖춰져 있었다. 비밀리에 국왕 명의의 연설문이 작성되었고, 파시스트당 내부에서 누구를 다음 총리로 추대할지도 결정되었으며, 일부 군부 인사들은 명령이 떨어지는 대로 독일군을 향해 총부리를 돌리기로 하였다.

남은 건 오직 하나. 연합군만 오면 된다.

"지금 새로 증편되는 독일 육군의 지휘관은 누구입니까?"

"딱히 대단한 사람은 아닙니다. 퇴역했던 예비역 장군이니 별 볼 일 없소."

"그건 그나마 다행이군요."

"방심해선 안 됩니다. 그래도 독일군이에요."

하지만 히틀러는 이들 음모가들의 예상을 아득히 웃돌고 있었다. 보통의 정치가라면 동맹국에서 반역 음모가 진행되고 있다는 소식을 접했을 때 당연히 해당 국가에 이를 통보하였으련만. 히틀러는 그 대신 이걸 빌미로 동맹국을 통째로 잡아먹을 심산이었다. 그런고로, 그는 독일군 중에서 누구보다 이탈리아군을 잘 안다고 평가받는 이를 보내고 있었다.

"허리 아파 죽겠군."

"그러게 말이에요. 그런데 아저씬 왜 징병되셨어요? 얼굴만 보면 한 50대는 되어 보이는데."

"젊어서 고생을 많이 해서 삭아 보이는 거야. 젠장, 가면 갈수록 나이 든 사람까지 다 끌어내니 참 그렇네."

"한스 병장, 혹시 누구 닮았단 소리 안 들어?"

"롬멜 장군 닮은 것 같지 않아요?"

"내가 롬멜이면 이탈리아로 가고 싶진 않을 것 같은데."

한스 병장, 아니 에르빈 롬멜은 쓴웃음을 지었다. 그의 다음 임무는 로마 점령이었다.

허스키 익스프레스 2

시칠리아 침공, 작전명 허스키의 개요를 간략하게 정리하면 다음과 같다.

1. 상륙 한 달 전부터 시칠리아, 이탈리아 본토, 프랑스 북부, 그리스, 크레타 일대에 대대적인 폭격을 개시한다. 단, 추축군이 우리가 상륙할 지점에 대해 예상할 수 없도록 해안 요새화 구역은 폭격하지 않는다.

2. 상륙 직전, 시칠리아 일대에 공수부대를 투입해 주요 도로와 교량을 확보하고 추축군의 기동을 최대한 저지한다. 마찬가지로 발칸 일대도 들쑤셔 마지막의 마지막까지 페이크를 건다.

3. 상륙 개시. 그리고 최대한 빨리 비행장을 확보하고, 추축군이 이탈리아 본토로 퇴각하지 못하도록 바닷길 차단을 '가능하면' 시도한다.

여기서 잘 풀릴 경우, 곧장 이탈리아 남부 지역에 상륙하거나 혹은 이탈리아군의 환영을 받으며 로마로 직행할 예비 계획 또한 잡혀 있다. 작전계획을 짜는 것 자체야 전혀 문제가 아니다. 왜 사령부에 무수히 많은 참모들과 장교들이 있겠나. 이런 계획 짜라고 있는 거다. 우리 연합군 사령부, 나아가 미국과 영국 정부가 무엇보다 고민한 부분은 시칠리아에 상륙하는 순간 이탈리아의 정세가 격변할 것이 뻔했기 때문이다. 이 부분에선 루즈벨트와 처칠이 대놓고 충돌했었고, 이런저런 중재와 조정 끝에 몇 가지 합의에 이르렀다.

'무솔리니는 핵심 전범이다. 다른 놈들은 몰라도 무솔리니가 정권을 잡고 있는 한, 눈에 흙이 들어와도 절대 타협, 협상, 휴전은 없다.'

'이미 무솔리니의 지지도가 꽤 떨어진 만큼, 시칠리아가 함락당한다면 지난 1차대전 당시 독일제국처럼 이탈리아 국민들이 봉기해 자발적으로 파시스트 정권을 무너뜨릴지도 모른다. 반정부 시위대에 의해 정권이 붕괴된다면 이탈리아는 당분간 혼돈의 도가니에 빠질 확률이 높으며, 이탈리아 주둔 독일군 또한 혼란을 피해 철군할 가능성이 크다. 따라서 이 경우엔 가능한 한 전투는 피하되, 이탈리아를 안정시키기 위해 신속히 본토로 진군한다.'

'우리와 접촉한 음모가들이 무솔리니를 실각시키고 신정권을 수립한다면, 무조건 항복을 권고하고 그 외의 다른 어떠한 협상 시도에도 응하지 않는다.'

두 번째 항목은 아무리 봐도 글쎄… 아무리 모든 상황을 가정한다 쳐도 행복회로가 너무 뜨끈뜨끈한 것 같으니 일단 논외로 치고. 마지막 항목이 가장 문제였다.

루즈벨트 행정부는 1차대전 당시 독일의 조건부 항복을 들어준 결과가 지금의 이 두 번째 세계대전이라고 여겼고, 무슨 수를 써서라도 추축국을 완벽히 가루로 만들어버리고 머리부터 발끝까지 아예 깡그리 재구축해야 한다고 벼르고 있었다.

하지만 처칠과 영국은 여전히 왕년의 그 대영제국이 잘나가던 시절의 체제 재건을 최선으로 여기고 있었고, 영국의 패권을 위해서라도 이탈리아가 가능하면 온전한 상태로 연합국 편으로 갈아타길 희망했다.

내 사견으로 볼 땐 당연히 어림 반 푼어치도 없는 개떡 같은 발상이다.

파시즘이라는 불치병에 걸린 나라를 치료할 방법은 오직 철저한 파괴, 압도적인 힘의 철퇴뿐이란 건 원 역사가 증명하거든. 독일은 베를린에 붉은 깃발이 휘날리고 분노한 붉은 군대의 뜨거운 학살을 맛본 뒤 나라가 반갈죽당한 뒤에야 반성이란 걸 하는 시늉이라도 하게 됐다.

반면 갈아타는 데 성공한 이탈리아는? 21세기에도 무솔리니 후손들이 국회의원 해먹고, 무솔리니 흉상을 집에다 장식하는 재밌는 나라가 되었다. 한국 옆에 있던 어떤 반성 없는 나라랑 참 비슷하단 말이야. 이왕 이탈리아에 쳐들어가야 한다면, 아예 그 싹수를 완벽히 교정해 줘야지.

미합중국, 그리고 내가 이 전쟁의 조타를 맡게 된 이상. 이 세계에선 전범국 놈들이 모가지 빳빳하게 쳐들고 있는 꼬라지가 없게 만들고 싶다. 미래를 아는 사람이 존재하는 세상이라면, 원 역사보다 어느 한구석은 조금이라도 나아져야 하지 않겠나.

* * *

1940년 7월 12일. 레슬리 맥네어가 북아프리카 비제르테에 도착했다. 그리고 나 또한 그를 맞이하기 위해 비제르테로 향했다.

"이 먼 곳까지 오시다니, 정말 고생이 많으십니다."

"후방에서 일하는 제가 킴 장군 앞에서 고생을 논할 순 없지요. 이번에 시행될 허스키 작전(Operation Husky)에서 최대한 많은 걸 배워 가야 다음 작전에서 피를 덜 흘리지 않겠습니까."

맥네어의 웃음기 없는 대답에 나도 할 말이 궁해졌다. 미 육군은 8백만 명 규모의 대군을 운용하기로 이미 의회의 동의를 받아냈다. 해군과 해병대를 제외하고 오직 육군만 8백만이다. 전쟁 이전 10만 명을 유지하네 마네로 찌그락째그락대던 게 엊그제 같은데, 8백만이라니. 보디빌더 근육도 이렇게 급히 불리진 않지만, 세계대전이라는 초유의 시국은 그걸 가능케

했다.

근육이라곤 없이 뼈가죽만 앙상하던 미 육군을 저렇게 벌크업하려면 당연히 보통의 노력만으론 불가능하다. 그 안 되는 걸 되게 만드는 이들 중 최고 핵심 인사가 있다면 당연히 마셜과 맥네어, 이 두 사람. 내가 비록 야전에 나와 있긴 하지만… 과연 저 둘의 노고가 나보다 덜하냐고 묻는다면 절대 그렇진 않다고 확신을 가지고 말할 수 있다.

"장군께서 상륙전을 염두에 두고 제안한 것들, 제가 할 수 있는 선 안에서 최대한 다 해드렸습니다."

"그 점에 대해선 대단히 감사히 여기고 있습니다."

"저 또한 상륙의 어려움에 대해선 충분히 이해하고 있고, 난관을 타개하기 위한 장군의 여러 방안들에 대해서도 이론상으론 문제가 없으리라 여겼기에 동의한 겁니다. 다만 현장에서의 운용은 미지수인 관계로 제가 직접 참관하고 향후 개선과 발전 방향을 확인하고자 합니다."

비록 나와 생각이 달라 시시때때로 충돌하긴 했지만, 맥네어가 나쁜 사람이라거나 무능한 인물이라고 생각하지는 않는다. 내가 미래에서 온 탓에 답안지를 보고 왔을 뿐이지, 맥네어의 각종 추론이나 답안 제시가 비합리적이진 않았으니까. 우린 비제르테 항구를 꽉꽉 채운 거대한 선단을 둘러보았고, 맥네어는 시종 예리하게 여러 질문을 던져댔다.

"제가 봤을 땐 상륙 후 최대한 빨리 전차가 기동할 수 있어야 잘 구축된 적 진지를 상대로 그나마 승산이 오를 것 같습니다."

"그래서 전차용 상륙정을 별도로 제작했지요. 햇불 작전 당시엔 프랑스군이 제대로 대응하지 못했었지만, 이번엔 그런 요행을 기대하기 어려우니까요. 개인적으로 기대가 큽니다."

"신형 보병용 대전차화기는 어떻게 보고 계십니까?"

"벌써 병사들이 바주카(Bazooka)라고 별명을 붙였습니다. 박격포와 달리 직사화기다보니, 단순히 적 전차와 싸울 때뿐만 아니라 적의 토치카나 벙커를 상대로도 대단히 유용할 것 같더군요."

이래도 맥네어를 찬양하지 않고 배기겠나. 북아프리카 전역에서 벌어진 롬멜과의 숨막히는 전차전, 특히 전차 전력을 사방에 흩뿌렸다가 롬멜에게 옴팡지게 박살이 나버린 36보병사단의 추태를 접한 맥네어는 보고서를 보자마자 병기국을 극한까지 갈아버렸다고 한다.

'갓 훈련소에서 튀어나온 신병도 독일 전차를 때려잡을 수 있는 휴대용 대전차무기를 개발할 것. 당장.'

그러자 바주카가 뿅 하고 튀어나왔다. 가장 절실했던 무기가 이렇게 척척 배달되니 참 든든하구만.

"신형 전차 개발에 대해서도 크게 염려하지 않으셔도 되도록 제가 각별히 유념하고 있습니다. 새로 기갑감으로 임명된 데버스 장군도 킴 장군, 그리고 채피 장군과 크게 생각이 다르지 않았고요."

"채피 장군의 건강이 많이 안 좋습니까? 혹시 여기 오기 전에 무어라 들은 것 있습니까?"

"…두 분이 절친한 관계였지요."

맥네어는 드물게도 곤혹스럽단 표정을 짓고 있었다.

"출발 전에 잠깐 만나 뵈었습니다. 인수인계 건도 있었으니까요. 장군께선 되도록 말하지 말아 달라고 하셨습니다만……."

"큰 병인가보군요."

"그렇습니다."

"아마 제가 걱정해서 일 똑바로 안 할까 봐 그렇게 말하셨을 겁니다. 하지만 수십 년을 알아 온 사이잖습니까. 당장 장군과 같이 레번워스에서 복무할 때가 엊그제 같은데요."

"알겠습니다. 말씀해 드리죠."

알았다고 했음에도, 그는 몇 차례 입만 뻐끔거리며 시선을 제대로 처리하지 못했다. 나는 차마 재촉하지 못했고, 한참 망설이던 그는 몇 분 뒤에야 비로소 토사물을 내뱉듯 한마디를 툭 던졌다.

"뇌종양 진단을 받았습니다."

"뇌종양?"

"올해를 넘기기 힘들겠단 선고가 있었고, 신변을 정리하고 있습니다."

"…가끔, 신께서 정말 착하고 어진 이를 아끼는지 의문스러울 때가 있습니다."

"제가 아는 목사님은 하나님께서 그런 분들을 너무 아끼셔서 빨리 데려간다고 하시더군요."

난 거기에 구태여 답하는 대신, 힙플라스크의 마개를 따고 한 잔 쭉 빨았다.

"한 잔 드시겠습니까?"

"고맙습니다."

이 깐깐한 사람이 처음으로 내 위스키를 거절하지 않고 그대로 벌컥였다. 채피가 걱정했던 바와 같이, 그날 나는 도무지 일이 손에 잡히지 않았다.

1940년 7월 17일. 그동안 항공 전력만을 동원해 유럽 곳곳을 폭격하던 연합군은 마침내 압도적 우위에 있던 해상 전력을 동원했다. 미영연합군 함대가 시칠리아 곳곳에 함포 사격을 가하기 시작했지만, 이미 몇 달에 걸친 폭격과 공중전으로 많은 항공기를 상실하고 비행장마저 절반 이상 제압당한 추축군은 도저히 저들을 내쫓을 수 없었다.

하늘과 바다는 연합군의 것. 추축국은 마침내 연합군의 칼날이 시칠리아로 향한다는 사실을 확신하게 되었다.

1940년 7월 19일 오후. 이글거리는 사막의 태양 아래, 북아프리카 사방에 흩어진 비행장들은 일제히 C—47 수송기와 영국제 글라이더를 쏟아내며 시칠리아를 향해 날려보냈다.

이와 동시에 자타가 공인하는 최초이자 최강의 특수전 전력, 영국 코만도가 잠수함을 통해 시칠리아 곳곳에 잠입해 들어갔다.

19일에서 20일로 넘어가는 밤. 시칠리아에 마침내 연합군 병사들이 발자국을 남기며, 허스키 작전이 그 막을 올렸다.

"연합군이다!!"

"연합군이 하늘로! 하늘을 통해 오고 있습니다! 공수부대입니다!"

"당황하지 마라! 적들이 이곳으로 오리란 사실을 몰랐던 것도 아니잖아! 당장 인접 부대에 상황 전파하고 전투 준비해!"

시칠리아에 주둔 중이던 독일군은 너무나 당연히 이탈리아군의 지휘권을 요구했다.

"효율적인 지휘를 위해서는 지휘권이 일원화되어야 합니다."

"근데 어째서 그 지휘권 일원화가 항상 당신네들이 지휘봉을 잡는다는 결론으로 수렴합니까?"

"그걸 몰라서 묻습니까?"

"몰라서 묻지요. 여긴 우리나라, 우리 영토입니다. 혹시 롬멜의 못된 버릇이 여러분들에게 옮기라도 했습니까?"

하지만 이곳에 주둔 중이던 이탈리아군 장성들은 거의 신경질적으로 응대하며 지휘권 이양을 거부했다. 몇몇은 이미 대세가 기울었다 여기고 유사시 연합군에게 백기를 흔들기 위해 지휘권을 꽉 붙들어 맸으며, 그렇지 않은 이들 또한 자존심, 열등감, 그리고 거만하기 짝이 없는 독일군에 대한 불쾌함으로 인해 지휘권 이양에 무척 부정적이었다. 그리고 이 불협화음은 지금 이 순간 파멸적인 결과로 다가왔다.

"응답 없나?!"

"어, 없습니다! 모든 케이블이 절단당한 듯합니다!"

"방송국! 방송국으로 병력을 급파해! 모든 주파수 대역으로 떠드는 한

이 있더라도 연합군의 침공을 알려야 한다!"

서둘러 방송국으로 달려간 이탈리아군을 맞이하는 것은…….

타타타타타!!!

"컥!"

"적, 적이다!!"

"등신 같은 마카로니 새끼들!"

"네놈들 나라는 망했어! 여긴 이제 대영제국이 지배한다!"

이미 방송국은 제압당한 지 오래. 강하 도중 불가피한 손실이 발생하기도 하고 강풍과 낯선 지리 등으로 인해 다소 혼란을 빚기도 하였으나, 연합군 상당수는 이미 작전의 첫 코를 성공리에 꿴 상태였다.

"꼼짝 마!"

"순순히 항복해라!"

"하, 항복하겠소! 우리 부대는 연합군의 진주를 환영하는 바요!"

북아프리카 전역에서 발생한 어마어마한 인명 손실 대부분은 이탈리아군의 손실. 특히나 에티오피아 전쟁과 스페인 내전에서 실전을 경험했던 이탈리아군 정예부대 상당수가 사막의 미라가 되거나 포로수용소로 끌려간 지금, 그들의 전력은 터무니없이 약해져 있었다. 이 혼란을 수습하고 통일된 반격을 펼칠 역량이 있는 건 결국 시칠리아 주둔 독일군일 수밖에 없었으나.

"연합군의 침공 확인. 봉인된 명령서를 개봉하겠습니다."

"음."

히틀러의 비밀 지령이 그 모습을 드러내며 상황은 달라졌다.

"전군, 신속히 철군을 준비한다."

"예?"

"총통 각하의 명령이다. 현 시간부로 이탈리아군의 배신 또는 전향을 염두에 두고 행동할 것. 어쩌면 로마의 무솔리니 정권이 무너질지도 모른다."

만약 정말 그렇다면 이 섬에서 승산 없는 싸움을 위해 버티느니, 바닷길이 막히기 전 한시라도 빨리 이탈하는 게 더 나을지도 모른다. 격렬한 야간전이 섬 곳곳에서 벌어지고 총성과 폭음이 가득한 밤이 끝날 무렵. 연합군의 대규모 상륙선단이 마침내 그 모습을 드러내었다.

— 베를린에서 로마에. 베를린에서 로마에. 할머니가 입원하셨다. 반복한다. 할머니가 입원하셨다.

연합군의 시칠리아 상륙 개시에 따라, 사전에 약정된 암호문이 알프스를 건너 이탈리아 남부 지방으로 향하던 독일군을 향해 전송되었다.

군부대의 일과 시작 시간은 통상 일출을 기점으로 정해진다. 특히나 작전 행동 중인 이들 독일군들은 더욱 시간 관리가 빡빡해서, 해당 암호문을 받을 무렵엔 이미 병사들이 행군을 시작하기 전 아침 짬밥을 먹고 있던 찰나. 그리고 동서고금을 불문하고, 병사들에겐 밥 먹는 시간이야말로 최고의 낙이다.

"한스 병장님? 그래서 그다음은 어떻게 되었습니까?"

"그래서 내 마누라가 딱 말하더군. 뭐라고 했냐면……."

"실례합니다!"

한창 재잘재잘 서로의 인생 베스트 썰을 풀어대며 친목을 도모하던 찰나, 갑자기 텐트로 한 무리의 병사와 장교들이 들어오자 아무것도 모르는 병사들은 연신 딸꾹질을 하며 기겁을 했다. 요상하게 나이에 비해 늙어 보이는 한스 병장은 그 모습을 보곤 절로 씨익 웃었지만 말이다.

"시작되었습니다, 장군님."

"…차라리 아무 일도 없길 바랐건만, 참 안타까운 일이야."

한 장교가 가지런히 개어진 군복 한 벌을 내밀고, 한스 병장이 그걸 아무렇지도 않게 받아 어깨에 장군 계급장이 붙은 군복 상의를 슥 걸치는 순간. 이제 상황을 대강 파악한 병사들은 딸꾹질을 뛰어넘어 심장마비와 호흡곤란 증세를 호소하며 눈을 부릅떴다.

"벼, 병장님?"

"롬멜 장군님께 감히 병장님이라니!"

"어허. 왜들 그러나. 거기 전우님들, 잠깐이지만 무척 즐거운 시간이었네. 다들 몸조심하고, 내 마누라가 뭐라고 했는진 나중에 미군을 물리치고 나서 얘기해 주도록 하겠네. 그래도 괜찮겠지?"

"괘, 괘, 괘, 괜찮습니다!!"

"안 들어도 괜찮습니다!!"

"어허. 명령이야. 다들 사지 멀쩡하게 돌아와서 내 젊었을 적 이야기 마저 듣게."

로마. 시칠리아. 그리고 오이겐 킴. 복수전의 시간이 왔다. 불행하게도, 상대는 전혀 그럴 의사가 없었지만.

허스키 익스프레스 3

1940년 7월 20일. 시칠리아 동남부 해안.

"전진! 전지이이인!"

"뛰어, 이 자식들아! 뛰라고!!"

"돌격 앞으로! 쫄지 마! 해안에 있으면 무조건 죽는다!!"

수적 우위를 근간으로 한 미영연합군의 대규모 일제 상륙.

"으, 으아, 으아아……."

"독일 놈들 전쟁에 왜 우리가 죽어야 해! 때려치워!"

"이 배은망덕한 놈! 파시즘을 위한 희생이야말로……!"

"너나 희생해 이 개자식아!"

실전 경험이 있는 기간 병력의 부재가 너무나 뼈아프다. 이미 하늘과 바다에서 해변을 몇 번이고 갈아엎을 분량의 포탄과 폭격이 떨어졌고, 맞서 싸워야 할 이탈리아 병사들은 이 묵시록이 도래한 듯한 압도적 폭력 앞에 넋이 나가버렸다.

지난 1차 세계대전에서 이탈리아가 흘린 핏값을 제대로 쳐주지도 않은 영국은 증오스럽다. 유대인이란 이유만으로 사람을 비누로 만들어대는 독일은 역겹기 그지없다. 되도 않은 영광이네 뭐네 떠들어놓고 무엇 하나 똑바로 달성한 게 없는 무솔리니는 진절머리 난다.

"정신들 차려라! 고향을 지켜야 한다!!"

"저 야만적인 양키들이 우리의 부모 형제를 모두 죽여버리려 한다! 싸워! 싸우란 말이다!"

두체 무솔리니가 수십 년간 집권하며 그토록 로마제국의 영광과 파시즘의 우월함을 강조해 왔지만, 지금 당장이라도 저 멀리멀리 도망치고픈 병사들의 발목을 붙잡는 어휘는 현란한 수사법이 아니라 고향과 가족 이야기뿐. 마지막의 마지막 순간에, 이탈리아인의 내면 저 아래에 잠들어 있던 투지를 일깨우는 것은 오직 내 가족 내 고향에 대한 애착이었다. 이탈리아의 공업 능력은 그 열정을 전투력으로 바꿔주기엔 한참 부족했지만, 적어도 바다 건너 몰려오는 적들을 상대로 총탄을 퍼붓는다는 것만으로도 상륙의 난이도가 한 단계 뛰어버렸다.

결국 전쟁은 크게 달라지지 않았다. 제1차 세계대전에서 참호, 기관총, 철조망의 조합은 수비자의 힘을 극대화하고 공격자에게 어마어마한 손실을 강요한다는 점을 입증했다. 공격자가 이를 무력화하기 위해 공중 폭격, 체계화된 포격, 강력한 기갑 전력이 답안으로 제시되었지만, 상륙이라는 특수한 전장환경에선 이 모든 것들이 어그러지곤 했다. 그래서, 연합군은 특수한 전장환경을 위해 특수한 장비를 다수 동원했다.

"적이… 뭔가 기괴한 걸 보내고 있습니다!"

"기괴한 거?"

"욕조! 욕조가 오고 있습니다!"

"지금 장난하나!"

일선에선 정말 보이는 그대로 정직하게 보고를 날렸다. 하지만 안타깝게도, 통신망으로만 보고를 받는 후방 지휘관들에겐 포화에 미쳐버린 장병들의 개소리로 취급되었다. 그들을 마냥 욕할 순 없으리라.

"도널드 덕 친구들, 튜브에 바람 빼! 가자!"

"KILL!!"

M4 DD(Duplex Drive)라고 명명된 이 기이한 전차는 튜브에 탄 채 수영장을 둥실둥실 떠다니는 어린아이처럼 유유자적 해안을 향해 오더니, 지면을 밟기가 무섭게 튜브를 걷어치웠다.

"저, 전차다!"

"욕조가 아니다! 튜브 탄 전차였다! 당장 여기로 대전차 화력을…."

콰앙!!

강력한 전차포의 화력에 토치카가 단숨에 무너지고, 기관총을 갈겨대던 병사들은 억 소리조차 못 내고 그대로 피떡이 되어버렸다. 끔찍한 폭발에도 숨이 붙어 있던 병사들은 무너져내리는 콘크리트에 온몸이 깔리며 차라리 먼저 즉사한 전우들을 부러워하는 모양새가 되었다.

"적 전차 전력이 늘어나고 있다!"

"적 상륙정에서 전차가 내리고 있다! 막아야 한다!"

듀플렉스 드라이브라는 있어 보이는 명칭 대신 연합군 병사들이 죄다 도널드 덕이라고 불러대는 DD 전차 수십 대가 한번 포화를 뿜어대기 시작하자 최전방에서 사람을 다진 고기로 갈아대던 기관총좌들이 속속 침묵을 강요당했다.

이 든든한 걸어 다니는 성채의 뒤로 보병이 따라붙어 총격을 갈겨대고, 차근차근 전진하여 해안의 살상지대를 하나둘 무력화하니 해안에서 적을 막겠다던 추축군의 대전제는 순식간에 백주대낮의 공허한 담론으로 전락하고 말았다. 이렇게 한두 곳이 뚫리기 시작하니, 새로이 확보된 안전지대로 더욱 크고 육중한 상륙정들이 해안 모래톱 근방까지 몰려와 제 입을 쩍 벌렸고.

"내려! 내려라!"

"전차 나가신다! 다 비켜!!"

전차를 태운 상륙정들이 속속 M4 전차와 병사들을 내보내자 마침내 흐름이 정해졌다. 안 그래도 빈약한 이탈리아군의 대전차 전력이 마지막 투입 시기를 놓친 이상 이미 진즉 결말은 예정되어 있던 셈.

"리카타 해안 장악 완료!"

"게타 해안, 성공적으로 상륙 완료하였습니다!"

"영국군, 시라쿠사를 향해 진격 예정!"

"생각보다 대응이 약한데."

하지만 몰타에서 보고를 받고 있던 유진 킴 총사령관과 해롤드 알렉산더 부사령관의 얼굴은 펴질 기색이 없었다. 독일군이 없다. 보고에 따르면 해안 방어에 나선 건 죄다 이탈리아군.

"일단 공세는 계속 진행해야 하지 않겠습니까."

"항공 정찰에 따르면 일부 독일군이 섬 북쪽으로 움직이고 있다고 하는

데……."

"시칠리아 방위를 포기하고 이탈리아 본토로 넘어가 항전을 지속할 요량
인 듯합니다."

무수히 많은 정보가 입수되고, 신속히 취합된 뒤, 이곳 라스카리스 지휘
소의 지도상에 새로이 표기된다. 시칠리아 동남쪽에 연합군이 상륙하자, 독
일군은 마치 이때만을 기다렸다는 듯 지체 없이 섬 서쪽과 북쪽에 있는 병
력을 돌려 북동쪽의 요지, 메시나(Messina)를 향해 달려갔다. 메시나 항구
에서 이탈리아 본토까지는 고작 5킬로미터 남짓하니, 천하의 대영제국 왕
립해군이라 하더라도 그 가느다란 해협에 함대를 밀어넣을 순 없었다. 그건
숫제 자살행위니.

"시칠리아 동남부에 독일군이 없을 리가 없잖습니까?"

"우리 정예 코만도와 공수부대가 그 일대 철도와 교량을 집중적으로
마크하였으니, 아마 기동 자체를 포기하고 현지 수비에 나서지 않았겠습
니까."

"전략적 기동이 가능한 부대만 빼고 나머지는 남긴다. 틀린 말은 아니군
요. 그러면 상륙부대에 독일군을 상대로 교전해야 할 수 있다는 사실을 빨
리 알려줘야겠습니다."

유진이 고개를 끄덕이자 옆에서 듣고 있던 장교 몇이 즉각 통신병에게
로 달려가 예하 부대에 해당 추측을 전달했다.

"그렇다면 상륙한 곳 근방의 적은 생각보다 대군은 아닐 듯하고, 대신
이탈리아 남부 방어에 집중할 듯합니다."

"그러니 살레르노(Salerno), 아니면 타란토(Taranto) 등지에 추가 상륙을
건의합니다. 시칠리아 주둔군이 합류하여 방위 태세를 더 강화하기 전에 저
들의 배후지를 곧장 찔러야 한다고 봅니다."

"독일군이 그리 허술하겠습니까? 이탈리아 방위를 맡은 케셀링을 만만
히 봐선 안 될 듯한데……."

"그렇습니까? 저희 정보부의 의견은 꽤 다릅니다."

알렉산더로서는 유진의 걱정이 지나친 것으로 보였다. 그 유명한 사막의 여우 롬멜과 숨가쁜 일전을 벌여 단숨에 패퇴시킨 인물이라기엔 너무 소심하잖은가.

"케셀링은 육군 출신 인사이긴 하지만, 수십 년간 항공 관련 보직만 쭉 거쳐왔으니 명실상부한 공군 장성입니다. 북아프리카 전역이 진행 중일 땐 이탈리아에서 할 일은 당연히 항공작전이 전부였지만, 지금은 아니잖습니까."

"그거야 그렇지요."

말은 그렇게 하면서도, 떨떠름한 기색을 숨기지 않는 유진이었다. 그야 저 이탈리아의 구릉과 산맥에서 케셀링이 얼마나 알차게 연합군의 피를 빨아먹는지 아는 인물은, 미래를 보고 온 유진 킴 오직 한 명뿐이니. 하지만 알렉산더에겐 그 모습이 '여전히 이탈리아 침공을 불편해하는 미군 장성'의 행동으로 해석되었다. 실제로 틀린 말도 아니었고.

"상륙부대를 지휘 중인 몽고메리 장군도 살레르노 공략을 요청했습니다."

"그분이 이리 적극적이라니, 의외군요."

"큭… 그러니 더더욱 해볼 만하다고 생각되지 않으십니까?"

알렉산더는 무심코 크게 웃음을 터뜨리려다 있는 힘껏 어금니를 꽉 깨물었다.

"제 생각엔, 지금 우리의 손에 남아 있는 패를 던질 곳은 이탈리아 본토가 아닌 듯합니다."

"그러면 역시……."

"예. 크레타 탈환 어떻습니까?"

영국군이 온갖 수단과 방법을 가리지 않고 '우리 발칸 갈 거야! 발칸가즈아! 발칸 갈끄라고!!'라며 고래고래 정보, 역정보, 이중간첩 등을 총동원해 콧수염 총통에게 메시지를 보냈지만 그놈은 요지부동이었다. 저 꼴을 보고 있자니 연합군 최고의 인성을 자랑하는 유진 킴은 배알이 살살 꼴려 왔다.

"이렇게 우리가 시그널을 줬는데도 꿈쩍도 안 하고 있는 걸 보면, 저들은 연합군이 발칸에 쳐들어온다는 발상 자체를 안 하고 있는 듯합니다."

"예."

"이러면 발칸의 병력을 빼서 동부 전선이나 이곳 이탈리아로 재배치할 가능성이 있습니다. 독일군을 최대한 넓고 얇게 흩뿌리도록 유도하려면 우리가 발칸을 찌를 수 있다는 사실을 저놈들의 머리통에 똑바로 입력시켜줘야 합니다."

"좋습니다."

미국과 영국을 대표하는 두 사람이 동의하자 그다음은 일사천리.

"상륙부대로부터 입전!"

"말하게."

"적 전차부대와 교전 발생. 독일군입니다. 독일군이 투입한 신형 전차에 의해 아군 손실 심대!"

"신형?"

북아프리카 전역 이후, 미 육군 기갑사단은 기존의 연대 구조를 탈피해 3개의 전투단으로 재편되었다. 각 전투단은 독자적인 정비 및 보급 인력과 더불어 상당량의 트럭, 하프트랙을 할당받았고 유사시 지휘관의 결심에 따라 적의 방어선을 돌파하는 데 최적의 구조를 갖췄다.

하지만 그놈의 상륙작전은 예외. 하역 작업은 더뎠고, 당장 전장의 신이라 할 수 있는 대포와 그 탄약을 먼저 배에서 내린다고 전차는 약간 딜레이될 수밖에 없었다. 전차의 수량이 약간 부족하긴 하지만, 적어도 작전행동에 지장이 갈 정도는 아니다. 그리 판단한 패튼과 그 예하 지휘관들은 곧장 전차부대를 움직여 적의 역공을 사전 차단하고 상륙지점 일대의 안전을 확보하기로 결심했다. 그런데.

콰아아앙!!

"적 사격! 적의 사격!"

"어디서 쏜 거야? 대전차포인가?"

"처음 보는 전차 발견! 11시 방향!"

골드버그 중사는 입에 넣어 놓은 빵을 재빨리 삼키고 적 전차를 확인했다. 딱 봐도 거대해 보이는 덩치에, 위압감 넘치는 생김새. 독일군 전차는 대부분 수직 장갑을 채택했었는데, 전투를 치르며 뭔가 배우긴 했는지 전면부에 경사장갑을 채택했다. 처음 보는 물건. 신형 전차가 틀림없다.

"덩치로 봐선 중전차네. 쫄 거 없다. 우리가 잡아 죽인 제리 전차만 끌어모아도 고철 장수 한 달은 먹고 살 텐데……."

콰아아앙!!

중사의 입이 다물어지기까진 단 한 발의 추가 사격으로 충분했다.

"3호차 격파!! 3호차 격파!!"

"미친!"

"거, 거리가?"

"2,400야드(약 2km)! 2,400야드에서 셔먼을 잡았어!"

"킴! 후진! 뒤로 밟아!!"

"한 대가 아닙니다! 두 대, 아니 세 대!"

"들리나? 적 신형 전차가 2천 야드 너머에서 셔먼을 격파했다! 당장 잭슨 보내줘! 우리로는 상대가 안 될 것 같다!"

"독일 새끼들, 대체 뭐 처먹고 저런 걸……!"

세계 최초의 전차 개발국이자, 그 어떤 나라보다 그 운용 교리 면에서 뛰어나며, 사막에서 모래도 퍼먹으며 실전 경험도 쌓았으니 전차의 도를 터득했노라 자부하던 미 전차부대원들. 결코 철과 화약의 싸움에서 물러서지 않고 중세 기사처럼 용맹하다 자부하던 326경전차대대의 후예들조차 저 괴물의 등장엔 기가 질리고 말았다.

— 503중전차대대. 공격 개시.

— 현 시간부로 적 전차부대와 교전을 개시한다. 하일 히틀러.

느리지만 확실하게, 철제 재앙이 움직였다.

허스키 익스프레스 4

M4 셔먼의 75mm 주포로는 씨알도 안 먹히는 정면 장갑. 두렵다 못해 어이가 없어질 정도로 정확한 사격. 일격에 셔먼의 뚝배기를 까고 전차 한 대를 고철로 만들어버리는 화력. 처음 보는 독일의 신형 전차를 보고 패닉에 빠진 미 육군 전차부대였지만, 이미 롬멜을 꺾으며 많은 걸 배운 이들의 판단은 그리 느리지 않았다.

"저 괴물딱지가 해안을 덮치면 우리 전우들 다 죽는다!"

"수로 밀어붙여!"

"덮쳐 씨발! 좌우로 갈라져서 덮치라고!"

정답은 당연히 일단 물러서고, 저 괴물을 상대할 화력을 갖춘 M10 '잭슨' 대전차자주포나 포병대를 동원하는 것이다. 하지만 물러날 공간이 그리 여유롭지 않다. 여기서 물러나면 곧장 한창 하역 작업 중일 해안이 나오기 때문이다. 결국 이들은 죽을 줄 알면서도 적 중전차를 향해 달려들어야 했고. 미 육군은 이날 어마어마한 피를 흘뿌렸다.

다음 날, 7월 21일.

"…뭐라 말해야 할지 모르겠습니다. 이번 손실은 제 책임입니다."

"그럴 거 없습니다. 그래도 잘 수습하지 않았습니까."

"이런 일에 신상필벌이 철저해야 군기가 바로 섭니다! 제게 처벌을!"

"아 글쎄, 됐다니까요."

"처버어어얼!!"

1천 년 뒤늦게 태어난 광전사는 어디로 갔는지, 패튼은 생전 처음 보는 홀딱 젖은 강아지 같은 면상을 하고 있었다. 저 인간이 저러니까 당황스럽네.

"맥네어 장군?"

"노획한 전차는 이미 정비병들을 동원해 확인 중에 있습니다."

내가 맥네어를 부르자, 그는 기다렸다는 듯 각종 데이터를 제시했다.

"독일군의 신형 전차, '타이거'는 우리 군의 M10과 비슷한 88mm 주포를 올렸습니다. 실상 저번 북아프리카 전역에서 보고된 롬멜의 대공포를 그대로 전차포로 개량했다고 봐야겠군요."

"그 말인즉슨?"

"현재 아군의 주력인 M4 셔먼으로 상대하려면 많은 피해가 예상됩니다."

하지만 나와 의견이 일치한 부분은 어디까지나 데이터의 영역. 그는 나와는 조금 다른 생각을 개진했다.

"하지만, 전략적 측면에서 보자면 저 전차가 얼마나 비중이 있을진 의문입니다."

"어째서입니까."

"28대의 신형 전차를 상대로 많은 손실을 입은 건 사실입니다만, 이 전차들 상당수가 전장에서 기능고장을 일으켜 비전투 손실이 발생했습니다."

떡장갑. 강력한 화력. 애초에 전차라는 물건은 무슨 엔지니어링 베이에서 업그레이드 찍으면 뚝딱 개량되는 게 아니다. 그것보다는 오히려 RPG 게임 캐릭터의 스탯 분배하는 것과 유사하지. 공격력도 방어력도 모두 높이면, 다른 부분을 포기해야 한다. 원 역사에서도 티거 전차를 굴리기 위해선 굉장히 까다로운 노력이 필요했는데, 여기에 경사장갑을 비롯해 여러 '개선'까지 적용했으니 그만큼 잃는 것도 있어야지.

"독일이 이런 전차를 얼마나 대량으로 생산할 수 있을지도 의문이고, 조금만 야지를 주행하면 엔진과 서스펜션이 비명을 질러대는 만큼 이 중전차를 운용하기 위해선 철도와의 연계가 무조건 필수적입니다."

"뻔하다는 말입니까."

"그렇지요. 공세에서 활용하기엔 꽤 무리가 가지 않겠습니까?"

"그럼 반대로 생각해봅시다. 앞으로 우린 독일의 점령지로 쳐들어가야 하는데, 저 괴물을 알차게 활용할 가능성이 더 커진단 거군요."

"부정하지 않겠습니다."

내가 티거와의 조우를 보고받은 후, 가장 먼저 떠올린 생각은 그거였다.

'씨발, 왜 티거가 여기 있어?'

독일 놈들 지금 동부 전선에서 영혼의 캐삭빵 치르고 있잖아. 스탈린그라드 먹고 싶어서 달리는 거 아니었어? 근데 시칠리아에 왜 애들이 있냐고! 왜!! 독일군은 지금 시칠리아 전역이 시작되자마자 여길 버리겠다는 듯 빠른 속도로 탈출하고 있는데, 그러면 대관절 왜 저 귀한 신형 전차가 여기 처박혀 있단 말인가. 우수한 미영연합군 참모진들은 머리를 맞대고 '왜'에 관해 논의했고, 그 결과 가장 타당하게 들리는 정답이 나왔다.

'안 뺀 게 아니라 못 뺀 거 아닐까?'

'우리가 죄다 철도 짤라 먹어서 애들 후퇴 포기한 듯?'

'그럼 애초에 저 부대를 해안에 주둔시키면 안 되었던 것 아닐까?'

마지막 의문에 대해선 내가 결론을 내렸다.

"긍정적으로 생각합시다. 저 전차들이 이탈리아 본토에서 요충지를 끼고 방어전을 전개했다면 훨씬 큰 피해가 발생했을 겁니다."

내가 팔자에도 없이 높으신 분이 되어보니 대강 견적이 나왔다. 전략적인 이점이 딱히 없는데도 굳이 배치가 됐다면 답은 하나, 그놈의 정치적 요인이다. 이탈리아가 자꾸 징징대니 설득도 하고 달랠 겸 강력한 부대를 배치시켰고, 빼야 할 때가 돼서 빼려고 했지만 튀질 못하니 그냥 닥돌했다.

음… 병신 같지만, 원래 전쟁이라는 게 다 누가 누가 병신짓을 덜 하느냐의 싸움이니까. 전술적으로는 독일군이 고작 20대가량의 전차로 큰 이득을 보고 상륙부대에 큰 위협을 가하긴 했지만, 대승적 차원에서 보자면 굉장히 아까운 헛짓거리에 불과하다. 나는 그렇게 결론을 내렸다.

"신형 전차의 제원 및 대응 방안에 대해 빠르게 연구해주시고, 결과가 나오는 대로 예하부대에 알려주시기 바랍니다."

"알겠습니다. 현장에서 할 수 있는 건 최대한 해보지요."

"퍼싱 중전차는 배치 가능하겠습니까?"

"여전히 신뢰성이 엉망입니다. 적이 내세운 타이거만 보더라도 견적 나오지 않습니까. 방어자인 저들보다 우리가 더 운용상의 어려움을 겪을 듯한데……."

나는 야전 사령관으로서 적과 싸울 무기가 필요했고 그걸 달라고 요청할 권리가 있다. 하지만 생산과 보급을 책임지는 맥네어로서는 '그거 한 대 보내줄 노력이면 셔먼 다섯 대를 더 보내줄 수 있는데? 품목 하나 추가되면 보급 소요는 3배인걸?'이란 생각이 드니 난색을 표하는 것.

"없는 것보단 낫습니다. 포병과 공군이 매번 적재적소에 투입된단 보장이 없잖습니까."

"참모총장님과 논의해보도록 하겠습니다."

내가 강경하게 잘라 말하자, 맥네어는 고민하는 기색이 역력했다.

"그리고 우리 제7군 사령관님께선 예상 밖의 상황에서도 능숙하게 잘 대응하셨으니 이를 치하하는 바입니다."

"무슨 소리야! 능숙한 대응이라니!"

할 만큼 했지, 그 정도면. 셔먼이 비명을 지르는 동안, 일선에선 하역 작업을 죄다 중단하면서 부랴부랴 대전차포를 배치하고 잭슨을 아득바득 끌어다모았다.

원래 전차는 죽었다 깨어나도 공군을 이길 수 없는 법. 추가적인 폭격이 예정되어 있던 육군항공대를 죄다 긁어모아 티거의 정수리에 폭탄을 처박아대니 저 사신 같던 놈들은 허무하리만치 쉽게 무력화되었다.

적 신형 전차와의 첫 조우여서 그렇지, 사실 나나 패튼이 신경 쓰기엔 꽤 소소한 레벨이다. 이런 걸 '소소'라고 표현하는 것부터 별로 올바른 인간의 사고방식은 아니지만… 전쟁은 원래 올바른 인간이면 할 수 없는 짓이니. 대충 우리의 논의가 매듭지어지자, 알렉산더가 짐짓 헛기침을 했다.

"총사령관."

"예, 말씀하십시오."

"이번에 예상 못 한 피해가 발생하기도 했고, 앞으로 시칠리아 산기슭에 저 신형 전차가 몇 대 더 매복해 있을지 모릅니다. 예비 병력을 크레타에 투입하기보단 시칠리아에 더 투자하는 게 맞지 않겠습니까?"

"…그럼 영국군은 시칠리아에 추가로 투입하고, 미군만 크레타로 보내는 방안은 어떻겠습니까?"

"나쁘지 않군요."

나와 맥네어가 초연한, 아니 초연한 척하는 동안 알렉산더 장군은 꽤 많이 후달리는 듯했다. 그야 미군에겐 잭슨이라는 긴급 대응 수단이 있지만, 영국군은 없거든. 이번에 무조건 전공을 한 아름 들고 가 처칠에게 선보여야 하는 토미들 입장에선, 티거를 상대로 처참한 스코어를 기록할지도 모른다고 상상만 해도 손발이 덜덜 떨리리라.

"살레르노 상륙은 메시나 점령 이후로 연기하겠습니다. 대신 영국군이 메시나를 함락한다면 곧장 이탈리아 남부로 넘어갈 준비를 부탁드리겠습니다."

"배려에 감사드립니다. 영국 육군은 결코 동맹의 기대를 배반하지 않을 겁니다."

그래. 이게 정치지. 나만 해도 군사적 판단보다 정략적 판단을 내리고 있는데, 파스타를 어르고 달래며 전쟁해야 할 히틀러라면 한술 더 뜨지 않을까?

"실례합니다. 로마로부터 첩보가 입수되었습니다."

"시작됐나?"

"그렇습니다. 조금 전 라디오를 통해 새 내각이 성립되었음을 알렸습니다. 무솔리니는 모든 직위에서 해임되었습니다."

원 역사대로 독일이 로마를 제압하고 괴뢰국을 건국하든, 아니면 음모가들이 잭팟을 터뜨려 깃발 바꿔 달기에 성공하든… 파스타 놈들이 우리에게 뭔갈 내세우고 인정받으려면 독일군의 뚝배기를 깨야 한다.

"메시나 점령을 더 빨리해야 할 것 같군요."

"몽고메리 장군에게 현 상황을 주의 깊게 전달하겠습니다."

"혹시 모르니 이탈리아군에게 더 적극적으로 항복을 권유해 봅시다."

대충 알아들었지, 음모가 친구들? 지금부터 서로 죽여라. 크헤헤헤.

* * *

이곳 이탈리아반도에서 명목상 추축군 총사령관으로 재직 중이던 케셀링은 지금 독일군 대부분을 이끌고 남부 지방으로 내려와 있었다. 남부에서 중부로, 중부에서 로마까지. 야금야금 연합군의 공세를 격퇴하며 최대한 시간을 벌겠다는 것이 독일군이 이탈리아에 제안한 전략의 개요였다.

하지만 여기엔 히틀러의 속셈이 숨어 있었다. 케셀링과 독일군이 남부로 내려갔고, 독일이 추가로 증파한 증원군이 로마까지 내려가기까지 시간이 걸리는 지금. 케셀링이 로마를 떠나면서, 사실상 음모가들에게 지금이야말로 거병의 시간이라 재촉한 거나 마찬가지였다.

"위대한 이탈리아의 국민들이여! 두체 무솔리니는 이번 전쟁으로 우리가 옛 영광을 되찾을 수 있으리라 선동하였고, 우린 그의 영도에 따라 이 승산 희박한 전쟁에 뛰어들었다! 하지만 지금 결론은 어떤가. 저 무의미하고 하잘것없는 사막 땅에서 돌아오지 못한 우리의 아들들이 과연 몇 명이며, 미치광이 히틀러가 소련인을 모두 죽이겠다며 저 머나먼 러시아 땅으로 끌고 간 아들들은 대체 몇 명인가!!"

"말은 참 잘하는군."

"역시 이탈리아인들은 뿌리부터 썩었습니다. 우리가 저놈들 때문에 애먼 전쟁에 휘말린 게 얼마나 되는데!"

케셀링은 애써 침착의 가면을 쓰고 있었지만, 예하 참모들은 눈알을 뒤집으며 광분하고 있었다. 남의 전쟁? 지금 마카로니 새끼들이 남의 전쟁 운운할 처지인가? 이탈리아가 아니었으면 유고슬라비아도 그리스도 모두 대독일의 깃발 아래 추축국에 가담하여 발칸 전역이 없었을지도 모른다. 이탈리아가 아니었으면 저 무의미한 북아프리카 전역에 독일의 아들들이 묻힐 일도 없었다.

결국 둘 모두 피차일반, 도찐개찐. 서로가 자기 자신들의 침략 욕망을 위해 남의 힘을 탐내기만 하던 동맹이었으니, 무솔리니와 히틀러 사이의 친분을 제하고 말단으로 내려가면 내려갈수록 동맹 간의 우정 대신 끔찍한 파열음과 상호 불신만이 맹렬히 그 불길을 뿜고 있었다.

"병사들이여, 그리고 국민들이여! 이 전쟁은 우리의 전쟁이 아니다. 피에 굶주린 히틀러와 그 졸개 무솔리니를 위해 싸워선 안 된다! 과연 이 전쟁이 승리로 끝나더라도, 그것이 우리의 승리겠는가? 아니면 독일의 승리겠는가? 오직 게르만족만이 위대하며 타민족을 말살해야 한다 부르짖는 저 히틀러가, 과연 우리 라틴족을 동맹으로 대접하겠는가! 아니면 우리 또한 유대인들처럼 비누로 만들려 덤비겠는가!!!"

"와아아아아아!!"

"무솔리니를 죽여라!!!"

"지금 당장 근방에 있는 이탈리아군을 제압하도록."

"알겠습니다."

"장군들을 제압하는 게 최우선. 그다음은 이탈리아군이 주둔 중인 핵심 요충지를 장악하고 그곳에 우리 군을 배치한다."

로마를 중심으로 남쪽과 북쪽에 각각 독일군이 있는 모양새. 저들 배신자들은 먼저 북쪽의 독일군을 막고, 아마 연합군의 손을 빌어 남쪽의 독일군을 치우려 들 것이다. 이게 아니라면 지금 시점에서 반란을 일으킬 이유가 없으니.

"북쪽의 군에 사막의 여우가 있단 사실을 알면 저놈들이 얼마나 기겁할까?"

"외람된 이야기지만… 장군께선 롬멜 장군을 그리 고평가하진 않았잖습니까?"

"그야 대국도 못 보고 저 사막에서 천방지축으로 날뛰었으니 그랬지."

하지만 지금은 상황이 다르잖은가. 롬멜이라는 이름은 그 어떤 이들보다 이탈리아인들에게 가장 강렬하게 각인되어 있다. 그런 그가 입성하는 순간, 배신자들의 몰락은 정해진 수순. 이탈리아인들을 가장 잘 알고, 가장 잘 찍어누를 수 있으며, 사적인 감정까지 맺혀 있는 롬멜을 반짝 써먹은 후 다시 총통에게 반품하면 끝이다. 여기 계속 뒀봤자, 또 쓸데없이 시칠리아로 진격해야 한다며 떽떽거리기나 하겠지. 케셀링은 속에서 끓어오르는 천불을 담담히 가라앉히며, 딱 할 말만 했다.

"우린 우리 할 일만 하면 되네. 지금 당장 해야 할 일부터 하도록."

"옙!"

"이탈리아의 아들들이여! 지금 당장 무기를 내리고, 우리의 진정한 적인 독일인들을 상대로 싸웁시다! 우리의 평화, 우리의 일상을 되돌려 받기 위해 지금이야말로 투쟁할 시간입니다! 이탈리아왕국에 영광 있으라!!"

"지금 입 터는 저놈을 '그' 롬멜이 살려 둘까?"

"전차포로 쏴 죽인다에 5마르크 걸겠습니다."

"그럼 난 대공포로 죽인다에 10마르크 걸지."

우습지도 않다. 빨갱이들이나 무정부주의자면 차라리 몰라, 그 무솔리니 밑에서 호의호식하던 파시스트당이 인제 와서 평화와 일상 운운이라니. 저놈들 자신만 모를 뿐, 이탈리아인들에겐 그놈이 그놈 아닐까? 외국인인 케셀링 자신이 봐도 불을 보듯 빤한데, 저 음모가들에겐 보이지 않는 모양이었다.

허스키 익스프레스 5

1940년 7월 21일. 이탈리아왕국, 로마.

"와아아아아아!!"

"무솔리니에게 죽음을!"

"우리는 평화를 원한다!"

시위대가 거리로 뛰쳐나오고, 무장한 채 거리로 나온 군인들이 이들 시위대를 응시한다. 이 서슬 퍼런 파시스트 치하에서 갑자기 일어난 시위가 정상일 리 없다. 사전에 준비된 바람잡이들, 누가 봐도 군인 티가 풀풀 나는 이들이 앞장서며 연신 선창하니 빵도 주고 돈도 준대서 나온 이들이 떼 지어 코러스를 넣어댔다. 군인들 또한 진압하기 위해 나온 게 아니다. 오히려 이들은 관제 시위가 제대로 이루어지고 있나 감시 감독하기 위함이다.

바로 며칠 전까지 무솔리니의 수족 노릇을 하며 반대파 탄압과 사찰의 선봉을 도맡았던 이탈리아 국가 헌병대(Carabinieri)는 이제 경애하는 두체를 체포해 끌어내고, 무솔리니 충성파를 붙잡아 연금하고 있었다. 하루아침에 천지가 개벽하고, 무솔리니의 사위가 무솔리니 때문에 나라가 망했다며 목소리를 드높이는 희한한 세상이 왔다. 제아무리 긍정과 낙천으로 무장한 이탈리아인이라 한들 이 세태엔 실소를 흘릴 수밖에 없었다.

"나라 꼬라지 한번 요지경이구만."

"꼬리 자르는 솜씨가 도마뱀 저리 가라구만, 아주. 혹시 며칠 뒤엔 또 무솔리니가 돌아오는 거 아냐?"

"어디서 우리 임금님 사생아가 튀어나와서 공산 혁명을 일으켜도 '음, 평소의 이탈리아구만.' 할 것 같은데."

"그래서, 연합군이 우릴 살려준다던가?"

"모르지 그거야."

골목 구석구석 테이블마다 꽉꽉 자리를 채운 이탈리아인들은 푸념과 냉소만을 흘리며 신정부를 방관했다. 파시스트당이 저렇게 태세 전환하는 건 확실히 역겹긴 했지만, 이곳 수도 로마 시민들조차 무솔리니에 대한 증오와 환멸이 켜켜이 누적되어 있었기 때문. 앞으로 저자들이 어떻게 하는지 어디 지켜보자는 심리가 반. 예전이나 지금이나 다를 바 없이 무기를 들고 불심검문을 행하는 국가 헌병대에 대한 두려움 반. 그렇게 무혈 정권 교체에 성공한 이탈리아왕국 신내각은 각지의 군대에 충성 맹세를 요구하고, 즉각 연합군과의 휴전 협상을 시작하겠노라 발표했다. 수백 미터 상공에서 얇은 유리로 된 외나무다리를 걷는 듯한 신내각의 행보는.

"북쪽에 있던 독일군이 급속도로 남진하고 있습니다!"

"그야 예상한 일 아닌가. 모든 도로를 차단하고 놈들의 진격을 저지해! 로마만 지키면 된다!"

"적 지휘관이 교체되었다고 합니다! 롬멜입니다! 롬멜이 옵니다!"

단 이틀 만에 독일군이 로마 근교에 도달하며 파멸을 맞이했다.

* * *

북아프리카 전역에서의 패배 이후, 롬멜은 두문불출하며 침식을 잊은 채 오직 그때의 그 패배를 복기하기만 반복했다. 몇 번이고 유서를 썼다 찢어버리길 반복했다. 총통의 곁에 있으면서, 다른 장군들부터 시작해서 저 밑바닥 말단들까지 저들끼리 왜 혼자 살아 돌아왔는지 모르겠다며 속닥대는 걸 몇 번이고 들었다. 더 슬픈 사실은, 그들을 나무라는 것조차 너무 수치스러워 아무 말도 하지 못했다는 점에 있었고.

비루하게 살아 돌아온 이상, 그만한 값을 해야만 했다. 그리고 배운 것도 있었다. 그는 미군과 군단 단위의 전역을 치러본 유일한 인물이었고, 아무리 경멸당할지언정 그 사실이 바뀌진 않았다.

객관적 전력의 열세는 어쩔 수 없다. 뱁새가 황새 따라가다 다리 찢어지듯, 독일이 미국과 소련을 상대로 전력 우위를 갖추려다간 솔방울로 수류탄을 만드는 식의 정신 나간 망상에 빠지기 마련이다. 애초에 독일의 장교는 프로이센 시절부터 그 열세를 인정하고 효율적으로 싸우는 방안을 연구하던 이들. 롬멜 또한 결국 적이 쓴 전략 전술에서 최대한 차용하고 발전시킬 방법이 없을까에 대한 고찰이 대부분이었다.

그리고 지금, 써먹을 기회가 왔다.

"자랑스러운 이탈리아의 전우들이여! 어째서 우리가 총구를 맞대야 하는가! 우리는 영광도 고통도 함께한 사이 아닌가! 추잡하게 권력을 지키고픈 무능한 장성들에게 휘둘리지 말고 스스로의 양심에 물어보라!"

모두가 무솔리니 해임이라는 초유의 사태에 얼이 빠져 있을 때 롬멜은 곧장 군을 몰아 허접하기 그지없는 이탈리아의 저지선을 뚫고 파죽지세로 달려나갔다. 사소하다 못해 귀여운 수준의 저항이 몇 차례 있었으나, 애초에 왜 독일군을 막아야 하는지도 헷갈려 하는 이탈리아군이 롬멜을 막을 수가 없다.

"웃기지 마라! 너희와 두체가 일으킨 전쟁에 왜 우리가 끌려가야 하냔 말이냐!"

"이렇게 아는 얼굴을 보게 되니 반갑군. 귀관은 작년까지만 해도 두체에 대한 충성을 다짐하던 파시스트당 당원 아니오?"

그 어떠한 명분도 없는 반역도들. 무솔리니 하나 슬쩍 치우고, 지난 대전쟁 때처럼 편을 갈아타면 되리라 안이하게 생각하는 머저리들. 그는 이탈리아 침공을 명령받았을 때부터 첩보 기관들과 연계하여 현지 민심부터 확인하였고, 충분히 해볼 만하단 판단을 내렸다. 롬멜은 지난 1차대전 당시 이탈리아군을 상대로 전공을 쌓았으며, 가장 많은 이탈리아군을 지휘해본 독일 장성. 그 성품 때문에 이탈리아군 장성들 중 롬멜을 좋아하는 이는 극히 드물었지만, 반대로 말하자면.

"전차 장갑보다 더 얼굴가죽 두꺼운 인간 같으니. 두체의 죄를 논하면서 감히 저 병사들을 동원한다고? 처참한 지휘로 이탈리아의 아들들을 사막에 파묻은 건 순전히 네놈의 죄 아니냐!"

"와아아아아!!"

"롬멜! 롬멜!!"

음모가들의 예상은 먼지가 되었다. 순식간에 군은 통제 불가에 빠졌고, 겨우 이틀 만에 독일군이 로마 근교에 모습을 드러내자 신내각은 완전히 마비 상태가 되었다. 긴급회의가 열렸지만 곳곳에 이빨 빠진 것처럼 빈자리가 드문드문 있는 것만 보더라도 알 수 있는 사실. 참석한 이들이 멀쩡한 의견을 제시하노라면 그것도 아니었다.

"솔레티(Fernando Soleti) 장군은 어디 있나? 로마가 혼란스러운데 국가 헌병대가 나서서 더 엄한 통제를 해야지!"

"사라졌습니다. 집무실도 집도 확인했지만 어디에도 없습니다!"

"이보게들. 우리 지, 지금이라도, 다시 히틀러와 협상을……."

"우릴 살려 둘 것 같나?"

"두체! 두체의 신변을 대가로 하면 협상이 가능할지도 몰라!"

"이건 내정 간섭이야! 국왕 폐하께서 수상을 해임하지 않았나! 우린 왕명을 받들었을 뿐인데!"

콰아아앙!!

"뭐, 뭐야!"

"벌써 독일군이 왔나?"

"시내에서 총격전이 벌어졌습니다!"

롬멜이 채 도착하기도 전. 이미 로마에 숨어 있던 별개의 부대가 그 모습을 드러내고 있었다.

이제 겨우 이틀. 신내각은 정부를 수습하고 각지의 군에 충성 맹세를 받아내는 것만으로 힘겨워하고 있었고, 무솔리니의 신병을 숨길 여유도 없어 그를 사저에 수용해 둔 상황. 이곳을 지키고 있던 병사들은 사전에 확실하게 단도리를 해두어 변절하진 않았지만, 습격을 받으리란 사실은 꿈도 꾸지 못했었다.

"수류탄 까! 싹 죽여버려!"

"우리야말로 최강의 부대다. 전우 무솔리니를 반역도의 손에서 구해내고 총통 각하의 신뢰에 보답하자!"

이곳을 습격한 독일군은 독일 각 군에서도 가려 뽑은 최고의 병사들. 히틀러가 '영국 코만도보다 더 뛰어난 부대를 만들 것'을 지시했고, 심지어 고작 대위에 불과한 지휘관을 직접 선별해 이 부대를 맡긴 만큼 그들의 어깨에 실린 기대는 실로 대단했다.

그리고 이 인간흉기들은 총통의 기대에 놀랍도록 부응했다. 저택 입구부터 계단에 이르기까지 이탈리아 병사들의 시체와 피가 개울을 이루었고, 곳곳에 숨어 있던 이들마저 모조리 싹싹 죽여버린 끝에 목표를 달성했다.

"실례합니다. 이탈리아의 지도자, 베니토 무솔리니 각하 맞으십니까?"

"그, 그렇다. 그대들은?"

"총통 각하께서 두체의 신변을 걱정하여 저흴 파견하셨습니다. 지금 에르빈 롬멜 장군께서 로마로 향하고 있으니, 즉시 반역자의 소굴인 이 로마를 탈출해 그곳으로 합류해야 할 듯합니다."

"고맙네. 참으로 고맙네. 내 각하와 귀관들의 은혜를 결코 잊지 않겠어."

무솔리니는 그렇게 말하면서도 목소리에 힘이라곤 하나도 실려 있지 않았다. 이미 다 끝났다. 반역도들은 그를 감금하고 이 나라의 키를 잡고 싶었겠지만, 독일 놈들이라고 딱히 다르겠는가? 누구의 손아귀에 있든, 꼭두각시 또는 걸리적거리는 방해물 둘 중 하나의 운명밖에 놓여 있지 않다는 걸 무솔리니는 그 누구보다 잘 이해하고 있었다.

"귀관의… 이름을 알고 싶네."

"소관은 친위대 소속, 오토 슈코르체니(Otto Skorzeny) 대위입니다. 각하를 모시게 되어 영광입니다."

근육질의 거한이 애써 웃으며 말했다.

그의 손에 여전히 피가 뚝뚝 흐르는 것을 보며, 무솔리니는 입을 다물었다.

* * *

기가 막히고 코가 막힌다. 도대체 내가 역사를 뭐 얼마나 건드렸다고 이러는가? 억울하다. 이제 꿀 좀 빨아 보나 했더니 세상이 내게 꿀을 허하지 않네. 내가 히틀러를 자극하기라도 했나, 아니면 티거 빨리 뽑으라고 사주라도 했나, 아니면 무솔리니를 나락에 처박기라도 했나? 그냥 내 존재만으로 역사가 뒤틀렸다고 하면 너무 억울하잖아. 내가 한 게 뭐가 있다고!

원 역사에서 이탈리아는 시칠리아가 함락당하면서 발등에 불이 떨어졌고, 연합군이 본토에 상륙한 지 얼마 되지 않아 항복을 선언했다. 그러자 독일은 억류되어 있던 무솔리니를 구출하고, 이탈리아 북부 지역과 로마를 장악해 자기네 괴뢰국을 성립시켜 본격적인 이탈리아 전역이 벌어졌다.

그런데 지금은 이게 무슨 일이냔 말이야. 아직 장화 모양 반도에 발을 디디지도 않았는데 벌써 반란이 진압당하고 로마가 털렸다고? 거기에 롬멜요? 아이에에, 롬멜, 롬멜 어째서?! 원 역사의 롬멜은 엘 알라메인에서 자신을 물 먹인 몽고메리와 영국군에게 기이할 정도로 집착했었다. 그러니 내가 봐도 점점 신뢰도가 떨어지고 있는 유진 킴 야매심리학으로 추론했을 때, 저 롬멜이 날 상대로 변태적인 집착을 불태우고 있을 확률도 있지 않겠나. 좋지 않다. 굉장히 좋지 않아.

"로마에서 탈출한 협력자들의 증언으로는 외무장관 치아노 백작이 광장 한복판에서 총살당했다고 합니다."

"그 사람, 무솔리니 사위 아니었나?"

"그래서 살려줄 줄 알고 로마에 남은 모양인데… 죽였답니다."

"독일도 많이 급한가보네."

음모가들 중 일부는 영국군 잠수함을 타고 피의 대숙청이 현재진행형으로 벌어지고 있는 로마를 탈출했다. 이 망명객들 중에선 이탈리아 왕세자도 포함되어 있다던데, 이건 좀 손패로 쓸만할지도.

못 도망치고 붙잡히거나 다시 무솔리니에게 붙으려고 하던 놈들은 거의 대부분 처형당했다. 그 와중에 이 새끼들, 제 버릇 못 끊고 또 수용소 만들어서 유대인을 그리로 처넣는 중이라던데… 이쯤 되면 진짜 징글징글하다. 하여간 좆같은 짓으론 세계 최고야 정말.

"부사령관님. 일이 점점 묘하게 진행되고 있습니다."

"우리 정부에서는 지난 북아프리카 전역의 포로들과 이번에 탈출한 인사들을 규합해 망명 정부를 수립하는 안건을 제안해 왔습니다. 혹 귀국에서는 별도의 이야기 없었는지요?"

"그 말씀은 기어이 저 이탈리아 땅에 헤딩을 하잔 뜻이로군요?"

"그렇습니다."

음. 혐성국 혐성 아직 안 죽었어. 대단해. 지금 알제리와 튀니지 일대에서 밥을 축내고 있는 이탈리아 포로만 수십만. 이들에게 무기 좀 쥐여주고 총알받이로 써먹겠단 계산이구만. 물론 이랬다간 이탈리아는 짤 없이 내전의 구렁텅이에 빠지지만… 영국이나 미국 시민이 죽을 바에야 뭐.

"그 부분은 제가 결정 지을 문제가 아니니, 정부의 의견이 들어오는 대로 공유해 드리겠습니다."

"감사합니다."

"그리고 이탈리아 진공은 반드시 몽고메리 장군이 메시나를 함락시킨 이후에 시행해야 합니다."

"…일정을 정해 놓았습니다. 만약 몬티가 제시간 안에 메시나를 함락시키지 못하면 그놈을 런던으로 돌려보내고 제가 직접 군을 지휘하지요."

알렉산더 장군의 머리카락이 점점 듬성듬성해지고 있다. 이게 다 몽고메리 탓이라는 데 내가 100원 건다. 아무튼 내 탓은 아님.

"그러면, 정해진 대로 미군은 크레타 공략에 착수하겠습니다."

"그다음은 어찌하시겠습니까? 정말 발칸으로 갑니까?"

"그럴 순 없지요."

이탈리아 능선이 끔찍해서 가기 싫다고 이러고 있는데, 남산과 북한산 차이만큼 더더 끔찍한 발칸의 구렁텅이에 미군을 처넣자고? 절대 그럴 순 없지.

"유고슬라비아에서 저항세력을 탄압하던 이들 상당수는 이탈리아군입니다. 우리가 살짝 흔들어 주기만 하면 예상외의 재미를 볼 수도 있을 듯하군요."

"호오."

"영국 코만도가 정말 그 능력이 출중하던데, 혹시 좀 빌려주실 수 있겠습니까? 우리 정부에서도 관심 있게 지켜보고 있는 저항세력 지도자가 하나 있거든요."

"누구입니까? 우리 내각에도 알려줘야겠군요."

"요시프 티토라고 합니다."

내가 찍어놓은 새 포켓몬에 침 바르지 마라, 이 정어리 파이 놈들아.

허스키 익스프레스 6

　발칸반도. 무솔리니가 싸지른 거―대한 빅똥. 로마제국 고토 회복이라는 심각한 판도 중독에 걸린 무솔리니가 그리스를 침공하면서 이 동네가 개차반이 되기 시작했고, 히틀러가 유고슬라비아에 '그리스를 치려고 하니 길을 빌려달라.'라고 했다가 수틀리자 그냥 탱크로 밀어버리면서 헬게이트가 열렸다. 전생과 현생을 통틀어 내 인생에 발칸반도라는 지역에 대해 관심을 기울일 이유는 그동안 전혀 없었지만, 이 제2차 세계대전이라는 초거대 이벤트가 뭔지 참. 유고슬라비아 왕국에 대해 정리된 보고서를 읽다보니, 어째 낯설지가 알았다.

　열흘 만에 독일군의 손에 나라가 망했고, 국왕은 런던으로 도망쳐 망명정부를 수립했다. 처칠이야말로 사실 진짜 포켓몬 마스터 아닐까? 독일―이탈리아―불가리아―헝가리는 예쁘게 별 모양으로 유고슬라비아의 시체를 조각조각 뜯어 먹었다. 유고 내 소수민족이던 크로아티아인들은 독립했고, 한이 많이 맺혀 있었는지 나치 친위대조차 기겁할 만한 학살을 신명나게 벌여댔다. 이 혼란스러운 상황에서 나라를 되찾기 위해 저항군이 봉기했는데, 현재 우리가 관심을 기울일 만큼 덩치 큰 조직은 크게 두 곳이 있었다.

첫 번째는 체트니크. 근왕주의, 그리고 각 농촌지역 향토 방위가 주 모토인 보수 우익 성향의 의병집단. 딱 들으면 알겠지만, 처칠의 입맛에 안성맞춤이다. 두 번째가 바로 티토가 이끄는 파르티잔. 저 유명한 '빨치산'의 어원이 된 곳답게 공산 계열 게릴라들이다. 내가 아직 본토에 있을 적 기존의 체트니크 대신 파르티잔과 협력해보자고 처음으로 제안했을 때, 당연히 아 그렇군요 하면서 조용히 넘어가진 않았다.

"혹시 전장이 많이 힘드십니까?"

"아뇨, 괜찮습니다. 갑자기 그건 왜 물어보시는지요?"

"너무 힘이 든 탓에 뇌에 이상이 오지 않았나 싶어서 여쭤봤습니다."

코델 헐 국무장관이 그나마 온건하게 표현한 게 저 정도였으니… 뭐. 하지만 내가 할 말이 없는 건 또 아니거든.

"빨갱이와 편 먹자는 게 그렇게 이상합니까."

"그걸 말이라고 하십니까?"

"처칠이 그러더군요. 히틀러가 지옥에 쳐들어간다면 본인은 의회에서 사탄 지지 연설이라도 하겠다고. 이미 모스크바의 대왕 빨갱이가 동맹국이 된 마당에 우리가 굳이 가릴 필요 있겠습니까?"

"킴 장군. 장군께선 체트니크보다 파르티잔이 더 잘 싸우기 때문에 그들을 지원하자고 하셨죠?"

"그랬지요."

온 세상에 사랑과 진실, 어둠을 뿌리고 다니는 귀염둥이 처칠과 영국은 너무나도 당연히 유고슬라비아 망명 정부와 체트니크에도 제법 지원을 해주었다. 물론 접근할 경로가 잠수함 혹은 항공 정도가 전부인 관계로 풍족하진 못했지만. 그런데.

"체트니크가 싸우질 않습니다. 더 정확히 말하자면, 이놈들이 편을 갈아탈지도 모릅니다."

"그건 조금 당혹스럽군요."

"체트니크는 근본적으로 향토 방위를 위해 떨쳐 일어난 자경단입니다. 그리고 독일이 새 토벌작전을 꺼내 들자 체트니크의 전투 의지가 급감해버렸지요."

낙지가 또 낙지했다. 번갯불에 콩 볶아먹듯 한 나라를 무너뜨렸으니, 당연히 온 나라에 반란군이 버글버글댔다. 그러자 나치라는 놈들은 실로 무식한 방식으로 불온 세력들을 컨트롤하고자 했다.

'독일 병사 한 명이 죽을 때마다 100명. 부상당할 때마다 50명씩 죽이겠다. 타협은 없다.'

그리고 진짜 죽였다. 체트니크와 파르티잔이 협력한 대규모 군사작전에서 독일군 12명이 죽고 14명이 다치자, 낙지는 바로 근방 마을에 쳐들어가 정확히 딱 1,900명을 학살했다. 이 짓거리를 세 번 정도 저지르자, 강력한 중앙집권이 아닌 각 지방 자경단의 연합체였던 체트니크는 공포에 짓눌려 버리고 말았다.

하지만 특정 지역에 기반을 두지 않은 티토는 독일의 저런 공갈에도 좆이나 까라 하고 더 열심히 독일군을 죽여댔고, 해당 지역의 체트니크가 오히려 파르티잔을 막으려 하고, 마침내 저 두 조직이 서로 싸우는 지경에까지 이르렀다.

"그건 좀, 문제가 있군요."

"그렇지요?"

"그렇다 하더라도, 저희는 전쟁보다 더 넓은 측면에서 접근해야 합니다. 그러라고 국무부와 전쟁부가 다른 부서로 존재하는 것이지요."

"이해하고 있습니다. 그러니 전 한 번쯤 검토만 해달라고 부탁드리는 거지요."

이 즈음, 국무부 장관 헐과 차관 웰즈의 대립은 절정으로 치닫고 있었다. FDR은 대놓고 웰즈를 싸고돌았고, 얼마 전에는 헐에게 부통령으로 함께 출마하는 게 어떻겠냐고 제안했다고 한다. 누누이 말하지만, 미합중국의 부통령은 어디까지나 토템에 불과하다. 사실상 '국무부에서 좀 비켜주면 안 될까?'라는 이 제안을 헐은 거부했고, 으음… 그냥 무섭다. 국무부는 역시 나랑 안 맞아.

"국무부 내에, 전후 외교정책 자문위원회(Advisory Committee on Postwar Foreign Policy)라는 기구가 비밀리에 설치되었습니다."

"벌써 전쟁 뒤를 내다보고 계시는군요. 대단하십니다."

"대단할 것도 없습니다. 원랜 '외교관계 문제 자문위원회'라는 기구가 있었는데, 위원장으로 웰즈 차관이 앉아 있고 제가 배제당했었지요. 제가 부통령 제안을… 점잖게 고사했더니 저 조직의 이름만 바꿔 달고 제게 위원장직을 넘겨준 겁니다."

이런 무거운 이야길 저 같은 외부인에게 해도 될까요? 정말로? 들으면 안 될 것 같은데! 임금님 귀는 당나귀 귀를 외치고픈 심정은 이해할 수 있지만, 그래도 나는 여러분의 치열한 두근두근 권력투쟁에 끼어들긴 싫다구요. 헐은 무심한 듯 시크하게 술잔을 기울이며 덤덤하게 말했다.

"만약 유고슬라비아에서 파르티잔을 지원한다고 한다면, 전후에는 어떤 이득을 노릴 수 있겠습니까?"

"저는 그냥 일개 군인일 뿐인지라……."

"조만간 저 자문위원회는 또다시 간판을 바꿔 달 겁니다. 그때 전쟁부와 해군부에서도 사람을 보내겠지요. 그러니 미리 말한다 생각하고 한번 말씀해주시죠. 저는 킴 장군께서 뭔가 노림수 하나도 없이, 순수하게 전쟁만 염두에 두고 제게 이 이야길 꺼냈으리라고 생각하지 않습니다."

그렇게 말하면 내가 도조 히데키 같잖아. 하지만 헐이 저렇게 직구를 던진 이상, 빠따를 휘두르지 않으면 헐의 신뢰가 꽤 사그라들겠지.

"소비에트 연방의 진정한 저력은, 저들이 러시아가 아니라 소련이란 점에 있습니다."

"그 말씀은?"

"전 세계의 빨갱이들이 모두 크렘린의 지령에 따르고, 이게 바로 러시아란 국가를 초월한 힘을 내뿜는 원천이지요."

이미 나는 베트남의 전설급 빨갱이인 호치민과 행복한 백채널을 뚫어놓았다. 여기에 티토라는 조각이 결합되면 무언가 재밌는 그림이 나오지 않을까?

"그리고 크렘린의 지령이 모두에게 미치는 이유는 간단합니다. 빨갱이들의 물주가 오직 모스크바뿐이기 때문이니까요."

"…우리도 지갑을 열잔 말씀이시군요."

"자유로운 기업활동을 보장하는 미합중국조차, 한 산업을 독점한 기업엔 독점방지법의 철퇴가 뒤따르지요."

전 세계 신생독립국의 든든한 키다리 아저씨가 되어줘야 할 미합중국이, 고작 그 독립국이 붉은 별 깃발을 쓴다는 이유만으로 지갑을 벌리지 않으면 그 친구들이 다 어디로 붙겠나? 소련에 붙지.

"이미 소련조차 독일과 전쟁을 치르고 있으니 사상이 어쩌고 소리가 쏙 들어가고, 러시아 만세 하면서 애국심에 호소하고 있습니다. 그들이 말하는 '국가와 민족을 초월한 소비에트'라는 캐치프레이즈가 허울뿐이었단 증거지요."

"인상 깊은 이야기였습니다, 장군. 제가 좀 개량해서 이 발상을 써먹어도 괜찮으실지요?"

"물론입니다. 좋은 건 공유해야지요."

동유럽. 발칸. 중동. 아시아. 중남미는 빼자. 거긴 미국이 쌓아놓은 업보가 너무 많아서 돈으로 절대 해결 안 된다. 아무튼 이 모든 곳을 배경으로 벌어질 미래 냉전에서 승리하려면… 전부 다 매수하면 된다. 돈이면 다 되는데 왜 이념 같은 거로 싸우냔 말이다.

내가 몰타에 도착하고 얼마 지나지 않아, 국무부에선 일단 한번 접촉이나 해보자는 고 싸인이 떨어졌다. 새 포켓몬을 잡을 시간이다.

                              * * *

　시칠리아. 메시나 근교. 며칠째 영국군의 파상공세가 계속되자, 메시나 방위에 나선 이탈리아군은 점차 한계에 몰리고 있었다.

　"방어선이 뚫렸습니다!"

　"영국 놈들이 고지를 점령했습니다. 당장 인근 참호선을 포기하고 뒤로 물러나야 합니다."

　"적 전차부대 출현!"

　"폭격으로 열차 선로가 단선되었습니다. 아군의 수송이……."

　"왜 오는 보고가 죄다 이딴 것밖에 없나!!"

　패튼이 이끄는 미군이 섬 북쪽 팔레르모(Palermo)를 향해 쾌속 진격하는 동안, 몽고메리의 영국군은 카타니아(Catania)를 함락시킨 이후 메시나 공략에 모든 걸 쏟아부었다. 이탈리아 해군 레지아마리나(Regiamarina)는 정변의 혼란과 영국군의 창끝을 피해 멀리멀리 도망쳤고, 그 빈자리엔 영국 해군과 공군이 나타났다.

　끝없이 계속되는 포격과 폭격. 요소요소에서 저항을 하려고만 하면 하늘 위에서 떨어지는 폭탄세례. 이탈리아군의 치명적 약점이 허접스러운 전차와 대전차 전력이라는 점을 잘 알고 있는지, 대규모 집중 대신 역으로 일선 보병에 폭넓게 딸려 보내준 전차들의 파상공세. 몇 문 없는 37mm 대전차포 따위로는 적 전차를 물리칠 수 없다.

　"으, 으아아!!"

　"도망쳐! 도망쳐어어엇!"

　낀해봐야 두 대, 아니면 세 대. 몇 대 되지도 않는 전차지만, 잡을 방도가 없다면 탄과 기름이 고갈되지 않는 이상 무적의 사신으로 군림할 수 있다. 영국군 보병들은 미국에게서 공여받은 셔먼 전차를 방패 삼아 이탈리아군의 저항을 어린애 손목 꺾듯 제압하고 차근차근 나아가고 있었다.

'영국군을 우습게 봤다.'

몽고메리가 지휘봉을 잡은 이후, 이탈리아군은 영국군을 상대로 제법 잘 싸워 왔다. 아니, 그들 자신은 그렇게 믿고 있었다. 하지만 지금 적이 선보이는 악에 받친 공격은, 몇 년 전 영국군과 처음 북아프리카에서 싸울 적 투지와 공격 정신 넘치던 바로 그 모습이었다.

이제 알았다. 영국군은 약해진 게 아니라, 그냥 크게 피해를 입기 싫어서 몸을 사리던 것에 불과했다. 독일군이 죄다 시칠리아를 떠나 본토로 빠진 지금… 저들은 전혀 공세를 주저할 필요가 없었다.

"싸워! 마지막 순간까지 싸워! 두체께서 단 한 발짝이라도 물러나면 우리 일가족을 다 쏴죽인다고 했단 말이다!"

"장군님……."

"빌어먹을 히틀러! 빌어먹을! 아직도 모르겠나? 여기서 죽으면 우리만 죽고 끝이지만, 살아 돌아가려고 꼼지락대는 순간 가족과 같이 죽는다!"

이틀짜리 정변이 끝난 후, 무솔리니를 바지사장으로 세운 독일인들은 이제 이탈리아를 동맹이 아닌 괴뢰국으로 대우하고 있었다.

"죄송하지만, 가족이 죽는 건 우리지 저들 병사들이 아닙니다."

"……."

"더 이상 우린 병사들을 통제할 수 없습니다. 이만 결단을 내리셔야 합니다."

"하. 하하하. 하."

영국군, 메시나 점령. 미군, 크레타 상륙. 두 소식이 거의 동시에 베를린으로 전해지면서, 1940년의 전쟁은 다시 한번 요동치기 시작했다. 그 요동을 거대한 폭풍으로 바꾼 마지막 소식이 뒤이어 날아왔으니.

"독일과 이탈리아는 동맹 관계였다. 그럼에도 불구하고 독일은 일방적으로 로마를 점령하고 국왕 폐하와 전직 수상 무솔리니를 억류하여 한 나라를 제멋대로 차지하였다. 이탈리아왕국 국왕 비토리오 에마누엘레 3세가 국가를 통치할 수 없는 지금, 왕세자인 내가 국왕 대행으로서 진정한 이탈리아왕국의 통치자임을 선언하노라! 이탈리아인들이여! 독일에 맞서 싸우자! 우리의 고향을 되찾자!"

이탈리아 내전이 시작되었다.

1940년 7월 뮌헨에서 히틀러와 함께 퍼레이드를 하고 있는 무솔리니

원 역사의 타임라인대로였다면 무솔리니와 히틀러는 즐거운 시간을 보내고 있었
을 겁니다.

3장
이탈리안 잡

이탈리안 잡 1

1940년 8월 14일. 동프로이센. 비밀 지휘본부, '늑대굴(Wolfsschanze)'. 히틀러가 비밀리에 건설한 비밀 지휘용 벙커는 총 22개소. 그중 동부 전선을 지휘하기 위한 핵심이 바로 이곳 늑대굴.

레벤스라움 달성과 유대—볼셰비키의 파멸이라는 나치 독일 최후의 목표가 모두 동부 전선에서의 승리에 달린 만큼, 히틀러는 이제 베를린보다 이곳 늑대굴에서 더 오랜 시간을 보내고 있었다.

"총통 각하. 구데리안 상급대장이 도착했습니다."

"오. 얼른 들어오라 하게."

늑대굴의 분위기는 대부분 히틀러의 기분에 달려 있었고, 히틀러의 기분은 대체로 동부 전선의 전황에 따라 풍차처럼 빙글빙글 돌아갔다. 하지만 여기에도 몇몇 예외 케이스가 있었는데, 독일 육군 기갑감으로 취임한 구데리안이 찾아온 날이면 총통의 심기는 항상 엉망진창이 되곤 했다. 오늘은 제발 아무 일 없기를. 말단 위관급 장교들이나 사무 여직원 중에선 조용히 성호를 그으며 기도를 올리는 이들까지 있었다.

"하일 히틀러."

"그런 건 생략하고, 빨리 보고부터 하게."

히틀러는 큼직한 크리스마스 선물 박스를 까려는 어린애마냥 싱글벙글 웃으며 손을 이리저리 비볐지만, 구데리안의 표정은 전혀 밝지 못했다.

"이번에 새로 배치한 티거 전차의 전과는……."

"서류는 대강 훑어봤네. 역시 게르만의 전차야. 내가 뭐라 했나. 경사장 갑의 도입은 그만한 가치가 있으리라 하지 않았나."

"각하의 혜안에 따라 장갑을 변경한 결과, 더욱 뛰어난 방어력을 확보할 수 있었습니다."

중일 전쟁과 스페인 내전이라는 프리퀄을 통해, 세계 각국의 전차 전문 가들은 미래의 전차가 갖춰야 할 것이 무엇인가에 대해 얼추 감을 잡을 수 있었다. 하지만 그중에서도 특히 과감하게 전차에 투자한 나라들은 대부분 독재자가 군림하는 나라들, 특히 독일과 소련이었다.

이들 두 콧수염의 물러설 수 없는 자존심 대결은 독소전이라는 지상 최 대의 전쟁으로 결판나야 했고, 독일의 강력한 전차 전력을 소련이 말 그대 로 철 대신 피를 지불해 꾸역꾸역 틀어막는 그림이 연출되고 있었다. 그러 던 찰나 티거의 등장은 소련 붉은 군대에 재앙과도 같았다.

"폰 라이헤나우 장군의 남부집단군에 대부분의 중전차 부대를 배속시 킨 결과, 적들은 이에 대한 대응 수단이 마땅치 않아 큰 어려움을 겪고 있 습니다."

"그것 보게. 내가 누누이 강조하지 않았나. 결국 병기라는 건 말일세, 어 떤 특정 단계를 뛰어넘어버리면 물량이 더 이상 의미가 없어지네. 소총수가 전차를 상대할 수 없듯, 압도적인 기술력 우위에 선 전차는 더 자잘한 전차 를 손쉽게 으깰 수 있는 법이지."

북경 대전차전. 약해빠진 탱켓 따위를 끌어모은 중국군이 정예한 일본 제국에 완패한 싸움. 팔켄하우젠을 통해 이를 접한 히틀러는 더더욱 강력 한 포와 두꺼운 장갑을 탑재해야 한다고 광분했었다.

"하지만 각하. 분명 티거는 강력한 병기지만, 신병기의 투입은 항상 신중히 이루어져야 합니다. 남부집단군은 공격자의 우위를 십분 살려 적재적소에 티거를 투입할 수 있었으나, 기능고장을 일으킨 티거를 회수하고 수리하는데 막대한 정비소요가 발생하고 있습니다."

"그러니 성능 부분에서도 개선이 이루어져야지. 그 부분은 기갑감만 믿고 있도록 하리다. 그리고 판터는 언제쯤 나올 것 같소? 4호 전차를 판터로 대체할 수만 있다면 우린 더 이상 그 누구도 두려워할 필요가 없을 텐데."

구데리안의 심정은 굳이 따지자면 반반이었다. 군인으로서 신병기에 일희일비하기보단 검증된 성능의 병기를 대량으로 운용하는 것이 옳다고 믿었고 지금도 그 믿음은 흔들리지 않았다. 하지만 총통이 몇 번이고 직접 전차 개발 과정에 개입하며 강력한 엄명을 내렸기에, 그나마 미영연합군과 전차 성능에서 밀리지 않을 수 있었다.

M3 '리' 전차가 처음 서부 전선에 나타났을 때 얼마나 경악했던가. 됭케르크에서 노획한 M3를 뜯어본 후, 히틀러는 눈알을 까뒤집고 반드시 이 전차를 압도할 수 있는 전차를 양산해야 한다고 지시했었다. 그때 예방접종을 맞았기에 그나마 이후 등장한 M4 '셔먼'과 비벼볼 수 있었지만… 잭슨은 생각만 해도 끔찍하다. 저 괴물에게 잡힌 4호 전차와 티거가 대체 몇 대인가.

"각하. 아직 판터는 불완전합니다. 일선의 전차 수요에 부응하기 위해선 4호 전차를 더 많이 생산하는 편이……."

"그래선 안 돼! 아직 모르겠나? 이 레이스에서 뒤처지는 순간 우린 파멸이라고!!"

히틀러가 고함을 버럭 지르며 책상을 쾅 하고 두들겼다.

"오이겐 킴! 또 그놈이야! 그놈은 앞으로도 계속 더 강력한 전차를 내세울 거고, 우리가 그걸 막을 병기를 못 만들어내면 게르만 천년제국의 영화도 그대로 끝장이야."

"그가 뛰어난 장군이긴 합니다만, 병기의 제작은 단순히 한 명의 아이디 어로는……."

"아냐! 아니라고! 그놈을 단순히 일개 장군으로 취급하면 안 돼. 미국을 지배하는 유대─볼셰비키들의 하수인이야. 그를 물리친다는 건 더, 더 큰 의미가 있는 일이라고."

원래부터 히틀러의 정신세계와 사상은 괴기막측하고 이해하기 힘들었지 만, 수십 년에 걸쳐 그 머리통에서 개정과 증보, DLC와 확장팩이 계속 튀어 나온 결과 이젠 설정 충돌과 내부 모순 가득한 끔찍한 혼종이 되어 있었다. 그가 거리의 화가였다면 그냥 예술가 특유의 망상으로 치부하면 그만이겠 지만, 한 나라를 지배하는 독재자의 망상은 망상으로 끝나지 않았다.

"4호 전차는 더 이상 개량을 통해 성능을 높이기 힘들다고 말한 건 구데 리안 귀관 아닌가?"

"그렇습니다."

"그래. 그러니까 판터가 필요한 거야. 미제 전차를 모조리 고철로 만들어 버릴 수 있는 강력한 병기!!"

몇 시간에 걸쳐 히틀러는 차기 독일군의 주력 전차가 어떤 성능을 갖고 있어야 하는가에 대해 열변을 토했고, 그 과정에서 위대한 게르만─전차가 나약한 슬라브─전차와 유대─전차를 어떤 전장에서 어떻게 격파할지 소 설 한 편을 써가며 장대하게 묘사를 늘어놓았다.

결국 구데리안은 정작 자신이 올려야 하는 보고에 대해서는 절반도 채 말하지 못하고 "알아서 하게."라는 한마디밖에 듣지 못했지만, 아무튼 알아 서 하라고 했으니 정말 알아서 하면 될 일이었다. 구데리안이 떠난 후, 얼굴 이 시뻘겋게 익은 히틀러는 곧장 다음 회의를 열었다.

"이탈리아는?"

"롬멜과 케셀링이 각각 별개의 보고를 올렸습니다."

"롬멜은 도대체 뭐가 또 문젠지 원."

독일 남부집단군이 스탈린그라드로 맹렬히 진격하며 스탈린의 불알을 뜯기 직전까지 몰아친 지금. 정작 이탈리아 전역은 그의 생각처럼 행복하게 풀리지 않고 있었다. 왕세자가 탈출해 시칠리아에 망명정부를 세우면서 이탈리아왕국은 둘로 분열되었다. 미영연합군은 음흉하게도 자신들이 잡은 포로를 망명정부의 병사로 편입시켰고, 전우 독일을 배신하기로 마음먹은 많은 장성들과 간부들이 속속 합류를 선언했다.

서로 자신들이 정통이며 상대방은 괴뢰에 불과하다 비난하는 상황. 각 지역별로, 부대별로 저마다 제 입맛에 맞는 곳을 골라잡을 수 있는 지금 이탈리아의 향후 판도는 한 치 앞을 알 수 없었다. 이 상황에서 케셀링은 이탈리아군을 도저히 믿을 수 없고 불온한 분위기가 수습되지 않고 있으니 남부를 포기하고 중부지방으로 올라가야 한다는 건의를 올렸다. 하지만 롬멜은 정반대로 이탈리아 남부에서 적의 상륙을 거부하지 못한다면 이탈리아의 민심 이반이 더욱 가속화되리라 판단했다.

"총통 각하께서 결정을 내려주셔야 합니다."

"롬멜을 이리로 다시 불러들이고 케셀링에게 전권을 넘기게."

"알겠습니다."

이제 롬멜의 용도는 거의 다 끝났다. 비록 그를 총애하긴 했으나, 고작 몽골리안 하나 못 이긴 자 아닌가. 융커들로 가득한 독일 육군 내에서 비주류에 불과한 롬멜은 히틀러의 친위 세력으로 제 역할을 해주고 있었지만, 전장에서는⋯ 글쎄올시다. 무엇보다도 롬멜은 이탈리아 장성들과 절대 원만한 사이가 아니었다. 끊임없이 적을 만드는 그 성격이 어디 가겠는가. 이번에 로마를 피바다로 만들었으니, 그를 불러들이고 케셀링을 앉히는 편이 이탈리아군 흡수에 더욱 도움이 되리라는 판단까지 들자 히틀러는 주저하지 않았다.

"롬멜 장군이 물러서지 않는다면 어찌하시겠습니까?"

"그럴 수도 있겠지. 더 중한 임무를 맡기겠다고 전하게. 그는 공명심이 강하니 그렇게 말하면 올 게야.”

연합군의 칼날이 느리지만 조금씩 다가오고 있다. 크레타가 연합군의 손에 떨어졌으니, 이제 저 불침항모는 발칸 전역으로 폭격기를 날려보내리라. 손이 덜덜 떨린다. 눈앞이 흐릿해지고, 위장이 꽉 막힌 듯 답답해져 오고, 숨이 가빠져 온다. 독일 민족을 이끌 수 있는 유일한 지도자 또한 결국 한낱 인간에 불과하니, 이 육신이 과연 몇 년을 더 버틸 수 있을까? 지금 그가 있기에 이 나라가 그나마 버티고 있는 것이지, 아돌프 히틀러 같은 위대한 초인 없이 어찌 세계를 상대로 싸울 수 있을까. 그는 진심으로 그렇게 믿어 의심치 않았다.

“조금 피곤하군. 모렐 박사를 불러주게.”

“옙.”

주사 한 대 맞으면 싹 나으리라. 늘 그랬듯.

* * *

히틀러 새끼, 똥꼬에 불붙은 것마냥 쫄깃쫄깃하겠지?

영국군이 마침내 이탈리아 본토에 발을 들이밀었고, 몽고메리는 갑자기 근로의욕이 샘솟기 시작했는지 신들린 듯 맹렬히 공세를 펴면서 남부의 ‘해방구’를 차차 넓혀 나갔다. 아무래도 이탈리아군이 상대다보니 갑자기 전투의지가 대폭발하나본데… 정말 강약약강 그 자체. 이쯤 되면 몬티는 전투력 측정기 같은 존재 아닐까?

왕세자의 정권은 쇼미더머니의 힘으로 날로 강해지고 있었다. 이탈리아군이 약했던 건 절대 그들이 파스타 데치는 데만 능한 오합지졸이어서가 아니다. 실로 처참한 수준의 고급 장교들과 다 썩어가는 퇴물 무기, 염전사상의 그랜드 크로스가 선보인 장대한 결말이지. 그러니 ‘침략자’ 독일의 손에서 나라를 지켜야 한다는 사명감, 든든한 미제 무기, 메세 장군의 대대적

104

인 장교 솎아내기가 이루어진 이탈리아 해방군은 충분히 전투력을 기대해 봄 직했다.

"프랑스에서 항의가 들어왔습니다만……."

"안 들려. 안 들려. 에베벱."

왜 자기들은 안 주고 전직 배신자인 이탈리아군에게 무기를 주느냐고 드골이 뿔났다. 근데 꼬우면 이탈리아 가라, 거기 가면 무기 준댔더니 그건 또 싫단다. 가지가지 한다 진짜. 크레타를 손쉽게 확보한 우리 연합군은 기다렸다는 듯 그곳에 비행장을 개선하고 차곡차곡 항공 전력을 쌓아올렸고, 언제든 원할 때 우리의 의지를 배달시킬 수 있게 되었다. 이제 발칸의 추축국 똘마니 중에서 최소한 루마니아만큼은 잿더미로 바꿔줄 수 있다. 유전을 불태우면 히틀러의 심기가 무척 불편해지겠지.

최대한 이탈리아군을 활용해 이 전선에서 미영연합군 전력을 온전히 유지하고, 내년에 준비가 되는 대로 프랑스 해방에 나선다. 스탈린도 우리가 이만큼 해줬으면 더 할 말 없겠지. 그러니 나는 아주 편안한 마음으로 각종 대외 의전 행사에 나설 수 있었다. 믿음직한 부하들이 많으니 윗사람은 참으로 편해요, 오홍홍.

"이 머나먼 이탈리아, 시칠리아까지 와주신 자원봉사자 여러분의 노고에 이 패튼, 여러분들께 구원받은 미 육군 제7군 장병들을 대표하여 감사드리는 바입니다!"

오늘은 적십자 마크 하나만 두른 채 이 전쟁터에 자원봉사를 나온 이들을 위문하러 나왔다. 군대가 하나하나 다 커버하지 못하지만 그 필요성이 뚜렷한 분야는 꽤 많다. 당장 대민지원과 의료봉사 같은 굵직굵직한 것부터 정말 사소한 것들, 예를 들어 우리 젊은 친구들이 환장해 마지않는 도넛이나 아이스크림을 뿌려 초코파이 먹는 이등병처럼 행복의 나라로 보내는 일 같은 것 말이다.

비록 제법 안정되었다곤 하지만, 여전히 총성이 빗발치는 이 시칠리아까지 온 여성들은 정말 대단한 용기와 사명감으로 왔다고 생각한다. 저 구석에 앨리스가 있는 건 신경 쓰지 않겠다. 자꾸 눈 마주치려 하지 말라고. 마음 같아선 당장 눕혀놓고 엉덩이를 냅다 두들기고 싶은데 애 시집 못 갈까 봐 꾸역꾸역 참고 있다.

"여러분들의 도움으로 우리 장병들은 더욱 강해지고, 피에 굶주렸으며, 인정사정 모르는 전사들로 거듭나고 있습니다! 저 인간쓰레기 독일 놈들은 하나 된 연합군의 힘 앞에 무릎 꿇을 것이며, 우린 그때 가서 놈들에게 대가를 청구할 겁니다. 독일 놈들을 전부 찢어 죽이고, 그들의 여자들을 전부 겁탈할 그날을 위해……."

내가 지금 뭘 들었지? 내 귀가 포성 때문에 맛이 갔나? 앞에서 흐뭇하게 웃고 있던 패튼의 참모장이 경악해서 달려나가고, 자원봉사자들은 잠시 술렁거리더니 중지를 치켜들고 썰물처럼 파티장을 빠져나가기 시작했다.

시발. 망했다.

"장군님, 그, 언사를 조금……."

"내가 뭘 잘못했다고! 전쟁은 원래 그런 거야!"

패튼아, 패튼아… 제발 멈춰… 이미 너도 나도 시말서 확정이니까…….
나 같은 상식인이 저 중세 기사, 아니 고대 야만전사를 감당하기엔 도저히 위장이 못 버틸 것만 같다. 오마르를 데려와야 한다. 그래야 내가 좀 살지.

"I can't tell you where we're going, but it will be where we can fight those damn Germans. And when we do, by God, we're going to go right in and kill the dirty bastards. We won't just shoot the sons—of—bitches. We're going to cut out their living guts and use them to grease the treads of our tanks. We're going to murder those lousy Hun bastards by the bushel.

...

We'll rape their women and pillage their towns and run the pusillanimous sons—of—bitches into the sea."

"난 우리가 어디로 가는지 말해줄 수 없다. 하지만 어디로 가든, 우린 저 개같은 독일 놈들과 싸우게 될 거다. 그리고 맹세컨대, 우린 곧장 가서 저 더러운 개자식들을 죽일 거다. 우린 저 개새끼들을 그냥 쏴죽이지 않을 거다. 우린 저 새끼들의 살아 펄떡대는 내장을 토막내 우리 전차 바퀴를 기름칠할 거다. 우린 저 형편없는 훈족 새끼들을 존나 많이 죽일 거다!

...

우린 저들의 여자를 강간하고, 저놈들의 마을을 약탈하고, 저 쫄보 개자식들을 바다에 처박을 거다!"

— 횃불 작전 직전, 캠프 브래그에서의 연설 중

여러 공식 자료는 물론 위키에도 강간과 관련된 내용은 나오지 않습니다. 다만 《위대한 3인의 전사들(원서: Master's of Battle)》(플래닛미디어, 2010)에 따르면 린제이 넬슨과 에드윈 랜들 장군이 패튼이 이런 식의 연설을 하는 것을 직접 들었다고 주장했습니다. 패튼의 이 연설을 들은 치과병동 간호사들은 그대로 퇴장했지만, 아무튼 장병들은 환호했다고 합니다.
이탈리안 잡 1의 연설은 해당 일화를 기반으로 하였습니다.

이탈리안 잡 2

"선배님. 좀 입을 다물고 평범하고 상투적인 문구로 주둥이를 놀리면 어디가 덧납니까?"

"내가 틀린 말 했나? 계집들이야 입이 뾰루퉁해져선 튀어나갔지만 사타구니 덜렁거리는 것들은 좋아했잖⋯⋯."

"야!!! 그 여자들 때문에 열린 행사잖아! 지금 장난하냐!!"

태연스럽게 저딴 소릴 하고 있는 모습에, 순간적으로 화를 못 참고 책상을 발로 까면서 버럭 고함을 지르자 패튼이 움찔했다.

"거, 큼⋯ 뭐시냐, 우리 조카님은 뭐라고 하던가."

"앨리스야 한두 번 당해봤던 일이 아니니 그러려니 합디다. 근데 지금 앨리스가 중요한 게 아니죠?"

어떻게 해야 이 미친개를 목줄에 좀 묶어 놓을 수 있을까. 기분이 엉망진창이라 그런가, 유달리 오늘따라 내 앞에 보이는 패튼의 저 하이바가 무척 거슬렸다. 내 기분은 흐리다 못해 천둥벼락이 칠 듯한데 저 반질반질한 하이바가 빛을 반사하는 모습이 이상하게도 고깝다.

"대관절 그 빌어먹을 철모는 왜 쓰고 다니는 겁니까? 모자 어따 팔아먹었어요?"

"모자는 나약해 보이잖은가."

"아니 시발, 말이 되는 소릴 하셔야지. 빨랑 벗어요."

"갑자기 헬멧은 왜! 하던 이야기로 돌아가지! 내가 시말서를 몇 장 쓰면 되겠나?! 죄를 통감하는 성명문이라도……."

"명령이니까 벗어!!"

순간적인 상황변화를 받아들이지 못하고 움찔움찔하던 패튼이 조심스레 헬멧을 벗어 제 팔에 끼웠다. 그러자 그 어떤 철모보다 더 번쩍번쩍 빛을 반사하는, 풀 한 포기 자라지 않는 패튼의 사하라 사막이 그 모습을 드러내는 게 아닌가.

"……."

"…속이 시원하십니까, 총사령관님?"

"어우. 아주 속이 시원합니다. 이거 참. 저는 저런 황무지가 되어본 적이 없어서."

"정수리에 땜빵 생겼다고 애새끼마냥 울고불고해대던 인간 어디 갔냐."

"그랬던가? 이 풍성하고 우거진 숲이 사라진다니, 그럴 리가 없잖습니까. 크헤헤헤헤!!"

내가 슬그머니 손을 뻗어 패튼의 어깨, 견장 부위를 쓰다듬자 그가 대경실색했다. 안심하라고 이 인간아. 겨우 이 정도 일로 계급장 뜯을 일은 없으니까. 그의 동공이 호달달 떨리는 것을 보며, 나는 저 탐스럽도록 매끈매끈한 머머리를 쓰다듬었다. 평소라면 발작하며 주먹부터 나왔을 패튼도 차마 지금만큼은 아가리를 꾹 여물고 있었다.

"선배님. 이 황무지가 부끄럽습니까?"

"일단 그 손부터 내리게. 진짜로 한 대 패기 전에."

"한 번만 더 오늘 같은 일이 벌어지면, 총사령관 명령으로 철모건 군모건 터번이건 뭐건 아무튼 그 머리 위에 아무것도 쓰지 못하게 하겠습니다."

"이봐, 유진이, 아니 킴 후배!"

"그래도 그 성질머리와 입버릇이 교정이 안 되면, 사령부의 모든 인원을 모아다가 이 반질반질한 백열전구를 쓰다듬게 시키겠습니다."

"그딴 미치광이 같은 처벌이 어딨어! 군법대로 하시죠 총사령관님, 군법대로!! 보직해임! 강등! 총살, 뭐 그런 거!"

"그럼 전쟁부 구석탱이, 프레덴달 옆자리로 가서 전쟁 끝나는 마지막 날까지 펜대나 놀리든가!!"

내 웃기지도 않는 으름장에 패튼은 정말 세상 다 무너진 듯한 표정을 한채 터덜터덜 발걸음을 옮겼다. 그는 문고리를 잡고도 돌리지 못하고 움찔대다가, 도살장에 끌려가는 어린 양 같은 눈망울을 한 채 고개를 힐끗 돌렸다.

"사령관님⋯⋯?"

"뭐요. 왜요."

"그럼 오늘은⋯⋯."

"그 망할 헬멧은 이제 쓰셔도 됩니다. 가서 D.C.에 보낼 시말서 준비하시고, 당장 참모장 오라고 해요."

그는 번개처럼 빠르게 그 쇠뚜껑을 덮어쓴 후 비장하게 경례를 올리고 퇴장했다.

아, 진 빠져 진짜. 내가 전쟁만으로도 힘들어 죽겠는데 맹수 조련사까지 겸업을 해야 해? 패튼을 대체할 만한 인재⋯ 있을 리가 있나. 대체만 가능했으면 천하의 마셜이 대체를 안 했을 리가 없다. 내가 골머리를 썩일 때, 패튼의 참모장인 게이 장군이 왔다.

"실례합니다."

"예. 고생이 많습니다."

게이는 어디까지나 성이 '게이'일 뿐이지 절대 게이가 아니다. 진짜 게이는 지금 열일하고 있는 이탈리아 왕세자님이 사실 트루 동성애자지. 혹시나

해서 말하지만, 게이가 패튼에게 고통받는 불쌍한 존재라고 해석할 필요는 없다. 고통받는 건 확실하지만, 그건 패튼이 독보적인 광전사이기 때문이지. 애초에 그도 기병 출신이다. 타이틀만 봐도 게이도 한 성격 할 것 같지 않나?

"앞으로 패튼 장군이 헛짓 못 하도록 참모장께서 각별히 주의해 주셔야겠습니다."

"알겠습니다."

그는 실로 비장한 모습으로 고개를 끄덕였다.

"아시다시피, 패튼은… 패튼입니다. 럭비공 같은 인간 같으니. 어디서 어떻게 꺾일지 모릅니다. 그러니 그냥 애초에 여지를 주지 마세요."

"옙."

"군사령관 위문 같은 것도 어지간하면 시키지 말고. 단단히 주의를 주긴 했지만 말보다 손이 먼저 나가는 사람입니다. 말로 해서 들을 사람이 아니니 입을 틀어막아도 좋고 때려도 좋습니다."

"예, 옙."

"대신이라고 하긴 뭣하지만, '패튼을 잘 돌봄'이라는 칭호가 얼마나 큰 경력이 될지 알겠죠? 보통 커리어가 아닙니다 이거."

적당히 진급에 대한 암시까지 주자 게이 장군의 흐리멍텅한 눈에 다시 총기가 깃든다. 역시 군인들은 진급이 최고지. 후. 술이 땡긴다. 하지만 놀랍게도 아직 점심 식사도 못 했다.

"부관. 다음 일정은?"

"움베르토 왕세자, 그리고 메세 장군과의 식사가 예정되어 있습니다."

"아 그랬지. 어서 가자고."

다음 수를 두려면 이탈리아의 협조가 필수적이니.

* * *

'니가 와' 전술의 달인, '침대' 몬티 선생이 드물게도 침대 전술을 때려치우고 맹진격 중인 이탈리아 전역. 북아프리카 전역이 종결된 직후부터 이미 이탈리아 공략이 논의되던 관계로, 연합군은 맞서 싸웠던 이탈리아군 장성 중 가장 뛰어나다고 평가해 왔던 조반니 메세 장군의 포섭에 각별히 힘을 썼었다.

"패장에게 이렇게 기회를 주시니, 참으로 부끄럽습니다."

"한때 검을 맞대본 사람끼리 서로를 더 잘 알지 않겠습니까. 대영제국 군인의 한 사람으로서 장군의 능력엔 감탄을 금치 못했습니다."

이상하다. 알렉산더 장군이 메세를 몇 번이고 저주하고 그 메세에 가로막혀 끙끙대던 몬티를 죽일까 말까 고민하던 게 엊그제 같은데. 역시 전쟁은 참 신기한 일이야. 이딴 걸 이해할 수 있으면 그놈은 미친놈이거나, 이해했다고 착각하는 얼간이가 틀림없다. 두 사람이 북아프리카에서의 일화를 푸는 동안, 나는 왕세자의 자기변명을 들어줘야만 했다.

"국왕 폐하께서는 항상 조국을 생각하는 분이셨습니다. 그분은 무솔리니가 이탈리아를 더 강대하고 부유한 나라로 바꿀 수 있으리라 믿었지만, 그 믿음은 처참히 배신당했습니다."

"이탈리아인들이 겪고 있는 고초에 대해선 저 또한 심히 유감스럽게 생각합니다."

"킴 장군, 이탈리아를 제 뜻대로 이용하기에 바쁘던 히틀러가 마침내 그 누런 이빨을 드러냈습니다. 동맹국 국왕과 전직 총리를 억류하는 나라가 이 세상에 대관절 어디 있답니까?"

그 와중에도 꼬박꼬박 무솔리니를 '전직' 총리라고 부르는 걸 보아하니, 이분도 여간 정치인이 아니셔.

"독일군은 무솔리니의 요청에 따라 반군을 물리쳤다 주장하고 있습니다만……."

"동맹국에 보낼 지원군을 지휘할 지휘관을 숨긴다는 것부터 이미 히틀러의 주장이 거짓이라는 숨길 수 없는 증거 아니겠습니까."

"확실히 맞는 말씀이십니다."

그건 맞는 말이지. 내가 봤을 땐 아무리 봐도 둘 다 시꺼먼 속셈 가득한 놈들이고, 센 놈이 약한 놈을 쥐패서 등쳐먹었을 뿐인데… 한 나라의 국가원수 앞에서 그런 소릴 할 정도로 내가 생각 없는 놈은 아니다. 난 패튼 아냐.

"게다가 치아노 백작의 처형을 보면 무솔리니가 현 괴뢰정권에 어떠한 영향도 행사할 수 없다고 볼 수 있겠습니다."

"사위라서입니까?"

"그렇습니다. 애초에 무솔리니 그자는… 겁쟁이라서 말이오. 사람을 죽이면 그 원혼의 저주를 받을지도 모른다고 믿던 자요. 그런 자가 사위를 광장 한복판에서 처형할 배짱이 있겠소?"

거… 위풍당당해 보이던 무솔리니가 사실 쫄보였다니. 은근히 깨는구만. 잠시 서로 웃으며 눈앞에 깔린 이탈리아식 고오급 요리를 먹길 잠시. 왕세자가 다시 입을 열었다.

"저는 중대한 결심을 발표하기 전, 연합국의 의향을 한번 물어보고자 합니다."

"무엇인지요?"

"파시스트당에 억압받고 있던 다른 당, 특히 공산당이 봉기해 독일과 그 괴뢰도당들과 교전을 시작했다고 합니다. 이들을 끌어안고자 하는데… 어떻습니까?"

망명정부가 공산당이랑? 이러면 셈이 어떻게 되지? 옆에서 잡담을 나누고 있던 알렉산더와 메세조차 말을 멈추고 왕세자를 돌아보았다.

"저하! 그게 무슨 말씀이십니까? 빨갱이라뇨?!"

"지금 우리가 급한 처지 아닙니까."

"그래도 빨갱이는 아닙니다. 두체는 실책도 여럿 저질렀지만, 그 빨갱이들을 때려잡은 건 두체의 크나큰 업적입니다!"

메세 장군도 보통 성격은 아니군.

"메세 장군."

"예."

"나라를 지키겠다던 파시스트당 상당수가 여전히 독일의 편에 서서 이 나라를 파멸로 이끌고 있고, 국가와 왕실을 파괴하려던 공산주의자들이 이탈리아인을 지키기 위해 그들에 맞서고 있습니다."

"……."

"이 나라의 운명이 우리에게 걸린 지금, 우리가 그들의 손을 잡지 않을 이유가 있습니까?"

이건 메세에게 하는 말보다는… 나와 알렉산더에게 하는 말로 해석되었다. 알렉산더가 어떻게 생각할진 모르겠지만, 적어도 나로선 아무래도 좋은 일이다. 전후 외교를 떠나, 지금 당장 우리에게 필요한 건 망명정부의 정통성과 독일군을 괴롭혀 줄 후방 게릴라들이다. 빨갱이 대신 사탄의 군세가 있어도 난 기꺼이 동맹을 맺어줄 수 있거든.

"저는 한낱 군인에 불과하여 복잡한 정치는 잘 모르겠습니다. 런던에 보고토록 하겠습니다."

"그렇게 해주시면 감사하겠소. 킴 장군께선 어떻습니까."

"저 또한 마찬가지입니다."

내가 아무리 생각해 봐도, 21세기에 이탈리아가 왕국이었는지 아닌지 기억이 안 난다. 그런데 패전했으니 아마도 왕실 셔터 내리지 않았을까? 그런데 이탈리아에 공산당이 있었단 이야기도 못 들어봤다. 명색이 유럽 열강 판독기이자 선진국인데 빨간 물이 들었을 리가 없지. 그러니까… 왕세자가 공산당과 손 좀 잡는다고 해서 이탈리아가 빨갛게 변하지도 않는단 이야기 아닐까? 애초에 이탈리아같이 덩치 큰 나라를 강철의 대원수 손에 넘겨 줄 생각은 추호도 없다. 영국군이 같이 주둔하고 있으면 빨갱이들이 아무리 설쳐 봐야 답이 없겠지.

"이곳 시칠리아만 보더라도, 전장이 되기 무섭게 온통 폐허로 바뀌었습니다."

"…가슴 아픈 일입니다."

"그러니 독일인들의 손에 떨어진 땅은 어떤 참극이 벌어지고 있겠습니까. 저 사람이길 포기한 것들이 1분 1초라도 더 이탈리아 땅을 밟고 있다간 우리 국민의 씨가 마르고 말 겁니다. 부탁드리겠습니다. 부디 우리의 땅을 되찾을 수 있도록 힘을 써주십시오."

"물론입니다. 연합군은 오늘도 모든 자유 세계를 위해 싸우고 있습니다. 세자 저하께선 걱정하지 마십시오."

누구 맘대로. 우리 미합중국이 줄 수 있는 건 무기, 식량, 탄약, 군복, 군화, 트럭… 아무튼 품목이야 많지. 하지만 사람만큼은 못 준다. 알렉산더 장군. 미안하지만 로마로 쳐들어가려면 혼자 가세요. 유럽 곳곳에 빨갱이가 증식하려는 모습이 좀 불안하긴 하지만… 어차피 이기고 나면 끝이다.

얼마 후, 나는 한 잠수함에 은밀히 승함했다. 어떤 발칸의 빨갱이 산적두목이 날 초청했기 때문이다.

이탈리안 잡 3

　도대체 어디서부터 역사가 뒤틀리기 시작했을까. 나는 살기 위해… 아니지, 그냥 살고 싶었으면 샌프란시스코에서 얌전히 아빠 가게 물려받아 먹고 살았으면 끝이구나. 이왕 두 번째 삶을 살게 된 이상, 최대한 최선을 다해보자 결심했고 그 결심은 50년이 조금 안 되어 마침내 결실로 이어졌다.

　대체 왜 하필 나였는지 궁금했던 적이 있었다. 착한 일을 많이 해서 복을 받았다고 생각하기엔 내 첫 생애가 그리 선량해서 복 받을 만한 인생은 아니었다. 굳이 따지면 내가 싼 똥 내가 치운 꼴에 가깝긴 했는데, 혹시 나는 스스로 불러온 재앙만 줄창 치우다 끝나는 인생이 아닐까? 미친 소리. 그럴 리가 없다. 아무리 생각해도 이번 생은 정말 사리면서 살았다. 어차피 터질 전쟁, 내 영향이 뭐 얼마나 있었겠냐고……

　옛날을 추억하며 복기 같은 짓을 하기엔 이미 너무 멀리 왔다. 제2차 세계대전은 더 일찍 터졌으며, 각종 기술과 교리 또한 나비 날개처럼 펄럭인 끝에 더 빠르게 발전되었고, 전쟁의 흐름 또한 달라졌다. 이제 무작정 원 역사의 지식만으로 승부할 수도 없었고, 그래서도 안 된다.

　예를 들어, 동부 전선은 아주 지랄이 나버렸다. 노르웨이가 원 역사와 달리 영국의 선빵을 맞아 추축국에 붙어버렸으니 독일군 수십만 명이 스칸디나비아에 묶이지도 않았고, 폴란드와 프랑스의 패망 사이 반년 정도의 텀도 없었다. 이 거대한 변화가 대관절 어떻게 영향을 미칠지, 모스크바 함락되는 거 아닌가 내가 한때 얼마나 쫄아버렸는지 모른다.

전차의 경우, M4 셔먼만 빨리 찍어도 꿀을 달달하게 빨 수 있지 않을까 짐작했지만 그렇진 않았다. 히틀러는 무슨 꿈에서 〈매드 맥스〉나 〈퓨리〉라도 한 편 보고 왔는지 전차 개발에 미쳐버렸고, 스탈린은 누가 빨갱이 두목 아니랄까 봐 포드 트랙터 컴퍼니에 빨간맛 산업 스파이를 박아 놓고 설계 도면을 훔쳐 갔다. 그 망할 카사블랑카가 갑자기 확 떠오르는구만.

'귀관의 뛰어난 능력 덕택에 무수한 소련 인민이 목숨을 구했소. 미약하지만 이 훈장으로나마 그 공로를 기리고자 하오.'

'과찬입니다. 제가 북아프리카에서 물리친 병사들은 소련인들이 상대하는 추축국 병력에 비하면 한 줌밖에 되지 않습니다.'

'소련 인민의 듬직한 방패가 되어주고 있는 전차에 귀하의 노고 또한 담겨 있소.'

'?!'

천하의 후버가 서슬 퍼렇게 날뛰고 있는데도, 돗거질한 놈이 대놓고 말해주기 전까진 꿈에도 몰랐다. 무슨 자기가 뤼팽이야, 홍길동이야? 훔쳐 간 주제에 저토록 당당하니까 차라리 호감마저 들더라고. 로열티 달라는 소리 들을까 봐 미리 훈장으로 입 닦는 모습은 그 위풍당당한 강철의 대원수라고 하기엔 너무나 쫌팽이 같았다.

근데 뭐, 이 빨갱이란 것들은 애초에 신앙심과 사명감으로 중무장한 놈들이라 도저히 때려잡을 수가 없다. 학생이 책 한 권 읽을 때마다 주사위를 굴려서 1이 나오면 빨갱이로 종변이 된다니까? 강철의 콧수염께서 엄석대 모드가 되어 '이야, 이 기술 좋은데?' 하면 전 세계의 한병태들이 넙죽넙죽 목숨을 걸고 기밀을 유출하는 게 이 시대다. 맨해튼 프로젝트조차 빨갱이

스파이의 마수를 피할 수 없었으니, 고작 민간기업이 유출을 막으면 그게 더 무섭지.

맨해튼 프로젝트라. 그거… 진행하고는 있겠지? 내가 마셜이나 맥아더에게 가서 '저희 존나 짱센 시밤—쾅 머쉬룸 폭탄 만들고 있나요?'라고 물어볼 수도 없는 노릇. 야전 사령관인 나는 핵은 계산에서 배제하는 게 맞다. 핵의 힘 따위 빌리지 않아도 천조국의 우월한 산업능력이야말로 핵 그 자체니까.

아무튼 원 역사는 이제 끽해야 유진 킴 특제 야매심리학의 소스로나 참고할 수 있지, 교과서나 수학 정석처럼 달달 외워서 써먹기엔 너무 많이 변해버렸다. 고로 내 대전략은 간단. 최대한 많은 독일군을 동부 전선에서 끌어내 다른 쓸잘데기없는 전선에 처박도록 강요한다.

이탈리아 전역에 최소 20만에서 30만. 이거론 아직 부족하다. 나는 미래에 등장할 검은 티셔츠에 청바지 입은 소시오패스보다 훨씬 더 배고프다. 그야 이건 노르웨이에서 히틀러가 얻은 이득을 딱 플러스 마이너스 제로로 만들 수치잖은가.

그러니 발칸 전역이 필요하다. 그리스를 진흙탕으로 만들고, 유고슬라비아를 추축군의 숨바꼭질 핫플레이스로 마개조하며, 헝가리—루마니아—불가리아군이 동부 전선에 보낸 병력을 자기네 빈 집으로 되돌리고 싶어 안달이 나게 만들고 싶다.

그리고 약간의 사심을 좀 섞는다면. 감히 내 기술을 훔쳐 간 놈에겐 언제나 피의 응징만이 있을 뿐이다. 내 부하들을 살리면서 스탈린을 빡치게 할 수 있다니. 아, 이건 못 참지. 해야 하고말고.

미합중국은 얼마 전까지 고립주의를 표방하던 나라다. 이 카우보이들의 머리통엔 어떻게 하면 우리끼리 이 신대륙 안에서 꿀 빨고 살 수 있을까, 같은 궁리밖에 없었고 끽해 봐야 중남미만 두들겨 패던 게 대부분. 라틴아메리카를 떼고 생각하면 미국의 시커먼 손길이 닿은 곳은 하와이와 필리핀이 끝이다. 세계의 패권을 논할 하드웨어를 손에 거머쥐었지만, 여전히 소프트웨어는 전국구 칼잡이 놀음이나 하던 수준 그대로란 말이지. 물론 여기서 나오는 만능 키워드가 또 우리 백악관 휠체어맨, FDR이다. 루즈벨트, 또 너야?

당장 인권과 민족자결을 주둥이에 박고 살았던 우드로 윌슨조차 중남미엔 심심하면 쇠빠따를 휘갈겼다. 윌슨 재임 약 7년간 미군은 멕시코, 아이티, 도미니카, 쿠바, 파나마에 '파병'되었다. 하지만 그 윌슨은 유… 이승만이 해치웠으니 안심하라구!

아무튼 이렇게 업보 스택이 적립되어 있던 라틴아메리카에 대대적인 언론플레이, 친미 여론몰이, 헐리우드를 풀가동한 이미지 개선 작업. 거기에 더불어 '더 이상 빠따 휘두르지 않을게요.'라는 루즈벨트 본인의 선언까지. 지금 중남미에선 제법 이러한 미국의 이미지 세탁이 성공하고 있었고, 이제 앞으로 할 일은 전 세계를 대상으로 미합중국이 멋지고, 선량하며, 자유를 위해 싸우는 착한 나라라는 진실을 뿌리는 일이다. 하지만 이런 착한 미국에겐 나쁜 친구가 있었으니.

"어떠한 경우에도 소련의 마수가 발칸을 집어삼키는 일은 없어야 합니다."

나와 같이 잠수함에 동승한 영국인들의 저 발언을 좀 보라. 우욱, 입에서 썩은 정어리 냄새 나는 것 같아.

"우리의 친구 스탈린 서기장이 들으면 참 슬퍼하겠군요."

"러시아인을 저 얼음덩어리 대륙에 가두는 일은 지정학적으로 봤을 때 무엇보다 중요한 일입니다. 지금은 흑해 함대가 사실상 저 조막만 한 바다에 감금되어 있지만, 저들이 그리스를 얻게 된다면 지중해의 모든 나라가 소련의 공포에 시달려야 합니다."

그러시군요. 제가 해군은 잘 몰라서. 사실 영국인들은 굳이 해양 전략을 빼 놓고서라도 그리스에 집착하는 경향이 강했다. 정말 그리스는 조상님 잘 둔 덕에 수천 년을 이득 보는구만.

크레타에서 B—17 폭격기와 머스탱이 날아다니기 시작하자, 루프트바페는 발등에 불이 떨어졌다. 나는 콕 집어서 '플로에슈티 유전만 셧다운시킬 수 있으면 독일은 장사 접어야 한다.'라고 지시했고, 우리 육군항공대와 영국 공군은 놈들의 석유 밥줄을 날려버리기 위해 심심할 때마다 이륙했다. 동부 전선에 있어야 할 전투기를 이리로 쫙 빼냈으니 스탈린은 내게 훈장 두 개쯤은 더 줘야겠지. 무엇보다 이렇게 활발한 공군 활동은 당연히 육군의 진출을 암시하는 것이고, 히틀러는 피 같은 병력을 또 이리로 할애할 수밖에 없으리라.

"저는 장군께서 왜 군이 유고슬라비아까지 가는지 여전히 잘 모르겠습니다."

"아니, 그걸 모르신다구요?"

내가 눈을 휘둥그레 뜨며 반문하자 상대가 진짜 모르는지 당혹스러워한다. 재밌네 이거.

"상대는 빨갱이 아닙니까, 빨갱이. 기껏 우리가 먹여주고 재워줬는데 스탈린 발밑으로 쪼르르 달려가면 본전도 못 건지는 셈 아닙니까."

"그래서… 직접 만나시면 뭔가 달라지기라도 합니까?"

"그럼요. 엄청 달라집니다."

"제가 아직 식견이 얕아 그런데, 혹 장군의 생각을 들을 수 있을지요?"

"그걸 설명하는 것 자체가 섹시하지 못하네요."

영국인한테 왜 그걸 말해 줘. 저 새끼들이 내 생각을 알게 되면 무조건 초를 치려고 들 텐데. 아까도 언급했지만, 결국 미국은 아직 세계 경영이라는 거대한 게임의 플레이어로 자리매김하지 못했다. 기껏 안정적인 소련 코인 대신 미국 코인에 탑승했는데, 이놈들이 상장은 안 하고 딩가딩가 놀고 있으면 투자자는 굶어 죽을 것 아닌가?

따라서 미합중국이 이 판에 새로 끼려 한다는 사실을 크고 분명한 목소리로 전달해 줄, 믿음직한 메신저가 필요하다. 그리고 당연한 말이지만, 미국이 본격적으로 판에 끼려 한다는 사실을 알자마자 영국인들은 자지러질 게 뻔하고. 따라서 내 선택은… 양심에 찔리지만 약간의 거짓말을 첨가하는 것.

　"체트니크는 영국의 많은 후원을 받았음에도, 우리가 기대하는 만큼 독일군을 상대로 싸우지 않았습니다. 그렇지 않습니까?"

　"제가 전달받기로는 독일군이 워낙 흉포하게 날뛰는 터라 현지 민병들이 다소 조심스러워졌다고 들었습니다. 하지만 망명정부가 적극적으로 그들의 전투를 장려하고 있는 만큼 조만간……."

　"그래선 안 되요. 만약 우리 연합군이 유고에서 작전을 개시했는데 현지인들의 협조만을 기대해야 하는 상황이면 얼마나 위험천만해지겠습니까? 저는 그 어떠한 난국에서도 투쟁을 멈추지 않을 협조자를 찾고 있고, 티토와 유고 파르티잔이 그 협조 대상이 될 수 있을까 확인하고픈 겁니다."

　나와 함께 온 미국인들, OSS 요원들을 믿어 봐야지. 아직 영국의 첩보기관과 대등한 수준은 아니지만, 훗날 CIA라는 공포의 대명사로 불릴 이들이다. 이들을 전쟁 끝나기 전부터 발칸에 박아 둘 수도 있는 기회. 한번 백채널이 뚫리면 그다음부터는 일사천리다. 민주 국가의 특성상 정치권은 항상 요동치고, 새 정권의 기조에 따라 외교 정책 또한 으레 바뀌기 마련. 특히나 매카시즘이라는 광기의 시대가 예정되어 있단 점을 고려하자면, 정권이 바뀌거나 말거나 영향을 받지 않고 지속적으로 서로 의견을 교환할 수 있는 창구의 존재 유무는 어마어마한 차이를 불러일으킬 터. 티토는 원 역사에서도 스탈린과 삐딱선을 타며 제3세계를 주도한 인물인 만큼, 절대 이 끝내주는 채널을 단선시키지 않을 거다. 내가 그렇게 만들어야지.

　그렇게 유고슬라비아에 도착한 우리는, 현지 파르티잔들과 미리 뿌려져 있던 영국 요원들의 호위 아래 산 굽이굽이 들이찬 어떤 시골 촌동네 구석까지 파고들었다. 티토가 왜 굳이 이런 걸 보여주고 싶은지는 잘 알겠는데, 그래도 너무 힘들거든? 그렇게 이틀을 꼬박 산등성이로 진입한 끝에, 마침내 우린 파르티잔의 비밀 거점에 들어설 수 있었다.

"세상에."

"저거, 독일 전차 아닙니까?"

"3호 전차군요. 노획한 모양입니다."

기관총에, 전차에, 비행기까지. 없는 게 없다. 아주 박물관이 따로 없네.

"안녕하십니까! 이 먼 곳까지 걸음해주셔서 대단히 감사하다는 말씀 먼저 드리겠습니다. 제가 바로 요시프 브로즈 티토, 유고슬라비아 공산당의 서기장이자 유고슬라비아 국민해방군의 지도자입니다."

능숙한 통역의 도움으로 나는 티토와 악수를 나누며 이야기를 진행할 수 있었다.

"유고슬라비아 국민들의 반—파시스트, 반—침략 투쟁에 대해 미합중국을 대표해 감사의 말씀을 드리는 바입니다."

"저희는 최선을 다해 싸우고 있으며, 이제 연합군의 일원이 되어 이 투쟁을 승리로 장식하길 희망하고 있습니다! 자, 이리로 오셔서 자세한 이야기를 나누시지요."

"그렇군요. 그런데 그 전에, 한 가지 궁금증이 있는데 여쭤봐도 되겠습니까?"

"물론입니다. 킴 장군이라면 저희 쪽에도 명성이 자자하신 분 아니십니까. 여기까지 걸음하셨으니 무엇이든 물어보시지요."

이건 아무래도 지금 좀 물어봐야 할 것 같은데.

"그래서 당신 말고, 진짜 서기장은 어디 있습니까?"

"…예?"

"가짜 대역 말고, 논의를 하려면 진짜가 나오셔야죠. 벌써 이렇게 상호 불신이 가득하니 제 여린 마음에 상처가 날 것 같군요."

기억이 가물가물하긴 한데… 암만 봐도 티토가 이렇게 짜부라진 찐빵처럼 생기진 않았던 거 같거든. 카스트로였나 티토였나, 아무튼 빨갱이 두목들은 대체로 잘생긴 편이었다고 들었는데. 내가 발걸음을 슬쩍 돌리자, 상대가 순식간에 쪼그라들었다.

"그, 그, 그게…….'

"돌아갑시다."

"실례합니다. 제 모가지에 관심이 있는 분들이 너무 많아서 그만."

아니나 다를까, 나와 악수한 놈 옆에 호위를 서고 있던 자가 스윽 하고 앞으로 나와선 다짜고짜 손을 내미는 게 아닌가.

"제가 진짜 티토입니다."

"또 가짜 같다고 하면 뭐라고 하시렵니까?"

"이렇게 카리스마 넘치고, 잘생긴 데다가, 풍채와 유머까지 갖춘 인물이 유고슬라비아에 둘이나 있다면 그건 그거대로 축복 아니겠습니까. 크하하하!"

음. 이건 진짜 맞는 것 같다. 내 예상보다 훨씬 더 골때리는 인간이었다.

이탈리안 잡 4

　　티토와의 회담은 무척 평화롭게 진전되었다. 그는 자신들이 얼마나 어려운 상황에도 불구하고 착실하게 전과를 쌓아 왔는지를 최대한 자랑스럽게 이야기했고, 체트니크를 은근슬쩍… 아니, 대놓고 까버렸다.

　　"이 상황판과 교전 기록을 보면 이해하시겠지만, 이미 체트니크는 독일에 포섭당했다 봐도 무방합니다."

　　"이런 건 들은 적 없소! 드라자 미하일로비치 장군은 틀림없이……."

　　"그분의 의기는 우리 또한 익히 알고 있습니다. 하지만 엉클 드라자는 체트니크의 대표이자 지도자일 뿐 전권을 장악하지는 못했습니다. 오히려 저희는 조심스럽게 미하일로비치 또한 독일에 포섭되었을 가능성도 있다 보고 있습니다."

　　이미 파르티잔과 체트니크는 곳곳에서 교전하고 있었다. 티토는 이 사실을 전혀 숨기지 않았고, 오히려 하나의 기회로 보았다.

　　"독일의 의도는 간단합니다. 무자비한 살육으로 공포를 심어줘 감히 대항할 엄두도 못 내게 하는 것. 이미 체트니크 대원 상당수는 독일에 맞설 바에야 순종하는 편이 낫다 여기고 있습니다."

"이게 사실이라면 체트니크는 이미 연합군과 함께할 수 없습니다."

당황한 영국인들의 모습을 여유롭게 감상하면서, 그는 파르티잔이야말로 연합군의 니즈에 맞는 유일한 유고슬라비아 저항세력이노라 계속해서 어필했다. 홍차맨들은 처음엔 빨갱이라는 선입견 필터를 장착한 상태에서 어떡하든 트집 잡을 핑계를 만들려는 모습이 역력했지만, 원래 진실이야말로 가장 강력한 무기인 법. 내가 입은 군복을 잠시 내려놓고 객관적인 사실만을 검토했을 때, 체트니크가 저렇게 된 건 어찌 보면 당연한 일이다.

독립군이 일본군과 교전하고 있다 쳤을 때, 일본이 자기네 병사 하나가 의병의 손에 죽을 때마다 조선인 100명을 학살한다고 치자. 일본의 야만성을 욕하고 말고를 떠나, 그 미친 칼춤에 내 가족과 동포가 죽을까 걱정해 무기를 내려놓게 되는 것도 어쩔 수 없는 일 아니겠나. 당장 연합군이 얼마 되지도 않는 무기나 좀 보내줄 뿐 각 잡고 군대를 보내 적과 맞서 싸워주지도 않으니, 저들이 타협을 시도한다 해서 내가 욕을 할 수도 없는 노릇. 물론 이건 순수하게 현상만 놓고 이야기했을 때의 이야기. 유럽연합군 총사령관인 나는, 독일이 칼춤을 추든 말든 개의치 않고 독일군과 싸워줄 사람이 필요했다. 영국인들이 현실을 인지할 충분한 시간이 지난 후, 우리는 원만하게 서로 하하호호하며 이야기를 나눴다.

어려운 환경에서도 저들이 노력해서 제공한 고급 식사를 함께하며 파르티잔의 조달 능력에 대해 고평가하고, 항공기를 탑승하고 주변 일대를 돌아보며 그들의 작전범위를 감상하는 등 참으로 알찬 나날들을 보내길 며칠. 나는 하루 일정을 마무리하고, 편한 옷으로 갈아입은 채 일과 마감 후 술 한 잔의 즐거움을 누리며 꿈나라로 갈 모든 준비를 마쳤다.

똑똑!

"실례합니다, 킴 장군님. 혹 주무시고 계십니까?"

"아닙니다. 무슨 일이십니까?"

"잠시 시간을 내주시면 감사하겠습니다. 들어가도 되겠습니까?"

"물론이지요."

문이 열리고 모습을 드러낸 건, 아니나 다를까 티토였다.

"이런. 제가 너무 늦게 말씀도 없이 찾아뵌 모양이군요."

"괜찮습니다. 언제쯤 오시려나 기대 중이었거든요."

"그렇지요? 영국인들은 저토록 시끄러운데 장군께선 별말씀이 없으시기에 이렇게 왔습니다. 저도 한 잔 주시겠습니까?"

미리 연습해 온 듯 빠르게 읊어나가는 영어. 나는 군말 없이 잔을 두 개더 꺼내려 했다.

"하나면 됩니다."

"통역분은 안 드셔도 됩니까?"

"어지간하면 둘이 편할 것 같군요. 혹시 독어나 러시아어 되십니까?"

"둘 다 능숙하진 않지만 얼추 됩니다."

"제가 불어를 대강 읽고 들을 수 있습니다. 이 정도면 뜻은 통하지 않겠습니까?"

도대체 둘이서 이야기하려고 언어가 몇 개 동원되는 걸까. 나는 잔을 하나만 더 꺼내 술을 가득 채웠다.

"히틀러를 죽일 그날을 위하여."

"위하여."

쨍 하는 소리가 뒤를 잇고, 우린 가볍게 우선 한 잔을 쭉 내리 비웠다.

"막중한 지위와 책무에도 불구하고, 저희 유고슬라비아 파르티잔을 찾아주셔서 다시 한번 감사하단 말씀 드립니다."

"뭘요. 애초에 여러분이 불러서 온 것 아닙니까. 보여주고자 하셨던 것들은 다 선보이셨습니까?"

"그렇습니다. 어떻습니까, 좀 인상적이셨습니까?"

"대단히 인상 깊었습니다."

나는 내 짐꾸러미에서 작은 시가 케이스를 꺼내 그에게 건네주었다.

"이걸 아직 전해드리지 못했군요. 제 소소한 선물인데, 하바나 시가입니다."

"킴 장군께 받는 시가라! 끝내주는 선물이군요. 같이 한 대 피우십시다."

"사양하지 않겠습니다."

시가를 커팅하고, 불도 붙이고, 참으로 맛있게 미 제국주의와 악질 대기업들이 쥐어짜낸 쿠바인의 피땀을 즐기길 잠시. 기묘한 침묵을 먼저 깬 건 티토였다.

"저는 미국이란 나라가 참으로 부럽습니다."

"제 조국을 띄워주시니 고맙습니다만, 어떤 뜻인지 궁금하군요."

"킴 장군은 이미 두 대전쟁에서 놀라운 전공을 세운 명장입니다. 미국은 영국계 백인들의 나라라고 생각했지만, 이렇게 아시아계인 킴 장군을 총사령관으로 세운 모습을 보니 저로선 그저 감탄만 나올 뿐입니다."

나는 아주 잠깐 고민했다. 티토는 역사에도 그 이름을 남긴 거물. 게다가 그의 진가는 단순한 반독 저항운동이 아닌 유고슬라비아의 지도자이자 제3세계의 주창자일 때 나타났다. 그렇다면 이것도 단순한 감탄이나 립서비스라기보단, 더 내밀한 의미가 있다고 봐야 하지 않을까.

"미합중국은 언제나 자유와 기회의 나라였습니다. 저 또한 그 자유와 기회의 빛이 있었기에 이 위치에 설 수 있었지요. 백인들의 나라인 미국에서 이 자리에 오른 저, 그리고 세르비아 중심의 이 나라에서 크로아티아계로 지도적 위치에 오른 귀하. 서로 무척 닮았군요. 앞으로 서기장께서 이끌어나갈 나라 또한 자유와 기회가 가득하길 바랍니다."

너, 이 나라 두목 해먹고 싶잖아? 내가 국왕의 귀환 어쩌고 하는 이야기 대신 거의 대놓고 '티토가 이끌어나갈 나라'라고 말하자 그의 스마일 가득한 영업용 페이스에도 살짝 금이 갔다. 내 말이 충분한 대미지를 준 것 같으니, 곧장 추가 공세에 들어가야지.

"저는 이곳에 와서, 한 번도 본 적 없는 제 아버지의 나라가 문득 생각났습니다."

"그렇습니까?"

"조선, 코리아라고 흔히 부르는 곳입니다. 거대한 중국 대륙과 일본열도 사이에 끼어 있는 반도. '동네 뒷산'이라는 관용어구가 있을 정도로 산과 언덕이 가득한 땅. 평화를 사랑하는 민족이 살았지만 쉼 없이 외국의 침략을 받아온 곳이지요."

"주어를 듣지 않았으면 이 유고슬라비아를 말씀하신 줄 알았겠습니다. 정말 놀랍도록 닮은꼴이군요."

"일본제국의 침략을 받고 식민지로 전락한 지 30년쯤 되었고, 그럼에도 불구하고 여전히 침략자에 대한 항쟁이 활발히 이어지고 있습니다. 그런 의미에서 파르티잔 여러분의 투쟁이 제겐 결코 남 일처럼 느껴지지 않습니다."

모름지기 상대의 호감을 사고 싶을 땐 우선 억지춘향이더라도 공통점을 찾는 게 가장 빠른 방법. 나와 너는 닮았고 내 고향 땅과 이 나라도 닮았어, 라는 내 어필이 얼마나 약발이 먹히려나.

"이것참… 장군과 같은 분을 보내준 미합중국이란 나라에 대한 호감이 더욱더 솟구칩니다. 하하!"

"저 또한 이곳까지 온 보람이 있는 것 같아 무척 기쁘군요. 우리의 우정이 영원했으면 하는 바람입니다."

"미합중국과 유고슬라비아… 공화국이 영원한 우정을 나눌 수 있을까요?"

이제 그는 왕국이란 표현도 과감하게 재껴버렸다. 그래, 외교관도 아니고 군바리들끼리 만났는데 좀 편하게 얘기하자고. 어차피 배배 꼬인 완곡어법을 쓰기엔 당장 우리 둘 다 언어능력이 개판이기도 하고.

"원래 나이 먹을 만큼 먹어서 사귄 친구가 다 그렇잖습니까. 먹고살다 보면 가끔 소원해질 때도 있지만, 결국 서로가 서로를 배려하는 마음씨만 있다면 언제든 편히 얼굴 볼 수 있지요."

"맞는 말씀입니다."

"말씀드렸다시피 제 아버지의 나라는 강대국 사이에 낀 소국이었습니다. 자주독립을 유지하고 평화를 지키기 위해 정말 많은 노력이 있었지요. 역사서만 보더라도 강대국이란 것들은 친해지면 친해질수록 항상 더 많은 걸 요구하곤 했으니까요."

"허허. 그렇지요. 갑자기 제가 알던 친구가 생각나는군요. 저희 집에 도적 떼가 쳐들어왔을 땐 '그냥 패물 좀 주고 참아.'라고 하던 녀석인데, 자기 집에 그 도적놈들이 쳐들어오니 같이 맞서 싸우지 않으면 넌 친구도 아니라고 고래고래 고함을 지르지 뭡니까?"

흠… 그 친구 누군지 잘 알겠는데. 어쩐지 콧수염이 차밍 포인트일 것 같아.

"정말 짜증 나는 놈이군요. 그런 놈을 친구로 대접해 주십니까?"

"마음 같아선 꺼지라 하고 싶은데, 동네 촌장집 아들이라 말이죠. 원래 이런 촌구석에선 촌장집이 왕입니다."

"서기장께서 그 도적 떼를 야무지게 잘 쥐어팬다면, 동네 사람들 시선 때문에라도 예전처럼 굴진 못하겠죠?"

"그러길 바랄 뿐입니다. 정 안 되면 새 친구를 찾아봐야지요."

과연 티토의 진심은 몇 퍼센트쯤 담겨 있을까. 외교관과 동행할 걸 그랬나. 아마 티토는 유고가 침략당했을 땐 그놈의 독소불가침 때문에 팔짱만 끼고 있던 소련이 반파쇼 항쟁이니 뭐니 나발 부는 꼬라지에 제법 배알이 꼴린 것 같다.

그럼에도 불구하고 공산주의의 성지이자 심장인 모스크바를 무작정 거부할 수는 없다. 더군다나 이 발칸반도는 러시아제국 시절부터 그들의 영향력이 투사되던 곳. 그야말로 촌구석의 제왕이다. 나는 어떠한 약속도 못 해주고, 당장 이곳에 미군을 파병할 생각도 없다. 그러니까.

"꼭 그 촌장 아들내미와 작별해야만 새 친구를 사귈 수 있는 건 아니지요. 원래 친구는 많으면 많을수록 좋습니다."

"이를 말입니까. 우리의 우정이 영원하길 바랍니다!"

소련의 히스테리와 지랄병이 절정에 이르렀을 때, 우리가 슬쩍 손을 내밀어줄 수 있다는 암시 정도만 줘도 충분하다. 애초에 빨갱이인 티토가 미국과 혈맹이 될 수도 없는데 뭘. 그건 나도 함부로 약속 못 하는 일이다. 우리는 계속해서 술잔을 비우고, 담배를 뻑뻑 피워대고, 서로 시시콜콜한 옛날이야기나 추억을 늘어놓으며 점점 술에 꼴아갔다. 침팬지와 오랑우탄의 대화 같은데, 이거.

"그래서 말입니다, 그, 거 뭐냐."

"음, 잘 이해했습니다."

"역시! 우린 말이 통합니다! 하하!"

"하하하!!"

원래 알콜어야말로 세계 공용어고, 술이 머리끝까지 올라온 놈들끼리는 칼라가 연결되어 텔레파시가 통하는 법이다. 스탈린이랑도 통했는데 뭘. 신경삭을 통해 빨간물이 들어오는 것 같은데 기분 탓인가?

쿠우웅!!!

"뭐지?"

"잠시 기다려주십시오. 확인해보겠습니다."

쿠우우웅!!

한 번 더 땅이 흔들리길 잠시. 어디선가 아련하게 총성이 울려 퍼지기 시작했고, 티토의 부하 하나가 우리 방문을 벌컥 열어젖혔다.

"독일군입니다!"

내가 이 동네 언어는 몰라도 저건 알아듣겠네. 둘은 뭔가 다급하게 떠들더니, 그가 날 돌아보며 말했다.

"당장 여기서 이탈해야겠습니다."

"적이 쳐들어왔습니까?"

"독일군이 글라이더를 동원해 강하했습니다. 처음 있는 일입니다. 당장 움직이시죠."

참수작전. 나는 더 물어보는 대신 곧장 그들과 함께 달려나갔다. 아스라이 여명이 어둠을 걷어내려는 순간, 밤의 커튼을 열어젖히고 독일군이 그 모습을 드러내고 있었다.

이탈리안 잡 5

총성, 폭음, 비명. 전장의 화약내음을 뒤덮는 피 냄새.

"크아악!!"

"빨리 움직여라! 빨갱이 수괴 티토의 목을 따야 한다!!"

눈앞에서 또 한 명의 불순분자가 피분수를 내뿜으며 쓰러졌고, 슈코르체니는 입에 튄 피를 낼름 핥으며 성큼성큼 앞으로 나아갔다.

"이번 작전만 성공하면 우리 앞길은 탄탄대로다! 전군, 돌격! 상대는 오합지졸 민병대. 한 놈이라도 눈먼 총알에 맞아 뒈지면 내 손에 뒈질 줄 알아라!"

"지크 하일!"

오토 슈코르체니의 특수부대가 창설된 지 얼마 되지 않아 로마에서 달성한 성과는 실로 놀라웠다. 롬멜이 이끄는 독일군의 쾌속 진격과 로마 내무솔리니 충성파 협력 등의 영향을 받긴 했으나, 슈코르체니 일당은 많은 우려를 불식시키고 무솔리니와 이탈리아 국왕의 신병 확보는 물론 이탈리아 신내각을 사실상 마비시켜버리는 어마어마한 전공을 세웠다.

"내가 뭐라 했는가! 해낼 거라고 하지 않았나!"

"총통 각하의 놀라운 통찰력에 다시 한번 감탄했습니다!"

"각하야말로 독일 민족의 영도자십니다."

"팔슈름야거의 정예병을 추가로 선발하여 보내도록 하겠습니다."

"친위대 또한 기꺼이 정예를 제공하겠습니다!"

독소전 개전 이후 다소 추락하는 듯하던 히틀러 코인은 다시 바벨탑처럼 저 높이높이 치솟았다. 국방군 상당수 장성들은 특수부대, 그것도 SS에 근간을 둔 부대가 얼마나 큰 성과를 거두겠냐며 회의적인 입장을 견지했으나 히틀러는 일개 대위였던 슈코르체니를 친히 대면하여 대대적인 지원을 약속했었다. 그리고 성과를 거두었으니 잭팟이 터졌고, 곧장 다음 임무가 떨어졌다.

"슈코르체니 소령."

"예, 각하!"

"연합군은 반드시 발칸으로 오게 돼 있어. 민병들은 독일의 채찍 앞에 복종 의사를 밝혔지만, 소련의 조종을 받는 유고 빨갱이들이 그 퀘퀘한 산구석에 처박혀 여전히 반독 활동을 전개하고 있네."

"각하께서 저흴 투입하신다면, 반드시 신뢰에 보답하겠습니다."

"놈들의 수괴 티토가 연합군이 파견한 밀사와 접선하려 한다는 첩보가 들어왔네. 그들이 보는 눈앞에서 티토를 잡거나 죽이면 엄청난 충격을 줄 수 있겠지."

총통의 명이니 따르긴 했지만, 슈코르체니로서는 이번 작전의 성패에 대해선 썩 긍정적으로 볼 수가 없었다.

'너무 급해.'

티는 낼 수 없었지만 말이다. 각 부대에서 최고의 장병들만 선별해 새로 배속했다곤 하지만, 그가 봤을 땐 순 햇병아리에 불과했다. 아직 호흡도 제대로 맞추지 못한 이들을 동원하는 건 그의 철학에 맞지 않았지만… 어쩌겠나. 까라면 까야지.

"하나씩 제압해라! 급할 거 없다!"

다만 어디까지나 그의 눈에만 그렇게 보였을 뿐, 새로 받은 이들 또한 대다수가 동부 전선에서 잔뼈가 굵은 이들. 근방에 주둔하고 있던 독일군 또한 포위망을 형성했고, 이곳 일대의 체트니크 또한 티토의 목을 따면 폭넓은 자치권을 주겠다는 감언이설에 넘어가 독일군의 눈과 귀가 되기로 약조했다. 연합군 밀사가 아직 남아 있을 때 일을 처리해야 한다는 시간제한이 촉박할 뿐, 객관적으로는 승산이 없는 일도 아니었다.

"목표하였던 섹터를 제압했습니다!"

"이상 무! 파르티잔을 모두 쓸어버렸습니다!"

"그게 중요한 게 아니잖아! 티토, 티토는?"

"못 찾았습니다."

"그럼 곧장 다음 구역으로 가야지!"

독일 최정예 전쟁기계. 그리고 얼마 전까지 신문팔이 소년, 공장 노동자, 농부였던 유고 파르티잔들. 착지에 실패하거나 추락한 글라이더에 탑승해 있던 병사들이 원통함을 끌어안은 채 죽거나 다치긴 했지만, 일단 강하에 성공한 독일 특수부대원들은 이제 막 잠에서 깨어나려던 파르티잔들을 거의 일방적으로 도살했다.

"여기! 비밀통로로 추정되는 길이 있습니다!"

"그래?"

"반대편에도 차량이 방금 지나간 흔적이 있습니다!"

"이 쥐새끼 같은 놈들이 온 사방으로 흩어졌구나! 일부는 찢어져서 그놈들을 쫓고, 통신병들은 무전 연결해 봐. 우리가 할 일은 거의 끝난 것 같으니."

유고 파르티잔들도 첫 몇 분간 엄청난 피해를 입은 뒤, 아예 맞설 생각을 집어치웠다. 이들은 사전에 준비된 대로 중요 시설에 불을 지른 후 걸음아 나 살려라 하고 일말의 주저 없이 이곳을 버린 채 도주했다.

"불부터 끄자. 놈들의 문서를 노획하면 제법 많은 정보를 캘 수 있을 거야."

"옙!"

"대장님, 잠시 여기로 와주시겠습니까?"

"대단한 거라도 찾았나!"

그는 교묘하게 입구가 위장된 한 동굴로 저벅저벅 걸어 들어갔고, 그 안에서 인공적인 굴착의 흔적을 발견할 수 있었다.

"이놈들 봐라. 이제 보니 쥐새끼가 아니라 두더지였군."

"여기입니다."

잡병들의 은거지라고 하기엔 황송할 정도로 깔끔하게 지어진 시설. 그중 한 방으로 들어가자, 조금 전까지 사람이 머물렀던 흔적이 남아 있었다. 곳 곳에 널브러진 술병에 아직 연기가 피어오르고 있는 시가. 그는 탁상 위에 올려져 있던 시가 케이스를 집어 들었다.

"쿠바산 시가라! 도망자 주제에 보통 사치가 아니군. 시발, 어때. 나도 하나 물고 있으니 좀 자본가 같아 보이나?"

"마피아 두목 같아 보입니다."

"빌어먹을. 넌 돌아가서 두고 보자."

그는 바닥에 굴러다니는 시가 커터 대신 허리춤의 나이프로 시가를 자른 뒤 불을 붙였다. 그 명성 그대로 하바나 시가의 맛은 참으로 일품이었다.

"어이."

"옙."

그는 방 한쪽의 옷장 문을 손짓했고, 따라온 부하들이 총을 겨냥했다. 혹시 아는가, 저 옷장에 도망 못 친 놈이라도 숨어 있을지. 잠깐의 망설임 후, 병사 하나가 옷장 문을 힘껏 열어젖히자 안에는 당연히 아무도 없었다.

"이 군복. 미군 군복이잖아."

"연합군 밀사가 온다더니, 미군이었나 봅니다."

"잠깐."

가지런히 정리되어 있는 허리띠와 거기 채워진 홀스터. 그리고 이젠 알아보지 못하는 사람이 드물어진 흰색 상아 그립 권총까지.

"이런 빌어먹을. 통신병! 통신병 어디 갔어!!"

"예! 예, 여기 있습니다!!"

"당장 무전 날려, 아니, 전령을 보내! 티토와 접선한 사람은 오이겐 킴이다! 티토가 중요한 게 아냐, 오이겐 킴을 잡아야 해!"

오이겐 킴을 포로로! 슈코르체니의 눈이 확 돌아갔고, 잠시 후 유고 주둔 독일군 전체가 발칵 뒤집혔다.

독일군은 무슨 광견병이라도 걸렸는지 아주 발작을 하면서 온 사방을 이 잡듯이 뒤졌지만, 파르티잔들은 전투보다 이탈을 더 중시하는 이들. 온갖 산이며 절벽을 죄다 꿰고 있는 이들답게 탈출은 제법 여유로웠다. 중간에 한번 진짜 좆됐나 싶은 때가 있긴 했었다.

"제기랄, 저 새끼들. 설마설마했는데 진짜 독일 편에 붙기로 한 모양입니다."

"그게 무슨 소리요?"

"외지인 독일군이 무슨 수로 이 길까지 알겠습니까? 체트니크입니다. 그놈들이 길잡이 노릇을 하고 있습니다."

나와 티토는 시종일관 무슨 술래잡기라도 하는 듯 여유를 부렸고, 중간중간 담배 타임까지 가지며 한껏 상남자 마초 스타일을 과시했다.

"흐하하하하!!"

"크헤헤헤헤헤!!"

"장군께서 주신 선물을 놓고 왔군요."

"이 산골까지 출장 나온 독일군을 위한 위문품이라 생각합시다. 누구 입에 꽂히든 아무튼 맛있게 피우면 그만 아니겠습니까?"

"하하, 그렇습니다."

"제가 훨씬 더 좋은 시가를 다음에 보내드릴 테니, 그땐 흘리지 말고 잘 챙겨 다니시죠."

뻥이다. 실은 난 존나게 쫄아 있었지만, 희대의 명장이자 나치 슬레이어, 롬멜의 악몽이자 사막의 호랑이로 군림하는 유럽연합군 총사령관 유진 킴이 도망 다니며 추하게 덜덜 떨었단 소릴 듣느니 그냥 혀 깨물고 죽고 만다. 내 추측인데, 티토 또한 애써 연기하는 것 같다. 딱 붙어 있는 우리는 서로 살짝살짝 떠는 게 느껴지거든. 그럼에도 불구하고 우린 애써 호탕한 척, 간댕이가 부은 척 생지랄을 다했다. 원래 우두머리라는 게 가오가 절반은 먹고 들어가니 별수 있나, 시발.

"크헤헤헤헤!"

"갑자기 왜 웃음을 터뜨리십니까?"

"히틀러는 제 맞수라 할 수 있겠지만 저 머나먼 베를린에 있으니 군을 부리는 게 늦을 수밖에 없습니다. 이 골목 좀 보시죠. 여기 매복이 숨어 있었더라면 우리 둘 다 꼼짝없이 수용소로 끌려가 비누가 됐을 일 아닙니까."

이런 에피소드 하나씩은 삽입해 줘야 내 비범함과 포스가 길이길이 전해질 일 아닌가. 나는 그렇게 거드름을 피웠고. 입이 방정이라는 옛말 틀린 것 없다는 교훈을 얻었다.

타타타탕! 탕!!

"적이다!!"

"체트니크가 우릴 포위했습니다!"

"게엑!"

파르티잔과 우리 호위대가 맞서 싸울 준비를 갖췄지만, 상황이 별로 좋지 못했다.

"서기장."

"예."

"지금 여기서 싸우면, 독일군이 쫓아오겠지요?"

"아마 높은 확률로 그럴 겁니다."

"그럼 하나만 더 물어봅시다. 제가 좀 유명합니까?"

"유고슬라비아 최악의 깡촌에 사는 노인네와 세 살배기 어린애도 장군이 누군진 압니다."

"그럼 한번 협상을 해봅시다."

나는 통역만 대동한 채 차에서 뛰어내려 가장 앞으로 뚜벅뚜벅 걸어나갔다. 나는 패튼이다, 나는 패튼이다, 나는 미합중국 SSS급 배드—애스 쌍마초, 인생 두 번 살고 있는 주인공이다… 절대 여기서 잡힐 리가 없다. 그렇고말고. 그렇게 스스로에게 자가최면을 걸고 있노라니, 어느새 허리가 더욱 반듯해지고 걸음걸이마저 내면의 패튼 모습 그대로. 표정엔 시건방짐과 띠꺼움이 묻어나오기 시작했다. 좋아. 완벽해.

"그대들은 유고슬라비아의 자유를 위해 투쟁하는 이들인가?"

"그렇다. 우린 체트니크다."

"그런데 어째서 내 앞을 가로막는가?"

"당신이 누군데?!"

"나는 유럽연합군 총사령관 유진 킴이다. 이 땅을 침략한 독일군을 몰아내기 위해 정찰을 나왔다."

딱 봐도 이게 게릴라인지 도적 떼인지 구분이 되지 않는 몰골. 무기만 AK—47이었으면 이슬람 반군이라 해도 믿겠다. 밑져야 본전인 셈 치고 뛰쳐나왔는데, 아니나 다를까 저들이 일제히 술렁대기 시작했다.

"정말 유진 킴이 맞냐고 묻습니다."

"미군에 아시아인이 나 말고 또 있냐고 되물어보게."

놀랍게도 그다음은 일사천리였다.

"정말 유고를 해방하러 왔습니까?"

"그렇소. 본래는 티토를 만난 후 그대들이 존경한다는 엉클 드라자와도 만나고자 했는데, 비열한 독일 놈들이 눈치를 채 일단 이곳을 뜨고 있었소."

"세상에, 연합군은 우릴 버린 줄로만 알았는데!"

"내 이름, 그리고 내 조상과 부모님의 이름에 걸고 맹세하리다. 침략자들을 모두 무너뜨리고 이 땅에 자유를 가져다주겠소!"

5분. 딱 5분 걸렸다. 우리를 포위하고 있던 체트니크의 두령이라는 자와 대담을 나누었고, 아직 내 허명에 금박이 벗겨지지 않았는지 이들은 숫제 눈물까지 흘리며 내 옷자락을 부여잡았다.

"우린 절대 독일군에게 굴복하지 않았습니다! 빨갱이들이야 뜨내기니 독일군이 설치면 떠나면 그만이라지만, 이곳에 부모 형제가 있는 우린 어쩌란 말입니까?"

"다 알고 있습니다. 독일 놈들의 패악질은 오래가지 못할 겁니다. 내가 그렇게 만들 테니."

"킴 장군을 붙잡아 독일인들에게 넘겨줘도 저들이 우리에게 보답하리란 생각은 꿈도 꾸지 않습니다. 어서 가시지요. 가서 독일인들을 더 많이 죽여주십시오."

"걱정 마시오. 저 악마 새끼들은 자신들의 부모 형제가 고깃덩이로 바뀐 뒤에야 제 죗값을 치르게 될 겁니다."

냉정하게 생각했을 때, 이들이 날 죽이거나 억류할 가능성은 희박했다. 나는 너무 거물이다. 저들이 아무리 독일에 부역한다손 치더라도, 연합군의 헤드를 붙잡아 넘겼다간 정말 연합군의 영원한 원수가 되고 만다. 자기네 고향이 걱정되어 제대로 싸우질 못하는 이들이, 독일이 패한 뒤 그보다 몇 배로 더 지독한 연합군의 보복을 걱정한다면 어찌 감히 날 죽이겠는가.

"킴 장군은 간이 배 밖에 나왔습니까?"

"허. 황금알 두 짝 달고 태어난 남자가 이 정도도 못 해서야 되겠습니까."

"역시 장군은 대단한 분이십니다."

물론 이걸 영국인들이나 부하들에게 일일이 설명해 줄 만큼 내가 빡대가린 아니다. 그냥 저렇게 미친놈… 아니, 대단한 놈 바라보듯 보게 두면 된다. 대신 나도 두 번째 기회는 없을 것 같아 이딴 살 떨리는 허세는 때려치웠고, 그 뒤엔 정말 무탈하게 독일군의 손아귀를 피해 도망칠 수 있었다.

며칠 후. 영국군 잠수함에 탑승한 우리는 그리스 남쪽의 어느 한 섬에 도착했다.

"연합군 여러분들의 도움을 결코 잊지 않겠습니다."

"앞으로도 오래오래 사시고, 건승을 기원하겠습니다."

"장군은 실로… 대단합니다. 앞으로도 종종 뵀으면 좋겠습니다."

"물론입니다. 우리의 우정, 결코 잊지 않겠습니다."

원래 포켓몬 만화영화만 봐도 항상 주인공 잡은 애들을 풀어주지 않던가. 티토는 잠시 몸을 추스른 후 따로 유고로 돌아가기로 하였고, 나는 그대로 곧장 준비된 함선에 올라타 몰타로 돌아갔다.

"몸 성히 복귀하셨군요. 정말 다행입니다!"

"뭘 이런 걸 가지고. 별일 없었지?"

난 별일 없을 거라 생각하고 물었는데, 콜린스는 잠시 머리를 긁적이더니 별일 없단 말 대신 다른 말을 꺼냈다.

"괴벨스가 요즘 시끄럽습니다."

"그래?"

'오이겐 킴은 감히 대독일의 새로운 강역이 된 유고슬라비아에 발을 들이밀었다가 옷가지도 다 내팽개치고 허겁지겁 도망쳤다! 팬티바람으로 도망친 그자의 추잡한 꼬라지를 보라! 이 군복! 이 권총! 우리 장병들은 벌거벗은 채 네발로 기어가며 도망치던 오이겐 킴을 보고, 붙잡는 것도 잊은 채 박장대소하며……'

"이 알도 없는 개자식이 보자 보자 하니까!"

"근데 정말 빤스만 입고 튀셨습니까?"

"너도 같이 맞을래?"

콜린스의 킥킥대는 저 모습이 무척 불편하다. 저 녀석에게 총사령관 전용 변기 청소라는 막중한 임무를 주면 어떨까. 절대 내 사심에서 우러난 게 아니라, 감히 연합군의 위신을 깎아 먹은 괴벨스의 사악한 사보타주에 동참한 죄를 이 정도로 봐주는 거다. 그나저나 괴벨스 저 새긴 진짜 내가 찢어죽이고 만다. 감히 당하면 세 배로 갚아주는 날 건들다니.

"참모장."

"예."

"내일 오전 식사 시간까지 괴벨스의 아가리를 봉하게 할 방법을 모색해서 내게 보고하도록."

"…곧 있으면 저녁입니다만?"

"그래서 안 할 거야?"

이탈리안 잡 6

잠시 숨을 고른 후 유고슬라비아로 복귀한 티토는 가장 먼저 조직 재건에 착수했다. 독일의 메스는 실로 정교했고, 아직 그 날이 무뎌지지 않은 칼질은 너무나 매서웠다. 비록 티토와 연합군 밀사들은 무탈했다고 하지만, 특수부대까지 동원한 이 참수작전에서 피해가 없었다고 하면 거짓말. 티토와 파르티잔 수뇌부는 벌렁거리는 심장 가라앉히며 휘하 부대원들의 의욕을 고취시키고 흐트러진 기강을 다잡는 데 온 힘을 쏟아야만 했다.

"체트니크의 입지가 커지지 않겠습니까?"

"어째서?"

"그들이 결국 킴 장군을 살려주지 않았습니까. 연합군에 큰 은혜를 베풀었으니, 그들 또한 입을 닦을 순 없겠죠. 기껏 영국의 지지를 우리 쪽으로 돌리려 했는데 이런 일이 일어나서야……."

"자네는 대체 제국주의자들을 뭐로 생각하고 있나. 사상투쟁을 더 열심히 해야겠어."

티토는 공산주의자다. 굳이 영미 제국주의자들의 면전에서 자신의 붉은 사상을 강조하지 않을 만큼의 유연성은 있었지만, 그렇다고 해서 평생을 바쳐온 신념을 꺾을 사람도 아니었다.

"저들이 언제부터 은혜를 잘 갚았다고? 그런 건 염두에 둘 필요 없네. 저들의 이해득실에 그런 순진무구한 발상이 끼어들 리가 있나. 하하하!"

영국인들로 말하자면 저 이역만리 동방 땅에 아편 팔아먹을 자유를 위해 전쟁을 건 자들이요, 가까이 보아도 1년도 채 안 되는 평화를 구매하기 위해 체코인들을 히틀러에게 팔아먹은 놈들이다. 미국? 미국인들이라고 딱히 다를 것 있겠나. 애초에 한 핏줄이고, 그놈들은 본토가 부유해 나올 일이 없었을 뿐 중남미에서 떨친 그 패악질이 사라지는 건 아니다.

그러니 반대로 말하자면, 체트니크가 킴 장군을 살렸거나 말았거나 아무 상관도 없었다. 파르티잔이 저 제국주의자들에게 더 큰 이익을 제공할 수 있는 한 말이다. 티토의 노림수는 거기에서 그치지 않았다.

"어차피 체트니크는 남의 손으로 끝장날 테니… 신경 쓸 바가 못 되지."

결코 가만히 있을 리가 없다. 그는 확신했다.

* * *

요즘 괴벨스 박사는 신이 나 있었다.

"더! 더 만들어야 해! 하늘이 내려준 이 기회를 헛되이 날릴 수 없다!"

몽골리안 오이겐 킴은 쥐새끼처럼 재빠르다네
우리의 군홧발 소리에 쥐새끼처럼 움츠러든다네
약한 자를 짓밟을 땐 표범처럼 포효한다네
강한 자에게 도망칠 땐 오리처럼 꽥꽥댄다네

'저길 봐! 미군이야!'
미군이 나타났을 땐 집에 있는 냄비를 두드리세요.

그러면 옷도 다 내팽개친 채 팬티 바람으로 도망친답니다.

동부 전선에서의 혁혁한 전과에 비해, 서부 전선에서는 딱히 홍보거리가 없다는 것이 최근 선전부의 가장 큰 고심이었다. 영국인들의 디에프 상륙 저지는 너무 마르고 닳도록 써먹었고, 그 이전엔 북아프리카의 참패를 덮기 위해 용을 써야 했었으니. 그러던 와중 이런 좋은 떡밥이 생겼으니 어찌 묵히지 않고 배기겠는가?

이미 선전부의 지시를 받은 각지의 극단과 영화사가 '원숭이처럼 우끼끼거리며 알몸으로 도망치는 연합군 총사령관'을 소재로 한 작품을 붕어빵 찍어내듯 퍼붓고 있었지만, 괴벨스에겐 아직 더 많은 조롱이 필요했다. 히틀러 또한 기분 좋기로는 매한가지.

비록 오이겐 킴과 티토의 명줄을 끊는 데는 실패했지만, 이 전리품만으로도 흐뭇한 마음이 드는 건 어쩔 수 없었다. 전리품은 단순히 군복쪼가리나 권총 수준이 아니었다.

"이번 작전에서 노획한 적들의 작전계획은 얼마나 분석되었나?"

"번역 작업이 완료되었고 참모들의 검토도 거의 마무리되었습니다."

핵심은 바로 연합군의 차기 작전계획. 다른 곳도 아니고 자기 옷조차 못 챙기고 도망친 오이겐 킴의 방에서 나온 문건이다. 신뢰성은 100%에 수렴한다 볼 수 있지 않나.

"노획한 문건에 따르면, 연합군의 1940년 하반기 공세는 젤리그나이트 작전이라는 암호명이 붙었으며, 이탈리아와 발칸이라는 두 축을 통해 이루어질 예정입니다."

"계속하게."

"두 작전 모두 목표는 발칸반도에서 우리의 영향력을 거세하는 것이며, 불가리아, 루마니아 등을 우리의 동맹에서 이탈시키고 독일의 장기전 수행 역량을 무력화시키는 것을 최종 목표로 잡고 있습니다."

"역시!"

히틀러가 팔을 부르르 떨며 주먹을 꽉 쥐는 모습을 보고 요들(Alfred Josef Ferdinand Jodl) 국방군 최고사령부 작전부장은 설명을 계속 이어나갔다.

"작전에 따르면 영국 육군은 이탈리아에 대한 대규모 공세를 예정하고 있습니다. 하지만 우리의 예상과 달리, 연합군은 로마 탈환이 아니라 이탈리아 동편, 아드리아해의 제해권 장악을 더 중요한 목표로 설정하였습니다."

"이건 명백히 오이겐 킴의 솜씨야. 그놈은 나와 보는 눈이 비슷해. 적이 지킬 만한 곳으로는 절대 오지 않거든."

"해당 계획에서는 이탈리아 중부 구릉지대에 대한 공세를 무의미한 것으로 분석하였고, 페스카라, 리미니, 라벤나 등을 거쳐 최종적으로는 베네치아를 확보할 예정입니다. 한편으로 발칸 방면에서는 유고슬라비아, 그리고 이탈리아 동부 이스트리아(Istria)반도에 대한 상륙작전을 기도하고 있습니다."

그리스와 유고를 해방하고, 아드리아해를 연합군의 호수로 만든다. 이 작전이 성공한다면 확실히 동유럽의 추축국은 연합군의 공포에 떨게 될뿐더러 독일의 본토인 오스트리아가 연합군의 목전에 놓이게 된다.

"국방군은 이 작전안의 현실성에 대해 의문을 갖고 있습니다."

융커들과 육군을 대표하는 프란츠 할더(Franz Halder)의 말에 히틀러는 곧장 얼굴부터 찌푸리고 보았다.

"또 뭐가 의문이란 말인가?"

"연합군의 작전이라고 보기엔 지나치게 허황합니다."

그는 요들이 배치해 놓은 연합군의 말판을 가리키며 말했다.

"이탈리아를 공략하지만 로마는 방치한다. 이러면 수백 킬로미터에 걸친 거대한 측면이 형성됩니다. 로마의 아군은 언제든 원할 때 측면을 찌를 수 있게 되는 셈입니다."

"반대로 말하자면 로마의 우리 군대는 거대한 반포위망에 둘러싸이는 셈이지. 어디 보급이나 제대로 받을 수 있겠나?"

"발칸 공세는 더 이상입니다. 이곳에서의 작전이 얼마나 어려운지는 한 번 공격해본 우리가 더욱 잘 알고 있습니다."

"그래서 오이겐 킴이 직접 행차한 것 아닌가! 놈들은 현지 반란세력과 손잡으려는 속셈이야. 공격과 수비 모두 기동에 큰 어려움을 겪으면 결국 현지인을 포섭하는 측이 이기리라 간주한 거라고!"

총통은 연신 고래고래 고함을 지르다, 구석에 조용히 시립하고 있던 한 남자에게 시선을 돌렸다.

"롬멜 장군."

"예, 각하."

"이 계획안. 검토해보았나?"

"그렇습니다."

"어떻게 생각하나. 귀관이 경험해본 연합군의 작전과 비슷한가?"

"총통 각하께서 말씀하신 바와 같이, 이 작전안은 틀림없이 오이겐 킴의 용병술과 무척 흡사합니다."

직접 맞아보고, 얼마 전까진 이탈리아 전선에 있던 그였던 만큼 이 확신은 더욱 굳건했다.

"영국군은 이탈리아군을 상대로도 고전하던 약해빠진 이들입니다. 이들이 수비의 유리함을 얻은 우리 독일군을 상대로 전과를 확대하기 어려우니 해군을 끼고 싸우겠다는 생각은 확실히 일리가 있어 보입니다."

"흠."

"케셀링 장군은 육군에서 손을 놓은 지 너무 오래되었습니다. 이탈리아 전역은 결코 이리 쉽게 물러날 곳이 아닙니다. 지금이라도 제게 전권을 주신다면 이탈리아에서 연합군을 모조리……!"

"롬멜! 오이겐 킴에게 참패한 네놈이 지금 케셀링을 욕할 처지냐!"

"그 케셀링이 공중 지원만 제대로 했다면 내가 질 일은 없었어! 당신도 공범이야, 괴링!"

분노로 눈이 돌아간 괴링이 당장 한 대 팰 듯 달려들려고 했지만 주변 사람들의 만류에 씩씩대기만 했다.

"말이 지나치군."

"적당히 하고 사과하시오."

괴링도 크게 인덕이 많은 편은 아니었지만, 롬멜은 적이 너무 많았다. 그러나 그는 오직 총통만을 응시할 따름이었다.

"각하. 진짜 주력인 미군이 발칸으로 오려 합니다. 하지만 이탈리아에서 적을 패퇴시킬 수만 있다면 놈들의 대계는 크게 어그러집니다."

광전사 패튼이 지휘하는 미 제7군. 그리고 오이겐 킴이 직접 지휘할 예정으로 잡힌 신설 제3군까지. 이 두 군이 발칸에 상륙한다 쳤을 때, 과연 쉽사리 막을 수 있겠는가를 고민해도 딱히 좋은 수는 떠오르지 않았다. 그러니 답은 이탈리아다.

"그러니 그게 말이 안 되지 않소."

"이보시오, 롬멜 장군. 발칸 상륙은 그야말로 자살행위요. 그곳을 못 본 모양인데, 우리가 어디 검토를 안 해본 줄 아시오?"

"그만!"

장군들의 분쟁에 종지부를 찍은 건 늘 그러했듯 히틀러의 결단이었다.

"유고슬라비아에 추가 병력을 보내고, 그곳의 모든 저항세력을 일소하시오."

"각하! 그러면 병력이……."

"현실적으로 저들이 공세를 펼 만한 곳은 발칸밖에 없어. 아직 모르겠나? 놈들은 스탈린이 우리 손에 죽기 전, 무슨 수를 써서라도 공세를 펼 거야!"

발칸을 평정하고 독일군을 모조리 집어삼킬 거대한 포위망을 만든다. 히틀러에겐 연합군, 오이겐 킴이 노리는 바가 그 누구보다 뚜렷하게 보였다.

"롬멜 장군. 한 번 더 믿어드리겠소. 케셀링과 협력하여 이탈리아 본토에서 영국군을 몰아내시오."

"협력, 말씀이십니까."

"그렇소. 협력이오."

계속해서 그는 추가 지시를 척척 내리기 시작했다.

"현지 협력자들이 배반하지 않았다면 우린 오이겐 킴의 군복이 아니라 시체를 가질 수 있었겠지. 파르티잔은 물론, 체트니크까지 모조리 말살해버려. 어차피 다 한통속이야."

"알겠습니다."

"무슨 수를 써서라도 스탈린그라드를 점령하고, 스탈린의 항전 기반을 무너뜨리시오. 소련만 패망한다면 연합군도 결국 포기할 수밖에 없으니."

회의가 끝난 후 자신의 방으로 돌아온 히틀러는, 방 한쪽에 걸려 있는 미군 군복과 흰색 상아 그립 권총으로 시선을 옮겼다.

'네놈들의 머리통을 다 날려버릴 텐데. 그날만 기다리고 계십시오.'

"조만간 베를린에 끌려올 날을 기대하지. 유대 자본가들의 하수인."

위대한 영웅에겐 위대한 적수가 필요한 법. 스탈린과 오이겐 킴, 그 둘을 굴복시킴으로써 그는 전설에서 신화로 도약할 수 있으리라. 게르만 민족의 영광이 눈앞에 보이고 있었다.

같은 시각. 몰타, 연합군 총사령부.

"올해는 추가 작전을 시행하지 않습니다."

"이탈리아에 추가 공세를 펴는 방안은……."

"기각."

알렉산더 장군의 웃음꽃을 짓밟을 필요는 없잖아. 몬티가 이탈리아에서 연일 승전보를 올리면서, ㈜처칠의 주가는 연일 상한가를 찍으며 폭등했다.

[대영제국, 로마를 향해!]

[위대한 명장 몽고메리, 그가 가는 곳엔 오직 승리뿐!]

물론 몬티는 또 특유의 꼴통 심보를 마음껏 발휘해 보급물자 더 달라고 징징댔지만, 나는 그 몬티가 입을 닥치도록 더더욱 아낌없이 국밥집 아줌마의 심정으로 한가득 퍼줬다. 어차피 올해 미군은 공세 계획 없으니까.

몬티가 갑자기 로마에 입성해 월계관을 쓰고 싶다는 괴전파라도 쐬지 않는 이상, 그 몽고메리가 이탈리아 중부 산골짜기에 처박힌 독일군을 상대로 대가리 박을 린 없다. 이 정도로 일관적이면 정말 생각하기 편하단 말야.

"우린 내년으로 계획된 오버로드 작전에 모든 걸 건다. 허스키 작전에서 얻은 전훈을 바탕으로 내년에 무조건 프랑스를 쳐야지."

"젤리그나이트 작전, 열심히 기획했는데 아쉽게 됐군요."

"별 시답잖은 개똥 작전 짜는 건 원래 밥 먹듯이 하는 일이잖아?"

이탈리아 동부와 유고, 알바니아 일대를 석권한다니. 그딴 게 가능할 리가 없잖아? 발칸 산골짜기에 백만 대군을 처박는다니. 패튼도 그딴 짓 하자고 하면 진지하게 내게 정신과 상담을 권유할 게 뻔하다. 그리고 난 상식인이고.

"유고 친구들이 너무 쫄아있으면 그런 약팔이라도 하려고 했는데, 꺼낼 일도 없더라고. 티토가 제법 말이 통했어."

"공산주의자니 그런 거 아니겠습니까. 지금은 크렘린이 우리 편이니까요."

"그건 아닌 것 같던데. 난 원래 정치인이랑 빨갱이는 커피콩으로 커피를 만든다고 해도 안 믿어. 빨갱이 정치인이면 더 못 믿지."

내년에 프랑스 해방. 그리고 내후년, 독일 패망. 그다음엔… 아무튼 이 빡빡한 스케줄표에 발칸이라는 단어가 끼어들 일은 전혀 없다.

"젤리그나이트 작전계획을 혹시 독일 놈들이 주웠으면 어쩌죠?"

"설마. 불태웠을걸 아마?"

"그래도 만약 주웠으면 말입니다."

나는 콜린스의 허무맹랑한 물음에 잠시 고민했다. 이 새끼, 어지간히 아까웠나보네. 내가 한동안 괴벨스 입 닥치게 할 방도 마련하라고 들들 볶아서 저런가?

"전쟁에 요행을 바라면 안 되지. 독일 장성들이 전부 찐따 등신들이 아닌 이상 그딴 걸 왜 믿겠어? 아, 히틀러는 방구석 찐따 출신이 맞아서 믿을 수도 있겠는데… 그걸 옆에서 현실인지 안 시켜주면 직무유기지."

솔직히 너무 허무맹랑하고 쓸데없이 장대할 뿐인 계획이라, 그걸 믿고 움직이면 진지하게 아편 빨고 사는 거 아닌가 한번 물어봐야 한다. 설마 그 정도로 상식이 없으려고.

4장
청색 작전

변곡점 1

　모든 것을 끝낼 대전쟁. 사람들은 제1차 세계대전을 그렇게 불렀다. 하지만 대전쟁은 그 어떤 것도 끝내지 못했다. 승자는 받아 낸 것이 너무 적어 불만을 품었고 패자는 복수심에 불타 설욕을 원했다. 패전국 독일제국이 나치 제3제국으로 거듭나고, 다시 한번 불타오른 전쟁의 불길은 이제 유럽을, 아시아를, 그리고 전 세계를 집어삼켰다.

　"미영연합군은 반드시 프랑스로 온다. 적을 격퇴할 수 있도록 충분한 조치가 필요하다."

　"노르웨이인들이 동요하고 있다. 그들이 처칠의 사악한 속삭임에 넘어가지 않도록 더 주시해야 한다."

　"롬멜과 케셀링은 현지 이탈리아군과 협력해 영국군을 격파하고 지중해에 그놈들을 쓸어 담아버려야 한다."

　"이 전쟁의 향방은 발칸에서 결정된다. 발칸에 더 많은 군을 배치하도록!"

　수십만에 달하는 독일군이 움직이기 시작했다.

　"총통 각하. 너무 전선이 넓습니다."

"어쩔 수 없다. 내년, 아니 내후년에 전쟁을 끝내려면 지금 더 많은 병력을 동원해야 해."

총통의 명령은 지엄했다. 마른걸레에서 물을 짜내듯, 오직 승리의 그 날만을 위해 더욱 많은 병력이 동원되어 어느새 적령기 독일 남성의 거의 대부분은 군에 끌려갔다.

하지만 이렇게 해도 병력이 부족했다. 독일은 더욱 많은 병사를 끌어모으는 데 혈안이 되었고, 각지의 점령지에서 징병을 개시했다. 하지만 사리에 맞는 일만 딱딱 하면 나치가 아니다.

"러시아 볼셰비키들과의 최종 전쟁을 위해 우리가 투쟁하고 있는데, 귀국은 어째서 더 많은 병력을 내놓지 않는 게요?"

"우린 이미 거의 모든 군대를 다 보내드렸습니다! 적어도 본토를 지킬 군은 있어야 하지 않겠습니까?"

"연합군의 발칸 진공 시도는 우리 독일군이 저지할 게요. 그러니 헛소리하지 말고 더 많은 병력을 내놓으시오."

헝가리, 루마니아, 불가리아 등의 추축국에서 더 많은 병력을 뜯어내기 위해 발칸에 더 많은 병력을 투자하게 된다거나.

"총통 각하의 지령에 따라, 이탈리아군의 무장을 해제하고 본국의 수용소로 보낸다."

"그게 무슨 말씀이십니까?"

"그들은 믿을 수 없다. 지금도 우리 예하의 이탈리아군이 탈영해서 적들에게 합류하고 있지 않나. 총통께선 우리에게 대적하는 자들에게 결코 관용을 베풀지 않는다."

있는 병력조차 스스로의 손으로 죽여버린다거나. 나치의 광기는 어디 한 군데에서만 벌어진 지엽적인 일이 아닌, 그들의 영향이 미치는 모든 땅에서 벌어졌다.

비시 프랑스마저 소멸한 프랑스는 지옥과도 같은 착취에 시달려야 했다.

프랑스인들은 독일을 위해 방어선을 짓고, 독일을 위해 저 머나먼 소련 땅까지 끌려갔으며, 독일을 위해 농사를 지었다.

유고슬라비아에선 연일 대학살극이 벌어졌다. 유고 주둔 독일군은 어째서 그토록 유리한 상황에서 오이겐 킴을 놓쳤느냐는 엄한 질책을 받았고, 그들은 숙청을 피하기 위해 '체트니크가 막판에 배신해서 놓쳤다.'라고 발뺌했다. 그리고 그 결과는 저 소련 땅에서 벌어지고 있는 것과 별반 다를 바 없는 대학살이었다.

"오이겐 킴이 죽인 독일군이 10만은 될 테니, 그 대가로 너희 슬라브인 천만 명을 죽이겠다."

말 그대로 미치광이나 할 법한 발상이었지만, 유감스럽게도 이 미치광이들에겐 그걸 실천에 옮길 수 있는 힘이 있었다.

이탈리아 전선 또한 상황은 별반 다르지 않았다. 독일은 당장 이탈리아 반도에서 영국군과 일진일퇴의 공방전을 벌이고 있었지만, 그 와중에도 기어이 새 절멸수용소를 지었다. 무솔리니는 원조 파시스트였지만 독일의 '권고'를 거부하고 유대인을 비누로 만들진 않았었는데, 이제 그 무솔리니가 허수아비가 된 이상 나치를 막을 수 있는 이들은 어디에도 없었다.

"조국을 지키자!"

"저 미치광이들에게서 나라를 지켜야 한다!"

"지금 이 순간만큼은 왕당파도, 공산주의자도 없다! 오직 이탈리아인만 있을 뿐!"

독일 점령지 곳곳에서 쉴 새 없이 봉기가 터졌고, 나치는 나치답게 오직 총탄으로만 대응했다. 이미 이탈리아군은 소수 독일 괴뢰군을 빼면 대부분 정나미가 떨어진 상태. 유고의 점령지에서 칼춤을 추던 이탈리아군조차 이즈음엔 대놓고 연합군 합류를 선언하고 독일과 교전을 벌일 수준이었으니, 독일의 외교적 신뢰도는 이미 지각을 뚫고 맨틀에 다다르고 있었다.

"싸워야 한다!"

"앉아 죽으나 서서 죽으나!"

"우리 파르티잔은 우리의 땅에서 온갖 전쟁범죄를 저지르고 민간인을 탄압한 이탈리아의 죄를 잊지 않는다. 하지만 독일군과 싸우겠다면 이탈리아군이 아니라 사탄이라도 손을 잡을 수 있다!"

이 혼란의 와중에서 롬멜이 성과를 거둔 건 거의 기적과도 같은 일이었다.

"독일군의 대규모 공세입니다! 4호 전차 약 200대!"

"타이거 전차를 동반한 공세 확인되었습니다!"

"적이 축선을 타고……."

"아냐. 이건 기만이다."

이탈리아 남부 대부분을 수복하고 공세를 마무리하고 있던 몽고메리는 갑작스러운 독일군의 공격에 화들짝 놀랐지만, 잠시뿐이었다.

"적의 의표를 찌르고자 탐색해보는 듯한… 롬멜이 할 법한 짓이군."

"이 모든 게 블러핑이란 말입니까?"

"지금 독일군이 굳이 공격해 와야 했는질 생각해보면 간단히 알 수 있네. 자기 앞가림도 못 하는 놈들이 이렇게 갑작스레 대규모 공세를 편다고?"

"그야… 우리가 로마로 진격해올까 봐 전력을 깎으려는 목적 아니겠습니까."

"그렇다고 하기엔 수가 너무 얄팍하지. 진심으로 그렇게 생각해서 대규모 공세를 건다고? 그러면 사막의 여우가 아니라 사막의 돌멩이잖나."

원래라면 엘 알라메인에서 격돌했을 두 사람은 이탈리아에서 본격적으로 칼을 맞대게 되었다.

롬멜의 공세 개시로부터 48시간째.

"후속해 오던 전차 상당수는 프랑스군의 노획 전차로 확인되었습니다."

"내가 뭐라 말했나. 롬멜은 절대 자신의 으뜸패를 처음에 던지는 놈이 아냐. 다른 노림수가 있다고 봐야지. 우선 한발 물러나서 적의 목적을……."

"몽고메리 장군. 이탈리아의 국토를 또 독일군에게 내주겠단 말씀이십니까?"

"메세 장군."

몽고메리는 결코 롬멜의 공세를 그대로 넙죽넙죽 맞아주는 걸 원하지 않았지만, 군사적 논리 위엔 항상 정치적 논리가 있는 법.

"독일 점령지에서 무슨 일이 일어나고 있는지, 설마 모르신다고 하진 않겠지요."

"잘 알고 있습니다."

"연합군은 해방자 아니었습니까? 이탈리아인들을 해방시켜주긴커녕 저 미치광이들의 손아귀에 넘겨주려 하다니요."

"…좋습니다. 그러면, 롬멜의 이빨을 한번 막아 보시렵니까?"

"국민들을 지키기 위해서라면 기꺼이 그리하지요."

더 이상 물러설 수 없던 이탈리아연합군. 손해 보긴 싫었던 영국군. 이 둘의 기묘한 합의로 인해, 롬멜을 상대할 첫 타자는 조반니 메세가 되었다. 독일은 명백히, 스스로 만든 불구덩이로 뛰어들고 있었다.

* * *

나는 최근 반성의 시간을 갖고 있었다.

"유고에서의 전투가 나날이 격화되고 있습니다."

"이놈들, 진짜 제정신인가."

"아무래도… 젤리그나이트, 믿은 거 같은데요?"

"아니! 아니, 대체 그걸 왜 믿어? 진짜 병신들 아냐? 왜??"

목표 초과 달성. 수십만 독일군을 저 유고 산구석에 처박아버리는 이 운빨이면 로또 사면서 연금복권 같이 샀더니 둘 다 당첨되고도 남겠다. 하지만 저 정도로 압도적인 숫자의 군을 보내면, 정말 유고 파르티잔들이 다 끝장날지도 모른다. 물론 나로서는 유고에 한 명이라도 더 많은 독일군이 가주길 바랐지만, 저기서 벌어지고 있는 미친 대학살을 보고받고 있노라면 내 업보가 천장을 뚫고 올라가는 느낌을 떨칠 수가 없었다. 어쨌거나, 저들은 나 때문에 저 날벼락을 맞은 거나 마찬가지니까.

"파르티잔의 발언권이 제법 커지겠군요."

"저걸 붙들고 안 놔주면 진짜 전공 쳐줘야지."

그래. 티토는 좋아하겠구만. 애초에 그걸 염두에 두고 협상한 거기도 하니까. 하지만 그래도 그렇지. 이건 좀 아닌데. 히틀러가 미친놈이라고 그토록 강조하고 다닌 게 난데, 정작 이놈의 광기는 나조차 측정할 수 없는 레벨이었다. 끔찍한 짓이라는 도덕관념을 떠나서, 점령지에서의 대규모 학살 같은 '비싼' 행동을 하려면 당연히 그에 걸맞은 이유가 있어야 한다. 그런데 아무리 생각해도 저 짓거리가 수지맞을 만한 대차대조표를 만들 수 없다. 내 가짜 광기는 결국 진짜 광기 앞에선 무력했던 것이다.

한편 독일과 소련 양국은 이제 스탈린그라드에서 최종 결전을 벌이고 있다. 원 역사의 히틀러는 소련 남부를 정복하고, 높이 4,500m짜리 고봉이 즐비한 캅카스산맥을 돌파해 바쿠 유전을 점령하겠다는 맛탱이가 간 발상을 했었다.

하지만 스탈린그라드 1년 뒤, 쿠르스크 시점이 되어서야 본격적으로 미영연합군이 개입하기 시작했던 것과 달리… 우리가 일찌감치 뛰어들면서 히틀러의 망상은 좀 교정이 되었다. 아니, 교정된 줄로만 알았다.

"사람은 참 바뀔 줄 않는구만."

"예?"

"아냐. 그냥 혼잣말이야."

결국 또라이는 또라이짓을 한다. 소련이 조금 덜 불타는 대신 유고가 더 불탔다. 이렇게만 말하면 내가 아무것도 못 바꾼 것처럼 들리지만, 적어도 북아프리카는 이제 전쟁의 영향에서 완전히 벗어났다. 그러니 복잡하게 생각할 것 없다. 괜히 내가 누굴 살렸네 누굴 죽였네 하는 것 자체가 부질없는 짓. 히틀러의 대가리만 빨리 썰어버리면 모든 게 해결된다.

"브래들리는?"

"런던에 도착했습니다."

"좋아. 이제 패튼을 맡길 특급 보모가 왔구만."

"브래들리 장군께서 따로 연락을 주셨는데, 패튼의 밑에 배속시키면 그냥 군생활 때려치우겠답니다."

"…다들 정말 너무해."

"애초에 친구에게 그런 짐을 맡긴다는 발상부터가 좀? 그렇지 않습니까?"

콜린스의 태클에 나는 반박할 말이 딱히 없었다. 젠장.

"오마르가 신편될 제3군을 조직하고, 우리가 여기서 독일군을 최대한 붙들면 딱 맞긴 하지. 이제 나도 슬슬 런던이나 D.C.로 돌아가야겠고."

"그러면 이탈리아 전역은……."

"영국인들에게 맡기자고. 서로 원하는 바가 일치하니 좋은데 뭘."

아무리 내게 한번 졌다고는 하지만, 롬멜은 롬멜이다. 영국 장군이 롬멜을 격퇴하고 명성을 확보할 수 있다면 처칠에겐 어마어마한 정치적 자산이 되겠지. 그치만… 그게 몬티면 좀 꼴받는데. 몬티의 입지가 올라갈수록 우리에게 유리한 건 맞지만… 몬티잖아? 괜히 화난다.

"콜린스. 보급은 어떻게 되고 있지?"

"본토에선 곡소리가 나고 있는 듯합니다. 시시콜콜한 품목에서 제법 공급이 부족하다더군요."

전쟁이란 참으로 오묘하다. 본래 세계 각국은 무역을 통해 각자 남는 걸 팔아치우고 부족한 걸 사들였지만, 이 세계대전이란 대재앙 때문에 모든 것이 스톱되었고 자력갱생의 시대가 와버렸다.

추축국은 원래 자원 거지인 친구들이었으니 꼬라지가 말이 아니다. 독일의 경우 석유를 루마니아에 상당 부분 의지했고, 무리수를 둬 가면서 스웨덴―노르웨이의 철 공급 루트를 확보했으며, 발칸에 엄청난 피를 흘리며 크롬 광산을 손에 넣었다. 이 새끼들은 자원이 모자라면 자원 산지를 정복하는 게 무슨 칭기즈칸식 플레이를 보는 것 같다.

그렇다고 해서 미국이 정말 모든 자원이 철철 넘치는 젖과 꿀이 흐르는 땅이냐?

맞다. 사실 자원이 넘치긴 한다. 하지만 그런 미국 또한 없는 자원들이 은근히 있긴 하다. 당장 종이가 귀해진다고 내 소중한 샌―프랑코 출판사가 더 이상 딱지를 찍어내지 못하게 됐잖은가.

예를 들면 동남아시아가 핵심 생산지인 고무. 유럽에서 전쟁이 터지고 일본과의 갈등이 에스컬레이트될 무렵부터, 이미 나를 비롯한 군부와 미국 산업계는 고무 수급이 대단히 어려워지리란 예상을 할 수 있었다. 포드사는 아마존 밀림에 '포드란디아'라는 거대한 고무농장을 건설하고 고무를 자체 확보하려고 시도했지만… 쫄딱 망해버렸다. 내가 에젤에게 사람 좀 붙여주고 그 고무농장 정상화에 사활을 걸었는데, 안 되는 건 안 되더라고.

또 다른 예로는 살충제가 있다. 항상 군에서는 전투로 인한 손실보다 비전투손실이 더 무섭고, 비전투손실의 으뜸은 각종 전염병. 살충제는 무심코 넘어갔다간 그야말로 생목숨을 어마어마하게 날릴 핵심 보급물자 중 하나였다. 이 당시 가장 널리 쓰이던 살충제는 제충국(除蟲菊, pyrethrum)이라는 한 국화 품종을 원료로 했는데, 이 풀쪼가리의 핵심 재배지가 참 사람을 미치게 했다. 유고슬라비아를 비롯한 발칸, 일본, 그리고 인도네시아. 하나는 적국이오, 나머지는 적국에게 정복당했다. 좆된 것이다. 뇌가 텅텅 빈 쪽바리들도 살충제 중한 것 정도는 아는지 한반도 남부 지방에 아주 열심히 저 풀을 재배하고 있다더라고.

"진중에 전염병 터지는 날엔 너도 나도 다 끝장이야."

"최선을 다하고 있습니다. 이번에 새로 들어온 살충제가 있는데, 태평양 방면에 우선적으로 공급되고 있는지라……."

"그거야 어쩔 수 없지. 그 열대 정글에서 뒹굴면서 살충제 먼저 보급받느니 그냥… 에휴."

우리 착한 동생 유신이를 갈아 만든 기적의 하얀 가루. DDT가 샌—프랑코의 판매 카탈로그에 합류하면서, 적자를 보는 듯하나 싶던 재무제표에 드디어 함박웃음이 피어나기 시작했다. 누가 전쟁이 돈이 안 된다고 그랬지? 이렇게 쉬운데 말야.

변곡점 2

독소전. 인류 역사상 전례를 찾아볼 수 없는 대전쟁. 수백만의 대군이 격돌한 이 전대미문의 대전투에서, 독일군은 그동안 쌓아온 명성에 걸맞게 소련군을 몇 번이고 격퇴하며 승승장구했다. 하지만 죽이고 또 죽이고, 몇 번이고 격파한들 소비에트 연방의 거대한 영토와 끝없는 병력을 모조리 소멸시킬 수는 없었다.

1939년 겨울부터 40년 봄까지. 본래의 전략 목표였던 모스크바 함락에 실패한 독일군은 소련의 대대적인 역습을 당했지만, 이 역시 때려잡으면서 아직 그 힘이 쇠하지 않았다는 것을 증명했다. 영국의 디에프 상륙작전, 그리고 소련의 춘계공세가 동시기에 발발하며 독일을 서쪽 끝과 동쪽 끝에서 타격하고자 했지만… 애초에 무리수였다.

그리고 40년 여름. 히틀러는 '청색 작전'을 발동했다.

"목표는 스탈린그라드! 그 더러운 놈의 이름이 붙은 도시를 소련의 베르됭으로 만든다!"

소련의 산업 능력을 파괴하고, 대규모 공세를 유도한 뒤 이를 격파해 거대한 진공 상태를 만든다. 한마디로, 독일이 노리는 바는 결국 두 번째 '키

예프 포위전'이었다.

한편 소련 지도부는 이즈음 극심한 히스테리에 시달리고 있었다.

"일본의 동태가 심상치 않습니다."

"그놈들은 절대 북진하지 않아. 안심하고 시베리아 주둔군을 더 빼내도록."

"독일과 일본 사이의 교신이 급증하고 있습니다."

"미국 측의 정보에 따르면 일본 육군이 동남아 전선을 포기하고 대대적으로 북상하고 있다고 합니다. 이 중 일부만 만주에 재배치되어도 우리 극동의 크나큰 위협이 됩니다!"

"이보시오 동무들."

오직 단 한 명. 이오시프 스탈린을 빼고.

"동무들의 진심 어린 간언에도 불구하고 내 강력한 지시로 지난 춘계 공세를 감행했었고, 그 결과 붉은 군대가 큰 피해를 입었음을 부정하지는 않으리다."

"서기장 동지!"

"아닙니다. 전부 저희 탓입니다!"

스탈린이 갑자기 자아비판을 하자, 자리에 있던 사람들은 깜짝 놀라 너나 할 것 없이 얼른 스스로의 책임이 크다며 아우성쳤다. 그 모습을 보며 강철의 대원수는 너무나 인자하게 미소 지었다.

"나는 우리 붉은 군대의 동지들을 그 누구보다 신뢰하고 있소. 지난 춘계 공세는 그대들의 판단을 불신했기 때문이 아니라, 어디까지나 연합군의 강력한 요망으로 인해 진행했을 뿐이오."

"동지!"

"저희가 어찌 서기장 동지의 깊은 뜻을 모르겠습니까?!"

"앞으로 나는 군사적 판단에 관해서는 우리 동지들의 의견을 지금보다 더욱 충실히 따르리다. 단, 그대들은 반드시 그 군사적 판단을 내릴 때 한 점의 의심 없이 나의 정무적, 외교적 판단을 수용해 주시구려."

히틀러와 스탈린이라는 두 걸출한 독재자는 모두 자국 군부에 대한 의심과 불신이 켜켜이 누적되어 있었다. 원 역사에서 히틀러는 가면 갈수록 그 의심이 깊어졌고, 반대로 스탈린은 점차 군부를 신뢰하고 그들의 판단을 적극적으로 수용했다. 하지만 지금 역사가 뒤틀리면서 스탈린의 군부에 대한 신뢰가 훨씬 빨리, 그리고 대폭 커졌다.

'붉은 군대는 결코 날 배신할 수 없다. 나는 이미 대체 불가능한 존재다.'

독소전 개전 첫해, 스탈린은 모스크바 탈출 계획을 포기하고 크렘린에서 죽겠노라 선언했다. 이 도박수가 멋지게 성공하자, 스탈린과 소련 당국은 대대적인 스탈린 개인 숭배 프로파간다에 돌입했다.

[승리는 오직 어버이 스탈린 동지의 품 안에서!]

[우린 스탈린 동지를 위해 싸운다!]

[우리의 한을 갚아줄 분은 오직 스탈린 동지뿐!]

[러시아의 아들들이여, 최후의 한 명까지 베를린을 향해!]

스탈린의 입지가 훨씬 더 탄탄해졌다. 그리고 서방연합군의 공세는 훨씬 더 예리하고 빠르게 독일을 사과 깎듯 서서히 조여나갔다. 비록 춘계 공세가 실패하고 독일군이 스탈린그라드를 향해 거침없이 몰려오는 어려운 상황이었지만, 소련 수뇌부 중 누구 하나 이 전쟁의 승리를 의심하는 이는 없었다.

이탈리아와 유고에 독일이 어마어마한 숫자의 병력을 투자했다. 모스크바 함락이 목전이었던 작년과 달리, 이미 독일군은 지옥의 요새로 바뀐 모스크바를 뚫을 전력이 없다. 따라서, 버티기만 하면 된다. 미영연합군이 프랑스에 상륙하는 순간, 침략자들은 그동안 짓밟았던 소련 영토에서 황급히 도망쳐 자기네 본토를 지키기에 급급해지리라.

"일본은 절대 우릴 위협할 수 없소. 그놈들도 눈과 귀가 있다면 독일의 파멸이 그리 먼 일이 아니라는 걸 알겠지. 설령 일본 파시스트들이 극동을 침범한다 한들, 베를린을 폐허로 만든 뒤 그놈들을 손봐주면 될 일이오."

"동지의 말씀이 옳습니다."

"저희는 이번 독일의 공세를 막는 데 집중하도록 하겠습니다."

"그리들 하시오."

레닌이든 트로츠키든, 이 미증유의 위기에서 소비에트 연방을 건사하기는 어려웠으리라. 오직 이 스탈린이 있었기에. 그 모든 저항을 짓밟고 중공업을 키운 스탈린이 있었기에. 붉은 군대와 소련 내부의 불순분자를 모조리 솎아낸 스탈린이 있었기에!

저 인민들의 끝없는 지지를 보라. 과거의 차르보다 더 간절히 그의 이름을 부르짖는 인민들을 보라. 이제 그의 이름은 영원히 역사에 빛나리라. 진정한 소련의 건국자이자, 인민의 어버이로서. 이 차가운 기계 같은 인간을 움직이는 것은, 만족감이었다.

한편, 그 소련에 위협감을 주고 있던 일본 육군의 철군은 속속 이루어지고 있었다. 약간의 소란을 제외하고.

"퇴각? 퇴각을 하라고?"

"그렇습… 케, 켁!!"

"죽여버린다! 전부 죽여버린다! 도쿄에 돌아가서 그 새끼들한테 전해. 우리가 귀국하면 대본영 새끼들 전부 대가리에 총알 박힐 준비 하라고!"

아이젠하워가 지휘하는 연합군과 뉴기니를 놓고 피 튀기는 대혈투를 치렀던 일본군. 지옥 같은 산맥을 기어이 통과해 포트 모르즈비를 공격하기 시작했던 이들은, 공세 개시 이틀 만에 철군 명령을 듣고 단체로 미쳐버렸다.

"얘들아, 집에 돌아가자!"

"네?"

"씨발! 돌아오라잖아! 철수한다!"

이들은 퇴각을 위해 다시 한번 오웬스탠리산맥을 타 넘어야 했고, 그 과정에서 어마어마한 희생을 치러야 했다. 그들에게 마을을 약탈당해 독이 바짝 오른 원주민들은 이 패잔병들을 뜨거운 마음으로 환영해주었고, 그나마 불행 중 다행이 있다면 퇴각하는 길엔 야포를 끌고 갈 필요가 없다는 것 정도. 격전지였던 뉴기니 일대를 제외하면, 철군은 순조로웠다. 미 해군은 몸이 달아올라 당장에라도 필리핀 근방의 일본군 수송선단을 공격해야 한다는 인물들이 많았지만, 과달카날은 여전히 격전지였다.

"덴노 헤이카 반자아아아이!!"

"귀축영미의 손아귀에서 가족을 구하자!!"

일본군 제압은 결코 쉽지 않았다. 과달카날 주변, 솔로몬제도는 이미 대부분 미군의 손아귀에 들어왔다. 따라서 과달카날에서 미군과 맞서 싸우던 일본군의 운명은 사실상 정해진 것과 마찬가지였으나, 그들은 사석으로서의 임무를 거의 모두 수행했다. 이 틈을 타, 일본군은 목표로 하던 계획을 거의 완수했다.

"자유 독립 버마국의 건국을 선언하는 바이다!!"

"아웅 산! 아웅 산!!"

"더 이상 네덜란드령 동인도는 없다! 세계만방에 인도네시아 공화국의 수립을 선언한다!!"

"수카르노!! 수카르노!!"

일본군이 가장 주의 깊게 접근한 두 곳이 바로 미얀마와 인도네시아.

"인도네시아의 방대한 자원이 연합군의 손에 떨어지면 안 되지."

"어차피 인도네시아 주둔 일본군을 퇴각시키기엔 우리의 수송 역량이 못 미칩니다."

"그러면 차라리 수카르노에게 힘을 보태주자고."

내가 빨대를 꽂을 수 없다면 상대가 빨대를 꽂는 것만큼은 막아야 한다. 하지만 일본의 후원하에 독립을 선언한 이들은 당연히 주판알을 새로

튕기고 있었다.

"일본이 이 전쟁에서 이길 수 있을까?"

"일본이 패하면 옛 압제자들이 다시 돌아옵니다. 함께 목숨을 걸고 싸워야 하지 않겠습니까."

"연합군이 우리의 독립을 인정해주기만 한다면 만사가 술술 풀리겠는데."

맞으면서 배운다고 했던가. 서로가 서로의 속사정을 훤히 꿰뚫고 있는 만큼, 이들 신생 독립국들은 재빨리 연합군에 밀사를 보내고자 했다.

미 육군과 해군. 그리고 미 국무부. 거기에 영국, 프랑스, 네덜란드 등 각국까지. 옛 식민지의 독립은 순식간에 워싱턴 D.C.에 상상을 초월하는 과로 폭풍을 몰고 왔다.

"우린 동맹이잖소! 인도네시아 공화국을 참칭하는 저 무리는 반역도당, 범죄집단, 도적 떼에 지나지 않습니다!! 네덜란드 망명정부는 속히 저들을 제압하고 우리 국민의 소유권을 돌려줄 것을 요청합니다!"

"현지의 미 육군 사령관 아이젠하워 장군의 의견과 제 의견을 종합해서 말씀드리겠습니다. 인도네시아 공략은 미친 짓입니다. 일본제국을 제압하는 데 인도네시아 침공은 하등의 의미가 없는 무의미한 짓에 불과합니다."

"해군 또한 이 점에선 의견을 같이합니다."

네덜란드의 비명에 대해선 뉘 집 개가 짖느냐는 태도로 일관할 수 있던 미국이지만, 영국은 조금 이야기가 달랐다.

"거참. 그놈의 식민지 못 잃겠다고 아주 아우성들이군."

"이제 정부의 결단이 필요한 시점입니다, 대통령 각하."

"중국에서도 비슷한 이야기가 나오고 있다면서요?"

"드럼 장군은 대한민국 임시정부를 인정하거나 그에 준하는 조치를 희망하고 있습니다."

"참 나……."

자신들과 같이 싸워줄 고기방패를 구하겠다는 일본군의 의도가 매우 노골적이었던 만큼, 미 육군 군부 또한 그 의도에 놀아나고 싶은 마음은 딱히 없었다.

"저들 독립을 선언한 세력들은 대부분 현지 게릴라들입니다. 동남아시아의 지형 특성상, 전면전에서 저들을 격파한다 하더라도 그대로 정글로 들어가버릴 겁니다."

"제압이 어렵단 말이군요."

"그렇습니다."

마셜의 건의와 더불어, 루즈벨트는 국무부 측의 제안에 대해서도 꽤 깊게 고민해야 했다.

'중국은 전통적으로 동남아시아와 동북아시아 일대를 자신들의 패권 아래에 넣고 싶어 했음.'

'전쟁이 끝난 뒤, 승전 지도자인 장개석은 자신들의 몫을 주장하며 동남아시아에 중국의 영향력을 투사할 확률이 매우 높음.'

'기존 식민 국가들이 해방될 경우, 이들은 중국이라는 거대한 힘 앞에 숙여야 할 가능성이 높음. 동남아시아에서의 식민지를 해방하고 그곳의 시장을 지키려면 미합중국의 개입이 필수적일 것으로 예상됨.'

"이보게 조⋯ 마셜 총장."

"예."

"우리 이 부분에 대해선 잠시 생각을 덮고, 살려달라고 난리가 난 중국에 대해서만 집중할 순 없을까?"

"가능합니다. 베트남, 버마, 인도네시아 등에 육군이 개입하지 않겠다면⋯⋯."

"필리핀이지. 결국."

필리핀성애자인 어떤 전쟁부 장관을 굳이 거론하지 않더라도, 필리핀이 일본의 손아귀에 떨어져 독립을 외치는 순간부터 필리핀 개입은 기정사실이 되었다.

"일본군이 필리핀 점령에 많은 시간과 노력을 쏟아부었던 만큼, 저희 또한 그 수천 개의 섬으로 이루어진 땅을 탈환하려면 어마어마한 노력이 필요할 것으로 예상됩니다."

"그렇다고 해서 안 갈 순 없지. 이건 위신의 문제니까."

"그럼, 필리핀 탈환을 준비하도록 하겠습니다. 하지만 프랑스 상륙이 더 우선순위입니다. 독일을 무너뜨리기 전엔 그런 대규모 공세는 어렵습니다."

"그렇게 하지. 필리핀을 되찾은 다음엔 어떻게 되나?"

"…육군의 의견으로서는, 크게 추가적인 공세는 필요치 않을 것으로 보입니다."

일본 해군을 쓸어버리고 해상 봉쇄만 해도 어차피 전쟁은 끝나지 않겠나. 하지만 정치인들의 계산법은 완전히 달랐다.

"이러면 균형이 맞지 않네."

"어떤 균형 말씀이십니까?"

"중화민국이 일본을 거의 모두 감당하고 승리하는 모양새가 되잖은가. 이러면 정말 중국이 아시아의 맹주가 되어버려."

이러면 재미없지. 아시아엔 성조기가 휘날려야만 했다. 세계 패권을 위해서.

"반드시 중국을 무너뜨려야 해! 우리가 지나 전선에 올인한 이유가 뭔가! 장개석의 숨통을 끊지 못하면 나락이라고!"

일본군 또한 이 자연스러운 미끄럼틀의 길을 예상하지 못한 건 아니었다. 문제는, 그래서 전황을 타개할 만한 방도가 있느냐는 것.

"소관, 장개석의 항복을 받아낼 놀라운 책략이 하나 있습니다."

"그러고 보니 귀관은 지나 전문가였지. 어디 한번 말해보게."

"지금 장개석과 그 일당은 중경을 근거로 하고 있습니다. 중경이 어디입니까, 바로 사천입니다."

"그래서?"

"중경에 황군이 입성하는 순간 이 전쟁은 끝납니다."

마치 '2,500원짜리 청하 4병을 사면 10,000원' 수준의 너무나 당연한 말이었지만, 아무튼 너무나도 당당하게 그 말을 했기에 쓸데없이 신뢰도가 붙고 있었다.

"태양이 떠오르는 곳의 천자국인 대일본제국이 태양이 저무는 곳의 천자국인 지나를 멸망시키는 것은 하늘의 뜻. 이미 역사적으로 천명을 받은 나라가 그렇지 못한 곳을 멸망시킨 사례는 무수히 많습니다."

"그래서?"

"지나인들은 얼마 남지 않은 해안과 철도를 지키는 데 혈안이 되어 있습니다. 우리 또한 이 점을 노려, 지나가 관심을 덜 기울이는 약점을 파고들면 됩니다!"

남자의 계획은 참으로 웅장했다.

"중국 공산당의 모택동이 이미 내응할 뜻을 밝혔습니다. 산서성 일대로 진격한 후 곧장 남하, 사천에 입성하면 됩니다!"

"그게… 되나?"

"거기가 어딘 줄 알고 떠드나? 되긴 뭐가 돼! 거기가 어딘 줄 알아? 삼국지에 나오는 검각이야 검각!"

"정예함으로 따지면 2류에 불과한 남방의 황군조차 능히 뉴기니 오웬스탠리산맥을 넘을 수 있었습니다. 그런데 어찌 육군 중 최정예인 지나 전선의 병사들이 검각을 넘지 못하겠습니까? 옛 지나인들조차 가뿐히 해낸 일입니다."

일명 '등애 작전'을 제출한 이 남자. 무다구치 렌야의 작전안에 온 육군이 술렁이기 시작했다.

변곡점 3

　중원! 무수한 군웅들, 그리고 온갖 민족들이 주인이 되기 위해 치열한 사투를 벌여 왔던 땅. 과거에는 말 탄 유목민족들이 중원의 지배자가 되기 위해 쳐들어오곤 했지만, 이번에 처음으로 대륙에 모습을 드러낸 섬나라 군대는 말 대신 전차, 트럭, 항공기라는 현대 문명의 이기를 타고 나타났다.

　근대 국가의 놀라운 힘 앞에 중국의 앞날은 너무나 어두컴컴했지만, 그렇다고 해서 일본제국이 중원을 단숨에 삼킬 만한 힘이 있느냐 하면 또 그것은 아니었다. 메이지 유신 이래 대륙 진출은 일본제국, 특히 육군의 가장 큰 야망이었다. 가장 최근 이 원대한 야망을 실천에 옮기고자 계획을 짜던 이는 바로 관동군의 실질적인 수장이자 브레인이었던 도조 히데키. 도조의 대전략에 따르면, 중국과의 전쟁은 어디까지나 '화북 지방에 친일 괴뢰정권 성립'을 목표로 했다.

1. 대규모 기갑집단을 동원, 피해를 최소화하며 국부군 주력을 격멸한다.
2. 해안지방을 모두 확보하고 해운을 통제하여 중국의 장기전 역량을 말소한다.

3. 이후 장개석과 협상해 적절한 이권을 확보하고 전쟁을 종결한다.

똥 싸느라 늦었던 병사를 빌미로 무타구치 렌야가 노구교 사건을 터뜨리면서, 도조의 원대한 중국 정복 계획이 마침내 그 시동을 걸었다. 그리고 원래 계획했던 바와 같이 중국의 잡스러운 전차부대를 격파하고 순조롭게 화북을 정복한 것까진 완벽했다.

하지만 그 누구도 예상치 못한 일. 백주대낮에 육군 출신 총리대신과 육군대신이 칼 맞아 죽는 초유의 사태가 벌어지면서, 도조가 꿈꾸었던 '적절

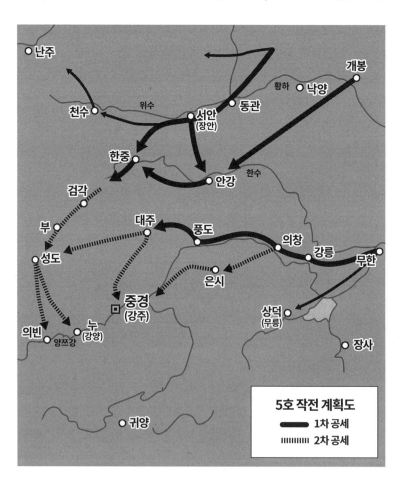

한 이권 확보 선에서 행복한 종전'은 저 멀리 날아가고 말았다.

결국 야마모토 이소로쿠의 딜레마와 도조의 딜레마는 큰 차이가 없었다. 군부 파벌의 수장이었던 그들은, 파벌 구성원들의 이해득실 앞에서 국익을 저버려야만 했다. 안 그러면 죽으니까.

'장개석이 도쿄로 와 천황 폐하께 고개를 조아리고 도게자를 해야 한다!'

'중화민국의 지도자는 친일 인사여야 한다!'

이걸 진심으로 외치는 이가 몇 명이나 되었겠나. 전공을 케이크처럼 쉽게 먹는 이 전쟁이 종결되지 않길 원하는 이들이 수두룩했기에 벌어진 일. 그 결과 일본은 종전 타이밍을 놓쳤다. 이제 중원은 거대한 수렁이 되어 제국을 저 바닥으로 처박고 있었다. 대체 이 전쟁을 어떻게 해야 끝낼 수 있는가? 과거의 흑막에서 총리대신으로 거듭난 도조 히데키는, 앞에 놓인 작전안을 읽어보며 눈살을 찌푸렸다.

"이게 가능하다고?"

"그렇습니다."

"무한에서 장강을 거슬러 올라 형주, 형주에서 나아가 중경을 친다. 이와 동시에 서안(장안), 안강, 한중을 경략한 후 청도를 점령하고 중경에서 도망칠 장개석을 붙잡는다.'라."

칼을 뽑았으면 무라도 베어야 한다. 중국을 먼저 끝장내겠다는 명목으로 동남아 전선을 대폭 축소했으니 뭐라도 하긴 해야 할 터. 본래 제국 육군이 고심하던 작전은 일명 '대륙타통 작전'이었다. 중국의 남북을 크게 관통해 철도망을 장악하면 동남아의 풍부한 자원을 더욱 쉽게 가져올 수 있으리라는 관점에서 출발한 계획이었는데, 이젠 그 동남아를 사실상 방기하지 않았나.

때마침 제안된 이 '5호 작전' 안은 적어도 출구전략을 제시했단 점에선 그나마 봐줄 만했다. 그나마.

"조금 더 논의가 필요할 듯한데. 수천 킬로미터에 달하는 보급이며……"

"그런 걸 따지면 애초에 전쟁 자체가 무리였지 않습니까. 어쨌거나 이 전쟁을 끝내기 위해선 결국 중경으로 가야 하지 않겠습니까?"

"하지만… 모르겠군."

과연 일본군의 역량이 충분할까? 아니, 애초에 이걸 승낙하지 않는다면 다른 작전안을 고려해야 하는데 차라리 종전의 희망이라도 보이는 이 계획이 낫진 않을까? 이미 일본제국은 '할 수 있는가'가 문제가 아니었다. 성공 확률을 따지기보다는 성공했을 때의 이익만을 생각해야 했다. 도조 그 자신조차 그렇게 이 자리를 거머쥐었으니. 혹시 아는가. 그조차 더 강경한 누군가에게 대체당할지.

* * *

중국 공산당은 점차 위기에 몰리고 있었다. 장개석은 그 누구보다 공산당을 증오하는 인물. 그는 언제나 공산당을 적으로 간주했고, 빨갱이를 쓸어버리기 위해서라면 무슨 짓이든 저지를 수 있는 놈이었다.

그러던 중, 중일 전쟁이 터졌다. 중국 땅 곳곳이 일본군의 군홧발에 짓밟혔고, 강고하기만 하던 장개석과 국민당 정부의 성장세도 거기에서 멈췄다. 비록 중국은 잿더미가 되고 있었지만, 공산당에게 있어선 새로운 활로가 보이기 시작한 것이다. 무릇 구질서를 파괴하기 위해서는 혼란이 필요한 법. 공산당은 총력을 다해 해방구를 늘려나가고, 병력을 모집했으며, 언젠가 있을 장개석과의 싸움을 위해 기반을 다져나갔다.

하지만 기쁨은 일순간에 불과했다. 거국적인 항일의 열기 속에서 장개석에게 반발하는 이들은 모두 한간(漢奸)이자 매국노로 몰렸고, 사사건건 장개석에게 반발하고 몇 번이나 그를 몰아내기 위해 전쟁마저 불사하던 군벌들이 그의 따까리가 되고 말았다. 공산당의 우군은 그 어디에도 없었다.

'중국 공산당은 침략자 일본과 맞서는 데엔 관심이 없다.'

'공산당은 항일은커녕, 국민당 정부가 통치 중인 지역에서 교전을 시도하고 자신들의 '해방구'를 확보하는 데만 여념하고 있다.'

미국인 참모들은 누가 제국주의자 아니랄까 봐, 끊임없이 공산당을 비방하는 데 앞장섰다. 심지어 얼마 전엔 대규모 전투까지 벌어졌고, 일본군의 손도 아니고 같은 동포의 손에 무수한 병사들이 목숨을 잃었다.

이런 상황에서 항일? 일본과 싸우라고? 미친 소리. 장개석이야 수십, 수백만 대군을 거느리고 있으니 싸울 수 있다 치자. 그런데 몇만에 불과한 공산당이 대체 무슨 수로 저 막강한 일본군과 싸운단 말인가?

미국인들이 원하는 건 너무나 자명했다. 나중에 장개석의 손에 공산당이 천 갈래 만 갈래로 찢어지든 말든 알 바 아니고, 당장 눈앞의 일본군과 싸워라! 세계 적화를 선도한다고 자부하는 소련인들도 못 믿을 놈들이긴 매한가지였다.

'일본 제국주의자들과의 항쟁이야말로 가장 시급한 현안이며, 민중의 대의에 부합하는 바이다.'

'크렘린은 중국 공산당 내 파벌 투쟁이 격화되었다는 점에 우려를 표하며, 국공합작의 대의를 따라 비합리적 내분보다는 항일 투쟁에 전념할 것을 권고한다.'

웃기는 소리! 이미 소련은 적이나 마찬가지였다. 사사건건 참견하며 중국 공산당의 분열을 재촉하는 쓰레기들. 중국은 중국만의 혁명 방식이 있거늘, 매번 소련 추종자들은 무수한 한간들이 그러했던 것처럼 소련만을 맹목적으로 따르며 당의 노선에 번번이 반기를 들곤 했다. 더군다나 소련은 이제 대놓고 국민당의 편을 들고 있었다.

"미합중국의 요청으로 랜드리스 물자를 국민당 측에 전달할 예정입니다."

"이보시오. 혁명 정신을 공유하는 우리 공산당에도 군수물자를 좀 나눠 줘야 하지 않겠습니까? 국공합작을 괜히 한 것도 아닌데……."

"당연히 소비에트 연방은 혁명의 종주국으로서 중국의 동지들에게 도움을 드리고 싶습니다. 하지만 이건 외교적인 문제가 될 수 있습니다. 아무리 상대가 미 제국주의자라지만 파쇼들과 함께 싸우고 있는데 분란의 여지를 줄 순 없어요."

무수한 군수물자가 소련 국경을 넘어 저 원수 같은 국민당에게 제공되는 모습을 보면서, 한이 맺히지 않으면 그게 더 이상한 일. 하지만. 이토록 끝없는 견제를 당하는 와중에도, 중국 공산당은 착실히 그 세를 넓히고 있었다.

장개석의 가혹한 징세와 징병에 절망한 이들. 일본군의 학살과 폭력에 노출된 채 방치된 이들. 중화민국이 결국 열강들의 노예에 불과하다는 현실을 깨달은 이들. 공산당은 결국 승리하리라. 위대한 모택동 동지의 영도하에 내부의 친소(親蘇)파들은 대부분 정리되었으며 그의 입지는 확고해졌다. 그러니……

"일본군이 조만간 우리가 있는 이곳, 산서성으로 대규모 공세를 가할 예정이란다."

모택동은 이미 수 계산을 끝내 놓은 상태였다.

"일본군이 바짝 독기가 올랐어. 우리 영역을 건너간다는 게 영 찝찝하긴 하지만……."

"그들을 통과시켜 줬다간 난리가 나지 않겠습니까?"

"우리 밥줄인 양귀비밭은 건들지 않기로 약속했어. 그 새끼들도 거기 건드렸다간 우리랑 전쟁이란 사실은 잘 알겠지."

"그 문제가 아니잖습니까?"

몇몇 먹물쟁이들이 모택동을 설득하려 시도했지만, 그는 요지부동이었다.

"아직도 국공합작이네 항일 투쟁이네 하는 헛소리를 믿는 자들이 남아 있나!! 이 자리에서 머리통을 확 날려버릴라!"

"……."

"명심들 해. 일본의 패망은 기정사실이고, 그놈들이 망하는 순간 우린 장개석이를 상대해야 해. 그런데 지금 한가하게 쪽바리들 상대한다고 우리 세력을 깎아 먹으라고?"

국민당을 치고자 하니 길을 빌려 달라. 불감청이언정 고소원이렷다. 일본군과 국부군이 피 튀기게 싸워준다면 이 얼마나 고마운 일인가? 사천 일대가 전쟁터로 화한다면, 장개석의 지도력과 중화민국의 통제력은 그야말로 끝장이 나고 말 텐데. 이걸 왜 막아. 모택동은 이 공세야말로 절호의 기회라고 판단했다.

"일본군이 지나갈 경로상에서 서서히 병력을 빼고, 인민들도 빼돌려."

"알겠습니다……."

"명심들 해. 하늘이 주신 이 기회를 놓칠 순 없어!"

일발역전의 호기. 장개석이 치명적인 피해를 입기를. 일본군이 제발 잘 좀 싸워주기를. 모택동은 간절히 기원했다.

중원천지가 복잡기괴하여 한 치 앞이 보이지도 않을 무렵. 태평양의 핫스팟, 과달카날섬에 한 남자가 도착했다.

"과달카날에 오신 걸 환영합니다. 기다리고 있었습니다. 저는……."

"김현리 맞나? 김 장군님의 장남이라던."

"그렇습니다."

"역시나. 부친을 쏙 빼닮았군."

"저희 아버지와 안면이 있으십니까?"

"김 장군께서 필리핀에 있을 적에 나랏일로 한번 찾아뵌 적이 있네. 그때 크게 꾸지람을 들었지. 허허."

과달카날에서 벌어진 일과 그곳의 조선인들에 대한 정보를 접하자마자, 대한민국 임시정부는 긴급히 조소앙을 전권 특사로 파견했다. 유일한과 헨리 킴, 그리고 새로 온 조소앙의 삼자대면은 참으로 훈훈한 분위기에서 시작되었다.

"유 사장님께서 이렇게 직접 나서주시니, 저희로서는 참 든든할 따름입니다."

"이 먼 곳까지 용케도 오셨습니다그려."

"미국의 드럼 장군께서 호의를 베풀어 주셨습니다. 참으로 고마우신 분이지요."

휴 드럼은 본질적으로 구시대의 군인이었고, 그런 그에게 세계 경영 전략이나 전후 외교 정책 같은 부분을 염두에 두고 움직이란 말은 너무 가혹한 이야기리라. 이미 그는 아시아 연합군 참모장이란 타이틀 외에도 크고 작은 온갖 직책을 떠맡고 있었고, 필사적으로 부하들에게 업무를 짬시켰음에도 해야 할 일은 차고 넘쳤다. 오직 이 전쟁만을 바라보는 그의 입장으로서는, 반일 성향 강한 옛 식민지인들을 보다 적극적으로 포섭하지 않는 워싱턴 D.C.의 미적거림이 못 미더울 뿐이었다.

"간악한 일제에 의해 이역만리로 끌려나온 이들을 대한민국 임시정부 의군(義軍)이라는 이름으로 규합하고자 합니다. 어떻게 생각하십니까?"

"일단 이 과달카날의 조선인들은 대한 의용연대라는 이름으로 뭉쳤습니다. 말씀해주신 것처럼, 이들이 단순한 의용병이 아니라 임정 아래에 있는 모양새를 갖추는 게 미래를 위해 더 바람직한 그림이 나오겠지요."

말이 의용연대지, 의용도 아니고 연대도 아니다. '전향한 포로'보다는 의용병이 훨씬 처지가 나으니 그렇게 한 것이오, 애초에 끌려나온 이들이 집으로 돌아가지 못한다는 현실은 바뀌지 않는다.

"이보게, 현리 군. 혹시 부친께서……."

"안 된다고 하셨습니다."

"말이나 들어보고 답하지 그러나."

"아시아—태평양 지역은 아이젠하워 장군의 영역입니다. 저희 아버지가 여기에 뭔가 도움을 드리면 모양새가 이상해집니다."

"이해하네. 참 아쉽지만."

"제가 따로 듣지는 못했지만, 이미 여러모로 손을 쓰고 계시다고 들었습니다."

대통령과 거래해서 나라 하나를 분양받기로 짝짜꿍했다곤 입이 째져도 말 못 하지. 문득 방정환이 해준 옛날이야기, '임금님 귀는 당나귀 귀'가 생각나는 헨리였다.

변곡점 4

1940년 9월. 모든 사람들의 시선은 스탈린그라드라는 이름의 한 도시로 쏠리고 있었다.

"총통 각하께 올해 크리스마스 선물로 스탈린그라드를 바친다! 저 저주받을 도시를 지워버려라!"

"어버이 스탈린께서 우리를 가호하신다! 이곳에서 우린 승리하리라!"

이번 공세의 주역은 발터 폰 라이헤나우 원수가 이끄는 남부집단군. 가장 극렬한 친나치 인사이자 육군 내부에서도 평판이 처참한 자였지만, 적어도 원수봉을 받을 만큼의 능력은 있었다.

"'청색 작전'은 단순히 스탈린그라드를 함락시키는 1차원적인 계획이 아니다. 그깟 도시, 얻지 못해도 상관없다."

"진격이 생각보다 느려지고 있습니다만, 괜찮겠습니까?"

참모장의 물음엔 '네놈이 히틀러에게 딸랑거린다고 우리 애들이 SS랑 같이 대학살을 벌이고 있는데, 이래서야 제시간에 작전 완료하겠냐.'라는 깊은 뜻이 담겨 있었고, 라이헤나우는 그걸 아는지 모르는지 태연했다.

"슬라브 버러지들을 죽여대면 죽여댈수록 소련군이 급하게 뛰쳐나올 확률이 더 올라가지 않겠나? 결국 이 공세는 모스크바로 가기 위한 샛길이야. 스탈린그라드보단 우리 측면을 호시탐탐 노리고 있을 붉은 군대를 더 경계해야지."

라이헤나우의 복안에도 불구하고, 스탈린그라드의 사정이 딱히 나아지지는 않았다. 연일 야포가 불을 뿜었고, 독일군은 아예 스탈린그라드라는 도시를 세상에서 지워버릴 듯 대규모 화력전을 전개했다.

서로가 서로의 진의를 빤히 아는 상황.

'돌출된 남부집단군을 싸그리 잡아먹고 히틀러를 지옥으로 보내주마.'

'이렇게 옆구리가 야들야들한데 치지 않을 리가 없지? 어서 와라. 스탈린을 지옥으로 보내줄 테니.'

승리의 여신이 어느 쪽을 위해 웃어주고 있는지는, 까봐야 알 일이었다.

* * *

저 머나먼 스탈린그라드에서의 싸움은 나라 잃은 한국인들에게 그다지 중요한 일은 아니었다. 그들의 주적은 일본제국이었고, 제국의 칼날은 중국을 향해 겨눠져 있었으니까. 하지만 문제가 있었다.

"몽양(夢陽)이 조선에 입국했다고?"

"그렇다고 합니다."

"나 원 참… 몽양 그 사람, 그렇게 안 봤는데. 허."

"좋은 게 좋은 거라고 생각하는 것이……."

"좋긴 뭐가 좋아!"

이승만이 책상을 탕탕 두드리며 고함치자 자리에 있던 다른 이들이 눈살을 찌푸렸다.

"대한민국 임시정부의 기치 아래 모두가 단합하기로 한 것 아니었나? 왜들 이리 단독행동을 좋아하나! 뭉치면 살고 흩어지면 죽는 것이 당연한 이치건만······."

"독립이 눈앞에 보이니 가슴이 덜컹거리는 게지요."

"누군 안 그런 줄 아나! 이 늙은 몸이 한 줌 흙이 되기 전에 조선 팔도 땅 한 번 밟아 보면 소원이 없겠네. 그토록 임정을 비판하던 몽양이 조선에 들 어간 게 뭘 의미하겠나. 우리를 제치고 전후 조선 땅에서 한자리 해먹고 싶 겠단 뜻 아닌가!"

몽양 여운형과 친분이 있는 이들은 딱히 그렇게 생각진 않았지만, 적 어도 이 자리에서 그 말을 할 만큼 눈치가 없지도 않았다. 그리고, 그들 또 한 일말의 불안감이 있기는 했다.

"몽양이 혹시 새로운 후원자를 구했다면?"

"그게 무슨 소리십니까."

"왜놈들에게 붙들려 그 모진 고초를 겪었던 몽양이야. 아무 생각 없이 조선에 돌아갔겠나. 물주가 있으니 들어간 것 아니겠냐 이 말이야."

"소련, 말씀이십니까."

"그래."

여운형과 소련의 결합은 이승만은 물론 임정 입장에선 상상도 하기 싫은 시나리오였다. 몇 차례의 내부 혼란 끝에 사회주의 계열 상당수가 임정에서 이탈했고, 남은 이들은 대부분 민족주의 우익 계열. 그런 그들에게 미래의 조선이 빨갱이 천지가 된다는 건 참을 수 없는 일이었다.

"김 장군이 얼마나 배신감을 느끼겠나. 임정에 열심히 지원해줬는데 웬 빨갱이들이 갑자기 나라를 처먹으면······."

"어차피 그는 미국인 아닙니까."

"그 말 밖에 나가선 하지 말게. 몰매 맞아 죽는 수가 있어."

하루가 다르게 광복군의 전력은 강해지고 있었으나, 정작 그 광복군은 푸른 눈의 외국인 장군이 홀라당 먹어버린 상황. 아무튼 박용만은 신이 났 고 무장투쟁파 인사들 또한 나날이 왜놈 때려잡는 재미에 정신을 못 차리고 있었으나, 이승만은 하루하루 속이 타다 못해 시꺼메질 지경이었다.

"조선과 대한제국을 이어받은 곳은 오직 우리 임정이건만, 이제 독립이 눈앞에 다가오니 이해득실만 따져대는 승냥이들이 임정에서 뛰어내리려 하는구나. 허, 참."

"역시 김 장군과 진지하게 이야기를……."

"임정은 임정 스스로의 힘으로 오롯이 서야 합니다! 외국인의 도움 없이!"

"그래, 어차피 외국인 아닌가? 대한이 독립하면 외국인 장군이 자연스레 물러날 테니 무슨 대수인가?"

"그만들 싸우게. 그만!"

김유진. 목줄의 주인. 최고의 후원자. 참으로 아이러니하지만, 이제 수십 년째 이 관계가 지속되다보니 목줄을 끊으면 잃을 게 훨씬 더 많아졌다. 애초에 그는 절대 정치적인 권력을 얻을 수 없다. 막말로, 정치 권력을 얻고 싶으면 군복 벗고 캘리포니아 주지사나 상원의원으로 출마하는 편이 거지 떼만 득실득실할 조선의 대통령 하는 것보다 훨씬 낫지 않을까? 이승만의 적은 내부와 외부 사방에 깔려 있었다. 경쟁자가 많아도 너무 많다.

우선 여운형은… 드럼과 밥 한 끼 약속을 잡아야겠다. 스탈린에게 매수된 공산주의자라고 언질을 주면 드럼은 기함하겠지. 그리고 감히 자신을 제치고 신생 대한민국의 키를 잡으려는 놈들… 한둘이 아니다. 이 임정 안에도 당장 그만한 욕심이 없는 이가 어디 얼마나 있겠나.

아직 독립이 이루어진 것도 아닌데 벌써 김칫국부터 들이켜는 자들이 너무나 많다. 애초에 그 김칫국은 너무나 당연히 이 우남 이승만의 것 아니겠나? 그 자신 이외에 누가 감히 대한의 국부가 되겠느뇨?

그날 밤. 그는 비밀리에 약속을 잡은 이와 단둘이 만나기 위해 중경의 한 고급 요릿집으로 걸음했다.

"오랜만입니다, 미스터 야마다."

"프린스 리께선 참으로 신수가 훤하시구려. 조만간 한국의 대통령이 될

날이 멀지 않아서 그렇겠지요?"

"프린스라니. 그건 미국에서나 먹히는 말이니 넣어 둡시다."

"하. 알겠습니다. 우리 우남 선생님의 무병장수를 위하여."

"위하여."

미스터 야마다. 이름에서 알 수 있다시피 그는 일본인이었다. 일본계 미국인조차 아니고 순혈 일본인. 하지만 이승만은 이 사람을 만나는 데 어떠한 장애물도 없노라 너무나 당당하게 말할 수 있었다.

야마다의 첫 직장은 바로 조선미쓰비시—포오드트랙터회사. 그곳에서 영업과 대관 업무, 그리고 여러 현장에서의 탁월한 성과로 깊은 인상을 남긴 그는 당시 동아시아 시장에서 무시무시한 기세로 성장하고 있던 샌—프랑코로 스카웃되었다.

샌—프랑코에서도 원조 이코노믹 애니멀다운 능력을 선보인 그는 당시 일본인으로서는 드물게도 김유신의 픽을 받아 본사에까지 진출했으나, 중일 전쟁으로 미일 관계가 얼어붙은 뒤 얼마 지나지 않아 사표를 던지고 귀국했다. 이후 미국인이 얼마나 인종차별이 심하며 황국이 위대한지에 대해 강연하며 생계를 이어나가고 있었는데…….

"선생님께서 보낸 특사가 과달카날의 유 사장님과 무사히 접촉했다고 합니다."

"그것참 다행이구려. 설마 그것 때문에 이 자리를 마련한 건 아니겠지요?"

"물론입니다."

김가의 금고지기이자 일본에서의 사실상 대리인. 이것이 그의 진정한 정체였다.

"킨 사장님께서 이르시길, 킨 장군님과 루즈벨트 미국 대통령이 회담하시어 조선에서의 '특별한 지위'를 보장하셨다고 합니다."

"그게 참말인가?"

"물론입니다. 이런 일로 거짓말할 분은 아니잖습니까?"

"좋아! 조선은 이제 탄탄대로야! 더 자세한 이야기는 없소?"

"따로 들은 바는 없습니다. 우남 선생님껜 이 정도만 알려드려도 충분하리라 하셨습니다만."

"그야 물론이지. 물론이고말고."

이승만은 주먹을 불끈 쥐며 환호작약했다.

지난 제1차 세계대전이 끝난 후 독립한 나라들이 대개 어떤 꼴에 이르렀는가. 체코며 폴란드며 성한 나라가 드물고 대부분은 결국 열강들의 거스름돈으로 전락하지 않았는가? 소련, 중국, 일본과 국경을 맞댈 신생 대한의 지정학적 위치 또한 결코 체코와 폴란드 못지않다. 아니, 오히려 훨씬 더 위태롭다. 그런 의미에서 김유진 그놈이 나선다면, 여타의 신생 국가들은 감히 엄두도 못 낼 어마어마한 유무형의 이점을 따낸 셈 아닌가.

"다만 사장님께서는 여러 애국지사분들이… 과도하게 돌출하는 것에 대해 약간 우려의 말씀을 표명하셨습니다."

"내가 다 단도리할 테니 그 부분은 걱정 마오."

김씨 형제 중 도드라져 보이는 이는 당연히 희대의 전쟁영웅 김유진이지만, 이승만은 오히려 김유신의 동향에 훨씬 더 촉각을 곤두세우고 있었다. 맨주먹에서 샌—프랑코를 일군 괴물. 김유진이 정상인인 척 구는 미치광이라면, 김유신은 그냥 원래부터 음험한 냉혈 자본가. 그놈이 야마다를 보내 '약간의 우려'라는 말을 할 정도면, 태평양 건너에 있을 김유신이 얼마나 심사가 배배 꼬였는지 안 봐도 훤하지 않은가.

"장차 내가 다스릴 신생 대한은 결코 김가와 샌—프랑코의 노고를 잊지 않을 것이오."

"다른 누구도 아니고 우남 선생님의 말씀이니 당연히 믿어야지요. 킨 사장님께서도 다시 한번 강조해 말씀하시길, 결코 김가는 독립한 조선의 정치에는 관여치 않으리라 하셨습니다."

"내 그런 부분은 걱정하지 않고 있으니 염려 마시구랴."

문이 열리고, 종업원들이 들어와 술과 요리를 내어왔고, 잠시 대화가 끊긴 동안 이승만은 새로운 정보를 취합하며 이리저리 머리를 굴렸다.

'애국지사들의 과도한 돌출이라니. 몽양 이야기는 아닐 것 같은데. 그 소식이 미국에 들어가려면 아직 멀었다. 우사 김규식? 아니, 그럴 리가. 그놈은 김유진이가 위대하다 입에 침이 마르도록 떠들고 다니는 작자 아닌가. 도대체 그럼 누가 그 실크햇 쓴 마귀의 심기를 거슬러서······.'

"···생님? 우남 선생님?"

"아. 듣고 있소."

"생각이 많으신가 봅니다. 한 나라의 운명을 짊어지고 계신 분이시니 고민하실 일도 많겠지요."

"딱히 그 정도는 아니오. 오히려 난 당신이 더 신기한데."

"킨 장군께서 지옥으로 변한 도쿄에서 절 구해주셨으니까요. 주군께 충성을 다하는 건 일본인의 특징입니다."

"웃기지도 않는 소릴."

"이런. 백인들은 이렇게 말하면 뭣도 모르고 고개만 끄덕거리던데요."

야마다는 잠시 술을 홀짝이더니, 툭 털어놓았다.

"지금 황국은 미쳤습니다. 아시아에서 가장 근대화된 나라라는 입지를 살려 각국의 근대화를 독려하고, 그 방대한 시장을 품어 경제를 발전시켜도 모자랄 판에 무식하게 군홧발로 짓밟다뇨."

"아시아주의자셨소?"

"아닙니다. 그냥 돈벌이가 좋은 일개 영업사원이지요."

일본을 위해서라면, 누군가는 승자에게 줄을 대어놓아야 한다. 그는 자신이 애국자라고 털끝만큼의 의심도 없이 확신하고 있었다. 나라를 지옥으로 이끄는 것은 군부요, 살리는 것은 그와 같은 경제인들이라. 킨 장군 스스로도 말하지 않았는가. 도쿄로 돌아올 것이라고. 그가 일본군 점령지를 활보할 수 있는 이유 또한, 몇몇 이들의 암묵적인 묵인이 있기 때문이었고.

"아 참. 킨 사장님께서 반드시 알아놓으라고 신신당부한 건이 있습니다."

"그것부터 말해주셨어야지."

"하하. 까먹지 않았으니 봐주십시오."

"그래, 뭔가?"

"박헌영이 태평양을 건너고 있습니다. 조선에 잠입할 듯합니다."

이승만이 잠시 침묵하더니, 입을 삐죽이다 이내 그 꼬리를 이리저리 뒤틀었다.

"그렇구만. 참 똑똑한 친구였는데, 조선 땅에 들어가기 전에 먼저 염라국에 입국하게 생겼어."

변곡점 5

캘리포니아 로스앤젤레스, 샌—프랑코 타워. 로스앤젤레스는 마천루의 최대 높이에 제한을 두었기 때문에, 하늘을 찌를 듯한 뉴욕 맨해튼 같은 위용을 찾아보기는 어렵다. 하지만 이 샌—프랑코 타워의 위엄은 그 높이에서 나오지 않는다.

거대한 빌딩의 앞에 세워진 조각상은 맨손으로 제국을 세운 아메리칸드림에 대한 찬탄, 그리고 모든 인종의 화합을 모토로 삼는 이들 그룹의 이념을 상징한다. 이 조각상에 설득되지 않은 사람들은, 그 조각상이 내려다보는 곳에 설치된 대형 무료 급식소를 보면 대개 설득되거나 혀를 차곤 한다. 이젠 캘리포니아, 아니 전미를 넘어 전 세계 사람들이 대부분 어렴풋이 아는 사실이 있다. 샌—프랑코는 10년도 전부터 세계대전을 준비해 왔다.

신형 전차를 개발하고, 장갑차와 항공기를 연구하며, 각종 보트를 납품한 것이야 그들의 모태가 군수산업이었으니 그럴 수도 있다 치자. 하지만 어째서 저들은 고무나무의 새 재배지에 그토록 집착했는가? 어째서 저들은 19세기에 개발된 뒤 한동안 잊혀져 있던 DDT를 발굴해냈는가? 어째서, 어째서, 어째서로 대변되던 '이해할 수 없는 투자'는 이제 모두 하나의 답을 공유하고 있다.

'전쟁이 모든 걸 바꿔놓을 테니까.'

일부 언론은 벌써 샌—프랑코에 '죽음의 상인' 딱지를 붙였고, 몇몇 스스로의 지성에 자부심을 가진 이들은 유진 킴의 과격한 반일, 반독 발언들이 사실 전쟁 위기를 고조시키기 위한 술수 아니었느냐 이야기를 솔솔 꺼내고 있었다.

하지만 이곳 캘리포니아에서만큼은 그들의 아성은 참으로 공고했다. 유신 킴은 그렇게 믿고 있었다.

"못 하겠네."

"못 하겠단 거야, 아니면 안 하겠단 거야?"

"정확하게 말씀드리지요. 안 할 겁니다."

"이봐. 정환아. 갑자기 왜 그래?"

시가만 연신 태워대던 유신이 좀 더 허리를 숙이며 고개를 들이밀었다.

"내가 뭐, 전시 위문을 가자 그런 것도 아니잖아."

"차라리 그런 거였다면 응했을 수도 있겠지요."

"그럼 그, 창작자의 애정 같은 건가?"

"그도 아닙니다."

하지만 방정환은 고개만 도리도리 저을 뿐. 더 캐묻기도 무엇하여 유신이 연신 술잔만 비우고 있자니, 결국 정환이 천천히 입을 열었다.

"제가 일을 쉰 지도 제법 오래되었군요."

"그렇지. 유럽 다녀온다고 자리 내려놓았고, 돌아온 이후에도 복귀는 안 했고. 어어 하고 있자니 전쟁 터지면서 아예 제품 발매도 중지됐고."

"유럽은 정말 무서웠습니다."

몸은 이곳에 있고 눈은 앞을 바라보고 있으나, 그의 시선은 그때 보았던 유럽으로 돌아가 그곳을 응시하고 있었다.

"에스파냐 이야기부터 해야겠군요. 그곳은… 지옥이 따로 없었습니다.

모두가 모두를 증오하고, 가슴속 의기에 의지해 전장으로 향한 이들 또한 얼마 가지 않아 증오에 미친 한 마리 야수가 되었습니다."

"그러게 전쟁터는 대관절 왜 가서는……."

"후회하지는 않습니다. 그걸 보았기 때문에 결심이 섰으니까요."

그도 잠시 망설이다가 담배 한 개비를 꺼내 입에 물었다.

"그리고 나서……."

"독일에 갔었지."

"예, 히틀러의 독일. 그토록 문명화되었다고, 인간 이성의 승리라고 떠들던 그 유럽 한복판에서, 전 근대 국가가 인간을, 아이들을 어떻게 세뇌하고 휴머니즘을 말살할 수 있는지 제 두 눈으로 똑똑히 목격했습니다."

몇 해 전, 샌—프랑코 출판사 중부유럽 지사의 초청을 받은 방정환은 평소 소원으로 품었던 유럽 여행을 떠났다. 독일의 실세인 헤르만 괴링과 힘러가 후원한 이 여행에서 정환은 갑자기 계획을 이탈해 스페인에 먼저 발을 디뎠고, 몇 달 후 그곳을 떠나 다시 원래 목적지였던 독일로 향했다.

회사 차원에서는 카드게임 판촉 및 각종 행사. 독일인들은 자신들이 일구어낸 '기적'의 과시. 나치 고관들은 그야말로 융숭한 대접을 했다고 자부했지만, 방정환이 그곳에서 목격한 것은 오직 인류 문명이 일구어낸 거대한 광기뿐이었다.

"소년단, 소녀단, 히틀러 유겐트……. 독일의 어린이들은 채 철이 들기도 전에 군사훈련을 받고, 부모님의 품 대신 나치당의 품속에서 자라고, 인간에 대한 애정 대신 총통에 대한 충성을 주입받았습니다. 이 모든 교육과정을 착실히 이수하면 이수할수록 인간성이 파괴되고, 무기질적인 기계가 되어 가는 그 모습을 저는 그들의 안내를 받으며 아주 상세히 엿볼 수 있었습니다."

"…끔찍한 일이지. 그래서 우리 형이 그놈들을 때려잡으러 유럽에 간 거 아냐."

"그들은 이 세상에 존재하는 모든 문화와 예술을 자신들의 세뇌 수단으로 삼았습니다. 음악도, 미술도, 체육도. 제가 만든 오락도 예외는 아니었지요."

"미리 말하는데 그건 현지의……."

"압니다."

유신이 무어라 변명하려 했지만 그는 곧장 자르듯 말했다.

"그곳 직원들이 무슨 죄겠습니까. 바로 옆에서 사람을 비누로 만들고 있는데, 저라도 협조했겠지요. 무서우니까."

"…알아주면 고맙고."

"샌-프랑코 중부유럽 지사는 독일 정부, 나치당의 뜻에 맞는 특별한 카드들을 제작해서 뿌리고 있었습니다. 아이들은 재미있게 게임을 하고 자신이 수집한 카드를 꼼꼼히 살피면서 유대인이 얼마나 사악하고 공산당이 얼마나 음흉하며 위대한 총통 각하의 무수한 치적들도 공부할 수 있었습니다. 정말 대단하지 않습니까?"

충격이었다. 평생 자식처럼 품어온 그의 작품은 나치의 손아귀에서 가장 추잡하고 더러운 방식으로 이용당하고 있었다.

"비록 싫어하는 사람들은 우리의 게임을 가리켜 아이들을 현혹시키고 나약하게 만드는 데다 도박중독으로 유인한다고들 하지만, 저는 단 한 순간도 어린이를 위한 작품을 만들겠다는 제 신념을 접은 적이 없습니다."

"우리가 그걸 모르겠나. 형도 잘 알고 있고, 당연히 나도 알지."

"전… 아이들이 환상의 세계를 모험하면서 용기와 우정 같은 것들을 조금이나마 맛보길 원했습니다. 그런데 그게 유대인 집에 불을 지를 용기와 함께 사람을 죽이는 전우애가 될 줄은."

"그만. 그만그만."

유신은 한숨을 푹 내쉬며 어느새 비어버린 정환의 잔에 위스키를 가득 채워주었다.

"시국이 이러니, 어쩔 수 없는 일이야."

"하지만……."

"이 망할 전쟁 때문에 신세 조진 사람들은 널렸어. 당장 저기 헐리우드부터 보자고. 찰리 채플린이 지금 깡통 차게 생긴 이야기 들었나?"

"예."

"그런 거야. 누구도 저 나치 새끼들의 창의적인 개짓거리를 예상하면서 창작 활동을 하지는 않는다고! 자네의 이야기가 왜곡된 게 아냐. 그냥 우리가 만든 카드게임이라는 시스템이 이용당한 것뿐이지."

몇 년에 걸쳐서 채플린의 인생을 갈아 넣은 역작, 〈위대한 독재자〉가 엎어질 위기에 처했다는 건 어지간한 호사가들이라면 다 아는 사실. 일설에 따르면 홀로코스트가 폭로된 이후 채플린의 눈에서 눈물이 마를 날이 없다고 하는데, 그 이야기의 진위는 몰라도 확실히 채플린에게 제법 거금을 투자한 샌—프랑코 영화 관계자들은 눈물이 마를 날이 없었다.

"일 이야기로 돌아가지. 그래서, 정부 시책에 따라 애국심과 전쟁 홍보를 다룬 카드게임을 만들자는 게 그렇게도 못마땅한가?"

"예."

"어째서?"

"결국 자라나는 어린이들에게 주입되는 건 나치의 그것과 대동소이하니까요."

"젠장. 그런 말 함부로 하다가 비애국자로 몰려 좆되는 수가……."

"저는 외국인, 그것도 이교도 외국인입니다. 아시죠?"

가끔 까먹지만 방정환은 천도교도, 그것도 교주 손병희의 사위였다. 할 말이 궁색해진 유신은 형이 자주 하는 대로 다른 전선을 열어 측면 돌파를 시도하기로 했다.

"애들용으로 파는 물건이 아냐. 전시 공채 같은 거라고. D.C.에서 머리 돌아가는 놈들이 하나같이 나더러 뭐라는 줄 아나? '어차피 공채 그거 휴

짓조각인데 차라리 채권증서 대신 딱지 만들어서 뿌리자.'라고들 하더라고. 이 친구야. 그 꽉 막힌 공무원들 입에서 그런 발상이 나온 이상 무조건 누군가는 하게 돼 있어."

"그러면 사실, 굳이 제 이름을 걸지 않고서도 샌―프랑코 자체적으로 만들면 될 일 아닙니까."

"자네가 이 업계의 신이잖아. '태초에 딱지가 있으라.'라고 부르짖은 여호와 이름을 팔고 싶다 이거야. 말마따나 '미스터 뱅이 제작에 참가'라는 명패가 탐나지 않았으면 그냥 정부 놈들이 알아서 만들었겠지."

이후로도 유신은 몇 번이고 더 설득을 시도해보았으나, 결국 요지부동인 소파의 마음을 돌릴 순 없었다.

오히려 다른 이야기만 들어 괜히 마음이 심란해졌을 뿐.

"요즘 뒤에서 말들이 많더군요."

"그걸 믿어?"

"믿지는 않지요. 다만 조금 의아해졌습니다. 김가는 너무 오래전부터 전쟁을 준비해 온 것 같아서… 평화를 지킬 수 있는 길은 없었던 걸까요?"

"나나 형은 자네 글에 나오는 초월적인 마법사도 아니고, 용의 지혜도 없어 이 인간아. 이 미친 역사의 수레바퀴를 우리더러 막으라고?"

"그래서, 언제부터 준비하셨습니까."

유신은 잠시 시가의 맛을 음미하다, 에라 모르겠다 하고 진실을 토설했다.

"처음부터."

"……."

"히틀러가 나타나기 전부터. 베르사유 조약의 잉크가 마르기 전부터. 대전쟁의 불꽃이 유럽을 불태우기 전부터."

"대체……."

"우리가 전쟁을 유도하진 않았지. 하지만 우린 전쟁을 원했어. 모든 게 불타오르고, 제국이 수십 토막으로 해체당하고, 구세계의 질서가 모조리 잿더미가 되길 갈망했지."

영웅은 항상 난세에 나타나는 법. 난세가 아니라면 뒤엎을 수 없으니까.

"얼마 전에, 전향한 한 빨갱이를 만나 이야기할 기회가 있었어. 그 친구와도 거의 이거랑 엇비슷한 이야기를 나눴는데, 그놈이 뭐라 했는지 아나?"

"모르겠네요."

"노동자와 농민이 착취당하네 마네 떠들어 봐야… 그놈들의 아가리에 들어가는 빵과 입고 있는 옷은 결국 식민지인의 피로 만들어진 것들이라고. 그래서 공산주의 때려치웠다더라고. 결국 사상이네 뭐네 해봐야 피는 물보다 진한 법이야."

모두를 지킬 수 있으리란 망상 따위 접은 지 오래다. 그들 집안은 이미 하나만 확실하게 하기로 결정했다. 결국 마지막 순간까지 유신은 소파를 설득할 수 없었지만, 적어도 그의 마음에 거대한 파문을 일으켰단 점에 만족하기로 했다.

"실례합니다, 회장님."

"30분. 아니, 10분. 아니아니. 5분. 담배 한 대 피울 시간만 잠깐 날 내버려 두면 안 되나?"

"급한 건입니다."

유신 킴의 책상에 올라올 건 중 급하지 않은 게 어디 있겠나. 결국 잠시 고민하던 그는 퉁명스레 말했다.

"서면 보고하면 안 되나?"

"안 됩니다."

"젠장. 뭔데?"

"브라질 포드란디아에서 연락이 왔습니다만……."

"거기 일을 왜 에젤이 아니라 나한테?"

아마존 밀림에 초거대 고무나무 플랜테이션을 짓겠다던 헨리 포드의 야망은 희대의 돈지랄로 끝나버렸다. 전쟁을 준비하던 샌—프랑코가 뒤늦게 합류해 저 농장을 살려보고자 몸부림을 쳐보긴 했지만, 도저히 수지가 안 맞을 것 같아 합성고무의 대량생산 컨소시엄을 구축하는 방향으로 선회한 지도 제법 지난 일. 이제 그곳엔 관리인 몇 명만 있을 뿐인데.

"일본에서 비공식적으로 우리와의 접촉을 희망하고 있습니다."

"그건 국무부 일이지. 우리더러 거간꾼 노릇 해달라는 거면 꺼지라고 해. 지금 이 시국에 일본이랑 엮이는 것 자체가 해로우니까."

"그게, 좀, 애매합니다. 일단 상대가 상대인지라."

"누구길래?"

"추방되었던 도조 히데타카입니다. 그, 도조 히데키의 아들 있잖습니까."

"그 친구 귀국 안 했나? 그 정도 대가리는 있나보네. 그래도 안 되는 건 안 되는 거야. 그 친구한테 대로에서 총 맞아 죽기 싫으면 전쟁 끝날 때까지 얌전히 찌그러져 있으라고……"

"오오타 씨가 보냈다고 합니다."

유신은 시가 끄트머리를 잘라냈다.

"진작 그렇게 말했어야지."

망할 형의 엔젤 투자가 수십 년 만에 떡상하는 건가. 용의 아가리로 뛰어드는 심정으로 샌프란시스코의 일본 영사관으로 향하던 형의 뒷모습이 엊그제 같은데, 세상은 참 요지경이어서 서로의 입장이 정반대가 되고 말았다. 밥을 먹지 않아도 배가 부른 느낌이었다.

변곡점 6

"조오오오선 화아아앙제? 이중제국? 우리 조카랑 화족을 혼… 뭐 어쩌고 저째?"

"……."

"그, 왜놈들, 혹시 좀 그, 전염병이라도 돌고 있나?"

"네? 전염병? 아, 아닙니다."

"야, 이 사리분별 못 하는 놈들아. 너네 암만 봐도 지금 단체로 뇌가 퇴화하는 병이 도는 것 같은데, 이딴 등신 같은 소릴 하겠다고 남미에서 비밀리에 접촉하는 병신 짓거리 그만하고 모가지나 닦아 놓으라고 해! 오오타 그 사람, 이제 보니 영 안 되겠구만!"

"아, 아닙니다. 그런 게 아닙니다. 어디까지나 이번 접촉은 본국의 지시에 따른 것으로……."

월척을 기대하던 김유신의 인내력이 증발하고 피는 못 속인다는 게 증명될 무렵.

상해. 일본제국 점령지.

"전쟁영웅을 이렇게 보니 반갑구만."

"영웅이라뇨. 제 허명이 어디 장군님의 위명만 하겠습니까."

싱가포르를 함락시키며 '말레이의 호랑이'라는 명성을 얻었던 야마시타 도모유키(山下奉文). 그놈의 파벌싸움으로 인해 도조 히데키에게 밉보인 탓에 놀라운 전공에도 불구하고 좌천당했지만, 이제 일본군은 찬밥 더운밥 가리기 어려운 처지. 필리핀에서 활약했던 혼마를 비롯해 일본 육군 내부에서 저평가받고 있던 이들이 대대적으로 다시 기용되었고, 이들이 투입될 곳은 너무나 당연히 중국이었다.

비록 재기용되긴 했으나 학연, 지연, 혈연 등 온갖 인맥으로 굴러가는 일본군 특성상 이들에겐 수족이 되어 줄 부하가 마땅치 않았고, 야마시타는 자신이 밑에 부릴 사람을 직접 데려오기로 결정했다.

"군이 그렇게 겸양을 표할 필요 없네, 가네야마 군."

"크흠……."

"내가 못 미덥나?"

"그건 아닙니다."

가네야마 사쿠겐(金山錫源) 대좌는 다급히 손사래를 쳤지만, 야마시타는 이미 살짝 삐딱해져 있었다.

"홍 소장에게도 이야기 들었겠지만, 내가 섭섭치 않게 잘해줌세. 그냥 나 좀 도와주게."

"장군님."

"황국의 미래가 어두워. 어떻게 해서든 국체를 보존하려면 유능한 사람들이 나서줘야 하네. 나와 호흡을 맞춰 이 국난을 함께 극복해보지 않겠나?"

가네야마는 일단 긍정적으로 검토해보겠노라 말했지만, 아무리 생각해보아도 물러나긴 어려워 보였다. 아무리 야마시타가 파벌상 입지가 많이 좁다지만 장군은 장군. 가네야마가 제법 전공을 세웠다지만 장군의 제안을 까버리는 모양새가 되면 굉장히 앞길이 어두컴컴해질 건 당연지사였다. 가네야마의 머리를 복잡하게 하는 건 그 외에도 더 있었다.

얼마 후. 가네야마는 비슷한 처지의 선후배들과 한데 모여 술자리를 가졌다.

"…그래서, 야마시타 장군께서 그리 말하던가?"

"그렇습니다."

"그럼 가야지. 어차피 불러주는 곳도 없었다면서."

가네야마 사쿠겐. 창씨 전의 본명은 김석원. 조선인으로서는 일본군 내에서 가장 성공한 부류에 속하는 그도 이런 상황에선 머리에 쥐가 날 것만 같았다.

"선배님."

"선배는 무슨. 김 대좌님께서 선배라고 부르니 무섭구만그래."

가야마 다케토시(香山武俊), 아니 이응준 중좌는 그렇게 번뇌하는 김석원을 보며 연신 혀를 찼다.

"지금 고민할 게 뭐 있나. 괜히 시간 보내봐야 딱히 대안도 없으면서."

"그도 그렇지요."

"그래도 대좌님이시니 찾아주는 장군도 있는 겁니다. 우린 어찌 되는지 모르겠습니다."

후배들의 앓는 소리를 들으며, 그는 연신 술잔을 쭉쭉 비워나갔다. 중일전쟁 개전 직후, 김석원은 놀라운 임기응변을 선보이며 대규모 중국군을 격퇴했고 이게 대서특필되며 전쟁영웅으로 떠올랐다.

[미주의 김유진, 만주의 김일성, 반도의 김석원!]

[3김의 위명이 온 세계에 진동하다!]

["김유진 장군의 전략전술 이어받아." 김석원 승리의 비결!]

[내선은 일체! 조선인의 군략, 황국에 이바지하다!]

그 탓에 승진가도를 달릴 수 있었으나… 호사다마라고 했던가. 본래 일본 육군은 조선인을 일절 사절하던 해군과 달리 조선인의 입대에 긍정적인 입장을 취하고 있었다. 김석원을 비롯한 조선인들 또한 그 수혜를 입었고, 적어도 능력이 받쳐주기만 한다면 성과 측정에서 조선인이라 하여 손해를 보는 일은 없었다.

하지만 미일관계가 얼어붙다 못해 결국 전쟁까지 터져버리자, 육군 내에서 이들 조선인의 입지는 급속도로 좁아지고 있었다.

"킨 장군이 부르면 얼른 달려가 고개를 조아리지 않을까?"

"조센징들은 믿을 수가 없다. 배반의 우려가 너무 명명백백하지 않은가."

이 난국을 타개하기 위해서는, 더더욱 애국심을 과시하고 황국과 천황에 대한 충성을 온 사방팔방에 외쳐야만 했다. 실제로 만주군에서 창설한 조선인 자원병 부대, '간도특설대'는 창설한 지 얼마 되지도 않아 만주 마적 떼의 수령이던 김일성을 사살하며 조선인이 얼마나 충성스러운 신민인지 증명해내기도 했었으니.

"너희들."

"예!"

"앞으로 어찌할 테냐."

이왕가 사람들을 제외하고 가장 출세한 홍사익 소장이 이 자리에 없으니, 자연스레 주도권은 김석원에게 쏠려 있었다. 이응준이 조용히 입을 다물고 있는 사이, 이미 술기운이 가득 올라 얼굴이 불콰해진 그가 후배들을 향해 일갈했다.

"김유진 장군이 온다면, 앞으로 어찌할 거냐고 이놈들아."

"그, 그게."

눈만 데굴데굴 굴리고 누구 하나 탁 하고 답하는 이가 없으니, 원래부터 다혈질인 석원은 피가 거꾸로 솟는 느낌이었다.

"이놈들 봐라? 미쳤어? 대답 빨리빨리 안 나와!"

"김 장군이 온다고 하더라도 황국을 위해 분골쇄신할 것입니다!"

"그, 그렇습니다! 천황폐하의 은덕을 위해 이 한 몸 불사르겠습니다!"

"허이구. 가관이야, 가관."

"석원아. 애들 그만 갈구고 그냥 할 얘기나 마저 해."

1년 선배가 저리 말하니 당장 밥상을 엎을 기세였던 그도 더 지랄병을 부릴 순 없었다.

"이 자식들아. 찝찝하면 그냥 탈영을 해."

"네?"

"나는 이미 한참 늦었다. 이미 온 세상에 황국의 참군인이라고 기사가 떴는데 인제 와서 갈아타봤자 변절자란 소리만 듣겠지. 할 거면 똑바로 해 이 머저리들아. 황국에 충성을 바칠 거면 뼛속까지 충성하고, 그게 안 되겠거든 빨리빨리 중경으로 도망치란 말이다!"

"대형이랑 경천이처럼 말이지?"

"사내자식이 할 거면 똑바로 해야지요."

이응준의 동기였던 지대형(지청천)과 3년 선배인 김경천은 일본 육군 장교의 신분으로 탈영, 대한민국 임시정부에 합류해 광복군 핵심 간부가 되었다. 온 나라를 발칵 뒤집어 놓았던 대형 사건이었고 다른 조선인 장교들도 덤터기를 썼었지만……

"가족이 걱정된단 개소리는 집어치워라. 우리가 곗돈 모아서 보살펴 줄 테니까."

"하지만……"

"하지만 같은 소리 한 번만 더해 봐. 술병으로 머리를 깨놓을라 콱."

전쟁이 어떤 식으로 결말이 날지는 아직 아무도 모른다. 일본이 패한다고 하여 조선이 독립할지도 여전히 미지수다. 그렇다면 열심히 싸워 나라에 헌신하고, 그 대가로 당당히 조선인의 권리를 요구하면 되지 않겠는가. 최소한, 조선인 장교들은 배신을 일삼는다는 소리는 피해야 하지 않겠나 하는 것이 그의 생각이었다.

결국 술자리 분위기는 아주 처참해졌고, 이들 조선인 장교들은 앞서거니

뒷서거니 하며 뿔뿔이 흩어졌다. 몇 명을 빼놓고서.

"선배님."

"왜."

"꼬우면 중경 가라는 말, 저도 해당됩니까?"

"너? 시발, 그걸 나한테 물어보면 어쩌냐."

김석원은 대뜸 그렇게 묻는 까마득한 후배를 보며 머리를 쥐어뜯었다. 요즘 들어 어째 자신의 대가리로 감당 못 할 질문만 해대는 이들이 이렇게 늘어났단 말인가.

"니네 가족은 내가 못 보살펴 준다. 알지?"

"알고 있습니다."

"딴 놈들은 조용하더믄 왜 네가 갑자기 중경 가겠다고 지랄이야. 지랄은."

"집안이 집안이라, 나중에 정말 미국이 승리하면 기둥뿌리 뽑히지 않겠습니까."

이놈은 그럴 만도 하다. 애비가 자작 작위까지 하사받은 진성 친일 집안이니.

"네 멋대로 해라, 이 망할 놈아."

"감사합니다. 부디 무탈하시길 빌겠습니다."

며칠 후. 조선귀족회 부회장 이규원 자작의 장남, 이종찬 중위가 탈영하여 광복군에 가담했단 소식이 퍼지면서 조선 팔도가 발칵 뒤집혔다.

* * *

일본제국, 경성.

"이제 하다 하다 명문 조선귀족의 자제까지 탈영이라니! 이래서야 내선은 일체라고 떳떳하게 주장할 수가 없잖습니까!"

"그 집안은 원래 교양이라곤 없었잖아요. 뼈대 없는 가문이 다 그렇지요."

"종찬이는 나라에서 훈장도 받고, 애국하는 젊은이라 생각했는데 거 참. 세상 참 요지경입니다."

"간을 보는 게지요. 뻔하지 않습니까. 혹시 알아요? 이규원 그 인간이 벌써 양다리 걸치려고 아들한테 시켰을지."

"그놈이 그 정도 머리가 있다고? 허."

조선의 앞날을 누구보다 염려하며, 대일본제국의 이등신민으로서 문명개화에 앞장서야 한다고 굳게 믿는 이들은 최근 좌불안석이었다.

"자자. 다들 진정하십시다. 우리는 저 미개한 조선의 탈을 벗고 문명개화한 양식인 아닙니까. 천박하게 목청 세우지 맙시다."

"…그럽시다."

누구 하나 섣불리 입을 열지는 않았지만, 이들의 머릿속에 최근 불쑥불쑥 드는 생각은 대부분 대동소이했다.

어쩌지? 이대로 있어도 괜찮나?

누구보다 이해득실에 민감하고 시류에 편승할 능력도 있었던 이들. 후세에 민족반역자라는 카테고리로 평가받을 이들은, 그만큼 풍향을 체감하는 속도 또한 남들에 비해 비상할 정도로 빨랐다.

"참 억울하고 원통한 일입니다. 어째서 우리가 이리 불안에 떨어야 한단 말입니까? 무지몽매한 것들이 입만 열면 김유진 대장군이 와서 조선을 해방시켜준다고 떠들어대고 있어요."

한때 춘원 이광수라고 불리던 가야마 미쓰로가 탄식했다.

"결국 그 작자에게 조선은 거스름돈에 불과했어요. 천부인권이네, 노력해야 하네 번드르르한 말만 늘어놓던 게 다 왜겠어요? 말만 그러고 정작 이 조선 땅엔 발 한 번 디뎌본 적 없잖아요. 저러다 정말 미국이 이기면 우리만 억울하게 생겼다구요!"

역시 한때 김활란이라 불리던 아마기 가츠란은 답답한지 가슴을 두들겨

댔다.

"애초에, 일한의 우호 관계를 그 누구보다 강조한 사람이 김유진 아닙니까."

"그렇지요. 미국 땅에서 나고 자란 사람이 어디 조선을 생각이라도 해봤겠습니까? 미국의 이득이 조금 침해당한다 생각하니 황국의 선의를 싹 무시하고 안면몰수한 것 보십쇼."

"우리를 손가락질하려면 김유진이는 그 목을 베고 사지를 찢어서 혼마치 거리에 걸어놔야지. 그놈이 바로 민족을 귀축영미에 팔아먹으려는 추악한 인간 아닌가."

억울하다! 억울하고 분통해서 잠이 안 온다!

결국 김유진이나 자신들이나 이야기하던 것은 대동소이할진대, 어째서 그는 그토록 숭앙받고 자신들에겐 침을 뱉어댄단 말인가.

"흠흠. 다들 너무 말이 지나친 것 같습니다."

"어머어머. 사장님, 지금 김가 그놈 편드는 거예요? 형이 김가 밑에서 일한다고……."

"내 충군애국을 그렇게 깎아내리지 마시오! 당신네들은 헛바닥으로만 애국을 논하지만 나는 가산을 헐어 황국에 이바지하고 있어!"

"김가가 벌어다 준 돈으로 말입니까? 하하하!"

유일한의 동생, 샌—프랑코 일본지사장 유명한(柳明韓)은 이 모욕에 얼굴이 달아올랐다.

"어쩐지. 이종찬이가 남 일 같지 않겠습니다그려."

"김가 놈이 돌아오면 유일한 그 작자가 구명을 해줄 테니 말입니다."

"멋대로 떠드시오. 어차피 당신네들의 이용가치도 얼마 안 남았어. 앞으로 어떻게 해야 황국의 은혜에 보답할지, 그거나 열심히 궁리해보시구랴."

유명한은 더 이상 참을 수 없었는지 자리를 박차고 떠나버렸다. 그리고 일순간, 적막이 찾아왔다.

"…그래요. 조선인이 저지른 죄는 조선인이 갚아야 해요."

"어쩔 수 없지. 뼈를 깎는 노력을 해야 간신히 갚아질까 말까 하니."

"제 학교에 애국심 투철한 여학생들이 많이 있어요. 그 아이들을 독려하면……."

"학교 없는 사람은 이거 서러워서 살겠나."

"자. 일단 그건 나중에 생각하고, 우리 다 함께 연명해서 시국선언을 하나 하는 게 어떻습니까. 천하의 파렴치한 김유진과 귀축영미를 규탄하고, 대동아 전쟁의 대의가 우리에게 있음을 표명하면."

"어, 그것보단 차라리 다른 건 어때요?"

"다른 거?"

"음, 저도 시국선언 자체는 찬성합니다만. 굳이 우리가 김가의 이름값을 높여줄 필요는 없지요."

말은 번드르르했으나. 감히 그 붓과 혀로 김가를 건드렸다가 행여 일제가 패망하면 어찌 되겠나. 그들은 자살하고 싶은 취미는 없었다. 누구보다 삶을 사랑하는 자들이었으니.

끝의 시작

1940년 8월. 스탈린그라드에 독일군의 첫 포탄이 떨어졌다.

일본제국 대본영은 중경 공략작전, '5호 작전' 안을 내부적으로 채택하고 세부작전 수립에 돌입했다.

1940년 9월. 스탈린그라드가 불타올랐다.

추축군의 무자비한 창끝이 도시를 유린했고, 탈출하지 못한 민간인들과 최후까지 도시를 지키기 위해 남은 소련군은 피죽조차 제대로 먹지 못하며 악착같이 독일군의 칼날을 버텨야만 했다.

인도차이나 주둔 일본 육군은 소수 고문단을 제외하면 모두 중국으로 재배치되었다.

아이젠하워가 지휘하는 태평양연합군 육군은 공백 상태가 된 뉴기니 일대를 휩쓸어나갔다. 해군은 연합함대의 핵심 거점이던 라바울의 안보가 위태로워진다 여겨 뉴기니 수비를 강화해 달라 건의했지만, 이미 육군은 태평양에서 발을 빼고 있는 실정. 이제 과달카날로 향하던 실낱같은 지원조차 유지하기 어려워졌다.

1940년 10월.

"지금도 스탈린그라드에서는 7초에 한 명씩 독일군이 뒈지고 있습니다. 일, 이, 삼, 사, 오, 육, 칠 초. 또 한 명의 독일군이 머나먼 소련 땅에서 목숨을 잃었습니다."

스탈린그라드는 함락되지 않았다. 이미 도시는 거대한 콘크리트 무더기로 전락했지만, 두 독재자는 스탈린의 이름을 딴 저 무더기를 결코 포기할 생각이 없었다.

"항복! 항복하겠소!"

"그저께 마지막 탈출선단이 떠났습니다. 우린 거기에 탑승하지 못했구요. 항복하겠습니다. 부디 선처를……."

지구 반대편 태평양에서는 마침내 과달카날 전역이 종결되었다. 미국과 일본 두 나라의 고위 인사들이 모두 예측했던 바와 같이, 태평양의 작은 섬 과달카날은 무수한 생목숨을 먹어치웠다. 과달카날 전역이 시작될 무렵만 하더라도 호주를 고립시키고 서태평양을 정복하겠다는 야심으로 불타오르던 일본제국은, 이제 손에 쥔 것들만이라도 온존하고 싶어 발버둥 치는 신세로 전락해버렸다.

1940년 11월.

"복수의 시간이 왔다!"

"잽스를 태평양에서 축출한다!"

마침내 과달카날에서 총성이 멈추자, 이 섬은 끝없이 항공기를 토해내는 미국의 거대한 불침항모로 변했다. 해군 내에서는 어떻게 진격해야 가장 빠르고 신속하게 잽스를 조질 수 있는가에 대해 활발한 논의가 이어졌으나.

"잠수함대의 명예를 걸고 말하건대, 저 빌어먹을 어뢰가 똑바로 동작하기만 했다면 이 전쟁은 진작 끝났소. 당장 어뢰의 결함을 인정하고 조치를 취해 주시오."

"우리의 마크14 어뢰는 지극히 정상입니다. 본인들이 개떡같이 싸워 놓고서 왜 무기 평계를 대고 있습니까?"

이른바 '어뢰 스캔들'이라고 불릴 거대한 불꽃이 해군부를 휩쓸었다.

"뇌격기용 마크13 어뢰도 쓰레기입니다! 저 빌어먹을 어뢰만 아니었어도 우수한 파일럿들이 이토록 죽어나가진 않았을 겁니다!"

"항공대의 어뢰도 엉터리인데, 잠수함 어뢰만 멀쩡하다는 게 더 이상하지 않습니까?"

"그거랑 그게 어떻게 같습니까? 그리고 우리 어뢰는 완벽합니다. 안 그래도 생산량이 부족한 어뢰를 결과가 뻔할 시험사격에 헛되이 써야 합니까?"

"결과 뻔하지, 암! '병신 같음'이라고 말해! 당장 개선에 착수하지 않을 거라면 그냥 근접전용 장대나 하나 달아주시오!"

전시라는 극도의 긴장 속에서 침묵하고 있던 자들이 들고일어나자, 순식간에 불길은 온 해군부를 불태워버렸다. 설상가상으로 미 육군은 해군의 진격 계획에 대해 난색을 표했다.

"태평양 섬에 상륙작전을 벌이자고?"

"그건 힘듭니다. 지금 총력을 기울여 수송 역량을 확보하고 있는 마당에 태평양이라니."

"'대군주' 작전의 시행 이전에 태평양에서 상륙을 할 만한 여력은 없어 보입니다."

일본에게는 행운인지 불행인지, 육군의 협조를 얻지 못한 미 해군은 꿩 대신 닭이라고 대규모 함선을 동반한 폭격으로 방침을 선회했고, 보급도 다 끊긴 채 섬에서 농사를 지어 먹고살던 일본군은 이제 루즈벨트가 보내주는 폭탄비를 맞고 행복에 잠겼다.

반으로 갈라져 있던 이탈리아에서도 승리의 여신은 추축국을 향해 미소지어 주지 않았다. 롬멜은 또다시 고배를 마셨다. 버나드 몽고메리라는 이름의 철벽은 몇 달에 걸쳐 쉴 새 없이 몰아치는 추축군의 파상공세를 성공적으로 막아내고, 오히려 역습에 들어가 나폴리를 탈환하는 데 성공한 것이다.

공세를 주장하던 것이 오직 롬멜이었으니, 책임을 져야 할 사람 또한 롬멜. 주변에 아군이라곤 없던 그를 변호해줄 사람도 없었으니, 그는 케셀링에게 모든 권한을 넘기고 귀국해야만 했다.

[사막의 여우, 이번엔 영국인의 손에!]

[몽고메리, 그 승리의 비결!]

[모든 이탈리아인이 숭배하는 위대한 장군 몽고메리!]

영국인은 이번에야말로 일말의 거리낌 없이 승리와 국뽕을 만끽할 수 있었다. 상처 입고 흉해진 나폴리에서, 몽고메리와 움베르토 왕세자는 위풍당당하게 두 손을 번쩍 들어 올렸다.

"와아아아아!!"

"국왕 폐하 만세!!"

"이탈리아 만세!!"

"저는 이 자리에서, 이탈리아왕국의 새로운 국왕이 즉위했음을 선언하는 바입니다!"

오랫동안 망설이던 왕세자는 연합국의 강력한 요구로 마침내 국왕 움베르토 2세로 즉위했다.

"우리는 로마로 돌아갈 것입니다! 우리는 베니스로 돌아갈 것입니다! 우리는, 알프스로 되돌아가 침략자를 이탈리아 그 모든 곳에서 몰아내고 이탈리아인을 위한 나라를 재건할 것입니다! 약속하겠습니다. 이탈리아의 국토가 수복되고 전쟁이 끝나는 대로, 이전에 있었던 왕가의 모든 실책과 과오를 국민의 준엄한 심판대 앞에서 낱낱이 까발리도록 하겠습니다. 그러니 지금 이 순간만큼은, 위기에 처한 이 나라를 미치광이 학살마들의 손아귀에서 구할 수 있도록 도와주십시오!"

젊은 새 국왕의 절절한 호소. 가족과 이웃을 잃은 사람들의 눈물. 여전히 이탈리아는 반으로 갈라져 있었고, 저 회색빛 파시스트 치하 이탈리아 땅에서는 끝없이 절멸수용소의 기둥이 연기를 뿜고 있었다. 이탈리아인들에게 이 전쟁은 이제 막 시작되었을 뿐이지만.

"더 이상의 공세는 무리지."

"제가 봤을 때도 로마 진군은 무익한 행동입니다."

"적당히 현지인들에게 넘겨주고, 영국군도 슬슬 다음 작전 준비에 전념해 주시지요."

"좋습니다. 프랑스를 해방하고 독일을 격퇴할 수 있는 건 오직 우리 영국군뿐이니까요."

연합군에겐 이것으로 끝이었다. 그리고,

"우리는 너무 오래 참았다. 파시스트들이 벌이는 대학살을 보면서도 소련 인민은 피눈물을 흘리며 참아야 했다. 이 시간부로 우리는 더 이상 참지 않는다. 침략자의 집을 불태우고 그들의 가족에게 복수하는 그 날까지, 우리는 결코 멈추지 않으리라!"

"어버이 스탈린 만세!!"

"어머니 러시아 만세!!"

"화성 작전, 그리고 천왕성 작전을 시행한다. 독일군을 모조리 내쫓는다!"

마침내 불곰이 눈을 떴다. 화성 작전, 즉 소련군이 모스크바 근방에 있는 르제프(Rzhev) 방면 독일군을 몰아내기 위한 공세를 개시하자, 히틀러는 어김없이 발광했다.

"르제프를 빼앗기면 기껏 스탈린그라드로 쳐들어간 보람이 없지 않은가!"

"각하. 조금만 더 대국을 살펴주십시오. 르제프 방면의 공세가 양동일 가능성도……."

"너희는 아무것도 몰라! 이 전쟁은 결국 나와 볼셰비키 두목 스탈린의 두뇌싸움이라고! 너희가 예상한 것 중 맞힌 게 대체 얼마나 있는지부터 가슴에 손을 얹고 생각해 봐!"

군부와 히틀러의 예상이 매번 충돌하고, 대부분은 히틀러가 맞았던 것으로 드러남에 따라 1940년 말기엔 군부에 대한 히틀러의 불신이 고점을 갱신하고 있었다.

"스탈린이 내 원대한 계획을 간파한 게 틀림없어. 우리가 이곳 남부 일대에서 다시 한번 대포위망을 펼치리란 걸 놈이 알아차렸다고. 르제프를 잃으면 우린 다신 모스크바로 갈 수 없으니 지금 당장 르제프를 지켜야 해!"

"알겠습니다."

"그렇다면 스탈린그라드의 군을 철수시켜 방어선을 좁히는 건 어떻습니까?"

"게르만족의 강역이 될 레벤스라움을 포기하라니! 이 머저리들! 너희는 아무것도 몰라! 배운 게 하나도 없다고! 이 쓰레기 같은 놈들. 무능한 주제에 자존심만 더럽게 센 놈들."

하지만 이번엔 히틀러가 틀렸다. 르제프에 히틀러의 시선이 쏠린 사이, 소련이 몇 년 동안 갈아온 칼은 원래 계획대로 스탈린그라드로 달려온 남부전선군을 노리고 있었으니.

"공세 개시!"

"눈앞의 루마니아군을 쓸어버리고 포위를 개시한다!"

백만에 달하는 소련군이 사방에서 스탈린그라드 방면 독일군을 노리고 쏟아져 들어오면서 재앙이 시작되었다.

"전방에 파쇼 전차 발견."

"미제 자본가 친구들의 죽빵 맛을 좀 보여주자고. 발사!"

이 공세의 선봉에 동원된 소련군은 참으로 기이했다. 스탈린이 국민당으로 가야 했을 랜드리스 물자까지 싹싹 빼돌려 준비한 방대한 물자. 미국에서 만들어서 보내준 군복과 두툼한 방한복. 'Made in USA'가 선명히 찍혀 있는 군화. 대지를 가득 메운 미제 전차를 움직이게 하는 건 미국에서 보내준 기름. 소련제 전차에도 미제 무전기가 부착되어 있었고, 이 전차들을 후속해 달려가는 것들은 하나같이 미제 트럭. 병사들은 미제 통조림과 달달한 허쉬 초콜릿의 맛을 즐기며, 특별 보급된 코카콜라의 청량감을 만끽하고 있었다.

"적 전차 격파!"

"놈들이 물러나고 있습니다!"

"고마워요, 예브게니 킴!"

"와하하하!!"

얼어붙은 러시아 땅에서 사신으로 군림하던 티거 전차. 이를 가장 쉽고 빠르게 때려잡을 수 있던 M10 '잭슨' 전차는 일선 병사들 사이에서 제냐(예브게니의 애칭)로 불리며 수호신 대접을 받고 있었다. 독일군에 비하면 훨씬 취약한 루마니아와 헝가리군이 속절없이 무너지고, 다급히 독일군 또한 이 공세를 막기 위해 대응해 왔다. 여태까지의 전투대로라면 막강한 독일군의 철벽 수비를 넘기지 못하고 곧장 공세 역량을 소진했을 소련군이지만, 이번엔 달랐다.

"최전방 부대에서 입전. 티거가 확인되었다고 합니다."

"적 중전차대대가 불을 끄러 온 듯합니다."

"누구 맘대로 불을 끈대. 미국인들이 보내준 선물 보따리를 독일 놈들에게도 구경시켜주자고."

M26 '퍼싱'. 현존하는 모든 전차를 지옥으로 보내기 위해 개발된 전차가 이역만리 소련 땅에서 화려한 첫 데뷔를 시행했다. 붉은 군대의 핏빛 물결은 단 한 번도 저지당하지 않고 일거에 스탈린그라드 근방의 추축군을 휩쓸어버렸고.

"지금 당장 퇴각한다."

"하지만 총통 각하께서 명령을……."

"총통이고 나발이고 내가 설득할 테니까 당장 빠질 준비나 하라… 컥!"

"각하!"

"각하!! 각하!!"

설상가상. 이 1분 1초가 황금 같은 순간에, 남부 전선군을 지휘하던 폰 라이헤나우는 극한의 전장환경을 이겨내지 못하고 뇌출혈로 쓰러졌다. 의료진이 급히 그를 후송해 치료하려 했으나 그는 결국 눈을 뜨지 못하고 허무하게 생을 마감했고, 연전연승하던 독일군의 운명 또한 그와 썩 다르지 않았다.

* * *

1941년 2월. 나폴리, 스탈린그라드, 과달카날. 추축국의 파멸이 초읽기에 접어들었다는 사실을 이제 모두가 알 수 있었다.

"이렇게 다시 얼굴들을 보니 참으로 반갑습니다. 다들 신수가 훤해지셨 군요."

"3선을 축하드리오, 루즈벨트 동지."

"하하. 감사합니다. 이제 2년만 더 해먹으면 저도 서기장을 칭해볼 만합 니까?"

"공화당원을 수용할 굴라그를 찾고 있소? 그러면 다음 랜드리스 선박편 에 부쳐주시오."

루즈벨트, 스탈린, 처칠, 그리고 장개석.

"농담은 여기까지 하고, 회담을 시작해 봅시다."

세계의 운명을 정할 시간이 도래했다.

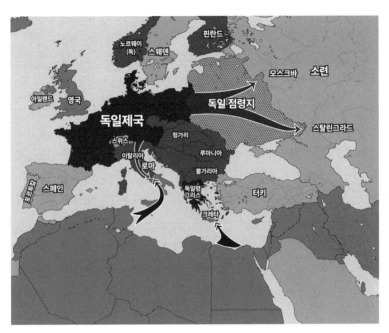

고증입니다

노르웨이 (독)　스웨덴　핀란드

아일랜드　영국

독일제국　독일 점령지

모스크바　소련

스탈린그라드

스위스　헝가리
이탈리아　루마니아
로마　불가리아

스페인

포르투갈

독일령 그리스　터키

크레타

작중 독일의 전선 확장

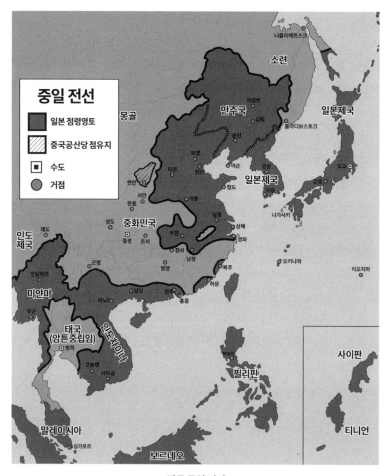

작중 중일 전선

5장
대군주를 더 생산하십시오

대군주를 더 생산하십시오 1

미국 역사상 최초로 3선 대통령 임기를 시작한 지상 최강의 대통령, 오만의 루즈벨트.

몽고메리가 롬멜을 격파하며 마침내 지지도가 반등하고 그 큰 목소리를 떵떵거리며 낼 수 있게 된 해적국 두목, 탐욕의 처칠.

히틀러와 독소 불가침 맺었다가 뚝배기 다 터진 끝에, 2년 만에 드디어 봉합 수술에 성공하고 스탈린그라드에서 설욕전을 벌인 세계 최고의 빨갱이, 분노의 스탈린.

음. 하나같이 어느 시대에 떨어지더라도 대악마 타이틀은 너끈히 쟁취할 수 있는 괴물들이야. 나처럼 심약한 사람은 감히 함부로 가까이할 수도 없겠어.

이에 반해 네 번째 플레이어, 장개석은 음… 장개석도 시대의 걸물이 맞긴 맞는데, 원래 현대전이라는 게 개인의 역량보다 국력이 훨씬 중요하잖은가.

내가 듣기론 이 역사적인 4자 회담 자리가 열리기까진 참으로 지난한 과정이 있었다고 한다.

"자, 우리 한번 다 같이 모여서 미래를 논해 봅시다."

"모스크바."

"하하. 모스크바는 너무 멀잖습니까. 저번처럼 카사블랑카 어떻습니까?"

"모스크바."

"손님, 자꾸 이러시면 곤란해요."

"…그럼 테헤란."

"카이로. 이 이상은 양보 못 해!"

그리하여 역사에 길이 남을 회담 장소는 이집트 카이로로 결정되었다. 이 묵시록의 파티가 한자리에 모이는 것도 참으로 일이었다.

먼저 루즈벨트 행정부는 이미 예전부터 '4인 경찰관'이라는 웅대한 비전이 있었는데, 간단히 요약하면 미국—영국—소련—중국이 세계를 주도할 G4가 되고 이들의 협의체를 세워 세상을 잘 굴려보자는 계획이었다. 뭔지 감이 오는가? 암만 들어도 이거 UN이다. 저 경찰관들은 훗날 상임이사국이라는 번쩍번쩍 금뺏지를 달겠네. 하지만 이 루즈벨트의 빛빛 희망은 곳곳에서 암초에 부딪혔다.

"중국? 중국을 대체 왜 끼운단 말입니까."

아시아 식민지와 영영 이별할까 봐 노심초사하는 늙은 제국주의자는 가장 먼저 제압당했다. 슬프게도 처칠의 대영제국은 이미 미끄럼틀을 타고 있는 상황. 다들 타봐서 알겠지만 한번 쑝쑝 내려가고 있는 미끄럼틀을 붙들고 다시 기어 올라가는 일은 참 힘들다. 그래서 처칠의 동의를 얻는 일은 매우 쉬웠다고 한다.

그다음은 뜻밖에도 장개석이었다. 비록 장개석이 드럼과 나름대로 괜찮은 관계를 구축한 것 같지만, 그건 그거고 이건 이거. 듣자 하니 장개석은 '우릴 들러리로 세워 놓고 백인 놈들만의 잔치가 열릴지도 모른다.'라고 우려했던 것 같다. 아편전쟁 이후 열강의 반—식민지로 전락해 온갖 잡놈들에게 골고루 한 입씩 뜯어먹힌 중국의 히스토리를 생각하니 차마 장개석이 피해의식 심하다고 하긴 좀 그렇네.

그리고 항상 최종 보스는 우리 빨갱이.

'카사블랑카 회담이 끝난 지 얼마나 되었다고 벌써 다음 회의를 논하오?'

'지금은 실무진 회의만으로도 충분할 것 같소만.'

'지금은 때가 아니다. 우린 지금 역사에 남을 대전투를 치르고 있다. 조금만 더 기다려 달라.'

코델 헐 국무부 장관은 스탈린의 저 뜨뜻미지근한 반응을 아주 간단하게 내게 설명해 주었다.

"스탈린이 왜 그랬냐고요? 당연히 몸값 올리기 아니겠습니까."

"이미 충분히 비싼 몸 같은데요."

"대승리를 거둬 소련의 전공이 커진 뒤에 날을 잡겠단 심산으로 보았습니다. 물론 그러다 져버리면 큰일 납니다만, 어쨌든 정말 크게 이겼으니까요."

헐의 예상대로, 스탈린그라드의 승리가 가시권에 보이자 스탈린은 순순히 회담에 동의했다. 카사블랑카에서 빼액대며 사실상 구걸하러 왔던 게 그 콧수염 에고에 꽤 상처를 준 걸까?

물론 저기서 동의했다는 게 정말 스탈린이 바다 같은 마음 씀씀이를 자랑했다는 뜻은 아니다. 마지막의 마지막 순간까지, 스탈린은 '내가 장개석과 만나면 일본에게 잘못된 시그널을 전달할 수 있다. 그냥 나 빼고 만날래?'라며 트롤링을 시전했고. 결국 백악관 대마왕의 뚜껑이 날아가버렸다.

"일본이 걱정된다니. 본인도 안 믿을 소리를 참 잘도 하는군. 받아먹은 랜드리스를 생각해서라도 그러면 안 되지."

소련을 배려한답시고 최신 무기까지 바리바리 싸다 보내준 결과가 트롤링으로 돌아오니 뭐… 터질 만도 하지. 실제로 마셜은 퍼싱 전차를 비롯한 신무기까지 랜드리스 대상에 포함시킨 점에 대해 우려를 표명했고, 루즈벨트는 허허 웃으면서 본인이 다 책임지겠다고 했다. 정치인이 책임진다는 말을 믿으면 안 되건만, 마셜은 믿어버렸다. 나중에 어떻게 되나 어디 한번 보자.

아무튼 뚜껑이 열린 SSS급 정치인의 당근과 채찍은 참으로 날카로웠다. 정상회담이 열리기 전 각국의 외무장관들끼리 모여 회의를 열었는데, 이건 스탈린의 소원대로 모스크바에서 했다. 그리고 그와 동시에 다음 수송선단의 출항을 붙잡고 보낼까 말까를 고민하기 시작했다. 천하의 스탈린도 밥차의 출발이 늦어지자 더 이상 뻗치기를 할 순 없었다. 이쯤 되면 콧수염 조련사 타이틀을 받아도 이상하지 않아. 아무튼 이런 복잡하고도 어질어질한 과정 끝에, 카이로에서 정상결전이 시작되었다.

* * *

"영미연합군은 프랑스 수복을 위해 '대군주' 작전을 계획하고 있으며, 발동 시점은 5월로 예정하고 있습니다."

"5월이라. 나쁘지 않군요."

지옥의 대악마들이 사탄학교 수석 졸업자, 짝불알 콧수염의 사지를 찢은 뒤 어떻게 할지를 논의하는 건 내가 관여할 일이 아니다.

어떻게 그놈을 찢어버릴지 정하는 게 우리가 할 일이지. 몽고메리가 승리하면서 영국군이 다시 자기네들이 선봉을 서겠다며 떽떽거리기 시작했지만, 이건 세부적인 문제고 '대군주' 작전 자체는 이미 밑 작업에 들어갔다.

"5월에 상륙이 개시되고 프랑스 탈환이 시작된다면, 독일 놈들도 아마 대대적인 퇴각을 시행하리라 기대하고 있습니다. 소련 측에서는 어떻게 보고 계십니까?"

"저희 예상도 크게 다르지 않습니다. 이미 독일의 동원력은 한계치겠지요. 하지만 문제는, 물러선다 하더라도 독일 놈들이 지리적 이점을 끼고 눌러앉을 만한 곳이 마땅치 않다는 겁니다.”

마셜 농장의 수괴 마셜은 프랑스 해방을 위해 무려 2백만 대군을 준비하고 있다. 이만한 병력이 폭탄 드랍을 가면 제아무리 히틀러가 레벤스라움과 현지 사수를 사랑하는 변태 새끼라 할지라도 동부 전선에서 미적거릴 순 없을 터. 퇴각은 당연한 일이다.

하지만. 도대체 어디까지 물러나야 한단 말인가? 탁 트인 러시아 초원에서 신나게 전차 부릉부릉하며 바르바로사 작전 벌일 땐 좋았겠지. 하지만 원래 들어가는 건 마음대로였지만 나갈 땐 아닌 게 세상의 이치인 법.

“전쟁 전 국경으로 되돌아가지 않을까요?”

“특별한 이유가 있습니까?”

“그야… 동프로이센은 지키고 싶을 테니까요. 정확하게 말하면 더 물러나고 싶어도 못 물러나는 곳이 거기쯤이겠네요.”

서쪽에서 영미연합군 수백만이. 그리고 동쪽에선 피에 굶주린 소련군 수백만이. 여기까지 왔으면 이제 깨달아야지. 상륙을 저지하지 못하면 그냥 진 거나 다름없다.

하지만 독일의 융커라는 친구들은 안타깝게도 밥 먹고 군사교육만 받아서 머리는 딱딱하게 굳은 주제에 ‘아무튼 전투에서 기깔나게 대첩 한번 찍으면 이길 수 있지 않음?’ 같은 마인드로 무장했으니… 히틀러랑 끼리끼리 노는 덴 다 이유가 있다.

“독일 기득권층은 자기네 영지를 포기하지 않을 겁니다. 당장 지난 1차대전 때도 그놈들은 동프로이센을 포기하지 못했으니까요.”

“일리 있는 말씀입니다.”

상륙을 성공시키기 위해 연합군은 그야말로 수단과 방법을 가리지 않을 심산이었다.

‘이탈리아연합군은 영혼을 끌어모아 로마를 향해 진격한다. 실패하든

말든 상관없다. 아무튼 시선을 끌어모은다.'

'발칸 주둔 독일군을 붙들어놔야 한다. 터키를 설득해 참전시키고, 소련과 영국은 루마니아와 불가리아가 편을 갈아타도록 설득한다.'

'서류상으로만 존재하는 페이퍼 군대 '제9군'을 가라치고 독일군에게 뻐꾸기를 날린다. 이 구라에 따르면 제9군 사령관은 바로 패튼으로, 세기말 아포칼립스 광전사가 이끄는 군대가 이탈리아 북단에 상륙해 오스트리아로 진격할 예정이라 카더라.'

'노르웨이에서도 독일군의 행패가 이만저만이 아니다. 강제 징병과 수탈로 신음하고 있다던데, 적극적으로 꼬셔본다. 유사시 여기로도 드랍을 갈 수 있다는 구라를 쳐보자.'

'상륙이 성공하고 동부 전선의 군대가 퇴각하기 시작하면, 소련군은 사냥개처럼 달려들어 최대한 도망 못 치도록 붙들어 맨다.'

절로 가슴이 웅장해지지 않은가? 중부 유럽을 석권한 거대한 독일제국을 상대로 동서남북 모두에서 사과 돌려 깎듯 거대한 기만과 공갈이 예정되어 있다. 히틀러를 끝장내기 위한 플랜은 거의 완성되었고, 딱히 큰 반대도 없었지만. 유감스럽게도 아시아는 그렇게 행복하지가 않았다.

* * *

"오, 귀관이 바로 그 유명한 김유진 장군이겠구려!"

"대인을 뵙게 되어 참으로 영광입니다."

장개석은 여러 미국 장성진 사이에 끼어 있는 동양인인 나를 보자마자 성큼성큼 걸어와 팔을 내밀었다. 그래서 나도 얼른 악수를 하려 손을 내밀었는데, 손이 맞닿는 게 아니라 내 몸을 터질 듯이 와락 끌어안는 게 아닌가?

"아시아의 영웅이 그렇게 공손할 필요가 무에 있소? 귀관과 같은 인물이 중화에 있었더라면 저 간악한 일본군이 대륙을 짓밟는 일도 없었을 텐데!"

"일개 장군이 무슨 수로 그만한 대업을 해낼 수 있겠습니까? 4억 중국 인민에게 필요한 건 당연히 주석님 같은 위대한 지도자 아니겠습니까."

이 양반 갑자기 왜 이래. 내가 중국에서 태어났으면 진작에 숙청당하지 않았을까요? 대체 장개석이 왜 저리 립서비스를 심하게 치나 했는데, 그럴 만한 사정은 충분하고도 넘쳤다.

"대체 왜 우리에게 와야 할 랜드리스를 영국과 소련이 낼름 먹어치운단 말이오!"

"수송이 여의치 않았소. 다 썩을 판이니 어쩔 수 있겠습니까? 나중에 그 몫만큼 챙겨드리리다."

"현지에서 약간의 잡음이 발생했던 것 같습니다. 앞으로 주의하도록 하겠습니다."

스탈린과 처칠은 한마음 한뜻으로 장개석에게 가야 했을 달달한 미국 형님의 원조를 횡령했다. 장개석이 피 끓는 목소리로 비명을 질렀지만, 눈앞의 이 두 사람은 얼굴가죽 두껍기로는 월드 랭커라고. 백날 그렇게 읍소해 봐야 씨알도 안 먹힌다.

"일본군이 인도차이나 전역에서 철수했습니다. 그 병력이 다 어디로 온 줄 아십니까? 중국입니다! 당장 우리에겐 지원이 필요합니다!"

"이보시오, 수상님. 버마가 비어 있는데 슬슬 버마 로드를 탈환해도 괜찮지 않겠습니까?"

"아이고. 제가 무슨 힘이 있겠습니까. 이제 현지 장군들이 제 말을 잘 듣지도 않습니다."

루즈벨트와 장개석은 영국을 압박해 버마를 탈환하고 랜드리스 보급이 수월해지길 원했지만 처칠은 또 드러누웠다. 그야 버마가 뚫리면 더 이상 랜드리스를 횡령할 수 없걸랑. 이쯤 되면 해적인지 거지인지 정체성이 희미해진다.

　"소련이 일본과 개전해서 만주 관동군을 공격해 준다면 중국에 쏠리는 압력이 제법 경감될 것 같습니다만……."

　"지금은 히틀러를 먼저 조져야 해서 어렵소. 우선 독일부터 마무리 지은 후에 천천히, 천천히 논의해 봅시다."

　"당장 공세가 코앞인데 무슨 히틀러! 중국의 운명이 바람 앞의 등불과 같은데, 동맹을 도와주진 못할망정 물자마저 빼돌리다니 어찌 이럴 수가 있단 말입니까."

　"다 오해입니다. 원한다면 책임자를 엄히 문책하도록 하겠소."

　눈 감고 귀 막은 두 답답이들. 눈물 없이 볼 수 없는 장개석의 시련은 아직 채 시작도 하지 않았다.

대군주를 더 생산하십시오 2

일본군의 대공세가 임박한 지금. 장개석의 중화민국을 지원하려면 다양한 방법들을 동원할 수 있었다.

'미영연합군이 직접 중국 남동부 해안에 상륙한다.'

'항공 지원을 대폭 확대한다.'

'아웅 산이 이끄는 일본의 괴뢰국, 버마국을 무너뜨려 버마 로드를 재개통하고 영국발 랜드리스를 공급한다.'

'소련이 몽골과 만주 일대에서 대대적인 공세, 하다못해 소규모 무력 충돌을 감행해 관동군을 붙든다.'

'중국 공산당을 경계하는 데 항상 전력의 일부가 붙들려 있는 만큼, 공산당과의 관계 개선을 지원해준다.'

첫 번째는 당장은 실행 불가능한 개소리니까 일단 가장 먼저 배제. 저게 됐으면 애초에 이 걱정 할 일도 없다. 항공 지원을 늘려주겠다는 건 시원스럽게 통과. 그러나 그 뒤가 다 문제였다. 처칠과 스탈린 모두 사실상 배를 째고 그렇게는 못 하겠다고 손에 손잡고 두둠칫 둠칫 코사크 댄스를 췄으니 말이다.

결국 지난 카사블랑카에서의 악몽이 재림했다. 루즈벨트는 열심히 풀악셀을 밟아 이 4자 회담이라는 차가 쓱쓱 달려나가게 하고 싶었지만, 영국이라는 기어봉과 소련이라는 사이드 브레이크가 꿈쩍도 안 하니 요란스럽게 공회전만 할 뿐. RPM 터져버리겠다, 이놈들아!

그리고 마침내. 장개석의 얼굴에서 핏기가 사라지다 못해 거뭇거뭇해질 무렵. 백악관 체어맨의 분노가 폭발했다.

"좋소! 그렇다면 내 기필코 미군을 파병해 중국 전선에 보내리다!"

"대통령! 이 장모, 그렇게만 해주신다면 그 은혜 결코 잊지 않겠습니다!"

"잠깐. 그게 가능한 일입니까? 미군이 어느 세월에 중국까지 간단 말입니까?"

"물론 당장은 어렵지요. 하지만 당장 도와줄 수 없는 것은 영국과 소련도 매한가지 아닙니까. 히틀러를 무너뜨리는 동안 동남아 방면에서 찬찬히 북상할 테니, 중국이 더욱더 지연전을 벌인다면 충분히 미군이 갈 수 있을 겁니다. 그래도 괜찮겠지요, 장 주석?"

"물론입니다. 다른 사람도 아니고 미국 대통령께서 확언해 주셨으니 이제 중화 인민들에겐 뚜렷한 희망이 생겼습니다. 마지막 못 하나 박을 영토마저 빼앗기는 그날까지 4억 중국 인민은 투쟁을 멈추지 않을 겁니다!"

스탈린의 철가면에 미미하게 금이 가고, 처칠이 허겁지겁 버마 전역에서의 공세를 독촉하겠노라 말했지만 이미 황상의 분노는 천하를 뒤덮고 있었다. 그리고 항상 느끼는 바지만. 윗사람이 저지른 일을 치워야 하는 건 항상 아랫놈인 법이다. 빌어먹을.

"…킴 장군."

"예, 총장님."

"가끔. 왜 내가 몇 년 더 일찍 태어나지 못했나 한스러울 때가 있네."

"어째서입니까?"

"그랬다면 지금쯤 퇴역했을 테니까."

마셜의 깊은 한숨에, 나도 덩달아 같이 한숨이 나왔다. 물론 FDR 같은 인물이 정말 머리에 스팀이 올라서 대뜸 질러버린 건 절대 아니다. 저 뱃속에 코브라가 트위스트 추다가 체세포 분열할 것 같은 양반은 분노와 빡침조차 손패로 쓸 수 있는 희대의 타짜니까. 왜 갑자기 루즈벨트는 중국 파병 같은 강수를 떠올리게 됐을까? 원래 역사에서도 이런 일이 있었나?

내 어렴풋한 기억으론 원 역사에서도 미국은 소련에게 제발 일본 좀 공격해 달라고 몇 년에 걸쳐서 통사정을 했다. 그러다 소련이 참전한 건 무려 1945년 8월, 종전 직전. 아무튼 참전한 소련은 순식간에 만주의 관동군을 깨강정으로 만들어버리고 파죽지세로 쭉쭉 내려와 한반도 이북까지 새빨갛게 물들인다. 보통 이 역사를 처음 접한 한국인이 하는 발상은 대부분 거기서 거기.

'소련놈들 막타 쳐서 꿀 오지게 빨았네? 미국은 쟤들 왜 끼워줘서 한반도 반갈죽 만든 거임?'

나 또한 저런 생각을 가졌으니, 딱히 잘못되었다 말하긴 어렵다. 하지만 FDR은 본질적으로 민주 국가의 대통령. 민주 국가의 정치인은 유권자의 표를 얻기 위해 행동한다. 그리고 지금 미합중국의 장성인 내가 보았을 때, 과연 히틀러가 모가지가 따인 후에도 미국인들의 인내심이 남아있을지 여부는 지극히 불투명했다. 만주에 주둔한 지 수십 년째인 관동군 백만 대군. 중국 곳곳에 진출한 일본군까지 합하면… 어마어마하기 짝이 없다.

물론 나는 역사를 보았기 때문에 소련군이 1주일 만에 그 관동군의 척추를 역십자로 반듯이 접어버렸단 사실을 알고 있지만, 그 원 역사조차 어마어마하게 뒤틀려 버리지 않았는가. 일본군 수백만을 육지에서 상대하겠다는 계획은 빈말로라도 쉽사리 나올 발상이 아닌데.

"왜들 그리 죽을상들인가?"

"중국이라뇨. 이건 좀 심하지 않습니까."

"글쎄. 아시아에서 우리의 패권을 확고히 굳히려면 충분히 할 법한 발상이지."

유일하게 대통령의 결단을 흐뭇하게 받아들이는 이가 있었으니, 우리 워싱턴 D.C.의 호전광 맥아더 장관 되시겠다. 그는 싱글벙글 웃으며 펜으로 세계지도에 화살표를 슥슥 그어나가며 말했다.

"우리 아이크가 실로 탁월하게 잘해주고 있네. 뉴기니 전역을 제패하는 것도 그리 멀지 않았고, 물개 놈들과 자세한 이야길 해봐야겠지만 중부 태평양의 일본군 거점도 대부분 건들 필요가 없을 거야."

"그렇겠지요."

"그러면 우리는 이렇게, 우선 필리핀을 수복하러 가야겠지."

아. 그래서 기분 좋으셨구나. 이 필리핀성애자야.

"필리핀을 다 탈환할 필요도 없어. 루손섬만 탈환하면 곧장 눈앞이 대만과 홍콩, 오키나와지. 그다음 중국 본토에 진출하는 건 일사천리야. 안 하기 아깝지 않나?"

"흠."

"잽스 놈들도 중국의 방대한 해안선을 방어해야 그나마 비벼볼 만하단 생각 정돈 하고 있을 거야. 그렇다면 지금 전선을 축소해 확보한 대규모 병력의 예상 공세 방향은… 이렇게 되겠지."

맥아더는 다시 한번 선을 그었다.

"결국 내륙 철도망을 장악해야 신속한 병력 기동이 가능하니, 일본이 취할 방법은 이것밖에 없어."

"대륙타통? 작전이군요."

"대륙타통이라… 이름 멋지군. 그래, 이 대륙을 남북으로 관통하는 공세가 가장 유력해 보이는데. 귀관들의 의견은 어떻소?"

"딱히 틀리진 않아 보입니다."

나도 고개를 끄덕여 마셜의 의견에 동의했다. 어차피 원 역사에서도 벌

대륙타통 작전 계획

(N) 작전진행 순서

➡ 일본군 진격로

일본제국

동관 · 낙양 · 개봉

서안 ·

남충 ·

(1)

성도 · 량산 · 한구

은시 · 무창

중경

장사

중화민국 (2)

귀양 · 영릉 · 형양

(3) (4)

계림 곡강 · 남웅

류주

(5) 대만

남령 광주

남경 · 상해

어진 작전이니까.

"어차피 우리가 중국에 진출할 역량이 확보되는 건 히틀러가 몰락한 이후 아니겠나. 내가 봤을 때 대통령은 우리가 움직인다고 선언함으로써 소련의 등을 떠밀려는 계획인 것 같거든."

"그런다고 스탈린이 움직일까요?"

"움직이지 않는다면 아시아에서의 이권은 포기해야지."

정말 칼이구만. 하긴, 피도 안 흘리고 남의 지원물자나 훔쳐 간 놈들이 개평 얻어먹겠다고 하면 나처럼 착한 사람 또한 쌍욕을 퍼부어줄 용의가 충만하다. 하지만 여전히 나로서는 떨떠름한 느낌이었다. 대관절 왜 갑자기 미국이 이리 호전적으로 변했단 말인가?

"그래도 조금 당혹스럽네요. 굳이 육군까지 동원할 필요가 있겠습니까? 전비 부담부터 인명피해까지……."

"다른 사람도 아니고 유진 자네가 그런 말을 할 줄은 몰랐군. 자네 집안은 이번에 제대로 한몫 잡지 않았나?"

"왜 그러십니까. 전 누구보다 평화를 사랑합니다."

일단 하나는 알겠다. 전쟁부 장관 자리에 초강경파, 거기에 아시아 개입을 열망하는 맥아더가 앉아 있다. 이것만으로도 전쟁부의 기조는 원 역사와 천지 차이로 바뀌었으리라.

"이건 절호의 기회야. 저 유럽 제국주의자들의 손아귀에서 신음하는 아시아인들에게 자유를 돌려줄 기회는 이번이 아니면 오기 힘들 걸세."

"맞습니다."

"이건 극비이니 자네만 알고 있게. 루즈벨트는 프랑스인들이 뻔뻔스레 다시 베트남으로 돌아가는 걸 절대 원치 않아. 이미 국무부의 웰즈 차관이 대통령의 명을 받아 움직이고 있네."

"국무부가 노리는 건 역시 식민지 해체겠군요."

"그렇지. 해군 또한 입장은 비슷하네. 굳이 유럽의 옛 주인님들을 위해 우리가 피 흘려 그들의 농장을 되찾아줄 이유는 없지 않겠나."

국무부, 전쟁부, 해군부 세 곳의 의견이 합일되어 아시아 방면에서의 대전략이 수립된 건가. 베트남에 미군이 입성하면… 음, 드골은 불쌍해지겠군. 아니지. 오히려 베트남 전쟁 같은 부질없는 짓을 안 하게 될 테니 드골은 D.C. 방향으로 하루에 3번씩 절해야 한다. 대통령과 행정부의 의중을 알게 되니 문득 감이 잡히는 듯했다.

원 역사에서 소련의 참전을 독촉하던 건 1944년쯤이겠지. 그렇다면…

또 선거 시즌이다. 선거를 앞둔 정치인이 수백만 일본군을 상대로 백만 미 육군을 때려 붓고 싶진 않았겠지! 하지만 지금은? 지금은 1941년. 루즈벨트의 세 번째 임기가 시작된 지 이제 겨우 한 달. 그렇구만. 이거였어. 원 역사에 비해 몇 년 일찍 개전해버린 결과가 이렇게 돌아온 것 같다. 유레카를 외치고픈 내 심정을 아는지 모르는지, 맥아더는 자꾸 내게 말을 걸었다.

"그래서, 중국 방면에 상륙한 뒤엔 어떻게 해야 할 것 같나?"

"그야 당연히 홍콩, 상해, 그리고 남경 확보를 기점으로… 그런데 이걸 왜 제가 떠들고 있죠? 아이크와 상의해야 하지 않습니까?"

"무슨 소린가. 아이크는 태평양 방면 사령관인데."

아니, 그러니까 걔한테 물어봐야지! 나는 얼른 마셜에게 이 인간 좀 어떻게 해보라고 눈빛 텔레파시를 쏘아 보냈지만, 마셜의 반응은 뜻밖이었다.

"자네… 대통령 각하와 따로 교감 없었나?"

"그건 또 무슨 뚱딴지같은 소립니까? 무슨 얼어죽을 교감요?"

"그야 아시아 가고 싶다고 노래를 불렀잖은가. 저 드넓은 중국 대륙을 설마 아이젠하워 혼자 담당하겠나?"

네? 그게 무슨 말씀이신지?

"히틀러 잡고 나면 소원대로 가야 할 것 아닌가. 위대한 아시아계 전쟁영웅님."

아니. 아니. 아니아니아니. 그러니까, 잠깐!! 여기선 표정 관리 좀 들어가야 한다. 엄격, 근엄, 진지하게. 지극히 이성적이고 냉정한 군사적 시점으로만. 주관을 모오두 배제하고 객관적으로.

"흠. 어차피 그건 장관님 말마따나 그때 가봐야 알 일 아닙니까?"

"그렇네만."

"제가 봤을 때 일본군과 마찬가지로, 우리 또한 중국 내륙으로 파고들 역량은 부족할 겁니다. 정확히 말하면 그건 굉장히 미련한 짓이지요."

나는 맥아더가 들고 있던 펜을 슬쩍 뺏어, 중국 해안 곳곳에 화살표 여러 개를 연속해서 그렸다.

"홍콩에 상륙해서 육로로 북진하는 건 미련한 짓이니, 일본군이 중일 전쟁 당시 했던 것과 마찬가지로 핵심 거점만 딱딱 상륙해서 장악해주는 게 최선책이라 보입니다."

"그렇지."

"하지만 이 황해 북쪽에선 그게 어려워집니다. 산동반도와 요동반도에 상륙부대를 밀어넣는 건 아마 물개 놈들도 난색을 표하겠지요?"

"계속하게."

나는 잠시 두 사람을 힐끗 쳐다보았다. 둘 다 얼굴에 특별한 반응이 보이진 않는다.

"어차피 우리의 목표는 중국 전역의 일본군을 내쫓는 게 아닙니다. 일본 제국을 무너뜨리는 거지요. 그렇다면, 결국 본토를 위협할 수 있는 창날이 필요합니다."

나는 애써 떨리는 손을 달래며, 마지막으로 굵은 화살표를 슥 그었다.

"이곳. 한반도에 상륙해, 만주 관동군과 일본 본토를 동시에 위협하고 전후 합중국의 이익을 극대화해야 합니다."

어찌나 힘을 줬는지, 지도가 살짝 찢어졌다. 화살표의 끝에는 서울이 있었다.

마침내. 마침내!

대군주를 더 생산하십시오 3

맥아더 의원을 거쳐 이제 맥아더 전쟁부 장관이 된 남자의 머릿속은 그 어느 때보다 바쁘게 돌아가고 있었다. 평생 입고 있으리라 생각했던 군복을 벗고 새 정장이 몸에 익게 되는 동안, 그 또한 한 명의 정치인으로서 제2의 인생이 몸에 익게 되었다.

일단 현재까지는 그의 생각대로 술술 풀렸다. 유진에게 슬쩍 떡밥을 던지자, 그 녀석은 마치 이날만을 기다려 왔다는 듯 자기가 키우는 그 돼… 여우처럼 허겁지겁 떡밥을 받아 먹었다. 흔히 유진 킴이란 인물과 엮인 이들이 평하길, 정상인인 척하는 미친놈이란 말이 참 많이 나왔다.

하지만 쇼몽의 회의실에서 처음 만난 이래 수십 년을 알고 지냈다. 그리고 그가 보아 온 유진 킴은 단순히 미친놈이 아니었다. 그랬으면 패튼처럼 진급도 제대로 못 했겠지. 정계에 온 뒤에야 어렴풋이 깨닫게 됐지만, 그놈은 '수틀리면 미친 짓 저지른다.'라는 자신의 이미지를 뼛속까지 이용해 먹는 타입의 인간이다.

이익인지 신념인지는 모르겠으나, 무언가 해야 한다는 강력한 의지가 섰을 때 거침없이 저지르는 건 깡 좋은 사람이라면 할 수 있는 일이다. 하지만 그렇게 저지르고도 여태 승승장구해 온 건, 그만큼 치밀한 설계와 심모원려가 밑바탕이 되지 않고선 불가능한 일.

하지만 오늘만큼은 어느 쪽인지 판단하기 힘들었다. 정말 들끓는 감정을 참을 수 없던 것일까, 아니면 그 감정을 표출해서 한반도 진공작전에 힘을 싣기 위한 정치적 계산일까. 사실 어느 쪽이든 문제 될 건 없다. 그저 궁금할 뿐.

생각해 보면 딱히 이상한 일도 아니다. 당장 그 자신만 하더라도 아이젠하워가 필리핀을 해방하는 대로 곧장 마닐라로 날아가고 싶지 않은가. 누가 뜯어말리더라도 강행할 작정 만만인 맥아더로서는 당연히 유진을 이해할 수 있었다.

더군다나, 유진 킴이란 카드는 미합중국이 아시아에서 써먹을 수 있는 최강의 패. 한반도 진공은 그 패의 값어치를 언터처블로 만들 수 있는 매력적인 선택지다. 군사 상식선에서 터무니없는 수준만 아니라면, 유진 킴을 적으로 돌릴 리스크를 감수해서 그 작전에 반대할 메리트도 없었고.

그보다 중요한 건 1942년의 상하원, 주지사 선거. 그리고 44년에 열릴 다음 대선! 마침내 권력욕에 휩쓸려 망집에 가득 찬 루즈벨트와 그 추종자 민주당을 타도하려면, 이 카이로 회담에서 미리미리 착실한 준비를 깔아 두어야만 한다.

FDR은 이번 전쟁을 통해 유럽 열강의 식민지를 싹 다 해체해버릴 심산이다. 소련 또한 마찬가지. 참 얄궂지만, 세계 적화와 착취당하는 인민의 해방을 부르짖는 소련은 떠오르는 신흥 패권 국가란 점에서 미합중국과 보조를 맞출 수 있을지도 모른다. 적어도 루즈벨트와 그 졸개들은 소련 또한 미국을 위한 거대한 시장이 되어줄 수 있으리라 믿고 있다.

하지만 맥아더는 눈곱만큼도 빨갱이들을 믿지 않았다. 고대 로마의 집정관도 아니고, 최고 권력자가 둘일 수는 없는 법. 사상과 이념에서 완벽하게 대립하는 미국과 소련 두 나라가 손에 손잡고 하하호호? 웃기지도 않는다.

소련은 반드시 그 누런 이빨을 드러낼 게 자명하다.

중국 또한 마찬가지. 비록 지금은 오랜 착취와 내전, 거기에 외세의 침공까지 더해져 혼란스럽지만… 언제까지 그들이 저런 비참한 상태를 유지하겠는가? 합중국의 미래 국익을 위해서는 태평양을 미국의 호수로 만들고, 아시아에 교두보를 구축해야 한다. 일본과 한국은 그 교두보 역할로 안성맞춤 아닐까.

"다들 기다리게 해서 미안합니다."

"아닙니다. 저희도 조금 전에 왔습니다."

"그러면 논의를 시작해보지요."

카이로까지 함께 온 공화당 인사들. 전쟁은 전쟁이고, 당은 당이다. 루즈벨트의 3선이 기폭제가 되어, 민주당 내부 루즈벨트 반대파들의 불만이 하늘을 찌르는 지금. 얻어 가야 할 건 차고 넘쳤다.

* * *

정치인들이 합의한 1941년의 연합군 대전략에 관해 군사 전문가들이 논의하는 동안. 4개국의 수뇌들은 이제 전후 국제 질서를 어떻게 정립할 것이냐를 두고 기나긴 회담을 시작했다.

"한 번도 아니고 두 번입니다. 두 번이나 전 세계를 피로 물들인 대전쟁이 일어났으니, 이제 더 이상의 세계대전은 없도록 특단의 조치를 취해야 합니다."

"전쟁의 근본적인 원인은 결국 제국주의자와 자본가의 탐욕이오. 수탈당하는 프롤레타리아의 불만을 돌리고픈 자들의 욕망을 저격한 게 바로 저 혐오스러운 나치 아니겠소."

"힘으로 타국을 짓누르고, 부와 자원을 갈취할 수 있다는 그 발상부터가 문제입니다. 이제는 바뀌어야 합니다."

루즈벨트, 스탈린, 장개석이 한목소리로 외치니 그 제국주의의 선봉장인 처칠은 뺨 맞은 듯한 우거지상이 될 수밖에 없었다.

"설마 지금 대영제국의 해체를 말씀들 하십니까?!"

"그럴 리가요. 어떻게 함께 싸운 전우의 강역을 전리품으로 논하겠습니까. 다만 저희는 큰 틀에서 볼 때 식민주의라는 구시대의 망령이 이제 종식될 때가 되지 않았나 싶습니다."

"필리핀은 어디 식민지가 아닌가보오."

"그렇죠. 필리핀은 자치령을 거쳐 독립이 예정되어 있던 나라니 식민지가 아니죠. 하하."

처칠은 연신 으르렁거리며 '영국령 식민지는 안 건들게.'라는 약속을 받아낼 수 있었다. 하지만 바로 뒤이은 대화에 그는 아연실색하고 말았다.

"베트남의 비시 프랑스 총독부는 일본제국의 주구가 되어 그들의 수탈에 협력했습니다. 이 전쟁의 부역자라 보아도 이상하지 않겠지요."

"그렇습니다. 참으로 통탄할 일입니다."

"그런 의미에서, 우리 미합중국은 아시아인들이 제 권리를 돌려받는 데 있어서 중화민국이 큰 역할을 해주리라 기대하고 있습니다."

"잠깐. 잠깐잠깐! 우리와 어깨를 맞대고 싸운 드골과 자유 프랑스가 있지 않습니까. 그들 또한 동맹입니다!"

"드골? 아, 그 껑다리 말이오? 내가 몇 개 사단이 있냐고 물었는데 대답도 안 하던 그 사람?"

스탈린의 팩트 폭력은 매정할 정도로 아팠다.

"이런 말 하면 참 무엇하지만… 이 전쟁에서 어마어마한 피를 흘리며 공헌한 우리와, 저 끔찍한 나치 파쇼들을 위해 식량, 옷, 무기, 그리고 사람까지 공급해주던 나라를 동급으로 취급하면 좀… 기분이 별로 좋지 않소."

뻔뻔스럽게 자신의 파이프에 불을 붙이는 스탈린을 보며, 처칠은 시뻘게진 얼굴을 수습하지도 못하고 곧장 시가 하나를 입에 물어야만 했다. 영국은 봐주겠다. 대신 다른 나라는 국물도 없다. 식민지의 완전 해체라는 대의에 동의하는 미—중—소의 이 암묵적 합의 앞에서, 처칠이 할 수 있는 일은 아무것도 없었다.

다른 식민지가 전부 줄줄이 독립을 거머쥐는데, 순전히 총독부 청사에 유니언 잭이 휘날린다는 이유만으로 식민 통치가 유지된다면 과연 현지인들이 얌전히 지배에 복종할까? 늙은 제국주의자는 몸을 부르르 떨었다.

"독일과 일본은 충분한 응징을 당해야 마땅합니다."

"이탈리아는 어떻게 합니까?"

"그들도 마찬가지여야지. 파시즘이라는 독을 온 세상에 뿌린 원죄를 심판받아야 하지 않겠소."

"독일의 버르장머리를 고치려면 동프로이센을 영구적으로 독일과 격리시켜야 합니다."

"일본 또한 마찬가지입니다. 섬에서 빠져나오려는 그 팽창 욕구야말로 모든 재앙의 씨앗이었으니까요."

하나둘씩 일사천리로 척척 진행되며, 추축국의 운명이 결정되었다.

"그럼 일본이 철수해야 할 땅은……."

"소비에트 연방은 사할린, 쿠릴열도, 그리고 홋카이도의 할양을 원하오."

"홋카이도는 일본의 본토 아닙니까. 민족자결의 원칙은 준수해야지요."

"일본의 침략 근성은 류큐와 조선에서부터 시작되었습니다. 그들은 영구적으로 독립해야 합니다."

"글쎄요. 내가 듣기론 그 두 곳은 스스로 나라를 운영할 능력이 부족하다고 들었습니다. 일본인들은 당시 가장 빠르게 근대화된 나라로, 그 나라의 국왕들에게서 평화롭게 통치권을 이양받았어요."

"그렇지요. 원래는 중국의 근대화가 더 빨랐는데, 어떤 나라가 자꾸 우리나라에 아편을 판 탓에 근대화가 지지부진했지요."

장개석은 어떻게 해서든 식민지 유지의 논거를 마련해보려는 처칠의 노력을 보며, 어이가 없다는 듯 말했다.

"중화의 역사는 수천 년에 달하고, 지금 총리가 언급한 두 나라는 우리의 역사서에도 엄연히 자주 독립국으로 지냈음이 명시되어 있습니다. 외세의 침략을 그렇게 포장하지 마시지요."

"크흠……."

"자자. 민주주의를 수호하기 위해 뭉친 우리 연합국이 이런 일로 대립해서야 되겠습니까? 그 두 나라의 독립 여부는 해당 국가 국민들의 의지에 맡기기로 합시다."

루즈벨트의 능숙한 진행에, 적어도 이번엔 카사블랑카 회담만큼 개차반이 되지는 않았다. 개차반이 된 건 대영제국 총리의 심기뿐.

회담에서 입은 상처가 너무 커서인가. 다음 날, 처칠은 뜬금없는 이야기를 불쑥 꺼냈다.

"우리의 장병들이 참으로 영웅적인 투쟁을 벌이고 있는데, 국가를 짊어지고 있는 우리가 상훈에 인색해서야 되겠습니까?"

"사회주의 공화국에선 슬프게도 귀하의 나라처럼 작위를 수여해줄 수가 없어서 말이오."

"허허, 혹시 서기장께서도 원하신다면 살짝 말씀해 주십쇼."

본격적인 회담에 들어가기 앞서서 그는 낮술이라도 빨고 왔는지 별 시시콜콜한 잡담을 늘어놓았다.

"…그래서 말입니다. 오랫동안 전장에서 고생했던 우리 대영제국의 장군들 중 일부를 진급시키고, 몇몇은 원수봉을 하사하기로 했습니다."

"그러시군요."

"그렇습니다. 다들 아시다시피 영국 육군이 저 대단한 명장 롬멜을 꺾었지 않습니까. 알렉산더 장군과 몽고메리 장군도 원수님 소리 들을 때가 됐지요."

루즈벨트는 거기에 별다른 이야기를 하지 않았지만, 아랫사람들은 난리도 보통 난리가 아니었다.

"대통령 각하. 이건 중대한 문제입니다."

"문제요? 저들이 원수가 되든 말든 우리 미군의 전공에 어디 범접이나 할 수 있겠습니까?"

마셜은 겉으로는 무척 차분하게 대답했다.

"알렉산더와 몽고메리 둘 다 현재 킴 장군의 아래에 있지 않습니까. 이 래서야 대장이 원수를 지휘하는 촌극이 생깁니다."

"대관절 영국인들이 뭐 대단한 승리를 거뒀다고 원수를 답니까. 당장 1차대전 당시에 퍼싱 장군께서도 소장 계급을 달고 가셨던 탓에 마음고생이 이만저만이 아니었습니다."

"하지만 남의 나라 군 계급 문제를 내가 무어라 할 순 없어요. 그리고 애초에 우리나라의 원수 비슷한 건 오직 퍼싱 장군만을 위한 계급이잖소."

"없으면 만들면 됩니다. 1천만 대군을 운용하기에 현재 4성 계급장은 한계가 뚜렷하니 필요성이 없지도 않습니다."

마셜은 다시 한번 원수 계급의 필요성을 역설했지만, 루즈벨트는 딱히 큰 감흥이 없어 보였다. 이 모습을 가만히 바라만 보고 있던 맥아더는 조용히 속삭이듯 입을 열었다.

"각하."

"장관도 날 설득할 심산인가보군. 하지만 의회를 먼저 설득해야 하지 않겠나?"

"지금 중국에서 훌륭히 임무를 수행하고 있는 드럼 장군은, 43년 9월에 정년 퇴역이 예정되어 있습니다. 지금 계획에 따르면 딱 우리가 중국에 갈 시점이군요."

루즈벨트가 자세를 가다듬는 모습을 보며, 맥아더는 씩 웃었다.

"퍼싱 장군은 현재 종신직입니다. 그러니……."

"드럼 장군에게도 5성 계급장을 주면 참 편하겠군그래."

"여기 있는 마셜은 44년에 퇴역합니다. 정말 아쉽지 않겠습니까?"

마셜의 눈에서 불길이 솟았지만, 그 모습을 아는지 모르는지 루즈벨트의 입에도 맥아더의 그것과 똑같은 행복한 미소가 피어났다.

"원수라! 당연히 나도 원수 계급 창설에 대해 심도 있는 논의가 필요하다고 항상 고민하고 있었지. 양당이 함께 의회에서 좋은 결과를 낼 수 있으면 좋겠구만. 도와주겠나, 더그?"

"물론이지. 프랭크."

"각하? 각하?!"

"미래의 원수를 위해 건배 한 잔 하자고."

"좋지."

두 개의 잔이 쨍 하고 부딪쳤다. 글라스에 비친 마셜의 얼굴은 유리의 곡면에 비쳐 보여서인가, 참으로 이리저리 일그러져 있었다.

대군주를 더 생산하십시오 4

"네? 제가요? 왜요?"

이게 정녕 내 입에서 나온 말이 맞단 말인가. 멍청하다 못해 상관 모욕으로 걸려도 딱히 반론을 못 할 말이었지만, 참으로 기이하게도 이미 영혼의 절반 정도는 스크루지에게 빨려버린 듯 공허한 눈깔을 달고 있는 마셜에겐 별로 감흥이 없던 모양이다.

"그냥, 하면 안 되겠나?"

"할 수야 있지요. 그런데 대관절 저를 왜."

"대통령 각하께선 장개석의 통역에 대해 무척 우려하고 있네."

"하지만 그, 남의 나라 통역을 제가 대체할 순 없잖습니까."

"그래. 그냥 이건 부차적인 요소고, 대통령과 장개석 모두 자네를 동석시키고 하는 모양일세. 또 뭔가 물어보겠나? 아니면 명령이니 닥치고 가서 통역이나 하겠나?"

"닥치고 지금 바로 움직이겠습니다."

장개석의 통역이라 하면, 다름 아닌 장개석의 부인 송미령(宋美齡, 쑹메이링)을 뜻한다. 송애령—송경령—송미령. 역사에 획을 그은 송씨 세 자매. 장녀 송애령은 중국의 유명한 갑부에게 시집을 갔다. 지금 남편이 중화민국 재무장관인가 그렇다 하더라. 차녀 송경령은 혹시 기억날지 모르겠지만, 도로시를 만났던 파티장에서 나와 만났었다. 이후 귀국해서 무려 손문과 결혼했다. 이후 손문의 미망인으로서 막강한 정치적 영향력을 가지게 되었고, 좌파적 성향이 뚜렷해 우익에 가까운 장개석과 지금도 여전히 대립하고 있다.

그리고 송미령. 탁월한 언어 능력, 뛰어난 말주변, 거기에 미모와 카리스마까지 겸비하고 있으니 중국의 해외 외교에 혁혁한 공헌을 하고 있다. 다만 문제는.

"그 여자는 아편을 머금은 독사야."

"남의 나라 영부인을 가리키는 표현치고는 너무 험악하지 않습니까."

"벌써 그 뱀 같은 혓바닥에 중독된 놈들이 합중국 의회에도 득실거린 다네. 대체 그 여자가 아는 게 뭐가 있다고 군사 분야에까지 간섭하지? 장개석은 대체 왜 그 여자를 거치지 않으면 무엇 하나 결정하지 못하는 거냐고."

FDR이 그녀를 끔찍하게 싫어했다. 이 정도면 거의 혐오 레벨인데.

"그래서 이번에 좀 수를 부려서 그 여자를 치웠네. 대신 자네가 통역을 맡고."

"그게, 그렇게 해도 괜찮은 겁니까?"

"그건 내가 알아서 할 문제니 진 자네가 신경 쓸 분야는 아닐세. 나는 그 메두사를 거치지 않은 장개석의 본의를 듣고 싶다고. 아시아인들은 왜 이리 속의 생각을 알기가 어렵지?"

그의 푸념에 따르면, 루즈벨트는 이번에 만난 장개석에게도 제법 큰 실망을 느낀 듯했다. FDR의 외교 정책에서 장개석과 중국은 하나의 핵심축으로서 아시아를 재편하고 식민지를 독립시키는데 큰 기여를 해줘야만 했다.

하지만… 두 사람만의 회담에서 장개석은 굉장히 약한 모습을 보인 모양이었다. 4개 국가의 정상이 모두 모인 자리에선 그래도 좀 할 말을 한 모양인데, 대체 뭐가 문제일까. 카이로에서 무엇보다 중요한 건 각 국가 정상들끼리의 독대였다. 이미 스탈린과 처칠은 생각만 해도 가슴이 웅장해지는 미팅을 몇 차례 가졌다. 아마 발칸반도를 어떻게 갈라먹을지에 관해 논했겠지. 미—영 회담은 사실 밥 먹듯이 벌어지고 있었고, 미—소 회담 역시 시시때때로 열리고 있는 상황. 그런데 미—중 회담이 이러면 좀 그런데. 아무튼 문제의 원인보다 더 중요한 건 문제의 해결 방법이다.

아무리 사람 좋아 보이는 루즈벨트라지만 이 양반도 혈관에 바늘 찌르면 성조기가 튀어나올 트루 아메리칸이다. 상남자 배드애스를 좋아하고 찐따를 경멸하는 게 몸에 배어있단 뜻이지. 그 왜, 하이스쿨을 다룬 헐리우드 영화에 항상 나오는 운동 즐기는 인싸 마인드 그 자체란 이야기다.

내가 장개석을 도와줘야 하나? 루즈벨트가 장개석을 별로 좋지 않게 여기는 게 과연 앞으로 어떤 영향을 미칠까? 원 역사에선 어땠을까? 유감스럽게도 이 복잡한 머릿속을 정리할 시간 따위 없었고, 나는 곧장 미국과 중국의 두 거두가 독대하는 현장으로 끌려가고 말았다.

"김 장군! 이렇게 다시 보니 더더욱 반갑습니다!"

"주석께서 조선의 독립을 강력히 주장하셨다고 들었습니다. 저는 미국인이지만, 엄연히 조선의 피를 물려받은 입장으로 감사를 표할 따름입니다."

"암요. 피는 물보다 진한 법이지요. 합중국에 김 장군과 같이 아시아를 이해할 줄 아는 이들이 있어 나 또한 참으로 든든합니다."

잠시 장개석과 이야기를 주고받자, 루즈벨트는 참으로 흐뭇한 표정으로 우리 둘을 바라보고 있었다.

"킴 장군은 연합군에서도 막중한 임무를 맡고 있습니다만, 우리나라에서 가장 아시아에 능통한 인재이기도 합니다. 오늘 이 자리에서 중화민국과 아시아를 위해 많은 아이디어를 제공해 달라 요청해 놓았으니, 단순한 통역으로 생각지 마시고 귀를 기울여준다면 더할 나위 없겠습니다."

"하하. 그야 물론입니다."

그런 이야기 못 들었어! 진짜인지 이빨 까는 건지 구분이 안 가잖아! 내 등골을 타고 식은땀이 주룩주룩 흐르는 게 그대로 느껴졌지만, 이 역사적인 정상회담을 망칠 순 없으니 얌전히 입 다물고 내 할 일인 통역에 전념하기로 했다.

10분, 20분, 30분. 어째서일까. 나는 루즈벨트의 속사포 같은 말을 중국어로 통역한다고 바쁠 뿐, 장개석의 이야기를 영어로 통역할 일은 거의 없었다.

"이것 참. 답답해 죽겠군. 이래서야 나 홀로 연주회 아닌가. '예예.' 하는 소리나 들으려고 내가 카이로에 온 게 아닌데."

"네?"

"통역하지 말게. 혼잣말이니까."

"대통령께서 무어라 말하셨소?"

시, 시발. 이걸 어쩐다. FDR의 면상에 점점 가식적인 미소가 깃들고 있다. 이 양반이 저렇게 가식적으로 변해갈 땐 보통 수틀려서 깡 못 해먹겠단 건데. 여전히 내 머릿속의 엉망진창 실타래는 풀릴 기미가 없다.

원 역사에서 2차대전이 끝나자마자 국민당과 공산당은 다시 내전의 소용돌이에 빠졌다. 여기에서 승리한 건 모택동의 공산당이었고, 대륙의 주인이었던 장개석은 코딱지만 한 대만으로 도망치는 신세가 된다.

내 사소한 한마디가 역사를 바꾼다면? 장개석이 승리한다면 한국의 미래는 어떻게 될까. 아니, 이미 내 주둥이로 바꿀 수 있는 단계를 지나친 건 아닐까. 이게 바로 그 옛날이야기, '우산 장수와 짚신 장수'의 딜레마 아닌가. 비가 오면 짚신 장수가 망할 것 같고, 비가 안 오면 우산 장수가 망할 것 같고.

하지만 내가 언제 이런 거 하나하나 재고 따졌던가. 그냥 나는 마음 가는 대로 지르기로 결심했다.

"이건 어디까지나 제 사견입니다만, 루즈벨트 대통령께서는 이렇게 주석님을 뵙게 된 만큼, 보다 서로 흉금을 터놓고 내밀한 속사정을 공유하며 전후의 미래에 대해 논하고 싶은 듯합니다."

"김 장군은 중국 사정에 정통하지요? 유감스럽게도 나는 국내 여러 세력들의 의견에 모두 귀를 기울여야만 합니다."

그는 한탄조로, 중간중간 걸쭉한 사투리와 쌍욕을 섞어가며 손을 휘저었다. 그만해! 내가 중국 사투리까지 알아듣는 프로 통역사는 아니라고!

"제기랄. 나는 낭떠러지에 놓여 있는 통나무를 타고 건너는 중이오. 아차하는 순간 나뿐만 아니라 중화민국 전체가 저 아래 무저갱에 떨어지겠지. 이 장 모는 평생 인내하고 조심하는 것으로 이 위치에 섰거늘, 어찌 신중하지 않을 수 있겠소?"

"그렇군요. 참으로 노고가 많으십니다. 하지만 제 생각은 약간 다릅니다. 말씀하신 여러 세력들의 의견에 귀를 기울이는 건 돌아가신 뒤 얼마든지 가능한 일입니다만, 미국 대통령과 의견을 조율할 기회는 이번뿐이지 않겠습니까."

내 말에 장개석은 가타부타 대답하지 않고 잠시 침묵을 지켰다.

"이 심약한 아저씨랑 대관절 무슨 얘길 했나?"

"대통령 각하와 비슷한 고민이지요. 국내 정치 말입니다."

"여기까지 왔으면서 그걸 고민한다고?"

"각하께선 똥볼 좀 던진다고 나라가 망하진 않잖습니까. 여긴 진짜 나라가 망할지도 모르는데 너무 박정하시네."

우리가 그렇게 속삭이는 동안, 장개석은 무언가 내면의 정리를 끝냈는지 참으로 결연하게 허리를 다시 세웠다.

"존경하는 대통령님! 저 만주 이민족들이 한족들을 억압한 지 수백 년,

거기에 외세의 침공이 수십 년. 저는 위난에 처한 나라를 간신히 수습하고 굴기의 기반을 마련했지만, 일본제국의 침략으로 그 기반은 모두 사라지고 우리 4억 인민들에게 남은 건 다시 폐허가 된 국토뿐입니다."

"…참으로 안타까운 일입니다. 귀국의 고통에 대해 심심한 유감의 뜻을 전합니다."

"강대국 미합중국을 다스리는 분께서 보시기에 어쩌면 제가 나약해 보였을지도 모릅니다. 하지만 수십, 수백 년 동안 갈취당하고 이용당해 온 나라의 운명을 짊어진 저는 이 귀중한 자리에서 그 어떤 말도 허투루 꺼낼 수 없었습니다."

장개석의 뱃속 가득히 잠들어 있던 고통과 절망이 힘을 얻어 세상 밖에 그 모습을 드러내자, 천하의 루즈벨트도 쉽사리 입을 열지 못했다. 지금 이 순간, 나는 미래를 떠나 장개석이란 인물의 말에 깊이 공감할 수밖에 없었다.

중국이 어디 나라 꼬락서니가 제대로 갖춰진 나라였는가? 중국이 식민지로 전락하지 않은 건 순전히 한 열강이 낼름 처먹기엔 너무 덩치가 커서였을 뿐. 천하의 대영제국조차 인도를 독식한 주제에 중국마저 처먹었다간 무림공적이 될 게 뻔해 차마 그 깃발을 꽂지 못했을 따름이다.

열강의 뷔페. 모든 열강이 공유하는 도시락통. 그 반(半)식민지 상태의 중화민국을 대표해 이 자리에 나오게 된 것도 어디까지나 2차대전을 치르는 데 중국이 필수여서일 뿐, 언제 다시 배제당할지 모른다는 불안감이 가득 차 있었으리라. 적어도 이곳에서는, 장개석이야말로 착취당해 온 전 세계 식민지인을 대표하는 자였다.

"우리 중화민국은 연합국의 일원으로 모든 침략자를 격퇴하는 데 노력을 아끼지 않겠습니다. 그러니 미국 또한 전우를 위해 많은 도움을 주시면 감사하겠습니다."

"물론입니다. 이제 그럼 아시아의 세계지도를 더 나은 미래를 향해 나아가도록 만들어 볼까요?"

"부디, 미합중국과의 관계는 선의와 우정이 함께하길 빌며… 저 또한 대통령께 일절 거짓과 포장 없이 담백한 진실만을 갖고 접근하겠습니다."

이후의 회담은 참으로 일사천리였다. 다행이군, 다행이야.

"어째서 중국군은 공산당을 그리 경계하고 있습니까? 외적이 코앞인데 일본군과의 투쟁에 보다 포커스를 맞춰야 하지 않습니까?"

"중국엔 무수히 많은 군벌이 있지만, 그들조차 이 미증유의 국난을 맞아 힘을 합치기로 결의했습니다. 실제로 그들은 중앙정부의 지휘를 받으며 함께 투쟁하고 있지요. 하지만 공산당! 공산당은 결코 이를 원치 않습니다. 공산당은 정권을 잡기 위해서라면 동포의 등에 칼을 꽂을 수 있는 놈들이고, 실제로도 꽂고 있습니다."

루즈벨트는 스탈린과 함께 국—공의 상호 협력을 촉구하고, 이를 어길 경우 두 강대국이 결코 좌시하지 않겠노라 약속하며 보다 항일에 집중해줄 것을 요청했다. 인도차이나의 식민제국 축출과 새 질서 수립에서의 중국의 역할이라거나, 향후 예상되는 태평양 전쟁의 전망과 그 대처 방안들 말이다. 그동안 유럽 전선에 집중하느라 한동안 아시아 방면에서 손을 뗐던 나는 두 수뇌의 입을 통해 천금과도 같은 정보를 접할 수 있었다. 이거 설마, 일부러 들으라고 이 판을 깔아준 건가……?

대군주를 더 생산하십시오 5

가까이서 지켜본 국제 외교란 참으로 험악했다. 절대 엮이기 싫단 생각이 퐁퐁 샘솟는다. 네 나라가 서로 자신들의 이해득실을 재고 따지다보니 벌어지는 일들도 참으로 버라이어티했다. 예를 한번 들어볼까.

카이로 회담 도중, '터키를 우리 편으로 끌어들여 발칸 전선을 열자!'라는 방안이 튀어나왔고, 어차피 지중해 건너 코앞인 터키에서도 대통령이 직접 날아와 논의가 급물살을 탔다. 점잔빼는 아저씨들의 각종 외교적 수사를 다 털어내고 딱 알맹이만 남겨보면, 그 논의는 대충 이러했다.

"우리가 독일 편에 붙지도 않았고, 원하는 대로 수출도 금지해 줬는데 이제 피까지 흘려달라고요?"

"발칸에 영향력 커지면 좋은 일 아닙니까. 참전 콜?"

"잘못하면 독일군이 이스탄불에 몰려올 텐데 그걸 맨입으로 요구한다고?"

"좋아. 지원 팍팍 해드릴게!"

누구보다 발칸에 관심이 많은 처칠은 터키의 참전을 적극 독려했고, 이는 고스란히 발칸을 앞마당으로 여기는 빨갱이 콧수염의 심기를 어지럽혔다. 그리고 터키가 내민 청구서를 확인하고, 우리 미국과 영국의 장군들은 발칵 뒤집혔고.

"이 지원 다 해주면 절대 제시간에 대군주 작전을 시행할 수 없습니다."

"발칸의 독일군을 붙잡으려는 이유가 뭡니까? 프랑스 가려고 아닙니까. 이래서야 본말전도입니다만."

육군과 해군, 미군과 영국군의 경계가 삽시간에 허물어지고 마셜과 알렉산더가 위 아 더 월드를 외치며 터키의 요구를 받아들이기 어렵다고 외치자, 천하의 처칠 또한 고개 숙인 늙은이가 되었다.

"조금 깎을 순 없을까?"

"절대 불가합니다. 우리가 제시한 청구서는 정말 최소치입니다."

"대군주 작전이 연기된다면 우리 소련은 결코 좌시하지 않을 것이오!"

이쯤 됐으면 깔끔하게 포기할 줄도 알아야 하건만, 처칠은 한평생 포기라곤 모르고 살아온 남자였다.

"좋소! 지원해주리다! 대신 조금 천천히……."

"그건 어렵겠는데요. 선불입니다."

"총리님, 대관절 어디서 그 물자가 튀어나옵니까?"

"버마 공세를 늦추고 거기로 갈 물자를 전용하면 되지 않을까?"

"누구 마음대로!!"

이번엔 장개석이 쌍욕을 퍼부으며 회의장을 나가버렸다. 이런 일이 쉴 새 없이 반복된 것이 바로 이 망할 회담의 실체였다. 우리의 패왕 루즈벨트께서 처칠과 스탈린의 반대를 무릅쓰고 아득바득 장개석을 이 카이로에 초빙한 이유는, 결국 중국에 아쉬운 소릴 해야 하기 때문이었다.

'비록 우린 아무것도 못 도와주지만 너네가 죽도록 잽스랑 싸워주면 좋겠어! 항복 안 할 거지? 그치?'

그렇다. 결국 루즈벨트는 저 말을 하기 위해 장개석에게 그토록 공을 들인 것이다. 루즈벨트가 약속할 수 있었던 건 전후 중화민국의 지분, 몇 년 뒤 아시아 방면 공세 약속 등 모조리 한참 미래의 이야기뿐. 지금 당장 해줄 수 있는 건 드럼에게 원수직을 줘서 중국을 후대하는 모습을 보여준다거나 하는 참 별 볼 일 없는 짓거리가 전부. 이러니 장개석의 반응이 신통찮았던 게 어찌 보면 당연한 일이다.

하지만 어떻게든 장개석의 입에 떡을 물려주려는 루즈벨트의 계획은, 번 번이 저 해적국 놈들의 사보타주에 가로막혀 진전이 없었고. 지옥 같은 나 날 끝에 마침내 카이로 회담이 낳은 떡두꺼비 같은 아이를 대강 요약해보 면 다음과 같다.

'미합중국, 대영제국, 소비에트 연방, 중화민국은 기존의 국제연합 선언 및 후속 선언에 의거하여, 다음과 같이 함께 선언한다.

우리는 모든 추축국이 일절 조건 붙이지 않고 무조건적으로 항복하기 전까지 전쟁 안 끝낸다.

우리는 정의를 위해 싸우는 것이지 자국의 이익을 위해 이 전쟁을 수행 하는 것이 아니며, 영토 확장에 대한 욕심도 없다.

추축국의 반인륜적인 범죄는 반드시 심판할 것이다.

개별 협상은 결코 없다.

전후에도 이 멤버 그대로 국제연합을 창설할 것이며, 우리끼리 서로 총 질하진 않을 것이다.'

여기까지는 이미 이전의 선언들에서도 나왔던 내용이다. 그럼에도 불구 하고 매번 이 조항들이 들어간다는 건, 그만큼 이 오묘한 국제정치의 세계 에 신뢰라곤 없다는 반증이리라.

그나마 이번 카이로 선언에서 달라진 점이 있다면, 나치의 패망이 정말 슬슬 어렴풋하게나마 보이기 시작한 지금 더 이상 단독 협상 같은 통수를 할 메리트가 없다는 것. 오히려, 앞으로 UN을 창설하고 세계 질서를 주도하 겠다는 마지막 단락이 더 핵심이겠지.

'나치 독일의 오스트리아 합병은 무효다. 단, 합병이 무효랬지 나치랑 편

먹고 저지른 죗값도 무효란 소린 아니다.

파시스트 이탈리아는 이번 전쟁의 공범이다. 하지만 나치 치하에서 피해를 입고 있는 점, 적법한 정통 이탈리아 정부가 연합군에 협력하고 있는 점을 참작하기로 한다.

노르웨이왕국은 지금이라도 편 갈아타면 봐준다. 늦게 갈아타면 국물도 없다.

독일과 일본이 성립에 관여한 괴뢰국 일체를 부정한다.

일본제국이 폭력과 탐욕으로 확보한 모든 영토에 대한 권리를 박탈한다. 특히 중화민국에게서 갈취한 만주, 대만, 팽호열도를 반환한다.

일본제국의 폭정으로 노예 상태가 된 한국을 해방하며, 해당 지역민의 민의에 따라 적절한 시기에 독립 국가를 건설할 수 있도록 후원한다.'

공식적으로 세계만방에 발표되어 기자들의 입을 타고 사방으로 퍼진 선언은 여기까지. 하지만 세계를 다스리는 네 거물들이 모였는데, 정말 저것만 논의할 리는 없다. 어차피 민중들이 모든 걸 다 알 필요는 없다, 는 생각은 독재자들만 하는 게 아니니 말이다.

'영미연합군은 금년 5월 중 '대군주' 작전을 개시하여 프랑스 해방에 나선다.'

'소련군은 연합군 사령부와 일정을 조절하여 '쿠투조프' 작전을 개시, 전방위적인 압박을 가해 독일군을 붙든다.'

'영국군은 준비가 갖춰지는 대로 중화민국과 합의하여 버마 전선에서 공세를 개시하고, 버마 로드의 개통에 최대한 협력한다.'

이것으로, 내 등의 땀샘을 3배로 늘려버린 카이로 회담이 마침내 막을 내렸다. 정말 뭐시기 뭐시기 회담이라고 이름 붙은 곳에 갈 때마다 아주 사우나에 온 듯 몸이 흥건해지는구나. 다음 회담엔 나 좀 빼줬으면 좋겠다. 진짜로. 이러다 나 죽겠다고!

당연한 이야기지만. 독일의 반응은 꽤나 격렬했다.

* * *

　1941년 3월. 회담 후반부부터 급격히 말수가 줄어든 강철의 대원수. 나름대로 만족할 만한 성과를 거두고 모스크바로 돌아간 그지만, 그를 기다리고 있는 현실은 정신이 혼미해질 것만 같은 충격적인 성적표였다.

　"졌다고?"

　"작전 실패의 모든 책임은 제게 있습니다."

　주코프 최고사령관 대리를 위시한 붉은 군대의 핵심 인사들은 다시 한 번 고개를 처박았다. 스탈린그라드를 놓고 벌어진 몇 달간의 치열한 수 싸움에서 붉은 군대는 마침내 승기를 잡았고, 그 결과 역사에 길이 빛날 대승리를 거두며 마침내 전세의 흐름을 뒤바꾸었다. 정확하게는, 뒤바꾸었다고 생각했다.

　곧 예정된 영미연합군의 프랑스 상륙이 개시되면 독일군은 똥꼬에 폭죽 꽂힌 돼지새끼마냥 허겁지겁 자기네 땅으로 도망칠 게 뻔하지만, 스탈린과 스타브카는 독일군이 하하호호 행복하게 도망치도록 내버려 둘 수가 없었다. 이건 이해득실의 문제가 아니었다. 어마어마한 인민의 피를 뿌리게 만든 독일 놈들이 살아서 도망가는 꼴을 수수방관했다간 정권에 대한 신뢰도가 뿌리째 뽑히는 꼴이 될 테니.

　거기에 더해, 카이로 회담에서 스탈린의 입지를 더욱 키우기 위해선 아직 더 많은 전공이 필요하기도 했다. 단순히 고기방패 노릇만으로는 제대로 대우받기 어려우니, 독일군을 격파했다는 실적이 있어야 할 것 아닌가.

　그리하여 카이로 회담 직전 시작된 '하르코프 공방전'. 하지만 붉은 군대를 상대하기 위해 나타난 독일군의 지휘관은 그 이름도 찬란한 에리히 폰 만슈타인. 부자는 망해도 3년은 간다는 법칙에 충실하게, 만슈타인이 지휘하는 독일군은 공세를 펼치는 소련군을 단숨에 때려잡고 오히려 역습까지 전개해 처절한 타격을 주고 말았다.

"우리 군에 여력이 얼마나 남아 있는가?"

"거의 없습니다. 작년 여름부터 끊임없이 전면 공세를 진행한 결과 거의 모든 전선에 예비 병력 보충과 물자 보급이 필요합니다."

"5월에 서부 전선이 열릴 예정이네. 그때까지 준비한다면 어떤가?"

"그래도 어렵습니다. 이번 패배로 약 50여 개 사단이 소멸해버렸습니다. 이 공백을 채우려면 당장……."

천하의 스탈린조차 50개 사단이라는 피해 앞에선 정색할 수밖에 없다. 이처럼 히틀러 교수님이 뿌린 C와 F로 도배된 성적표를 받게 된 건 스탈린 뿐만이 아니었다.

* * *

3월의 어느 평일 대낮.

"레이더에 무언가가 포착되었습니다."

"그래?"

"수효 5개, 10개… 더 늘어나고 있습니다!"

"독일군인가?!"

영국 해안선을 뒤덮은 방대한 레이더망. 브리튼섬을 지키기 위해 건설된 이 철두철미한 조기경보태세는 안타깝게도 루프트바페가 도버 해협을 건너 날아오지 않은 탓에 사실상 개점휴업 상태였다. 하지만, 그것도 오늘로써 끝이었다.

"전투기가 아니다!"

"로켓!! 로켓이다! 제리 놈들이 로켓을 발사했다!"

바다 건너 전쟁의 불길은 런던 시민들에겐 너무나 머나먼 이야기였다. 비록 대영제국의 아들들이 이집트에서, 동남아시아에서, 이탈리아에서 피를 흘리고 있단 사실을 모르지는 않았지만… 인간이란 자신의 몸에 생채기가 나는 것보다 남의 죽음에 훨씬 더 무덤덤한 법이니까. 하지만 히틀러는 이들의 머리 위에 불벼락을 떨구어 여전히 꿈속에서 노니는 영국인들을 심판하기로 결심했다. 런던을 위시한 영국 남부의 주요 도시들을 목표로 일제히 독일의 로켓 공격이 시작된 것이다.

"대관절 이게 무슨 일이란 말인가! 왕립 공군을 총동원해서 본토로 떨어지는 로켓을 요격하시오!"

"알겠습니다."

독일이 쏴대는 로켓은 충분히 요격할 만했다. 난생처음 받는 나치 독일의 공습에 영국인들은 화들짝 놀랐지만, 본격적으로 영국 공군이 대응에 나서자 금세 격추율은 쑥쑥 올라가고 다시금 평화와 안정이 찾아왔다.

"괴링."

"예, 총통 각하."

"이제 더 이상 영국인들을 좌시할 수 없네. 저들이 상륙 준비를 갖추기 전에 저 빌어먹을 섬을 싹 불태워버려."

"다시 한번 말씀드리지만, 우리의 파일럿과 기체는 너무나 소중합니다. 막대한 손실이 예상되는 만큼 재고해 주심이……."

"이번엔 달라! 우리의 강력한 로켓병기가 런던을 불태울 수 있도록 놈들의 방공망만 무력화시키면 돼!"

처음 발사한 로켓, V—1은 금세 약점을 내보이고 말았다. 하지만 그다음은?

"V—2 로켓이 가득 준비되어 있네. 놈들의 비행장을 타격하고 영국인들에게 저항이 무의미하다는 사실을 똑똑히 각인시키도록!"

"…알겠습니다, 각하."

마침내 루프트바페가 해협을 건너기 시작하며, 다시금 서부 전선에서 거대한 전쟁의 불꽃이 타올랐다. 하지만 프랑스를 굴복시킬 때와는 달리. 이 화염은 나치가 결코 끌 수 없는 불이었다. 1941년의 봄은 그렇게 한여름처럼 후끈했다.

6장
악의 황혼

악의 황혼 1

1941년. 그 어느 때보다도 유럽은 암흑의 도가니에 빠져 신음하고 있었다.

로마제국이 제위를 놓고 내란에 휩싸여 있을 때도. 훈족의 아틸라, 고트의 알라리크 같은 이들이 거침없이 파괴와 약탈을 자행할 때도. 강력한 정복자가 유럽을 자신의 손아귀에 넣기 위해 전쟁을 일으킬 때도. 그 어떤 유럽의 지배자도, 이토록 뒤틀린 신념과 사상으로 세상을 피의 구렁텅이에 처넣진 않았다.

이탈리아 내전은 잠시 소강상태에 빠졌다. 여기서 '소강'이라 함은, 내전의 두 세력이 중부 산맥지대에서 기나긴 참호전을 벌이는 대신 서로의 본진으로 돌아가 반역자와 예비 간첩에게 총살형, 교수형을 집행하는 일을 뜻한다. 북쪽에서는 유대인, 집시, 빨갱이, 사회주의자가 줄줄이 끌려나와 살해당했다. 남쪽에서는 전직 파시스트당 당원들과 무솔리니 추종자들이 줄줄이 끌려나와 처형당했다.

이 피바람은 발칸에서도 멈추지 않았다. 독일군의 우악스러운 대학살과 강력한 토벌작전에 티토와 파르티잔은 남쪽 산맥 깊숙한 곳으로 은신했다.

도망치지 못한 민간인들만 생목숨을 빼앗겼고, 살아남은 이들은 복수를 위해 바로 그 티토에게 합류했다. 일시적으로 그 세가 꺾이나 싶던 파르티잔은 오히려 머릿수가 점점 더 불어났다.

그렇다고 나치 치하의 서유럽이 잠잠하냐면 그것도 아니다. 히틀러와 나치 일당이 준—독일인으로 분류하여, 장차 위대한 게르만족의 한 일파로 편입시키고자 생각했던 스칸디나비아와 베네룩스 3국 또한 나치의 압제에 맹렬히 저항했다.

덴마크와 노르웨이는 비록 실권은 없지만 국가원수인 국왕이 반나치 노선을 견지했으며, 이를 억압하고 친독 인사들의 정권을 유지하기 위해 독일은 어김없이 군대의 힘을 써야만 했다.

망명정부가 수립된 벨기에와 네덜란드에서도 자발적인 레지스탕스가 결성되어 철도망과 통신망 파괴, 유대인과 포로 탈출 원조 등 반독 활동이 줄을 이었다.

그리고 프랑스. 허울뿐이던 비시 정부를 무너뜨린 독일이 직접 군정을 개시하자, 독일에 부역해 나라를 좀먹는 빨갱이를 물리치자고 외치던 보수 우익조차 흔들리기 시작했다. 독소전 개시 시점부터 레지스탕스를 조직하고 지하 활동을 이어나가던 좌익은 물론, 이제 우익조차 속속 별개의 지하 조직을 설립하고 반독 활동 및 자유 프랑스와의 접촉에 나서고 있었다. 이 모든 저항 활동은 사실 독일에게는 간지러운 피해였을 뿐, 직접적이고 심대한 타격이 되기엔 어려웠다. 하지만 독일이 차지한 그 모든 땅에서, 독일군의 총칼 없이 독일의 영향력이 행사될 수 없다는 점 또한 너무나 자명한 사실이었다.

그리고 어김없이. 육군 상륙을 제외한 모든 짓을 다 해서라도 독일을 엿먹이고 싶은 영국이 여기에 개입하며 수렁은 더욱 깊어져만 갔다.

그동안 내 원 역사 지식을 이용한 야매심리학은 나름대로 쏠쏠하게 전과 확대에 도움이 되었다고 생각한다. 하지만 이제 그것도 한계다. 어디까지나 상식선에서 놀고, 가끔 미친 척하고 질러대지만 그래도 원 역사라는 뒷배의 검토를 받으며 질렀던 나와 달리 순종 미친놈인 히틀러의 대가리 시냅스 활동을 이해하겠다는 발상 자체가 우스운 일이었다. 감히 인간이 싸이코를 이해하려 들다니.

대체 왜 지금 영국을 폭격하지? 나로서는 도저히 이해할 수가 없다. 그 귀한 루프트바페를 이 해적섬에 보낸다는 발상이 내 이성적이고 합리적인 뇌에선 어떻게 해서 튀어나올 수 있는지 도무지 해석이 되질 않았다. 지금 영국을 향해 날아오는 저 로켓을 보라. 로켓이니 뭐니 해도… 결국은 엔진 붙인 폭탄이다. 핵미사일도 아니고, 생화학 병기도 아니고 그냥 폭탄. 저걸 날려서 얻는 이득이라곤 인명 손실 없이 영국을 타격할 수 있다는 점 하나뿐인데, 루프트바페가 같이 날아오면 그것도 도로아미타불 아닌가.

나로서는 저딴 장난감을 삐슝빠슝 쏠 바엔 그냥 전차 1대를 더 찍으라고 충고해주고 싶지만, 어차피 히틀러나 괴링이나 현실에서 전쟁 시뮬레이션 하는 덕후들 아닌가. 덕후가 로망을 실천하겠다는데 어쩌겠어. 아랫사람만 신나게 죽어나가는 법이지.

독일 놈들은 영국을 폭격하면 서부 전선의 개막, 즉 상륙작전을 저지할 수 있으리라 판단한 모양이지만… 내가 봤을 때 저건 봉인되어 있던 판도라의 상자를 열어젖힌 병신짓에 불과하다.

'항공력으로 도시를 타격하는 건 민간인 학살입니다. 아무리 전쟁이라지만, 아무리 추축국이 인류을 저버린 악마들이라지만 우리 또한 악마가 될 순 없습니다.'

루즈벨트 대통령은 대규모 공군을 동원한 폭격에 줄곧 부정적인 입장을 취하고 있었다. 정확히 말하면, 군수공장이나 군사 시설을 타격하면 됐지 구태여 민간인이 밀집한 도시를 불태울 필요는 없다고 생각하고 있었다. 물론 루즈벨트가 머리에 꽃 꽂은 이상주의자일 리는 없다. 저 양반이 얼마나 피도 눈물도 없는 실리적 정치인인지는 내가 아주 잘 알고 있거든. 당장 나 또한 카이로에서 대통령을 만난 김에 대규모 폭격 제안을 읍소했었다. 맥나니가 하도 그거로 날 갈궜거든. 하지만 단번에 기각당했다.

"도심지 폭격?"

"이제 슬슬 승인해 주셔도 괜찮지 않나 싶은데……."

"그럴 순 없지. 어째서 우리가 독일 민간인을 챙겨주는데."

"표 날아갈까 봐 아닙니까?"

"그건 이유 중 하나에 불과하고."

역시. 무슨 일을 하든 항상 이유가 세 가지 이상은 있어야 프로 정치인 이지.

"이 전쟁이 끝난다고 독일이 멸망하진 않아. 메이드 인 아메리카 제품을 팔아먹으려면 우리 이미지가 나빠선 안 되지."

"그게 전부입니까?"

"아니. 나는 전쟁 끝나고 저 개자식들이 너희도 똑같은 살인마라고 물타 기하는 꼬락서니를 보기 싫거든. 이 전쟁은 어차피 우리가 이기게 되어 있 으니, 저 새끼들이 구시렁댈 어떠한 명분도 주기 싫다네."

나는 납득했다. 당장 원 역사에서도 얼마나 전직 전범국가 놈들이 징징 댔는가. '세계에서 유일하게 핵을 맞은 불쌍한 일본' 같은 모친부재한 소리 라든가, '민간인 학살로는 도찐개찐' 같은 엄격 근엄 진지한 중립병 환자들 의 망언을 틀어막을 수 있다면 확실히 저렴한 장사 아니겠나.

하지만 세상일은 꼭 그렇게 쉽게만 돌아가지 않는 법. 이 세상엔 인권 감 수성이 부족하고 승리와 지지도 상승을 위해서라면 무슨 더러운 짓이든 서 슴지 않는 처칠이란 인간이 있었다. 물론 그는 당연히 저 말에 반대하는 입 장이었지만, 그동안은 갑과 을의 관계에 따라야만 했고 영국 폭격기 사령 부는 이 미묘한 제한 범위에서 작전을 수행해야만 했다. 베를린 폭격은 일 시적인 예외였을 뿐이고. 그러나 영국 남부에 대한 대대적인 로켓 공격과 루프트바페의 폭격이 모든 것을 바꾸었다.

[불타는 브리튼!]

[왕궁에 떨어진 히틀러의 칼날!]

하이에나 같은 언론사들이 이 절호의 호재를 놓칠 리가 없다. 한쪽 벽이 무너져내리고 후끈후끈 타오르는 버킹엄 궁전을 망연자실한 눈으로 바라보는 엘리자베스 공주의 모습이 전 세계 신문 1면을 장식하기까진 그리 오랜 시간이 걸리지 않았다. 다리 병신 까마귀 괴벨스는 이 사진을 입수하고 또 까악까악대면서 "우리의 승리가 눈앞에 다가왔다! 영국은 당장 항복해 왕실을 간수하지 못할까!"라고 개소리를 늘어놨지만. 유감스럽게도 괴벨스가 원한 대로 영국인들의 사기가 떨어지긴커녕 연합국의 민심만 들쑤셔버리고 말았다.

"대통령 각하! 이게 바로 우리가 적들의 민간인을 존중하고 도덕을 지키고자 했던 대가입니까?! 다음엔 왕실 인사가 눈먼 폭탄에 맞아 세상을 등져야 하겠습니까!"

"이번 일엔 저 또한 대단히 분노하고 있습니다."

"말로만입니까? 아니면 행동으로 옮기시렵니까?"

처칠은 잠시 궁지에 몰리나 했지만, 오히려 위기를 추진력으로 삼아 다시 한번 도약했다.

'우리의 공군은 실로 우수하지만, 적들의 신형 로켓은 현재 기술로 요격이 불가능하다.'

'우리를 지킬 수 있는 방법은 오직 하나. 저들의 모든 로켓 생산 시설을 불태우고 발사대를 잿더미로 만드는 것뿐이다.'

마침내 처칠의 비명과 철철 끓어 넘치는 민심의 코러스를 이기지 못한 백악관에서는 파이널 퓨전을 승인했고. 그동안 폭격기에 반질반질 광만 내며 때를 기다리고 있던 새로운 광전사가 역사에 그 모습을 드러냈다.

"새로이 305폭격비행단을 맡게 된 커티스 르메이(Curtis Emerson LeMay) 소령입니다."

"만나서 반갑습니다. 귀관이 더 이상 소령이 아니란 사실을 알려주게 되어서 더더욱 기쁘군요."

나는 완벽한 일직선 자세를 잡고 있는 르메이의 계급장을 바꿔 달아주며 떨떠름한 기색을 떨칠 수 없었다. 석기시대 마니아. 네이팜의 달인. 일명 셰프 르메이. 독일과 일본을 말 그대로 노릇노릇하게 구워버린, 하늘 위의 파괴신. 나는 훗날 칼날 위를 걷는 것 같은 냉전 초기를 상징하게 되는 이 남자와 둘이서 오붓하게 정원을 산책했다.

"영국은 좀 즐기셨습니까? 어떻던가요?"

"그동안 영국 폭격기 사령부의 협조를 받아 전과를 분석하고, 향후의 작전을 계획했습니다."

재미없는 친구로군. 실망스러워. 기껏 공적인 자리 대신 이 귀한 몸이 사내새끼랑 같이 산책 같은 호사스러운 일을 하고 있건만.

"의미 있는 결론을 도출하셨습니까?"

"그렇습니다. 보고 계통을 통해 상신하겠습니다만, 앞으로 폭격 전과를 더 키울 수 있으리라 확신하고 있습니다."

그의 딱딱한 얼굴엔 미동조차 없다. 으음… 내 주변의 머리 까진 동기들에 선배들까지 나잇값 못 하는 게 일상이었는데, 갑자기 각 잡힌 군바리를 대하니 좀 당황스럽다.

"그거 아주 기쁜 일이군요. 내가 뭔가 도와줄 수 있는 일은 없습니까?"

"그렇다면 한 가지 여쭤봐도 괜찮겠습니까."

"기밀만 아니라면 무엇이든지요."

"총사령관께선 항공력과 폭격작전에 대해 어떤 기대를 품고 계십니까."

내가 기대하는 거? 당연히 공군만으로 어지간한 나라의 무릎쯤은 역관절로 접어버릴 수 있는 천조국의 위엄이지.

하지만 그건 아직 한참 멀었다. 2차대전기의 이 기술력으로 그런 짓을 꿈꿨다간 피박에 광박까지 다 뒤집어쓰기 딱 좋다고. 하지만 이 공군성애자 앞에서 그런 말을 꺼내 봐야 별로 재미없으리란 판단 정도는 당연히 해야 한다.

"앞으로 점차 그 역할이 커지겠지요. 부정할 수 없습니다. 하늘 위에서 적군을 족치고 현대전의 근간인 산업 능력까지 파괴할 수 있으니, 향후 전쟁 수행에서 큰 기대를 안고 있습니다."

"지금은 아니란 말씀 같군요."

재미없는데 예리하기까지 한 놈.

"주요 대도시와 산업시설을 잿더미로 만들면 어지간한 나라라면 당연히 항복하겠지요. 하지만… 우리의 적들은 그렇게 합리적이지도, 이성적이지도 않습니다. 나는 베를린이 잿더미가 된다고 히틀러가 항복하리란 생각을 전혀 할 수 없어요."

"단 하나의 도시도 남김없이 불태운다 하더라도 말입니까?"

나는 잠시 발걸음을 멈추고, 그의 철벽 같은 얼굴을 바라보았다.

"제정신인 새끼들이라면 전차와 항공기 대신 로켓을 만들지도 않고, 국력을 기울여 유대인을 살육하는 공장 따위 세우지도 않겠지요. 우리의 앞에 있는 적은 누구보다 합리적인 척하는 광신도들입니다."

"…이해했습니다."

과연 이해했으려나.

"앞으로 영국 폭격기 사령부, 그리고 우리 미 육군과 협력해 많은 도움 주시면 감사하겠습니다."

"그게 제가 해야 할 임무입니다."

이미 이건 산책이라 말하기도 뭣하다. 그냥 남자 둘이서 뚜벅뚜벅 돌아다니는 짓이지. 후, 이따 앨리스나 잠깐 볼까.

"사령관님. 그렇다면 사령부의 방침은 여전히 민간 시설보다는 군사 시설과 적 전투병력 타격에 있습니까?"

"둘 다지요. 독일 공군처럼 CAS(근접항공지원)에만 치중해 전략적 타격 능력을 상실한 공군도, 영국 공군처럼 전략 폭격에만 치중해 육군 병사들의 원망을 듣는 공군도 원하지 않습니다. 나는 장차 미 공군이 승리를 견인하는 선두주자가 되었으면 합니다."

그의 얼굴이 기이하게 뒤틀렸고, 잠깐 고민한 후에야 나는 그게 웃는 모습이라는 걸 깨달았다.

"감사합니다. 정말 힘이 되어주는 말씀이셨습니다."

"아직 본격적인 상륙작전이 시행되지 않은 만큼, 귀관이 바라고 있을 명령을 내가 내려줄 수 있을 것 같군요."

내 뒷말에 그의 일그러진 얼굴은 이제 형용할 수 없을 정도로 뒤틀렸다.

"독일을 석기시대로 되돌려버리시오."

"마누라를 만난 이후 프로포즈를 하고 싶어진 적은 처음이군요."

저리 가, 이 변태야.

악의 황혼 2

　브리튼섬 남부 일대가 불타기 시작한 지 약 2주. 영국 전투기 사령부와 미 육군항공대는 일사불란하게 날아오는 로켓과 루프트바페를 요격하며 차분히 때를 기다렸다. 전투기 사령부가 영국을 지키는 방패였다면, 영국 폭격기 사령부를 담당하고 있는 아서 해리스(Arthur Harris)는 자신들이야말로 대영제국의 검이노라 당당하게 말할 수 있는 사람이었다.

　"이제 더 이상 참지 않는다. 지도에서 뤼벡(Lübeck)을 지워버려 동포의 복수를 한다."

　폭격기 조종사들에겐 무어라 설명할 수 없는 암울한 아우라가 항상 맴돌고 있었다. 스핏파이어를 타고 런던 상공을 누비는 전투기 조종사들은 모든 걸 다 갖고 있었다. 그들은 명예로웠으며, 브리튼의 수호자라며 모든 이들이 격렬하게 추앙해주었고, 휴가를 착실히 모으면 비행장 코앞에 있는 런던 시내로 나가 영웅 대접 받으며 인생의 온갖 행복을 누리고 자대로 복귀할 수 있었다.

　하지만 폭격대는? 날씨 구리구리한 노퍽(Norfolk)이나 그보다 더 북쪽인 링컨셔(Lincolnshire) 깡촌이 그들의 보금자리. 막사는 쓰레기 같았고, 짬밥은 설사 혹은 변비, 아니면 둘 다를 유발했고, 영웅 대접은 기대도 못 했으며, 여자라고는 시골 처녀 얼굴 한번 보기도 힘들어 지나가는 할머니조차 진귀했다. 맛대가리 없는 차엔 정력 감퇴제가 들어 있다는 괴소문이 퍼져 있었고, 높으신 분들은 절대 그렇지 않다고 몇 번이고 강변했지만 폭격기 파일럿들은 아침에 서지 않는 세 번째 다리를 보며 '이게 다 차에 약을 탔기 때문'이라고 툴툴대기 일쑤였다. 그럼에도 불구하고 폭격기에 올라타는 이유는 단 하나.

"복수의 시간이다!"

"오물은 소각이다!"

"핫하!"

폭격기 파일럿들의 국적은 참으로 다채로웠다. 그리고 이들 중 상당수는 부모와 형제, 친지와 나라를 잃고 제 몸 하나만 건사해 간신히 도버 해협을 건너온 이들. 독일인을 구워버릴 수만 있다면 영웅 대접 같은 건 하등의 쓸모없는 이야기였다.

3월에서 4월로 막 넘어갈 무렵. 네 자릿수의 폭격기, 수백 대의 머스탱 호위기가 잉글랜드 북부 곳곳의 비행장에서 끝없이 이륙하며 대영제국의 복수가 시작되었다.

3월 31일 밤. 독일 북부의 도시 뤼벡이 영국과 미국 노동자의 피와 땀으로 만든 소이탄과 고폭탄 찜질을 받고 후끈 달아올랐다. 멀리 사는 사람들조차 뤼벡이 불타는 모습을 보며 태양이 다시 뜬 듯한 착각을 할 수 있을 정도였다. 며칠 뒤, 영국과 미국의 대규모 합동 폭격으로 유보트 건조의 핵심인 함부르크가 맹렬한 타격을 받았고, 항구 기능 일부가 마비되었다. 독일 북부 지방에 대한 대규모 폭격작전이 개시되기가 무섭게 루프트바페는 영국 공습 임무를 포기하고 다시 본토 방위에 전념해야 했다. 물론 여전히 히틀러는 그 못생긴 V 어쩌고 로켓을 심심하면 발사했지만.

"히틀러가 로켓을 한 번 쏠 때마다, 우리는 독일의 도시 하나를 불태울 것입니다."

"괴벨스는 폭격이 비인도적이라고 울부짖습니다. 하지만 사람의 흔적이라고는 찾아볼 수도 없는 눈먼 로켓을 도심에 쏴대는 당신들과 달리, 우리 조종사들은 군사 시설을 노리고 있습니다."

"우리의 인내심은 그리 많지 않습니다. 공습 목표를 군사 시설 대신 도심 한가운데 민간 구역으로 변경하기 전에, 당장 그 빌어먹을 로켓 공격을 집어치우시길 권고하는 바입니다."

세계 최고의 고집쟁이, 히틀러와 처칠이 다시 맞부딪쳤다. 어느 한 비공식적인 만찬에서, 사람의 성질을 긁는 수법에선 세계 최고의 경지에 올랐단 평가를 받는 한 동양인 장성은 처칠에게 정중한 '조언'을 남겼다.

"나치가 유럽을 지배하는 방법은 오직 하나입니다. 폭력에 따른 공포. 따라서 그들은 결코 타협할 수 없습니다."

"그건 우리도 익히 알고 있는 일입니다."

"그리고 히틀러는 악마의 조언을 듣는 희대의 전략가가 아니라, 그냥 세상이 제 뜻대로 돌아가길 원하는 사춘기 덜 끝난 애새끼에 불과하죠."

그는 괴벨스가 들었다면 게거품을 물 만한 소릴 태연스레 하며 와인으로 가볍게 입을 축였다.

"만약 영국이 정말 로켓 공격을 멈추길 바란다면, 비공식적인 루트로 협상을 하는 게 그나마 가능성이 있습니다. 하지만 그게 아니라면……."

"내 꼭 그 점 유념하리다."

처칠은 히틀러가 어떤 인간인지에 대한 데이터는 부족했다. 하지만 그 대신 그는 자신에게 표를 던지는 유권자와 이 나라 사람들이 어떤 사람들인지에 대해선 그 누구보다 통달해 있었다. 영국이 로켓의 화염에 휩싸이면서, 독일이 기대한 것과 달리 염전 사상이 확산하고 전쟁수행 의지가 꺾이긴커녕 대영제국의 자존심과 그 콧대 높은 에고는 더욱 고고해졌다.

"인간이 전쟁이란 비극을 저지르기 시작한 이래, 단 한 번도 남의 목숨을 취하기 위해 자신의 목숨을 걸지 않은 적은 없었습니다. 하지만 선량한 시민을 가스실로 보내 대학살을 자행하는 저 추잡한 무리들은, 이제 안락의자에 앉아 노예들을 부려 만든 로켓으로 자신의 목숨은 소중히 여기며 남을 해하려 하고 있습니다. 대영제국은 결코 이 비열하고 추악한 공격에 굴복하지 않습니다.

시민 여러분, 이 로켓은 독일이 전투기 한 대, 파일럿 한 명조차 손실을 감당할 수 없다는 증거입니다! 우리가 이기고 있다는 명백한 증거입니다! 승리의 마지막 순간까지, 우리는 전진할 것입니다!"

히틀러와 괴벨스는 더 이상 처칠의 연설에 구구절절 반박하는 대신, 더 많은 로켓으로 응답했다. 다음 폭격 목표는 프랑스 북부 일대였다.

과거 제1차 세계대전 당시 무수한 미군이 유럽 땅을 밟았던 생나자르가 불타올랐다. 브르타뉴 반도가, 노르망디가, 칼레가 끝없는 폭격기에 뒤덮여 재와 먼지로 변모했다. 독일군이 건설하려는 방대한 방어시설 '대서양 장벽'은 하늘에서의 끝없는 타격에 건설이 지지부진해졌고, 해안에 세워야 할 토치카와 방벽에 투입되어야 했을 건설자재는 폭격의 복구와 대공 시설, 대공탑 등에 우선 배치되었다. 이러한 대규모 폭격작전은 그날그날 즉각적으로 라디오와 신문을 통해 대중들도 손쉽게 정보를 접할 수 있었고.

"우리는 더 많은 복수를 원한다! 우린 베를린을 원한다!!"

"우리마저 야만인의 수준으로 굴러떨어질 순 없습니다. 증오가 전쟁을 낳는다는 사실을 우린 이미 배웠습니다!"

가장 극렬한 이들은 더 강력한 타격을 원했으며. 켄터베리 대주교를 비롯한 종교인, 평화주의자, 일부 지식인들은 전시의 험악한 분위기에서도 이러한 전쟁 방침에 대해 이견을 제시하곤 했다. 하지만 연이은 이 대규모 폭격이 시사하는 바는 일반인들에게도, 독일 수뇌부에도 뚜렷하게 다가왔다. 연합군은 곧 프랑스에 그 모습을 드러내리라.

　브리튼섬은 종종 날아오는 로켓을 제외하면 다시 평온을 되찾았다. 영국 시민들은 결코 절망에 빠져 있길 원하지 않았다. 그들은 사이렌이 울리면 벙커와 지하철로 피신했고, 공습이 끝나면 다시 나와 특유의 블랙 유머한 스푼을 지껄이며 무너진 건물과 화재를 수습한 뒤, 해 떨어지면 펍과 야외 노점에서 피쉬 앤 칩스 대신 스팸 앤 칩스, 그리고 독일을 씹으며 술을 들이켰다.

　영국 정부와 시민 모두 최대한 일상이 유지되길 원했다. 마치 욕조에 물을 틀어놓은 것처럼 콸콸 미군이 증강되고 있었고, 밤마다 솟구치는 폭격기는 곧 있을 승리를 상징하는 듯했다. 한 멍청한 미군 장성은 자신의 피부색을 잊고 사복 차림으로 변장한 채 런던 시가지로 나왔다가 무수한 군중들에게 포위되어 헌병대에게 구출되기도 했고, 그 장성의 딸은 심심하면 대로 한복판에서 프러포즈를 받고 불꽃 싸대기를 날려 기자들을 행복하게 해주었다.

　하지만 바다 건너편 프랑스에선 이미 일상이란 흔적도 찾아볼 수 없었다. 유럽에서 가장 풍요롭기로 유명한 옥토를 차지한 프랑스지만, 그 땅의 주인들은 연일 주린 배를 부여잡은 채 침략자를 위한 모든 물자를 생산했다. 곳곳에서 침략자에게 항거하기 위한 레지스탕스가 저항 운동을 펼쳤지만, 그들을 억압하는 자는 모든 종류의 저항 시도를 분쇄하는 데 있어서 이골이 난 이였다. 하지만, 정작 그 라인하르트 하이드리히의 고민은 깊어져만 가고 있었다.

　"총독님을 뵙게 되어 참으로 영광입니다."

　"별로 영광으로 여기는 것 같진 않군. 곧장 본론으로 들어갑시다."

　"원하신다면."

　거리 한가운데 세워놔도 전혀 눈에 띄지 않을 것처럼 평범하게 생긴 남자는 나치의 일류 도살자 앞에서도 아무렇지 않게 입을 열었다.

"독일의 패망은 이미 정해졌습니다. 연합국은 이제 얼마나 피를 덜 흘리며 승리하느냐를 논하지, 이길 수 있느냐 없느냐를 따지진 않습니다."

"총통께서 약속한 레벤스라움이 건설되기까지 이제 한 걸음 남았는데……."

"정말 그걸 믿으십니까? 그런 걸 믿고 계신다면 이 자리는 무의미하지 않겠습니까."

게슈타포를 비롯해 온갖 방첩과 첩보 임무의 꼭대기에 올라 있는 자가 돌아가는 전황을 모를 리 없다. 그는 대답 대신 침묵을 택했다.

"우리가 많고 많은 나치 고관 중 귀하와 접촉한 이유는 간단합니다. 고관들 중 광신에 휩싸이지 않고 이성적인 인물이 귀하이기 때문입니다."

"접촉할 건덕지가 나밖에 없던 건 아니고?"

"괴링이나 괴벨스 같은 인사와 접촉한들 무슨 협상이 되겠습니까. 그렇지 않습니까?"

"그렇다고 치지. 그래서 본론은?"

"연합군의 프랑스 상륙에 전면 협조해 주십시오."

"대가는?"

"제3국으로의 망명 및 신분 세탁. 한평생 남 부러울 일 없을 만큼 충분한 금전적 보상입니다."

그가 더 듣지 않고 자리에서 일어나려 했지만, 남자는 약간 더 빠른 어조로 준비해 온 말을 쏟아댔다.

"독일에 남아 계실 순 없습니다. 신분도 유지할 수 없습니다."

"배신의 대가라면 그 정도는 되어야 하지 않겠나?"

"잘 아시는 분께서 왜 이러십니까. 총통의 광신도들에게 암살당하지 않을까 평생 걱정하며 사는 것보단 모든 걸 잊고 새 출발을 만끽하는 편이 귀하께도 훨씬 도움 되리란 판단입니다."

하이드리히에게 있어서 모든 것은 출세와 권력을 위한 수단이었다. 출세를 위해서라면 얼마든지 나치즘에 심취한 척 굴 수도 있었고, 유대인 문제는 자신의 권력 기반을 강화할 수 있기에 손댔을 뿐이다. 물론 그 더러운 유대인을 청소하는 일이 크게 취향에 반하지는 않았지만. 하지만 정작, 그 권력의 단꿀을 제공해 줄 항아리가 박살난다면 계산이 달라진다.

"우리는 이미 이 전쟁에서의 승리를 위해 빨갱이와도 손잡았습니다. 나치 고관 하나쯤 챙기는 건 어떠한 거리낌도 없으니 안심하시지요."

"흠."

"지금 귀하의 '이적'은 전쟁의 향방을 바꾸는 수준이 아닙니다. 우리는 소중한 유권자들의 피를 덜 흘리고 싶고, 귀하께서 그걸 도와줄 수 있기에 이 협상이 성립되었습니다. 어떻습니까?"

"그쪽의 의사는 잘 알았네. 붙잡아 고문실에 처넣진 않을 테니 얼른 꺼지시게."

"혹여 생각이 바뀐다면, 언제든 정해진 방식대로 연락 주십시오."

"무섭진 않나? 제발 그 입에서 죽여달라고 애원하게 만들어 줄 수도 있는데?"

하이드리히는 못내 한번 으름장을 놓아보았으나, 남자는 너무나 태연스럽게 관자놀이를 한번 긁적이고 말았다.

"뭐, 저야 총독께서 마음만 먹으면 그런 꼴을 당하겠죠. 대신 잿더미가 된 베를린에서 귀하께서도 제발 죽여달라고 애원하게 될 겁니다."

"……."

"그럼, 언제든 연락주시길."

남자는 그렇게 사라졌다. 누구보다 총명하다 자부하는 하이드리히는, 어서 이 글러 먹은 배에서 탈출하고 싶었다.

'편하게 전원생활을 만끽하며 사셔도 되고, 귀하의 재능을 탐내는 곳에서 새로운 일을 하면서 사셔도 됩니다.'

'내 재능을 탐내? 누가?'

'저는 모르겠습니다만, 높으신 분들은 앞으로 귀하께서 할 일이 늘어나면 늘어났지 줄어들진 않으리라 보고 있습니다.'

이전에 주고받았던 이야기를 떠올리며, 그는 홀로 서재에 들어가 한참을 고민했다. 새 직장에 빈손으로 가는 것과, 선물을 챙겨 가는 건 필시 몸값이 달라질 테니.

악의 황혼 3

1941년 4월.

"인상 좀 펴렴, 앨리. 생일이잖니."

"네에."

런던의 한 고급 식당. 본래라면 특별한 관계자가 아닌 이상 이런 곳에 입장하는 건 어려운 일이었겠지만, 옆에 연합군 유럽 총사령관을 끼고 있다면 그 어떤 점포도 프리패스가 된다. 그럼에도 불구하고, 앨리스 킴의 얼굴은 도무지 펴질 줄을 몰랐다. 미국을 떠난 뒤 도무지 뭐 하나 제대로 풀리는 게 없었기 때문.

앨리스는 원래 미국 적십자 클럽모빌 서비스(Clubmobile Service)에 참여해 유럽으로 왔다. 이 특별한 집단은 개조 버스를 몰고 포로수용소, 비행장, 향후에는 전쟁터까지 나아가 이동 매점 역할을 할 계획이었고, 실제로 앨리스는 시칠리아 전역에서 그 일을 했었다. 아무리 이 황금마차가 전장 투입을 고려했다지만, 연합군의 장성들이 미치지 않고서야 자원봉사자를 최전방에 밀어넣을 리는 없다. 그렇다고 해서 그게 안전하다는 의미는 아니었지만, 적어도 앨리스와 자원봉사자들은 시칠리아에서 생명의 위협을 받은 일은 없었다.

　다만 몇 가지, 소소한 문제가 발생했다. 앨리스는 멤버 중에서 가장 어렸다. 클럽모빌 서비스 멤버의 공식적인 연령 제한은 최소 성인, 최대 35세 사이였다. 하지만 유진 킴이 막대한 자금을 기부하는 대가로 자신의 딸을 끼워달라 요청했기에 연령 제한이 내려갔을 뿐, 본래 적십자는 최소 25세를 커트라인으로 잡고 있었다.

　결국 나머지는 거기에 파생되어 발생한 일들. 염불보단 잿밥이란 옛말 틀리지 않다는 듯 자꾸 앨리스에게 엉겨 붙는 사람이 생기거나, 혹은 그 반대로 별로 엮이지도 않은 사람이 대놓고 적대시한다거나. 결국 이로 인해 몇몇 골치 아픈 일이 발생했고, 이런 불협화음을 캐치한 유진의 부하들이 '킴 장군의 사교 활동에 앨리스 양이 필요하다.'라는 명분으로 그녀를 빼내면서 앨리스의 클럽모빌 활동은 막을 내렸다. 실제로 필요하긴 했으니 딱히 거짓말이 아니긴 했다만, 그녀의 기분이 그렇다고 풀릴 린 없었다.

　한때는 런던에서의 사교 활동에 재미를 붙이나 싶기도 했다. 하지만, 이미 아시안 카산드라의 딸로 기자들에게 충분히 시달릴 만큼 시달렸다고 생각했던 그녀는 이곳에서 온갖 황색 언론의 불지옥맛을 보고 넌더리를 내고 말았다.

　한번은 이러다 정말 돌아버릴 것 같아 아는 이들 얼굴이나 보러 잠깐 나갔었다. 그런데 어처구니없게도, 그녀가 앉은 테이블 바로 뒤편에서 웬 잡놈들이 '총사령관의 딸을 누가 가장 먼저 자빠뜨리느냐.' 같은 웃기지도 않는 주제로 음담패설을 지껄이며 내기를 하고 있더랬다.

　그녀에겐 최악의 경험이었지만, 그 잡놈들에게도 이날은 최악의 날이 되고 말았다. 그 음담패설의 대상이 바로 뒤에 있었단 것이 두 번째요. 첫 번째로 불운한 사실이 있었다면, 그녀와 함께 있던 사람 중 하나가 바로 사고치고 자숙 중이던 흉포한 중세 기사였다는 점이렷다.

　그리고 그날 벌어진 난투극에서 강냉이가 털린 놈팽이 중 하나가 처칠의 망나니 아들로 밝혀지면서, 흔해 빠진 주정뱅이들의 죽빵 매치는 단숨에 연합국의 외교 문제로 업그레이드되었다. 카이로에 있던 유진과 처칠이 긴급 회동하고, 언론을 필사적으로 틀어막고, 패튼이 건강 악화라는 구실로 대기발령당하는 혼돈의 카오스 끝에 모든 일이 마무리되긴 했지만, 그녀의 얼굴이 펴지지 않는 것도 당연지사였다.

"여기 맛있네. 런던에서 이만한 요리 먹기 쉽지 않아. 얼른 많이 먹으렴. 얼굴이 반쪽이 다 됐……."

"아빠."

"앨리. 혹시 귀국하고 싶으면 언제든 말해."

"절대로요."

누가 김가의 혈통 아니랄까 봐, 이제 그녀는 악에 받치고 오기가 샘솟았다. 이대로 돌아가면 정말 끝이다. 이게 무슨 망신이란 말인가. 자신의 실책이 컸다면 얌전히 돌아가겠지만, 이렇게 끝내기엔 억울해 미칠 것만 같았다.

"저, 육군 입대하고 싶어요."

"안 돼."

"여군단(Women's Army Corps)도 창설됐잖아요. 어차피 다른 사람들처럼 최전방에 나가지도 않잖아요."

"평판이 별로 좋지 않아. 네가 어떤 마음을 품고 대서양을 건넜는지 잘 알고 있단다. 여군단에 가면 네 커리어에 보탬이 되기보단 짐이 될 가능성이 더 높아."

"어떻게 그럴 수가 있어요? 다른 사람도 아니고 아빠가 그런 말을 할 줄은 몰랐네요."

유진은 그 미묘한 비아냥에 아랑곳하지 않고 열심히 나이프를 놀렸다.

"아빠야말로 인간승리잖아요. 다른 사람들을 다 입 닥치게 만들고 모든 걸 거머쥐었잖아요?"

"그래. 그리고 내가 거친 커리어는 장애 요소가 아니라 다 도움이 되는 일들이었지. 여군단은 전혀 다른 문제야."

"아빠도 그 얼토당토않은 소릴 믿어요?"

"내가 믿는 건 문제가 아냐. 대중이 그렇게 믿는 게 문제지."

영국이 대대적으로 여군을 모집하고 제법 성과를 내자, 인력 확보에 혈안이 되어 있던 마셜은 당연히 이를 벤치마킹해 여군단을 창설했다. 마셜은 반대를 돌파할 뚝심과 추진력을 보유했으며, 모두를 찍어누를 힘도 갖고 있었다. 하지만 안타깝게도, 미국 시민은 그의 기대를 배신했다.

[여군단은 기독교 윤리에 위배된다.]

[여군단은 전쟁터의 굶주린 남자들과 뒹굴고픈 여자들이나 가는 곳이다.]

[여성들만이 모인 군대가 있으면 동성애가 창궐할 수 있다.]

온갖 더럽고 추잡한 루머가 횡행했고, 제아무리 제복군인의 꼭대기에 있는 마셜이라 할지라도 미국 시민들의 여론까지 통제할 수는 없었다.

"여군단은 망했어. 돌이킬 수 없을 수준으로 그 도덕과 위신에 상처를 입었지. 그런 데 몸을 담으면 회복하기 어려울 거야."

"유언비어잖아요, 전부!"

"그런 문제가 아니래도. 음, 그러니까……."

"저도 다 컸는데, 그냥 대놓고 말하셔도 돼요. 왜 오빠한테는 다 말해주면서 저한텐 자꾸……."

딸내미의 연이은 채근에 못 이긴 유진은 결국 들고 있던 포크와 나이프를 내려놓고, 그동안 쓰던 영어 대신 한국말로 말했다.

"대중은 진실을 원하지 않아. 가장 듣고 싶은 이야기만 듣지. 여군단에 대한 그 악의적인 비난이 이토록 힘을 얻는 이유는 그게 진실이라서가 아니라 다들 듣고 싶어 하던 이야기였기 때문이란다."

아니 땐 굴뚝에 연기 나랴, 만큼 웃기는 이야기도 없다. 유진 킴 그 자신이야말로 없는 굴뚝을 만들어서라도 기어이 연기를 피워 올리던 인간 아닌가.

"여군단이 대대적으로 주목받으면서 다른 많은 시민단체들이 지지자, 후원자, 여론의 스포트라이트를 모조리 빼앗겼지."

유진의 무덤덤한 말에 그녀는 뭐라 대답해야 할지 알 수 없었다.

"우리 집안이 조선의 독립운동을 대폭 후원했다고 모든 독립운동가들이 우리에게 감사와 호의를 표하던? 내가 아시아계의 자립을 지원했다고 모든 아시아계가 나를 사랑하던?"

"…아니요."

"명분에 현혹되지 말고 본질을 봐. 헤게모니 다툼. 주도권 싸움. 결국 본질은 한정된 자원을 누가 먹느냐야. 밥줄이 달린 싸움은 그래서 타협이 어렵지."

FDR의 뉴딜 정책을 자본가들보다 더 증오한 건 미국 내 공산주의자들이다. 쪽바리들보다 더 김가의 독립운동 지원에 경기를 일으킨 건 일부 조선의 독립운동가들이다. 당장 이승만만 보아도 완벽히 제압당하기 전까진 서로 사생결단을 벌이지 않았던가. 마셜에겐 참으로 유감스러운 이야기지만, 일이 이 지경이 된 이상 유진 킴이 아니라 FDR이 나서도 수습할 수 없다. 청교도 탈레반의 나라 미합중국이 또다시 1승을 거둔 셈이다. 그는 착잡하게 입맛을 다시며 냅킨으로 입가에 묻은 소스를 닦아냈다. 그의 딸은 애비의 독설에 잠시 얼이 빠진 듯했다.

"나는 너뿐만 아니라 다른 아이들 모두, 각자 행복하고 멋진 삶을 살았으면 좋겠다. 잘 모르겠지만 이 아빠는 한평생 칼을 휘두르며 살아왔어. 어지간하면 굳이… 너희는 이렇게 살 것까진 없지 않겠나 싶거든."

"저는 그 반대예요. 한 번뿐인 인생을 이렇게 놀라운 위치에서 시작했는데, 어떻게 제가 평범하게 살 수 있겠어요."

"그걸 나도 아니까 결국 놔준 거 아니겠니. 네 말대로 한 번뿐인 인생인데, 네 뜻대로 하면서 사는 게 최고지."

그는 다시 싱글벙글 웃으며 나이프를 집어 들고 촉촉한 고기의 육즙을 만끽했고, 그 모습을 보며 앨리스는 방금 전의 그 사람이 어디 갔나 싶어 헛웃음을 터뜨렸다.

"아빠는 정말… 왜 기껏 무게 잡아놓고 도로 그렇게 되는 거예요. 다른 집 아빠들은 막 근엄하고 막 그런데, 좀 그럴 순 없어요?"

"글쎄. 평생을 이렇게 살았는데 인제 와서 무게 잡을 순 없잖니."

"사람들이 얕보지 않아요?"

"옛날에 너랑 헨리는 서커스를 참 좋아했단다. 가족끼리 몇 번 같이 가서 구경하곤 했는데. 사자가 재주 부리는 거 보면서 막 박수 치고. 기억나니?"

참으로 뜬금없는 이야기지만 앨리스는 고개를 끄덕였다.

"그때 그 사자가 무서웠니?"

"아뇨. 신기했죠."

"바로 그거란다. 이 아빠는 가진 게 없어서 경계를 사면 안 됐거든. 그럼 어떡하니. 재롱이라도 떨어야지."

그는 나이프를 살며시 고쳐 쥐었다.

"가진 게 많은 사람은 무게감이 있으면 좋지. 싸우지 않고 사람을 무릎 꿇릴 수 있거든."

"그럼……."

"나머지는 스스로 생각해보렴. 앨리 너는 애비처럼 맨손으로 시작한 게 아니니 내가 답안지가 될 수 없어."

유진은 문득 그동안의 인생을 죽 반추했다. 정말 징글징글하게도 싸워온 인생이었다. 당장 웨스트포인트 입학, 해안포대 말뚝을 피하려는 발버둥에서부터, 이승만의 따까리 신세를 피하려는 몸부림에…….

그는 이제 곧 원수가 된다. 그럼에도 불구하고, 아직 싸움이 끝날 것 같진 않았다. 남들에게 종전은 곧 모든 것의 끝이겠지만. 그에겐 종전부터가 진정한 시작이니까. 손에 쥔 나이프에 절로 힘이 들어가고 있었다.

* * *

같은 시각. 지구 반대편.

"다른 사람들 반응은 좀 어떤가."

"크게 바뀌지는 않았습니다."

"저도 두루 접촉해보았지만, 이 나약한 놈들은 기대하기 어려워 보입니다."

최용건(崔庸健)과 김책(金策)의 말에, 약산 김원봉은 눈살을 찌푸리고 말았다.

"애초에 임시정부네 뭐네 자기들끼리 실컷 공치사해 봐야, 김유진이가 하사하는 돈다발 처먹기 바쁜 등신 새끼들이지. 기개 있는 놈들이 있으리란 기대는 하지도 않았지만……."

"그 코쟁이가 원수에 임명되면서 장개석의 총애가 더 커진 것 같습니다."

"제길."

예전엔 잠시 장개석의 후원을 받아 한번 해볼 만한 뒷배를 잡아보나 하는 생각도 했지만, 저 미국인 참모단인지 고문단인지 하는 것들이 중국에 오면서 그에 대한 지원도 끊겨버렸다.

"지금은 은인자중해야 할 때입니다. 독립이 눈앞에 다가왔는데 허무하게 죽을 순 없습니다."

"그래야지. 김유진 그놈이 코쟁이들에게 나라를 팔아먹으려 하는데, 우리 같은 이들이 나라를 지켜야 할 것 아닌가?"

임정을 중심으로 다시금 재편되고 있는 독립운동 세력도에서, 김원봉은 치솟는 화를 참을 길이 없었다. 저 나치의 비밀경찰에 비견될, 경무국을 제 사조직으로 만들어버린 독종 김구도. 총 한 번 쥐어본 적 없으면서 피 흘리며 투쟁하는 이들을 폄하하기에 바쁜 독재자 이승만도. 겉으로는 독립운동을 후원한답시고 지껄여대며 제 하수인인 임정 외엔 단 한 푼도 내주지 않는 김유진도. 누가 봐도 저놈들은 임정에서 일절 사회주의를 배제하고, 저들끼리 다 해먹으려는 밑작업을 깔고 있지 않은가.

"너무 염려치 마시죠. 일단 독립만 된다면 조선 인민들은 금방 옳고 그름을 구분할 수 있을 겁니다."

"당연하지. 모리배들의 본모습이 드러나는 순간, 인민들이 떨쳐 일어나 저 추악한 놈들을 몰아낼 거야."

"김유진의 정체가 미국인 제국주의자라는 사실은 이 카이로 선언만 봐도 뻔히 알 수 있습니다. 독립이 끝이 아닙니다. 외세의 손에서 나라를 지키려면 또 한 번 투쟁해야 합니다!"

"그렇지, 그렇지."

무언가 수상한 모택동의 움직임도. 다시금 모택동과 장개석 사이에서 간을 보는 소련도. 애써 국공 협력을 강조하며 중경에 주은래(周恩來, 저우언라이)를 불러다 앉힌 미국도. 돌아가는 판세가 절대 심상치 않다. 일제가 패망한다 한들 이토록 복잡한 중원과 동아시아의 정세가 단숨에 안정될 리는 없었다. 해방 조선의 미래를 위해선, 싫어도 당분간은 임정의 그늘에서 은인자중해야만 했다.

악의 황혼 4

잠이 솔솔 온다. 폭격 성과 보고도 받아야 하고, 새로 쏟아져 들어오기 시작한 페니실린 보급도 체크해야 한다. 그리고 앨리스가 할 만한 일도 한번 알아봐주기로 약속했다. 애가 하도 기대하는 눈치여서 술김에 있어 보이는 말 좀 몇 마디 했는데, 이거 이상한 영향 좀 안 받았으면 좋겠네. 당장 내일 해야 할 일이……

"…이, 어이, 자나?"

"아, 아닙니다."

"운전 중인 놈이 졸면 어떡해! 야야, 휴게소에서 차 세우자. 우리 다 골로 가겠다."

무슨 소리지? 나는 조수석에 탑승한 사람에게 욕을 먹으면서도, 몸은 기계처럼 핸들을 이리저리 돌렸다.

"김 중위."

"중위 김……."

뭐야. 거의 본능적으로 복명복창을 내뱉으려다, 나는 소리 없는 비명을 꽥 하고 질렀다. 뭐지? 조금 전까지… 조금 전까지, 그러니까. 뭘 생각하고 있었더라?

"이놈 봐라. 조는 수준이 아니라 꿈이라도 꿨냐."

"하. 하하. 자면서 라이언 일병 구하기 틀어놓고 잤더니, 전쟁 꿈이라도 꾼 것 같습니다."

내 옆에서 어이가 없다는 듯 피식피식 웃고 있는 건, 우리 영감님… 그러니까 휘황찬란한 별 두 개가 반짝이는 사단장님 되시겠다. 시벌. 내가 지금 사단장님 차 몰고 가면서 졸았다고? 이상하게 투 스타라고 하니까 만만한 기분이 든다. 생각해보니 어차피 장수돌침대보다 별 개수가 딸리는데… 진짜 정신 나갔나보다.

"저기 휴게소 있네. 잠 좀 깰 겸 가서 알감자랑 사이다 하나 사 와. 그리고 담배도 한 갑."

"예."

나는 영문도 모른 채 얼떨떨하게 주문받은 아이템을 사 와 영감님에게 전달했다. 내가 뭔가 아리까리해 맛있게 감자를 쳐묵쳐묵하는 우리 영감님을 힐끗힐끗 보고 있는데, 이 영감님도 내 시선을 느낀 모양이었다.

"왜. 네 꺼 안 사왔어?"

"저는 괜찮습니다."

"그래? 혼자 먹긴 양이 너무 많네. 우리 부관, 주말에 시다 노릇 한다고 고생 많은데 감자 한 알 좀 먹어라."

"옙."

음. 감자 마이쩡. 달달한 설탕 맛이 올라오니 머리가 팽팽 돈다. 역시 휴게소에선 알감자버터구이지. 오징어는 사도다.

"부관."

"네, 다른 거 더 사 올까요?"

"아니. 항상 느끼는 거지만 참 고마워."

"감사는 제가 사단장님께 해야 맞지 않겠습니까."

"뭘. 똑똑한 친구가 웬 잡놈들 때문에 고생하는데, 지휘관이 당연히 챙겨줘야지. 고마우면 어서 쑥쑥 올라와서 국군의 기둥이 되라고. 하하!"

그래서 제가 지금 피 같은 주말에 사단장님과 단둘이서 낚시하러 가는 거 아니겠습니까. 배를 채운 우리는 다시 출발했고, 카 오디오에서 흘러 나오는 트로트를 흥얼거리던 사단장은 또 뜬금없는 이야길 꺼냈다.

"너 진짜 생각 없냐?"

"어떤 것 말씀이십니까."

"거, 사단장은 항상 진심이야? 너도 조실부모한 처지고, 나도 처하고 외아들 잃은 놈이고. 저번에 말했던 거 생각 좀 해봐."

"항상 신경 써주셔서 참 감사합니다만, 제가 어찌 감히 조씨 성을 달겠습니까. 전 그냥 김씨 하렵니다."

"그러냐. 쩝. 아쉽구만. 그래도 내가 항상 아들처럼 생각하고 있다는 거 잊지 말고. 부담 갖지도 말고."

"옙."

보통 전속부관 자리는 지옥 아니면 천당인 법이고 십중팔구는 대개 지옥인 법이지만, 나는 정말 일생일대의 행운을 잡은 편에 속했다. 사단장님껜 여러모로 참 많은 걸 배웠고, 개인적으로도 군생활에서 일종의 롤 모델이 되었다.

"그 뭐냐, 저번에 초안 한번 잡아보라 했던 건 어떻게 됐어?"

"그, 그거 말씀이십니까."

"오늘따라 말귀가 좀 어둡다? 너한테 시킨 게 뭐 대여섯 가지는 되냐?"

서른한 가지쯤은 되지 않을까요? 부관인지 도비인지 구분도 잘 안 가는데. 하지만 그가 무얼 말하는지 나는 곧장 떠올릴 수 있었다.

"급변상황이라는 게, 참 애매합니다. 조금 더 명확하게 상황을 잡아주시면……."

"우리가 명색이 충정부대인데, 당연히 불의의 상황도 염두에 둬야지. 나가기 전에 바인더 하나 새로 만들고 싶어서 그런다, 이 자식아."

"지금이 쌍팔년도도 아니고 누가 헛짓거리를 하겠습니까. 요즘 병사 애들이 진짜 빠꼼이입니다."

"그러니까 그 신세대 장병들을 고려한 새 플랜이 필요하다 이거지. 명심해. 항상 악의가 선의를 이기는 법이야. 어디 그 대머리는 보안사 없어서 나라를 엎었냐?"

거참. 중위따리는 이런 건 입에 담는 거로도 살 떨린단 말입니다.

"이 21세기에 일을 저지르려면, 밑에 애들이 전부 속아넘어간다는 게 전제가 돼야 합니다."

"그게 되나?"

"당장 무슨 일 터졌다 하면 소위 중위들, 하사 중사들 전부 핸드폰부터 꺼내서 인터넷 찾아볼 겁니다. 반대로 말하면 국민 전체를 속여넘길 수 있는 가짜 뉴스 같은 게 퍼지면 말씀하신 '불의의 상황'이 벌어질 수도 있겠습니다."

"그거 좋네. 참 나. 유언비어면 유언비어고, 선동이면 선동이지 무슨 또 가짜 뉴스야. 그래서, 그다음엔?"

"이러면 결국 똑같지 않겠습니까. 서로 자기네가 충정부대라고 주장하고, 정치인들도 혼란에 빠지고. 여기서 어떻게 어떻게 잘만 해서 수도를 장악하면……."

갑자기 영감님이 조용해졌다. 혹시 내가 말한 부분에서 뭔가 문제라도 있었나? 그는 빠르게 스쳐 지나가는 창 너머 바깥을 응시하다, 나를 향해 슥 고개를 돌렸는데.

"과연. 경력직이라 대통령 모가지를 딸 수 있었군. 유진 킴 중위."

우드로 윌슨 전 대통령이 피눈물을 흘리며 날 죽여버릴 듯 노려보고 있었다.

"으, 으아악! 키아아아악!!"

"사령관님? 괜찮으십니까!!"

"흐, 흐억, 켁, 켁켁!! 물, 물 좀."

허리가 쑤신다. 젠장, 침대에서 굴러떨어지면서 다리 삔 거 같다. 대관절 이 좆같은 꿈은 대체 뭐지? 윌슨은 또 뭐고? 나는 화들짝 놀라 달려온 부관이 떠다 준 냉수를 벌컥벌컥 들이켰다.

"사령관님?"

"꿈자리가 뒤숭숭했어. 후. 시발. 히틀러가 독전파를 쏴서 내 대가리에 악몽을 보내고 있는 게 틀림없어."

"대체 무슨 꿈이었기에 천하의 사령관님이 놀라서 침대에서 굴러떨어집니까."

"두 번 다시 만나기 싫은 사람과 두 번 다시 떠올리기 싫은 사건이 융합해서 튀어나오더라고. 후. 목이 너무 타는데, 물 한 잔만 더."

이제 막 해가 뜰 무렵이었지만, 지금 다시 잠드느니 차라리 밀린 일이라도 하는 게 낫겠지. 일어난 김에 아예 싹 씻고 나오자 비로소 정신이 또렷해진다. 대관절 왜 갑자기 내 손으로 담가버린 인간들이 줄줄이 사탕으로 꿈에 출연한단 말인가.

우드로 윌슨. 그 인간 죽은 게 벌써 몇십 년 전 일이다. 조 중장은 아예 사는 세계가 다르고. 원래 아들이 애비를 죽이는 건 오이디푸스 이래로의 유서 깊은 전통이니 지옥에 있을 조 중장도 아마 납득할 거다. 만약 1회차 지옥과 이곳의 지옥이 블루투스 연동되어 있다면, 지금 당신이 길러낸 수제자의 화려한 정치질을 보며 물개박수를 치고 있을지도 모른다…….

나는 침대 머리맡에 둔, 어젯밤 마지막으로 보던 보고서를 다시 펼쳤다. 우리의 새 셰프 미스터 르메이를 포함한 미국 폭격기 부대가 얼마나 독일인들을 웰던으로 구워버렸는지, 항속거리가 증대된 신형 머스탱이 어떻게 루프트바페를 예쁘게 갈아버리고 있는지 아주 상세히 나와 있다. 이런 걸 보다 잤으니 꿈자리가 그 모양이지. 그렇게 듬뿍 쌓인 서류를 하나둘 노예처럼 처리하다보니 그 유명한 영국식 아침 식사가 내 침실로 배송되었고, 맛있게 밥을 먹고 나니 어느새 꿈 내용도 흐릿해져만 갔다.

이상하게 휴게소 알감자가 그립네.

나는 처칠이란 인물을 보며, 저 인간을 바늘로 찔러서 과연 피가 나올까 안 나올까에 대해 시시껄렁한 생각을 해본 적이 있다. 당연한 말이지만, 만약 도박판이 열린다면 나는 기쁜 마음으로 '안 나온다'에 10센트 걸겠다. 혹시 판돈이 부족하다면 만고에 쓸모없는 패튼의 골든 에그도 걸 수 있다.

하지만 천하의 그 처칠이 폐렴으로 쓰러졌단 소릴 들으니, 그가 대악마가 아니라 휴먼에 불과했단 사실이 어쩐지 실감이 났다. 아니지, 카이로에서 충격적인 패배를 당하고 대악마에서 휴먼으로 다운그레이드 당했을지도 모른다. 음, 역시 이게 더 합리적인 추론이겠구만.

사실 나는 처칠이 틀렸다고 생각하지는 않는다. 영국 정치인들에겐 대대로 내려져 오는 전염병이 있는데, 그건 바로 러시아에 대한 끝없는 공포다. 저 거대한 동토의 불곰이 발칸으로 내려와 지중해를 잡아먹고, 티베트 똥땅을 넘어 인도를 정복하리라는 수백 년 묵은 유서 깊은 병이다. 그리고 국가를 불문하고 보수 계열 정치인들에게 있는 질병은 바로 빨갱이 공포.

그러니 빨간 러시아에 대한 처칠의 공포는 오죽하겠는가? 처칠은 전후의 세계 판도는 어떻게 소련을 격리수용하느냐가 최대 핵심이 되리라고 예측했고, 이에 따라 발칸반도를 선점하길 강력하게 희망했다.

그러나. 미국 상층부에 처칠의 예측은 더 이상 이빨이 먹히질 않았다. 루즈벨트, 맥아더, 마셜, 그리고 나까지. 백악관과 전쟁부를 불문하고 '처칠은 영국의 이익에만 관심이 있을 뿐, 전쟁에는 별반 관심이 없는 게 아닌가'라는 의심이 너무나 넓게 퍼져버렸다. 이건 정말 업보다.

영국은 어마어마한 물자를 랜드리스로 받고 있다. 영국의 강력한 요망에 따라 이탈리아 전역이 열렸다. 그동안 우리가 인내심을 갖고 영국의 말을 귀담아들었으니 슬슬 영국도 무언가 돌려주는 게 있어야 할 텐데, 자꾸 발칸을 먼저 공격하고 노르망디 상륙작전을 뒤로 미루잰다. 거기다 루즈벨트의 최대 관심사인 장개석 설득에 끊임없이 어깃장을 놓고, 버마 전역 개전은 거의 애새끼 땡깡부리듯 거부한다. 소련에 대한 인식 차이에 더불어 이러한 일들이 누적되다보니, 루즈벨트는 이제 처칠에 대한 호감이 싹 식어버렸다.

맥아더는 소련을 경계해야 한다는 점에서 처칠과 통하는 면이 있긴 하다. 하지만, 맥아더는 소련의 공세 역량이 소진된 지금 우리가 빨리 독일을 때려눕히고 유럽을 석권하는 편이 낫다고 여기고 있다. 맥아더의 유럽 전략은 독일—프랑스—이탈리아를 확고한 미국의 영향권에 집어넣자는 쪽인 만큼, 대영제국이 앞으로도 영원히 유럽의 캐스팅 보트 역할을 하길 바라는 처칠과는 최악의 상성이다.

결론? 처칠은 망했단 거지. 처칠이 몸져누운 건 진짜 몸이 약해져서라기보단 이 현실이 대정치가인 그의 눈에도 훤히 보여서가 아닐까.

나? 나는… 모르겠다. 애초에 야전 군인은 세계 경영 전략 같은 거창한 거 생각하고 사는 종자면 안 되지. 애초에 내 관심사는 유럽보단 차라리 아시아고. 그래도 굳이 고민해본다면, 지금 프랑스에 상륙하면 확실히 역사를 근본적인 선에서 바꿀 수 있을지도 모른다.

맥아더가 생각하는 바대로, 소련군은 지금 넝마가 되었다. 모스크바 공방전. 스탈린그라드 전투와 천왕성 작전. '고기분쇄기'라는 끔찍한 별명이 붙으며 처참히 박살난 화성 작전. 마지막 결정타로 만슈타인에게 죽빵 한 방. 이렇게 끝없이 꼬라박았는데도 전선이 유지되는 게 더 신기하다. 소련군은 진짜 밭에서 병사를 캐내는 건가?

이미 원 역사와는 조건이 무척 많이 달라졌다. 독일의 전력은 원 역사에 비하면 더 약해졌을까, 아니면 더 강해졌을까. 내가 아는 건 오직 하나. 여기서 빠르게 이기고 전쟁을 끝내면, 이 미친 전쟁의 사상자 수는 확실히 줄일 수 있다. 다른 건 생각할 필요 없다.

"킴 장군. 부디 어떻게 좀 안 되겠소?"

"대관절 이 많은 DDT와 페니실린이 왜 한 줌밖에 안 되는 이탈리아 전선에 필요한 겁니까?"

"이탈리아 전역이 황폐화되면서 위생 사정이 열악해졌습니다. 군은 물론 민간 사회에도 전염병이 횡행하고 있다는 보고를 받았습니다."

후. 그래. 사람은 살리고 봐야지. 죽이려고 하는 전쟁이 아니라, 살리려고 하는 전쟁이니까.

"DDT라면 여유분이 있으니, 대군주 작전에 지장이 가지 않는 선에서 이탈리아로 좀 보낼 수 있을 듯합니다. 그런데 대관절 페니실린은 뭐 때문에 이렇게 많이 요청한 겁니까?"

내 의문에 영국군 장성들은 저들끼리 눈치만 힐끔힐끔 보더니, 가장 짬이 딸리는 듯한 한 명이 눈을 지그시 감으며 자백했다.

"전선에 있는 연합군 병력 중 약 10%가 성병에 감염된 것으로 집계되었습니다. 페니실린이 매독에 특효……."

"…이탈리아엔 페니실린보다 헌병을 더 보내야 하지 않겠습니까?"

쪽팔린 줄은 아는지 내 비아냥에도 그들은 묵묵부답이었다. 진짜 사람 돌아버리겠네.

악의 황혼 5

나는 개인적으로 국적이라는 하나의 카테고리로 사람들을 일반화해버리는 걸 썩 좋아하진 않는다. 하지만 영국인들이 단체로 이럴 수는 없다. 이래서야 마치 고춧가루 뿌리는 게 영국인 종특인 것처럼 느껴지잖는가. 차라리 처칠이 사보타주 지령이라도 내렸으면 좋겠다. 그러면 이해라도 해줄 수 있으니까!

"전략폭격의 성과는 나날이 급증하고 있습니다."

"그렇군요. 무척 인상적입니다."

"따라서, 우리 영국 폭격기 사령부는 폭격만으로 독일의 항복을 받아낼 수 있으리라 확신하고 있습니다! 그러므로 불필요한 인명 피해만이 예상되는 대군주 작전을 연기하고, 보다 더 많은 폭격이 시급한 실정입니다."

폭격기 사령부의 아서 해리스가 자못 당당하게 말하자, 나는 혹시 이분이 내 복장을 뒤집어 암살하라는 히틀러의 비밀 지령을 받지 않았나 진지하게 고민하게 되었다. 대규모 폭격이 개시된 이후, 폭격기들의 전과는 그의 말마따나 쑥쑥 늘어갔다.

미 육군항공대는 선두에 선 폭격기가 조명탄을 뿌려준다는 아이디어를 꺼냈다. 그 결과 목표 달성률이 흐뭇한 수준으로 치솟았다. 영국 공군은 알루미늄 쪼가리를 허공에 살포해 독일의 레이더를 교란하기 시작했다. 이른바 '채프'의 조상님이다.

전투기 사령부에서는 이 수법이 딱히 첨단기술이 동원되는 게 아닌 관계로 독일군이 카피할 수 있다며 반대했지만, 어차피 독일 공군은 집 지키는 개가 되지 않았나. 해리스는 뚝심 있게 이걸 도입했고 폭격기의 생환율은 높아졌다. 하지만 그렇다고 해서 우리 대계에 태클을 걸면 좀 곤란한데.

"작전은 예정대로 진행합니다."

"하지만……."

"보다 건설적인 논의를 하는 편이 어떻겠습니까. 노르망디와 칼레 일대에 대한 보다 밀도 있는 타격이 필요해 보이는데. 남프랑스에도 필요하고요."

"남프랑스에 폭격을 감행하려면 폭격기를 북아프리카로 재배치해야 합니다."

'해왕성' 작전. 노르망디 일대에 대규모 병력을 상륙시킨다는 계획. 모두가 한 번쯤은 들어봤을 저 유명한 노르망디 상륙작전이다.

'용기병' 작전. 남프랑스 일대에 양동 상륙을 개시해 독일군을 분산시킨다는 계획.

이 지긋지긋한 전쟁을 최대한 빨리 끝내고 싶다. 그러려면 북쪽 노르망디와 남쪽 칸(Cannes) 인근에 동시다발적으로 상륙, 독일 놈들을 젓가락질하듯 거대한 포위망에 집어넣고 탈곡해버리는 게 베스트.

기억할지 모르겠지만, 수송선과 상륙용 보트 관련 사업에도 어김없이 내 손길이 닿았다. 꾸역꾸역 쟁여 놓았던 막대한 보트 재고는 유럽과 아시아 전역에서 전쟁을 치르는 미군의 모든 수요를 충당할 레벨은 아니었지만, 적어도 당장의 긴급한 니즈는 충족시킬 수 있었다. 거봐, 존버는 승리한다니까? 장투는 언제나 승리한다! 승리한다고! 처음에는 상륙에 필요한 자원이 부족하지 않겠냐고 염려하는 척하던 영국인들은, 두 작전을 동시에 수행하는 데 큰 문제가 없다는 결론이 나자마자 본색을 드러냈다.

'이탈리아에 이미 큰 전선이 있는데 이미 있는 전선부터 신경 써야 하지 않을까?'

'발칸의 로도스섬을 점령하면 어마어마한 군사적 어드벤티지를 얻을 수 있다. 용기병 작전보다 자원도 덜 먹고 이득은 더 큰 것 같은데?'

'상륙작전은 어마어마한 피해를 감수해야 한다. 내가 해봐서 아는데 그거 보통 일 아님. 진짜임. 우리 조금 더 진지하고 철두철미하게 준비를 갖추는 게 어떨까?'

그래. 또! 또오!! 처칠이다. 진짜… 진짜 싫다. 시발.

하지만 언제까지 당할 순 없다. 나와 마셜이 합동으로 눈 감고 귀 막고 에베벱 안 들려 우린 프랑스 광속으로 밀어버릴 거야, 를 시전하자 마침내 처칠은 이제 사람으로서의 최소한의 가식마저 벗어던지고 그 본색을 드러내 대악마 폼이 되었다.

"프랑스 해방은 그리 급한 문제가 아니오."

"드골 장군이 들으면 무척 가슴 아파하겠군요."

"저 빨갱이들! 아시겠소? 서부 전선에 이토록 강력한 힘이 쏠리면 필연적으로 동부 전선 또한 붕괴된단 말이오. 유럽의 심장부까지 통째로 적화당할 게 뻔하니, 적당히 속도를 조정해야 한다 이 말이야!"

글쎄올시다. 맥아더는 정반대로 생각하던데. 적어도 군사적 식견으로 따지면 미스터 갈리폴리보단 맥아더가 훨씬 낫지 않을까? 안타깝게도 내겐 결정 권한도, 처칠을 총으로 쏠 권한도 없는 관계로 영혼 잃은 콜센터 직원처럼 그의 빼액거림을 적당히 응대해주고 FDR에게 토스했고.

"이 미친 노인네는 남의 나라 국민 목숨을 대체 뭐로 여기는 거야!"

그 결과 백악관에서 육두문자를 포함한 노호성이 터져 나왔다. 보통은 이쯤 했으면 처칠이 깨갱하고 굴복할 텐데, 영감이 한번 앓아 누운 뒤로 갑자기 치매가 왔는지 3살 단비가 되어 '빼에에엑! 그럼 느그들끼리 알아서 전쟁해라! 때려치워!'라며 드러누워버렸다. 무슨 소리냐고? 용기병 작전 시행하면 사표 쓴단다. 이쯤 되니 진짜 샷건 마렵다. 하지만 내 알 바 아니다. 저런 노인네 상대하라고 있는 게 백악관과 전쟁부 아닌가.

　"내각의 방침과는 별개로, 군과 참모부는 모든 상황에 대비해야 합니다. 대군주 작전의 준비는 차질 없이 진행될 것을 약속드립니다."

　"참 고생이 많습니다. 프랑스를 빨리 해방시켜야 선거도 하고 새 총리도 만나 뵐 수 있지 않을까요?"

　"저희끼리도 그 소리 참 많이들 합디다. 저 노인네가 글쎄, 미국과 손 끊고 독자적으로 전쟁 수행이 가능한지 연구해보라더군요."

　"하하하."

　"하하하하!"

　애초에 저 발작은 당장 영국군 내부에서도 저 새끼 뭐 하냐는 반응이 다수였다. 동맹인 소련을 견제하기 위해 전쟁을 더 질질 끌어야 한다는 발상은 보통 대가리에서 나올 씽크빅이 아니잖은가? 최고의 빨간펜 선생님도 지금의 처칠을 상대하다 보면 조커에 빙의되어 연필을 그 머리통에 꽂아주고 싶을 게 뻔하다.

　"노르망디에 첫발을 내디뎌야 할 사람은 누가 봐도 나인 것 같소만. 단언컨대 제리 놈들은 내 완벽한 전술에……."

　몽고메리, 넌 나가 있어. 그래도 이제 몬티 정도면 귀엽구만. 이게 그 정신적 성숙이란 건가. 알렉산더 장군은 원수가 되었는데 본인은 아직 못 됐으니 잔뜩 달았구만. 정작 내가 아직 4성이라니 좀 억울하다. 대관절 내게 무슨 억하심정이 있길래 우리 사돈께서 태클을 건 거지. 본인 원수 못 달아서 억울해 미치겠다 이건가?

　아무튼. 하나씩 하나씩, 초거대 도미노를 깔듯 대군주 작전의 준비는 착착 이루어지고 있었다. 단 한 놈만 헛짓거리해서 톡 건들었다간 모든 게 와르르 무너진단 점에서 정말 도미노 맞네.

우선 모든 작전의 근간은 정확한 정보다. 상륙작전 때 토치카 하나, 방벽 하나가 수백 수천 명을 고깃덩이로 만들 수 있다는 점은 몇 번이고 학습했다. 사전 작업으로 영미연합군의 무수한 비행기가 석기시대 배달 말고도 유럽 전역의 해안을 끝없이 정찰하며 각종 구조물, 병력 배치, 인근 도로와 장애물 등을 사진으로 촬영했다. 노르망디만 정찰하면 우리가 여기로 간다고 광고하는 셈이니 실로 어마어마한 소요였다.

독일군을 기만하기 위해 연합국은 노르웨이, 스웨덴에다 어금니 임플란트하기 전에 조용히 문 열라는 정중한 협박장을 발송했다. 당연히 독일도 이 사실을 알게 되었고, 스칸디나비아의 독일군은 경계 태세에 돌입했다. 우리가 터키를 꼬드기고 있다는 사실도 솔솔 독일 귓구멍에 집어넣어 줬으니 발칸 방면도 쫄깃쫄깃할 테고.

프랑스와 벨기에, 네덜란드 레지스탕스들에게 신나게 뽐뿌를 불어넣어 조만간 갈 테니 봉기 준비하라고 신호도 보냈다. 지난 시칠리아 상륙작전의 전훈을 반영해 그때보다 더더욱 변태적인 장비, 악착같은 준비가 진행되었으며 짭짤하게 재미를 봤던 코만도와 공수부대 또한 더욱 다종다양한 템빨의 혜택을 입게 되었다.

그리고, 그리고, 그리고. 수만, 아니 수천만 명의 미래가 걸린 작전인 만큼 준비에는 끝이 없었다.

"5월 11일, 그리고 6월 9일에 보름달이 뜹니다. 항공작전에도 도움이 될 뿐더러 바닷물이 가장 깊숙이 들어가는 만큼 이 시기를 염두에 두는 편이 좋습니다."

"좋습니다. 가능하면 5월 11일에 해치워 버리자고요. 기상 관측은 전적으로 영국군을 믿고 있겠습니다."

"만약 일기예보 결과가 썩 좋지 않다면……."

"그건 그때 가서 생각해 볼 문제지요. 일단 5월 11일을 D—데이로 계획

합시다."

모사재인 성사재천이라 했던가. 마지막의 마지막에 다다르자, 결국 남은 건 하늘의 뜻을 기다리는 일뿐. 날씨는 나도 어쩔 수 없다. 정말 기도 메타 그 자체. 목욕재계라도 해야 하나.

신이 있다면, 그가 나에게 2회차를 준 신이 메이저리그의 정복 말고 인간이 만들어낸 이 지상의 지옥을 치우길 바란다면, 날씨가 나쁠 리가 없다. 모든 일이 궤도에 오른 후, 나는 작전 성공 시와 실패 시에 발표할 성명문을 작성했다. 둘 중 하나는 영원히 역사 속에 묻힐 예정이다.

* * *

연합군이 온다! 드골이 온다! 프랑스의 분위기는 점점 심상치 않게 돌아가고 있었다. 살날이 얼마 남지 않은 노인부터 학교 갈 나이의 어린애들에 이르기까지. 프랑스인들은 물론 점령군 독일군에 이르기까지. 고무줄을 한계까지 잡아 늘인 듯, 언제 끊어질지 모르는 팽팽한 긴장감이 프랑스 전역을 가득 메웠다.

"어서 일해라!"

"이 게을러터진 하등족속들! 빨리빨리 일하라고!"

"꼬우면 니들이 일하든가."

"미쳤다고 우리가 너네 좋으라고 열심히 일하냐?"

자랑스러운 독일의 아들들은 사지 멀쩡하고 큰 병만 없으면 죄다 군복을 지급받고 전쟁터로 끌려나갔다. 따라서 연합군을 맞이할 방어선 건설에 동원된 것은 현지 프랑스인, 그리고 이탈리아에서 끌려온 포로들이었다.

제네바 협약에 따르면 전쟁포로에게 군사적 목적의 노역을 시키는 일은 금지되어 있지만, 나치 독일에게 그런 협약 따위 불쏘시개만도 못한 것. 애초에 이탈리아에서 끌려온 이들 중 민간인도 있는 판에 그런 걸 고려하겠는가. 악에 받친 독일이 필사적으로 연합군을 맞이할 준비를 하는 동안, 질수 없다는 듯 은밀히 도버 해협과 지중해를 건너는 이들의 숫자는 가면 갈수록 늘어났다. 비 온 날 죽순 솟아나듯 드넓은 프랑스 땅 곳곳에 등장한 레지스탕스들은 이제 거대한 숲을 이루기 위해 물밑에서 회동을 가졌고, 조만간 다가올 해방의 날을 맞이할 채비를 갖췄다.

하지만 뜻밖에도. 누구보다 눈에 불을 켜고 이들 레지스탕스를 때려잡아야 할 방첩기관의 활동은 오히려 점차 축소되고 있었다.

"프랑스에서의 저항세력 탄압은 이제 한계를 맞이했습니다."

"지금 스스로의 무능을 자인하는 겐가?"

"아닙니다. 그 반대입니다. 연합군이 상륙하면 레지스탕스들이 일제히 봉기할 게 뻔하니, 그때 모습을 드러낸 역도들을 일망타진해야 합니다."

하이드리히는 독일로 일시 귀환해 자신의 계획을 전달했고, 이미 역도 탄압의 프로페셔널로 인정받은 만큼 그의 계획을 반대하는 이들은 많지 않았다.

"군에서 보았을 때, 그 계획은 너무 위험부담이 큽니다."

"결정적인 시점에 교통과 통신이 끊기면 저항세력을 일망타진하기 전에 연합군이 먼저 쳐들어올 게 뻔하잖소?"

"지금 때려잡으려 들어도 그 문제는 동일하게 발생할 수 있습니다. 애시 당초 오합지졸 민병 따위에게 테러를 당하는 것 자체가 문제 아닙니까?"

"지금 친위대가 영광스러운 제국의 국방군을 모욕하는 거냐!"

군의 격렬한 반대에도 불구하고 하이드리히의 계획은 승인되었다. 무엇보다도 비범하고 극단적인 한 방을 선호하는 히틀러에게, 견실하고 정석적인 방법보단 하이드리히가 제안하는 '한 방에 다 해결'식 방안이 너무나 매력적으로 들렸기 때문이다. 그렇게 하이드리히의 선물은 준비되었다.

'위험하지만, 이게 정답이다.'

국가보안본부라는 초법적 조직의 수장에 유대인 문제의 책임자, 사실상의 프랑스 총독 등 방대한 영역에 개입하게 되면서, 하이드리히는 마굴 같은 나치 정권의 권력투쟁 속에서도 튀어나온 못이 되었다. 원래 과시욕이 제법 있는 데다 한 성깔 하는 그였기에 권력다툼에서도 밀리는 일은 드물었지만… 결과적으로 적이 너무 많아졌다. 무엇보다 고민하던 하이드리히의 등을 떠민 건, 한동안 소극적이었던 괴링이었다.

"제3제국에서 하늘을 나는 것이라면 무엇이든 이 괴링의 관할이어야 한다. 비행기든! 비행선이든! 참새든! 그런데 어째서! 어째서 로켓을 네놈이!"

새롭게 히틀러의 관심을 차지하게 된 로켓을 누가 관할하느냐로 SS와 루프트바페는 정면충돌했고, 하이드리히는 SS의 승리에 혁혁한 기여를 했다. 그리고 괴링의 분노는 SS의 수장인 힘러 대신 하이드리히에게 모조리 쏠려버렸다.

프랑스 내에서의 선전선동 업무 관할 문제로 괴벨스와 적이 되었고. 히틀러의 비서인 보어만과는 사이가 좋은 사람이 원래 드물었으며. 명목상 상관인 힘러조차 그를 점차 뜨뜻미지근하게 바라보고 있었으니, 제아무리 하이드리히가 용빼는 재주가 있더라도 앞날은 미지수. 현 직장에서 평판을 조져버렸다면, 답은 언제나 새 직장인 법. 그의 방임 아래 레지스탕스들은 기회는 이때뿐이라는 듯 무럭무럭 자라났다.

* * *

1941년 5월 11일. 일요일 오전.

쾅쾅쾅!!

"총독 각하! 총독 각하!!"

"…무슨 일이냐."

"연합군이! 연합군이!!"

하이드리히의 눈이 번쩍 뜨였다.

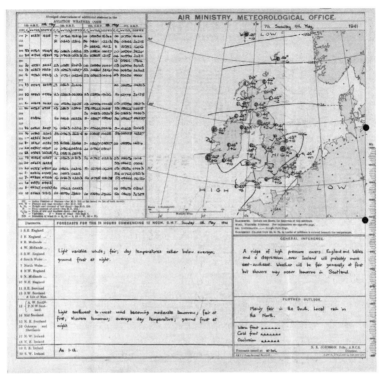

1941년 5월 11일 기상도

기온 화씨 44도. 섭씨 약 6도. 북서풍. 날씨 맑음. 구름 약간. 곳을 따라
대규모 상륙 예고.

검은머리 미군 대원수

7장
노르망디

노르망디 1

"와."

조지 설리번 이병의 입에서는 탄성밖에 나오지 않았다.

하늘은 참으로 화창했고. 하늘과 비슷하게 푸른 빛을 띠고 있어야 할 바다는 거대한 강철로 뒤덮여 도무지 그 모습을 찾을 수 없었다.

5천 척의 수송선, 1천 척의 전투함.

연합군의 힘을 보여주는 듯한 이 끝없는 함선의 행렬. 그리고 잠시 후, 그 하늘마저 푸른 모습이 고까웠는지 수천, 수만 대의 항공기가 하늘을 가려버리며 바다 너머 프랑스 땅을 향해 힘찬 날갯짓을 했다.

진다는 생각은 들지 않았다. 잠깐 가슴속을 울렁이게 하던 죽음에 대한 공포도 이 장대한 광경 앞에선 눈 녹듯 싹 사라져버렸다.

"밥은 먹고 구경하고 있냐?"

"예, 다 먹었습니다!"

"다 먹었다고? 반만 먹으라고 말했잖냐. 멍청한 놈."

그의 선임, 로저스 상병이 한심하다는 듯 투덜거렸다.

"다 우리도 경험해봐서 그래, 이 자식아. 배고프다고 냅다 처묵처묵하면 나중에 상륙 보트 타서 좆된다고."

그는 두툼한 초콜릿을 살짝 조각내 한 움큼 입에 털어 넣으며 말을 이어 나갔다.

"내가 너처럼 삐약거릴 때 북아프리카 상륙에 투입됐었거든? 그때 정말 개차반이었지. 한 놈이 토하니까 억지로 참고 있던 놈들도 그 냄새 맡고 죄다 토하고, 시발. 순식간에 피자 파티가 돼선 보트가 토사물 천지가 됐었지."

"아……."

"윗선에 제발 다음부턴 상륙 전엔 짬밥 좀 속 덜 부대끼는 거로 달라고 했더니 시칠리아에선 좀 나아졌더라고. 근데 그래도 안 먹는 게 최고야. 차라리 초콜릿이나 입에 좀 넣어 놓는 게 낫지."

미합중국 육군 제1보병사단. 합중국 육군의 선봉이라는 자존심으로 가득한 곳. 당장 지금 육군참모총장인 마셜 장군도 지난 1차대전에서 1사단의 깃발을 휘날렸다고 하지 않은가. 이 최고의 부대가 프랑스 탈환의 선봉이 된다면 얼마나 멋지겠나.

"쫄 거 없다. 시키는 대로만 하면 돼."

"옙!"

"절대 우물쭈물대지 말고. 옆 사람들 하는 대로만 하면 된다. 네 선임들은 다 한 번씩은 경험해 본 사람들이니까, 얼타도 하라는 거만 하면 중간은 간다. 절대 나대지 말고. 알았지?"

"넵! 알겠습니다!"

본래 미 육군은 경험이 누적된 장병을 하나에 뭉쳐 놓기보단 잘게 잘게 찢어서 신편하는 부대의 기간병으로 삼는 것이 전통이었다. 그도 그럴 것이, 애초에 10만 명밖에 없던 육군을 1천만 명으로 확대하려면 어쩔 수 없는 노릇. 하지만 이 전통적 정책에 반기를 든 인물들이 있었다.

"이래서야 수영장에 각설탕 던지는 꼴입니다."

"그러면?"

"상륙작전은 최고 난이도의 작전입니다. 최소한 교두보를 확보할 병력만큼은 숙련병과 신병의 비율을 어느 정도 맞춰줘야 합니다."

기존에 사령관을 맡을 예정이었던 패튼이 건강 악화로 나가리되고 인품만큼은 육군 최고라고 정평이 나 있던 오마르 브래들리가 새롭게 그 자리를 꿰찬 날, 말단 장병들은 너 나 할 것 없이 떼지어 만세를 외쳤다고 한다. 그리고 그가 가장 먼저 손댄 일은 자신의 예하부대에 있던 숙련병들을 꽉 잡고 안 놔주는 일. 당장 신편 부대를 맡아야 할 지휘관들이 입에 거품을 물며 '그럼 우린 맨땅에 헤딩하란 말이냐! 좀 내놔라!'라고 총사령관 집무실로 찾아가 데굴데굴 꿀꿀 멍멍 하며 못 살겠다고 하소연하고. 다시 브래들리와 그 예하 지휘관들이 몰려가 '우리 애들 해변에 굴러다니는 고깃덩어리 만들 일 있냐! 못 내준다!'라며 우리 집에 왜 왔니를 벌이길 한바탕.

"그만! 브래들리 장군의 말에 일리가 있습니다. 교두보 구축이 성공리에 이루어지면 어차피 현지에서 대대적인 재편이 필요해지니, 그때 가서 숙련병을 다시 배분하겠습니다."

"알겠습니다."

이 정신이 아득해지는 개판 오 분 전 끝에, 제1보병사단은 숙련병 3에 신병 7 정도의 비율을 간신히 사수할 수 있었다.

"자. 봐봐. 이제 조만간 왼쪽으로 이 함대가 빠질 거야."

"그렇습니까?"

"그래야 칼레(Calais)로 갈 거 아냐. 브리튼섬이랑 제일 가까운 곳이니까, 당연히 그리로 가겠지."

누구도 정확히 목적지를 듣지는 못했다. 철저한 기밀이라며 누구도 알려주질 않았다. 하지만 어째서인가 막사에서는 칼레로 간다는 소문이 돌고 있었고, 로저스 또한 나름대로 짬밥 먹으며 쌓인 경험이 있었기에 칼레로 간다는 말은 충분히 타당하게 들렸다. 하지만.

"우, 우회전합니다!"

"어?"

처음엔 뭔가 문제가 있나 생각했다. 하지만 브리튼섬 바닷가를 떠나 도버 해협으로 나온 수천 척의 대함대는, 로저스의 기대를 배반하며 칼레와는 정반대 방향으로 회두했다. 그 순간, 배에 달린 확성기에서 한 남자의 목소리가 일제히 울려 퍼지기 시작했다.

― 지금부터 연합군 총사령관, 유진 킴 장군님의 연설이 있겠습니다.

마치 정지 버튼을 누르기라도 한 것처럼 모두의 행동이 일시에 멈췄고, 그들의 시선은 보이지도 않는 스피커에 쏠렸다.

― 자유, 민주주의, 그리고 가족을 지키기 위해 먼 길을 떠난 연합군 장병 여러분! 우리는 지금, 프랑스 북부 노르망디를 향하고 있습니다.

"노르망디?"

"칼레가 아냐?"

"다들 조용! 조용!!"

― 우리는 오랫동안 이 사상 최대의 작전을 준비해 왔습니다. 우리는 오직 이날만을 위해 구슬땀을 흘렸으며, 바다 건너편엔 고통 속에 신음하며 우리만을 기다리고 있는 이들이 있습니다.

설리번 이병에게 땀이란 끝없이 굴러다녀야 했던 지난 훈련들을 의미했고. 로저스 상병은 북아프리카에서 사막의 여우를 상대로 피 터지게 싸워야 했던 지난날들이 주마등처럼 스쳐지나갔다.

― 이 전쟁은 결코 우리가 원해서 일어난 것이 아닙니다. 우리 연합국은 전쟁이 얼마나 끔찍한지 잘 알고 있었고, 지성인답게 양보와 타협이 되리라 착각했었습니다. 그 착각 때문에, 유럽 대륙의 모든 사람들은 히틀러의 노예가 되었습니다.

30년 전에도, 그리고 지금도. 우리의 적이 원하는 것은 오직 하나. 세계 정복입니다. 저들은 우리가 평화롭게 살길 원하지 않습니다. 우리의 집을 불태우고, 우리가 가진 모든 걸 빼앗아 자신들만을 위한 낙원을 건설하길 바랍니다. 우리가 패배한다면, 저들은 진주만에서 벌어졌던 참사를 온 세상에서 똑같이 되풀이할 것입니다. 자유의 여신상이 밝히던 문명의 등불을 허물어뜨리고, 그 자리에 우리의 부모님을 살육할 살인 공장을 지을 것입니다. 우리의 형제자매는 저들 손에 죽고, 우리의 아들딸들은 대대손손 저들의 노예가 될 것입니다. 이것은 바로 우리 눈앞, 프랑스인들이 겪은 비극입니다.

따라서 이 전쟁은 성전(聖戰)입니다. 모두가 빼앗긴 자유를 되돌려주고, 우리의 가족을 저 악으로부터 구해내기 위한 최후의 싸움이 시작되었습니다. 독일군은 강대하지만, 우리는 그 강대한 독일군을 몇 번이고 격파해냈습니다. 여러분을 지휘하는 이들은 이미 30년 전에도 독일의 야욕을 꺾은 이들이며, 우리의 병기는 저들의 것보다 월등하며, 무엇보다 우리는 남을 노예로 부리겠다는 추악한 욕심 대신 우리의 삶과 가족을 지키겠다는 정의로 이 싸움에 나섰습니다. 전지전능한 하나님께서는 결코 악이 흥하는 것을 두고 보지 않으시며, 그 심판을 우리에게 맡기셨습니다. 이제 우리가 나서, 모든 것을 바로잡을 시간입니다. 여러분의 길 앞에 승리와 행운만이 가득하길 빕니다. 건투를 빕니다.

"와아아아아아!!"

"제리를 죽여라!!"

"히틀러를 죽이자!!"

스피커에서 흘러나오던 말이 끝나기 무섭게, 수십만 명이 일제히 팔을 휘두르며 쩌렁쩌렁 고함을 내질렀다.

결코 질 수 없다. 여기서 진다면 그 생각만 해도 구역질이 치미는 학살 공장이 내 고향 땅에 세워진다. 아버지는 금니가 뽑히고, 어머니는 그 머리카락이 도려내지고, 죽은 뒤엔 기름 한 방울마저 짜내지는 끔찍한 최후가 기다린다.

대체 똑같은 빵 먹고 사는 새끼들이 왜 저런 미치광이 놀음에 심취했는 지 알 순 없었지만, 마빡에 총알을 박아 넣으면 그 짓거리를 그만두리라는 사실 하나는 확실하잖은가.

"상륙 준비이이이이!!"

"전군! 위치로오오오!!"

저 멀리. 육지가 보이고 있었다. 악의 지배를 받고 있는 유럽 대륙은, 참 으로 거무튀튀하기 그지없었다.

* * *

요동치는 상륙 보트 안.

"읍, 읍……."

"토하면 뒈진다! 진짜 죽어! 참아!"

죽을 것 같다. 하지만 여기서 뱉어버렸다간 선임들의 손에 죽을 게 확실 하다. 어째서 밥을 꾸역꾸역 주는 대로 다 처먹었는지 후회하며, 설리번은 애써 들어왔던 입구로 다시 새어 나오려 하는 위장 속 내용물을 도로 밀어 냈다.

"이 삐약이들아. 잘 들어. 위치에 오면 우리 앞의 문짝이 열린다. 그럼 1 초도 쉬지 말고 곧장 뛰어. 내가 뭐랬지?"

"뛰라고 했습니다!"

"좋아. 뛰어. 그리고 총 안 날아올 곳으로 피해. 일단 그것부터 하면 된 다. 오케이?"

"옙!!"

"그래. 시발. 독일 새끼들 좆도 없어."

점점 더 해안이 가까워져 온다. 곳곳에 깔린 철제 장애물과 철조망. 그 리고 해안을 내려다보고 있는 거대한 토치카들. 하지만 대부분의 토치카는 시꺼먼 연기를 토해내고 있고, 해안 곳곳도 전함의 맹렬한 포격으로 엎어지고 뒤집혀 거대한 크레이터로 흉해져 있다.

심호흡. 한 번 더 심호흡. 코를 찌르는 화약 내음도. 끊임없이 군화를 적시는 바닷물도 잊어버린다.

그리고 그 순간.

털컹!

"달려!"

"뛰어어!"

타타! 타타타타타! 타타타탕!!

연합군을 환영하는 미칠 듯한 기관총 긁는 소리가 천지를 가득 메웠다.

"뛰어! 뛰라고!"

"쫄지 마! 여기 있음 뒈진다! 뛰어 씨발 것들, 아, 컥!"

연신 그들을 재촉하던 선임 하나가 입에서 피를 울컥울컥 내뿜는다. 바로 조금 전까지 그들에게 살 수 있다고 말하던 사람의 눈꺼풀이 파르르 흔들린다.

"뭐 해! 뛰라니까!!"

"네, 넵!"

로저스의 우악스러운 손길에 실수로 총을 떨어트릴 뻔했지만, 다행히 진짜 떨어트리진 않았다. 팔이 뽑힐 것 같긴 했지만······.

타타타타!!

조금 전 그가 서 있던 자리가 총탄 자국으로 뒤덮이는 모습을 보자, 팔이 아프다는 소린 입으로 쏙 들어간다.

"쏴!"

"어, 어딜······?"

"그냥 쏴 시발!"

시키는 대로 납작 포복해 일단 탄창 하나를 다 비웠다. 과연 저 토치카

안에 있을 제리 놈들에게 총격이 얼마나 큰 의미가 있겠냐마는, 적어도 몇 달 동안 훈련받은 대로 기계적으로 자세를 잡고 총을 갈기자 두려움은 가라앉고 있었다.

"전차 올 때까지 기다린다."

신참 소위의 말이 끝나기가 무섭게, 육중한 거구를 자랑하며 전차를 실은 상륙정 한 대가 뒤뚱뒤뚱 냅다 모래톱에 몸통박치기를 날리며 전차를 뱉어냈다.

"붙어! 전차 뒤에 붙는다!"

"2소대! 2소대 붙어!!"

"바주카 사수! 한 발 장전해!"

모래사장에 발을 내디딘 전차는 평소의 위풍당당한 모습과 달리, 앞에 거대한 농기구 같은 것을 매달고 있었다. 전차가 시동을 크게 걸자 앞에 달린 수십 개의 플레일이 빙글빙글 돌아가며 모래사장을 힘껏 엎어버리고.

쾅!! 콰앙!!

"시발 것들. 오지게도 지뢰 심어놨네."

"예?! 예!"

"예는 무슨 예야. 지금 터져나가는 거 다 지뢰잖아."

퍽 하며 돌멩이 하나가 날아와 그의 헬멧을 건드렸다. 철모가 아니었다면 머리통 찢어지기 딱 좋았으리라.

"허. 킴의 뒷돈이 아니라 킴의 가호가 따로 없네."

"그러게 말입니다."

저 우스꽝스럽게 생긴 전차 장비가 병사들 눈에 처음 뜨였을 때, '킴 사령관이 단단히 해먹으려고 별 잡스러운 장비를 다 만들었다'는 괴담이 진중을 가득 채웠었다.

하지만 지금. 온갖 종류의 장비를 주렁주렁 부착한 셔먼 전차들이 계속해서 해안에 상륙했고, 이들은 기다렸다는 듯 전진하며 독일군이 정성 들여 준비해 놓은 모든 장애물을 깡그리 밀어버리고 있었다.

한 대, 두 대, 다섯 대, 스무 대. 또 쾅 하는 소리와 함께 거대한 해안포가 불을 뿜고, 어딘가 숨어 있을 88mm 대공포가 전차를 향해 포를 쏴댄다.

"전차가 터진다!"

"도망쳤!!"

여전히 전장은 어지럽다. 독일군은 바닥에서 총알을 캐내기라도 하는 듯 지치지도 않고 기관총을 갈겨대고 있었고, 곳곳엔 땅을 밟자마자 총알에 맞아 눈을 부릅뜬 채 죽어 나자빠진 미군으로 가득하다.

"정신들 차려! 전차 꽁무니에 딱 붙어서 전진한다!"

"옙!"

콰아아앙!!

거대한 포성과 함께, 저 하늘 꼭대기에서 벼락을 내리치는 제우스처럼 그들을 내려다보던 해안포 한 대가 불길에 휩싸인다.

"이 전차들 다 터지면 우리도 뒈져! 명심들 해! 저 대전차포 못 잡으면 다 같이 뒤진다! 가자!!"

"일어서! 가자!!!"

"가자!!"

어째서 저 독일 놈들은 이토록 사람을 죽여댄단 말인가. 자기 목숨을 걸어서라도, 그렇게 해서라도 남의 나라 사람들을 노예로 부리고 싶은 건가.

"제리를 찢어라!"

"살려둘 필요 없다! 독일 놈들은 전부 죽여!!"

"으아아아!!"

기관총탄을 피해 이열 종대로 전차 꽁무니에 딱 붙어 걸어가길 억겁의 세월. 거대한 강철 방벽이 되어 적의 사격을 모조리 막아주던 셔먼 전차가 이윽고 75mm 불꽃을 토해내고, 지옥 같은 사선을 지나 마침내 적들의 기관총 코앞에 도달했을 때.

"이 씨발 놈들!"

"너희들도 한번 뒈져봐라!"

공포가 사라진 자리에 분노와 증오가 들어차, 그 개같은 독일 놈들의 면상 한번 보자고 모래주머니를 타넘었을 때.

"뭐야."

"이 새끼들이야……?"

수십, 수백 명의 미군을 쏴 죽였을 기관총 사수 두 사람이 번쩍 손을 들었다. 채 젖살도 빠지지 않은 듯한, 어림잡아 중고등학생쯤 되어 보이는 두 아이들이 있었다.

탕! 탕!

"…씨발 놈들아. 왜 찌질대고 있어?"

설리번과 그 동기들이 우물쭈물하는 새, 로저스의 소총에서 불꽃이 튀었다.

"저 새끼들 옷 보이지? 친위대야 친위대. 애새끼가 아니라 우리 전우들 고문해서 죽이던 마귀새끼들이라고."

"……."

"한 번만 더 애라고 우물쭈물하는 꼬라지 보이면 니들 내 손에 뒈진다. 근데 아마 그전에 이 애새끼들이 너흴 죽일 거다."

로저스는 뜨끈한 피가 흘러나오는 독일군의 얼굴에 카악 하고 가래침을 뱉었다. 문득, 그는 여기가 해안이 아니라 사막인 것 같은 느낌이 들었다. 몸은 이곳 노르망디에 있지만. 그의 영혼은 여전히 튀니지의 그 사막에서 방황하고 있는 듯했다.

노르망디 2

미영연합군의 상륙을 누구라도 예측할 수 있던 1941년 봄 시점에서, 나치 독일은 결단을 내려야만 했다.

동부 전선을 얼마나 축소할 것이냐. 혹은 얼마나 많은 병력을 빼 서부에 투입할 것이냐. 동부 전선의 드넓은 동토는 마지막 한 명의 젊은 독일인마저 게걸스럽게 먹어 치웠다. 마치 저 지하 무저갱에 사람을 밀어 넣는 것처럼, 그들은 군복을 입을 수 있는 성인 남성이라면 죄다 징집해 밀어 넣었지만 여전히 저 멀리 소련 땅에선 병력이 부족하다는 곡소리만 메아리로 돌아왔다.

게다가 노르웨이와 스웨덴 곳곳에 공격 징후가 임박하면서 병력을 더 늘려야 했고, 우습게도 병력을 늘린 탓에 노르웨이인들의 반발이 거세져 더더 많은 병력을 현지 안정화에 투입해야만 했다.

거기에 발칸. '벌집을 쑤시면 벌 떼가 쏟아지지만, 벌집을 태워버리면 쏟아질 벌이 없다.'라는 논리에 의거해 대규모초토화 작전을 시행했지만 여전히 벌 떼는 쏟아져 나왔다. 이탈리아 전선은 소강기에 들어갔지만 잠시라도 병력을 뺐다간 곧장 연합군이 치고 들어올 것이 눈에 훤했으니, 어디 하나 병력의 여유를 장담할 수 있는 곳이라곤 없었다. 군부는 총통의 결단을 청했지만, 히틀러의 반응은 그야말로 활화산처럼 격렬했다.

"이 병신들! 이 독일 민족의 종양 같은 놈들! 너희가 모든 걸 망쳤어! 너희가 레벤스라움을 달성할 마지막 기회를 시궁창에 처박아버렸다고!!"

"각하."

"소련이 싸울 여력이 없다더니! 저게 어딜 봐서 싸울 여력이 없는 나라냐. 수백 개 사단과 수천 대의 전차가 쏟아져 나오고 있는데!"

하지만 고심 끝에 히틀러가 내린 답은 '현지 사수'. 스탈린그라드에서의 대패는 만슈타인이 설욕했다지만, 바로 그 승리로 인해 히틀러는 여전히 동부 전선에서 승산이 있다고 판단했다. 분노로 정신이 나가 실신하기 일보 직전이 된 히틀러를 주치의 모렐 박사가 잠시 케어한 후, 그는 다시 명령을 내렸다.

"지금 우리에게 필요한 건 승리를 위해 마지막 한 걸음까지 전진할 용기야."

"총통 각하. 죄송하지만 지금 우리에게 필요한 건 용기보다는 한 자루의 소총과 전차입니다."

"나는 너희들이 프랑스 침공을 반대할 때, 용기 있게 나아가 불구대천의 원수 프랑스를 무너뜨리고 파리를 정복했어. 언제나 독일의 문제는 너희 똥별놈들이지. 버러지 새끼들. 연합군이 지난 대전쟁 때 너흴 전부 죽였어야 했는데. 아니지. 내가 스탈린을 본받아야 했어. 스탈린처럼 너흴 전부 매달아야 했다고!"

그 결과. 새로운 총통 명령에 따라, 독일군은 보병 병과의 명칭을 정예를 뜻하는 척탄병(Grenadier)으로 개칭했다. 보병사단은 척탄병사단. 기계화보병은 기갑척탄병. 히틀러는 이 조치가 '일선 장병들에게 자긍심을 일깨워 더욱 투혼을 불어넣어줄 것.'이라고 자평했지만, 온갖 모욕을 들은 군부의 장성들에겐 그들의 총통이 마침내 노망이 난 게 아닌가 하는 의구심만 불러일으켰다.

당장 그들의 선배이자 현 졸개 무솔리니 또한 똑같은 짓을 했었다. 옛 로마의 영광을 외치며 '사단'을 '군단'으로 개칭한다고 어디 이탈리아군의 전투력이 올라갔던가? 결국 독일군은 없는 병력을 확보하기 위해 마른걸레라도 쥐어짜기로 결심했다.

"정식으로 전투서열을 재편한다. 기존 9개 대대가 1개 사단을 이루던 편제를 해체하고, 앞으로는 6개 대대가 1개 사단을 구성한다."

"징집 하한선을 낮춘다. 징집 대상이 아니던 40대 성인 남성, 부상당해 후방으로 후송된 자, 아직 징집되지 않은 10대 남성으로 국민척탄병(Volksgrenadier) 사단을 조직한다."

"점령지에서 징집한 2등 신민들을 후방에 배치한다. 러시아인, 조지아인, 아르메니아인, 우크라이나인 등 가리지 않는다. 이들 동방부대(Osttruppen)로 빈자리를 메꾸고, 대신 독일인을 동부 전선으로 보낸다."

짜내고 또 짜내면 병력이 튀어나온다. 총통의 명은 지엄했고, 삽시간에 수십만 명이 모였다. 물론, 이것이 독일의 미래를 전장으로 내모는 행위라는 걸 모르는 이들은 거의 없었다.

"해군과 공군의 잉여 인력을 재편해 육군에 편성한다."

"누구 마음대로? 감히 누가 위대한 루프트바페 소속 장병을 빼간단 말이냐!!"

반발이 없으면 나치가 아니다. 하늘을 찌르던 헤르만 괴링의 위세는 사그라들었다곤 하지만, 아무튼 바벨탑 정도로 드높긴 했으니.

"그러면 어찌하시겠단 말씀입니까, 마이어… 아니, 괴링 장관님."

"육군이 이토록 간청하니 제국의 앞날을 걱정하는 이 괴링, 우국충정에 감탄할 수밖에 없군. 내 특별히 루프트바페에서 20만 병력을 차출해 별도의 육전 사단으로 편성하겠소. 이들로 공군 제1야전군단을 구성할 테니 육군이 쓰도록 하면 되겠소?"

"아, 예. 감사합니다."

병력을 확보해라! 그것이 곧 애국과 충성을 증명한다! 로켓에 총통의 관심이 끌리자 로켓의 확보가 권력으로 가는 사다리로 떠올랐듯이. 이번엔 병력 확보가 화두가 되자 총통에게 잘 보이려는 온갖 세력들이 들러붙어 어떻게 하면 한 명이라도 더 전쟁터에 끌어낼 수 있느냐로 온 나치 고관들이 눈이 벌게졌다.

"하일 히틀러! 저희 친위대에서는 총통 각하를 그 누구보다 경애하는 히틀러 유겐트 소년단 출신들로 SS 사단을 편성하는 것을 건의드립니다."

"선전부에서는 정식으로 국민돌격대(Volkssturm)의 창설을 건의드립니다. 징집되지 않은 60세 이하의 모든 남성을 돌격대로 편성해, 최후의 한 명까지……."

"빨갱이들조차 여자에게 총을 쥐여주고 저격수나 보병으로 써먹고 있습니다. 위대한 아리아인이 못 할 게 뭐가 있겠습니까?"

상당수는 이러다 정말 독일의 기둥뿌리를 뽑겠다는 경악과 만류, 그리고 새로 부대가 편제되면 기존의 권력이 약해진다는 견제로 인해 무산되었지만. 결국 어떤 것들은 시행되었다.

그리고 1941년 5월 11일. 동프로이센. 비밀 지휘본부, '늑대굴'.

"총통께선 기침하셨나?"

"어제 늦게 잠이 드셔서 아직……."

"빨리 눈을 뜨셔야 할 텐데."

히틀러는 항상 밤늦게까지 깨어 새벽까지 서류를 봤었고, 점심이 지난 오후쯤 되어야 일어나곤 했다. 평소에도 이 환상적인 생활 패턴 때문에 오전에 출근한 사람들은 경애하는 총통께서 자리에서 일어나기만을 기다려야 했는데, 총통이 꿈나라에서 레벤스라움과 세계의 정점 게르마니아를 노니는 동안, 노르망디에선 연합군이 속속 땅에 발을 디디고 있었다.

"전황은?"

"불리합니다. 상륙을 저지할 수 없다고 합니다."

"칼레의 군대를 빼서 틀어막으면……."

"2파가 칼레로 온다면 수습할 수 없게 됩니다. 칼레 상륙도 염두에 둬야 합니다."

"젠장."

히틀러의 군에 대한 불신은 이 시점에서 극에 이르렀다. 믿었던 롬멜마저 이탈리아에서의 패전 이후 사실상 방치해버리고 스스로 육군 총사령관을 겸임한 그는, 몇몇 전투력이 보장된 핵심 부대를 자신의 명령 없이 결코 움직이지 말 것을 지시했다.

그리고 지금. 노르망디 해변을 벗어난 미군이 캉을 향해 움직이고 있을 때. 프랑스에 배치된 가장 막강한 전력이라 할 수 있는 독일 기갑사단들은 총통이 잠에서 깨기만을 기다리며 주둔지에서 엄중히 대기하고 있었다. 그리고 레지스탕스들은 그들이 곱게 돌아다니도록 방치하지 않았다.

* * *

노르망디 해안가는 크게 다섯 섹터로 분류되었다. 왼쪽에서부터 '유타', '주노', '오마하', '골드', '소드'. 1944년의 노르망디 상륙작전과는 아예 섹터 구분 단계에서부터 달라진 까닭. 당연히 역사를 아는 누군가가 개변해 술수를 부렸기 때문이다.

"영국군과 캐나다군은 유타—주노—오마하를 확보하고, 상륙 즉시 핵심 거점 바이외(Bayeux)와 카랑탕(Carentan)을 점령. 이후 셰르부르(Cherbourg)를 확보하는 것을 목표로 합니다. 미군은 골드, 소드 해안을 장악한 후 캉(Caen)을 들이칩니다. 이후 노르망디 일대를 확보해 세력을 군히고……."

"군이 그럴 필요가 있겠소? 미군이 서쪽 방면을, 영국군과 캐나다군이

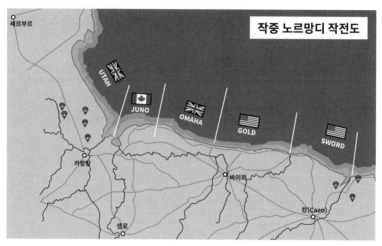

캉을 목표로 가는 편이 더 나을 듯한데."

"캉의 확보야말로 이 작전의 최대 핵심이고, 그런 점에서 기갑 전력이 넉넉한 미군이 캉을 치는 편이 더 좋아 보입니다."

몽고메리는 유진 킴을 몇 번이고 설득해 캉 공략을 맡으려 시도했지만, 그는 철벽과도 같았다.

'시발. 니가 캉에 대가리 처박고 1달 넘게 질질 짜던 걸 뻔히 아는데 내가 미쳤다고 영국군을 그리로 보내겠어? 오마하에서 조뺑이나 치라지.'

캉은 노르망디 일대의 모든 교통이 모이는 거대한 천안삼거리. 하지만 원 역사의 몽고메리는 7월 말이 되도록 캉을 점령하지 못하고 발이 묶여 고통받아야 했다. '마켓가든' 작전에 비견될 만한 몽고메리의 대업적이었다.

애초에 그는 죽었다 깨나는 한이 있더라도 캉에 미군을 들이박을 작정이었다. 캉을 점령하기 위해 온갖 반발을 무릅쓰고 오마르에게 기간병들을 죄다 몰아줬으며, 캉을 점령하기 위해 기갑 병력도 더욱 넉넉하게 할당했다. 이미 원 역사와는 비교도 불허할 만큼 어마어마하게 뒤틀렸다지만, 그렇다고 원 역사에서 실패했던 일에 구태여 도전할 만큼 여유가 넘치지도 않았으니. 연합군은 이 희대의 대작전을 성공시키기 위해 A에서 Z까지 밥 먹듯이 기만전을 펼쳤다.

먼저 이목을 끈 것은 영국에서 가장 칼레와 가까운 곳인 도버(Dover)에 주둔하고 있던 패튼의 군대. 독일군은 그동안의 첩보를 끌어모아, 하나의 결론에 도달했다.

'오이겐 킴의 작전은 결국 기만과 기동으로 수렴하며, 그의 기동전을 실현시키는 칼날이 바로 조지 패튼이다.'

그들은 패튼의 갑작스러운 와병을 킴 특유의 기만전이라고 믿었다. 따라서 영국 내 첩자들이 전해 온 '상륙부대 사령관에 패튼 임명. 도버 근교에 주둔 중.'이라는 소식을 듣고 모두 함께 역시! 를 외쳤으며, 이들이 칼레로 상륙작전을 펴리라 철석같이 믿었다.

하지만 이 또한 페이크. 도버에 있던 방대한 트럭과 전차는 죄다 풍선과 고무 튜브로 만든 허깨비. 패튼은 한 달간 녹음기를 끼고 살며 자신이 자리를 비워도 독일군에게 낚시를 걸 만한 방대한 양의 테이프를 남겼고, 작전 개시 며칠 전 '용기병' 작전의 지휘를 위해 폭격기 뒷좌석에 탑승해 북아프리카로 떠났다.

1941년 5월 11일 0시 30분경. D─데이 약 6시간 전. 영국군의 제1목표인 카랑탕 근방에 영국군 제1공수사단과 제6공수사단이 투입되었고, 캉 근방에는 미군 101공수사단이 강하했다.

그리고 이보다 더 깊은 내륙에도 무수히 많은 낙하산이 투하되었지만, 그 낙하산에 매달린 건 최정예 공수부대원이 아닌 사람 실루엣처럼 보이는 인형이었다. 온 사방에 떨어지는 낙하산을 보며 화들짝 놀라 움직인 독일군은, 논밭에 이리저리 굴러다니는 인형을 보며 욕지기를 내뱉어야 했다. 또한 상륙부대의 출발과 때를 맞추어 도버에선 수백 수천 척의 어선이 출항해 상륙인 척 칼레에 페이크를 걸었고, 이 어선 떼의 머리 위에 알루미늄 쪼가리를 신나게 뿌려 레이더상으로도 거대한 무언가가 움직이는 척했다.

이렇게 연합군은 필사적으로 독일군의 시선에서 노르망디를 배제하기 위해 최선을 다했지만.

"씨바아아알!!"

"으아! 으아아!"

"돌격 앞으로! 잉글랜드 만세!"

오마하 해변은 영국군의 피로 물들었고, 주노 해변은 악에 받쳐 필사적으로 돌격하는 캐나다군의 시체가 켜켜이 쌓여만 갔다.

"발사!"

"카아아아악! 아아아아악!"

"엄마아아!! 엄마아아!!"

영국군이 개조한 특제 화염방사 전차가 수백 명의 피를 포식한 기관총좌를 불태우고, 좌초될 각오를 한 몇몇 구축함이 해안 코앞까지 다가와 주포를 쏴댄 끝에야 해변의 참극은 마침내 그 막을 내렸다.

"해안 제압이 거의 마무리되었습니다."

"계속 진행합시다."

상륙은 시작에 불과하다. 독일군이 첫 충격에서 벗어나기 전에 최대한 몰아쳐야만 한다. 미군 내에서 무의미하다고 여겨지던 시칠리아 상륙작전에서 배운 것이 있다면, 적이 작정하고 상륙과 하역 작업이 진행 중인 해안들 들이치면 그 피해는 돌이킬 수 없다는 것. 최대한 요충지를 선점하고, 그 이득을 굴려야만 한다.

"멀베리(Mulberry) 항구를 배달합시다."

"알겠습니다."

저 꼭대기에서 지시가 떨어지자, 이날만을 위해 준비한 거대한 선물 보따리가 기지개를 켜고 움직이기 시작했다. 멀쩡한 항구를 점령하는 것이 불가능하다면, 조립식 항구를 운반해서 만들면 될 일 아닌가. 독일군의 예측은 1부터 10까지, 모조리 빗나가고 있었다.

노르망디 3

1941년 5월 11일, 현지 시각 11:00.

촉촉한 잔디와 잡초가 풍성하게 깔린 드넓은 프랑스의 벌판은 독일의 침공 이후 그 자취를 감췄다. 수백 년간 농토를 늘리기 위해 쌓고 다듬은 제방은 침략자의 손에 헐렸고, 그 소중한 땅은 도로 뻘과 늪지가 되어 누런 진흙탕으로 변해버린 지 오래. 그 수렁 곳곳에, 볼썽사납게 처박힌 글라이더들이 널려 있었다. 이 참담한 모습을 두리번거리며 두 눈에 가득 담은 매튜 리지웨이 101공수사단장 대리는 이를 갈며 말했다.

"병력 집결 현황은?"

"너무 많이 흩어졌습니다. 최대한 모으고 있습니다."

"명령계통만 확보한다면 구태여 집결할 것까진 없다. 중요한 건 핵심 교량의 확보, 그리고 아군의 측면 엄호니까."

저 처참하게 처박힌 글라이더 중 하나에는 그들의 사단장과 참모 일부가 탑승해 있었다. 실로 비극적인 참사였다. 독일군이 공수부대의 작전을 예상 못 했을 리 없다. 그들 또한 팔슈름야거로 재미를 본 데다, 이탈리아 전역에서 호된 맛을 보았으니. 놈들이 곳곳에 조성한 늪지, 그리고 미리 깔아놓은 말뚝과 밧줄 등 장애물로 인해 어림잡아 글라이더 셋 중 하나는 저렇게 처참한 신세가 되고 말았다.

"전차는?"

"그래도 굴러가는 친구들이 제법 있습니다. 착륙 시 충격으로 못 쓰게 되거나 구동계가 나간 놈들도 좀 있지만……."

"포만 나가면 아쉬운 대로 토치카로 써먹으면 되지. 절대, 절대로 대전차 전은 금지야. 알겠나?"

"예하 부대에 전파하겠습니다."

불행 중 다행으로, 죽은 사단장이 필사적으로 도입을 주장했던 로커스트(Locust) 전차 다수를 작전에 투입할 수 있었다. 이미 한참 전에 주력 전차 레벨에서 도태되어버린 37mm 주포에 기관총 한 자루가 끝인 미니 전차. 줘도 안 쓸 옛날 M2 경전차보다도 가벼운 놈이니, 애초에 제대로 된 전투에서 쓸만한 성능은 아니다. 하지만 중화기라고는 박격포와 바주카 정도에 불과한 이들 공수부대에게, 아무튼 굴러다니는 강철 마차가 있다는 사실만으로도 든든하기 이를 데가 없었다.

본부대 병사들이 대강대강 날림으로 만든 지휘본부는 각종 통신 장비와 차량으로 복작복작했고, 장교들과 통신병들은 잘 터지지 않는 무전기를 붙들고 연신 쌍욕을 뱉어대며 이 개판 5분 전의 상황을 수습하려 애쓰고 있었다.

무엇 하나 뚜렷한 정보라고는 없는 이 어지러운 상황. 단 하나 확신할 수 있는 것, '독일군이 벌 떼처럼 쏟아져 올 것.'이라는 사실만 붙든 상태에서 리지웨이는 결단을 내려야만 했다.

"506연대 1대대, 교전 개시했습니다. 적 보병 1개 대대로 추정!"

"2대대 또한 적과 교전 중입니다."

"추가 소식입니다. 전차 2대 식별했으나, 자체 대전차 화력으로 제압 성공."

"바주카 만만세로구만."

바주카가 없었으면 다 뒈졌다. 정말로.

"장군님! 7군단과의 교신에 성공했습니다!"

"좋아. 빨리 돌아가는 상황부터 알려달라고 해! 장님 신세 좀 때려치우자!"

"군단장님께서……."

"군단장님이야? 일단 내놔."

리지웨이는 곧장 통신병을 밀어냈다.

"사단장은 전사했습니다. 지휘권 인수한 리지웨이 준장입니다."

— 7군단장 존 하지다. 현재 상황은?

"캉 운하와 오른(Orne)강 교량을 위시한 주요 목표물을 성공적으로 점거한 후 적의 탈환 시도를 저지 중입니다. 하지만 기갑 병력이 투입될 경우 더 버티긴 어렵습니다."

— 1사단이 조만간 해당 지점으로 가 점거한 목표물을 인수할 예정이다. 1사단 전차대대… 아니지, 1기갑사단 A전투단이 다 하역되었으니 선행 가능한지 확인해보겠다. 이상.

그래서 언제 오는데?!

계급장 떼고 따져 묻고 싶은 리지웨이의 마음을 아는지 모르는지, 통신은 매정하리만치 뚝 끊겨버렸다. 한숨을 푹 내쉬며 다시 휘하 장병들을 다독이려는 찰나. 푸른 하늘이 시끄러운 소음으로 가득 찼다.

"육항! 육항대입니다!!"

"지저스."

너무나 아름다운 자태. 사냥감을 찾아 떨어지는 독수리처럼 공중에서 수직으로 내리꽂는 급강하 폭격.

"와아아아아!!"

"보내줬으면 보내줬다고 말을 해주던가! 하하하!!"

쾅! 콰과광!

A—24 '밴시' 급강하폭격기. 보다 익숙한 이름은 '돈틀리스', 과달카날

해전에서 잽스 함대를 모조리 수장시킨 명품 스트라이커. 그들의 총사령관이 카이로에서 물개 두목과의 멱살잡이 끝에 확보했다는 기적의 폭격기가, 더러운 제리 놈들에게 딱밤을 먹이고 있었다.

딱밤은 일순간이었지만. 적어도 저 멀리서 다가오던 독일 놈들은 이리저리 꿈틀대며 천벌에서 살아남으려 안간힘을 쓰고 있었다.

십 년 묵은 체증이 다 내려가네. 오랜만에 리지웨이의 입에 함박웃음이 맺혔다.

* * *

캉은 골치 아픈 도시였다. 연합군 폭격기들이 대규모 폭격을 수행하고 그 전과를 모니터링한 결과, 석조 건물이 주를 이루는 도시의 경우 아무리 맹폭격을 한다 한들 쉽게 잿더미로 화하지 않는다는 사실을 알게 되었다. 소련군에서 제공한 스탈린그라드 전투의 전훈 또한 대동소이했다.

'아무리 막대한 숫자의 야포를 동원한다 한들, 각국의 군대가 보유한 화력을 퍼부어도 바위가 자갈이 되지는 않는다.'

'건물은 멀쩡하건 반파되건 관계없이 방어자에게 훌륭한 엄폐물을 제공해주며, 설사 무너진다 하더라도 무수한 돌더미는 고스란히 바리케이드의 역할을 수행한다.'

더군다나 캉은 적국의 도시도 아니었다. 그곳에 있는 민간인들은 엄연히 그들이 지켜야 할 의무가 있는 자들이었다.

D-데이 당일이라는 제약 요소 또한 참으로 무거웠다. 연합군이 동원할 수 있는 포병 화력은 거의 없었으며, 퍼싱 중전차 또한 수송상의 난점으로 인해 즉각적인 투입이 불가능. 총사령관이 악을 쓰며 '아무튼 되게 하라.'라며 탈곡기를 돌린 끝에 잭슨이나마 몇 대 투입할 수 있게 된 것이 그나마 할 수 있었던 전부였다.

어마어마한 피해가 예상되는 시가전. 불리한 가운데에서도 무조건 신속히 기동해 점령해야 하는 곳. 당장 모든 화력이 훨씬 우월해진 21세기만 하더라도 시가전은 곡소리 나오는 일이었다. 체첸전의 러시아군처럼 아예 도시 하나를 평탄화하거나, 미군처럼 시가전을 철저히 준비하거나가 아니면 대책이 없다. 괜히 북괴 백만대군도 빨아먹을 일산그라드라는 블랙 유머가 떠도는 게 아니건만. 작전계획을 수립하는 과정에서 몇 번이고 내로라하는 참모들이 머리를 맞대며 고민했지만, 총사령관의 고개를 끄덕이게 할 만한 결론은 쉽게 나오지 않았다.

"저희 사단을 보내주십시오!"

"저희가 가겠습니다!"

"역사와 전통을 자랑하는 저희 부대야말로 선봉을 서기에······."

"다들 전공을 생각하고 좀 많이 돌아버리셨나본데, 여러분의 부대에 배속받은 장병들은 우리가 가족의 품으로 무사히 돌려보내야 할 남의 집 귀한 자식들입니다."

"······."

"자, 그래서. 나는 독일군이 진 치고 있을 시가지에 병력을 밀어넣어 승리를 거두면서도 피를 덜 흘릴 자신이 있다. 거수."

"······."

"시발. 이럴 거면서 왜들 그리 생떼를 부리셨어요. 응?"

유진의 입에선 절로 탄식이 흘러나왔다. 이 오묘한 조건과 제약 사항을 감안한다면, 사실상 투입하기 만만한 부대는 하나밖에 없었다.

"데이비스(Benjamin O. Davis) 장군."

"예."

"캉을 점령 못 하면 연합군은 해안에서 쫓겨나 죄다 물귀신 신세가 되는 대참사가 일어납니다. 캉 점령, 해낼 수 있습니까?"

미 육군 최초 아시아계 장성의 물음에, 최초의 흑인 장성은 잠시 고민하다 답했다.

"숙련병을 빼 추가로 유색인종 사단을 편성할 예정입니까?"

"미합중국 시민권을 거절해 의용대로 빠진 인원들을 제하고, 추가로 더 차출될 일은 없습니다."

"그렇다면 가능합니다. 반드시 캉을 점령하겠습니다."

그는 쓴웃음을 지었다.

"장군께서 수십 년 전 했던 말씀 그대로, 저희 93사단을 위한 시체 포대 1만 자루를 불출해주십시오."

"기꺼이 드리리다."

죽어도 좋다. 결국 가장 피를 흘릴 곳에 뛰어들면서도 사기가 떨어지지 않을 자들은, 가장 절박한 이들뿐이었다.

1941년 5월 11일, 현지 시각 14:00.

"가자! 전진 앞으로!"

"오늘 저녁은 캉에서 먹어야 한다!"

우리는 자랑스러운 93사단.

제리를 쳐죽이러 돌아왔다네.

아버지 죄 사함 받았던 아미앵,

바로 그곳으로 우리가 돌아왔다네.

우리를 비누로 만들고 싶거든,

롬멜에게 견적을 문의해보거라!

"암만 생각해도 이상하단 말이지."

"뭐가?"

"분명히 우리 아버지가 아미앵에서 죗값을 치렀는데, 왜 또 우리가 치러야 하지?"

"할부금 이자만 갚았고 원금은 남았대잖아."

"샌—프랑코는 무이자 할부도 해주던데."

한 번만 더 믿어보세 옐로 지저스.

한 번은 속아도 두 번은 좀 그래.

"무어! 잡담 재밌나?!"

"아닙니다!"

"좋아! 군가 멈추고 이제부터 전투 준비!"

93사단 369연대 1대대 B중대장, 김영옥 대위의 명에 살짝 풀어져 있던 병사들이 다시 몸을 가다듬었다.

미 육군 최정예. 카세린의 정복자들.

전쟁터는 한 치 앞을 알 수 없는 곳이라지만 그래도 한 가지 확실한 점이 있다면, 이들 93사단 장병들은 마지막 한 명이 죽는 그 순간까지 적을 향해 나아갈 용기 가득한 이들이었다. 상대가 누구든 간에, 감히 그들 앞에서 두 발 뻗고 편히 있지는 못하리라.

* * *

1시간 뒤.

영옥은 '잡담 재밌나.'라는 말이 무어 일병과 나눈 마지막 대화였다는 사실에 몸서리치며 그의 눈을 감겨주고 있었다.

"11시 방향!! 적 저격수!"

"아래에 문 보인다! 문으로 진입해!"

"그냥 가지 마 이 새끼들아! 화염방사기! 방사기 먼저 선행한다!!"

"제리 놈들이 민간인을 인질로 잡고 있습니다!"

이곳은 지옥이었다.

"2소대장 어딨어!"

"제가 2소대장입니다."

"간부는."

"죽거나 다쳤습니다."

호젓한 소도시 캉은 웃고 떠들던 병사를 고깃덩이로 바꾸는 석제 살인 공장으로 변모했고, 그의 B중대는 정신이 아득해질 정도로 무시무시한 속도로 인원수가 쭉쭉 줄어들고 있었다.

카세린에서도 살아남았던 자들이다. 롬멜과 싸우면서도 결코 꺾이지 않았던 이들이다.

또 친위대. 저 인간 같지도 않은 짐승들은 태연스럽게 민간인을 앞에 내세우고 뒤에서 총을 갈겨댔다. 어떻게, 어떻게 사람으로서의 존엄성을 이리 쉽게 저버릴 수 있단 말인가? 머리에 피가 올라 돌아버릴 것만 같다. 당장이라도 뛰쳐나가 놈들의 멱살을 잡고 한번 물어나보고 싶었다.

왜 이러는지. 대체 뭐가 그리 아쉬워서 이렇게까지 구는지.

"대대장님께서 지시 내리셨습니다!"

"뭔데!"

"민간인에 구애받지 말라고 하십니다!"

결국. 모두가 예상했을 명령이 하달되었다.

"씨발, 그럼 빨리 하달해! 그냥 쏴! 쏘라고!"

"예!"

"저기 보이는 저 2층짜리 건물. 저기부터 제압한다. 거기 2소대장, 바주카로 건물 위에 갈겨버리고 기관단총과 화방 먼저 진입한다. 1소대! 1소대!!"

탕.

저 멀리서 달려오던 1소대원 한 명이 털썩 쓰러졌다. 손으로 입을 감싸고 싶었지만 꽉 참았다. 이제 간신히 도시 내에 머리를 들이밀었다. 한가운데 진입했을 때, 중대원 중 몇 명이 남아 있을지는 감히 계산할 엄두조차 나지 않았다.

노르망디 4

슈미트 일가는 독일의 평범한 가족이었다. 아버지 슈미트는 독일인 하면 떠오르는 무뚝뚝하고 술 좋아하며 자신의 일에 충실한 사람이었으며, 어머니 또한 딱히 모난 곳 없는 성실한 주부였다.

"돌격대 저 깡패 새끼들, 또 난리네."

"너희도 공부 열심히 해야 한다. 공부 안 하면 저렇게 거리에서 주먹질하는 깡패가 되는 거야."

"외국어는 배워 놓으면 절대 손해가 안 된다. 이 아빠처럼 영어는 능숙히 할 줄 알아야지. 불어도 하면 더 좋고."

하지만 어린 프란츠에게 아버지는 그리 훌륭한 인물로 보이지 않았다. 어린아이의 눈에 비친 아버지는 집에서 하릴없이 놀면서 신문 읽고 혀를 차기나 할 뿐이었으니까. 대공황이라거나 금융시장 붕괴 같은 거창한 말을 이해하기엔 프란츠는 너무 어렸고, 어린아이 특유의 반항심은 아버지가 그토록 씹어 돌리는 나치당에 대한 관심을 유발했다.

그래서일까. 프란츠는 열 살이 되자마자 독일 소년단(Deutsches Jungvolk)에 가입했다.

"소년단이라고? 그 불량배 키우는 곳엘 왜······."

"슈미트 씨. 지금 총통 각하께서 각별히 여기시는 유겐트와 소년단을 음해하시는 겁니까?"

"···아니. 프란츠는 너무 어리잖소."

"프란츠 군은 씩씩하고 용감해서 소년단 내에서도 두각을 드러내고 있습니다. 다치지 않도록 잘 보살필 테니 너무 걱정하지 마시지요."

한 번은 아버지가 소년단 따위 때려치우라고 호통을 쳤지만, 멋진 제복을 차려입은 히틀러 유겐트 형들이 와 조곤조곤 이야기했더니 더 이상 그도 입을 떼지 않게 되었다.

아버지는 너무나 약해 보였고. 유겐트 형들은 그 누구보다 든든해 보였다.

"선서!"

"선! 서!"

"우리의 총통을 상징하는 이 피의 깃발 앞에서! 나는 내 몸과 마음을 조국의 구세주, 아돌프 히틀러에게 바칠 것을 맹세합니다! 내 삶을 그분께 바칠 준비가 되었으니, 신이시여 우리를 가호해주소서!"

독일 소년단. 그리고 14살이 되어 마침내 히틀러 유겐트. 어렸을 적 동경 가득한 마음으로 바라봐야만 했던 그 유겐트 단원이 되어 제복과 완장, 단검을 지급받을 때의 그 기쁨이란! 머리 아프고 어디 써먹을지 감도 안 잡히는 지식만 떠들어대는 학교 선생들에 비해, 소년단과 유겐트 활동은 하루하루가 멋지고 신나는 일들로 가득했다.

"세상의 법칙은 약육강식, 적자생존입니다. 강자는 지배하고, 약자는 굴종하는 법. 훌륭한 아리아인인 여러분은 신체 강건한 전사로 자라나 조국을 수호해야 합니다."

"독일은 약해졌습니다. 그게 다 빨갱이들이 자라나는 여러분의 머릿속에 나약한 퇴폐 사상을 주입해서 그래요. 우리는 셰퍼드처럼 민첩하고, 강철처럼 강인하고, 가죽보다 끈질겨져야 합니다! 옛 게르만 전사들처럼!"

"지난 전쟁에서 독일은 패했습니다. 우리가 약해서가 아니라, 빨갱이와 유대인들이 등 뒤에서 칼을 찔렀기 때문입니다! 자, 갑시다!"

"유대인을 죽여라!!"

"유대인을 죽이자!"

멍청하게 책상에나 앉아 있어야 하는 학교와 달리 유겐트에선 하루하루 체육과 운동을 할 수 있었고, 정기적으로 캠핑같이 재밌는 활동도 했다.

"조국을 위해 자원을 재활용합시다!"

"한 푼씩 모아 더 나은 조국을 만듭시다!"

"거기 길 가는 아저씨! 담배 피울 돈이 있으면서 기부도 안 하고 가는 이 매국노! 비애국자!"

"당신 빨갱이지!!"

다 같이 모여 폐지와 고철 줍기 활동도 하고, 농촌 일손 돕기나 자선 모금도 한다. 아버지와 달리, 그는 훨씬 어렸지만 나라를 위한 활동을 하고 있었다. 유겐트에선 번쩍번쩍한 총을 들고 사격도 연습할 수 있었고, 온갖 기술도 배울 수 있었다.

"프란츠 군은 오랫동안 활동하기도 했고 능력도 우수하니, 원하는 곳에 갈 수 있어요. 소년비행단에 가면 파일럿 훈련을 받을 수 있고, 기마단에 가면 말도 타볼 수 있고."

"저는 소년기동단에 가고 싶습니다!"

"좋지요. 총통 각하께서도 항상 독일에는 더 많은 운전이나 정비 기술자가 필요하다고 교시하셨어요. 프란츠 군은 정말 애국심이 투철하군요."

무엇보다 통쾌한 점은, 유겐트를 안 좋은 눈으로 바라보던 다른 소년단들이 죄다 유겐트 밑으로 들어왔다는 것이다. 저 콧대 높던 보이스카웃조차 해산되었으니 얼마나 웃긴 일인가. 이제 학교에 유겐트 단원이 아닌 친구들은 없었다. 여동생도 그의 뒤를 따라 소녀단(Jungmädel)에 가입했고, 또래 여자애들도 독일 소녀연맹에 적을 두었다. 가톨릭 소년연맹에 가입한 멍청이들이 단 두 명 있었지만, 이 못 배운 비애국자 녀석들은 날마다 경멸 어린 시선을 받아야만 했다. 저런 녀석들이 바로 지난 전쟁의 배신자 아니겠는가?

그러던 어느 날. 마침내 조국을 지키고 레벤스라움을 이룩할 전쟁이 터지자, 프란츠의 가슴은 터질 것만 같았다.

어째서 나는 이렇게 어리단 말인가? 어지간한 어른들보다 덩치도 좋고 총도 잘 쏘는 내가, 왜 전쟁터로 나아가 영웅이 될 수가 없지?

"안 된다. 절대 안 돼! 전쟁은 안 돼, 이 녀석아!"

"하. 대체 아버지가 뭘 안다고 그러십니까?"

"내가 전쟁을 모른다고? 너보다 백 배는 더 잘 알아!"

이제 한 손으로도 내동댕이칠 수 있을 것만 같은 아버지는 숫제 매달리더니 이윽고 창고로 달려가버렸다.

"이게 뭔 줄 아냐?"

"철십자 훈장을, 아빠가 어떻게……."

"나도 가봤다. 전우들과 함께 타넨베르크, 바르샤바, 뫼즈─아르곤까지 그 모든 곳을 행군했다! 이깟 쇠쪼가리가 그렇게 탐나니? 네 옆에 있던 친구들이 다 죽은 뒤에 이 알량한 훈장을 받는다고 가슴이 벅차오를 것 같니?!"

그날 아버지는 숫제 통곡했지만, 프란츠의 마음은 꺾이지 않았다. 조국과 총통을 위해 모든 걸 바치기로 맹세했는데, 고작 이 나약한 중늙은이가 울며불며 매달린다고 맹세를 저버릴 수는 없었으니까. 하루하루 더 열과 성을 다해 전투 훈련에 임하던 프란츠를 총통 각하께서 어여삐 여겨서였을까. 놀라운 기회가 왔다.

"저를 말씀이십니까?"

"그래. 부친은 철십자 훈장 수훈자. 훌륭한 체격에 아리아인의 혈통을 물려받은 금발까지. 프란츠 군 같은 인재가 아니면 누가 친위대에 올 수 있겠나!"

친위대라니! 그 누구보다 경애하는 총통께 더 충성을 다 할 수 있다니! 그는 기쁜 마음으로 입대했고, 그렇게 제12 SS 기갑척탄병사단, '히틀러 유겐트'의 일원이 되었다. 동부 전선에서 대활약한 이들과 함께할 수 있는 놀라운 기회.

"이 새끼들, 똑바로 안 움직여?!"

"이래서야 총통께 모스크바를 바칠 수 있겠나!"

"너희가 유겐트 최고의 인재였다니, 언제부터 이렇게 개판이 됐어!"

훈련은 가혹한 수준이었지만, 하루하루 전투에 숙련된다는 느낌으로 임하니 못 버틸 것도 없었다.

6주간의 기초 훈련을 마친 후, 이들은 노르망디로 향했다. 원래는 현지 지형을 익히고, 총통에 대한 경애심과 전투 의지를 북돋기 위한 몇 가지 소소한 행사의 연속에 불과했겠지만.

"저게 뭡니까?"

"뭔가, 뭔가……."

"연합군이다! 연합군이 온다!!"

5월 11일. 모든 것이 뒤집혔다.

* * *

1941년 5월 11일. 현지 시각 오후 3시경.

캉은 불타고 있었다.

"왜 얼타고 있냐!"

짜악 하는 소리와 함께 프란츠의 얼굴이 한쪽으로 쏠렸다.

"으, 으아……."

"저길 봐라! 이 냄새 나는 깜둥이들을 좀 보라고!"

그의 분대가 점거한 건물로 진입하려던 흑인들은 벌집이 되어 온몸에서 피를 뿜은 채 싸늘하게 식어가고 있었다.

더럽다. 어쩜 인간이 이렇게 생겼단 말인가. 우악스럽고, 눈엔 증오와 분노가 가득했으며, 살의로 넘쳐흐른다. 이런 게 인간일 리가 없다. 소대장은 여전히 넋이 나가 있는 그의 머리채를 휘어잡아 창문 방향으로 질질 끌었다.

"저 깜둥이들이 우리의 아버지 조국을 노리고 있다. 저놈들이 우리 땅을 밟는 순간 네 여동생은 저놈들의 노예가 된다고!"

"네, 넵!"

"그런데 뭐 하고 있나! 빨리 쏴!"

그래. 맞다. 야간 급속 행군. 그리고 노르망디 해안. 지금 캉에 이르기까지, 몇 시간 내내 걷고 또 걷다가 이제 전투까지 치르고 있자니 온몸은 물 먹은 것처럼 피곤했지만, 프란츠는 결코 총을 내려놔선 안 됐다.

"위대한 게르만의 아들들아! 저기 저 추잡스러운 프랑스 놈들을 봐라!"

그는 창문 바깥, 양손에 아이들을 붙잡고 전쟁터 한가운데를 어기적거리는 한 여자를 가리켰다.

"저게 바로 패배자의 말로다! 우리가 손에 무기를 들고 있는 이유, 그건 바로 저따위 꼬락서니로 전락하지 않기 위해서다!"

"명심해라! 이 전쟁은 소꿉놀이가 아냐! 아리아인의 미래와 생존이 달린 성전이다!"

곳곳에서 외치는 간부들의 목소리에, 프란츠의 몸에 다시 힘이 돌기 시작했다. 경애하는 총통 각하께서 결단을 내린 덕분에, 우리의 등 뒤를 찌를 배신자들은 모두 배신의 대가를 먼저 치르게 되었다. 저 나약한 프랑스인들이 우리에게 복종하는 것 또한 자연의 섭리이며, 위대한 독일의 아들들은 저들의 봉사를 받을 권리가 있었다.

하지만, 만약 진다면? 패배하면 어떻게 되지? 더러운 열등인종 깜둥이들이 연신 괴성을 지르며 시가지 곳곳으로 파고들고 있었다.

"저놈들은 인간이 아니다! 짐승이야! 사슴을 잡는다 생각하고 쏴라!"

"예!"

신중히 조준. 그리고 격발.

탕 하고 잠시 몸이 흔들리고, 그의 소총에서 날아간 총알이 날뛰던 짐승 한 마리의 가슴팍에 명중했다. 놈이 비틀거리며 쓰러지고, 주변에 있던 다른 검둥이가 그의 주변에 다가갔다. 그리고 다시 한번 더 발사. 방금 전 보였던 프랑스인 가족이 깜둥이들 바로 앞까지 다가갔다. 놈들이 뭐라 뭐라 떠들어대더니, 다시 아이들을 대동한 채 북쪽 해안을 향해 걸어간다.

용서할 수 없다. 다시 발사.

유겐트 내에서도 발군의 사격 실력을 자랑하던 프란츠의 총알은 어김없이 과녁에 명중했다. 이들의 눈앞에 있는 적은, 말로만 전해 듣던 미군 93사단이 틀림없다. 프리메이슨의 주구, 독일 민족의 멸망을 소원하는 유대인들의 하수인 오이겐 킴이 부리는 야만스러운 군대.

지난 대전쟁에서도 저 93사단이 지나간 곳은 풀 한 포기 남지 않았고, 칼로 포로의 온몸을 찔러 그 피를 받아먹고 사탄을 위한 의식을 치렀으며, 그들의 주둔지 일대는 더러운 잡종의 씨를 받고 태어난 아기들이 흘러넘쳐 구덩이를 몇 개씩이나 파야 했다고 들었다.

만약 저놈들이 독일 땅에 진군한다면, 누구보다 독일인의 순수한 혈통을 더럽히길 원하는 유대인들이 과연 곱게 앉아만 있을까? 그럴 리가 없다. 지금 여기서 저 역겨운 두발짐승들을 한 놈이라도 더 죽여야만 가족과 고향을 지킬 수 있었다.

"아."

총알이 없다. 모든 잡념을 내려놓은 채 사격에 여념이 없던 그를 깨운 것은, 무의식중에 손을 뻗은 주머니에 더 이상 총알이 남지 않았다는 현실이었다.

"탄환이 없습니다!"

"옆에서 빌려!"

옆… 옆? 저 더러운 놈들의 총알에 허무하게 생을 마감한 전우들이 쓰러져 있었다.

대체 왜 우릴 이리 괴롭힌단 말이냐. 모두를 지키기 위해 싸울 뿐인데, 어째서 저놈들은 침략자 주제에 저토록 귀신같이 달려드는 건지! 프란츠는 시신의 품을 이리저리 뒤져 다시 총알을 확보했지만, 녀석들도 몇 발 가지고 있지 않았다. 총통 각하를 위해 용맹히 싸웠다는 증거였다.

"명령이다. 퇴각한다!"

"아직 더 싸울 수 있습니다!"

"멍청한 소리 하지 마라! 충분한 보급을 받은 뒤 다시 저 짐승들을 몰아낸다! 무익하게 고귀한 아리아인의 피를 흘리지 마라!"

그렇구나. 지금이 꼭 전투의 끝은 아니다. 더 많은 총알, 더 많은 전차가 있으면 놈들을 해안 너머로 몰아내는 건 식은 죽 먹기다. 최후의 승리를 위해서라면 잠깐의 후퇴는 당연한 일이었다.

"천천히! 천천히 물러난다!"

"수류탄으로 저 벽을 무너뜨린 뒤 이탈한다. 퇴로 확보하면서, 가자!"

도시 곳곳에선 그와 같은 용감한 전사들이 명령에 따라 건물을 빠져나오고 있었다. 이 아름답던 도시를 폐허로 만든 악마들. 절대 용서치 않으리라.

"어이, 신병. 우냐?"

"아닙니다."

"울 것 없다. 다시 돌아와 복수하면 되니까. 죽은 전우들도 그걸 더 원할 거야."

"…네. 알겠습니다."

전쟁은 이제 시작되었을 뿐이다. 여태껏 그 모든 곳에서 승리했듯이 저들 침략자들 또한 대가를 치르리라. 프란츠와 제12 SS사단은 거대한 묘지로 전락한 캉을 뒤로한 채 다시금 행군길에 올랐다.

8장
서부 전선 이상 많음

서부 전선 이상 많음 1

1941년 5월 11일. 오후 3시경.

"노르망디라고?"

잠에서 깬 히틀러의 입에서 나온 말은 그리 고성도 아니었고, 분노로 가득 차 있지도 않았다. 오히려 그는 굉장히 무덤덤해 보였다.

"노르망디… 노르망디라. 양동일 가능성은?"

"없습니다."

"나는 이런 일이 있을 줄 알고 있었지. 너희들이 칼레가 목표가 되리라 말했을 때 오직 나만이 노르망디를 주장하지 않았나."

차라리 늘 하던 대로 삿대질을 하고 고함을 지르며 발광을 했으면 속이라도 편하련만, 아무 감정 없이 무덤덤하게 말하고 있는 총통의 모습에 장내의 인물들은 모두 숨이 멎을 것만 같았다.

"그래. 차라리 잘됐어. 언제 올지 모르는 연합군을 하염없이 기다리며 마음 졸이느니, 차라리 이렇게 빨리 현실이 되니 좋군. 놈들을 해안으로 다시 밀어낼 준비는?"

"3개 기갑사단이 총통 각하의 명을 받들기 위해 대기 중입니다."

"즉시 투입. 놈들을 싹 다 바다에 밀어 처넣는다."

하지만 총통의 명은 이행될 수 없었다.

"폭격이다!"

"전부 도로에서 이탈해! 숨어!!"

"아아악! 아아아악!!"

5월 11일 노르망디에 즉시 투입 가능한 루프트바페 전투기는 약 50기. 연합군이 동원한 항공기는 수천 대. 이날 연합군은 전투기로만 1만 소티를 달성하며 하늘의 지배자가 되었고, 독일군은 제공권을 탈환하긴커녕 불타는 비행장에서 한 대의 항공기라도 더 건사하기 위해 몸을 비틀어야 했다.

하늘이 연합군의 차지가 된 이상. 그다음은 지상의 독일군이 제우스의 심판을 맞을 차례. 히틀러의 명이 떨어지기만을 이제나저제나 기다리고 있던 기갑부대는 명령을 하달받자마자 부랴부랴 노르망디 해안을 향해 달려 나갔지만, 그 모습이 포착되기 무섭게 끝없는 폭격의 해일이 그들을 휩쓸었다.

"정신들 차려라! 급강하 폭격이 아닌 이상 전차 자체에 대한 타격력은 그리 높지 않아! 일단 적과 접촉하면 폭격은 멈춘다!"

"완전히 격파당한 전차는 그리 많지 않지만, 구동계나 궤도가 나가 기동 불가능한 전차가 많습니다."

"후속해야 할 트럭과 하노마크(하프트랙 장갑차)가 죄다 터져나가고 있습니다."

"이러면, 이러면 연합군을 저지할 수 없는데……!"

한마디로, 가불기였다. 서부 전선의 지휘봉을 잡은 룬트슈테트(Karl Rudolf Gerd von Rundstedt) 원수는 '해안에 주력을 둘 경우 제해권을 차지한 적의 대규모 해안포격으로 전투력을 유지하지 못할 것.'이라 판단해 내륙에 핵심 기동병력을 배치했다.

그의 생각은 틀리지 않았다. 1천 척이 넘는 전투함을 동원한 연합군은 노르망디 해안을 모조리 갈아엎을 기세로 덤벼들었으니까. 하지만 내륙에 있다고 해서 딱히 나을 것도 없었다. 결국 해군에 처맞느냐, 공군에 처맞느냐라는 방법론의 차이였을 뿐.

D—데이 당일인, 5월 11일. 연합군 15만 명이 프랑스 땅을 밟았다. 독일군이 꿈꾸던 초기 진압은 대실패로 막을 내렸다.

* * *

5월 11일 22시경. 연합군 총사령부.

"대규모 적 병력의 움직임이 관측되었습니다."

"오마하에서 큰 피해가 발생한 관계로, 영국군은 아직 카랑탕을 점령하지 못했습니다."

"캉을 점령한 것만 해도 기적입니다. 93사단은 전멸로 판정해도 무방합니다."

1일 차의 점령 목표. 캉, 바이외, 생로, 카랑탕. 4개의 거점 중 점령에 성공한 건 오직 캉뿐이었다. 그것도 시체로 탑을 쌓은 결과물.

"이미 영국군과 캐나다군, 그리고 사전 강하한 공수부대가 카랑탕을 포위하고 있습니다. 내일은 확실히 카랑탕을 점령할 수 있습니다."

"카랑탕 확보가 끝이 아닙니다. 셰르부르를 탈환하고 그 항구를 보급 루트로 사용해야 하잖습니까. 독일 놈들이 하루 더 셰르부르에 앉아 있으면 그만큼 항구를 못 쓰게 만들 가능성이 더 올라갑니다."

원 역사에서도 독일군은 프랑스 북부의 거의 모든 항구를 성공적으로 폭파했다. 아마 지금쯤이면 폭파 작업에 여념이 없겠지. 노르망디 해안에 멀베리 항구를 뚝딱뚝딱 조립하고 있지만, 날림으로 만든 역사상 최초의 조립식 항구를 얼마나 오래 써먹을 수 있는진 그 누구도 장담 못 한다. 원 역사에 비해 3년 일찍 서부 전선을 열었으니, 얼마나 튼튼할지도 이미 미지

수 아닌가. 하늘에 대고 날씨가 좋기를 끝없이 기도했지만, 내가 무슨 제갈량도 아니고 이 기도를 멈출 수가 없다.

왜냐? 이 시기는 마침 폭풍이 몰아칠 타이밍이니까! 만약 존나 짱 센 폭풍이 몰아쳐 저 조립식 항구가 와장창 무너지고 영국에서의 보급 루트가 짤린다? 그리고 독일군이 그 타이밍에 회심의 한 방 러시를 온다? 이러면 진짜 대참사다. 지금이야말로 신앙 전력의 힘을 빌릴 때가 온 것이다.

원 역사의 연합군도 전쟁 내내 '아, 항구 확보하고 싶다!'라며 노래를 불렀고, 특히나 벨기에 방면을 해방하기 시작하면서 보급 소요는 극에 이르렀다. 그리고 마침 전공이 고팠던 몽고메리가 야심 차게 제시한 플랜이 그 이름도 찬란한 '마켓가든'.

그래도 일단 상륙은 했다. 그래, 상륙한 게 어디냐. 시벌. 진짜 군인은 굳이 전투 안 치러도 평균 수명이 짧을 수밖에 없다. 간이 다 쪼그라들 것 같다고.

"자. 다들 주목."

내 말에 회의장에서 미묘하게 으르렁대고 있던 각국의 참모들과 장성들이 고개를 돌렸다. 진짜… 연합군이란 거 못 해먹을 짓이구만. 나이 잡술 대로 잡순 분들이 서로 감정싸움 하고 있는 꼬락서니라니.

"지금 우리는 연합군이라는 단일 조직으로 움직이고 있습니다. 미군도, 영국군도, 캐나다군도 모두 남의 군대가 아닌 우리의 군대입니다."

"……."

"누구는 해냈고 누구는 못 했네, 이런 말은 분란을 조성할 뿐 그 어떠한 도움도 되지 않습니다. 지금도 베를린에선 히틀러와 괴벨스가 바로 그 분란을 유도하고 싶어 안달이 나 있을 텐데, 여러분은 그들이 웃는 모습을 보고 싶습니까?"

"아닙니다, 총사령관님."

알렉산더 장군은 하루 사이에 말도 못 붙일 정도로 얼굴이 썩어버렸다.

오마하의 참사에, 작전 목표 실패에⋯ 이해가 간다. 뻔히 알면서도 오마하 해변으로 영국군을 던진 나로서는 당연히 양심이 쿡쿡 찔리지만 어쩌겠나. 아무튼 캉은 점령했다. 이것만이 그나마 내게 위안이 될 뿐이었다. 나는 잠시 알렉산더를 데리고 지휘통제실을 빠져나온 뒤, 미리 가져온 커피 한 잔을 넘겨줬다.

"홍차가 아니라 죄송합니다."

"아닙니다. 괜찮습니다."

"아시다시피, 저는 처음부터 작전 목표가 지나치게 낙관적으로 잡혔다고 주장했었습니다. 영국군과 캐나다군이 실로 훌륭히 싸웠다는 사실을 제가 누구보다 잘 알고 있으니, 너무 심려치 마시지요."

"⋯배려에 감사드립니다."

아직 해야 할 일이 많다. 원래 꼭대기에 오르면 당장 이런 인간관계나 감정 조절이 어째 주 업무에 육박하더라고. 여기서 알렉산더가 괜히 의기소침해지면 괜시리 몬티만 미쳐 날뛰게 된다. 이 든든한 목줄이 상하게 방치하면 안 되지.

"사실 저도 오마르 브래들리 장군을 불러들인 킴 장군의 판단이 다소 의아했었습니다."

"저는 누구보다 그 친구를 더 잘 압니다. 아미앵에서 함께 싸웠으니까요."

"과연. 인재를 알아보시는 눈이 출중하시군요. 하지만⋯ 연장자의 노파심이라고 너무 무시하지는 말아 주십시오."

브래들리를 데려와 군 사령관 자리에 앉혔을 때, 정말 난리도 보통 난리가 아니었다. 원래는 당연히 패튼이 그 보직에 앉아 있었겠지만⋯ 안타깝게도 짤리지 않는가. 덕분에 기만전에 써먹긴 했지만.

사실 오마르를 데려오는 과정부터가 순탄치 않았다. 마셜 농장에서 학대받던 오마르를 아이크가 태평양 전선으로 데려갔고, 정글 가득한 뉴기니에서 신나게 전공을 쌓던 도중 풍토병과 컨디션 악화로 뻗어 본토로 후송되었다. 건강이 회복된 뒤 본인도 다시 복귀를 원하고, 아이크 또한 얼른 누가 데려가기 전에 다시 태평양으로 불러오려고 했는데… 내가 냅다 인터셉트해버렸다.

'야! 야! 나쁜 놈아!!! 사람 다 데려가 놓고 이러기냐!! 머리나 벗겨져라 이 스크루지 새끼야!'

아이크의 저주가 귓전에 어른거리는 것 같지만, 착각이 틀림없다. 착한 아이크가 나를 저주하거나 원망할 리가 없잖아.

아무튼 하지는 확실히 삐졌다. 패튼이 나가리됐으면 당연히 횃불 작전 때부터 패튼과 거의 동격이던 자신이 그 자리로 갈 줄 알았는데 갑자기 오마르가 착석했으니. 쩝. 그래도 확실히 성과를 내줬으니 까임방지권은 확보했다. 이 유진 킴의 쩔어주는 사람 보는 눈은 다시 한번 화두가 되겠지.

"그나저나, '용기병' 작전과 관련해 긴히 이야기를 나눌 건이 있습니다만."

"무엇인지요? 경청하겠습니다."

"정말… 그들을 투입할 계획 맞습니까?"

"물론입니다. 제가 언제 거짓말한 적 있던가요."

알렉산더의 눈엔 짙은 불신이 끼어 있었다.

"장군께선 드골과 별로 원만한 관계가 아닌 것으로 압니다만……"

"전 딱히 드골에게 감정 없습니다. 그동안 밥이며 총이며 받아먹은 게 한 소쿠리인데, 프랑스 친구들도 밥값을 해야지요."

자유 프랑스군. 아득바득 병력을 모으고 또 모은 끝에, 그들 또한 수십만 군대를 확보했다. 상당수가 식민지 현지인들이지만.

"용기병 작전은 드골이 프랑스 국내에 데뷔할 최고의 무대가 되리라 생각합니다."

"미국 또한 전후 프랑스를 드골이 장악하길 원한다는 뜻으로 받아들여도 되겠습니까?"

"그건 아닙니다. 우리는 프랑스 국내 정치에 개입할 생각이 없으니까요."

음… 거짓말을 하려니 양심이 찔린다. 아, 역시 고기도 먹어본 놈이 잘 먹는다는 선현 말씀이 틀린 게 없구나! 이미 백악관 체어맨과는 이야기 끝났다.

'우리는 미국, 영국, 소련, 중국 4개국이 세계의 향방을 결정하길 원하는데… 처칠 총리께선 프랑스도 거기 끼워주길 원하더군.'

'저는 외교 같은 건 잘 몰라서… 군인은 지시를 이행할 뿐입니다.'

'진, 이 친구야. 한 번만 더 내 앞에서 거짓말하면 마셜과 보직 교체하겠네. 우리 서기장 동무께선 프랑스가 물주 노릇을 해주지 않았으면 소련이 침략당하지 않았을 거라며 아주 이를 갈고 있어. 내가 봤을 때도, 그 친구들이 판에 끼면 꽤 시끄러워질 것 같단 말이지. 자기네 말을 잘 들어주지 않는다고 성이 난 영국인들이 이제 프랑스와 손잡고 깽판을 칠 게 틀림없어.'

'그럼 어떻게……'

'가능한 한 잘해보게. 가장 좋은 건 해방된 프랑스에서 연합군이 군정(軍政)을 펴는 걸세.'

육두문자가 끓어 올랐다. 그게 쉽냐? 쉬워? 잘해보라니. 대통령이 까라면 까는 거지 잘해보긴 개뿔이.

영국인들이 이 속내를 깨달았다간 무슨 난리가 날지 안 봐도 블루레이다. 아주 풀HD로 선명하게 보여. 당장 프랑스인들에게 꼰지를 틀고, 왜 프랑스를 점령지 취급하냐고 레지스탕스들이 그대로 무기를 돌리고도 남을걸? 지시를 이행하려면 수단과 방법을 가릴 처지가 못 됐다. 이미 하이드리히 같은 인간말종도 써먹는 판국에 더 가릴 게 무에 있겠나. 하.

착한 어른인 내가 알렉산더 장군 앞에서 거짓부렁을 떠들면 바로 표가 나는 법. 나는 최대한 근엄한 표정을 유지하며, 그에게 진실만을 말해주었다.

"용기병 작전으로 칸, 툴롱, 마르세유를 확보하면 남프랑스 일대에 해방구를 만들 수 있습니다."

"그렇지요."

"패튼 장군, 거기에 콜린스까지 붙여 줬으니 저는 해당 부대가 북진해서 노르망디의 우리 군과 연결되길 희망합니다. 그렇게만 된다면 막대한 보급 소요를 거의 충당할 수 있겠지요."

철도를 복구한다는 전제하에서 말이지.

"그리고 드골 장군과 자유 프랑스군이 천천히 후방을 수복하고, 나아가 파리에 입성까지 한다면… 해방된 프랑스는 독일을 상대할 수 있는 전진기지로 매우 큰 역할을 하리라 믿어 의심치 않습니다."

"잘 알겠습니다. 대영제국 또한 총사령관, 나아가 미합중국의 의지에 부응할 수 있도록 연합군의 일원으로서 최선을 다하겠습니다."

칸. 아름다운 도시지. 캉 말고 칸. 캉은 93사단의 피가 흐른 곳이고, 칸은 훗날 영화제로 유명해질 아름다운 휴양지다. 그리고 칸에 입성해서 파리로 향한 아주 위대한 인물도 있다. 나폴레옹이라고.

'드골 황제 폐하, 유배지에서 탈출하시어 마침내 파리에 입성하시다!'

어차피 둘 다 독재 좋아하는 것 같던데, '나폴레옹 4세'라든가 '샤를 드 보나파르트'로 불리게 되면 드골도 좋아하지 않을까? 절대 이건 음해가 아니다. 정론 직필이지, 암.

"얼른 들어가서 눈 좀 붙이시지요. 우리 모두 앞으로 해야 할 일이 많습니다."

"허허. 감사합니다."

알렉산더는 만면에 미소를 지으며 자리를 떠났다. 벌써 이렇게 각자 통수를 하나씩 장전하고 있다니, 정말 슬퍼.

서부 전선 이상 많음 2

전쟁은 돈 먹는 하마다. 제2차 세계대전이라는 거대한 전쟁을 치르면, 돈 먹는 하마 수준이 아니라 이미 묵시록의 하마다 이건. 당연한 말이지만, 지금은 비록 승리를 향한 염원 때문에 시민들이 참고 넘어가겠지만… 전쟁이 끝나면 결국 정산을 해야 한다. 따라서 연합군이 벌써부터 어떻게 해야 한몫 챙길 수 있는지 연신 주판알을 튕기는 건 무척 자연스러운 일이었다.

소련은 공공연하게 '독일 분할'을 부르짖었다. 카이로 회담에서 소련은 '독소 불가침으로 갈라먹은 폴란드 땅은 영구히 소련의 것으로 삼고, 그 대신 폴란드에겐 독일 땅을 떼어주자.'라는 안건을 제안했고 이는 수락되었다.

이 안건이 통과된 다음은 당연히 독일 본토의 차례.

"우리 대영제국과 미합중국이 독일을 반반 갈라먹읍시다."

"허허. 아직 시간이 많이 남았으니 생각 좀 해봅시다."

"독일을 다섯 토막 내는 건 어떻습니까?"

"깔끔하게 소, 미, 영 3개국이 삼분할합시다."

이 문제는 첨예한 논란이 되었고, 누구도 양보할 수 없었기에 결국 카이로 회담이 끝나는 그 날까지 결정되지 못했다.

그다음은 국제연합, 즉 UN 안건. UN을 구상하고 강력하게 밀어붙이는 FDR이 생각하는 UN의 지분은 이러했다.

'미국이 26, 소련과 영국이 각각 25, 중국이 24. 이러면 서로 적당히 견제도 하고 협력도 하면서 대규모 전쟁 없이 상호협력이 유지되지 않을까?'

차기 대권에 도전하는 맥 의원님은 UN을 미국의 세계통치 도구로 접근했기에 UN 자체엔 찬성했지만, 지분에 대해선 생각이 달랐다.

'우리 아니었으면 못 이길 전쟁인데 왜? 미국 50, 영—소—중을 합쳐서 50. 간단하고 좋지 않나?'

바로 여기서 벌써 다른 나라들과 이해관계가 충돌한다. 중증 피해망상 정신병 환자인 스탈린은 전 세계 자본주의 국가들이 소련을 다구리칠 게 뻔하다며, '핵심 4개국'은 지분에 관계없이 자국의 이익을 지킬 권한이 있어야 한다고 여겼다. 아마 저게 원 역사의 UN 상임이사국들이 갖고 있다는 거부권이겠지.

한편, 별로 위대하지 않은 대영제국이라는 현실을 받아들이지 못하는 처칠은 어떻게든 유럽에 옛 질서를 복원하길 갈망했다. 그러니까 독일과 프랑스가 도토리 키 재고, 영국이 손 들어주는 쪽이 이기던 바로 그 질서 말이다. 하지만 독일은 전범국이 되어 야무지게 찢어질 예정이니, 이 옹고집 처칠 영감은 이제 '프랑스를 승전국 지위로 끌어올려 영—프가 편 먹으면 미국과 소련에도 비벼볼 만하다.'라는 깜찍한 발상을 하고 있다. 그 결과가 내가 받은 지령, 프랑스가 승전국 같은 소리 못 하게 입을 잘 틀어막아 볼 것.

당연히 순도 100% 내 머릿속에서 이 모든 게 척척 계산된 건 아니다. 이런 복잡한 전개까지 다 고려할 사람이 누가 있겠는가? 웰즈 국무차관, 그리고 무려 대통령 각하께서 친히 개인과외로 설명해 준 이야기지.

새벽이 되었지만 나는 잠들 수 없었다. 노르망디 상륙은 성공했고, 내일은 내일의 전투가 시작된다. 바쁜 꿀벌은 고민할 틈이 없다고 했던가. 작전을 준비하는 동안엔 생각할 겨를도 없었다. 실패하면 세계만방에 사죄문을 뿌리고 총사령관 자리도 내려놓는 건 둘째 치고, 도무지 이 세상이 어떻게 돌아갈지 이제 한 치 앞도 못 보게 되니까.

하지만 작전이 성공한 지금. 나는 FDR과의 마지막 만남을 다시금 곱씹어야만 했다.

* * *

카이로 회담의 마지막 밤, 루즈벨트는 모든 행사를 마무리 짓고 뒤풀이까지 참석한 후 술이 머리끝까지 올라와 있었다. 술기운이 잔뜩 오른 건 나 또한 딱히 다르지 않았다. 망할 빨갱이들, 대체 나한테 얼마나 처먹인 거냐고.

그날따라 드물게 흥이 오른 FDR은 파장한 뒤에도 미국 참석자들끼리 따로 술자리를 가졌고, 그 자리가 끝난 뒤에 또오오 나를 따로 불러다가 자리에 앉혔다. 나 죽는다고, 이 사람아!

하지만 자리에 앉기 무섭게, 나는 프랑스를 견제하라는 밀명을 들었다. 이 인간… 하나도 안 취해 있잖아. 나는 그 자리에서 재빨리 짱구를 굴려 드골을 남프랑스로 보내는 방안을 긴급 브리핑했고, 황상 폐하께선 참으로 흡족해하시며 계속해서 술을 퍼마셨다.

"난 도무지 우리가 진다는 생각이 들지 않아. 우리 너무 센 거 아닌가?"

"우리 애들은 병신이라고 저번에도 말씀드렸습니다. 절대 방심은 금물……."

"그럼 지휘관이 너무 훌륭해서 문제인가보군. 하하. 이제 정말 끝이 다가오고 있단 느낌이 들고 있네. 우리가, 자네가 진다는 생각이 전혀 안 들거든!"

아니, 이 사람이 패배 플래그 같은 대사를 하고 있네. 방심하다 코 깨지는 전형적인 멘트잖아. 연신 웃어대며 술을 홀짝이는 모습을 보고 있으니, 어쩐지 꿀물을 좋아하던 어떤 자칭 황제가 떠오른다. 에이, 설마.

"귀관의 가장 큰 목표는 전쟁의 승리지만, 가장 큰 책무는 바로 우리의 아들들을 최대한 많이 살려오는 것이라는 점을 염두해주게나."

"그야 당연한 말씀입니다."

역시. 감히 꿀물이와 FDR을 비교할 순 없지. 이 양반이 속에 코브라 수백 마리를 키운다 해도, 그건 다 민주 국가 정치인으로서 책임을 이행하기 위함이다. 그게 꼭 선량함과 도덕심 때문일 필요는 없다. 표 날아갈까 봐 국민 생명을 아껴도 아무튼 훌륭한 일 아닌가.

문제는 그 뒤였다.

"만약에 말야. 어디까지나 만약에. 정말정말 독일군이 그토록 허접하고 우리가 손 좀 쓰면 단숨에 박살 낼 수 있으면……"

"예."

"소련군에게 짬 때리게."

나는 그 말을 듣고 이게 무슨 뜻인가 잠시 멍하니 해석의 시간을 가져야 했다. 강하면 당연히 짬때려야지. 군대스리가에서 갈고 닦은 침대 축구가 무엇인지 온몸으로 보여줄 수 있다.

근데 '강하면'이 아니라 약하면?

"그러니까. 어. 음."

"우리가 베를린을 불태우고 그곳의 시민들을 신나게 죽이면 독일인들의 원한만 사지 않겠나?"

"가능한 한 민간인 피해가 나지 않도록 잘 조율해서……"

"아니! 그런 걸 말하는 줄 아나?"

어느새 그의 눈은 빨갛게 충혈되어 있었다.

"나는 다 죽여버리길 원해!"

"술이 꽤 오르신 것 같은데, 이제 슬슬 자리 정리하고……"

"독일 놈들은 이 미친 전쟁을 일으킨 대가를 치러야 한다고, 내 말뜻을 모르겠나? 히틀러를 총통으로 만든 대가, 살인 공장을 돌린 대가, 인간의 모든 존엄성을 팔아치운 그 대가를 치러야 한다고!"

이건 진심인가, 아니면 블러핑인가. 나는 대통령의 진의를 파악하려 했지만, 그는 기관총처럼 연이어 언어의 총알을 쏴대며 그럴 시간을 주지 않았다.

"나는 자네보다 더 많은 보고를 받았어. 피, 시체, 폐허. 이 미친놈들은 20세기에 나타난 메뚜기 떼야. 나치 새끼들이 지나간 곳엔 문명이라곤 없어. 이 새끼들에게 더 이상 문명을 허락해줘선 안 돼!

그러니까, 베를린엔 붉은 깃발이 꽂혀야 하네. 소련은 피의 복수를 할 수 있어서 좋고, 우린 독일인의 원한을 덜 사서 좋고. 그렇게 짓밟히고 나면 독일인들은 오히려 우리에게 기대겠지. 왜 그깟 도시 하나에 성조기를 꽂자고 소중한 시민의 피를 흘려야 하나."

완전히 얼어붙은 나는 다만 고개만 끄덕였다. 임금님 귀는 당나귀 귀도 정도껏이지, 입이 째져도 이건 무덤까지 들고 가야만 한다.

"그게 지시라면, 당연히 따르겠습니다."

"지시였으면 그냥 명령을 내리고 끝이었겠지, 이 친구야. 나는 자네가 꼭 날 이해해 줬으면 좋겠네."

그는 온몸에 힘을 주더니 휠체어에서 천천히 몸을 일으켜 기어이 침대 기둥을 붙잡고 두 발로 일어섰고, 난 기겁하며 그를 다시 앉히려 했다.

"부축이라도……."

"건들지 말게."

고집불통은 무슨 정치인의 자질 같은 건가.

"우리의 친구 더그를 어떻게 생각하나?"

"좋은 정치인이지요."

"틀렸어. 그놈은 군복만 벗었지 여전히 군바리야. 적과 아군으로밖에 세상을 볼 줄 모르지. 그놈이 대통령이 됐다간 우린 소련, 그리고 빨갱이들과 끝나지 않는 기나긴 투쟁을 해야 해."

"그럼, 각하께선……."

"이번에 다시 한번 만나서 확실히 깨달았어. 나는 충분히 스탈린을 구슬릴 수 있네. 스탈린도 세계 혁명 같은 헛짓거리보단 자국의 이익에 더 관심이 많으니, 우린 좋은 파트너가 될 수 있을 거야."

루즈벨트의 세계 전략에 대해선 이미 전에도 들었었지만, 그사이 그의 계획은 보다 세세해져 있었다. 독일을 쪼개버리고 거대한 밀밭으로 만들어 산업 역량을 완벽히 거세한다. 영국과 프랑스는 랜드리스라는 거대한 빚더미로 발을 묶고, 식민지를 모조리 해체한다. 어떻게? 소련을 용병으로 부려서.

"그게… 됩니까?"

"돼. 안 될 게 뭐 있나? 독일을 날려버리면 오직 미합중국만이 기술력을 선도하는 세계의 공장, 세계의 연구소가 될 거야. 빨갱이들도 결국 세계 무역의 흐름에 합류해 돈맛을 보면, 소소하게 헛짓거리를 해도 대국을 엎을 순 없지.

하지만 더그가 백악관에 가면? 소련을 구슬리긴커녕 적대시할 거야. 그러면 청과 적, 자본주의와 공산주의가 다시 세계를 두고 기나긴 경쟁 상태에 들어가겠지."

냉전. 무수한 핵미사일 위에서 치러진 기나긴 황혼의 투쟁. 크고 빨간 단추 하나를 누르냐 마냐로 지구의 운명을 몇 번이고 뒤흔들었던 그 외나무다리 위에서의 싸움. FDR쯤 되는 인간이라면, 거기까지 내다볼 수 있나?

"그래선 안 돼. 무의미한 짓이야. 가만히 앉아서 전 세계를 우리의 시장으로 삼을 수 있는데, 왜 절반만 차지해야 하지?"

"그게 가능하다면 당연히 좋겠지만, 가능할지에 대해선……."

"오직 나만이 해낼 수 있어. 나만 가능하고말고."

그가 언급하는 게 무엇인지는 뻔했다. 4선. 4년 더. 결국 그거였나? 그래서 독일을 '천천히' 무너뜨리길 원하나? 내 표정이 굳어지자, 그는 내 어깨를 두드리며 말을 이었다.

"나는 몇 번이고 더그가 내 뒤를 이을 만한 사람인지 탐색해 왔어. 하지만 글렀어. 그놈은 아냐."

"그냥 당이 달라서 그런 게……."

"아니. 그놈은 벌써 자기가 백악관에 들어가면 빨갱이들 버르장머리를 교정해주겠다고 벼르고 있어. 그놈뿐인 줄 아나? 후방은 전부 대립과 승리에만 매달려 있어. 쿨럭, 쿨럭! 더그는 10년쯤 뒤에, 내가 이 나라가 가야 할 길을 깔아놓은 뒤에 백악관에 가도 충분해."

"전쟁부 장관은 전혀 그렇게 생각 안 할 것 같습니다만……."

"그래서 내가 어쩔 수 없이 백악관에 남아 있어야 한다고! 자네가 날 좀 도와줘야겠어. 진 자네라면 내가 틀리지 않았다는 걸 알아줄 것 같으니."

루즈벨트는 세계지도를 가리켰다.

"맥아더는 민주당 내의 분란을 유도하고 있어. 정확히 말하자면 민주당 내 보수파들이 공화당과 붙어먹기 시작했지. 나도 당연히… 믿을 만한 사람에게 대권을 양보하고 물러나고 싶었지만, 내가 아니라면 민주당을 휘어잡고 친소 정책을 펼 만한 사람이 없네."

"'친 소련'이라는 정책 자체가 그만큼 대중들에게 받아들여지지 않는다는 뜻 아니겠습니까."

"그래도 해야 해. 이건 우리의 미래가 걸린 일이니까."

그는 두 곳을 가리켰다. 독일. 그리고 일본.

"소련과의 관계가 경색되고 대결 구도로 간다면, 이 두 나라를 제대로 응징하는 건 불가능해져. 썩어빠진 전범 놈들을 교수대로 보내는 대신 구슬려서 우리 편으로 삼아야 하니까."

"홀로코스트 같은 짓거리가 만천하에 까발려졌는데, 그놈들을 우리 편으로 삼는 것도 대중의 지지를 못 받기는 매한가지같은데……."

"못 할 것 같나? 장담컨대 대중들은 언론을 통해 이름을 접한 놈들, 히틀러나 괴벨스 같은 이들을 제외하면 그 버러지들이 존재하는지조차 모를걸세. 빵에 몇 년 처박아 놨다가 우리 유권자들이 그들을 까먹을 때쯤 조용히 풀어주고 '반공 전선에 참여하는 것으로 속죄' 따위 개소리나 지껄이겠지."

실제로 그러했다. 굳이 한국사를 논할 것도 없다. 반공이라는 기치는 거의 모든 전범과 악질 인사들에게 면죄부를 부여했다. 독일이든, 일본이든, 신생 독립국이든.

"내 말 명심하게. 우리나라… 아니, 미래가 걸린 일이니."

"……."

"내가 권력 때문에 이러는 게 아냐."

마지막 말만 안 했어도 내 고민의 절반은 줄었겠다. 망할.

* * *

거참 주옥같네 정말.

나는 벤치에 걸터앉아 연타로 몇 개비씩 담배를 태워댔지만, 여전히 머리가 복잡해 죽을 것만 같았다.

루즈벨트는 냉전 자체가 벌어지지 않길 원한다. 그게 가능할까? 정말 냉전이 일어나지 않는다면… 우습지만 군이 할 일은 더 줄어든다. 하지만 이 전쟁이 끝나면 어차피 내가 할 일도 딱히 없을 거다. 대충 명예직 받고 후방으로 빠졌다가 조용하게 은퇴하겠지.

빠른 종전으로 흘려야 할 피를 줄이면 된다고 생각했다. 하지만 냉전이라는 공포를 세상에서 없앨 수 있다면, 미국과 소련의 팽팽한 경쟁으로 허비한 그 막대한 자원을 조금 더 나은 곳에 투자할 수 있다면… 세상은 더 나아질 수 있는가? 흐르는 피의 양이 더 늘어나는 걸 감수할 만큼?

내일모레 내 나이가 쉰인데, 여태껏 미래 지식 하나로 꿀빨던 내가 앞일을 전혀 모르는 세상으로 나아간다면 과연 퇴물이 되지 않을 수 있는가. 할 수 있는가, 없는가. 하면 더 나아지는가, 더 안 좋아지는가.

혹시 루즈벨트가 그냥 권력욕에 미쳐서 노망이 난 거라면? 그냥 공화당이 배알 꼴려 잘못 생각하는 거라면? 사실 빨갱이 콧수염에게 완벽히 속아 넘어가 오판한 거라면? 모르겠다. 전혀 모르겠다.

"씨발. 그냥 까라고 했으면……."

나는 스스로 중얼거리다가도 입을 다물었다.

까라면 깠을까? 나도 모르겠다. 얌전히 명령을 수행했을지도 모르고, 어쩌면 또 괜히 꼴받아서 대들었을지도 모른다. 이걸 노리고 내게 부탁이네 너밖에 없네 떠든 거라면 정말 루즈벨트가 아니라 제갈벨트로 개명해야 한다.

딱 하나 확실한 게 있다면. 아직 이딴 고민을 하기엔 독일군이 너무 세다는 사실이다. 어느새 내 앞엔 꽁초가 수북하니 쌓여 있었고, 저 멀리 해가 떠오르고 있었다.

5월 12일. D+1일. 다 이긴 뒤에 고민해야지. 빌어먹을. 일단은 귀한 남의 아들들 피로 사들인 캉부터 지켜야 했다.

서부 전선 이상 많음 3

5월 12일. D+1일.

"우리를 유럽으로 보내주십시오."

총사령관의 일이란 대개 이러했다. 당장 옛날 옛적, 내가 부관 일하던 21세기만 봐도 어땠는가. 저 높은 곳에서 번쩍번쩍하는 스타 님들의 스케줄과 타임 테이블은 널리 공유되었고, 그 타임 테이블에 자신들의 일정을 끼워넣기 위한 온갖 궁정 암투와 육박전이 벌어졌었다. 하물며, 뇌물이 인정 취급받고 협잡이 사교의 일환인 이 시대라면?

우리 부관이 이상하게 살이 안 빠지는 거라든가, 못 보던 술병이 보좌관의 가방 한 귀퉁이에 삐쭘 튀어나와 '안녕! 난 고급 양주야!'라고 내게 말을 건다거나…… 그래 뭐. 마셜의 직속 노예급은 아니지만 충분히 극한까지 노역하고 있는 그 친구들에게 약간의 부수입이라도 있어야 살맛 나겠지. 아무튼, 내가 나름대로 피하려고 용을 썼던 브와디스와프 시코르스키 (Władysław Eugeniusz Sikorski)가 끝끝내 나와 일정을 잡아버렸다. 자유 폴란드군 총사령관 겸 폴란드 망명 정부 수반. 아무리 망명 정부라지만 엄연히 한 나라를 대표하는 인물인데, 나랑 어울리기엔 내가 좀 후달린다. 우리 국무부 사람들 다 어디 갔어? 응?

당번병이 건네준 커피를 입에 대기도 전에, 시코르스키는 한껏 비장한 어조로 말문을 열었다.

"킴 장군. 폴란드군은 조국 해방과 연합군의 대의를 위해 헌신할 모든 준비를 갖추었습니다."

"귀국 군대의 열정과 의기에 대해서는 저 또한 잘 알고 있습니다."

"그렇다면 우릴 프랑스로 보내주시는 겁니까?"

"으음… 그것과는 조금 다르지요."

미치겠네. 내 양심이 쿡쿡 찔려서 도저히 이분 얼굴을 볼 수가 없어.

솔직히 말해, 루즈벨트는 자국의 이익이 아닌 타국, 타민족의 아픔에 깊은 이해와 동정심을 품는 인간이 아니다. 이런 인간을 가슴 깊이 빡치게 한 나치 독일이 얼마나 대단한 일을 했는지 알겠는가?

나는 안다. 루즈벨트의 머릿속 세계 전략에 폴란드란 나라는 존재하지 않는다. 이미 카이로 회담에서 루즈벨트는 스탈린에게 폴란드 땅 절반을 주기로 약속했고, 딱히 폴란드란 국가를 수호해야 한다는 의지도 없다. 폴란드를 지키려다 스탈린을 자극할 필요가 없다는 게 그의 계산이니까. 폴란드계 미국인의 약 90%가 루즈벨트를 위해 표를 던졌고, 폴란드계 미국인 주요 지도자들과 몇 번이고 회동하며 같이 손잡고 사진을 박았지만 그는 전혀 망설임 없이 폴란드를 스탈린의 입에 던져줬다.

애초에 처칠조차 폴란드인들의 저 투쟁에 빚을 졌다거나 하는 감정보단 소련이 더 크지 않았으면 하는 바람에서 어깃장을 놨다는 걸 고려하면, 그냥 루즈벨트가 냉혈한인 게 아니라 정치가 다 저 모양인 것 같긴 하다.

문제는… 나는 정치인이 아니란 거지.

"자유 폴란드군 제1기갑사단은 모든 준비를 끝냈습니다."

"음… 거, 언어 문제가 있잖습니까. 연합작전에서 의사소통 문제는 매우 큰 문제가 되리라 예상합니다."

"이미 몇 차례 의견을 개진했소만, 캐나다군이 기꺼이 그 짐을 부담하기로 했소."

젠장. 이것도 막다른 길인가. 캐나다인들은 북아프리카에서, 디에프에서, 그리고 저 끔찍한 노르망디 해안에서도 분투했다. 하지만 전쟁은 역시 대가리 숫자로 결정되는 일. 동원 병력의 한계를 극복하기 위해 캐나다군은 기꺼이 나치의 군홧발에 짓밟힌 나라들의 망명 정부군을 품에 끌어안았다. 그래서 지금 개편된 캐나다 제1군은 체코슬로바키아 제1기갑여단, 왕립 네덜란드 차량화보병여단, 제1벨기에여단, 거기에 이탈리아연합군에서 파병한 부대까지 섞여 그야말로 국제시장을 이루고 있다.

"대체 왜 우릴 극력 거부하려는 겁니까. 내 속 시원히 이유라도 듣고 싶습니다."

당신들이 흘릴 피에 보답 못 할 미래가 보이기 때문입니다, 라고는 입이 째져도 말할 수 없다. 눈 딱 감고 전쟁터에 보내면 모든 게 해결된다. 혹시 아는가. 정치 외교적 지형이 바뀌어 폴란드인의 투쟁이 보답받을지도. 보답 받지 못하더라도 그건 정치인 탓이지 내 탓 아니다… 라고 자기 합리화를 해도 사실 틀린 건 아니잖아.

억울하다. 나랑 아무 관련도 없는 나라인데 왜 내가 이들의 미래를 생각하며 가슴 아파해야 하지? 대체 왜? 나는 제발 눈치 빠른 우리 부하님들 중 한 명이 달려와서 날 좀 이 더부룩한 자리에서 풀어주진 않을까 헛된 기대를 하며, 마냥 커피잔을 매만지고 있었다.

"사령관님! 총사령관님!!"

좋아, 부관! 믿고 있었어!! 나는 입꼬리가 올라가려는 걸 애써 참으며 한껏 근엄하게 목소리를 착 깔았다.

"무슨 일이길래 지금 이 막중한 자리에 뛰쳐 들어오는 건가."

"괴벨스가 폭로를 했습니다."

"폭로? 또 별 쓰잘데기없는 헛짓거리를 하나보지? 뭔데 그러나."

"잠깐, 여기서 말씀드리기가 조금……."

"그냥 말하게. 여기 계신 시코르스키 장군님 또한 한 나라를 책임지고 있는 위치인데 뭘 그리 망설이나."

부관은 참으로 경망스럽게도 앞에 있는 시코르스키를 힐끗거렸다. 대체 남의 나라 국가 원수를 누가 그따구로 보래? 귀관은 아무래도 여기보단 최전방이 더 어울릴…….

"소련군이 폴란드인을 대량 학살한 현장을 찾아냈다고 합니다."

이 멍청한 놈아! 그런 거면 몰래 적어서 보여줬어야지! 시코르스키가 떨어트린 커피잔이 사방으로 깨져나가 산산이 흩어지고 있었다.

* * *

5월 13일. D+2일. 프랑스의 밭고랑이 침략자와 해방자가 나란히 흘린 피로 흘러넘치기 시작한 지 사흘째. 마침내 그 피가 옅어졌다.

"어째서! 어째서어어어!! 빌어먹을! 히틀러한테 얼마 받아먹었냐 이 개 같은 새끼야!! 으아아아!!"

총사령관이 하늘을 향해 삿대질하며 포효한다 한들, 무심한 하늘은 비구름을 가득 품고 대지의 두 발 달린 작은 생물들의 머리 위에 연신 물을 퍼부어댔다. 날씨가 변화무쌍하기로 유명한 도버 해협에 폭풍이 몰아쳤다.

"안 돼! 안 돼에에!"

"항구가 무너진다! 이대로는 망가져!!"

"꽉 붙들어! 무슨 수를 써서라도 둘 다 망가지는 꼴만은 면해야 한다!"

연합군의 수송은 중지되었다. 노르망디 해변에 세워진 멀베리 항구 두 개 중 하나가 파손되었고, 최소한 완파만은 막기 위해 공병들과 민간 기술자들은 악다구니를 썼다. 항공작전 또한 거의 힘들어져 개점 휴업을 선언했다.

"몽고메리 장군께선 차후 작전에 대해 어떻게 생각하십니까?"

"당연히 전진 아니겠소."

그러나 육군은 그 와중에도 숨 고르기 대신 전진을 선택했다. 몽고메리와 브래들리 두 사람의 눈에, 상황은 너무나 명백했다.

"우세한 항공력을 써먹을 수 없다는 점은 치명적이지. 하지만 지금 공세를 멈췄다간 정말 이곳에서 전선이 고착화될 우려가 있는 것 같소."

"제 생각도 같습니다. 다만 캉을 탈환하려는 독일군의 압박이 매서우니, 미군은 우선 캉 수비에 초점을 맞출까 합니다."

"흠. 숙련병들의 소모가 제법 컸다더니, 벌써 공세 역량이 부족하시오?"

"솔직하게 말씀드리면, 예. 맞습니다."

천하의 몽고메리조차 이 순해 빠진 오마르 브래들리를 상대로 거침없이 마운팅을 하기엔 아주 약간, 정말 약간 양심의 가책 비스무리한 무언가를 느낄 수밖에 없었다.

"어제 수송된 병력 상당수가 영국군이잖습니까. 수송이 재개되고 군단 하나가 더 도버 해협을 건너는 즉시 공세를 재개하겠습니다."

"그럼 그때가 오기까지 우리 영국군이 카랑탕, 생로, 그리고 셰르부르를 점령하리다."

합의는 빨랐고, 전황과 공적 두 측면 모두에서 급했던 건 몽고메리와 영국군이었다.

'원수! 내 원수 자리!'

아주 약간의 욕심이 섞이긴 했지만, 몽고메리의 판단은 결코 틀리지 않았다. 프랑스 곳곳에 흩어져 있던 독일군은 빠르게 북상하고 있었고, 하늘이 연합군 항공기를 붙들어 맨 지금 독일군은 이를 악물고 최대한 빨리 달려오고 있으리라. 그들이 카랑탕을 가득 채우는 순간, 흘려야 할 피의 양은 추산하기조차 두려워진다.

이뿐만이 아니다. 연합군의 기만전에 낚여 발칸반도에 배치되어 있던 병력 중, 현지 현상 유지에 필요한 소수를 빼고 죄다 대규모 재배치를 개시했다는 첩보 또한 접수되었다. 아무리 생각해도, 그 병력이 동부 전선에 갈 것 같진 않았다. 따라서 몽고메리는 이 폭풍우 속에서도 진격을 결심했다.

"밀어붙여! 우리가 버려야만 했던 전우를 구할 시간이다!"

"대영제국은 결코 전우를 포기하지 않는다! 가자!"

"우리가 돌아왔노라! 됭케르크에서 탈출했던 우리가!"

한때 전 유럽에 그 명성을 떨치던 레드코트의 후예들. 독일군이 아무리 격렬히 저항한다 해도, 영국군의 대공세를 정면에서 버텨내기엔 그 힘이 아직은 부족했다.

한편, 캉은 다시 한번 인세의 지옥이 되었다.

"우리도 싸우겠습니다!"

"무기를 주십시오! 저 빌어먹을 독일 놈들을 쳐죽일 수만 있다면 무엇이든 하겠습니다!"

"프랑스 여러분이 어떤 마음이실진 십분 이해합니다. 하지만……."

"하지만이 어딨소! 지금, 지금 무슨 일이 일어나고 있는지 당신들도 잘 알잖아!"

"독일군은 이곳으로 다시 올 겁니다. 저희를 도와주고 싶으시다면, 잠시 무기 대신 삽을 들어주시기 바랍니다. 여러분이 참호를 파주신다면 우리가 제리들을 쏴 죽이겠습니다."

밴플리트가 이끄는 제8군단이 완편되길 기다리며 미군이 진격을 잠시 멈추자, 독일군은 숨 고를 틈이 생겼다. 독일의 룬트슈테트는 연합군의 수송이 재개되기 전에 캉을 재점령하고 상륙한 미군을 해안으로 내쫓기 위해 잔존 병력을 재편할 것을 지시했으나, 그의 영향력이 닿지 않는 부대는 너무 많았다.

"애들이 영 의기소침해졌습니다."

"허 참. 가관이구만. 이 자식들은 러시아 땅에 갔으면 아주 질질 쌌겠어."

"지금 우리 부대원들은 자신감을 끌어올리고 본인들의 사명과 긍지를 다시 한번 되새길 시간이 필요합니다."

제12 SS사단, '히틀러 유겐트'는 첫 전투에서 대패하고 사기가 급전직하했다. 충성스럽고 유능한 친위대 간부들은 고심 끝에 이 가엾은 어린 병사들의 용기를 되찾기 위한 새로운 작전을 준비했다.

"죽여라!"

"이 배은망덕한 열등종족 라틴 놈들이 결국 우리 등에 비수를 꽂았다!"

"유대인의 사주를 받은 레지스탕스들, 그놈들을 비호하는 놈들은 한 놈도 살려둬선 안 된다!"

"끼아아악!!"

살인, 방화, 강간. 참으로 훌륭하게도, 약탈은 그리 많지 않았다.

"삽날이 왜 보이나! 구덩이 빨랑빨랑 파라!"

"너희 삽질이 느리니까 이 새끼들이 1분 더 살았잖아!"

목가적인 노르망디의 교외 시골 마을 곳곳에서 인적이 끊겨버렸다.

"장하다, 독일의 아들들이여! 우리를 굴욕적인 퇴각로에 오르게 했던 이 유대인들은 마침내 총통 각하의 철권인 우리들의 손에 그 역겨운 짓을 멈추게 되었다!"

"우리는 승리했다! 이제 배신자들이 없어졌으니, 미군은 결코 우릴 이기지 못한다!"

"가자!"

프란츠 슈미트를 비롯한 친위대 장병들이 보람찬 첫 승리를 거두고 환호를 내지르는 동안, 다시 한번 캉에서 화약 내음이 퍼지기 시작했다.

"이봐, 들었나? 엄마 없는 독일 새끼들이 우리 불쌍한 브래드를 존나게 괴롭히고 있다는군!"

"사령관님께도 동정심이란 게 있었습니까?"

"도오옹저어엉?"

허리춤에 홀스터를 매며, 남자는 동정이란 단어를 생전 처음 듣는 듯 음미했다.

"미쳤나? 내 자리 뺏어간 새낄 내가 왜 동정해. 내가 노르망디에 갔어봐. 독일 새끼들, 있는 엄마 없는 엄마 다 찾으면서 꽥꽥대고 있었을 텐데."

그토록 아끼던 후배가 이토록 장렬히 통수를 칠 줄, 이 귀족적인 기품 가득한 명문가의 후예가 어찌 알았겠느뇨? 다른 사람도 아니고 조카님을 위해 힘 좀 썼건만 결과는 보직해임. 참 나쁜 놈이다.

"자. 건방지게 우리에게 등짝을 보여준 제리 새끼들, 그 쫄깃한 항문을 전부 테네시강처럼 개발해 줄 시간이다."

5월 14일. D+3일. 용기병 작전 개시.

패튼 강습.

서부 전선 이상 많음 4

남프랑스 방위를 위해 배치된 독일군은 G 집단군, 그리고 그 예하 제19군. 거창하게 무려 집단군 하나가 배치되어 있었지만, 남프랑스는 우선순위에서 한참 밀리고도 남았기에 그 상태는 영 좋지 못했다.

동부 전선이 개막하자 병력과 장비를 한 움큼 타 부대에 차출당했다. 한창 격렬하게 북아프리카 전역이 벌어지고 있을 때 롬멜에게 보낼 지원부대로 또 한 움큼 뜯겼다. 이탈리아에 연합군이 상륙하자, 가장 급히 동원할 수 있던 부대 또한 이들 남프랑스 주둔군. 설상가상으로 노르망디에 연합군이 상륙하자마자 룬트슈테트는 강력한 반대에도 불구하고 또 이곳의 부대를 일부 데려갔다.

"어차피 못 지키잖는가."

"그렇지만……."

"총통 각하께선 당연히 반대하시겠지. 하지만 현실적으로 봐야 하네. 이미 노르망디에 적이 발을 디딘 이상 남프랑스에서 상륙을 격퇴한다 한들 상황은 그리 바뀌지 않아."

그래서 그냥 싸우지 말고 얌전히 죽으라고?

뺑 뜯긴 병력의 일부를 돌려받긴 했다. 하지만 그렇게 새로 받은 병력은 당연히 전투력이라곤 개판인 동방부대. 말이 거창해서 동방부대지, 대충 붙잡다 '넌 오늘부터 독일군이다!'라며 군복 입혀 보낸 슬라브인 아닌가.

뺑 뜯긴 무기의 일부는 돌려받긴 했다. 죄다 노획한 적군의 병기로. 심지어 '너희 어차피 얌전히 해안 방어하는 부대니까 기동력 필요 없잖아?'라는 명분으로 몇 없는 트럭과 짐마차, 말까지 싹싹 다 뜯겨버렸다. 사실상 남프랑스는 방치되었고, 결과는 뻔한 일이었다.

5월 15일. D+4일.

"개잡놈들을 싹 쳐죽일 시간이다! 바로 우리가 이 전쟁의 최고 수훈자가 된다!"

"마르세유 일대를 해방한 후 북진하여 노르망디의 아군과 합류한다. 프랑스 전역을 거대한 포위망으로 만들어 독일군을 가둔다면 이 전쟁의 끝을 1년은 족히 앞당길 수 있다!"

프랑스 남부의 작은 도시, 생—막심(Sainte—Maxime) 일대에 미—불연합군이 그 발을 내디뎠다.

서쪽으로는 툴롱과 마르세유, 몽펠리에. 동쪽으로는 칸과 니스. 특히 툴롱과 마르세유는 천혜의 항구이자 군항으로, 이곳을 확보한다면 연합군의 보급 능력은 훨씬 더 신장될 것이 너무나도 명백했다.

"연합군이다!"

"어, 어떻게 벌써? 며칠 전에 노르망디에 상륙했다고 하지 않았냐고?!"

상륙작전 직전, 사전 제압을 위해 노르망디에 투입되지 않고 대기 중이던 미 육군 제82공수사단이 남프랑스에 강하하여 주요 교통의 요지를 점거했다. 독일군은 나름대로 어려운 여건과 불리한 환경 속에서도, 방어자의 유리함을 십분 활용해 저항해보았으나.

"아군은 대체 다 어디 있는 거냐!"

"통신이 연결되지 않습니다!"

"레지스탕스들이 봉기했습니다. 철도 곳곳이 훼손되어 병력 이동에 심각한 지장이……."

"이런 빌어먹을!!"

노르망디 상륙의 전훈은 현장에서 즉각 업데이트되어 용기병 작전을 시행하는 주요 지휘관들에게 배포되었고, 패튼을 위시한 미군 지휘관 중 이를 경시하는 이들은 아무도 없었다.

"해안포가 제압되지 않은 섹터가 있습니다."

"날파리 새끼들이 실컷 두들겼는데도 살아 있다고? 빌어먹을, 역시 전쟁은 군인이 걸어가서 하는 거지. 해당 섹터는 포기한다."

패튼이 추구하는 전투는 곧 기동전. 말짱한 철조망과 방어선에 병사를 쑤셔 넣어 어기적대는 꼬라지는 그의 미학에 반하는 짓이었고, 연합군은 방어가 약한 곳만 집중적으로 파고들어 순식간에 해안선 전역으로 뻗어나갔다.

"항복! 항복!!"

"우린 끌려왔습니다!"

"얘들 뭐라는 거야?"

"독일어는 아닌 것 같은데요?"

"그깟 포로 붙들고 있을 시간 없어! 대충 격리 수용하고 빨리 진격한다!"

노르망디에서 이미 증명되었듯, 어떠한 전의도 의욕도 없는 동방부대는 미군이 다가가기 무섭게 광속으로 총을 바닥에 버리고 두 팔을 높이 뻗었다. 그 뒤는 일사천리. 패튼의 장기가 펼쳐졌다. 미리 쟁여 놓은 수만 개의 맛 좋은 알약이 배부되었고, 만 48시간 동안 독일군이 정신줄을 붙잡기도 전에 휘몰아친 끝에 연합군은 성공적으로 해안 일대를 확보할 수 있었다.

"사령관님. 더 이상은 힘듭니다."

"병사들이 약의 힘으로 버티는 것도 한계에 도달했습니다."

"역시 48시간까진 무리였나. 그럼 선수 교체해야지."

다소 과격했지만, 적어도 되는 것과 안 되는 것의 구분은 할 줄 안다. 상륙 직후 도시를 점령하는 일이 얼마나 힘든지 또한 이미 브래들리와 몽고메리가 처절하리만치 증명했다.

"뒤 닦는 일은 프랑스군에게 마저 맡기자고. 일부만 마르세유 점령에 투입하고 나머지는 숨 좀 고른 후 곧장 북상한다."

"북상… 말씀이십니까?"

"그래. 리옹까지는 확보해 둬야 안전선이지! 저 새끼들이 걸음아 나 살려라 도망치는 지금 뒤통수에 큼지막한 혹 몇 개는 더 새겨줘야 하지 않겠어?"

적의 전력은 곳곳에 파편화되어 뿌려져 있다. 기동성을 갖춘 몇 안 되는 병력은 레지스탕스에게 발목이 붙들렸고, 도무지 제대로 된 전술적 행동을 하지 못하는 상태.

"기갑사단 하나. 그 이외엔 멀쩡한 군대라곤 없구만."

저 기갑사단 하나만 으깨버리면 파리로 가는 길이 한여름 꽃봉오리처럼 활짝 열린다.

[파리는 패튼 장군을 환영합니다!]

[고마워요, 미국인 여러분!]

[프랑스인들은 영원히 조지 패튼의 이름을 기억할 것]

개선문 앞을 위풍당당히 행진하며 끝없는 꽃다발의 세례에 푹 빠지고, 이 위대한 정복자이자 해방자를 환영하는 무수한 악수의 세례! 음, 좋다. 완벽해.

"가자, 파리로!"

"총사령관께선 파리를 건들지 말라고 하셨습니다만……."

"아, 말이 그렇단 거지. 내가 언제 명령에 안 따른 적이라도 있었나?"

뻥이다. 기회만 엿보다 각만 잡혔다 하면 바로 들이댈 거다.

"그런데 말야. 나처럼 인도적인 사람이 고통받는 파리 시민들을 위해……."

"안 됩니다."

패튼은 치솟아 오르는 입꼬리를 가라앉히기 위해 힙플라스크를 입에 가져다 댔다.

가고 싶다, 파리.

* * *

프랑스인들은 거의 숨이 넘어갈 것만 같았다.

삼색기!

마침내 이 땅에 돌아온 삼색기를 휘날리는 군대!

"일어나라 조국의 아이들아, 영광의 날이 왔노라!"

"우리에 맞서 압제자의 피 묻은 깃발이 일어났노라!!"

입에서 입으로. 들불이 온 사방팔방으로 뻗어나가 대지를 모조리 불태우듯, 프랑스 남쪽 끝에 모습을 드러낸 자유 프랑스군의 소식에 온 프랑스가 부글부글 들끓기 시작했다.

"폭탄 시키신 분!"

"여긴 우리 구역이다!"

"그래, 당장 꺼져!"

폭발, 폭발, 총성, 폭발.

물 만난 물고기처럼 프랑스인들은 그동안 억눌린 정열과 울분, 예술에 대한 욕망을 폭발로 승화시켰다. 어쩌면 예술이란 폭발이 아닐까? 노르망디로 전투 병력 상당수가 빠지면서, 주요 도시의 치안을 유지하기 위해 주둔해 있던 병력의 수가 당연히 그만큼 감소했다.

이제 독일군은 밤에 순찰을 돌 때면 반드시 장탄 수를 확인한 뒤 여럿이 함께 조를 이뤄 움직여야만 했다. 여자나 밀수 등, 뒤가 구린 짓을 하기 위해 홀로 거리를 싸돌아다니던 독일군은 그동안 자신들이 안전하게 도심을 활보했던 이유는 오직 독일에 대한 공포 때문이었단 교훈을 온몸에 새기고 말았다.

"커, 컥! 사, 살려, 살려주……!"

"닥쳐."

안타깝게도, 교훈이 몸에 새겨지고 나면 으레 영혼이 육신을 빠져나갔기 때문에 그 교훈을 되새김질할 시간 같은 건 없었다.

레지스탕스는 어디에나 있었고. 또 어디에도 없었다.

독일 병사 한 명이 시체로 발견되면 독일군이 떼지어 몰려가 으름장을 놓고 공개 총살을 집행하며 자신들의 지배력을 유지하려 안간힘을 썼지만, 연합군이 성큼성큼 다가오고 있는 지금 그 모든 노력은 허사로 돌아갔다.

하지만 이상하게도 자유 프랑스군의 기치가 휘날리는 해방구 그 어디에도, 정작 그 지도자 드골의 모습은 보이지 않았다.

* * *

― 따라서, 우리는 그 어떠한 경우에도 파리를 사수할 것이나 비열한 연합군은 우리에게 정당한 권리가 있는 파리와 프랑스 일대를 노리는 바가 명백하다 할 수 있다!

― 이에 따라 독일 제3제국 총통, 아돌프 히틀러 각하께선 천명하시었다. 연합군이 파리를 노린다면, 그들이 손에 쥘 수 있는 것은 오직 잿더미와 자갈뿐이다! 우리는 파리를 적의 손에 넘겨줄 바엔 차라리 잿더미로 만들 것이다. 파리를 지키는 우리의 아들들은 그 어떠한 상황에서도 포기하지 않을 것이며, 파리의 골목 하나하나는 독일의 건아 한 명을 쓰러트리기 위해 열 명의 목숨을 바쳐야 할 것이다! 앞으로 파리가 파괴된다면 그 책임은 오롯이 우리의 경고를 무시한 연합군에게 있으며…….

"씨발놈."

넌 진짜 잡히면 뒈졌다. 괴벨스 박사. 교수대에 보내기 전에 그 혓바닥부터 먼저 손봐줄 테니 딱 기다리고 있어라. 나는 도저히 낙지 스껌 새끼들의 저 비범한 발상을 따라갈 수 없다. 파리를 불태우겠다니. 제정신인가?

물론 나는 건전한 정신과 건전한 양식을 겸비하고 있는 상식인이기 때문에, 파리에서 뜨거운 공성전을 벌일 생각은 추호도 없다. 시가전 준비를 끝내고 도시에 틀어박힌 적을 상대한다는 게 얼마나 고통스러운 일인지 스탈린그라드가 증명했으며, 캉에서도 피로 교훈을 새겼다.

하물며 파리와 같은 거대한 도시에 들이박는다? 하하. 농담도 참. 이미 참모부에서는 '파리 시가전은 어마어마한 인명 소모와 막대한 물자 소모가 예상됨.'으로 요약할 수 있는 보고서를 제출하였고, 그 뒤 '잿더미가 된 파리 시민이 굶어 죽지 않게 하려면 필요한 긴급 구호 물자'에 대해서도 보고를 올렸다.

절대, 절대 이건 감당할 수 없다. 파리는 독이 든 사과다. 연합군이 안정적인 보급선을 확보하기 전에 섣불리 파리를 건드렸다간 우리 장병들이 굶거나, 난민이 된 프랑스인이 굶거나, 둘 다 굶는다. 따라서 우리가 세운 전략에 따르면 파리를 우회해 거대한 포위망을 구성하고, 파리에 뛰어드는 대신 서서히 조여 들어가 주둔군의 자발적인 투항을 유도한다는 플랜이 잡혀 있다.

그리고 내 참모들조차 모르는 시크릿 루트로는, 은밀히 라인하르트 하이드리히와 교섭이 지속되고 있다. 그 간교한 인간백정은 알고 있다. 지금 괴벨스의 저 선언으로 자신의 몸값이 더 올랐단 사실을. 참으로 우습지만, 어쩌면 정말 저 새끼가 신분 세탁도 안 하고 평온히 여생을 즐길 수 있을지도 모른다. '파리의 수호자' 타이틀을 달게 된다면 말이지.

패튼은 파죽지세로 치고 들어갔고, 남프랑스 전역을 말 그대로 찢어버리고 있다. 그렇게 애지중지하던 퍼싱 중전차는 다 후방에 던져버렸다. 느려터져서 따라오지도 못하고 정비 소요만 신나게 늘리는 퍼싱 따위를 끌고 다닐 바엔 차라리 셔먼에 의지하겠다는 저 놀라운 기동에 대한 집착. 역시 패튼을 남프랑스에 박은 건 최고의 판단이었다.

폭풍은 지나갔고. 연합군은 다시 무시무시하게 대륙으로 병력을 뿜어내고 있었으며, 비구름이 사라진 하늘은 다시 연합군 특제 B—17 구름으로 뒤덮였다.

후. 이제 인정할 때가 된 것 같다. 이 유진 킴이야말로, 어쩌면 하늘이 내린 '작전의 신'이 아닐까……?

몬티는 매일마다 '내일은 카랑탕을 함락시킬 수 있음! 이번엔 진짜임!'이란 소릴 갱신하고 있었고, 하지몬이 이끄는 7군단은 성공적으로 캉을 수비했다. 이제 내일부로 밴플리트의 8군단이 진격을 개시하면, 다시 한번 독일 놈들을 크게 갈아버리고 파리 근방을 향해 진격할 수 있다. 영국은 당분간 잠잠할 테고, 드골은 남부로 보내버렸으며, 소련군은 다음 공세 준비에 분주한 이 상황.

크헤헤헤. 이제 남은 건 나의 위엄이 전 세계에 뻗어나갈 일뿐이다. 착하게 사니까 하늘이 드디어 상을 주시는 게 틀림없어. 폭풍이 치던 때부터 매일매일 꼬박꼬박 군목 불러서 예배도 드렸다. 혹시 기도가 모자랄까 봐 성공회와 가톨릭도 돌면서 무려 트리플 악셀 예배까지 했지. 이러니 제깟 놈들이 머리 굴려봐야 부처님 앞의 손오공 아니겠나…….

"사령관님. 제1군 사령관의 긴급 연락입니다."

"오마르가?"

나는 자리로 다가가 수화기를 들었다.

"무슨 일이야? 혹시 캉이 위험하기라도 한가?"

— 차라리 그거면 다행이지. 작전상의 문제는 없네. 그런데 전혀… 전혀 상정 못 했던 일이 발생했단 보고를 받았네.

뭐지.

"뭐길래 그래?"

— 드골이 캉에 갔다는군.

"뭐?"

— 드골이 캉에 입성했다고! 이 자, 패튼과 같이 있던 게 아니었나?

"그걸 왜 나한테 물어봐! 도대체 뭔데, 똑바로 말해봐!"

— 자유 프랑스군, 1개 연대나 여단급으로 추정되는 자유 프랑스군과 함께 드골이 왔어. 어떻게 이게 가능할 수가 있지? 나도 현지에서 보고받자마자 지금 너한테 전화한 거야.

"나중에 다시 내가 전화하지."

— 유즈······.

타앙!

나는 반쯤 던지다시피 수화기를 내려놓고 곧장 밖으로 뛰쳐나갔다.

시발, 한 대 맞았다. 샤를 드골. 패전국 프랑스의 머리채를 부여잡고 기어이 승전국의 반열로 끌어올린 괴물. 그런 인간이 순순히 남프랑스로 간다고 했을 때 눈치 깠어야 했는데!

"알렉산더 장군! 알렉산더 장군 어디 있어!!"

"총리님의 부름을 받고 잠시 자리를 비우셨습니다."

"그럼 대리, 차상급자는?"

"그분들도 전부······."

"나머지는?"

"죄송합니다. 찾아보겠습니다."

처칠이다. 처칠이 드골이랑 짜고 친 게 틀림없다. 후. 역사에 이름 남긴 괴물딱지들을 우습게 본 대가가 너무 아프다. 너무 아파. 친애하는 루즈벨트 폐하, 이 꼴이 보이십니까? 저는 정치 할 능력이 안 된다니까요? 왜 나한테 이딴 일을 맡겨가지고!

그래. 이건 다 FDR 잘못이야. 내 잘못 아님. 진짜로.

서부 전선 이상 많음 5

"자유 프랑스군을 저희가요? 전혀 그렇지 않습니다. 저희는 연합군의 대의에 따라 킴 장군의 지휘를 따릅니다."

"그러면 캉에 왔다던 저 군대는 대체……."

"그들은 정규 자유 프랑스군이 아니라 레지스탕스입니다."

얼마 뒤 만난 알렉산더 장군은 청산유수처럼 참으로 매끄럽게 답했다.

"잘 아시다시피 히틀러와 나치는 잔인하리만치 레지스탕스를 학살하고 있습니다. 문제는 이 존경받아 마땅한 애국자들이 제네바 조약으로도 보호받지 못한다는 점이지요."

"그래서……."

"예. 모든 레지스탕스들은 엄연히 '프랑스 국내군' 소속의 병사들입니다. 민간인과 구분되는 전투 복장을 갖추면 최소한 제네바 조약에 의거한 포로로서의 대우를 기대할 수 있으니까요. 장군께서도 서명하셨잖습니까? 보급 관련 서류를 확인해보시지요. 상륙 부대의 보급 품목에도 확실히 포함되어 있습니다."

미리 준비해 놓은 논리가 아주 탄탄하시네. 내가 반박할 수도 없고, 지금 캉에 있다던 그 부대가 레지스탕스인지 도버 해협을 건넌 자유 프랑스군인지 따지는 건 더 심각한 외교 문제를 일으킨다. 거기에 명분 또한 훌륭하다.

더군다나 드골은 자유 프랑스군 총사령관이지만, 보다 본질적으로는 프랑스라는 한 나라의 사실상 국가원수나 다름없다. 폴란드 망명 정부의 수반인 시코르스키에게조차 내가 한 수 접어주고 정중한 대우를 해줬는데, 드골에게 군법을 적용해? 그 순간 정말 버섯구름이 100개쯤은 피어날 거다.

이 일을 더 키울 순 없다. 순간적으로 꼭지가 돌았을 땐 이 영혼의 봇듀오 놈들에게 어떻게 엿을 처먹일 수 있는가 서른마흔다섯 가지 방법이 머릿속에 슉슉 떠올랐다.

노르망디 쪽 진격을 멈춰 세워? 패튼의 조공에 힘을 더 실어줘서 그냥 우리가 낼름 파리를 따버려? 〈몬티는 카랑탕을 사랑해〉 한 곡 작사 작곡해서 전군에 배포해버려? 언론 인터뷰로 적당히 영국 정계를 엎을 수 있는 지옥의 아가리질을 좀 떨어봐?

한참 이것저것 아이디어를 떠올리며 처칠과 드골이 쪼르르 달려와 '살려주게, 유진 군!' 하며 대가리를 박는 망상의 나래를 실컷 펴긴 했지만, 따지고보면 드골의 정치생명을 파묻으려고 야무지게 구덩이를 파고 있던 건… 나… 가 아니지. 아니고말고. 엄연히 동맹인 프랑스의 실질적 수반을 상대로 이 무시무시한 음모, 사보타주를 기획한 건 FDR이다. 나쁜 루즈벨트! 연합국 간에 이런 음모를 꾸미다니. 이래서 정치인들이란! 뒤늦게 봇물 터지듯 쏟아져 들어오기 시작한 보고 또한 내 합리적 판단을 뒷받침해주고 있었다.

— 캉에서 드골이 연설을 했으며, 노르망디 일대의 민간인들은 더욱 우리에게 협조하고 있습니다. 그동안 억압되었던 지역 커뮤니티와 지방자치단체가 복구 수순을 밟고 있으며, 현지인들과의 커뮤니케이션 또한…….

"내가 그걸 묻는 게 아니잖아, 이 사람 좋은 친구야."

— 드골이 프랑스가 해방되었음을 선언하고 캉이 '진정한' 프랑스의 임시 수도가 되었다고 선언했네. 이미 내 선에서 감당할 문제도… 아마, 진 네가 감당할 레벨도 뛰어넘은 것 같아.

"정확해."

— 나로서는, 그래. 정확히 말해 야전에 나와 있는 군사령관으로서는 구태여 드골과 대립각을 잡아서 어떤 이득을 얻을 수 있는지부터 의문스러워. 드골은 이미 프랑스 땅에 엄청난 영향력을 갖고 있고, 지금 이 전쟁에서 드골을 배제하려는 모든 노력은 별 재미를 못 볼 거야.

오마르는 지금 내가 이 건에 대해 몇 번이고 확인하자 그 의도를 곧장 캐치한 모양이다. 너같이 감이 좋은 대머리는 싫어.

벌써 그 정도인가. 내가 노르망디 상륙을 준비하기 위해 몇 달 동안 눈에 핏발을 세울 동안, 드골은 해방된 프랑스를 장악하기 위해 몇 달 몇 년을 준비했을 터. 나는 브래들리와의 통화를 끝낸 후 곧장 패튼의 사령부로 전화해 참모장을 불렀다. 패튼과 통화했다간 '나 파리 먹으면 안 돼?' 같은 사람 복장 뒤집는 소리나 듣겠지. 당분간 패튼과 통화할 일은 없다.

— 예, 총사령관님!

"참모장님. 상황은 파악되셨습니까?"

— 그렇습니다. 드골 장군의 소재를 명확히 파악하지 못한 점에 대해 제 책임이 무엇보다…….

"그런 요식행위는 다음에 합시다. 어떻게 된 겁니까."

답은 간단했다. 패튼과 드골. 사이가 좋으려야 좋을 수가 없는 인간들이 만났으니, 당연히 몇 번이고 충돌이 일어났다.

상륙까지의 작전행동은 영국 해군이 주관했고, 상륙 이후엔 드골이 아프다며 칩거. 우리 미군 참모들은 '아, 드골이 패튼 상판대기 보기 싫어서 아프다고 하나보다.'라고 여겼다고 한다. 처음부터 탑승하지 않았다는 비상식적인 전개를 누가 감히 예상했으랴? 애초에 한 나라의 수장이 승선했는지 안 했는지 확인하는 게 더 이상하잖아.

"거지같이 꼬였네. 하."

탄식이 절로 나온다. 하지만, 이제 진지해질 때가 왔다.

첫째. 프랑스 국내는 드골이 이미 큰 세를 확보했다. 둘째, 진흙탕 싸움을 하기엔 명분은 우리가 좀 더 딸린다. 셋째, 드골을 더 견제하려 들었다간 우리만 더 추잡해질 테고, 영국과 프랑스는 지금처럼 합동으로 맞설 게 뻔하다.

이번 일은 끝이 아니고, 드골은 프랑스라는 나라의 운명이 자신에게 달렸기에 정말 필사적으로 달려들 것이다. 아마도 내가 자신을 남프랑스로 보내겠다고 했을 때, 드골은 거의 생명의 위협에 준하는 공포를 느꼈겠지. 실제로 내⋯ 아차 실수, FDR의 의도가 바로 그거였고.

여기까지 수읽기를 했다면, 이제 예상을 해야 할 차례. 과연 FDR은 여기까지 계산했을까, 못 했을까? 드골이 저따위로 나올 걸 계산하고도 내게 드골을 막으라는 임무를 내린 거라면, 이건 나랑 한판 붙자는 소리다. 내가 FDR과 이인삼각을 맞춘 건 당연히 그가 대통령이기 때문이기도 하지만, 이런 정치적인 건에서마저 맞춰줄 이유는 없었는데⋯ 날 '아님 말고' 식으로 툭 던졌다면 충분히 멱살 좀 잡아줘야지.

아무리 생각해도 FDR이 그런 수를 던지진 않을 것 같다. 나는 그저 무심한 듯 시크하게 워싱턴 D.C.로 편지를 보내 맥아더 대선 후보님에 대한 지지 의사를 밝힘으로써 루즈벨트를 엿먹일 수 있으니.

계산을 못 했다면. 이건⋯ 더 큰 문제다. FDR이 노망이 나버렸거나. 드골을 낭떠러지로 처박으면서도 얌전히 떨어져 줄 거라는 근거 없는 자신감이 영혼까지 차올랐거나. 미국은 짱세서 뭐든지 할 수 있다는 행복회로가 너무 오버클럭되어 활활 불타버렸거나.

루즈벨트의 그 놀랍고도 거대한 플랜, 냉전을 없애겠다는 웅대한 대전략의 알파이자 오메가는 영국과 프랑스의 입을 꼬매버리고 스탈린의 소련을 흉포한 불곰에서 애완용 곰돌이 푸로 길들이는 데 달려 있다.

드골 하나 다루지 못한다면… 그 계획이 어떻게 성립될 수 있지? 영국과 프랑스가 협력해 미국 단독으로 세운 계획을 저지할 수 있다는 선례가 생겨버렸는데, 앞으로 처칠과 드골이란 괴물들이 얌전히 침묵하고 있을까? 드골이 루즈벨트의 흉계를 무너뜨릴 수 있다면, 훨씬 상황이 좋은 스탈린이 그를 등쳐먹지 못하리란 법이 어디 있나?

이렇게 따진다면, 이 상황이 의미하는 바는 단순히 드골이 꼴리는 대로 뛰쳐나가 대국민 쑈를 진행한 수준이 아니다. 이제 영국과 프랑스를 억누르기 위해서는, '착하고 정의로운 나라 미합중국'이라는 가면을 벗어던지고 힘과 돈으로 윽박지르는 방법밖에 없다. 그리고 이 짓거리를 하는 순간 모든 계획의 대전제 '팍스 아메리카나'는 물거품이 된다. 그냥 흔해 빠진 시진핑랜드 짝퉁이지.

만약, 만약 정말로 FDR이 틀렸다면 마지막으로 남는 이번 사건의 본질은 오직 하나. 나는 루즈벨트의 세계 경영 전략을 더 이상 신뢰할 수 없다. 그의 유럽 전략은 벌써 반쯤 무너졌다.

FDR은 틀렸다. 그의 수명이 얼마나 남았는지만이 문제가 아니었다. 그냥 전제 자체가 죄다 흔들리고 있잖은가. 이러면 냉전을 막겠다던 그 거창한 대의에 무슨 의미가 있지? 기껏 전쟁이 앞당겨져서 4선을 할 필요성도 더욱 줄었는데, 그러고도 냉전이 일어나면?

빌어먹을. 뒷목이 뻐근해진다. 앞으로의 미래를 생각하니, 아니, 안 돌아가는 이 머리로 저 괴물들의 대국을 따라잡으려니 도저히 내 머리가 돌아가질 않는다. 나는 숨이 턱턱 막혀 의사를 부를까 했지만… 때려치웠다. 이 시대 의사 놈들이야 아직 반쯤 사람 잡는 놈들인데. 외과 진료라면 몰라도 이런 일은 사양이다.

내가 서기 1893년에 내동댕이쳐지고 철이 든 뒤, 병원을 간 적은 극히 드물었다. 도저히 의사라는 놈들은 신뢰할 수가 없거든. 정말로. 이놈들은 그냥… 어디 만화에 튀어나올 법한 매드 사이언티스트다. 생사람 잡는 짓을 첨단 과학이라는 말도 안 되는 개소리 하면서 아주 별별 짓을 다 하고, 인체 실험을 아무렇지도 않게 여기거든.

히틀러의 주치의 모렐 박사를 후대 사람들은 암살범이라며 칭송하지만, 모렐 박사는 이 시대 기준으로 아주 탁월한 의사가 맞다. 코카인, 남성 호르몬, 암페타민, 히로뽕 같은 걸 잡탕으로 섞은 뽕가는 주사를 10년씩 놓고도 히틀러가 약빨로 골로 가지 않은 걸 보면 진정한 프로페셔널이지. 21세기 최신 의료를 뻔히 아는 내가 선택한 고혈압 처방전은, 더 많은 담배뿐이었다.

드골의 행동에 따른 대응은 이제 내가 결정할 사안이 아니다. 루즈벨트의 다음 수에 따라… 앞으로의 내 거취도 결정해야겠지.

* * *

"혈압 측정이 끝났습니다, 각하."

"요즘 따라 뒷목이 너무 당기는군. 제길. 온 사방에 날 물어뜯으려는 하이에나뿐이니… 그래서, 얼마던가?"

"예. 280/150mmHg입니다."

"그렇게 말한다고 내가 알겠나. 여전히 높은 건가?"

"일반인에 비해선 높은 혈압입니다."

백악관의 주인. 정치의 달인. 미합중국 사상 최초의 3선 대통령이자, 거의 모두에게 숨기고 있지만 4선을 꿈꾸는 야심가. 그런 인물이라 하더라도, 의사 앞에 팔을 내밀고 있노라면 그저 조금 귀한 환자 R씨일 뿐이다. 조금 많이 귀하긴 하지만.

루즈벨트는 혈압 측정을 위해 묶여 있던 팔이 풀려나자마자 재빨리 입에 시가 하나를 물고 진한 쿠바의 맛을 음미했다.

"혈압이라. 전쟁이든 의회든 전부 하나같이 혈압을 끌어올리는 것들이니 높을 수밖에."

"너무 걱정하진 마십시오. 혈압과 건강의 상관관계는 아직 규명되지 않았습니다."

대통령을 진찰할 의사라면 당연히 최고의 권위자 아니겠나. 자신의 전문 분야를 존중받고 싶은 사람이라면 무릇 타인의 전문 분야를 존중해야 하는 법.

"그래도 고혈압으로 다소 불편이 있으시니, 늘 하던 치료를 하겠습니다."

"그러시오."

의사는 능숙하게 교과서적인 처방, 즉 사혈을 실시했다. 프랭클린 루즈벨트의 몸을 순환하던 피가 의사의 손놀림에 따라 분수를 이루며 푸우욱 뿜어져 나온다.

"아프십니까?"

"오우. 음… 혈압이 떨어지는 것 같군."

"다행입니다."

"하지만 생각해보니, 매번 이렇게 피를 뽑는 시간도 참 아깝구만. 조금 더 지속적인 치료 방법은 없나?"

"교감신경절제술이라는 게 있습니다. 몸의 신경 일부를 덜어내면 혈압이 크게 떨어지지요."

얼굴에 핏기가 쭉쭉 빠져나간 루즈벨트는 잠시 입을 달싹거리더니, 목에 힘을 주었다.

"잘못되어도 못 물리지 않나? 칼을 대는 건 좀 그렇군."

"그러면… 염분을 끊는 방안도 있습니다."

"그래서야 어떻게 힘을 쓰겠나. 뒷방 늙은이 되기 딱 좋아. 정적들이 날 신나게 물어뜯을 걸세. 안 그래도 요즘 건망증이 깜빡깜빡하는데, 그럴 순 없지."

"그러면 염증 요법(Pyrogen Therapy)이군요. 각하의 마음에도 쏙 들 것 같습니다."

의사는 VIP의 입에서 또 다른 방안을 모색하라는 소리가 나오기 전에 얼른 이 치료법에 대해 열렬히 설명했다.

"인위적으로 염증을 일으키면 발열이 생기고, 이 과정에서 혈압이 떨어지게 됩니다."

"염증도 병… 아닌가?"

"걱정 마십시오. 각하의 건강을 해치지 않는 선에서 관리하면 혈압만 적당히 떨어집니다. 저를 비롯한 의료진을 믿으시면 됩니다."

염증반응이 격화되면 혈관벽이 헐거워지면서 부종이 생기고, 이렇게 되면 혈관에서 체액이 이탈하여 결과적으로 혈압이 떨어진다… 라는 놀라운 인체의 신비를 깨닫기에 1941년의 의학 수준은 아주 약간 더 발전해야 했다. 아무튼, 염증 생기면 혈압이 떨어지니 그거면 됐지.

"그럼 그거로 합시다. 다른 것들보단 그래도 나아 보이니."

"물론이지요. 각하께선 오래오래 장수하실 겁니다."

마침내 환자의 동의를 얻은 의사는 참으로 믿음직스러운 미소를 만면에 머금었다. 여전히 루즈벨트의 왼팔은 시가를 꼭 부여잡고 있었고, 오른 팔뚝에서는 피가 분수처럼 쏟아져 내리고 있었다.

모래시계의 모래가 바닥을 향해 떨어지듯. 천천하지만 꾸준히.

서부 전선 이상 많음 6

1941년 5월 25일. D+14일.

프랑스 북동부, 쇼몽. 약 20년 전, 이곳엔 프랑스를 수호하기 위해 파병된 미합중국 육군의 총사령부가 있었다. 그리고 첫 번째 대전쟁의 끔찍한 상처가 서서히 사그라들 무렵, 이제 프랑스는 침략자의 손에 모든 것을 잃었다. 한때 성조기와 삼색기가 휘날려 자유를 수호하던 곳엔 하켄크로이츠가 휘날리고 있었다.

퍼싱이 앉아 백만 미군을 호령하던 바로 그 자리, 그 의자. 지금 그곳에 앉아 있는 이는 우습게도 독일 제3제국의 지도자, 전 유럽을 단숨에 무릎 꿇린 20세기 최고의 정복자였다.

"어째서 아직 연합군을 바다로 쓸어내지 못한 거지?"

"연합군은 매일마다 끝없이 병력과 물자를 하역하고 있습니다."

"이미 초동 방어 시점은 놓쳤다고 봐야 합니다."

독일 군부는 그나마 저 멀리 연합군을 타격할 수 있는 로켓으로 영국의 항만과 노르망디 해변 일대를 날려버리길 원했다. 하지만 히틀러는 여전히 로켓 공격으로 영국의 전의를 무너뜨릴 수 있다는 희망을 버리지 못했고,

그 명령에 부응해 독일은 수백 발의 V—1, V—2 로켓을 런던에 쏴 갈겼다. 물론 대답은 더욱 뜨거운 폭격으로 돌아왔다.

"패튼이 지휘하는 군대가 빠른 속도로 북상하고 있으며, 노르망디에 상륙한 연합군은 다시 공세를 시작했습니다."

"어째서 우리 독일군이 패튼을 막지 못하고 있나. 대답 좀 해보게."

"노르망디의 연합군을 공격하기 위해 남부에 있던 병력을 끌어올렸던 탓에……."

"그러면 우린 노르망디도, 남프랑스도 무엇 하나 지키지 못했단 소리잖은가! 대체! 대체 뭘 한 거야! 너희들은 대관절 무얼 한 거냐고!!"

분노한 히틀러가 연신 책상을 두들겼고, 룬트슈테트는 잠시 고민하다 고개를 들어 올렸다.

"저희는 총통 각하의 명에 따랐을 뿐입니다."

"뭐라고?"

"몇 차례나 말씀드렸듯, 노르망디의 적을 밀어낼 수 있으리란 희망은 폭풍이 그친 시점에서 이미 사라졌습니다. 지금이라도 남은 병력을 온존하여 퇴각시키고 본토가 침략받는 상황을 막아야 합니다."

작심하고 입을 연 룬트슈테트는 그동안 결코 하지 못했던 말들을 싸그리 퍼부어버렸다.

"이대로 있다간 파리와 함께 아군 대다수가 적의 포위망에 빠집니다. 발칸에 배치되어 있던 병력이 합류하면 다시 공세를 펼 수 있지만, 지금 이대로는 각개격파당할 뿐입니다."

"너희가 그래서 멍청하다는 거야! 이 대갈통에 전투밖에 없는 병신들 같으니!"

히틀러가 벌떡 자리에서 일어나자 수십 년 묵은 낡은 의자가 이리저리 바닥을 굴렀다.

"프랑스를 내주고 빠진다고? 그러면 어떻게 되는지 모르겠나? 미국의 장비, 미국의 식량, 미국의 총탄을 받고 다시 한번 온 프랑스 남자들이 죄다 군인으로 돌변한다고! 프랑스가 행정력을 복구하면 서부 전선의 전투 병력이 최소 백만, 수백만 명이 늘어나버리는데, 발칸의 병력 좀 거기에 붙인다고 우리가 거기 대적할 대가리 숫자가 나올 것 같냔 말이야!! 이 무능한 새끼!"

딱.

히틀러가 신경질적으로 집어 던진 펜이 룬트슈테트의 미간에 탁 부딪힌 후 책상을 데굴데굴 굴렀고, 그 모습을 바라보던 국방군 장성들 상당수가 눈살을 찌푸렸다. 하지만 정작 맞은 룬트슈테트 원수는 미동도 없었다.

"그래, 우리 잘나고 똑똑한 융커 나리께선 거시적 시점에서 이 전황을 타개할 방법이 있나?"

"그렇습니다."

그는 눈을 부릅뜨고 히틀러를 정면으로 응시했다.

"영미와 휴전, 어렵다면 정전(停戰)을 추진해야 합니다."

"미친놈."

"필리프 페탱을 비롯한 프랑스의 거물들을 풀어주는 대가로 정전을 요청하면……"

"그건 너희 군바리들이 입을 열어도 될 부분이 아니야. 더 들을 가치도 없군."

"각하!"

"원수. 귀관은 너무 나이가 들었나보오. 본토에서 요양하는 편이 더 좋겠지."

해임 통보. 그동안 꿈쩍도 하지 않던 늙은 원수도 여기에선 몸을 떨고 말았다.

"후임을 정해줄 때까지, 최대한 더 버티시오. 우리가 정복한 정당한 강역을 단 한 뼘이라도 더 내줘선 안 돼."

"…예, 각하."

"당장 내 눈앞에서 썩 사라져버리시오."

룬트슈테트는 가볍게 고개를 까딱이고 물러났다.

"후임은… 부슈(Ernst Busch) 원수가 좋겠군. 그는 방어에 능하니 오이겐 킴도 어설프게 덤벼들었다간 성치 못할 거야."

"알겠습니다."

"내 분명히 쮎할 테니 똑바로들 들으시오. 연합군 놈들에겐 단 한 치의 땅도 내어줘선 안 돼!"

총통은 손을 휘저어 축객령을 내렸고, 군인들이 물러나자 장내에 남은 인사들은 몇몇 문민 관료들과 나치 고관, 그리고 SS 지휘관들뿐이었다.

"내 믿음직한 라인하르트."

"예, 총통 각하."

"내 지시는 어떻게 진행되고 있지?"

"각하께서 결단하시는 순간 파리는 지구상에서 그 모습을 감출 것입니다."

그래. 이래야지. 사사건건 시비 걸기 바쁜 융커 놈들과는 대화가 안 통한다. 국방군은 무능한 주제에 보신주의만 팽배해 벌써 전쟁을 그만둘 궁리만 하고 있지만, 나치즘에 충실한 SS를 더 보강한다면 그의 서릿발 같은 명령이 훨씬 더 제대로 이행되리라.

"내가 듣기로 레지스탕스들이 한창 더 날뛰고 있다는데, 무언가 할 말은 없나?"

"죄송합니다. 저는 당연히 우리 자랑스러운 국방군이 연합군을 물리칠 수 있으리라 생각했습니다만, 이토록 빠르게 무너질 줄은 몰랐기에……."

"그렇지. 결국 문제는 그놈들이 무능해서니까. 빌어먹을."

"총통 각하. 지금이라도 '국민돌격대' 편성을 허가해 주십시오!"

"또 그 소린가, 괴벨스 박사? 그건 일단 돌아가서 이야기하지."

"국방군 내에서도 충분히 공감대가 형성되었습니다. 일단 한번 가볍게 계획의 얼개만이라도 들어보시겠습니까?"

괴벨스의 채근에 히틀러는 다시 의자에 걸터앉아 고개를 까딱였고, 바깥에서 대기 중이던 한 남자가 걸어 들어왔다.

"하일 히……."

"됐네. 그, 귀관은 어쩌다 그리 다쳤는가?"

"오이겐 킴이 제 오른팔과 한쪽 눈을 빼앗아 갔습니다."

"북아프리카인가?"

"그렇습니다."

"국가를 위해 헌신한 분이셨군. 당과 국가는 결코 귀관과 같은 애국자를 버리지 않네. 귀관의 이름은?"

"폰 슈타우펜베르크 육군 대령입니다."

애꾸눈 남자는 절도 있는 표정으로 대답했다.

* * *

피로 피를 씻는 대격전 끝에, 독일군의 공세 역량은 소진되었고 캉은 여전히 우리 손에 남아 있었다. 그러면 이제 뭐다? 우리가 팰 시간이다.

— 연합군 총사령부에서 송신. 목표를 달성하지 못할 경우 카랑탕 점령에 필요하다고 여겨지는 다른 지원을 아끼지 않겠음.

몬티는 마침내 카랑탕을 뚫었다. 역시 머리에 불을 붙여야 달리는 게 몬티인가? 정녕 그를 달려나가게 하는 방법은 그것뿐인가?

내가 말한 그 '점령에 필요하다고 여겨지는 다른 지원'이 몬티 대신 영국군을 지휘할 새로운 인사라는 걸, 촉이 빠른 우리 몽고메리 장군님은 얼른 캐치한 모양이다. 내가 요즘 좀 많이 예민하거든.

"총사령관님, 오늘 저녁에 잠시……."

"어이쿠, 죄송합니다. 제 일정이 너무 빡빡한지라."

알렉산더는 패싱당하고 있다. 절대 내가 졸렬하고 쫌팽이 같은 인간이라서라거나 삐져서 이러는 게 아니다. 정말정말 내가 바빠서 그래. 음… 정말 유감이야.

"부관."

"예에엡!!"

"이마 많이 아프냐?"

"아닙니다! 하나도 안 아픕니다!"

"어허. 왜 이리 기운이 넘쳐흘러. 호랑이 기운이라도 잡쉈나. 독일군 잡으러 가고 싶어서 그래?"

"아닙니드아아!!!"

우리 지휘부 요원들은 이마와 땅이 친구가 되는 진기한 경험을 해야 했다. 내가 풀어주니까 아주 빠져가지고 말야. 이 마굴에서 단어 하나, 문장 하나부터 다 누군가의 의도가 마리네이드되어 있을 텐데 대가리 박기 싫으면 서류작업 할 땐 검토 똑바로 했어야지.

"좋아. 보좌관? 지휘관 훈시 하나 새끈하게 뽑아보자."

"알겠습니다. 초안에 들어갈 핵심 내용은 무엇입니까?"

"셰르부르를 점령하더라도 이미 독일군이 항구를 못 쓰게 망가뜨렸을 확률이 지극히 다대함. 우린 망했음.'을 좀 더 매끄럽게 문질러보라고."

이건 영국에 대한 내 불편한 심기 토로. 마치 멍든 곳을 꾹꾹 누르듯, '님들 왜 하라는 거도 똑바로 못 하는 주제에 자꾸 헛짓거리에만 공들여요? 나 만만해?'라는 강렬한 싸인을 보내주자.

"해당 상황에 대한 지휘관 의도는 어떻게 됩니까?"

"본래 남프랑스 방면은 양동에 불과했지. 하지만 상황을 보아하니 그쪽에 힘을 더 실어주고, 우리가 모루가 되고 패튼이 망치를 휘두르는 방안을 진지하게 모색할 때가 됐어."

이렇게 되면 영국군의 입지는 더더욱 줄어든다. 아마 해적국 놈들은 발등에 불이 떨어진 심정이 되겠지.

"별문제 없겠습니까? 그렇게 해도…?"

"그러니까 몬티를 깎아내리고 있잖아."

'너네 너무 병신이잖아. 못 믿겠으니 우리 알아서 싸울래.'라고 이니시를 걸면 처칠 같은 배불뚝이 정치인은 아래 책임자의 모가지를 치고 탈룰라를 시전하는 게 일반적인 스킬.

하지만 몬티는 모가지를 못 친다. 이미 처칠과 운명공동체 수준이 됐거든. 몽고메리가 얌전히 죽어 줄 인간인가? 짜른다는 소리가 들리자마자 런던으로 쪼르르 달려가 기자들 모아놓고 '처칠이 우리 장병들 다 죽임!'이라고 악을 쓸 거고, 지금 몬티는 아직 전쟁영웅 버프를 가득 받은 상태니 정말로 처칠이 끔살날 확률도 없지 않다. 한 50% 정도? 그렇게 적당히 처칠을 흔들어 놓은 후, 스리슬쩍 대인의 풍모를 보여 서로서로 윈—윈 트레이드를 하면 된다.

이 유진 킴은 원래 서로 진흙탕에서 뒹굴며 추잡하게 싸울 때야말로 전투력이 MAX가 되는 놈이라는 사실을 아주 뼈에 콕콕 새겨주마. 크헤헤헤, 한동안 이미지 관리한답시고 너무 착하고 어질게 살았어.

"그리고 부관."

"예."

"예전에 애틀리(Clement Richard Attlee) 부총리가 회동을 요청했었지?"

"그렇습니다."

"수락해. 공식 일정도 잡고, 비공식으로 밥도 같이 한 끼 먹자고 해."

나 같은 참군인은 절대 민간 영역에 개입하지 않는다. 암, 그렇고말고. 하지만 사악한 추축국에 맞서 같이 전쟁을 수행하고 있는 동맹국의 장관과 밥 좀 먹는 게 무슨 문제겠나? 아, 처칠이랑 당이 다르다고? 정적이야? 그게 무슨 문제람. 유진이는 군인이라 외국 정치는 잘 모르겠소요.

"그리고 또… 그, 섭외해놓으라고 한 기자 친구들은 관리 좀 하고 있나?"

"그렇습니다."

"뭐 얼마나 받아먹었나?"

"이것저것 받아먹었습니다. 다들 특종에 미쳐 있던데요?"

"그래. 이제 받아먹더라도 나한테 말하고 받아먹어. 그러면 내가 먼저 인맥 관리할 수 있게 다 챙겨줄 테니까."

이제 슬슬 처칠이란 인간에 대해서도 야매심리학을 동원할 정도로 빅데이터가 모이고 있는 듯하다. 내 판단에 고작 이 정도로는 처칠이란 놈은 협상하자고 할 인간이 아니다. 용수철 같은 양반이거든. 그러니 우리 불쌍한 앨리스도 학을 떼게 만든 영국 기자님들이 환호할 만한 떡밥을 좀 던져주면 처칠이 너무너무 기뻐하겠지. 당장 내 집무실로 달려올 정도로 행복하게 만들어주마.

절대 내가 FDR의 판을 깨겠다고 이러는 게 아니다. 이건 어디까지나 딱 '애들 싸움' 수준에서 치고받는 거다. 이런 거 하나하나 끌려다니면 정말 전쟁 못 한다. 전후 계획이 어찌 되든 간에 일단 독일군이랑 싸우려면 교통 정리는 좀 해야 하지 않겠냐고.

그리고, 이 유진 킴 특제 칼춤 공연을 보고 들으면서 반응해줘야 할 사람이 하나 있다. 며칠 후, 나는 그 관객이 내 공연을 참으로 인상 깊게 봤음을 확신했다.

"드골 장군이 런던에 도착했습니다. 워싱턴 D.C.로 간다고 합니다."

"그래?"

프랑스를 구원하려는 우리 껀다리 용사님. 과연 대악마를 물리치고 조국을 지킬 수 있을지 어떨지, 나는 팝콘 튀기며 구경만 하면 되니 너무 편하구만.

"회의 소집해."

그치만 내가 드골 기다려주면서 전쟁할 순 없잖아?

9장
교향곡 제10번

교향곡 제10번 1

워싱턴 D.C.에 도착한 샤를 드골은 루즈벨트 대통령과의 회담을 위해 백악관으로 향했다.

조국의 운명. 프랑스의 미래. 과연 지킬 수 있을까. 아니, 지켜야만 한다. 도살장에 끌려가는 소와 돼지조차 몸부림을 치는데, 어찌 조국의 명운을 감당할 수 있는 유일한 인물이 얌전히 자리만 지키고 있으랴? 영국과 미국에 순순히 협조하면 훗날 프랑스 정계를 이끌 순 있겠지. 하지만 그래서야 나치를 등에 업었던 페탱과 다를 것이 무언가.

더 몸부림쳐야 한다. 그 어떤 나라도 프랑스를 제 뜻대로 다룰 수 없다는 사실을 머릿속에 각인시켜야 한다.

'대체 프랑스가 어찌 이 지경까지 몰렸단 말인가.'

독일과 히틀러를 막을 기회는 몇 번이고 있었다. 하지만 결국 움직이지 못했던 건 물론 어지러웠던 국내 정세 탓도 있지만, 그보다 훨씬 더 큰 이유는 바로 저 섬나라 영국인들의 훼방 아닌가. 마지막 순간까지, 체코를 팔아버리면서까지 전쟁을 피하려 했던 영국인들은 결국 프랑스를 버렸는데. 어째서 저놈들의 나라는 말짱하고 프랑스는 전 국토가 짓밟혀 노예 신세가 되어야 한단 말인가?

패전의 서러움은 이미 몇 번이고 질리게 경험했다. 패배의 뼈저린 대가를 치르고 있는 것만으로도 끔찍한데, 연합국이란 자들은 어째서 프랑스에게 나치 부역국이라는 명에를 씌우려 하는가.

물론 이유는 알고 있다. 그래야 잔칫상에 올라올 먹거리가 늘어나니까. 잔치의 손님이 되면 됐지, 식탁에 올라가는 일만큼은 결코 사양이었다.

그래서 캉으로 갔다. 원수 같은 처칠과 손을 잡고, 영국군의 도움을 받아서야 간신히 해방된 프랑스 땅을 밟을 수 있었다.

포연으로 가득 찬 돌의 묘지. 프랑스의 비극은 여전히 현재진행형이었다.

"나는 마침내 해방된 프랑스의 도시에 입성했습니다. 내 가슴은 감동으로 벅차 터져나갈 것 같지만, 지금 우리는 감동에 대해 논할 시간이 없습니다.

조국이 여러분에게 필요로 하는 것은 오직 하나. 1938년 이래 오늘까지 결코 멈춘 적 없는 투쟁을 계속해 나가는 것입니다. 지금 여러분이 외치는 이 함성은 전투의 함성이 되어야 합니다! 오직 전투야말로 자유로 향하는 길, 명예로 향하는 길을 열어주기 때문입니다!"

"드골! 드골! 드골!!"

"마지막 한 뼘의 프랑스 영토가 압제에서 벗어나는 그 날까지 우리의 투쟁은 멈추지 않을 것입니다. 우리는 우리의 동맹과 함께 싸우고, 우리가 쟁취할 승리는 자유의 승리가 될 것입니다! 함께 노래합시다! 승리의 순간을 위해!"

그리고 그 승리란, 프랑스의 복원이어야만 한다.

"이 먼 곳까지 찾아와주셔서 감사합니다."

"대통령을 뵙게 되어 참으로 기쁩니다."

"지난번에 만나 뵙지 못해 참 안타까웠지요. 자, 앉으시지요. 먼저 앉아 있어서 미안하게 됐습니다."

루즈벨트는 자신의 휠체어를 툭툭 치며 미소 지었지만, 이 앉은뱅이가 꾸미던 음모를 아는 드골로서는 마음에도 없는 미소가 잘 지어지지 않았다. 아니, 그랬어야 했다.

"살이 많이 빠지신 듯합니다?"

"그렇게 됐습니다. 전시 대통령이라는 게 차암… 사람 잡는 일이더군요. 그래도 전 그 어느 때보다 펄펄합니다. 하하."

펄펄해? 카사블랑카에서 만났을 때에 비해 훨씬 쪼글쪼글해지고 기력이라곤 없어 보이는데 펄펄하다니. 드골은 그런 개인 감상을 잠시 뒤로 미루고 곧장 본론으로 들어갔다.

"연합군의 가장 큰 두 축이라 할 수 있는 영국과 미국의 관계가 악화되고 있는 점에 대해 전 무척이나 큰 불행이라고 생각하고 있습니다."

"악화라니요. 처칠 총리는 아주 훌륭한 분이시지요. 비록 사소한 잡음은 어쩔 수 없는 일이지만, 저는 그분을 무척 존경, 조, 존경합니다."

"물론 제 지분이 없다고 할 수는 없겠지요. 하지만 각하. 지금이라도 해방될 프랑스에 대한 정책을 재고해 주시지요. 당장 현지의 레지스탕스들이 없다면 연합군은 훨씬 더 고전했을 겁니다."

처칠을 존경한다고? 지나가던 개가 웃겠다. 드골은 이 자리에서 아예 할 말은 다 하기로 작정했다.

"저를 지지해 주시지요. 프랑스, 그리고 연합국은 제가 있어야만 합니다."

"무척 당당하시구려."

"사실이니까요. 프랑스에 군정? 그게 가능할 것 같습니까. 나치 독일의 시퍼런 총칼조차 프랑스인들을 억누르진 못했습니다. 연합군이 정의를 그 기치로 내걸고 있는 이상, 군정을 했다간 결코 프랑스인들의 협조를 구하지 못할 겁니다."

항만 노동자들은 출근하지 않을 것이다. 트럭 운전수들은 집에서 애들이나 보며 지낼 것이오, 휴가 나온 연합군 장병들은 단 하나의 술집도 열려 있지 않은 황량한 후방을 구경하게 되리라.

"저는 프랑스를 정상화시킬 수 있는 유일한 인물입니다. 페탱의 졸개들도, 애국심으로 불타는 보수 인사들도, 심지어 저 빨갱이들도 모두 통제하여 연합군의 승리를 위해 부릴 수 있는 인사는 이 세상을 통틀어 오직 나 하나뿐입니다. 나는 캉에서 이 사실을 증명했습니다!"

"…그래서, 그 증명서를 떼어 이 워싱턴 D.C.까지 날아오셨군요. 참 대단하십니다."

루즈벨트는 짜증 난다는 듯 고개를 절레절레 흔들더니, 양손으로 뒷목을 연신 주물럭거렸다.

"그렇게 본인의 입지와 프랑스의 역할에 대해 확, 확, 확신이 있으셨다면, 굳이 여기까지 오실 것까지는 없었던 것 같은데."

"제 확신과 별개로, 연합군이 저로 인해 자중지란을 겪는 모습을 보니 제 마음이 불편하더군요."

"그런 일은 없습니다."

"정말입니까?"

그럴 리가 없다. 드골이 캉에 온 지 며칠 만에, 미국의 행동은 드골 자신조차 당황하리만치 신속했고 또 격렬했다. 하루에도 몇 차례씩 회동하곤 했던 유진 킴 총사령관과 해롤드 알렉산더 부사령관의 일정이 싹 사라졌다.

그 총사령관은 노르망디 상륙 이후 몇 번씩이나 계속해서 언론과 접촉하며 '작전은 성공적.', '우리는 역사를 바꾸었다.', '느리지만 착실하게 우리는 승리를 향해 나아가고 있다.' 등 영국군의 더딘 진격을 적극적으로 옹호하던 인물.

하지만 어느 순간… 정확히 말해 드골의 캉 입성을 기점으로 그 옹호는 싹 사라졌다.

'셰르부르의 항만 시설을 온전히 점거하리라는 희망이 사라짐으로써, 우리 연합군은 전혀 새로운 작전을 준비해야 한다.'

'카랑탕과 생로 일대에서 발생한 민간인들의 부수적 피해에 대해, 연합군을 대표하는 사람으로서 심심한 위로의 말을 전합니다.'

'파리는 인질로 잡혀 있다. 인질을 도외시하고 인질범을 패죽이는 영화는 언제나 통쾌하지만, 현실에선 인질의 안전만큼 중요한 일은 없다.'

그 대신. 영국군의 느린 진격 속도에 대한 질책성 언사가 그 빈자리를 메꾸었다. 제3자의 입장이었기 때문일까. 서둘러 런던으로 돌아온 드골은 상황 파악을 빠르게 마칠 수 있었다.

'미국은 처칠의 실각을 원하는가?'

이 모든 맹렬한 포화는 결국 처칠 한 명을 노리고 있다. 특히 영국 노동당을 이끌고 있는 애틀리 부총리와 킴 총사령관이 몇 차례씩 만남을 가진다는 부문에 이르자 이 추측은 확신으로 변모했다. 처칠은 그 지랄맞은 성격 탓에 자신의 당인 보수당 내에서도 아웃사이더에 속했다.

하지만 오래전부터 반히틀러, 반독을 주장하고 전쟁을 설파한 탓에 그 인지도가 매우 높아졌고, 무엇보다도 노동당이 '거국 내각의 총리가 될 만한 인물은 오직 처칠뿐.'이라고 못을 박았기에 그가 총리가 될 수 있었다.

그런데 지금 노동당이 처칠에 대한 지지를 철회하면? 거국 내각의 붕괴. 처칠 실각. 그런 의도가 있건 없건, 적어도 처칠 본인만큼은 경계심이 치솟을 수밖에 없다. 그리고 처칠을 이렇게 두들겨 팬다는 건, 당연히 지금 드골의 뒷배가 되어주는 게 영국이기 때문. 눈앞의 이 장애인은 적당히 영국 기자들의 등을 쿡쿡 찌르는 것만으로 드골 자신이 대서양을 건너게 만들었다. 설마 야전군인이 여기까지 생각하고 판을 짰을 린 없으니, 당연히 D.C.의 지시를 충실히 이행하고 있는 것 아니겠나.

"흠. 무언가 서로 오해가 있는 모양이군요."

루즈벨트는 느릿느릿 고개를 뒤로 젖히며 시가를 입에 물었다.

"하지만 먼 길 찾아오셔서 이렇게 만나게 되었으니, 터놓고 이야기를 해 봅시다."

"바라던 바입니다."

"귀하를 프랑스의 임시 대통령으로 대우하고 향후 프랑스를 이끌 인물로 손색이 없다고 판단한다면……."

루즈벨트는 잠시 침묵했고, 드골은 그의 입이 다시 열리기만을 한참 기다렸다.

"당연한 말이지만, 새롭게 다시 날아오를 프랑스가 우리 미합중국과 얼마나 그 가치를 공유할 수 있느냐가 핵심이 될 것입니다."

"자유, 평등, 박애를 근간으로 하는 프랑스의 정신은 언제나 합중국과 그 가치를 함께합니다."

"그렇습니까? 그렇다면 그동안 억압받던 프랑스의 식민령들도 그 자유와 평등을 누릴 수 있겠습니까?"

"그들은 아직……."

"이미 자유 프랑스군의 상당수가 바로 그 식민지에서 동원된 병사들 아닙니까. 피의 대가는 언제나 피로 지불해야 합니다. 기껏 대전쟁이 끝난 뒤 다시 세계가 피로 얼룩지면 저로서는 무척 가슴 아플 듯하군요."

식민지 포기해라. 결국 그 이야기가 나올 줄 알았다. 이번엔 드골이 눈을 잠시 감았다.

"그런 일은 결코 일어나지 않을 겁니다. 프랑스는 조국을 위해 피 흘린 장병들이 어떤 피부색이건 관계없이, 반드시 보답할 겁니다."

보답한다. 반드시. 그러니까… 모두 다 같은 프랑스인으로 대우해주는 것도 틀림없는 보답 아니겠나.

"그 보답이 저와 식민지인들이 기대하는 보답일지 참으로 의문스럽습니다만……."

"그들의 기대는 결코 배신당하지 않을 겁니다."

식민지인의 의견을 들은 후 '보답'한다. 다만, 알제리는 식민지가 아니라 본토니까 예외로 두고. 여기서마저 물러날 순 없었다.

* * *

나는 개인적으로, '패야 말을 듣는다.'라는 부류의 말을 굉장히 혐오했다. 아니, 21세기가 어떤 시대인가. 전자제품조차 두들기면 다시 고쳐지는 게 아니라 그대로 죽어버리는 연약한 시대 아닌? 하물며 사람을 가리켜 말하면서 패야 말을 듣는다니. 그런 나쁜 말을 하는 사람들은 다 일제가 뿌린 독에 잠식된 사람들이 틀림없다. 하지만, 지금 나는 새로운 깨달음을 얻었다.

1941년. 아직 진공관이 최첨단 기술인 이 시대. 어쩌면… 패야 말을 듣는다는 건 옛 선현의 지혜가 아니었을까? 이 광기와 야만의 시대에선 대화와 타협이 씨알도 안 먹혔기 때문에 저런 말이 나온 게 아니었을까?

"영국군이 생로를 점령한 후 셰르부르로 진격하기 시작했습니다."

"거 참… 이렇게 빠릿빠릿해질 줄은 몰랐는데."

우리 참모들 또한 마찬가지. 내가 사무실에 튼튼한 나무 빠따를 반입했기 때문에 이 친구들의 업무 속도가 급속도로 올라갔다고 생각하진 않는다. 가끔 자리에서 일어나 붕붕 풀 스윙을 할 때마다 이 친구들의 야근 신청이 늘어나는 것 또한 전부 우연의 일치일 뿐이다.

내가 진심으로 빠따를 휘두르고 싶던 처칠은 요즘 급속도로 친한 척 굴기 시작했다.

— 이 시대가 낳은 백전불패의 전쟁영웅이자 대전략가 유진 킴 장군이 있는 이상 프랑스 해방은 시간문제일 뿐입니다! 대영제국은 연합군의 일원으로 가는 곳마다 승리를 거두고 있으며, 이 승리는 말단 병사들과 시민 여러분, 그리고 우리의 든든한 동맹 모두가 함께했기에 가능했던 일로…….

나는 한창 처칠이 떠들어대고 있는 라디오의 볼륨을 확 줄였다. 역시 썩어도 준치. 대악마는 달라도 달라. 내가 영국군의 쪼인트를 까기 무섭게 처칠은 갑자기 '유진 킴 연합군 총사령관'을 빈번하게 언급하기 시작했다.

— 총사령관은 너고, 그러면 당연히 총책임자도 너잖아. 우리한테만 실적 딸린다고 뭐라 하기엔 너도 책임이 있잖냐! 총사령관이 자신이 선택한 책임을 회피하면 안 되지!

따흐흑. 처근출 총리님의 탈룰라 실력에 위스키를 마시지 않고도 취하겠습니다그려.

갑자기 처칠이 용비어천가를 불러대는 걸 보니 가슴이 미어진다. 노년에 동양인 칭송하려니 배알이 많이 뒤틀리실 텐데, 정로환 같은 거 있으면 좀 선물로 보내드리고 싶네.

"패튼은?"

"독일군의 반격이 매섭습니다. 측후방 돌파를 우려해 진격은 다소 늦어지고 있습니다."

"그야 그렇지."

애초에 처음 남프랑스 대신 노르망디에 상륙한 이유와 일맥상통한다. 남프랑스는 먹어 봐야 큰 의미가 없다. 지도에 색칠놀이하는 게임도 아니고, 결국 프랑스란 나라는 파리에 누가 깃발을 꽂느냐로 판가름 나는 파리 공화국이거든. 몇 년씩 여기서 전쟁을 한다고 가정하면 식량 생산 기지로 의미가 있는 남프랑스도 제법 큰 비중을 차지할 테지만… 어차피 그건 미국 본토에서 실어 날라오면 끝이다. 절대 프랑스에서 오래 끌고 싶지도 않고.

이제 슬슬 나도 쫄린다. 그동안 온갖 사기와 뻥광고로 치장해 왔지만… 근본적으로 미군은 병신이다. 이 쾌속 진격은 어디까지나 북아프리카에서부터 독일군의 가혹한 트레이닝을 버틴 기간병들이 주력이 된 탓에 가능했던 일. 엄마 품에서 떨어져 나와 신병 훈련소만 초고속으로 수료하고 튀어나온 뉴비들이 독일군과 정면 승부를 한다면, 그 승산이 높으려야 높을 수가 없다. 나는 책상에 쌓인 사상자 통계를 보며 그 사실을 실감해야 했다.

너무 많이 죽는다.

밴플리트가 캉에서 튀어나가 과감한 공세를 시도하려 했지만, 신병투성이인 8군단은 그가 기대한 것처럼 척척 무언가 매끄럽게 돌아가질 않았다. 패튼 또한 상황은 피차일반. 하루가 멀다 하고 숙련병 좀 보내줄 수 없냐고 징징대는데… 아 글쎄, 이미 다 썼다니까? 없는 걸 자꾸 왜 달래! 다시 한번 뭔가, 거하게 사기 좀 칠 수 있으면 참 편하겠는데.

"총사령관님. 알렉산더 장군께서 면담을…."

"흠. 벌써 점심시간인가. 같이 야구 할 사람?"

"킴 장군. 실례지만 들어가겠소."

젠장. 내가 글러브와 빠따를 챙기기 전, 부관을 거의 밀어내다시피 하며 알렉산더가 내 집무실로 난입했다.

"급한 일이 있소."

"몬티가 치질에라도 걸렸답니까?"

"히틀러가… 죽은 것 같소."

네?

교향곡 제10번 2

"히틀러가… 죽었다고요?"

"믿을 만한 첩보에 의하면, 독일 국내가 극히 혼란스러운 모양입니다."

나는 잠시 멀뚱멀뚱 눈만 껌뻑이다가, 슬며시 아직 손에 들고 있던 빠따부터 옆에 내려놓았다. 이걸로 알렉산더 장군을 갈길 순 없잖은가.

"더 자세한 이야기는 없습니까."

"모르겠소. 친위대가 반란을 일으켰다는 설이 있는데, 정확한 사실과 경위는 파악 중입니다."

히틀러 암살 음모라. 유명한 영화도 하나 있다. 그, 외계인 숭배 종교에 심취한 배우가 주연 맡았는데. 근데 그 암살 계획 결국 실패하지 않았나?

"만약 정말 히틀러가 죽었다면……."

"죽었으면 뭐 어쩝니까."

나는 무어라 더 말하려던 알렉산더의 입을 틀어막듯 단언했다.

"설마 히틀러 머리통에 총알 좀 박혔다고 이 전쟁이 끝나리라 생각하신 건 아니겠지요?"

"그럴 리가요."

"이 전쟁은 나쁜 히틀러를 응징하기 위한 전쟁이 아닙니다. 히틀러가 저지른 이 모든 악행, 역겨운 범죄 행각의 공범은 바로 히틀러에게 표를 던져주고 총통 자리에 앉혀준 독일인 전체입니다."

고작 암살 따위로 끝내기엔, 이미 멀리 왔다. 남의 눈에 피눈물이 흐르게 해놓고 지금 와서 '나쁜 놈은 우리가 물리쳤으니 전쟁 끝냅시다!' 같은 소리 지껄여 봐야 어쩌란 말인가.

"아직 자세한 정황도 파악되지 않았고 우리에게 이 전쟁의 지휘를 위임한 정부의 명령이 새로 떨어진 것도 아닙니다. 그러니 우리가 해야 할 일은 단 하나. 독일 놈들이 혼란에 빠진 틈을 타 최대한 이득을 챙기는 것뿐입니다."

"동의합니다. 영국군을 대표해 나 또한 장군의 뜻을 전적으로 지지합니다."

"현시점에서 우리가 챙길 수 있는 최고의 이득이라면, 오직 하나뿐이지요."

나는 벽에 붙어 있는 지도를 가리켰다.

"파리로 갑시다."

그토록 바라던 천재일우의 기회가 넝쿨째 굴러들어왔다.

* * *

히틀러와 나치 독일에 반대하는 국내 조직은 크게 두 갈래로 나뉘었다.

첫 번째는 레드 오케스트라. 주로 소련과 연관된, 당연히 공산주의 사상이 도드라지는 반체제 그룹. 이들은 나치 점령지에서 사보타주를 행하거나, 국내에서 반전 삐라를 뿌리고 반체제 인사의 도피를 돕는 등 다양한 활동을 하는 여러 단체를 통칭하는 말이었다.

다른 하나는 블랙 오케스트라. 이들의 대다수는 정통 보수 우익 프로

이센 융커와 군인 계층. 아직 게슈타포와 같은 사냥개들이 냄새를 맡진 못했지만, 독일 국방군 정보국 아프베어(Abwehr)의 수장인 카나리스(Wilhelm Canaris)부터가 블랙 오케스트라를 지원하며 하나둘 결집하고 있었다.

전임 육군참모총장 루드비히 베크. 육군 원수 에르빈 폰 비츨레벤. 육군 소장 헤닝 폰 트레슈코프. 통신대장 프리츠 에리히 펠기벨. 그리고 클라우스 폰 슈타우펜베르크 등. 육군 간부들이 주도한 이 비밀결사는 몇 번이나 히틀러를 암살하려고 시도했으나 끝끝내 성공하지 못했고. 연합군이 프랑스에 상륙하자 이들은 더 이상 망설일 수 없다는 판단을 하기에 이르렀다.

'이대로는 나라가 망하게 생겼다. 히틀러를 암살한다.'

'히틀러를 제거한 후, 암살의 책임을 친위대와 나치 고관들에게 전가하여 놈들을 숙청하고 정권을 장악한다.'

하지만 어떻게? 생각은 좋았지만, 이들 음모가들에겐 그걸 현실화할 무력이 없었다. 고민하던 이들이 착안한 것이 바로 '발키리' 작전이었다. 국내, 특히 베를린에서 반란이 일어났을 때 발동하게 되어 있는 비상계획. 음모의 핵심 인사인 슈타우펜베르크가 이 계획안의 중추에 있다는 점 또한 강력한 메리트.

그리하여 1941년 5월 31일 토요일. 히틀러를 비롯한 군부 핵심 인사들이 모여 있던 지하벙커에서 서류가방으로 위장한 폭탄이 터졌다.

"친위대가 총통 각하를 시해했다!"

"놈들이 날뛰기 전에 즉시 제압한다! 발키리 작전을 발동한다!"

그렇게 블랙 오케스트라가 주도하는 쿠데타가 시작되었다. 독일 최정예부대, '대독일' 사단이 사전에 준비된 작계에 따라 순차적으로 베를린의 핵심 거점들을 장악했으며. 괴벨스를 비롯한 나치당 핵심 멤버들 또한 쿠데타군에 의해 체포되어 이내 억류되었다. 하지만 본래 쿠데타 계획의 대부분은 엉성한 것이 대부분이고, 이 쿠데타라 한들 딱히 예외는 아니었다.

우선 첫 번째, 쿠데타군이 동원한 핵심이자 사실상 유일한 무력인 대독일 사단은 그 어떤 부대보다 광신적인 히틀러 추종자들로 구성되어 있었다. 당장 히틀러부터 이 부대를 각별히 여겼으며, 베를린에 남아 있는 부대는 소수에 불과하였고 대다수 부대원들은 동부 전선에서 소련군을 상대로 맹렬히 싸우고 있었다. 이들을 일단 속이긴 하였지만, 그들이 쿠데타 멤버들에게 속았다는 사실을 깨닫는다면 언제든지 총부리를 돌릴 수 있다는 게 최악의 문제.

그다음으로는, 이들은 국방군 주류 멤버 또한 아니라는 사실.

"뭐? 베크 장군?"

"비츨레벤 원수? 그분 퇴역했잖아? 퇴역하신 분이 왜 갑자기?"

베를린에서 수천 킬로미터 떨어진 곳에서 전쟁을 지휘하던 이들은 당혹감에 휩싸여야 했다. 총통 서거? 친위대의 반란? 그런데 베를린에 갑자기 퇴역한 옛 선배들이 줄줄이 나타나? 여기서 이상함을 느끼지 못하는 놈들은 국가를 막론하고 결코 별을 달 수 없다.

— 베를린의 역도들은 들어라. 총통 각하를 시해하려 하고 그 죄를 친위대에게 덮어씌우려 한 너희들의 음모는 만천하에 밝혀졌다. 지금 즉시 투항하라. 대독일 사단은 반역자들에게 더 이상 속지 말고 즉시 역도들을 소탕하라!

하지만 나치스 또한 상황은 썩 좋지 않았다. 빌헬름 카이텔 국방군 최고 사령부 총장, 치명상. 총통 비서 마르틴 보어만, 현장에서 치료 도중 사망. 프리츠 토트 군수부 장관, 중태. 서부 전선에 갓 발령 난 에른스트 부슈 원수, 폭발에 직격당해 산산조각. 친위대 수장 하인리히 힘러, 경상. 그리고 아돌프 히틀러, 중태.

그 아래 영관급이나 속기사 등의 피해 또한 만만찮았지만, 당장 제국의 고관이 단 한 발의 폭탄으로 이렇게 많이 죽어나간 적은 유사 이래 없었다. 무엇보다 히틀러가 의식이 없다는 사실이 최악이었다.

'총통 각하께서 너희들의 사악한 수작에 돌아가셨는데 우리더러 역도라니? 힘러 그놈이 이 나라를 먹어버리려고 저지른 일 아니더냐! 친위대에 붙어 제 영화를 누리려 하다니. 네놈들의 죄악을 어찌 감히 감추려 하느냐!'

이 참혹한 테러에서 그나마 찰과상만을 입은 고위 인사가 하필 그 친위대의 수장인 힘러라는 점 또한 문제가 되었다. 음모가들은 힘러를 주범이라고 공표했으며, 정작 그 힘러는 몸뚱아리는 멀쩡한 주제에 폭발의 쇼크와 더불어 순간적인 상황변화를 받아들이지 못하고 멘탈이 붕괴해버린 상황. 그 누구도 섣불리 움직이지 못했다.

5월 31일이 지나고 다음 날인 6월 1일이 되었다.

베를린의 음모가들은 여전히 자신들에게 정의가 있으며 친위대가 진범이라 주장했지만, 각지의 고관대작들과 주요 지휘관들은 베를린의 저들이 진짜 역도들이라는 사실을 확신했다. 따라서 베를린 근교에 주둔 중이던 병력이 다급히 베를린으로 몰려가 제국의 심장을 겹겹이 포위하긴 했지만. 정작 진압작전은 일어나지 않았다.

'총통 각하께서 정말 서거하신다면……'

'차기 총통은 누가 되는 거지?'

'지금 섣불리 행동했다가, 만약 총통께서 깨어난다면 총통의 권위에 도전한 것으로 받아들여져 숙청당하지 않을까?'

'지금 베를린에 입성하면 공은커녕 죄를 추궁당할지도 모른다.'

'괴벨스가 인질로 잡혀 있다. 차라리 저놈들이 죽여주면 좋겠는데.'

유감스럽게도 인간은 신경삭이나 텔레파시 능력이 없기에 서로 소통할 수 없는 존재. 총통이라는 절대적 등대가 사라진 나치스 내부에선 서로 눈빛과 몸짓으로 끝없이 책임과 음모의 티키타카만이 치열하게 벌어졌을 뿐.

사건 발생 약 24시간 뒤. 6월 1일 오후가 되어서 나치 독일 최고의 권력자들이 긴급 회의를 가진 끝에야 간신히 첫 물꼬가 트였다.

"총통께서는 다행히 건강에 문제는 없습니다. 모렐 박사가 훌륭히 응급 조치를 취해주었소."

"그 돌팔이가 사람을 살릴 줄도 알다니. 세상 참 오래 살고 볼 일이네."

"말조심하시오. 총통 각하의 생명을 구해냈소. 이제 함부로 그를 돌팔이라고 했다간 우리 모가지가 역으로 날아갈지도 모르오?"

새로운 비선실세의 등장.

"보어만 그 새끼가 죽었으니 일단 축배 한 잔 들고 시작할까?"

"다리 하나랑 팔 하나가 날아가 쇼크로 뒈졌다더군. 꼴 좋다."

"토트 장관이 죽어버렸으니 이 일을 어쩝니까? 그분이 아니라면 대체 누가 전선으로 전차와 대포를 보내줄 수 있겠소?"

죽은 자의 뒷수습.

"힘러는 억울하지만 용의자로 지목되었고, 괴벨스는 역도들에게 억류되었소. 부득이하게 이 내가 임시로 제국의 위기를 넘기는 막중한 임무를 맡아야 할 것 같소만."

"괴링 원수께서 그러시겠다면야……."

"육군 내에 음모가들과 내통한 이들이 얼마나 있을지 모릅니다. 그렇게 하시지요."

그리고 추대까지.

경애하는 총통이 깨어나기까지, 암초를 향해 직진하고 있는 독일제국의 키를 잡게 된 헤르만 괴링은 눈앞이 아득한 기분이었다.

과연 총통께서 깨어나시면, 그를 살려 둘까? 하지만 어쩔 수 없다. 누군가는 해야 하는 일이다.

"용의자들과 접촉한 것으로 짐작되는 만슈타인, 구데리안, 클루게, 펠기벨, 롬멜을 즉시 체포한다. 그리고 육군의 요청을 받아들여 동부 전선에서 퇴각한다!"

"룬트슈테트 원수에게도 급전을 보내라. 프랑스에서도 총퇴각을 시행한다. 파리까지 물러난다!"

군부의 모든 이들이 간절히 바라 왔지만 오직 총통의 고집 때문에 못 박혀 있던 '현지 사수'. 절대 총통의 명을 거역한 것이 아니다. 역도들의 흉계, 또 등 뒤에서 칼에 찔린 탓에 어쩔 수 없는 상황이 되었을 뿐이다. 스스로의 처형 명령서에 서명하는 기분으로, 괴링은 퇴각 명령을 하달했다.

* * *

1941년 6월 2일. D+22일.

참 이상한 이야기지만, 내게는 히틀러가 결코 음모 따위에 죽지는 않을 것이라는 기이한 믿음 같은 게 있었다. 생각해보라. 세계를 피로 물들인 대마왕이 고작 폭탄이나 권총 몇 발에 죽는다니, 너무 허무하잖아. 그놈은 온 독일 본토가 불타오르고 베를린이 돌무더기로 변하는 그 순간까지 살아 있어야만 한다. 자신이 이룩한 레벤스라움이 모조리 잿더미로 변하는 모습을 실컷 구경하다가, 머리통에 총알을 박아 넣든가 뉘른베르크로 끌려와 교수대로 가야만 한다.

"독일 측 통신을 방수했습니다. 괴링이 총리 대행이 되었습니다."

"일시적으로 베를린을 차지했던 자칭 정통 정부가 붕괴되었습니다. 베를린에 친위대가 입성했으며 반란분자를 체포했다고 합니다."

"적들이 퇴각하려 하는 명백한 기도를 포착했습니다."

"전선을 축소하고 프랑스 북동부 일대와 알자스—로렌만 움켜쥐려는 심산으로 보입니다."

예상보다 더하다. 독일군의 혼란은 언뜻 보아도 확연했으며, 놈들은 더 이상 질척거리며 프랑스 전역에 기생충처럼 붙어 있겠다는 야무진 계획을 포기하고 내뺄 작정인 모양이다.

하지만, 21세기엔 명언 하나가 있지 않은가. 들어올 땐 마음대로였겠지만 나갈 땐 아니란다, 라고. 이 빌어먹을 낙지 새끼들아. 등짝, 등짝을 보자!

드골도 궁금해하더라고! 나는 경쾌하게 수화기를 들어 올렸다.

"우리 사령관님, 그쪽 상황은 좀 어떻습니까?"

— 후배님! 내가 잘못했네! 아니, 드골이 드러누운 것도 아니고 처음부터 안 탔을 줄 어떻게 알았겠나? 책임을 안 진단 소린 아닌데, 그 뭐냐, 내가 진짜 억울해 미칠 거 같아서…….

아니. 누가 보면 내가 엎드려뻗쳐 시킨 후 빠따라도 칠 것처럼 왜 이러세요. 패튼 아닌 것 같잖아.

"아니. 그거 말고. 그쪽 진격 상황이 어떻냐구요. 여유 있습니까?"

— 보급이 계속 들어오고 있으니 다행이지! 신병투성이라 돌아버릴 것 같긴 한데 어쩌겠나! 이곳 현지인들이 보급을 도와주고 있어서 기름이랑 탄약이 전방까지 빨리빨리 배달되고 있네. 명령만 내려주게. 어디까지 달리면 되겠나?

"파리."

— 뭐?

"파리 앞까지 달리십쇼. 가능합니까?"

대답 대신, 수화기가 찢어져라 터져 나올 듯한 웃음소리가 내 귓전을 자극했다.

"파리 입성은 하지 말고! 파리 앞! 파리 앞까지! 여보세요? 여보세요! 야!!"

내가 진짜 늙는다 늙어. 왜 내 밑에는 전부 말 안 듣는 놈들만 가득하지?

교향곡 제10번 3

베를린이 반역도당들의 손길에서 '해방'된 이후. 대대적인 숙청의 칼날이 군부를 휩쓸기 시작했다.

통신대장 펠기벨은 사건 당일, 폭발이 일어난 벙커의 통신을 끊어버리고 현지 상황을 베를린의 음모가들에게 중계한 혐의가 적발되었다. 그는 곧장 처형되었다. 중부집단군을 이끌고 소련군에 맞서던 클루게는 헌병이 도착하기 전 자살을 택했다. 하지만 이 칼날은 참으로 신묘해, 모가지의 주인에 따라 날의 날카로움이 천차만별로 변했다.

"나는 총통 각하의 은혜로 발탁되어 끝없이 승승장구했고 기갑감에 임명되기까지 했는데, 어찌 내가 총통께 역적질을 할 수 있겠습니까?"

"루트비히 베크 장군이 음모의 주동자라고 들었습니다. 저와 그분 사이 관계가 최악이라는 걸 모르는 사람이 독일에 있습니까? 음모가들도 생각이라는 게 있다면 절 포섭할 엄두도 안 냈을 겁니다."

구데리안은 최대한 논리정연하게 자신의 무죄를 항변하였다. 무엇보다 토트 군수 장관이 사망한 지금, 육군은 구데리안까지 목을 쳤다간 전차 생산이 0에 처박힐지도 모른다는 불안감을 떨치지 못했다. 모두의 묵인 아래 그는 곧 풀려나 현업으로 복귀했다.

"프로이센 장교 된 자가 반란을 일으키다니! 저들 반역자들에겐 최후의 기품과 고귀함마저 남아 있지 않단 말인가? 참으로 끔찍한 일입니다. 전부 군복을 벗긴 뒤에 처형해야 합니다. 결코 용서해선 안 됩니다!"

"하일 히틀러! 지금 국방군에 필요한 것은 모든 장군들이 총통 각하를 위해 다시 한번 충성을 맹세하고, 각하께서 자리를 털고 다시 저희를 영도 해주길 간절히 기도하는 것뿐입니다. 볼셰비키에 대항해 독일 민족이 생존 할 방법은 오직 승리, 승리뿐이며 그 승리로 인도할 영웅은 오직 총통뿐이 기 때문입니다."

만슈타인은 그 누구보다 강경하게 음모가들을 비난했고, 같은 군부 사람들조차 혀를 찰 만큼 히틀러에 대한 충성심을 어필했다. 당장 동부 전선 이 치열하고, 중부집단군을 이끌던 클루게가 항변 한마디 없이 자살한 마 당에 하르코프 전투의 영웅인 만슈타인을 배제할 수도 없었다. 그는 그대 로 유임되어 소련군과 맞서 싸울 수 있었다.

"저는 음모가들과 만나긴 했지만, 결코 총통에 대한 충성심을 내려놓지 는 않았습니다."

"그들과의 대화에서 제가 동의한 부분은 '서방연합군과의 전쟁을 멈추 고 휴전할 수 있도록 총통 각하께 강력하게 요청해야 한다.'라는 내용뿐입 니다. 저는 이게 단체 연명이나 입장 발표라고 생각했지, 암살 같은 비열한 행위는 상상조차 하지 못했습니다."

롬멜은 풀려나지 못했지만, 헌병이 집을 둘러싼 가운데 가족이 있는 집 에서 머무를 수 있었다.

이들의 공통점은 총통과 연이 없지 않다는 점. 총통이 죽지도 살지도 않 은 지금, 총통도 아닌 총리 대리일 뿐인 괴링과 나치 고관들은 감히 이들을 처형장으로 보낼 수 없었다. 뒷감당을 어떻게 하려고?

베를린의 혼돈은 간신히 봉합되는 듯했지만. 문제는 그놈의 파리였다.

* * *

흔히 독재 정권은 마치 개미나 벌처럼 일사불란한 지휘체계와 철저한 상명하복으로 구성되어, 효율이 높을 것이라고 간주되곤 한다. 그러나 근대적 독재 정권의 모범이라 할 수 있는 나치 독일의 체계는, 안타깝게도 효율과는 백만 광년쯤 떨어진 너저분하고 개차반에 가까운 모습으로 굴러가고 있었다.

20세기에 재림한 신성로마제국. 베를린을 지배하는 카이저 히틀러는 하늘이 내린 백마 탄 초인이자 만인의 경애를 받는 독일 민족의 지배자였지만, 그는 스탈린처럼 제국의 대소사를 모조리 관할하는 편집증 환자도 아닐뿐더러 서류 작업과 관료제를 혐오하는 예술혼의 소유자였다. 그 결과 나치의 하켄크로이츠가 펄럭이는 모든 땅에서는 온갖 관할권과 행정 영역을 놓고 밥 먹듯이 분쟁이 일어났고, 이러한 분쟁은 프랑스 점령지라고 해서 딱히 다르지도 않았다.

라인하르트 하이드리히는 '프랑스 총독'으로 불리며 무소불위의 권한을 휘둘렀지만, 그의 정식 명칭은 엄연히 '북프랑스 국가판무관부 국가판무관'이었고 심지어 진짜 식민지 총독과 같은 절대적 권한이 있는 것도 아니었다.

그런데 그가 총독으로 불리며, 총독의 권한을 행사하는 이유. 그야 게슈타포가 그의 관할이고, 유사시 친위대를 동원할 능력이 되었으니까. 어설프게 덤볐다간 곧장 어두운 골목에서 코트 입은 남자들과 대면해야 하는데, 감히 누가 저 성깔 더러운 하이드리히와 권한을 놓고 싸울 텐가?

반대로 말해, 그와 이빨을 으르렁거리며 관할권을 다투는 이들은 감히 하이드리히조차 쉽사리 덤비지 못할 거물들뿐. 독일 국방군은 프랑스 내의 모든 군을 총괄했으며, 작전 수행을 위해 현지인을 징용할 방대한 권한이 있었다. 힘러는 하이드리히의 상관이었고, 친위대 사단들은 그 힘러에게서

조차 독자적인 권한을 부여받아 하이드리히조차 이들을 움직이려면 명령 대신 '요청'을 해야만 했다. 괴벨스는 프랑스 내 프로파간다, 예술가, 방송과 언론 등에 관해 사사건건 개입했고, 토트 군수 장관은 노예 노동과 징발, 군수물자 생산 등의 권한을 휘둘렀다.

그래서 5월 31일. 하이드리히는 가장 급박한 순간에 아무것도 할 수 없었다.

"친위대가 반역을 저질렀다!"

"친위대를 체포해라!!"

"하이드리히가 암살 음모에 가담했다! 하이드리히를 찾아 죽여라!!"

"이게 대체 무슨 개같은 소리야?!"

북프랑스는 국가판무관부라는 명칭으로 사실상 하이드리히의 영지였다. 하지만 비시 프랑스를 무너뜨리고 새로이 장악한 남프랑스는 '프랑스 군정청'이라는 이름으로 독일 국방군이 통치하고 있었는데, 우습게도 이 군정청의 소재지는 바로 파리. 심지어 하이드리히의 국가판무관부 바로 맞은편에 자리 잡고 있었다.

군정 사령관으로서 남프랑스 통치를 맡은 인물은 카를 하인리히 폰 슈튈프나겔(Carl-Heinrich Rudolf von Stülpnagel). 그리고 패튼의 손에 박살 나버린 남프랑스 방위군, 제19군 사령관은 오토 폰 슈튈프나겔(Otto von Stülpnagel). 사촌지간인 이 두 사람은 히틀러와 나치 정권에 환멸을 느꼈고, 나란히 블랙 오케스트라에 가담했다. 서부 전선을 담당한 룬트슈테트 원수가 총통의 해임 통보를 받고 후임자에게 인수인계만을 기다리는 지금. 정작 그 후임자로 와야 할 부슈 원수가 히틀러 옆자리에서 폭사한 지금. 그 누구의 방해도 받지 않은 이들은 베를린에서와 마찬가지로 쿠데타를 일으켰다.

"친위대의 저항이 매서운데."

"홀로코스트의 실질적인 책임자인 하이드리히를 체포하고 파리 파괴 명령을 무효로 돌린다면, 연합군과 나쁘지 않은 조건으로 정전 협정을 맺을 수 있을지도 모르지."

"일단 우리가 할 수 있는 일부터 해야지! 지금은 파리부터 장악해야 한다!"

파리는 순식간에 총알이 빗발치는 무법지대가 되었다. 하수구와 빈민가 곳곳에 숨어 있던 레지스탕스조차 독일군끼리 총질을 해대는 이 기이한 광경에 숨죽이고 엎드려 있는 사이, 제대로 된 지휘체계가 없던 하이드리히는 생명의 위기를 맛봐야만 했다.

감히 누가 나를 건드리랴? 제국의 방첩을 손에 쥐고, 마음만 먹으면 사람 한둘 담그는 건 일도 아닌 게슈타포의 지도자인 이 라인하르트 하이드리히를? 그토록 그가 신임하던 게슈타포 요원들은 당연히 전공인 고문과 간첩 행위엔 탁월했지만, 각 잡고 총을 갈겨대는 독일 국방군 병사들 앞에선 추풍낙엽처럼 뒈져나갔다.

"으아아! 빌어먹을 놈들! 이 반란군 놈들! 두고 보자, 내 기필코 지금의 굴욕만 넘기면 너희들의 모가지를……."

"총통 각하를 배신한 하이드리히를 죽여라!!"

"연합군과 내통한 반역자 하이드리히를 잡아라!!"

한 점의 거짓도 없는 진실. 이 걸리적거리는 국방군 놈들을 잘 포장해서 파리와 함께 연합군에게 비싼 값으로 팔아치울 음모를 준비하고 있던 라인하르트 하이드리히. 그는 자신을 붙잡아 파리와 함께 세트 메뉴로 연합군에게 팔아넘기려는 슈틸프나겔 형제의 손길에서 도망쳐야만 했다. 두 세력 모두 속에 품은 생각은 대동소이했지만. 안타깝게도 서로가 서로를 대화 대상이 아니라 판매용 상품으로 본 탓에 죽고 죽여야 했다.

하지만 무력에서 딸리는 것은 하이드리히였다. 한밤중도 아니고, 멀쩡히 해가 중천에 떠 있는 대낮에 불의의 기습을 당한 친위대는 무력하게 체포되어 무장 해제. 도무지 상황을 따라가진 못했지만 아무튼 심각한 문제가 생긴 게 틀림없다. 이런 믿기지 않는 일이 벌어졌으니… 당연히 그가 논리적으로 할 수 있는 발상은 단 하나.

'들켰다고? 어떻게?! 접선은 완벽한 비밀이었는데!'

발각되었다. 그 누구보다 합리적이고 이성적인 하이드리히의 대뇌피질은, '서방연합군의 손을 잡고픈 국내 반역도들이 총통 시해 음모를 꾸미고 그 죄를 자신에게 덮어씌우는 중.' 같은 소설 같은 이야기를 출력할 수 없었다.

이제 그가 쌓아온 모든 커리어는 물거품이 되었다. 결국 그가 할 수 있는 선택은, 자신의 몸값이 떨어지더라도 우선 목숨부터 챙기는 길뿐이었다.

"당장 연합군에 연락해!"

"뭐, 뭐라고 하면 되겠습니까?"

"국방군 내부의 내분으로 파리가 지휘능력, 방어능력을 상실! 내가 파리 폭파를 저지하는 동안 빨리 연합군이 파리에 입성해 달라고 연락해!"

하이드리히와 함께 쫓기던 게슈타포 요원들 또한 이유도 모르고 개죽음 당하기 싫은 건 매한가지. 이들이 허겁지겁 사방으로 날린 전파가 각각 밴플리트, 패튼, 몽고메리, 그리고 자유 프랑스군에게 닿았고.

"브래드, 파리가 위험하다는군. 지금 곧장 우리 8군단이 파리로 진격하겠네!"

"파리 공략은 오직 나만이 총사령관께 지시받았는데 무슨 개 풀 뜯어먹는 소리야?! 파리는 누구에게도 못 넘겨준다! 당장 엔진에 시동 걸어! 에펠탑, 개선문, 우릴 애타게 기다리는 프랑스 미녀들까지! 가즈아아아아!!"

"어차피 우린 파리까지 못 가잖아? 빨리 알렉산더 장군 불러. 이 괴전파는 적의 유인책으로 추측되니 경거망동해선 안 된다고 이야기해보자고."

"빌어먹을 제리 새끼들이 우리의 파리를 불태우려 한다! 전군 돌격!!!"

이 정신 혼미해지는 혼돈의 교향곡은 마침내 마지막 악장을 향해 도약했다. 지휘자라고는 눈 씻고 찾아도 보이지 않는. 수라장이었다.

* * *

　패튼이 있던 리옹에서 파리까지는 약 450에서 500킬로미터가량. 패튼이란 인간에게 상식이 있다면 당연히 '그 거리를 달리는 건 무리입니다.'라고 말했겠지만, 유감스럽게도 패튼은 상식이 없으니까 패튼이다. '원정군은 직선거리 400킬로미터를 돌파하지 못한다.'라는 상식 같은 건 그 인간 머릿속에 없단 말이지. 내 예상대로 패튼은 파리의 ㅍ자를 듣자마자 냅다 콜해 버렸고, 모든 힘을 다해 들이박았다.

　"남프랑스에 후속 병력 투입을 더욱 늘립시다. 시발, 내가 그냥 직접 가서……."

　"안 됩니다!"

　"절대 안 됩니다!!"

　"차라리 절 쏘고 가십시오!"

　나도 알아. 안다고. 괜히 나도 몸이 근질근질해서 그냥 해본 말이야. 반응 한번 격렬한 것 보소. 물론 만약에… 정말 만약에. 이 정신 나간 돌파가 실패한다면 패튼의 다음 보직은 프레덴달 옆자리라. 이런 또라이 같은 돌격을 하겠다는 발상부터 충분히 그럴 만한 자격이 있다. 암. 그렇고말고.

　그리고 패튼의 옆자리엔 내가 착석할지도 모른다. 백악관 체어맨과 맥 장관님은 참으로 날 한심하다는 눈으로 쳐다볼 테고, '흠. 귀관의 이용가치가 끝났군. D.C.로 돌아오시오.' 같은 통보를 받을지도 모른다.

　그렇지만 성공 시의 대가가 너무 달달하다. 베를린에서 벌어진 난장판. 뒤이은 무질서한 철군. 이걸 등쳐먹지 못하면 장군 때려치워야지. 이곳 프랑스에서 독일군 몇 개 군단을 쏙쏙 털어먹을 절호의 찬스다. 패튼을 믿고 과감한 수를 던질 만한 가치가 있단 말씀.

　그래. 여기까진 좋다. 그런데 문제는, 그렇게 명령을 내린 다음 날이었다.

　"추가 보고 없으면 곧장……."

"죄송합니다. 지금 막 들어온 보고에 따라 정정하겠습니다. 5월 31일부터 파리 시내에서 벌어진 교전은, 그, 레지스탕스와 독일군의 교전이 아니라, 친위대와 국방군의 교전이었다고 합니다."

뭐야. 뭐임? 대체 머임? 무슨 일이 벌어지고 있는 거임??

"발신인을 알 수 없는 괴전파에 따르면, 파리가 원인불명의 지휘권 혼란으로 방어 능력을 크게 상실하였다고 합니다."

누가 좀… 제대로 된 해설해 줄 사람 없나. 내가 지금 시카고 컵스 경기라도 보고 있는 거야? 혹시 여기가 총사령부가 아니고 리글리 필드였나?

"자, 정보 쪽 분들 말씀 좀 해주시지요. 이게 대체 무슨 일이 벌어진 것 같습니까?"

"베를린을 점거했다는 음모가들이 파리에서도 날뛴 게 아니겠습니까?"

"힘러가 용의자로 지목되었다는 첩보가 있습니다. 어쩌면 죄를 추궁당하던 친위대가 우발적으로 충돌했을지도 모릅니다."

세상은 왜 이렇게 날 괴롭히는 거지? 내 소박한 소망은 약간의 사기 칠 기회였지, 이런 광기의 대폭풍이 아니었다고. 하지만 이 자리에 있는 이들은 막상 골치 아픈 일이 터지기 무섭게 날 무슨 도깨비 방망이처럼 쳐다보고 있다. 그렇게 보지 마. 나는 미래 지식 원툴이라고. 이딴 일은 원 역사에 없던 일이란 말이다!

하지만 저 가엾고 딱한 이들의 기대를 배신하는 건, 어디 백화점 문화센터에서 어린이 뮤지컬 공연하는 파워레인저들도 못 할 짓이다. 그러니 어른이들의 희망을 빨아먹어 매출을 쌓는 장난감 회사 사장, 유진 킴이 어찌 저 초롱초롱한 눈빛을 보고도 배신을 할 수 있겠나? 나는 되도 않은 거드름을 피우며, 옆에서 사진이 촬영되는 걸 힐끗 보고 재빨리 럭키 스트라이크 담배를 한 대 입에 물며 말했다.

"패튼 장군은 어디까지 전진했지?"

"진군 명령을 받은 뒤 쾌속 북상 중입니다."

"상식적으로, 저렇게 돌파를 허용해서 얻을 이득이 보이지 않는군요. 적들이 무언가 노림수가 있다고 보긴 어려운데."

"하지만 적이 무력하게 돌파당하리라고 생각하는 건 너무 낙관적인 발상입니다!"

"나는 패튼 장군을, 그리고 미 육군과 우리가 일군 기갑부대를 신뢰합니다. 적들을 격퇴하고 성공적인 돌파를 이룰 수 있도록 우리 총사령부는 만전을 기해야 합니다."

평소와 다르게 근엄해 보이는 멘트 치려니 더럽게 힘드네.

"브래들리에게 명령을 하달하시오. 즉각 루앙(Rouen) 방면으로 진출하여, 언제든 파리와 패튼을 향해 달릴 수 있도록 만반의 준비를 갖추도록."

"알겠습니다!"

"영국군은 브르타뉴반도에서 빠져나오려는 독일군을 확실히 포위, 섬멸해주시면 감사하겠습니다."

"…알겠습니다."

"르클레르 장군의 자유 프랑스 제1기갑사단은, 패튼 장군과 함께 파리 해방에 참여해 주시면 감사하겠습니다."

몇몇 참모들이 무어라 이견을 제시하고픈지 입술을 달싹였지만, 내 위풍당당한 모습 앞에서 결국 말을 꺼내진 못했다.

그리고 놀랍게도.

"패튼 장군이 전속력으로 진격하고 있습니다."

"저항이 미미하답니… 다?"

뭐지. 이게 그 유명한 자동문 메타인가. 내 귀에 어째 독일 놈들이 '이랏샤이마세!'를 외치는 듯한 환청이 아른거렸다.

아니. 이게 왜 되는 건데?

교향곡 제10번 4

조지 패튼 예하 제7군은 폭주하고 있었다.

"달려라! 이 전쟁은 기동력 싸움이다!"

"바퀴가 불타도록, 니네 딸랑이가 떨어져 나가도록 달리란 말이다, 이 새끼들아!"

"명심해라! 파리만 가면 된다! 에펠탑만 찍으면 이 전쟁 끝난다!"

그리고 패튼이란 인간은 이 폭주를 보면서도 오히려 속도가 느리다고 연신 구시렁대기 바빴다.

"사령관님. 전차는 애초에 이렇게 먼 거리를 달리라고 만든 병기가 아닙니다. 자칫하단 다 퍼지는 수가……."

"그런 건 구질구질한 변명에 불과해."

참모들의 반대는 결코 패튼이란 불길을 끌 수 없었다. 오히려 물 대신 기름을 끼얹은 듯, 더욱 활활 타오를 뿐.

"저 독일 놈들의 전적을 떠올려보라고. 그놈들은 아무도 생각 못 한 아르덴의 삼림을 돌파해 프랑스를 무너뜨렸어. 지금도 마찬가지지. 적은 무슨 영문인지 몰라도 머리통을 잃어버렸고, 지금이 아니면 우린 전차 대신 피를 흘리며 진군할 수밖에 없다."

"그러면……."

"르클레르 장군? 우리가 진격하는 동안 보급과 정비를 현지인들에게서 제공받을 수 있겠소?"

'여긴 누구이고 난 어딘가?' 라는 표정으로 자리에 앉아 있던 자유 프랑스군의 르클레르 장군은 패튼에게 지목받자 우선 헛기침부터 내뱉었다.

"최선을 다해보겠습니다만, 현지에서 얼마나 도움을 받을지는……."

"이보시오."

패튼은 자리에서 벌떡 일어나 양손으로 그의 어깨를 붙잡았다. 참모들이 기겁하며 다가가려는 찰나, 쌍라이트라도 켠 듯 눈깔을 희번덕거리며 패튼이 말을 이었다.

"파리."

"파리?"

"그래. 파리! 파리 안 갈 거요?"

르클레르도 산전수전 다 겪었고, 조국이 무너진 뒤에도 자유 프랑스에 몸담아 온갖 싸움을 거쳐 왔다. 하지만 그런 그인 만큼 파리라는 마성의 단어 앞에서는 정신이 명해졌다.

"제가 비록 제7군에 배속되긴 했지만, 엄연히 자유 프랑스군의 일원으로서 상부와 논의를……."

"그런 거 말고!!! 짓밟힌 조국을 두 눈으로! 그 두 눈으로 똑똑히 보고 있는 사나이의 가슴에 대고 묻고 있잖소!! 파리, 당신네들의 수도!"

"씨발, 지금 말이라고 합니까? 안 가고 싶으면 그게 사람 새끼입니까, 예?!"

"흐하하하! 그렇지! 안 가고 싶으면 사람이 아니지! 그러니까 우리가 파리로 가야 하지 않겠나!!"

결국 중세 기사는 자신의 몸에서 활활 타오르던 불길을 애먼 르클레르에게 옮겨붙이는 데 성공했다. 그는 주먹으로 때려 부술 듯 지도를 두들겨

대며 다시 모두의 이목을 모았다.

"우리가 누구냐!"

"……."

"우리가 누구냐고, 이 밥벌레 새끼들아!"

"미 육군 제7군입니다!"

"그래! 자유와 정의를 수호하고 우리의 동맹국을 해방시켜주기 위해 온 제7군이지! 그런데 우리가 강 건너 불 보듯 동맹국 시민들의 고난을 외면하겠다니, 그러고도 군인이라 할 수 있겠나?"

유진은 항상 패튼이란 인간이 이성적인 놈인가, 아니면 그냥 단순한 또라이인가에 대해 깊이 고민해 왔다.

하지만 진실은 그리 복잡하지 않았다. 이 광전사는, 자신이 원하는 목표를 달성하고자 할 때 전투력이 7배로 증가하는 희대의 맹장이었으니까.

파리. 파리 가고 싶다. 존나 가고 싶다.

전쟁 외의 다른 모든 세상만사를 시시하게 여기고 오직 피와 화약의 대축제만을 그리워하며 평생을 버텨온 남자는, 지금 인생 최대의 묘수풀이를 풀듯 신이 나 미칠 것만 같았다. 어째서 총기 넘치는 후배님은 자유 프랑스군의 주력, 프랑스 제1군을 남프랑스에 상륙시켰을까? 어째서 그중 가장 기동력 좋은 프랑스 기갑사단을 뚝 떼어 패튼 예하 제3군에 배속시켰을까? 복잡한 정치 논리 따위는 감히 패튼의 대뇌피질에 침투하지 못했다.

'쟤들 데리고 파리 가라는 뜻이구나!'

논리적으로 완벽하고 군더더기라곤 없다. 실로 조지 패튼이란 품위 있는 남자가 보았을 때도 미학적이며 더없이 완벽하다.

"사령관님. 몇 가지 문제가 있습니다."

"어디 말이나 해봐."

"우선 적진으로의 돌파는 아군의 측면을 노출하게 됩니……."

"지금 그 적이 혼란에 빠져 있잖나. 그리고 우리의 측면은 프랑스인들이 지켜줄 거야."

문제 해결.

"그 돌파 자체도 어렵습니다. 적의 방어뿐만이 아닙니다. 어떻게 수백 킬로미터를 단숨에 전진하느냐부터 큰 난관입니다."

"그건 당연히 프랑스인들이 해결해 주겠지!"

"예?"

"르클레르 장군. 파리를 해방하러 가는 우리 해방군을 위해 프랑스인들이 철도를 복구시켜주지 않겠소?"

"독일군만 없다면, 불가능한 일은 아닐 겁니다."

"핵심 수송은 철도로 한다. 보병 부대는 뒤로 돌린다. 각 사단은 최소한의 기갑 부대만 보유하고, 나머지는 전부 차출해서 창끝부대로 활용한다!"

기동은 화력을 갈음한다. 캉브레에서, 아미앵에서, 그리고 그 자신이 직접 나섰던 뫼즈─아르곤에서 몇 번이고 입증하였다. 유진 킴을 세상에 알린 아미앵 전투에서, 미 육군 93사단은 급속 기동으로 적 사단 본부를 참수하고 조직력이 무너진 독일군 1개 사단을 통째로 잡아먹었다. 수십 년 뒤, 독일군은 아르덴을 돌파해 외과 수술하듯 프랑스군의 머리통을 절단해버렸고 막강해 보였던 프랑스군은 아무것도 못 하고 그대로 끝장났다.

지금은 정반대. 상대의 머리가 알아서 증발해줬다면, 적이 얼마나 제대로 싸울 수 있을까?

"우리 군은 1개, 아니지, 2개 기갑사단을 선봉으로 진격한다. 달릴 수 있는 만큼 달리고, 적이 단단히 방어를 구축한 곳은 최대한 회피한다."

"결국 그런 요충지는 대부분 철도에 기반을 두고 있을 겁니다."

"싸우지 말란 뜻이 아냐! 우회한 후 크게 포위하고 아군 보병대가 제압할 수 있도록 하란 말이지! 전차가 죄다 나가떨어질 때까지 죽어라 달리고, 수리와 보급은 후속하는 부대에 맡긴다. 그리고 다시 철도로 배달된 새 기갑부대가 달리면 돼!"

될지 안 될지는 전혀 모른다. 하지만 수백 킬로미터를 내달리려면 이 방법밖에 없다.

"명심들 해. 이게 성공하면 파리 서쪽에 있는 모든 독일군은 손 놓고 뒈진다."

어마어마한 전공. 프랑스 해방.

"사내새끼들이 목숨을 걸고 해볼 만한 일이지. 그렇게 생각하지 않나?"

패튼은 실로 근엄한 자세로 시가에 불을 붙였다. 부하들이 보기엔 여기서 또 반대했다간 그대로 귀싸대기라도 맞을 것만 같은 모습이었기에, 패튼의 광기 어린 작전안은 그대로 모든 예하 부대에 전파되었다.

파리 특급이 출발하는 순간이었다.

* * *

파리를 점령한 블랙 오케스트라는, 베를린보다는 약간 더 오래 버텼지만 당연히 장기적으로 지속할 수는 없는 형국이었다.

"반역도들을 싹 쓸어버려! 그놈들이 바로 배신자다!"

히틀러가 의식을 잃은 순간부터 나치 패거리들의 모든 눈과 귀는 베를린에 집중되었다.

누가 총통을 대리하느냐를 놓고 하루, 베를린을 탈환하고 블랙 오케스트라 멤버들을 붙잡는데 하루, 반역도들을 소탕하고, 그동안 눈꼴사납던 정적들을 반역도와 한패로 몰아 숙청하는데 하루 이상, 최소 사흘. 그동안 서부 전선은 사실상 외면받았다.

정확히 말하자면, 총통이 의식불명이 되고 고위 간부들이 줄줄이 죽어나가는 이 마당에 도무지 믿을 사람이라곤 없었다.

'제국 원수조차 반역에 가담했다.'

'룬트슈테트 원수라고 해도……?'

면전에서 총통에게 대놓고 모욕을 당한 노원수가, 반역 음모에 가담하지 않았으리라는 보장이 있는가? 이미 독일에 선택지는 남아 있지 않았다. 괴링과 힘러의 지시를 받은 진압부대가 억류된 친위대를 해방하고 다시 파리를 탈환하긴 했지만, 이미 서부 전선은 손 쓸 도리 없이 무너져내리고 있었다.

치욕스러운 해임 명령을 받고 물러날 준비만 하고 있던 룬트슈테트. 허무하게 죽어버린 부슈. 패튼을 저지하고 남프랑스 방위를 전담해야 할 제19군 사령관이 직접 반역 음모에 가담. 라인하르트 하이드리히, 생사불명.

"막아라! 막아야 한다!"

"빌어먹을, 루프트바페는 대체 뭘 하고 있는 거야!"

"군단은, 상급부대는 뭘 하고 있는 거지?"

"도대체 우리 위에 누가 있는지도 모르겠어! 그래서 내 상급자가 누구냐고?!"

"도망쳤다! 이 새끼들, 자기들만 내뺀 거야!"

대혼란.

"달려라, 달려어어!!"

"휘릭휘릭 끼요오옷!!"

"햣햐, 제리는 소각이다!"

그리고 고삐 풀린 미군. 그동안 철권과 폭력, 공포에만 의지해 프랑스를 통치하던 폐해가 여실히 까발겨졌다.

"독일이 졌다!"

"이래 죽으나, 저래 죽으나!"

레지스탕스 탄압에 누구보다 도가 튼 하이드리히가 사라졌다. 국방군은 눈앞에 몰려오는 적을 상대하기에도 급급하다. 그 결과, 때만 엿보고 있던 프랑스인들은 목전까지 다가온 해방의 기회를 붙들기 위해 말 그대로 전 국민이 일제히 연합군에 호응하기 시작했다.

"비행기! 비행기 온다!"

"실어나를 준비해! 야! 트럭 왜 저기 있어!"

"기름 왔다! 뭐 해!"

남프랑스를 관할하던 비시 프랑스를 날려버리고 군정을 시작한 지 만 2년도 채 되지 않았다. 당연하게도, 독일군이 프랑스 제3공화국 시절부터 내려져 온 행정체계를 모조리 날려버리고 포맷 후 윈도 재설치하듯 무에서 유를 창조할 수는 없는 법. 한마디로, 2차대전 개전 이전 동네 이장이며 구청 공무원으로 앉아 있던 이들의 절대다수는 1941년 지금 시점에서도 그대로 그 자리에 앉아 하던 일을 하고 있었다. 약간의 열혈 애국자가 살해당하거나 도피하고, 그 자리를 친독파가 메꾼 것만 제외한다면 말이다.

"우리 마을은 해방자 연합군 여러분을 환영합니다아아!!"

"어서 오십시오! 필요한 게 있으시면 뭐든 말씀하십시오!"

"트럭! 달구지! 당나귀든 뭐든 좋아! 짐 나를 수단 있으면 몽땅 다 내놔!"

그리고 그 친독파는, 당장 자신들의 전임자가 개처럼 끌려나가 총살당했던 광장으로 끌려가기 싫어 누구보다 더 열렬하게 연합군을 칭송했다. 독일군이 철도를 요구할 땐 '어이쿠, 철로가 다 망가져서 운행이 어렵습니다요. 거기다 폭격 맞고 뒤질까 봐 기관사 놈들이 죄 도망쳤는뎁쇼?'라고 뻔뻔스럽게 대답하던 프랑스인들.

"와아아아!!"

"제리 새끼들을 전부 죽여줘요!!"

"프랑스 만세! 연합군 만세!!"

틀림없이 망가졌다던 철로는 어느새 말짱해져 끝없이 연합군을 북으로, 북으로 배송해주고 있었다.

"제7군이 파리를 향해 돌진하고 있습니다."

"추가적인 보급을 요청하고 있는데……."

"폭격기 중 일부를 폭격 임무 대신 수송 업무로 전용할 수 있겠습니까?"

런던의 총사령부는 당연히 발칵 뒤집혔다. 단 한 명을 제외하고서.

'아니. 말은 해주고 달려야지! 전화는 놔둬서 국 끓여 먹게?!'

"동양의 격언에 이심전심이라는 말이 있지요. 패튼 장군과 나는 마음과 마음으로 이미 진작부터 뜻이 통하는 사이다, 이겁니다."

"그렇… 습니까?"

"이미 우리는 예전부터 이러한 전략에 대해 심도 있는 논의를 해 왔습니다. 강력한 기갑전력과 공중 엄호를 바탕으로 한 이 기동전이야말로 우리가 이상으로 삼던 바로 그것입니다."

유진은 속으로는 몇 번이고 패튼의 계급장을 더욱 반질반질, 그 빛나리 이마빡보다 더욱 번쩍이게 광을 내주는 상상을 하고 있었지만 결코 티를 내진 않았다.

"정찰 비행 결과에 따르면 적이 파리 근교에서 반격할 채비를 갖추고 있는 듯합니다."

"제8군단은?"

"루앙 코앞에 도달했습니다. 독일군은 협상을 통해 루앙 시내에서 퇴거를 희망하고 있습니다."

"그건 브래들리가 알아서 결정할 일이지. 내가 일일이 미주알고주알 지시해 줄 필요는 없고."

하이드리히 이 새낀 어디 간 거야? 파리의 음모는 진압되었는데, 이 관종 새끼라면 당연히 위풍당당하게 등장해 온갖 생지랄을 떨면서 자신의 건재함을 과시하고도 남는다.

근데 안 나타나고 있네? 진짜 어디 붙잡혀서 사지 분리라도 당했나?

"아무튼 육항은 항공 수송에 각별히 신경 좀 써주시고. 노르망디 방면군도 압박해 들어갑시다."

"알겠습니다."

"나는 다음 일정이 있어서 먼저 일어나보겠습니다."

급하다, 급해. 드골이 런던으로 돌아왔다. 이제 파리를 어찌할지는 우리 나라님들이 알아서 정하겠지. 아무튼 난 파리를 따기만 하면 된다.

"자주 얼굴 뵈니 참 반갑군요, 차관님."

"저도 무어라 덕담을 해드리고 싶은데, 지금 경황이 없어서 본론부터 들어가겠습니다."

드골을 만나기 전, 나는 드골과 함께 런던으로 온 웰즈 국무차관을 먼저 만났다. 워낙 건수가 큰 일이라 그런가. 대사관 암호 전문 대신 아예 차관을 직접 보내버리셨네. 그래서, 파리 입성 때 드골을 끼워줄까요 말ㄲ…….

"대통령 각하께서 위독하십니다."

"…잠깐. 잠깐잠깐."

"오래 버티지는 못하실 듯합니다. 각하께서 마지막으로 남기신 몇 가지 당부와… 친필 서한을 전달드리겠습니다."

나는 웰즈가 내민 종이 한 장을 낚아챘다.

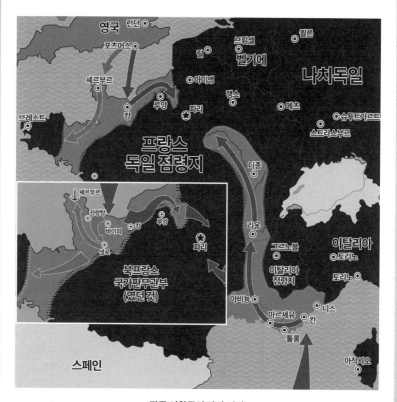

작중 연합군의 파리 진격

독자 여러분들의 편의를 위한 지도입니다.
물의백작 님께서 제작해주신 지도를 기반으로 제작했습니다! 감사합니다!

교향곡 제10번 5

[친애하는 진에게.]

잠시 쓰러졌다가 눈을 뜬 루즈벨트의 행동은 신속했다. 민주당의 중진들. 부통령 헨리 월레스(Henry Agard Wallace). 전쟁부 장관과 해군부 장관, 국무부 차관. 그리고 조지 마셜. 번갯불에 콩 볶아 먹듯 이들과 밀도 있는 이야기를 나눈 그는, 잠을 자는 대신 펜을 들었다.

[조금 전 의식을 잃었다 회복했네. 의사는 아직 희망 같은 낱말을 늘어놓고 있지만, 내 몸은 내가 잘 아는 법이지. 마지막 인사를 남기도록 하지.]

대통령이 야전군인의 정점에 있는 자에게 남길 마지막 말. 머리는 깨질 것만 같고 가슴은 돌멩이를 집어넣기라도 한 듯 갑갑하지만, 이 작은 종이에 쓸 단어들이야말로 가장 정치적으로, 마지막 온점 하나까지 정제해 적어야만 한다.

유진 킴. 압력을 받으면 스프링처럼 튀어나오지만, 직업이 군인 맞는지 의아할 정도로 이상한 부분에서 여린 모습을 보이던 사람. 그러니 당연히, 최대한 친근하게 적는다. 되도 않은 유머도 좀 섞어서.

[아무리 생각해도 자네가 만든 그 운빨망겜이 범인이야. 그딴 걸 10년

넘게 했으니 속병이 들고도 남지. 축하하네, 프레지던트 슬레이어.]

아. 실수. 진심이 조금 섞여버렸다. 고쳐 쓰기엔 이미 팔에 힘이 썩 넉넉하지 않다. 그냥 내버려 두기로 했다.

[다음 대통령, 월레스를 잘 부탁하네. 월레스 집안은 자네의 장인어른과 연이 깊지. 헨리도 대단한 인물이니 자네도 한번 만나보면 무척 마음에 들거야. 그는 나와 같은 방향을 바라보고 있고, 내 뜻을 계승해주겠다고 조금 전 약속했네. 휠체어를 타지도 않았으니 아무리 봐도 나보다 더 낫군.

대통령직을 선거가 아닌 승계받았다는 약점을 숨길 순 없네. 그러니 더더욱 성과가 필요하고. 웰즈 차관과 자네가 국무부와 군부에서 잘 보좌해준다면 큰 문제는 없으리라 생각하네. 다시 한번, 그를 잘 부탁하네.]

펜이 잠시 멈췄다. 손이 덜덜 떨리고, 철자가 제대로 그려지지 않는다. 그렇지만 지금 놓을 순 없었다.

[예전에 나와 나눈 이야기는 모두 잊어버리게. 그때의 나는 내가 10년, 20년은 더 살 줄 알았으니까. 배의 선장이 바뀌면 항로도 바뀌어야지. 정치인과 군인의 공통점이 있다면, 상황이 변했는데도 기존 계획을 그대로 실천하려 들었다간 큰일 나기 십상이라는 점 아니겠나. 자세한 건 웰즈에게 전해 듣게. 자네와 직접 대화하지 못한 것은 참 슬프지만 어쩌겠나. 이런 게 세상이지.]

아직. 아직 더 전해야 할 말이 많은데. 월레스가 당을 휘어잡을 수 있을까? 맥아더를 막고, 자신의 뜻을 계승할 수 있을까? 처칠과 스탈린은? 전후 세계 재편은?

죽어가는 사람은 그 무엇도 약속해줄 수 없다. 그저 친분과 옛정에 호소하는 것만이 그가 할 수 있는 유일한 일.

[부탁이네, 진. 이 나라가, 이 세상이 더 나아질 수 있도록 도와주게. 샌프란시스코에 전설의 카드쟁이 FDR 조각상을 만들고 나를 기리는 대회를 열어주면 약간 더 고맙겠지만, 구태여 그런 걸 벌이지 않더라도 이 소중한

나라에 다시 평화가 찾아온다면 그것만으로도 족하네.

길게 적지는 않겠네. 내가 죽지 않았다면, 이 종이쪼가리를 들고 백악관에 찾아와 날 실컷 비웃도록 하게. 내 너그러이 대통령을 비웃을 권리를 제공해 줄 테니.

귀하와 귀하가 이끄는 군대에 승리와 영광, 그리고 정의가 함께하길 바라며.

프랭크]

잉크병이 엎어졌다.

* * *

나는 몇 줄 되지 않는 이 쪽지를 몇 번이고 다시 읽었다. 글자는 온통 떨리고 이리저리 번져 알아보기 힘들었지만, 그 탓에 오히려 루즈벨트가 어떤 몸 상태에서 쓴 글인지 확신할 수 있었다. 조용히 쪽지를 접어 내 안주머니에 찔러 넣고 웰즈를 가만히 바라보자, 그가 먼저 입을 열었다.

"각하께서는 저희 두 사람에게 많은 걸 기대하고 계십니다."

"조금, 당황스럽군요. 무엇보다 제 위로 상급자가 있는데……."

"특수한 상황에 특수한 시국이잖습니까."

나는 고개만 끄덕였다.

"혹시 헨리 월레스 부통령님에 대해 얼마나 알고 계십니까?"

"전혀 모릅니다."

월레스 집안이 장인어른과 연이 깊다니. 나는 정치 잘 모른다고.

"월레스가(家)는 아이오와의 이름난 농업인 집안이자 농축산업 계열의 언론을 보유한 곳이었습니다. 부통령님의 부친께서는 하딩 행정부, 그리고 쿨리지 행정부에서 농무부 장관을 지내셨고요."

오랜만에 듣는 이름들. 거기에 농업인 집안. 우리 장인어른과 떼려야 뗄 수 없는 관계라는 건 확실해 보였다.

"오래전부터 월레스가는 농업 정책과 관련해 허버트 후버 전 대통령과 대립하고 있었고, 당연히 커티스 계파의 중진으로 후버와 맞서왔습니다. 부친께서 작고하지 않고 계속 커티스 의원을 지지했더라면 어쩌면 상황이 많이 달라졌을지도 모르지요."

"그렇습니까."

"다만 아시다시피 후버는 결국 승리해서 대통령이 되었고, 커티스 계파는 철저하게 보복당했습니다. 우유원정군 사건으로 후버가 무너지긴 했지만 결국 농민들의 삶이 딱히 나아지진 않았고, 오히려 커티스 의원이 은퇴했지요."

그래서 우리 맥 의원이 화려하게 등장한 것 아닌가. 물론 맥아더의 전문 분야는 당연히 농업이 아니었고, 대공황에 겹쳐서 초유의 자연재해까지 벌어지고 있던 미국 농업은 하느님이 케어해주지 않는 이상 어떻게 손 쓸 도리가 없었다.

"그래서 부통령께선 커티스 의원의 영향력을 이어받은 맥아더를 지지하는 대신, 대통령 각하의 러브콜을 받아 민주당으로 당적을 옮기고 농무부 장관직을 받으셨습니다."

"아아. 그렇게 됐군요."

맥아더와의 관계는 최악이겠구만. 중간에 설명하지는 않았지만, 굳이 안 들어도 알 것 같다. 항상 자신감으로 빵빵 차 있는 맥아더가 자신을 떠나 당까지 갈아버리는 사람을 호의적으로 볼 일은 없겠지.

대통령은 당연히 장관을 갈아버릴 수 있지만, 지금은 전시 거국 내각이다. 공화당의 협조를 얻기 위해 공화당의 실질적 수장을 전쟁부 장관으로 앉혀 놓은 건데, 자르긴 힘들다.

"부통령님에 대한 소개는 잘 들었습니다. 그럼 이제 각하께서 제게 남겼다는 말을 듣고 싶군요."

"먼저, 각하께서는 드골의 행보를 용인하기로 결정하셨습니다."

"더 구체적으로 말씀해주시지요."

"드골이 파리에 입성할 수 있게 해주십시오."

나는 대답 대신 입에 담배 한 개비를 물었다. 씁쓸하구만.

"국무부를 대표해 제가 말씀드리자면, 애초에 대통령 각하의 전략은 너무 무모했습니다. 놀렛 장군이 작고한 시점에서 프랑스를 정상화할 수 있는 인물은 애초에 드골밖에 없었으니까요."

"그렇긴 합니다만, 대통령께선 그래도 할 만하다고 여긴 것 아니었습니까?"

"그랬지요. 하지만 후임자가 그걸 능숙히 해낼 수 있으리란 법은 없잖습니까."

정치 만렙, 썩은물 중의 썩은물인 루즈벨트는 드골을 치워버리고 개판이 된 프랑스에서 달달한 꿀을 빨 수 있으리라 기대했다.

하지만 경황도 없이 승계받아 대통령이 될 월레스가 그 섬세한 컨트롤이 가능할까? 어렵지. 당장 국내 휘어잡기도 바쁠 테니까. 능력도 능력이지만 절대적인 시간이 부족하다.

"그래서, 드골 꼴리는 대로 하기로 봐준다… 가 끝입니까?"

"그럴 리가요. 대통령 각하께선 드골에게 몇 가지 약조를 받아냈고, 그놈은 각서까지 썼습니다. 우리가 프랑스에서 받아내야겠다고 작심한 것들은 드골이 제 손으로 직접 제공해 줄 겁니다."

"그 '받아낼 것'이 어떤 건지 제가 들을 수 있겠습니까?"

"군사적인 부문을 말씀드리자면, 드골은 최단시일 내에 프랑스군을 재조직하여 연합군에 최소 백만 명 이상을 제공하기로 하였습니다."

그거면 됐어. 그냥 감정적으로 그 껑다리가 불편하긴 하지만, 귀찮은 일을 그놈에게 다 짬시킬 수 있다면 그 정도 불편함은 참아줄 수 있다.

백만이라, 백만. 독일 본토로 들어가면 어마어마한 피해가 예상되는데,

미국인의 피 대신 프랑스인의 피를 흘릴 수 있다면 그깟 파리쯤이야 얼마든지 줄 수 있다. 기왕이면 파리에 대가리 헤딩하는 것도 프랑스 놈들끼리 했으면 좋겠는데.

파리에 깃발을 날려서 무엇 하겠나. 수도 탈환의 기쁨을 누릴 프랑스인들을 빼고 생각하자면, 그깟 깃발을 높은 곳에 꽂아서 좋아할 사람들은 패튼 같은 변태나 몬티 같은 나르시시스트뿐이다. 평범한 민간인이 고통받고 있으니 당연히 되찾아야 하지만, 나로서는 외국의 민간인보다는 내게 목숨을 맡긴 내 병사들이 더 귀하다.

"다른 이야기는 더 없습니까."

"그렇습니다. 각하께서 회복한다면 더할 나위 없이 기쁜 일이겠지만, 그렇지 않다면……."

그는 뒷말을 흐리다가, 결국 침묵을 견디지 못하고 마저 내뱉고 말았다.

"새 대통령의 취임식에서 앞으로의 일에 대해 더욱 긴밀한 이야기를 나누셔야 할 듯합니다."

다시 한번 실감이 났다. 천년만년 영원히 옥좌에 있을 것만 같던 인물은 이제 세상을 뜰 예정이다.

* * *

같은 시각. 워싱턴 D.C.

"어째서 절 부르신 겁니까."

"앞으로 해야 할 일이 많습니다. 우리 둘이 만나는 게 무슨 문제가 있겠습니까?"

"문제가 많지요. 다른 사람들이 보면 뭐라고 떠들겠습니까."

코델 헐 국무장관의 물음에, 맥아더는 부드럽게 웃음을 지었다.

"그게 그렇게 걱정되셨다면 여기에 걸음 하지 않으셨겠죠. 자, 이 쪽으로 앉으시죠."

"용건만 빨리 듣고 가겠습니다."

맥아더가 군복 대신 정장을 입은 지도 10년째. 이제 이 D.C.에서 돌아다니는 인간들이 표정을 짓는다는 건 전부 그 표정을 상대에게 보여주고 싶다는 의미라는 걸 깨달은 지도 한참 되었다. 그러니 저 썩어 문드러진 토마토 같은 면상도, 자신의 심기를 이 맥아더에게 전달하고 싶다는 뜻.

"우리의 믿음직한 프랭크가 이 나라의 핵심 인사들을 만났습니다."

"그랬지요. 저도 참석했습니다."

"하지만 그건 민주당 의원들을 부른 자리였지요. 정작 국무부, 그리고 외교에 대한 안건은 웰즈 차관과 떠들지 않았습니까."

헐은 민주당 내 루즈벨트 반대파들의 추천으로 국무부 장관 자리에 앉았고, 루즈벨트는 임기 내내 헐을 패싱했다.

하지만, 설마 죽어가는 그 순간까지 패싱할 줄은 몰랐다. 뻔히 알면서도, 앙금이 남지 않으면 사람이 아니다.

"루즈벨트는 죽는 그 순간까지, 빨갱이들과 사이좋게 지내라고 신신당부를 했다더군요."

"소련과의 외교는 확실히 중요합니다. 특히나……."

"허허. 본인도 안 믿을 이야기는 하는 게 아닙니다. 월레스가 빨갱이라는 사실을 모르는 사람이 누가 있습니까? 마침내 이 나라의 백악관에 빨갱이가 앉은 겁니다. 빨갱이가!"

"월레스 부통령이 분명 부의 재분배와 빈곤층 보호를 주장하긴 했습니다. 그리고 그게 바로 뉴딜의 핵심이고요. 공화당 분들이 뉴딜을 빨갱이놀음으로 간주하는 게 어제오늘 일은 아니라지만, 적어도 대통령이 서거하려는 이 시점에서 떠들기엔 좀 불편한 주제군요."

맥아더는 여전히 얼굴 가득 덕지덕지 붙은 미소를 지우지 않았다.

"나는 당신들 편입니다."

"그게 무슨 뜬금없는……."

"오랫동안 여러분들은 루즈벨트에게 탄압받지 않았습니까. 야당 의원인 제가 봐도 참 소름 끼칠 만큼 잘근잘근 짓밟던데, 그 루즈벨트를 계승한 월레스는 얼마나 더 여러분을 밟아놓겠습니까? 여러분들을 정리한 후엔 당연히 공화당 차례겠죠."

루즈벨트는 미합중국의 성스러운 민주주의를 파괴했다. 민주당 내 보수파들을 보호해주던 각종 제도를 폐지하고 보수파의 입을 틀어막았다. 전통으로 내려져오던 재선 후 불출마를 깨고 3선에 당선했다. 대법원이 뉴딜에 반대하자 대법관 수를 늘려버려 사법부 독립을 무너뜨렸다. 시민들의 반대를 무릅쓰고 빨갱이들에게 돈과 물자를 헌납하고, 전시라는 특수한 상황을 이용해 밀실에서 제 뜻을 따르는 웰즈와 마셜과 쑥덕거리며 온갖 대소사를 날치기로 처리했다.

FDR은 괴물이었기에 이 모든 일을 하고도 무사했었다. 하지만 그 후계자는 사람이다. 아주 작고 연약한.

"빨갱이 대통령이 이 나라를 모스크바에 팔아먹는 꼴을 두고 보시겠습니까, 아니면 여야가 협력해 이 나라를 바로잡아야겠습니까?"

"이보시오."

"딱 3년이면 됩니다. 민주당 여러분은 여당으로서 국내 내정을 뜻대로 하십시오."

비상한 시국에는 비상한 방법을 써야 하는 법. 대통령을 식물로 만들어버리면 전쟁은 누가 지휘하겠는가.

"다들 요즘 깜빡 잊은 것 같지만, 전쟁은 원래 내 전공이었습니다."

당연히 전쟁부 장관이 해야지. 이게 올바른 문민통제 아닌가. 헐이 고민하던 그 순간, 누군가 문을 통통 두들기더니 다급히 들어왔다.

"장관님?"

"무슨 일인가."

"대통령 각하께서 조금 전 서거하셨습니다."

마침내. 이 맥아더의 시대가 왔다. 그는 이 순간 하나님의 가호를 확신했다.

교향곡 제10번 6

내 정신이 혼미하건 말건 세상은 날 기다려주지 않는다.

FDR은 죽었다. 완전한 평화라는 유복자를 남긴 채. 유감스럽게도, 그 유복자에겐 장애가 있었다. 그래도 죽은 이의 유지를 이어, 희미한 희망만을 품에 안은 채 나아갈 것인가. 아니면 처음부터 헛된 꿈이었노라 스스로를 달래며 새로운 전쟁, 춥고 시린 냉전의 길로 갈 것인가.

대통령 서거 소식이 들린 후, 나는 결단을 내려야 했다.

— D.C.로 돌아오지 않겠나? 장례식에는 그래도 얼굴을 비추는 편이 좋을 것 같은데.

"해야 할 일은 매듭짓고 가겠습니다."

첫 번째 결단. 본국으로 가지 않는다. 지금 가봤자 거인이 쓰러진 자리에서 하이에나들이 날뛰는 꼬라지나 보겠지. 아무리 맥아더가 불러서 간다한들, 대통령 죽자마자 전장은 내팽개치고 헐레벌떡 D.C.로 달려간다? 누가 봐도 빼도 박도 못할 정치군인이잖아 이거. 이미 내 명성이 휘황찬란해진 마당에 그런 오물을 묻힐 순 없지. 나는 일단 국내 정치와 일부러라도 거리를 두며 기계적으로 일정을 소화했다. 우선은 시간이 필요했으니.

내 주변엔 사람이 많아도 너무 많고, 이런 상황에서 누구와 의논 좀 하려 했다간 월요일 오전 8시 신도림역에서 확성기로 떠드는 것보다 더 빨리 소문이 퍼질 게 뻔하다. 무조건 내 머리로, 이 미래 지식과 약간의 잔머리나 출력하는 저성능 두뇌로 어떻게든 결론을 지어야 한다. 그러니 더더욱 D.C에 갈 순 없다. 거기 갔다간 곧장 잡아먹힐걸?

새 대통령 헨리 월레스의 입지는 매우 좁다. 가장 만만한 비유를 생각해 보자면… 유비가 죽은 후의 유선? 문종이 죽은 후의 단종? 만약 전자와 비슷하다면, 내 포지션은 제갈량인가. 아니지, 제갈량이 없어서 북벌의 대업을 위임받은 간옹 정도 되겠구만. '간옹의 북벌'이라니. 전혀 멋없다. 망할 것 같아. 맹획을 일곱 번 사로잡는 대신 일곱 번 매수할 순 있겠지만.

그런데 후자라면? 내 포지션은 그냥 딱 김종서 아닌가. 자다가 철퇴 맞고 비명횡사할 팔자란 소린데. 그런 건 사양하고 싶다. 야전군인이 정치판에 기웃거리는 것 자체가 숙청의 빌미를 줄 수 있다. 철퇴에 맞아도 항변 한 번 못 하고 억하고 죽어야 할 죄가 될 수도 있단 말이지.

사실 내가 선택해야 하는 건 하나 더 있었다. FDR이 내린 기존 명령에 따라 프랑스 해방작전을 속행하느냐. 아니면 새 대통령의 명이 떨어지길 기다리며 일시정지를 선언하느냐.

나는 여기서 주저 없이 전자를 골랐다. 드골과 프랑스에 대한 처리는 전달할 여력이 있던 루즈벨트가, 연합군의 운용이라는 훨씬 막중한 일엔 일언반구도 하지 않았다. 그거야말로 FDR의 의도라고 알아서 해석하기로 했다. 만약 새 행정부가 '왜 기다리지 않았느냐.'라고 추궁한다면… 정말이지 없던 정도 뚝 떨어지겠구만. 아무튼 전쟁 속행을 결심한 이상, 당연히 다음으로 만나야 할 사람은 정해져 있었다.

"오랜만입니다, 각하."

"귀국에 닥친 불행에 매우 깊은 유감과 애도를 표하는 바이오."

샤를 드골. 대통령의 마지막 당부에 따라, 이제 나는 그를 자유 프랑스군이라는 민병대 지휘관으로 보는 대신 프랑스 임시정부의 대통령으로 간주했다.

"아시다시피 우리 군은 파리를 목전에 두고 있습니다. 제 시간이 그리 여유롭지 않은 관계로, 용건만 부탁드립니다."

"…연합군 총사령관의 요청에 응하지 않고 캉으로 간 것은 분명 내 실책이오. 나는 틀림없이 나와 자유 프랑스군의 이동에 관해 영국군을 거쳐 전달했지만, 중간에 누락되어버린 모양이오."

그렇구나. 우리 드골은 그런 핑계를 대는구나. 아니지. 아냐. 릴렉스, 릴렉스. 마음의 평화… 내 마음은 호수요… 산은 산이요, 물은 물이로다… 좋아. 멘탈 회복 완료.

그래. 핑계라도 대는 게 어디냐. 늘 하던 대로 모가지 뻣뻣하게 깁스하고 '프랑스! 하고 싶은 대로 한다! 프랑스! 위대하다!' 이 지랄을 떨었다면 오늘 드골의 키를 한 30센티미터쯤 삭감해 루즈벨트의 제사상 앞에 진열했을지도 모른다. 여전히 내 면상이 흐물흐물 시금치 통조림 꼬라지를 하고 있어서일까, 드골은 오늘따라 영 조심스러운 기색이었다.

뭐지. 적응 안 되네.

"프랑스를 대표해 말하건대, 결코 우리 프랑스가 연합군의 대의를 저버리는 일은 없을 것이외다."

"예. 잘 알겠습니다. 그러면 용건은 이것으로 끝인지요?"

"한 명의 군인으로서, 내 돌출행동이 무척이나 불편했으리라는 사실은 나 또한 잘 알고 있소. 다시 한번, 무례에 대해 정중히 사과의 말을 전달하는 바요."

후. 모르겠다. 지금 루즈벨트가 죽었단 소식에 솔직히 머리가 멍해 아무 생각이 들지 않는다. 애초에 드골을 파묻으려 했던 것도 따지고 보면 FDR의 밀명 때문이었고, 그 장본인이 '내가 시켰던 거 취소할게 미안해~' 하고 덜컥 멋대로 요단강을 건너버렸다. 이제 드골과 머리끄덩이 붙들고 싸울 일도 없어졌단 말씀.

"어디까지나 오해와 누락 때문 아닙니까. 저는 프랑스와 귀하에 대해 어떠한 앙금도 없습니다."

"…아미앵의 영웅이 다시 한번 우리를 위해 싸웠다는 사실을, 프랑스는 결코 잊지 않을 것이오."

"혹시 더 논하실 내용이 있습니까?"

"파리 탈환에 대해 계획하고 있는 방안이 있는지, 실례가 되지 않는다면 묻고 싶소."

파리라. 스턴 상태에 빠져 때리는 대로 처맞기 바쁘다가 이제야 정신줄을 부여잡은 독일군은 파리 동쪽으로 정신없이 탈출하고 있다.

프랑스 레지스탕스와 우리 육군항공대는 쿨타임이 돌 때마다 독일 놈들의 철도를 때려부순다. 그러면 독일 놈들이 다시 파리가 알 까듯 허겁지겁 철도를 수리한 후, 독일 본토행 편도 급행열차를 타고 뒤도 돌아보지 않은 채 제 놈들 본국으로 도망친다. 결국 파리를 확보해야 저 거대한 포위망의 뚜껑을 닫을 수 있다. 하지만 라인하르트 하이드리히의 행방이 묘연해진 지금, 결국 남은 건 정면으로 들이박는 수밖에 없단 말이지.

"패튼이 이끄는 제7군의 최선두가 일드프랑스(파리를 포함한 프랑스 수도권)로 접근하고 있습니다. 정찰을 통해 확인한바, 독일군은 마지막 여력을 파리 수비에 모조리 투입했습니다."

"으음……."

"파리를 공격할 경우, 공격자의 피해는 둘째치더라도 파리라는 도시에도 큰 피해가 갈 것으로 예상됩니다. 각하의 고견을 우선 여쭈어야겠군요."

패튼은 전화통을 붙들고 '저 새끼들이 좀 싸우긴 하는데, 좀만 더 병력이랑 기름 밀어주면 내가 밀 수 있거든? 진짜, 진짜!' 하면서 허세를 부렸지만, 내가 꽂아 둔 보모들의 보고에 따르면 '저 새끼들 존나 셉니다! 헤딩하면 우리 대가리가 깨져요!'라고 비명을 질러댔다.

뻔하다. 이 패턴학 박사 학위를 취득한 내 완벽한 분석에 따르면, 조금만 약한 모습 보였다간 곧장 자신이 조공(助攻)으로 전락하고 브래들리가 파리에 입성할까 봐 쫄아서 저러는 거다.

어쨌거나 결론은 하나. 파리를 공격하려면 다시 한번 전력을 박박 긁어모아, 스탈린그라드 한 편 찍는다는 각오로 총공세를 퍼부어야 한다. 그게 가능한가 여부를 떠나, 작전을 기획하려면 우선 프랑스의 양해를 구해야 했다.

"상관없소."

"정말 괜찮으십니까? 물론 각하의 영향력은 잘 알고 있습니다만, 파리가 재가 된다면 그래도 많은 문제가……."

"프랑스인의 손에 있지 않은 파리는 우리가 알던 그 도시가 아니오. 설령 히틀러의 공갈대로 저 빛의 도시가 잿더미로 전락하더라도, 우리 가슴 속에 삼색기가 휘날리는 한 파리는 언제든 복구할 수 있소."

진짜 참… 한결같구만. 생각해보면 내가 만난 프랑스인들은 다 저랬다. 아마 놀렛 장군이 드골 대신 이 자리에 있었더라도 똑같은 말을 했겠지.

"좋습니다. 최대한 빨리 파리를 탈환하고 독일인들을 옛 국경 너머로 몰아냅시다."

"그게 바로 내가 소원하던 일이오."

드골은 슬며시 손을 담뱃갑으로 가져다 댔고, 내가 고개를 끄덕이자 재빨리 한 개비 꺼내 입에 물… 려다가 담뱃갑을 꽉 구기며 주머니에 쑤셔 박았다. 저런. 빈 갑이셨구만. 돗대 체크 안 했나?

지금만큼은 언어의 장벽도, 국적의 문제도 없다. 서로 입은 열지 않아도 눈빛과 손짓이 바삐 오갔고, 나는 늘 아침마다 정성스럽게 포지션을 세팅하는 가슴팍 주머니의 럭키 스트라이크를 꺼내 그의 주둥이에 물려주고 불도 붙였다.

"고맙소."

"천만의 말씀을."

"고국을 떠나 런던으로 향한 뒤로, 하루에 네 갑을 피우게 됐소. 담배를 피우고 있지 않을 때면 미쳐버릴 것만 같았거든."

네 갑? 80개비? 진짜 미친놈이신가. 아저씨, 식도 멀쩡해요?

"사령관께서도 잘 아시겠지만, 파리엔 빨갱이 레지스탕스들이 우글대고 있소."

"레지스탕스가 있단 말은 들었지만, 그들의 사상은 잘 몰랐습니다."

"이 담배보다 훨씬 깊은 맛의 골수 빨갱이들이오. 지금은 아직 독일 놈들의 총구가 무서우니 내 말을 귀담아듣고 있지만, 프랑스 전역이 해방되는 즉시 나는 놈들과 이 나라의 미래를 두고 다퉈야 하오."

등 뒤의 나라가 갑자기 빨갛게 물들면, 물론 소련이 지금 동맹이기 때문에 난데없이 칼을 맞을 일은 없겠지만 좀 찝찝하긴 하겠지. 나는 드골이 자신의 필요성을 다시 한번 어필하고 있단 사실을 깨달았고, 우리는 한동안 빨갱이들을 씹으며 서로의 우정을 돈독히 다졌다. 나치와 빨갱이는 정말 껌 같아서 씹어도 씹어도 닳아 없어지지 않는 대화 소재라니까.

"아 참. 이곳에 오기 전 공유한 정보가 있는데, 혹시 들으셨소?"

"무엇입니까?"

"그 빨갱이 레지스탕스들이 거물을 사살했다고 전해 왔소. 아마 그들의 투쟁 이력에 가장 거대한 업적이 되겠지."

"호오. 누구입니까."

"라인하르트 하이드리히요. 정복지에서 왕처럼 군림하며 셀 수 없이 많은 체코인과 프랑스인, 유대인을 학살한 그 마귀 새끼가 천벌을 받은 게지. 연합군에 투항하겠다고 울며불며 애걸하는 걸 그리스건으로 너덜너덜하게 만들었다는데… 괜찮소?"

"예. 괜찮습니다. 허. 허허. 꼭 재판을 통해 너덜너덜하게 만들고 싶었는데, 그게 참 아쉬울 따름입니다. 거지같은 새끼가 정말 천벌을 받았군요."

병신새끼. 난 처음부터 그 새끼가 마음에 안 들었어. 이제 믿을 건 하나 뿐이었다.

* * *

야심한 밤. 나는 부관도 대동하지 않은 채 홀로 조용히 집무실을 빠져나 왔다. 잠시 기다리고 있자니 새까만 자동차 한 대가 도착했고, 나는 가타부 타 대답 없이 곧장 뒷좌석에 올라탔다. 차는 한창 달려 교외로 빠져나왔고, 어느 허름한 헛간 앞에서 멈춰 섰다. 내가 내리자 역시 묵묵부답으로 그 차 는 떠났고, 몇 분 기다리고 있으니 또 다른 차가 와 두 사람을 떨궈준 채 사 라졌다.

"이렇게까지 해야 합니까?"

"들키면 무슨 일이 일어날지 잘 아시잖습니까."

두 사람의 정체는 알렉산더 장군, 그리고 이제 슬슬 친숙해진 통역사였 다. 우리 셋은 반쯤 부러진 벤치에 앉아 멍하니 밤하늘만 올려다보았고, 또 그렇게 기다리고 있자니 새로운 차가 와 우릴 픽업했다. 그리고 다시 달리 고 달려. 이제 여기가 어디인지도 모를 무렵. 수풀 한가운데에 반쯤 방치된 벙커 하나가 문이 빼꼼 열린 채 우릴 기다리고 있었다.

"거… 이런 곳을 잘도 구하셨습니다그려."

"우리 총리가 좀 변태라서 말입니다."

"그거 아십니까? 처칠이라는 이름은 제 고향 말로 '부인이 일곱'이라고 도 해석할 수 있습니다."

"흠. 그리고 보면 그 양반이 며느리를 건드리려 한다는 소문이 있긴 했지 요."

"진짭니까?"

"미쳤소? 암만 그래도 그럴 리가. 괴벨스 그 새끼 짓이겠지."

우린 그렇게 시시껄렁한 잡담을 하며 벙커 안으로 들어갔고. 그곳엔 딱 봐도 수상한 일 하는 요원이구나 싶은 사람 둘, 그리고 밧줄로 묶인 남자 한 명이 기다리고 있었다.

"둘은 나가보시오."

오늘 무슨 묵언수행의 날인가. 두 요원은 고개만 끄덕이고는 벙커로 빠져나갔다.

"유진 킴."

"해롤드 알렉산더."

우리 두 사람이 그렇게 자신의 이름을 대자, 남자는 유일하게 자유로운 제 모가지를 뚝뚝 꺾으며 말했다.

"일단 이거, 밧줄 좀 풀어주시면 안 되겠습니까?"

"이름."

"저. 너무 꽉 묶어서 피가 안 통하는데. 제발 밧줄만 좀……."

"이름."

"이미 다 들으셨잖소?"

"마지막이오. 이름."

"알베르트 괴링이오, 사령관."

거물이 찾아왔다.

교향곡 제10번 7

"알베르트 괴링? 헤르만 괴링이 아니고?"

"이미 다 알아보셨을 거면서 왜 이러십니까. 저는 헤르만 괴링의 동생입니다."

"뭐. 그야 그렇지."

"그래서, 이름을 이제 댔으니 혹시 이 밧줄 좀……."

거참 쫑알쫑알 시끄럽네. 이래서야 1분에 한 번씩 밧줄 타령을 할 것만 같아, 나는 결국 그의 밧줄을 살짝 느슨하게 풀어주었다.

"후. 고맙습니다. 제가 이런 일엔 소질이 없어서."

"우리 측에 미리 언질한 바에 따르면 그냥 영국 여행을 오신 건 아닐 텐데. 빨리 말해보시오."

이 촌극을 보고 있던 알렉산더 장군이 헛기침하며 입을 열자, 알베르트는 기다렸다는 듯 얼른 허겁지겁 제 대사를 주워섬겼다.

"저는 독일제국의 총리 대행인 헤르만 괴링의 명을 받아 비공식적 특사로 파견되었습니다."

"그래서?"

내가 뚱한 목소리로 대답하자 그는 어쩔 줄 몰라 하는 모습이 역력했다. 정말 소질 없네.

"그, 실례가 되지 않는다면, 저희의 제안을……."

"비공식적 특사라는 친구는 이미 예전에도 한 번 왔었어, 이 친구야. 무려 독일 부총통이라는 번쩍번쩍한 직함을 달고."

"헤스 말씀이십니까? 그놈은 그냥 돌아버린 놈이지만, 저는 정말 총리 대행의 명으로 왔습니다!"

"그 어떠한 경우에도 추축국과의 협상은 없다. 이 학살마들아. 헤스가 좋아하겠어. 드디어 감방 친구도 생기고."

당연한 말이지만, 협상 따위에 응할 생각은 전혀 없다. 이 불쌍한 친구는 형을 잘못 둔 죄로 알고 있는 정보를 모조리 토해낸 끝에 차디찬 감방으로 끌려가겠지. 바이바이. 그래도 전범은 아니니 전쟁 끝나면 풀려날 거야.

"자, 잠시. 저, 전 연합국에 큰 도움을 드렸습니다. 부디 제 말씀을 들어 주시면 안 되겠습니까?"

"도움?"

"그렇습니다. 샌—프랑코, 제가 샌—프랑코 지사에 많은 도움을……."

"바깥에 누구 있나? 이 친구 끌어내."

"콘티! 까밀로 콘티! 그 유대인 학살을 폭로한 이! 그자를 제가 독일에서 탈출시켜줬습니다. 아니, 그자에게 학살 관련 증거를 전달한 게 접니다! 제가 유대인 학살을 만천하에 폭로했습니다!"

요원들이 벙커로 들어왔지만, 알렉산더는 다시 턱만 까딱여 그들을 도로 밖으로 내보냈다. 나 또한, 아주 약간 이 친구에게 시간을 할애해줄 마음이 생겼고.

"증거 있나?"

"증거는… 없습니다."

"이봐……."

"대신 정황 증거는 있습니다! 아시겠지만, 콘티는 게슈타포의 추적을 피해 스페인으로 도피했습니다. 어떻게 갔겠습니까? 제 형이 특별히 관리하는 수송열차의 짐칸에 탑승했기 때문에 그가 도망칠 수 있었습니다. 왜? 콘티 그자가 붙잡히면 괴링 가문은 개미 새끼 하나까지 깡그리 몰살당할 상황이었기 때문입니다! 제가, 제가 엮였으니까!"

우리는 잠시 처절하게 외치는 그를 버려둔 채 바깥으로 나왔다.

"킴 장군께선 어떻게 생각하십니까."

"정황에 불과하긴 하지만, 앞뒤가 맞는 이야기입니다."

"그렇긴 하지요. 하지만 저 말을 인정하면 당장 괴링의 공을 인정해줘야 합니다. 별로 기쁘진 않군요."

어차피 지금도 유리한데 뭣 하러 괜히 골치 아픈 일을 만드느냐, 라는 게 알렉산더의 주장. 하지만 내 생각은 조금 달랐다.

"추가 조사를 해봐야겠지만 그의 말이 사실이라는 전제하에서, 알베르트 괴링은 우리 연합군에게 크나큰 명분을 안겨다준 이인 동시에 의인입니다."

"의인이라."

"나치 핵심 중의 핵심조차 이 역겨운 정권이 저지르는 범죄행각을 참지 못해 진실을 밝혔다. 얼마나 끝내줍니까? 이건 대박입니다."

벌써부터 괴벨스 좆되는 소리가 들리는 듯해 싱글벙글 웃음꽃이 피어난다. 괴링이 히틀러의 손에 죽겠지만 뭐, 어차피 우리 손에 잡혀도 뒈질 놈인데.

"일단 이야기나 들어보지요. 어차피 들어야 할 것 아니었습니까."

"그럽시다."

나는 언제나 상대방에게 신뢰감을 안겨주는 해맑은 미소를 지으며 알베르트에게 돌아갔다.

"어이쿠. 팔 시뻘게진 것 좀 봐. 우리 의인께서 이런 대접을 받으면 곤란하지요."

"네……?"

"귀하의 말을 일단은 받아들이리다. 이제 어디 한번 그 특사로서의 전언을 말씀해보시지요."

"아, 네. 우선 총리 대행께선 루즈벨트 미합중국 대통령의 서거에 진심 어린 애도의 말씀을 전하셨습니다. 미국과 독일 모두 크나큰 일을 겪은 만큼, 이를 추도하는 의미에서 전쟁 전 국경을 기준으로 프랑스 전 영토에서 철군하는 조건으로 휴전을 제안하셨습니다."

"불가."

알렉산더와 내가 동시에 말했다.

"이런 비상식적인 요구는 상정 외였는데. 그게 끝이라면 더 들을 것도 없겠습니다. 조용히 돌려보내줄 테니 영국 특제 정어리 파이나 드시고 집에 가시지요."

"…이것이 어렵다면, 조의의 의미에서 열흘 간 정전(停戰)하고 상호 포로 교환과 부상자 수용을."

"그것도 불가. 고작 이런 웃기지도 않는 개그를 하려고 여기까지 오셨습니까?"

"그렇다면, 마지막 제안을 드리겠습니다."

그럼 그렇지. 이딴 걸 진심으로 가능하리라 생각하고 동생을 보냈다고 생각하니 차라리 형제를 죽이고 싶다고 믿는 게 더 정확할 것 같은데. 우리가 잠자코 기다리고 있자, 그가 말했다.

"파리를 가능한 한 온전히 넘겨드리고, 그 대가로 일부 병력의 탈출을 용인받고자 한다… 라고 전하라 했습니다."

"표현이 뭔가 이상한데."

"괴링 씨. 귀하가 군사 전문가가 아니니 다시 한번 묻겠소. 혹시 전하고자 하는 말이 '파리 수비군의 항복' 아니었소?"

"아닙니다."

우리는 꽤 오랜 시간 동안 이야기를 나눈 끝에 괴링의 제안을 확인할 수 있었다.

'파리를 얌전히 그냥 내줄 수는 없다. 그랬다간 너희도 곤란하지?'

'적당히 파리를 포위하는 시늉을 한다면 파리 수비대를 최대한 독일 본토로 빼겠다.'

'이후 적절히 교전하는 체하다가 잔존 병력은 항복하겠다.'

'파리 대폭파는 당연히 없다.'

"참 자기네들 편한 발상이구만."

"흐으음……."

예상대로인가. 대가리 터질 듯 고민에 고민을 거듭한 끝에 제안을 던졌을 괴링을 생각하노라면 참 불쌍하기 그지없다.

히틀러가 뒈졌거나 소생 가능성이 없다면 절대 이런 제안은 나오지 않았을 것이다. 괴링이 의도했는지 안 했는지는 모르겠지만, 이 미묘하고도 어색한 제안엔 '히틀러는 언젠가 복귀할 것이며, 괴링은 가능한 한 파리 함락의 책임을 피하고 싶어 한다'라는 속내가 읽히고 있다. 우리는 그 뒤로도 알베르트를 더 추궁했지만 딱히 가치 있는 정보는 나오지 않았다.

"이건 협상이 아니라 단순한 질문입니다만."

"예, 제가 답해드릴 수 있는 것이라면 말씀드리지요."

"혹시 폰… 아니, 까를로 콘티는 독일에 붙잡히거나 살해당한 게 아닙니까?"

"제가 듣기로는 연합국이 은밀히 보호 중이라고 들었습니다만. 정말 그쪽에도 아무 소식이 없습니까?"

사람이 어떻게 이리 증발할 수가 있지. 웃기지도 않네. 물론 그 당시 스페인이야 개판이었으니, 얼마든지 재수 없이 죽을 확률이 없지는 않지. 그래도 뭔가 씁쓸하구만. 밀담이 끝난 후, 알베르트는 다시 잘 압축해서 은밀한 거처로 배송되었고 우리는 우리대로 사령부로 귀환했다.

"설사 서로 합의를 이룬다 하더라도, 절대 공개되어서는 안 될 듯합니다."

"물론이지요."

어설프기 짝이 없다. 그냥 계획 자체가 구멍 숭숭이다. 정확하게 표현하자면, 이건 계획도 합의도 아니고 음… '양해 각서' 수준이다. 그래. 딱 그 레벨. 하지만 혼란스럽기 짝이 없는 미국의 현 상황을 고려하자면, 정말 우리 니즈를 딱 포착해서 던진 이야기기도 하다.

"솔직하게 말씀드리자면, 대통령이 교체된 현시점에서 파리를 잿더미로 만들 수는 없습니다."

"귀국의 사정을 우리 또한 잘 이해하고 있습니다. 신임 대통령 취임 직후 막대한 인명 피해가 발생한다면… 별로 모양새가 좋지는 않겠군요."

드골이 큰소리를 땅땅 치긴 했지만, 그래도 속으로는 최대한 파리가 멀쩡한 모습이길 바랄 게 뻔하고. 엄청난 희생을 치르더라도 미군이 파리에 깃발을 꽂으면 자국의 영향력이 곤두박질칠 영국도 영 심기가 불편해진다. 나? 나는 음… 짤릴지도 모른다. 지금 당장은 몰라도, 전쟁이 끝나고 나면 '과연 그때 파리에 꼬라박았어야 했냐'라면서 온갖 잡놈들이 책임을 져야 한다고 떠들어대겠지.

그런 의미에서 이 거래는 제법 구미가 동한다. 어차피 프랑스 서부에 있는 독일군은 절대 제 시간 안에 탈출 못 한다. 그놈들만 빨아먹어도 20여 개 사단. 파리와 같이 낙지 새끼들 대여섯 개 사단을 몰살시키려면… 대체 몇 명이 죽어야 하나. 전사 통지서가 아주 많이 필요하겠지. 그렇게 영국과 미국, 그리고 프랑스의 핵심 고위 관계자들이 비밀리에 모여 회동하길 며칠.

"알베르트 괴링 씨. 귀국의 제안을 받아들이겠소."

"정말입니까?"

"일드프랑스 일대의 방어 병력이 철군한다면 귀국의 제안에 진정성이 있는 것으로 생각하리다. 또한 명시적인 합의는 없소. 알아서 살아 나가시오."

현 상황을 알기 쉽게 설명하자면, 서울에 입성하기 전 수원과 성남 일대에서 피 터지게 싸우고 있는 모양새. 이곳에서 병력을 빼 서울로 도망치기만 하더라도 연합군 입장에선 매우 큰 이득. 그 뒤에 결렬 나더라도, 이미 거기까지 진군한 것만으로도 재미 본 셈이지. 물론 독일 놈들에게 선택권은 없다. 꼬우면 이겼어야지.

얼마 후.

— 흐하하하! 후배님, 보았나? 우리의 맹공에 놈들이 물러나고 있네! 파리! 파리가 보이고 있어!

"축하드립니다, 패튼 장군."

— 우리 사이에 갑자기 왜 똥폼 잡고 있나? 아, 이 위대한 명장 패튼이 세운 놀라운 전과에 절로 선배에 대한 공경심이 샘솟나보군! 하지만 걱정 마시게. 한니발의 환생인 이 내가 승리를 거듭하는 건 너무 당연한 일이니까! 나처럼 탁월한 인재를 알아보고 발탁한 후배님도 당연히 일대의 영웅이라 할 수 있⋯⋯.

"밴플리트도 파리 북쪽 포위망을 슬슬 구축하고 있습니다. 그래서, 언제쯤 당도할 수 있겠습니까?"

— 그 자식, 그렇게 안 봤는데 말이야! 내 전공에 감히 숟가락만 얹으려고 하고 있어! 걔 좀 멈춰 서라고 해봐!

"예예. 제가 다 알아서 할 거니까, 가능한 한 인명 피해에 유의하면서 들어가시고, 르클레르 꼭 동반하십시오. 빼먹거나 갑자기 엿먹어서 엉뚱한 데 보내버리시면 큰일 납니다."

— 이봐 후배님? 혹시 전장에 못 나와 섭섭한가? 내가 제리 새끼들의 대갈통을 다 터뜨리는 모습을 팔짱 끼고 구경만 하고 있으려니 속에서 막 천

불이 타오르나? 흐하하!

뭐지? 갑자기 왜 나를 긁는 거지?

"그럼 역시 진격 정지하시고, 북쪽 포위망이 완성될 때까지……."

— 워어어!! 워어 워어어어!! 그러면 안 되지! 사람이 그러면 못써! 내가 기념품도 확실히 챙겨줄 거니까 그러지 말라고!

내가 머리카락 다 빠지도록 이딴 일에 골몰하는 동안, 저 광전사만 아주 신났구만 신났어. 독일 놈들은 사전 합의된 대로 일드프랑스 일대에서 서서히 철군했고, 브래들리와 밴플리트에게 통행세를 두둑하니 지불한 후 몸만 살아서 허겁지겁 도망칠 수 있었다. 마지막까지 파리를 사수하던 병력은 당연히 항복.

1941년 6월 25일.

"파리는 상처 입었습니다. 파리는 파괴되었습니다. 파리는 고문당했습니다. 하지만 파리는 해방되었습니다!"

미국군과 프랑스군이 마침내 파리에 도착했다. 하지만 그곳에 가 꽃다발과 뜨거운 악수를 할 시간 같은 건 내게 없었다.

— 대통령 명령일세. 즉시 D.C.로 귀국하게.

"알겠습니다."

— 새 빨… 크흠. 대통령께서 우리 킴 장군에게 관심이 참 많나 봐. 이것저것 논의하고픈 게 많아 보이던데. 와서 나와도 좀 심도 있는 논의를 해보자고.

"그러지요. 가서 할 일이 많습니까?"

— 음…….

맥아더는 잠시 머뭇거리더니 말했다.

— 드럼이 졌네.

"무슨 소립니까 그게?"

— 잽스들이 상상도 못 한 방향에서 공세를 개시했네. 중국이 난리도 아냐. 아무튼 빨리 오라고. 마셜도 자네만 오길 기다리고 있어.

밀리고 있다는 게 아니라 졌다고? 아니. 무슨 짓을 하면 질 수가 있지?

고증입니다

알베르트 괴링은 실제로 형과 달리 나치를 싫어했습니다. 원래 영화계에서 일하던 그는 형의 힘으로 점령지 체코의 군수공장 관리자가 되자 본격적으로 반나치 활동에 나섰습니다. 형의 이름을 팔거나 서명을 위조해 다른 반나치 인사들의 탈출을 돕고, 노동력이 필요하다는 명분으로 수용소에서 사람들을 데려오기도 했습니다. 실제로 그는 체포되기도 했으나 형의 힘으로 석방되었습니다. 전후 알베르트는 두 차례의 전범재판을 받았는데 다른 이들의 증언에 힘입어 풀려났고, 형 헤르만 괴링의 구명활동을 시도했으나 실패했습니다.

그는 평생 '괴링'이라는 성 때문에 경원시당했고, 명문가의 자식으로서는 몰락한 삶을 살아 말년에는 정부 연금으로 생계를 유지했습니다. 알베르트의 행적은 1990년대에 접어들어서야 비로소 주목받기 시작했습니다.

10장
균열

균열 1

거뭇거뭇한 구름을 뒤집어쓴 워싱턴 D.C.는 참으로 어두컴컴해 보였다. 거목이 쓰러진 자리. 주인 잃은 백악관. 선장을 잃은 거대한 계획들. 과연 이 모든 게, 어떤 식으로 결말을 맞이할지 나로서는 짐작도 되지 않았다. 하지만 불안에 떨고 있는 것은 나뿐인 모양이었다.

"원수님께 대하여, 경례!"

빌어먹을. 내가 본국으로 귀환하자마자 공보 담당 장교들이 날 납치해선 온갖 뻑적지근한 의전을 풀 세팅해 놓았다.

최고사령관 참모총장 윌리엄 리히, 아시아 연합군 참모장 휴 드럼, 육군 참모총장 조지 마셜, 해군참모총장 어니스트 킹, 그리고 나. 육군과 해군을 합치면 다섯 번째고, 육군만 헤아린다면 세 번째. 여기에 우리 드럼 나으리는 사실상 혈혈단신으로 이역만리 차이나에서 똥꼬쑈를 하고 있단 걸 고려하면 거의 두 번째긴 한데… 굳이 지금 이 난리를 벌여야 하나?

"그야 원수님께선 파리의 정복자잖습니까."

"전쟁에서 질 리는 없겠지만, 대통령 각하의 서거 이후 시민들이 불안해하고 있습니다. 이것도 다 일이라고 생각해 주시지요."

"…혹시 총장님께서 나한테 보낼 사람들 기준을 입 잘 터는 사람으로 선발한 건가?"

킹리적 갓심이 드는데. 원수라. 40대 원수라니. 무슨 만화에나 나올 법하구만. 전쟁이 일찍 터지니 이런 일도 생기네. 내 원수 진급식은 그야말로 요란법석, 삑적지근하게 진행되었다.

"헨리 월레스 대통령께서 킴 장군의 계급장을 달아주고 계십니다!"

"북아프리카! 이탈리아! 그리고 프랑스까지! 언제나 미군에 승리를 안겨다 준 불패의 명장, 아메리칸드림의 상징인 위대한 장군이 마침내 군인의 정점에 올라섰습니다!"

"1915년, 갓 웨스트포인트를 졸업했던 유진 킴은 미 육군의 전설 퍼싱 장군에게 발탁되어 파격적인 진급을 거듭했습니다. 그가 가는 곳엔 항상 승리가 함께했으며, 그가 지나간 발자취엔 항상 성조기가 휘날렸습니다!"

"아메리카! 오직 위대한 아메리카만이 거둘 수 있던 결실입니다! 세계에서 가장 진보적인 나라, 피부색과 연공서열 같은 구시대적 사고에 얽매이지 않고 거침없이 프런티어 정신을 발휘하는 미합중국의 기상! 그 기상이 마침내 결실을 맺었습니다!"

정신이 혼미해지지만, 잘 잡아야 한다. 내가 하고 싶었던 프로파간다를 나라에서 돗자리 깔고 직접 해준다는데 사양할 게 뭐가 있겠는가?

"이렇게 만나게 되어 반갑소, 킴 장군."

"저 또한 이런 자리에서 각하를 뵙게 되어 영광입니다."

월레스 신임 대통령은, 이런 말 하긴 조금 그렇지만 벌써부터 초췌해 보였다.

"난 각하의 명에 따라 중남미를 순방하고 있었소. 라틴아메리카에 만연한 반미 분위기를 희석시키고자 했거든. 물론 귀국하고 싶지 않았다고 하면 거짓말이겠지만… 이렇게 귀국하게 될 줄은 꿈에도 몰랐소."

"애도를 표합니다."

"조만간 다시 날을 잡도록 하지요. 그때 더 이야기합시다."

짧은 대화가 끝나고, 다시 식순에 따라 온갖 행사가 이어졌다. 군악대, 시가행진, 연설, 찬조연설, 어쩌고저쩌고……. 다행히 내가 탈진하기 전에 이 모든 업무가 막을 내렸고, 나는 새로 지어진 전쟁부 청사로 향했다. 원 역사에서도 미국의 힘을 상징하던 곳. 오각형 모양이 선명한 거대한 구조물. 펜타곤. 저 멀리 보이는 신청사를 보며 나는 감회에 젖었다.

미국이라는 나라는 거대하지만, '합중국'이라는 이름 그대로 40여 개 주가 모여 이룩한 이 나라의 중앙정부는 참으로 허접하기 그지없다. 내 머릿속 중앙정부라고 하면 으레 조선의 조정이나 거대로봇이 이륙하는 텔레토비 동산이 떠오르지만, 안타깝게도 이 나라 시민들의 피에는 연방 정부는 쌀이 아깝다는 마인드가 DNA 단위로 새겨져 있었다.

대통령이 몇 명씩 암살로 죽어나가도 경호부서를 만드는 대신 뜬금없이 재무부더러 '너네 위조지폐 수사요원 있지? 걔들한테 대통령 경호도 같이 시키자구' 해버리는 어메이징한 나라. 놀랍게도 저게 1901년 일이다. 그러니 미국인들이 생리적으로 혐오하는 밥벌레, 군대에 대한 취급은 어떻겠는가.

지난 제1차 세계대전 당시, 해군 차관이었던 우리의 친구 FDR은 전시 기간 동안 임시로 쓸 해군부 청사를 지었다. 그리고 불쌍한 육군은 그 청사에 세 들어 살게 되었고. 원래 백악관 근처에 건설하려고 했는데 당시 대통령이던 우드로 윌슨은 백악관 전경 해친다며 다른 곳에 지으라고 했고, 그 결과 D.C.의 이름난 공원인 내셔널 몰(National Mall)에 거대한 흉물이 들어섰다.

'존경하는 대통령 각하. 전쟁부 공무원들이 앉아서 일할 사무실이 없어서 D.C.의 임대 사무실 수십 곳에 흩어져 있단 사실을 아십니까?'

'좀만 기다려보게. 예산 따와서 번쩍번쩍한 청사 하나 올려주겠네.'

'각하께서 3년 쓰고 버릴 생각으로 지었던 그 망할 청사가 미어터지고

있단 말입니다. 육군을 천만 대군 굴리실 거면 청사 좀 넓은 거로 지어주셔야 합니다!'

'아… 그 건물. 그딴 끔찍한 건물을 지은 죄 하나만으로 날 지옥에 보내기엔 충분하지. 있어보게. 이번엔 진짜 백 년은 족히 쓸 건물을 올릴 테니.'

백악관 체어맨과 알고 지낸 지도 제법 오래되었다. 특히나 이 워싱턴 D.C.를 돌아다니노라면, 하나하나 볼 때마다 불쑥불쑥 떠난 이에 대한 추억이 튀어나오곤 한다.

여전히 그는 살아 있는 것 같다. 하지만 없지. 그게 문제다.

"내리시지요."

"내가 손이 없는 것도 아니고, 문 하나 열지 못하진 않습니다."

"이건 품위 문제니까요."

펜타곤에 도착해 차에서 내리자마자 무수한 시선이 내 몸을 쿡쿡 찌른다. 인기인의 삶이란 이렇게 피곤했던가.

"이쪽으로 오시지요. 총장님께서 기다리고 계십니다."

"네네."

"잠깐! 장관님께서 급히 킴 원수님을 뵙고자 합니다."

이건 또 무슨 일이야. 그리고 당신은 왜 여기 있어.

"오랜만이군요."

"…예. 그때는 실례가 많았습니다."

우리 맥아더 장관님의 명을 전달하러 온 이는 무척 낯익은 사람이었다. 북아프리카에서 롬멜에게 탈곡당한 제36보병사단장, 에드워드 알몬드 (Edward Mallory Almond).

"기회가 된다면 꼭 사과의 말씀을 드리고 싶습니다. 사막에서 건강을 크게 해쳐 판단력이 많이 녹슬었습니다. 지금은 요양도 끝내고 장관님을 모시고 있습니다."

"사과는 제가 아니라 36사단 장병들에게 하셔야죠."

그의 포커페이스에 살짝 균열이 갔다.

"일단… 총장님과 장관님 사이 협의가 안 된 것 같군요. 어찌하면 되겠습니까?"

"장관이 상급자이니 장관부터 보셔야지요."

"지금 무슨 소릴 하는 겁니까?"

"총장께는 잠시 양해를 구하겠습니다."

개판이구만. 마셜과 맥아더의 사이가 이 정도였나? 내가 떠나기 전만 해도 이 지경은 아니었던 것 같은데? 당장 알몬드 이 싸가지 없는 놈의 멱살을 잡고 강챙이식 연속뺨치기를 철썩철썩 날려주고 싶은 생각이 모락모락 피어올랐지만, 나 같은 교양인이 그럴 순 없지. 뭣보다 원래 높으신 분 모시는 새끼는 더러워서 피하는 거지 무서워서 피하는 게 아니다.

"한시가 급하니, 우선 장관님을 먼저 뵙겠습니다."

"알겠습니다."

"제가 알기로 원래 일정은 총장님 면담이 먼저였던 것으로 알고 있습니다. 어째서 조율이 제대로 되지 않은 건지 확인해서 제게 서면 보고해주십쇼."

"서면… 말입니까?"

그래, 이 자식아. 너 엿먹으라고 이러는 거야.

"지금 이 모습을 기자들이 봤으면 뭐라고 생각했겠습니까? 설마 조금 전까지 전쟁터에 있던 사람을 불러다가 이 복도에 세워놓고 대충 넘어가려고 합니까?"

야, 미쳤어? 내가 장관님한테 정식으로 요청할까, 아니면 그냥 내놓을래?

안 되지. 릴렉스. 릴렉스. 분노라는 건 참으로 오묘해서 분노를 발산하다 보면 가라앉는 게 아니라 오히려 점점 에스컬레이트된다. 그때 그대로 주둥이를 열면 패튼이 되고 다물면 착한 오마르가 되는 법.

"그럼 갑시다."

"바로 모시겠습니다."

왜 하나님께서 6일간 천지창조하고 작품 감상에 하루 썼는지 확 깨달음이 꽂히네. 알몬드의 허리가 90도 폴드로 접히는 모습이 참으로 보기 좋았다.

* * *

"어서 오게, 우리 원수님!"

"장관님께선 건강하신지요?"

"우리 사이에 왜 그러나. 어서 앉게. 우리 총사령관님 커피 취향 알려줬지? 내 거랑 같이 해서 두 잔 타오게."

일름보 정신이 꿈틀댄다. '에베벱, 장관님 알몬드 저 새끼가 싸가지없이 군대요, 에베벱.' 하고 싶긴 한데, 내일모레 쉰 찍는 놈이 그러는 것도 좀 유치하잖은가. 육군은 이게 문제다. 마셜과 드럼 같은 소수 빼고는 죄다 웨스트포인트 출신 아닌가. 스무 살도 안 된 나이에 학교에서 뛰고 구르던 놈들이랑 30년을 같이 일하다보니 도무지 철이 안 든다. 절대… 절대 내가 덜 자란 어른이라서 그런 게 아니다. 이 폐쇄적인 환경이 날 이렇게 만든 거라고. 내가 정신승리를 하고 있을 무렵, 만면에 미소를 띤 맥 장관이 먼저 서두를 뗐다.

"파리 탈환이라니. 참 자랑스러워. 멕시코 도적을 쿵푸로 제압한 아시안 소위 기사를 기자들에게 뿌리던 때가 엊그제 같은데, 그 신참 소위가 합중국의 영웅이 되다니."

"지금 뭐라고 하셨습니까? 그 망할 쿵푸 마스터 소리가 선배님이 만든 거였다구요?"

"몰랐나? 그거 덕분에 자네가 딱 각인되지 않았나. 원래 판촉이라는 게

다 그런 걸세. 진급에 목매단 무수한 군상들 중에서 자신을 차별화할 수 있어야 위로 쑥쑥 올라갈 수 있다고."

아. 아아아. 안 들려. 안 들린다고. 아니 오늘 왜 이래, 진짜. 진실게임이야? 폭로의 날 그런 거야? 26년 만에 쿵푸 마스터의 비밀이 풀렸지만 지금 그게 중요한 게 아니다. 아이스 브레이킹용 잡담에서 내 뚝배기가 브레이킹 당했지만 그건 나중에 술 마시면서 이야기하기로 하고.

"절 부른 까닭은 뭡니까?"

"대통령이 서거하면서 D.C.는 한 치 앞을 내다보기 어려워졌네."

그는 그렇게 운을 떼었다.

그, 죄송한데. 저 오면서 계속 아시아 전선 근황이 궁금했는데. 혹시 그것부터 먼저 말씀해주시고 본론으로 들어가시면…….

아쉽게도 내 바람은 이루어지지 않았다.

"비록 정치판이 어지럽다지만, 그 어떤 경우에라도 문민통제의 원칙은 지켜져야 하네. 군은 정치에 개입해선 안 되지만, 반대로 정치꾼들이 표를 빨아먹기 위해 군을 제멋대로 휘둘러서도 안 된단 뜻이지."

"그렇긴 하지요."

"전쟁은 결국 정치인들이 유권자더러 국가를 위해 죽어 달라고 등을 떠미는 행위야. 이미 저질러버린 이상, 국익을 위해 최선의 판단을 해야지 결코 어설퍼서는 안 되네. 이 전쟁이 왜 일어난 건가? 제1차 세계대전에서 어설펐기 때문이지. 절대 세 번째가 일어나서는 안 돼."

뭔가. 뭔가 서론이 길다. 찜찜한데.

"결론만 말하지. 월레스는 구제불능이야. 대가리에 꽃이라도 꽂았는지, 또 그놈의 이상주의자들이 또 베르사유 조약을 쓰려고 꿈틀대고 있다고."

"…더 자세히 말씀해주실 수 있겠습니까?"

"대통령과 전선에서의 방침에 대해 논의했네. 유럽, 태평양, 아시아 모두. 그 결과는 실로 실망스러웠고."

그는 사무실 한쪽 벽에 붙어 있던 유럽 방면 지도를 가리켰다.

"전쟁이 끝나면 누가 우리의 다음 적이 되겠나. 우리에게 맞설 의지와 능력을 보유한 유일한 나라는 오직 소련뿐이야."

"······."

"대통령은 동유럽 전체, 그리고 독일의 일부를 소련에게 뚝 떼어다 줄 심산이야. 이러려고 우리가 파리를 해방했나? 누구 좋으라고? 소련의 배를 채워주면 곰이 얌전해질 거라고 믿고 있어. 내가 봤을 땐 이건 이적행위나 다름없네."

맥아더는 점점 언성이 높아지더니, 화가 치밀어 오르는지 자리에서 벌떡 일어났다.

"유진."

"예."

"오직 자네만이 해줄 수 있는 일이 있네. 이 나라의 미래가 걸린 일이지."

"지지연설 해달라고요?"

"아니."

그의 두 눈에 앉아 있는 내가 비쳐 보였다.

"베를린에 성조기를 꽂아."

균열 2

전시 대통령이라는 막중한 임무를 수행한 미국 대통령은 여럿이지만, 국가의 존망이 걸렸거나 그에 준하는 거대한 총력전을 치른 대표적인 인물은 크게 세 명이 있다.

에이브러햄 링컨, 우드로 윌슨, 프랭클린 루즈벨트.

링컨은 훌륭한 대통령이자 남북 전쟁을 승리로 이끈 총사령관이며, 연방을 복원한 위대한 인물이다. 그러나 똑똑하지만 군사적 경험이 없던 링컨이 비전과 능력을 갖춘 총사령관으로 거듭나기까진 여러 시행착오와 시간이 필요했고, 그 시간은 고스란히 철과 피로 갈음해야 했다.

제1차 세계대전을 치러야 했던 우드로 윌슨은, 당시 미국의 군사적 특성상 대전쟁의 주인공이 되지는 않았다. 그는 전쟁부 장관, 육군참모총장, 그리고 원정군 총사령관인 퍼싱에게 상당 부분을 위임했지만, 그놈의 국제연맹과 베르사유 조약을 체결하려 했고 그 결실을 보기도 전에 골로 가버렸다.

FDR, 위대한 대통령. 하지만 이제 그는 없다. 전쟁도 그 끝이 보이는 지금. 옛 링컨처럼 대통령의 경험치 축적을 위해 우리 유권자들이 피를 흘려야 할 필요가 있는가? 남북 전쟁 때와 달리 지금의 미 육군은 그 어느 때보다 우수한 인재들을 보유하고 있으며, 전쟁부 장관은 1차대전의 영웅이고, 참모총장과 원정군 사령관은 전 세계 전쟁사를 통틀어도 이만한 인물 찾기 힘든 명장들이다.

그러니, 대통령이 구태여 아득바득 자신의 권한을 행사하려 해봐야 쓸데없는 낭비일 뿐. 차라리 전쟁은 전문가에게 위임하고 조금 더 생산적인 일을 하면 좋지 않을까?

…가 맥아더 장관의 논리였다.

"그래서, 베를린 점령과 그 말씀이 어떤 관계가 있는지요?"

"물론 미군의 통수권은 당연히 대통령에게 있지. 그걸 부정하는 건 아니야. 하지만 기껏 어마어마한 전비를 들여 독일 본토가 코앞인데, 가만히 주저앉아서 소련이 숟가락 들 때까지 기다려야 한다고? 왜?"

"아뇨, 아뇨. 제 말은… 이건 전쟁과 군 문제라기보단 차라리 외교에 더 가깝잖습니까."

절대불변의 진리. 군인은 까라는 대로 깐다. 전쟁은 정치의 연장이며, 외교는 궁극의 정치. 지금 전후 설계를 해야 할 인물은 월레스 아닌가. 나나 맥아더가 아니라.

"내가 단순한 장관이라면 그렇지. 하지만 나는 합중국 시민의 지지를 얻은 공화당을 대표해 이 자리에 앉아 있네."

"그건 그렇지요."

"월레스가 할 수 있는 일은 아주 단순해. 우리의 의견이 마음에 안 들면 내 목을 치고 새 전쟁부 장관을 앉히면 되는 거야. 대통령이란 자리는 루즈벨트가 했듯 음모와 정치적 술수로 제 하고픈 짓을 꼴리는 대로 하는 게 아냐. 의회와 시민을 설득해서 진행해야지! 전쟁부 장관은 전쟁부, 나아가 육군을 다룰 권한이 있어. 장관을 거쳐 제 통수권을 휘둘러야지, 어딜 제멋대로 국가의 중대사를 단독으로 결정해?!"

요컨대, 더 이상 패싱당하지 않겠단 뜻이군. 전임 대통령에게 쌓인 게 참 많아 보이는구만.

"뭐, 그거야 일단 넘어가겠습니다. 하지만 연합군을 지휘하고 있는 제 입장에서 좀 말해보겠습니다."

"…그래보시든가."

"이번 프랑스 해방전에 투입된 연합군 병력이 얼마인지 아십니까? 2백만입니다, 2백만! 영국군 빼고 우리 병력만 2백만이라고요!"

맥아더가 "2백만은 아니고 한 180만⋯⋯." 어쩌고 하려다 입을 다물고 면상만 찌푸리자 나는 도로 열이 뻗쳤다.

베를린? 베에에를린? 말은 좋지. 제국의사당에 성조기 꽂고 힘러랑 괴벨스를 알몸에 모가지에 사슬 채워서 인력거 끌게 만든 후 단체 기념컷 찍으면 역사에 길이길이 유진 킴 석 자 남길 수 있어서 좋지, 암. 근데 베를린 가려면 시발, 오스트리아랑 바이에른 빼고 독일 전 국토를 짓밟아야 갈 수 있는 게 베를린이다. 나치즘에 미쳐버린 광신도 수천만이 버글거리는 곳에 가려면 좀 청구서가 길어지거든?

"독일군 40만 잘라먹으려고 영미 합계 250만 명을 꼬라박았는데 사상자가 10만을 넘어서 20만에 육박해요! 왜 내가 그렇게 박았겠습니까? 파리 따면 앞으로의 손실을 줄일 수 있겠다 싶었으니까! 그런데⋯⋯."

"상륙작전의 피해가 다대할 수밖에 없다는 건 군사학적 상식 아닌가. 실패할 가능성이 높은 작전을 성공시켰다는 것부터 귀관의⋯⋯."

"우리 애들은 병신이야! 병신이라고!!"

아. 저질러버렸다. 하지만 이미 터져버렸으니 그냥 질러버려야겠다.

"신병 훈련소에서 몇 주 구르다 온 우리 애새끼들을 동부 전선에서 단련된 저 전쟁기계 독일 새끼들이랑 싸우게 해야 한다고!! 내가 몇 번이나 말했습니까. 여태까지는 온갖 기만과 낚시로 정면충돌을 피해 왔지만, 독일 국경 건너는 순간부터는 오직 정면 승부 외엔 없다니까요?"

"너무 루즈벨트에게 물들었군, 유진. 피해를 걱정해야 하는 건 정치가의 일이야. 군인은⋯⋯."

"쇼몽에서 틀니 딱딱대던 놈들이 하던 말을 선배님이 하면 어쩌잔 말입니까?"

"그놈들은 쓸모없는 황무지 몇 마일 먹겠다고 수만 명을 죽여버리던 병신들이고! 미국의 미래, 세계의 패권이 걸린 일이 그 멍청이들의 행태와 같나!"

꼭지가 돈 내가 반박하려던 그때, 문이 벌컥 하고 열렸다.

"참 감명 깊은 말씀이셨습니다."

"내가 여기 들어오라고 했던가?"

"제 손님을 뺏어가셨더군요."

싸늘하게 식은 마셜의 입에서는 냉기가 쏟아지는 듯했다.

"흠. 거 이상하군. 장관이 총사령관을 만나는 게 구태여 아랫사람인 참모총장의 '허가'를 득해야 하는 일이던가?"

"절차를 지켜 미리 일정을 잡아주셨다면 이럴 일도 없었습니다, 장관님."

"뭐, 좋네. 유진. 잘 생각해보라고. 자네가 떠나기 전에 다시 한번 만나서 이야기하세."

유감스럽게도 나에게 선택권은 없었다. 나는 마셜에게 붙들려 마셜 농장으로 잡혀갔다. 이럴 거였으면 차라리 먼저 불러오지나 말든가! 난 보호해 줘야 할 거 아냐! 나는 그렇게 저 유명한 톰 아저씨처럼 맥 노예주에게서 마셜 노예주에게로 팔려 갔다.

장관 집무실에서 참모총장실로 가는 동안, 나는 아주 진기한 광경을 볼 수 있었다.

"서류 어디 갔어!"

"이거 옆방으로 보내."

"비켜! 길 막지 마!"

하나같이 눈 밑엔 다크 서클이 진하게 깔려 있고, 곳곳엔 시꺼먼 커피 자국이 눌어붙은 컵들이 나뒹굴고 있다. 담배는 다들 오지게 피웠는지 아우슈비츠 독가스보다 더 진하게 매캐한 연기가 산소 대신 깔려 있고, 곳곳에 짱박혀 고래고래 고함을 지르는 좀비들을 보면 대개 전화통을 붙들고 있었다.

마셜 농장. 다른 말로는 인간계의 지옥. 이걸 보자 머리끝까지 차올랐던 분노가 급격히 조절된다. 아차 하는 순간 곧장 나도 저 좀비들의 대열에 합류할 것 같거든. 역시 나도 이런 선진 문화를 좀 배워야 한다. 이게 바로 전투력을 140% 끌어내는 훌륭한 시스템 아닌가. 내 밑의 애들은 대체 누구한테 배웠는지 뺀질대기 바쁜데. 우리가 접근하자 직원들이 재빨리 소파를 손으로 탕탕 두들겼다. 허옇게 쌓인 담뱃재가 자유를 찾아 풀풀 날아다녔지만, 우린 개의치 않고 얼른 착석했다.

"자네가 보낸 자료와 보고서는 모두 확인했네. 맥네어의 출장 일정을 잡았네. 현지 상황 파악하고, 간 김에 병기들의 성능 검증과 실전에서의 효용도 자세히 검증할 예정이고."

"감사합니다."

"그래. 일단 급한 것부터……."

"혹시 중국 전선 전개 상황 좀 들을 수 있겠습니까? 들리는 말로는 드럼이 졌다는 둥 망했다는 둥 이상한 이야기가 떠돌던데."

마셜은 잠시 멈칫하더니 눈만 깜빡였다.

"어디서 들었나."

"누구겠습니까. 우리 장관님이죠."

"졌다… 고 말하긴 좀 애매하군. 아무튼 곤란한 상황이긴 해. 그러니까……."

그는 근방에 있던 노예 하나를 부르더니, 보고서 몇 개를 내게 던졌다.

"그냥 직접 보게나."

"그러지요."

그렇게 나는, 금단의 엑스 파일에 손을 대고 말았다.

* * *

1941년. 일본제국은 역사에 길이 남을 '등에 작전'을 '5호 작전'으로 격상하고 그 준비에 들어갔다.

"이 계획을 현실에 옮기려면 어마어마한 보급 소요가 예상됩니다."

"안 되면 되게 해야지."

"무리입니다!"

"제국의 존망이 걸린 작전이다! 무슨 수를 써서라도 해내야 한다! 현장 놈들이 개판이라 망하건 말건 상관없어. 계획 단계에서 엉망이라 준비가 안 돼 못했단 소리가 나오면 우리 책임이 된단 말이다!"

없는 보급 역량을 무슨 수로 되게 하는가? 축지법이라도 써야 하나?

"화북에 트럭 생산이 가능한 공장이 일부 남아 있습니다."

"그거 좋군."

"우마차를 최대한 동원해야 할 듯합니다."

"조선과 만주에서 네발짐승이란 짐승은 모조리 끌어모은다."

"아직 농사일에 소의 역할이 큽니다. 농우(農牛)를 너무 소모해버렸다간 농사가……."

"그냥 하라고!!"

서슬 퍼런 군부의 명령에, 어마어마한 숫자의 소 떼가 저 머나먼 중국 땅으로 향했다.

"안 됩니다, 나으리! 제발 이 소만큼은 봐주십시오. 저희 가족은 얘가 없으면 다 굶어 죽습니다요."

"황국의 승리를 위해 그깟 소 한 마리 못 바친다는 게 말이 되느냐! 너희 조센징들은 말이 많아. 아들도 못 바친다, 딸도 못 바친다, 이제 소도 못 바친다고!"

"아아악!"

"아버지! 아버지!!"

"집을 샅샅이 뒤져! 밥그릇 하나, 젓가락 하나까지 모두 공출한다!"

곡소리와 비명이 줄을 이었지만 일본은 더 이상 개의치 않았다. 정확히 말하면, 그런 걸 신경 쓸 여력조차 남아 있지 않았다.

'지면 끝장이다.'

'얼마나 뜯길진 모르지만, 킨 장군이 과연 조선을 제국의 강역에 남겨 둘까?'

지면 남의 것이 될 텐데 아껴서 무엇 하리. 일제의 착취는 상식을 초월해 사실상 뒤가 없는 수준이 되었다. 후방이 지옥도로 변모하는 동안.

"5호 작전을 개시한다!"

일본군은 마침내 전 재산을 몰빵한 거대한 도박에 나섰다. 가장 먼저 일본군은 모택동이 이끄는 공산당 지역에 대한 공략부터 개시했다.

"일본군이 저희를 노리고 공격해 오고 있습니다. 시급히 지원이 필요합니다!"

"왜놈들이 대관절 왜 그대들을 공격한단 말이오?"

"지금 이유가 중요합니까! 당장, 당장 지원이 필요합니다. 주석 동지, 이가 없으면 잇몸이 시린 법입니다."

공산당을 대표해 중경에 머무르고 있던 주은래는 그날부로 숫제 드러눕다시피 하며 읍소했지만, 장개석의 반응은 냉랭하기 그지없었다.

"북쪽에서의 공세는 양동으로 짐작됩니다."

"내 생각도 그렇소. 뻔하지. 빨갱이들은 왜놈들과 붙어먹어 우리의 주력을 저 머나먼 북쪽에 끌어들이려는 속셈인 게 틀림없습니다."

장개석과 드럼의 판단은 일치했다.

"일본군의 최선책은 오직 하나. 무한과 홍콩을 잇는 철도망을 장악하는 것입니다. 이렇게 한다면 귀국은 강남 일대의 통제권을 잃게 될 것이니까요."

"그리된다면 통제권으로 그치는 게 아닙니다. 당장 어마어마한 식량난이 닥칠 게 틀림없습니다."

따라서 중국군은 조만간 일본군이 침략해 올 것으로 예상되는 곳, 장사를 위시한 강남 지역의 방어를 강화했다. 그리고.

"일본군이 장강을 거슬러 올라 진격해 오고 있습니다!"

"게에엑!"

무한, 강릉, 의창. 이 모든 진격로가 의미하는 바는 명확했다.

"놈들의 목표는 강남이 아닙니다. 이곳, 중경인 듯합니다!"

"미쳤군. 그게 가능한가?"

"지금 당장 장사의 우리 병력을 움직여야 합니다. 놈들의 측면을 타격한다면 중경 공략을 허황된 망상으로 만들 수 있습니다."

"그렇긴 하지요. 그렇지만, 일본군과의 정면 승부는 어렵다고 한 건 참모장 귀하가 아닙니까?"

"지금은 시간을 벌어야 합니다. 적당히, 어디까지나 적당히 일본군의 이목을 끌기만 하면 됩니다."

이리하여 저 유명한 동정호를 끼고, 형주(징저우) 일대에서 중화민국 국부군은 일본군과 대규모 전투에 돌입했다.

'시간만 벌면 된다. 흩어진 중앙군을 집결시키는 동안 민병대와 주방위군이 시간을 끌어주면 돼!'

드럼은 착각했다. 군벌들의 군대를 향토방위를 위한 주방위군 수준으로 여긴 착각, 군벌들과 장개석의 대립을 미국에도 흔히 있는 파워 게임 수준으로 여긴 착각. 이 모든 착각이 대규모 전투와 엮였을 때.

"하늘이 내려준 기회가 왔다. 여기서 지나군을 섬멸시키면 중경으로 가는 길이 열린다!"

그리고 적 지휘관이 그 착각을 꿰뚫어 보았을 때.

"전멸?"

"괴멸… 괴멸이 말이 되는 이야기냐고!"

"내, 내 군대. 인민의 피와 땀으로 키운 우리의 군대가… 으, 으아아아!!"

진주만 기습 이래, 중국군은 사상 최악의 참패를 겪었다. 하지만 장개석과 드럼의 악몽은 거기서 끝나지 않았다.

"야마토 민족은 본디 초식동물이었다. 길가의 풀을 뜯으며 진격하면 된다. 소달구지로 물자를 실어 나르고, 물자가 줄어들면 그 소를 잡아 식량을 보충한다."

비상식적이고 무쓸모한 양동에 불과하다고 여겼던 북쪽. 그 북쪽의 군대가 뚜벅뚜벅 걸어 내려오고 있었다.

"한중이 함락되었고, 한 갈래의 일본군이 검각 방향으로 오고 있습니다."

"완전히 착각했습니다. 저게 주력이었습니다. 저 험악한 산지로 진격해 올 군대라면 최정예 산악사단이 틀림없습니다!"

상식인은 버틸 수 없는 곳. 그곳이 바로 중원일지니.

균열 3

야마시타 도모유키가 이끄는 남지나방면군이 중국군을 상대로 대승, 서진. 이와 동시에 무다구치 렌야가 이끄는 일본제국 육군 제15군은 한중을 돌파해 검각에 이르렀다. 장개석이 경악하고 드럼이 쩔쩔매며 모택동을 무릎 꿇린 이 어마어마한 대공세의 목표는 누가 봐도 오직 하나.

"일본군이 중경으로 온다!"

"북쪽과 동쪽에서 대군이 기동하고 있습니다. 둘 중 하나라도 막지 못하면 중경이 무너집니다!"

사천, 그리고 중경 공략. 과연 어디가 주공이고 어디가 조공인가? 둘 모두, 막을 수 있는 능력은 있는가? 중경의 참모부에서는 밤낮이 사라졌고 대책 회의가 꼬리에 꼬리를 물고 이어졌다. 드럼은 결코 명장은 아니었지만, 뼈아픈 타격을 입고도 교훈을 배우지 못할 만큼 머저리도 아니었다. 그리고 그와 함께 중국에 온 웨드마이어를 위시한 고문단이 무능한 것도 아니었다.

"형주에서의 패배에서 배워야지. 우리 생각보다 중국군은 훨씬 더 문제란 걸 말야."

"일선 보병의 무장에서 현격한 차이. 야포와 전차 전력의 미비. 항공 전력에서의 압도적 차이. 그리고 무엇보다도 부사관과 위관급 장교의 질에서 비교가 되지 않습니다."

구태여 이런 고배를 마시지 않아도 잘 알고 있던 현실이다. 그래서 절대 대규모 전투에 나서지 않고, 최대한 방어전 위주로 작전을 고안하지 않았던가.

참았어야 했다. 중경 코앞까지 칼날이 다가오는 그 순간까지 참았어야 했다. 단 한 번 참지 못한 결과는 너무나 뼈저렸다. 중국군은 어마어마한 타격을 입었지만, 그곳에 있던 미국 고문단과 생존 장병들의 증언은 고스란히 중경으로 전달되었다.

"단언컨대, 중국군은 일본군을 상대로 한 공세 역량이 치명적으로 부족합니다. 믿을 건 오직 수적 우위뿐인데, 그 우위를 활용할 간부의 역량과 보급 능력이 미비하기 때문입니다."

"빌어먹을."

군벌들의 군대가 이적행위를 하지는 않았다. 전 중국 인민이 항일 의지를 불태우는 지금, 아무리 무력에 의지한 군벌이라 한들 일본에 붙어먹을 순 없었다.

그러나 항일 의지와 전투력은 전혀 별개. 중화민국 국부군보다 더 훈련과 장비 모든 면에서 열세인 군벌들의 군대가 일본군 중에서도 최정예를 만났을 때 버틸 수 있으리라 생각한 것부터 판단 착오였다.

기관단총과 항일대도(大刀)로 무장한 돌격대가 일본군의 참호선으로 달려들면 기관총과 포격이 그들을 반겨주었다. 돌파에 성공하고 전과를 확대할라치면 왜놈들은 어김없이 독가스를 풀었고, 무기조차 부족한 중국군에게 방독면이 있을 리 없었으니 속절없이 죽어나가야만 했다.

결론은 항상 원점. 땅을 내주고 시간을 버는 지구전이었다.

"버틸 수 있겠나?"

"버텨야 합니다. 국부군이 망실한 물자를 복구할 때까지… 어쩔 수 없지만 군벌들의 군대에 희생을 요구할 수밖에 없지요."

중경 함락이라는 최악의 사태를 피하려면 그 방법뿐이다.

"그럴 순 없소!"

"주석 각하."

"지금은 버틸 수 있을지도 모르지. 하지만 나는 중화민국의 지도자로서, 그 뒤에 일어날 정치적 파장을 고려해야만 하오."

"지금 그들이 희생하지 않으면 일본군이 중경에 입성합니다."

장개석은 완고하게 반대했지만, 결국 동의해야만 했다. 장강을 거슬러 올라오는 일본군 주력에 대한 대비가 결정된 이후, 이들이 주목한 것은 한중 방면의 일본군이었다.

"적의 전투서열에 따르면 한중에 진격한 제15군은 무다구치 렌야라는 자가 지휘하고 있습니다."

"그게 누구지?"

"연대장으로 재직할 때 노구교 사건을 일으켜 중일 전쟁을 터뜨린 장본인입니다."

"맙소사. 이만저만 음흉한 새끼가 아니군."

중국군에게서 인계받은 자료를 취합한 드럼과 웨드마이어는 모두 비슷한 결론에 다다랐다.

"프랑스 유학파, 거기에 일본군 내 요직인 관동군과 북경 주둔군의 지휘관을 역임했습니다. 중국군을 상대로 한 전투에서 크게 패한 적도 없습니다."

"정치군인이지만 비수 한 자루를 숨기고 있는 놈이라."

"오래전부터 이 작전을 준비해 왔다고 생각해도 무리가 없어 보입니다."

드럼의 고뇌는 깊어져만 갔고, 일본군은 거침없이 몰려오고 있었다. 이렇듯 미합중국 육군 원수를 소름 돋게 만든 음흉한 암중 실력자, 무다구치 렌야 장군은 그 시간 무엇을 하고 있었는가.

"술 좀 따라보거라."

"네, 장군님."

"흐하하! 미치코, 조금 더 가까이 붙지 못하겠느냐. 술맛 떨어지게시리."

검각을 넘느냐 마느냐에 모두의 이목이 쏠린 그 시점. 그는 수백 킬로미터 떨어진 곳에 사령부를 세우고, 바로 그 근처에 손수 기생집을 지었다.

병사들이 점심 먹을 때쯤, 술에 쩐 몰골로 대충 출근. 출근 후 가장 먼저 하는 일은 '효과적인 지휘를 위해' 낮잠 한숨 때려주기. 그리고 퇴근 시간이 되면 누구보다 먼저, 칼같은 자세로 재빨리 퇴근해 기생집 골인.

"저딴 게 황군의 장성인가?"

"귀신은 뭐 하고 있나. 저 새끼 안 잡아가고."

사령관 결재가 시급한 건들이 수북이 쌓였지만, 참모들과 예하부대 지휘관들은 항상 무다구치가 언제쯤 업무가 가능한가, 심기가 불편하진 않은가 노심초사하며 기다려야만 했다.

운이 좋은 날이라면 30초간 대충 서류를 훑어본 사령관님께서 대충 결재하고 넘길 수도 있다. 하지만 그의 천부적인 보신 감각 센서에 무언가 꼬투리가 잡히거나, 혹은 그냥 기분이 엉망인 날 잘못 결재판이 올라갔다간 그때부터 헬게이트가 열렸다.

"황군의 지엄한 명을 다루는 공문서의 서식이 왜 이 모양인가! 이놈들, 군기가 순 빠졌구만. 상급자에게 결재를 올리려거든 그 정신머리부터 똑바로 고쳐!"

"이건 내가 마음대로 결정할 수 있는 문제가 아니구만. 상급부대에 문의해 볼 테니 일단 기다리도록."

"뭐? 네깟 놈들이 뭔데 상급자에게 문의하겠다는 거야? 내가 알아서 물어봐줄 테니 기다리고 있으라고!"

권한은 내 것. 책임은 네 것. 내가 도장 찍어주긴 싫지만, 다른 책임자를 알아보는 건 용서할 수 없음. 한 30년 뒤 공무원으로 태어났다면 모범적인 관료주의 폐기물로 행복한 삶을 살 수 있었을지도 모른다. 하지만 그는 너무 일찍 태어났고, 너무 출세해버렸다. 자신만의 주지육림을 구축하고 우하우하 신나는 알콜 라이프를 즐기는 동안에도.

'어쩌지? 어쩌지? 어쩌지? 어쩌지? 망했다망했다망했다망했다 시발시발시발시발시발.'

그의 마음은 점점 무거워져만 가고 있었다.

'무다구치 장군. 귀관의 부대에 황국의 존망이 달렸소.'

'이 전쟁을 어떻게 마무리하느냐. 그것이 오직 귀관과 귀관의 제15군에 달렸다 이 말이외다. 최대한 요청에 응해줄 테니 멸사봉공의 자세로 임해주시오.'

'실패가 있어서는 안 될 일이오. 절대. 절대!'

너무 많은 게 걸렸다. 무다구치는 대단한 전략안도, 놀라운 통찰력도 없었다. 그저 뭐라도 떠들어야 하니까 떠들었고, 반쯤 방치되어 아무도 관심 갖지 않은 전선으로 발령 난 김에 목청껏 되도 않은 작전을 주장했을 뿐이다.

'대본영 이 미치광이 새끼들, 제정신인가? 검각을 넘어? 거길 왜 가?'

상식적으로 어깨 위에 대가리가 달린 새끼들이라면 그냥 작전안을 구경한 뒤 조용히 서랍에 넣어야 할 일 아닌가. 그런데 대관절 무슨 논리로 이딴 작전에 이리 바리바리 지원을 해준단 말인가? 아직 상황 파악이 덜 된 처음에는 터무니없는 요구를 하면 '5호 작전'에 대한 논의가 수그러들 줄 알았다.

"작전의 핵심은 험지를 주파할 수 있는 정예 병력입니다. 그러니⋯⋯."

"포트 모르즈비 전역에 투입되었던 제55사단을 그대 예하에 편성하지. 끔찍한 정글로 뒤덮인 산도 탔던 이들이니 귀관의 전략에 부응할 수 있겠구려."

"허, 험지인 만큼 항공 전력이 승리를 보장할 수 있습니다. 육군항공대의 큰 협조가……."

"육항을 증강하고 보급품 수송과 폭격 임무 모두 투입할 수 있도록 준비해 놓지."

"단순한 항공력 투사로는 부족합니다! 고, 고, 공수부대가 필요합니다. 연대급으로는 부족할 것 같은데, 사단, 여단급은 되어야 하지 않을까요? 그런데 공수부대는 연대급이 끝이니까……."

"그게 문제라면 어쩔 수 없군. 육군이 보유한 공수부대를 모두 끌어모아 사단급으로 만들어주겠네."

진중에 허언은 없었다. 이미 남방 작전에서 공수부대로 재미를 본 일본군은 공수부대를 확충했고, 그 결과 새롭게 창설된 제국 육군 제1정진집단(제1공수사단)이 무다구치 렌야의 손에 떨어졌다. 이 시점에서야 무다구치는 깨달았다.

'이거 실패하면, 배를 갈라야 하나?'

갈라야 한다. 그저 뭐라도 하고 있다는 소소한 액션을 위해 작전안을 제출했을 뿐인데, 어째서 이렇게 되었지? 그토록 관료제에 찌들어 있던 육군이, 멱살이라도 잡고 싶을 정도로 그의 요청에 모조리 부응해주고 있었다. 공병대가 끝없이 증원되었고, 트럭이 샘솟았으며, 도대체 무슨 짓을 했는지 육항대가 오는 것으로 모자라 해군항공대마저 '협조'를 약속했다. 그리고.

"우리는 검각을 건넌다! 이 전쟁을 끝내는 것은 바로 우리다!!"

몰라. 병사들을 떠민 채. 그는 생각하는 것을 포기하고 술잔만 연신 기울였다. 혹시 아는가. 이겨서 영웅이 될지.

* * *

"그래서, 건넜습니까?"

"검각은 돌파한 모양일세."

나는 마셜에게서 건네받은 지형도를 보며 고민에 잠겼다.

무다구치라니. 어둠의 광복군, 진정한 독립유공자가 검각을 건넌다니. 대체 이게 무슨 운명의 장난인가. 일본 속담에 멍청한 놈은 높은 곳을 좋아한단 말이 있다던데, 그게 혹시 속담이 아니라 일본인 한정 진실이었나?

검각이라고 하면 흔히 지옥 끝 낭떠러지가 가득한 나는 새도 쉬다 가는 헬게이트를 생각하겠지만, 유감스럽게도 지금은 삼국지 시대가 아니다. 우리가 아는 그 검각은 어디까지나 관광용일 뿐, 멀쩡히 도로도 개통되어 있다. 애초에 시멘트, 다이너마이트, 불도저가 있는 이 시대에 정글 같은 곳이 아니라면 왜 공사를 못 하겠는가? 그나마 불행 중 다행이라면 철도가 없다는 것 정도.

"일본군이 단단히 준비를 해서 이 일대를 돌파하고 있네. 드럼의 보고로는 정예부대가 남하하고 있다고 하는군."

"흐으음……."

무슨 스테이크 뒤집듯 말 바꾸는 것 같지만, 이게 또 진격 난이도가 그래서 동네 뒷산 타는 수준으로 쉽다는 것 또한 아니다.

삼국 시대처럼 무슨 창과 칼 들고 절벽 기어오를 일은 없다. 하지만, 해발 수백~수천 미터 산기슭에 어설프게 닦아 놓은 개판 5분 전 도로를 이미 수천 킬로미터 행군한 부대가 지나가는 대역사. 여기에 근현대 군대는 고대 군대보다 '현지 조달'할 수 없는 물자도 무궁무진하다. 그 결과가 이 눈물 나는 보고서였다.

[엄청난 숫자의 짐꾼들이 인력으로 일본군의 물자를 실어나르고 있다. 탈영병 증언에 따르면 '그래도 밥은 준다길래 자원했다.'라고 한다.]

[일본군은 미친 것 같다. 절벽에 추락하는 이들이 부지기수지만 꿋꿋이 전진해 오고 있다.]

[폭격을 한다면 큰 타격을 줄 수 있겠지만, 강력한 적 항공 엄호로 인해

폭격은 불가능하다.]

[잽스 공수부대가 곳곳에 강하했다. 연합군의 공수부대 투입 사례에 비추어 보았을 때 적의 비전투 피해가 매우 클 것으로 짐작되지만, 후방에 일본군이 나타나자 중국군의 사기가 떨어져 탈영이 줄을 잇고 있다.]

어질어질하다. 유럽 전선을 보다가 갑자기 아시아의 깊은 맛을 음미하게 되니 정신을 못 차리겠다. 아니, 세계관이 다르잖아? 같은 소설 맞아 이거? 내가 해줄 수 있는 말은 딱히 없었다.

"이 무다구치라는 자 말입니다. 제가 알기로는 딱히 명장이나 그런 게 아니라, 그냥 똥별입니다."

"그래?"

"제가 30년대 초까지만 해도 일본과 교류가 없지 않았습니까. 밑져야 본전이니 한번 찔러나보라 해보시죠."

"…그러지."

저는 유럽만으로도 이미 바빠서, 딱히 도와드릴 수가 없을 것 같네요. 믿고 있습니다. 힘내세요, 최고의 명장 드림 원수!

균열 4

나는 두툼한 종이뭉치를 다시 마셜에게 건넸고, 그는 노예에게 그걸 다시 토스한 후 나를 바라봤다.

"우선, 그동안 자네가 거둔 놀라운 성과에 대해 꼭 고맙다는 말을 하고 싶었네."

"당연히 해야 할 일 아닙니까. 저 대신 총장님께서 그 자리에 앉아 있었어도 마찬가지였을 테고요."

"이제 다 지난 일이니 하는 말이지만, 서거하신 전 대통령 각하께서도 킴 자네와 나 중에서 제법 고민을 했었다더군."

마셜을 런던으로? 마셜의 지휘 능력을 본 일은 없었지만, 적어도 그 자리에 따뜻하게 엉덩이 비벼본 내 감상으론 연합군 총사령관은 전술 능력보단 정치 능력이 더 필요하다. 그리고 마셜의 정치력은 절대 낮은 레벨이 아니고.

"그런데 왜 제가 됐답니까? 사실 전 그냥 지금 브래들리 자리에서 야전군이나 지휘하고 싶은데."

"이런 걸 보여주더군. 백악관으로 어느 분이 보낸 편지야."

그는 구깃구깃 엉망으로 구겨진 종이쪼가리를 품속에서 꺼내 내게 넘겨 주었다.

[최근 D.C.에서 조지 마셜을 런던으로 보내는 방안에 대해 논의 중이라는 소식을 듣고 깜짝 놀라 서둘러 이 편지를 보냅니다. 이 전지구적인 전쟁은 아직 끝날 기미를 보이지 않고 있고, 우리나라는 참모총장으로 가장 완벽한 인재가 그 자리에 앉아 전략을 짜는 행운을 얻었습니다. 연합군 총사령관이 아무리 중요한 자리일지라도, 마셜 같은 이를 대국을 다룰 수 있는 자리에서 한 전역의 지휘관으로 보내는 행위는 실로 어리석은 일입니다……]

"구구절절 다 옳은 말이군요. 누가 보낸 겁니까?"

안타깝게도 편지엔 보낸 이의 이름이 써져 있지 않았다. 이런 귀한 편지를 이토록 험하게 구겨버리다니. 액자에 예쁘게 표구해서 참모총장실에 걸어놓고 싶은걸. 친애하는 마셜 원수께서도 이런 걸 매일 볼 수 있다면 근로 의욕이 샘솟을 게 틀림없어. 마셜은 내 질문에 답하긴커녕 잠시 회한에 잠겨 있다가 말했다.

"퍼싱 원수."

"역시. 우리 원수님께서 인재 보는 눈이 탁월하시다니까."

"얼마 전에 하나뿐인 아들을 전쟁터로 파견해 달라고 내게 연락을 주셨네. 자네 유럽으로 돌아갈 때 겸사겸사 데려가게."

뭐라 놀리고 싶지만 저 눈빛을 보아하니 헛소리했다간 바로 사지가 찢겨드라군이 될 것만 같다. 일단 사려야지.

"자네가 날 만나서 할 이야기는 뻔하지. 보급 아닌가? 보다시피 펜타곤의 무수한 인력들이 유럽으로 물자를 실어나르기 위해 밤낮없이 일하고 있네. 최대한 빨리 개선할 걸 약속하지."

"그거 다행입니다."

나는 잠시 마셜의 시선을 피해 이리저리 눈알을 데굴데굴 굴렸다.

"그런데 그, 이미 잘 아시겠지만, 보급 소요가 예상보다 많이 늘었습니다."

"그것도 다 계산해 두었네."

"프랑스 쪽도 말입니까?"

나는 굉장히 조심스럽게, 잠자는 사자의 머리를 쓰다듬듯 최대한 부드럽게 말을 꺼내야만 했다.

"드골이 프랑스군 1백만을 동원해주겠노라 약속했답니다. 그들을 무장시킬 무기, 탄약, 트럭, 군복, 식량이……."

"백만씩이나? 가능은 한가? 그냥 랜드리스 더 받고 싶은 게 아니고?"

그는 신경질적으로 입에 담배 한 대를 장전했다. 어느새 텅 빈 커피잔은 메말라가고 있었고, 내가 손짓을 하자 신속하게 새 커피가 배달되었다.

"후. 제길. 안 줄 수 없지. 또?"

"이번 파리 공략 결과 전차와 트럭의 소모가 큽니다. 전투력을 회복하려면 또 탄약, 기름, 전차, 트럭의 대규모 보급이 필요합니다."

"그것도 들었네. 도대체 얼마나 달렸길래 소모가 그따위씩이나 되는지. 국민의 혈세가 어디 뒷마당에서 삽질하면 튀어나오던가? 자네가 좀 패튼의 목줄을 더 죄어야 해."

"패튼이 아니었다면 애초에 불가능했을 진격입니다. 위험한 대공세를 성공으로 이끌었는데, 거기서 면박을 줘버리면 그것도 좀."

"야전 입장은 이해하네만, 아무 말도 없는 것도 곤란하잖아. 맥네어에게 패튼을 만나라고 지시해야겠군."

앗, 아앗. 그 둘을 부딪치게 하면 무슨 일이 벌어질지 너무 뻔한뎁쇼?

긍정적으로 생각하자, 긍정적으로. 패튼도 장비 아까운 줄을 알아야 한다. 맥네어의 드라이아이스 같은 혓바닥에 몇 대 찔리면 패튼도 좀 깨닫는 게 있을 거야. 아마도.

"또?"

"독일 놈들이 파리를 아주 초토화시켜놨습니다. 도시 기능을 회복하려면 각종 공사 자재와 중장비가 필요하고⋯⋯."

"또."

"해방된 파리 시민 2백만 명이 굶주리고 있습니다. 긴급 구호 물자와 식
량이⋯⋯."

마침내 뚜껑이 열린 마셜이 내게 서류를 집어 던졌다. 아니, 싸워서 이겼
는데 왜 화를 내고 그래요. 힝잉.

* * *

이후로도 할 이야기는 넘쳐났고, 서류 대신 직접 대면해서 전달해야만
제대로 먹힐 말들도 한가득이었다.

그러니까, 이런 것들 말이다.

"⋯그러니 유럽 전선엔 더 많은 지원이 필요합니다. 이미 보고받으셨겠지
만, 앞으로 사상률은 더 높아지면 높아졌지 절대 낮아질 수가 없습니다."

"그 정도인가?"

"독일군을 경시해서는 안 됩니다. 포탄을 더 소모하지 않으면 그만큼 사
람이 소모됩니다."

"내가 왜 이렇게 자네에게 중국 전선에 관한 자료들을 보여줬겠나. 자네
나 드럼이나 비명을 질러대는 건 똑같아. 사실, 야전군인의 덕목이라고도
할 수 있으니 그 점에 대해 책망할 생각은 없네만⋯⋯."

마셜은 갑자기 못난 조카를 달래려는 듯한 어조로 최대한 부드럽게 말
했다. 저러니까 더 불안하다.

"혹시 제가 지금 더 많은 자원 타 먹겠다고 엄살 부리는 거로 보입니까?
전혀 아닙니다. 근시일 내에 닥쳐올 미래를 최대한 객관적으로 전달드리고
있습니다."

맥아더도, 마셜도⋯⋯.

"애초에 '독일 우선'은 전임 대통령 때부터 결정된 핵심 대전략 아니었습니까? 일단 추축국 하나부터 끝장내야지요."

"그렇지. 그 말마따나 그건 전임 대통령의 정책 아닌가. 대통령이 바뀌었으니, 대전략에 약간의 손질을 가하는 건 전혀 문제가 안 된다네."

어째서 날 설득하려고 하는 느낌이지? 이 인간들아. 히틀러 아직 안 죽었다고! 독일 안 망했어!

나는 내가 일군 전과의 실체를 그 누구보다 잘 알고 있다. 내가 이끄는 연합군은 독일군을 '섬멸'한 게 아니다. 우리는 적을 밀어냈을 따름이고, 적은 뒤지게 처맞고 도망치긴 했지만 숨통이 끊어지진 않았다. 북아프리카도, 이탈리아도, 프랑스도.

물론 승리의 결실로 수만에서 수십만의 독일군을 죽이거나 포로로 붙잡긴 했다. 그런데 애초에 이 전쟁은 수백만, 수천만이 동원되는 비상식적인 총력전 아닌가. 당장 북아프리카 전역 종료 후 스탈린의 반응을 떠올려보자.

'미영연합군이 북아프리카를 평정하고 추축군 30만을 끝장냈습니다!'

'과장 섞고 올려쳐서 30만. 거기에 대다수는 오합지졸 이탈리아군. 고작 그거로 우리 앞에서 자랑하냐?'

수백만 대군이 밥 먹듯이 충돌하던 동부 전선과 비교하면 스케일이 좀 작긴 해. 결과만 놓고 봤을 때, 현시점까지 서부 전선에선 아직 독일군의 척추를 분질러버리지는 못했다. 온몸에 피멍을 새기고 타박상을 주긴 했지만. 오히려 이제부터가 진정한 싸움, 더 이상 사기나 야바위가 먹히지 않을 힘 대 힘의 싸움이 기다리고 있다.

그런데… 그런데 왜.

"중국이 정말 무너지는 날엔 돌이킬 수가 없어. 당장 자네 친구이기도 한 아이젠하워가 일본군 상대로 고생하고 있지 않나. 이번에도 보급이 부실하면 정말 권총 챙겨서 자네를 만나러 갈지도 몰라."

"아니, 뭐, 그."

"일단 프랑스를 확보했으니 머스탱은 좀 뺄 예정일세. 육항에서도 동의했고. 대신 항속거리가 조금 짧은 다른 기체들을 보내줄 테니 작전에 지장은 없을 걸세."

이게 아닌데. 원래 먼저 말하는 놈이 지는 법이라지만, 결국 내가 먼저 서두를 뗄 수밖에 없었다.

"도대체 지금… D.C.에서 무슨 일이 벌어지고 있는 겁니까? 그냥 터놓고 설명 좀 해주시죠."

"장관님께 따로 들은 거 없나?"

"그 장관님께서 절 납치하셨잖습니까."

"그래도 내가 곧장 끌고 오진 않았는데."

"베를린에 성조기 좀 꽂으라고 하긴 했습니다. 근데 그걸 원하면 오히려 유럽에 더 투자해 주셔야 하는 거 아닙니까?"

침묵.

뭐야. 왜 여기서 입을 닫아. 말하면 안 되는 거였어?

마셜은 커피를 한 잔 더 추가했다. 나도 입술이 바짝 마르기에, 슬그머니 힙플라스크를 꺼내 피부미용과 심신 안정에 도움이 되는 프랑스산 브랜디를 한 모금 빨았다. 후, 릴렉스. 릴렉스.

"인상적이군. 베를린이야 당연히 노려야 할 최종 목표 아니겠나. 큰 줄기에서 보자면 딱히 틀린 말은 아니지."

"저는 지금 좀… 혼란스럽습니다, 총장님. 대전략을 짜는 건 대통령입니까, 장관입니까? 보급과 증원은 어떻게 되고, 앞으로 저는 어떤 목표를 달성하기 위해 전쟁을 지휘해야 합니까?"

엇박자, 불협화음, 균열. 무어라 다른 말을 갖다 붙여도 된다. FDR 사후, 모든 것이 삐그덕거리고 있었다. 겨우 두 달 전, 나는 도버 해협을 건너 독일인들을 흠씬 두들겨 패고 프랑스를 해방한다는 단순하고도 명쾌한 임무를 띠고 있었다. 그런데 지금은, 대체 이게 뭔가.

"나와 장관 모두 의견 일치를 본 게 있다면, 이제 더 이상 유럽에만 매달릴 수는 없다는 점일세. 우리 국민들은 히틀러도 좋지만 진주만을 불태운 일본 놈들에게 본때를 보여주길 원해."

"…계속 말씀해주시죠. 경청하겠습니다."

"더군다나 대전략은 우리 전쟁부만 개입되어 있는 게 아냐. 해군부 또한 일본을 상대로 더 강력한 공세를 펼쳐야 한다고 주장하고 있네. 알겠나?"

"그야 물개 놈들 입장에선 당연한 일이니까요. 그걸 막아줘야 하는 게 전쟁부 분들 아닙니까."

"그리고… 우리 친애하는 전쟁부 장관께선 해군부의 의견에 동조하셨네. 중국이 이탈할 것 같으니 발등에 불이 떨어졌다고 판단한 거지."

아니, 나더러 베를린에 깃 꽂으라던 양반이 왜? 깃 꽂고 싶으면 자원 더 달라고! 미네랄이 부족하다고!

"장관님은 또 왜요? 그분 물개 싫어하는 거 아니었습니까?"

"해군 놈들이 필리핀 탈환전을 제안했거든."

"아잇, 씨발."

아. 실수. 속마음이 튀어나와버렸네. 이 필리핀성애자가 기어이 일을 저지를 줄 알았다. 아니, 해야 하는 건 알겠는데. 알겠는데!

"유럽에만 집중할 순 없어. 내가 맥아더 장관의 의견에 동의하지는 않지만, 우리는 한정된 자원을 유럽과 아시아라는 두 대륙에 분산 투자해야 하고 이젠 아시아에도 신경을 써줘야만 하네."

"좋습니다. 좋습니다. 다 알겠으니, 저는 제 할 일이나 하겠습니다. 아시아에도 좀 신경 써야 한다는 점 잘 숙지했으니, 유럽은 당연히 프랑스가 1인분 몫을 할 수 있을 때까지 템포를 늦춰야겠죠?"

"그건 그것대로 곤란하지 않겠나."

마셜은 고개를 저었다.

"너무 아시안 특유의 겸손함을 유지하지 않아도 되네. 귀관은 미국 최고의 지휘관이자 세계적인 명장이야. 그동안 잘해오지 않았나?"

"제 말을 듣지 않으시는군요."

조만간 웃음이 안 멈추는 정신병이라도 걸릴 것 같다. 사람이 이래서 조커가 되는구나, 진짜.

* * *

유진 킴이 떠났다. 이제 사람 눈치도 보지 않고 대놓고 면전에서 술을 마셔댄다. 고얀 놈. 누구는 마시고 싶지 않은 줄 아나? 수북이 쌓인 꽁초와 커피잔을 뒤로하고, 마셜은 집무실을 떠나 다른 곳으로 향했다.

다시 한번, 원점에서 모든 걸 재검토해야 하나? 어째서 킴은 그토록 독일군을 경계하는가.

"잠깐 시간 되십니까."

"우리 총장님을 위해서라면 없는 시간도 내야지. 앉으시게."

맥아더는 보기 싫은 미소를 지으며 자리를 권했고, 그는 착석하자마자 용건부터 말했다.

"베를린 진격은 또 뭡니까."

"미합중국 역사상 최고의 전력, 최고의 무기, 최고의 장군을 모두 갖췄네. 목표는 당연히 크게 잡아야 하지 않겠나?"

"그 최고의 장군은 질색팔색합니다."

"유진은 원래 엄살이 심해. 귀관도 잘 알지 않나? 못 하겠는데요, 힘든데요, 아 이건 좀, 하면서 점잔 빼다가도 막상 까라고 하면 진짜 깐단 말일세."

생각해보니 틀린 말은 아니다. 북아프리카도, 시칠리아 상륙도, 대군주 작전도 숫제 미국의 아들들이 죄다 고깃덩이가 되고 역대급 패배가 될 것처럼 떠들어대지 않았던가.

그런데 그 결과는? 엄청난 대승리의 연속이었다.

"우리 총사령관의 말을 곧이곧대로 들으면 곤란하지. 말을 듣지 말고 서류와 숫자를 보게. 우리의 전력은 적에 비해 월등하고, 사상자 비율이나 전투보고를 보더라도 독일군은 거품에 불과하네."

"그건 그렇습니다."

"열강도 아닌 폴란드. 준비 덜 된 프랑스. 섬나라 영국. 거지 나라 소련까지. 그동안 허황한 전과만 거두다가, 진짜배기 군대인 미군을 만나자마자 손도 발도 못 내밀고 무너지는 게 독일군이야. 싸워서 지는 게 더 이상한 노릇이지."

딱히. 틀린 말은 아니다. 마셜은 고개를 끄덕였다.

"하지만 총사령관은 인명 피해를 걱정하고 있습니다."

"그것부터가 이미 승리는 전제로 깔린 이야기지. 질 것 같으면 인명 피해에 연연하겠나?"

맥아더는 잠시 망설이더니, 시가 하나를 집어 들었다.

"혹시 아나. 출마라도 하고 싶어서 저러는지."

"설마 지금, 견제하는 겁니까?"

"그럴 리가. 이 더글라스 맥아더가 대체 뭐가 아쉬워서?"

그 단호한 부정에도, 마셜은 못내 마음 한구석이 거슬렸다.

균열 5

미군의 심장 펜타곤에서 북서쪽. 직선거리로 1킬로미터도 되지 않는 엎어지면 코 닿을 거리. 그곳에는 알링턴 국립묘지가 있다.

"오랜만이군."

"원수님께서도 아직 정정해 보이십니다."

"귀관도 원수면서 무슨 소리인가."

퍼싱 장군은 내 등을 툭툭 두들기며 말했다.

"죽을 날만 기다리고 있는 늙은이보다, 유럽의 평화를 되찾고 있는 자네가 훨씬 더 중한 인물이지."

"제2의 퍼싱이 될 수 있도록 노력할 따름입니다."

"말재간하곤. 조지에게 들었네. 내 아들 좀 잘 부탁하네."

"물론입니다."

무수한 기자들이 취재를 나온 가운데, 우리는 참으로 뻔뻔스럽게 수순에 따라 공식 행사를 진행했다.

월리스 대통령이 연단에서 연설을 하고, 우리 둘은 위대한 미합중국—즉 자유의 구원자로서 살아 있는 광고판이 되었다. 죽은 자들이 이렇게 깍 듯한 의전을 베풀어준다고 좋아할지는 모르는 일이다. 하지만 한 가지 확실한 사실은, 적어도 살아 있는 사람들에겐 희미한 위안이나마 된다는 점. 행사는 끝났고, 날 붙잡고 한마디 질문이라도 해보려는 무시무시한 기자들의 몸통박치기를 병사들이 저지해주는 동안, 나는 퍼싱 장군과 시시콜콜한 잡담을 나누며 묘지 어드메를 향해 걸어갔다.

"조지는 심심할 때마다 전화도 하고 편지도 썼지. 다른 녀석들은 말할 것도 없고. 그런데 자네는 통 연락이라곤 없어서 죽은 줄 알았네."

"제게 기회를 주신 게 장군님이신데 제가 그 은혜를 어떻게 잊겠습니까? 하지만 그, 저처럼 튀는 놈이 장군께 자주 연락드렸다간 민폐를 끼칠지도 모르잖습니까."

"맥아더 전처 일 때문에 연락 안 한 게 아니고?"

"세상에. 그게 벌써 몇 년 전 일입니까."

사방에 펼쳐진 드넓은 묘비의 숲. 우리는 목적지에 당도했다.

[아드나 로만자 채피 주니어

소장

미합중국 육군

1884~1941]

"하여간 성격도 급하지. 참나."

퍼싱은 입을 꾹 다물었고, 나는 이미 마셜 앞에서 개봉한 적 있는 예의 그 힙플라스크를 꺼내 뚜껑을 열었다.

"좀 천천히 갔으면 프랑스산 대신 독일산 드렸을 텐데."

"연합군 총사령관이 챙겨주는 술이니, 그런 거로 탓하진 않을 것 같군."

"그럴 리가요. 나중에 죽어서 만나면 백 퍼센트 좋알댈 겁니다. 유럽 안 데려갈 때부터 쌓인 게 많았거든요."

사람이 너무 쉽게 죽는 세상이다. 수백만 명을 전쟁터로 내몰아야 하는 이 직업의 특성상, 감상에 젖는 건 이쯤에서 멈춰야 했다.

"저는 군인 같은 거 했으면 안 될 사람이었나 봅니다."

"독일 놈들이 들었으면 박장대소했겠군."

"한 명의 묘비 앞에서도 이러는데, 앞으로 이 묘지를 가득 채울 생각을 하니 숨이 턱턱 막히는 걸 어쩝니까."

"못난 놈들은 제 명예와 남자다움에 금이 갈까 봐 그런 말을 감히 입에 담지도 못한다네. 귀관은 총사령관이 될 능력은 물론, 용기도 있는 셈이지."

"그랬으면 좋겠습니다."

"당장 지금도 보게. 이미 이 묘지를 가득 채운 내 앞에서 잘도 배짱 좋게 떠들어대지 않나."

이번엔 내가 얼른 합죽이가 될 차례였고, 우리는 그렇게 말없이 한참 동안 묘역을 바라보았다. 아직 알링턴엔 빈자리가 많았다.

* * *

해야 할 일은 차고 넘친다.

"드디어 둘만의 시간을 갖게 되었구려, 킴 사령관."

"불러주셔서 감사합니다."

한때 휠체어를 탄 대악마가 열심히 돌아다니며 세계 정복의 야망을 불태우던 백악관. 그곳엔 이제 새 주인이 자리잡고 있었다.

"작고한 커티스 의원이 그립습니다. 사석에서 입만 열었다 하면 사위 자랑을 늘어놓곤 하셨지요."

"그렇습니까?"

"유명했지. 당신께서 하지 못한 일도 사위가 대신 이뤄주리라 굳게 믿고 계셨거든. 제가 비록 루즈벨트 전 대통령의 강력한 요청으로 당을 옮기긴 했지만, 그분이 살아 계셨다면 이적 제안에 응했을진 의문입니다. 하하."

나이를 먹어 간다는 건, 살아있는 사람보단 떠난 사람 이야기를 더 많이

하게 된단 뜻인가. 산 사람과는 농담도 하고 죽빵도 갈기고 애걸도 할 수 있겠지만, 이미 관짝 덮어버린 사람에 대한 이야기는 참 공허할 수밖에 없었다. 나는 간략하게 현 전황에 대한 브리핑을 했고, 월레스는 별로 인연이 없던 군사 분야에 관한 내 설명을 최대한 경청하려 노력했다.

"제가 갑작스레 이 자리에 앉아 경황이 없긴 하지만, 현재 미합중국 대통령이 가장 우선시해야 할 일이 이 미증유의 대전쟁을 잘 헤쳐 나가는 것이라는 점만큼은 잘 알고 있습니다."

"옙."

"하지만 음… 만나는 사람들마다 의견이 무척 갈리고 있습니다. 특히 총사령관께서 말씀하시는 바는 제가 여지껏 들었던 것과는 무척 상이하군요."

우리가 여지껏 따낸 승리는 그렇게 대단한 것이 아니다. 양면 전선, 아니, 4면 전선에 시달리고 있는 독일을 공격자의 어드밴티지에 힘입어 괴롭혔을 뿐. 이제 독일이 방어자의 어드밴티지를 살려 반격에 나설 차례.

과연 급속히 봄집을 불리는 미군이 베테랑 가득한 독일군을 상대로 유리한 고지를 차지할 수 있겠는가? 앞으로 독일 본토로 쳐들어가면서 얼마나 많은 피를 흘려야 하겠는가?

나는 몇 번이고 역설했지만, 월레스가 딱히 거기에 대해 대단한 감명을 받은 것 같진 않았다.

"음… 킴 원수."

"예, 대통령 각하."

"사실 난 킴 원수의 말을 지지하고 싶습니다. 보다 정확히 말하자면 내가 구상하는 바와 킴 원수의 주장은 서로 일맥상통하는 부분이 많아요."

정치인들의 상투적 멘트. '사실 난 ***하고 싶다.'라는 말 뒤엔 항상 '그렇지만……'이 따라붙기 마련. 나는 대답 대신 눈앞의 커피만 홀짝였다.

"주전론자들은 당장 라인강을 건너 독일 본토를 불태우고 베를린에 성조기를 꽂자고 주장합니다. 특히 야당이 이만저만 시끄러운 게 아니에요."

"……"

"하지만 그건 그들이 야당이기 때문입니다. 만약 그렇게 했다간, 다음 선거에서 그들은 내가 합중국 청년들을 사지에 떠밀었다고 요란법석을 떨 겁니다. 뻔한 일이지요."

"소관은 정치에 관해선 잘 모르지만, 그렇다면 대통령 각하의 의도는 대규모 독일 본토 침공과는 거리가 멀다고 해석해도 되겠습니까?"

"그렇지는 않습니다. 내가 소극적인 모습을 보인다면, 그때는 또 전쟁을 지지부진하게 끈 탓에 더 많은 피해가 발생했다고 신나게 절 씹어 돌릴 겁니다. 정치판이란 게 늘상 이렇습니다."

답답해 죽겠네. 이건 뭐 가불기 아닌가. 내 조바심을 아는지 모르는지, 그는 느긋하게 자신의 구상을 풀어나갔다.

"전임 대통령께선… 이만저만 민폐를 끼치고 떠난 게 아닙니다."

"허허허."

"웃으면서 말하고 있지만 사실 별로 웃음이 나오질 않아요. 루즈벨트는 처칠도, 드골도, 스탈린도, 국내 반대파도, 야당도 전부 자신의 힘으로 제압할 수 있다고 여겼습니다. 그래서 거침없이 이런저런 일을 저질렀고요. 하지만 나는 그렇게 할 수 없습니다."

그는 눈앞에 FDR이 있으면 불꽃싸대기라도 갈길 것만 같은 얼굴이었다.

"결국 제가 고를 수 있는 선택지는 꽤 제한적입니다. 이제 우리의 동맹국들에게 더 열심히 싸워 달라고 독려하는 것밖에 제가 할 방법이 없어요."

"그렇다면 그만큼 전후 지분을 양보해야 하지 않겠습니까?"

"그래야지요. 그깟 지분 따위, 미합중국 시민의 목숨보다 중요하겠습니까."

대충 정리가 되었다. 소련을 독촉해 동부 전선에 최대한 독일군을 많이 묶어 놓는다. 그리고 영국군과 프랑스군을 고기 방패로 찰지게 써먹으며 서서히 독일 본토 진입을 노린다. 후. 힘들다 힘들어. 일단 대통령의 의중을 파악했으니, 늘 하던 대로 하면 된다. 당장 드골과 처칠 같은 대악마 새끼들을 찍어누르려다 내가 얼마나 피똥 쌌는가? 차라리 적당히 떡값 좀 쥐여줘도 되니 쟤들과 하하호호 협력할 수 있다면 내 스트레스도 꽤 경감될 터.

"저는 킴 원수만 믿고 있겠습니다. 아무쪼록 최대한 많은 우리 장병들을 생환시켜 주십시오."

"그 요망에 부응할 수 있도록 노력하겠습니다."

"아울러, 연합군이라는 조직이 얼마나 유지되기 어려운지 저 또한 잘 알고 있습니다. 외교적인 문제에 대해서도, 우리 합중국의 관료들과 민간 인사들이 최대한 도와드릴 테니 문제가 없도록 각별히 신경 써주시면 고맙겠습니다."

이것 참, 황송할 정도로구만. 그때, 방문을 누군가 두들기더니 비서로 짐작되는 자가 대통령에게 성큼성큼 다가왔다.

"각하. 조금 전 주미 소련 대사가 연락을 취했습니다."

"어, 제가 늘어도 되는 일입니까? 이만 나가보고자 합니다."

"킴 원수님께서 들으셔도 괜찮을 듯합니다. 사실 문제가 조금 발생했습니다."

뭐지? 소련군이 동부 전선에서 박살이라도 난 건가? 하지만 유감스럽게도 전해 들은 내용은 전혀 다른 분야에서 내 머리를 강타했다.

'미 육군의 핵심 인사, 조지 패튼 장군이 파리에서 열린 한 만찬에서 부적절한 발언을 함.'

'발언의 요지는 '이제 미합중국이 세계를 지배할 것이다.'라는 내용으로, 비록 그가 취중이긴 하였으나 연합군의 대의와 부합하지 않아 무척 우려하는 바임.'

'심지어 행간으로는 혈맹인 소비에트 연방을 동맹이 아닌 적대시하는 것으로 읽히는 구절도 있어, 우리는 이에 대한 해명을 요구…….'

"이게 대관절 무슨 일이오?"

"…저, 저도 바로 확인해보겠습니다."

패트으으으은!!! 아아악! 아아악!!

차마 대통령 앞에서 머리를 쥐어뜯으며 욕지거리를 내뱉을 수 없었기에, 나는 황급히 자리를 떠나 다시 펜타곤으로 달려갔다.

* * *

"왔나?"

"무슨 일입니까."

"패튼이 술 처먹고 헛소리를 한 모양일세."

마셜의 얼굴은 실로 고요한 호수와도 같이 평온했다. 하지만 내가 누군가. 농장주님을 알 만큼 아는 유진 킴 아닌가. 저게 사형장의 망나니가 칼춤을 추기 전 기도를 올리고 있는 모습이라는 걸 모르는 바보가 아니다. 옆에 앉은 맥아더는 줄담배만 연신 태우고 있었고, 마셜은 내게 "곧 국무장관이 이리로 올 거야"라는 말을 한 뒤 다시 물어보았다.

"어디까지 들었나?"

"미국이 세계를 지배할 거라고 떠들었다는데……."

"그 자리에 기자들도 있었다더군. 벌써 신문에 떴어."

대체 뭐라고 씨부렁댄 거냐, 이 망할 인간아.

[이번 승리로 미합중국이 세계를 지배할 숙명을 타고났다는 게 증명되었습니다. 영국인은 뭐, 같은 언어를 쓰는 한 민족이니 끼워줄 수 있지요. 아, 러시아인들도 있긴 있군요. 아무튼 프랑스인 여러분은 안심하셔도 좋습니다.

…이렇게 미군을 열렬히 환영해주는 분들이 많으니, 앞으로 우리가 서로를 이해하는 일은 크게 어렵지 않을 것 같습니다. 우리 병사들이 교양 넘

치는 프랑스 숙녀분들을 만나면 집에 쓸 편지에 꼭 적겠지요. '와, 프랑스 여자들 쩔어!' 하고 말입니다. 이걸 받아본 본국의 우리 미국 여자들이 단단히 뿔이 나선 당장 이 전쟁 끝내라고 닦달할 테니, 저는 금방 이곳을 떠나 잽스를 잡아 죽일 기회를 얻을 것 같군요. 모두에게 행복한 일이 될 것 같습니다……]

"진."

맥아더의 목소리엔 퀘퀘한 타르 냄새가 배어 있었다.

"패튼을 당장 잘라버려."

"장관님. 귀하께서는 총사령관의 인사권에 개입할 어떠한 근거도 없습니다."

"아, 그래요? 참모총장께서 그렇다고 하시니 다시 말하지. 미합중국 전쟁부 장관으로서, 조지 패튼 장군의 부적절한 처신에 대해 신속하고도 확고한 조치가 필요하다고 개인적인 견해를 밝히는 바요."

씨발… 씨발놈아……. 내가 그 입 좀 다물고 있으라고, 이상한 자리 좀 기어 나가시 말라고 신신당부를 했잖냐…….

이제 깨달았다. 이딴 일을 계속하고 있다간 나도 루즈벨트처럼 고혈압으로 혹 갈 것 같다.

균열 6

"장관님. 참으로 죄송한 말씀을 드리게 되었습니다만, 패튼을 자를 수는 없습니다."

"왜?"

내가 반대 의사를 밝히기 무섭게 맥아더의 눈깔이 희번득거린다. 어우, 무서워.

"납득이 가도록 말해보게."

"우선, 아직 그와 대화를 해보지도 못했습니다. 자세한 상황을 파악한 뒤 조치해도 늦지 않습니다."

"그래? 미친개와 대화를 나눠본들 뭐가 크게 달라지겠냐마는. 절차를 갖추길 원한다면 그리하시게."

"그리고, 저는 가능한 한 패튼을 해임하지 않을 생각입니다."

분위기가 점점 얼음장처럼 변해 간다. 하지만 언제 내가 쫄린다고 입 멈춘 적 있던가?

"현재 해방한 구역을 확보하고 안정화시키겠다면, 패튼의 해임은 나쁘지 않은 선택입니다. 하지만 패튼이 그 쉰내 나는 아가리로 똥을 싸건 설사를 싸건, 그놈은 미합중국 최고의 맹장이자 가장 완벽한 돌파를 선보인 지휘관입니다."

하나만 해, 하나만. 패튼 자르면 나도 드러누울 수밖에 없다.

"대안이 전혀 없나?"

"없습니다. 패튼은⋯ 패튼이니까요."

있으면 나도 진작 잘랐다고!

"그리고 뭐, 사소한 부분이긴 하지만. 패튼 그 인간 잘랐다간⋯ 진짜 자살할지도 모릅니다."

"하. 죽든가 말든가."

이건 진담인데. 그 전쟁터에서만 행복해지는 싸이코가 전쟁터에서 격리당하면 무슨 짓을 저지를지 감도 안 온다. 분위기는 점점 더 험악해졌지만, 잠시 후 코델 헐 국무장관이 도착하며 그나마 가면을 쓴 채 떠들 순 있었다.

돌아가면 두고 보자. 망할 대머리.

* * *

[해당 발언은 미합중국 육군, 나아가 미합중국과는 어떠한 관련도 없는 개인적인 의견이다. 미 육군은 동맹국과 함께 자유를 위해 피 흘리고 있으며, 언제나 동맹군의 투쟁에 경의를 표하고 있다.

미합중국 전쟁부 장관 더글라스 맥아더.]

대사관 직원들이 분주히 움직이고, 전쟁부 장관이 친히 코멘트를 남겼다. 정말 패튼은 최고야.

런던으로 돌아오기 무섭게 기자들이 손에 든 카메라의 플래시를 터뜨리며 벨로시랩터 떼거리처럼 달려들었지만, 미리 준비하고 있던 병사들이 적절히 가로막아 내 사지가 찢어지는 일은 피했다. 차 뒷좌석에 등을 대니 갑자기 막 화가 치솟는다.

아니, 내가 왜 내 가족도 못 만나고 돌아와야 하지? 그깟 못난 인간 하나 때문에, 응?

나도, 나도 휴가 쓰고 싶다. 휴가는 직장인의 권리라고. 연합군 총사령 관은 언제 적이 올지 모르니 천년이고 만년이고 연차도 못 내냐? 나도 휴가 쓸래! 빼에에엑!

내 복잡한 심경을 뒤로하고, 일단 할 일부터 해야 한다. 그리고 이런 상황에서 유진 킴식 해결법이란, 늘 그렇듯 사건을 다른 사건으로 덮어버리는 수작질이고.

"연합군 총사령부를 대대적으로 개편하겠습니다."

"어떻게……."

"현재 런던과 노르망디에 지휘소가 분리되어 있는 관계로 지휘가 별로 용이하지 않습니다. 이제 파리가 해방되었으니 그 인근, 베르사유에 새 지휘소를 설치하겠습니다."

그리고 몰아치는 대규모 인사이동. 이미 본국에서 마셜과 맥아더와는 입 맞추고 짝짜꿍 다 해놨다. 이게 우리 동맹국 친구들에게 적절한 '메시지' 를 제공해 줄 수 있겠지.

베르사유라는 입지는 우리 맥 장관님의 머릿속에서 나온 발상이었다.

'베르사유 하면 뭐가 가장 먼저 떠오르겠나.'

'궁전?'

'그래. 궁전도 있지. 하지만 저 시큼털털한 크라우트 놈들에겐 베르사유 조약이 떠오르지 않겠나?'

아주아주 강렬한 상징적 의미. 다시 한번 그곳에 연합군이 말뚝을 박고, 독일로 향한다. 음. PTSD가 새록새록 재생되겠어.

파리에 말뚝을 박기엔 지금 파리는 엉망진창이다. 베르사유는 적당히 파리 교외, 정확히는 파리 남서쪽에 있다. 독일과는 정반대 방향에 있다는 뜻. 아무래도 얼마 전까지 전장이었던 파리에 총사령부를 설치하기엔 조금 그렇지. 당장 사무실 확보도 그렇고.

총사령부 개편은 당연히 나 하나가 덜렁 선언한다고 이루어질 수 없는 노릇이다. 요컨대, 이건 월레스 대통령이 '너네 지분 좀 늘려줄게! 그러니까 입 좀 다물면 안 될까?'라고 정치적 사인을 보내는 일종의 제스처이기도 했다.

그래서 나는, 다우닝가 10번지로 향해야만 했다.

"한 잔 드시오."

"커피는 없습니까?"

"대영제국의 정신은 홍차에 있소. 기껏 이 다우닝가 10번지에 발을 들였는데, 한 번쯤 그 깊은 맛을 음미해보는 건 어떻겠소? 이번 기회에 좀 배워 보시구려."

늙은 불독, 처칠이 말라비틀어진 오이소박이 같은 미소를 지었다. 구에에엑.

옆에 있던 사악한 영국인, 처칠의 따까리가 내 눈앞에서 악마의 연금술을 벌이기 시작했다. 인도인을 착취한 결과물인 잘 우려낸 홍차에 암소를 착취한 결과물인 우유가 때려부어지고, 그거로도 모자라 카리브해 착취의 상징인 설탕까지 섞여 대영제국의 뒤틀린 입맛과 사탄도 구제 불가능한 혼성의 상징—밀크티가 완성되었다. 저 흙빛 액체가 빙글빙글 회오리치는 모습을 보고 있노라면 당장이라도 시공의 폭풍에 빨려 들어갈 것만 같다. 아앗, 아아앗. 시공이 나를 부른다……

처칠이 잔을 들자 나 또한 애써 웃는 표정으로 잔을 들어야 했고, 이 무시무시한 악마의 피가 결국 내 목구멍으로 들어왔다. 마셔라, 헬스크림. 운명을 손에 넣어라……

"어떻소?"

"맛이 참 일품이군요."

여기서 배짱 좋게 차를 거절할 순 없다. 원래부터 처칠은 내가 상대하기 너무 버거운데, 상황이 상황이니 더더욱.

첫 시작은 너무나 뻔했다. 원래 오프닝에서 의례적인 인사말과 서로에 대한 칭찬부터 늘어놓는 건 국룰이니까. 그렇게 우리가 서로 한참 얼굴에 금칠을 해준 이후, 마침내 처칠이 본격적인 첫 찌르기를 날렸다.

"킴 원수."

"예, 총리님."

"우리 영국의 아들들은 그 누구보다 강인하며 용맹하지만, 정작 그 능력을 쓸 곳이 없다는 점에 나로서는 가슴이 아플 따름이오."

"그럴 리가 있겠습니까? 저 노르망디에서도 영국군이 아니었다면 누가 길을 열었겠으며, 영국의 코만도와 공수부대는 언제나 선봉에 서지 않았습니까."

"우리 대영제국은 언제나 자유를 위해 싸웠으며, 불의를 보고 참지 않았소. 모든 신민이 하나 되어 독일을 응징하기만을 기원하고 있는데, 정작 주전장인 파리엔 얼씬도 하지 못했잖소?"

"하하. 그 대신 총리님의 절친한 친구인 드골 장군이 파리에 가지 않았습니까."

첫 칼질은 대충 호각. 이 가벼운 대화를 수능 언어영역 지문 해설하듯 화자의 뜻을 풀어쓰자면 다음과 같다.

'너 이 개자식, 우리 영국이 핫바지로 보여? 자꾸 니들끼리 다 해 먹네?'

'다 끼워줬는데 뭘 또 반찬 투정을 하고 그러냐. 영국군 더 칭송해주면 만족할래?'

'그딴 자잘한 거 말고. 우리 빼고 니들끼리 파리에 깃 꽂으니 배부르더냐?'

'오오냐, 말 잘했다 이 인간아. 니가 포장해서 노르망디에 특급 배송해준 드골따리 드골따 잘 받았다. 하나만 하면 됐지 드골 받고 영국군도 받으라

고? 손님 맞을래요?'

진짜 정치인들은 상대하기 피곤하다. 같은 영어 쓰는 거 맞아? 상대가 떠드는 '정치어'를 영어로 번역해서 이해하고, 다시 내가 하고픈 말을 정치적 수사로 번역해서 떠들고… 아, 피곤하다.

처칠은 더 몰아치는 대신 한 발 빼는 걸 선택했다. 내가 드골로 물고 늘어지면 별로 재미없어지니 바로 화제를 돌린 것이다. SSS급 정치인의 아갈질이란 실로 두렵다.

"이번에 있었던 패튼 장군의 언행은 실로 유감이었소."

"패튼 장군이 술김에 저지른 실언에 관해 상급자로서 제 책임이 큽니다. 패튼도 취중에 실수로 내뱉었을 뿐, 결코 본의가 아니었습니다."

"나 또한 그 점을 잘 알고 있어요. 그 인간이 어떤 인간인지 내가 모르는 것도 아닙니다. 영미의 동맹이 그 어느 때보다 탄탄한 이 시점에서 말도 안 되는 이야기지요. 하지만 어리석은 몇몇 인사들은 그 사소한 실수를 침소봉대하며 미국이 세계를 지배하려 한다는 둥 이상한 말을 떠들고 있으니 저로서도 참 곤란합니다."

'너네 속마음 들켰지? 우리 자꾸 배제하려던 게 그거 때문이지? 아이고, 미 제국주의자 놈들의 속내를 다 봐버렸으니 입이 근질근질하네. 어물쩍 맨입으로 때우지 말고 뭐 좀 내놔봐.'

"저는 언제나 히틀러를 상대로 한 치도 물러나지 않은 대정치가 처칠 총리님을 의지할 뿐입니다. 총리님이 아니면 대관절 누가 여론을 수습하고 영국을 하나로 결집할 수 있겠습니까? 우리가 분열해서 좋아할 건 오직 독일인뿐입니다."

'시발. 미안해, 이 자식아. 애틀리 안 만날게. 노동당이랑 만났던 게 많이 엿같았지? 그만둘게. 처칠이 최고라고 입 좀 털어줄 테니까 그냥 그거로 끝내면 안 될까? 응?'

"그렇지요. 적이 미소 지을 일은 없어야 합니다. 이미 패튼 장군의 그 발언으로 히틀러가 무척 행복해하고 있을 게 뻔한데, 더 불을 키울 필요는 없겠지요."

'싫어. 더 내놔.'

씨… 불… 쟝……. 국무부! 국무부는 뭐 하고 있어! 이런 건 너희들 일이잖아! 나 같은 군바리가 처칠의 현란한 몽둥이질에 개처럼 처맞고 있잖아! 빨리 나 대신 와서 싸워달라고!

내 소리 없는 메아리가 국무부 직원들에게 텔레파시로 전송되면 참으로 좋겠지만, 그런 일은 당연히 없었다. 내가 식은땀만 주룩주룩 흘리며 연신 밀크티를 마시자, 처칠은 다시 사람을 불러 망할 밀크티를 리필해주곤 자신이 받고 싶은 명세서를 친절히 끊어 내밀기 시작했다. 속이 느글거린다.

"총사령부 개편과 관련해서는 나도 확인했습니다. 유럽에서 추축국을 영구히 파멸시키겠다는 킴 원수의 장대한 계획에 이 늙은이도 감탄사가 절로 나오더군요."

"저 혼자만의 생각이겠습니까? 연합군 사령부의 모든 이들이 함께 머리를 맞댄 결과물이지요. 우수한 영국 참모진의 도움이 없다면 결코 불가능했을 겁니다."

"그렇습니까. 그렇다면 그 우수한 영국 참모진의 생각에 조금 더 귀 기울여주시면 어떨까 싶습니다."

정말 영국 참모진의 생각일까, 아니면 전략전술적 측면에선 '갈리폴리'스러운 똥볼만 차댔던 처칠 본인의 아이디어일까.

'후방에서 독일 잔당이나 소탕하고 있는 영국군 및 영 연방군을 전방에 투입하고, 벨기에와 네덜란드 해방을 위한 다음 공세를 준비하자.'

'이탈리아 전역 사령부를 가칭 '지중해—남유럽 전역 사령부'로 개명하고 이탈리아반도 전체의 해방 및 발칸반도 공략을 목표로 잡는다.'

'발칸에 주둔하고 있던 대규모 병력이 사라진 것이 확인되었다. 반대로 말하자면, 지금 발칸을 찌르면 그 병력은 오도 가도 못하고 헤매게 된다.'

우와! 처칠의 장대한 계획을 듣는 동안, 나는 애써 탄식을 참아야만 했다.

"아직 정식 논의를 거치지 않았으니, 제가 답하긴 참으로 어렵습니다만……."

"몽고메리 원수에 비견될 만한 이 시대 최고의 명장이 굳이 논의를 거칠 것 있겠소? 사석이니 그냥 편하게 말씀해 주시오. 어떻습니까, 우리의 계획이."

은근히 몬티 올려치지 말고. 개랑 비비면 내가 기분 나빠지거든. 하지만 지금 아쉬운 건 나다. 마음의 평화. 마음의 평화. 후, 후우우. 돌아가면 패튼의 그 맨들맨들한 머리를 젬베 두들기듯 둥두둥 두드리며 바바예투를 완창하는 거다. 아주 재밌겠지.

"총리님의 말씀은 무척이나 사려 깊고 또 인상적입니다. 하지만 군사학적으로 보았을 때, 독일 본토를 침공해 히틀러를 단숨에 꺾어버리는 편이 이탈리아나 발칸에 힘을 쓰는 것보단 훨씬 나아 보입니다."

"흠."

"영국군은 전방에 배치할 겁니다. 이것만큼은 제가 분명히 말씀드리겠습니다. 드골 임시 대통령께서 프랑스군의 정상화 및 대규모 전투 참여를 약속했으니 이제 병력상으로도 여유가 제법 생기겠지요. 영국군은 독일 본토를 밟을 겁니다."

"그래봤자 우리 불쌍한 몽고메리 장군은 그 능력을 십분 발휘하지도 못하고 총사령부의 속박에 얽매여 있지 않겠소? 조금 더 현장의 자율적인 판단과 권한이 보장되어야 하지 않을지?"

뭘 더 얼마나 챙겨 달라고. 내가 몬티한테 잔소리한 적이라도 있어? 응?

"좋습니다. 영국군과 영 연방군을 통괄할 '집단군'을 창설하고, 집단군 사령관의 권한을 대폭 늘리는 방향을 함께 검토해 봅시다."

"그거 아주 좋구려. 안 그래도 몽고메리 장군이 역사에 길이 남을 대작전을 제안했소. 이게 성공한다면 독일의 파멸이 몇 년 앞으로 당겨지는 셈이더군. 양차대전을 모두 겪은 내가 봤을 때도 아주 탁월한 작전안이던데……."

"그렇… 습니까."

"그렇소. 이 '마켓가든' 작전이야말로 우리에게 승리를 가져다줄 것이오."

아냐, 멍청아. 늘 그렇지만, 처칠은 똥볼만 찬다.

균열 7

처칠은 어째서 위대한 정치가가 됐는가? 갈리폴리에 잘 꼬라박아서? 애먼 노르웨이를 두들겨 패서? 어제까지 동맹이던 프랑스 전함을 가차 없이 죄다 용궁으로 보내버려서?

그럴 리가. 저런 무수한 똥볼에도 불구하고 처칠이 위대한 이유는, 그 놀라울 정도의 고집과 신념으로 마지막 순간까지 전쟁을 이끌어나갔기 때문이다. 이 강철 같은 신념 덕분에, 전 유럽이 불타는 와중에도 영국은 포기하는 대신 항전을 택했다. 그리고 지금, 처칠은 신명나게 낭떠러지를 향해 돌진하고 있었다.

"왜 안 된다는 겐가!"

"제겐 너무 무리한 작전으로 보입니다."

"이보게. 적당히 하세나!"

"안 됩니다."

"자꾸 이러면 재미없어."

"타당한 작전이면 승인을 하겠는데, 도저히 타당해 보이지가 않는다니까요?!"

4시간. 처칠은 이후 일정을 모조리 캔슬해 가면서까지 아득바득 달려들었고, 나는 4시간 동안 앵무새가 되어 안 된다고 드러누웠다.

피곤하다. 진짜 피곤하다. 입이 다 부르튼 것처럼 쑤시고 목구멍은 밀크티를 하도 마셔서 그런가 달짝지근한 설탕 냄새가 진동을 한다. 과연 내가 처칠을 꺾었을까? 제발 그러길 바라며, 나는 다음 일정을 위해 프랑스로 날아갔다.

머리가 어질어질하다. 이 연약한 육신은 휴식이 좀 필요했지만, 유감스럽게도 날 대체해줄 수 있는 인간은 세상 어디에도 없었다.

* * *

파리.

"그 잠깐 사이에 굉장히 많이… 상하셨군."

"그렇게 보입니까?"

마침내 그토록 오매불망 그리워하던 파리에 입성한 드골도 썩 좋아 보이는 꼬락서니는 아니었다.

"혹시 들으셨나 모르겠는데, 내가 파리에 입성한 첫날 어떤 깜찍한 놈이 내게 총질을 했소."

"그, 유감스러운 일입니다."

"별일 없었소. 보다시피 비시의 찌꺼기 새끼들이 죽이기엔 너무 내가 거물이거든. 참 웃기는 이야기지만, 내가 덜컥 뒈져버리면 프랑스는 나치에 항복했던 개자식 아니면 빨갱이 중 하나를 골라 대통령궁에 보내야 할 게요."

굳이 그렇게 본인을 어필하지 않으셔도… 이미 귀하를 쳐내고 싶어 하던 FDR 님이 먼저 죽어버린 터라 우리가 댁을 흔들 일은 없습니다. 나야 굳이 따지자면 가해자에 속하니 별거 아닐 수 있겠지만, 몇 년간 눈칫밥이란 눈칫밥을 꾸역꾸역 먹어 가며 눈물의 세월의 보냈던 드골로서는 아직 꽤 불안한 모양이었다. 나는 혹시나 해서 미군이 신변을 경호해줄 의사가 있다고 타진했고, 당연히 시원스럽게 까였다. 거참, 이건 수작질이 아니라 정말 호의였는데.

"일단 한 대 피우시는 게 어떻겠소?"

잠시 툴툴거리며 자신의 어깨에 걸린 막중한 책무에 대해 논하던 그는, 슬쩍 주머니에서 담배 한 갑을 꺼내어 내밀었다. 낡고 너덜너덜해져 별로 멀쩡해 보이진 않았지만, 미묘한 양심의 가책을 느낀 나는 얌전히 그걸 받아 들었다.

"이건 뭡니까?"

"골루아즈(Gauloises, 갈리아인)라는 담배요. 옛날… 지난 1차대전 때, 프랑스 대육군의 장병들은 너 나 할 것 없이 이 담배를 피웠지. 나와 내 주변인들도 다 그랬고."

나는 그의 진품명품식 해설을 들으며 갑을 뜯고 담배 하나를 입에 물었다. 그는 내게 이 담배가 얼마나 프랑스인, 특히 군인들에게 얼마나 큰 의미를 갖고 있는지 그 연원에 대해 무어라 설명해줬지만, 그의 시선은 내가 아니라 이 담뱃갑… 아니, 그보다 더 먼 어드메로 향해 있었다.

"이 나라는 망가졌소. 히틀러의 졸개 새끼들이 이 가엾은 나라를 더럽히고, 유린하고, 짓밟았지. 임시 대통령으로서, 파리의 해방자라는 이 막강한 배경이 없었다면 이걸 암시장에서 구하는 것도 꽤나 어려웠을 게요."

"꽤 의미가 깊은 물건인 모양인데, 제게 주셔도 됩니까?"

"저번에 만났을 때 담배 빌렸잖소. 그때부터 반드시 갚을 땐 이 골루아즈를 내주겠노라 결심했었소. 프랑스의 자긍심, 프랑스의 애국심을."

나는 다시 한번 담뱃갑을 바라보았다. 비록 갑은 이리저리 찌그러지고 일그러져 볼품없었지만, 그 내용물은 여전히 맛 좋았다.

"우리는 다시 일어날 거요. 귀하가, 미국이 우릴 도와주었기에 이 파리에서 그대에게 이걸 내줄 수 있었고. 이제 위대한 프랑스가 약속을 지킬 차

레요."

"안 그래도 요즘 제 마음이 너덜너덜해졌었는데… 뜻밖에도 여기서 힐링이 될 줄은 몰랐습니다. 허허."

"서로의 의견 차이나 입장상의 문제 때문에 대립하긴 했지만, 결국 우린 같은 곳을 바라보고 있잖소. 이 가엾은 프랑스는 보다시피 옷도, 식량도, 총알도 없지만… 독일인을 죽일 기회가 있다면 기꺼이 전장으로 뛰쳐나갈 애국자들은 한가득 있으니 말이오."

그는 자연스럽게 손을 내밀어 방금 내게 줬던 담뱃갑에서 한 까치를 빼앗아 갔다. 아니, 줬던 걸 뺏는 놈이 어딨어! 이 비열한!

"후. 옛날 맛 그대로군."

"……."

"한 개비 빌린 걸 한 갑으로 갚았는데, 인간적으로 한 개비 좀 가져가는 것 가지고 뭐라 하진 맙시다 우리."

"예에."

"그래서, 다음 공세는 언제요?"

나는 이 쓸잘데기없이 키 큰 지도자의 얼굴을 힐끗 바라보았다. 그의 면상엔 마치 '복수'라는 글자가 선명히 붉은 잉크로 쓰여 있는 듯했다. 다들 대관절 왜 이리 죽고 죽이는 일에 환장해가지곤.

"1년 뒤 어떻습니까."

"농담치고는 전혀 재미없소."

"…왜 다들 이걸 농담으로 듣는지 모르겠습니다."

"그게 진담이었다면, 음… 프랑스 최고의 정신과 의사를 수배해주면 되겠소?"

미쳤다. 모두가 미쳐버렸다! '내가 미친 게 아냐! 너희가, 독일로 쳐들어가자는 너희가 미쳐버린 거라고! 진찰은 네가 받아, 이 꺽다리야!'라고 외치며 이 키다리 도살자의 멱살을 쥐고 싶은 생각이 산타를 태워 죽일 난로 불꽃처럼 활활 타올랐지만, 이미 처칠을 한번 겪은 내 주둥이는 너무나 이성적으로 작동하고 있었다.

"독일의 패망이 눈앞에 다가왔습니다. 우리 연합군의 힘은 앞으로 끝없이 상승 곡선을 그릴 테고, 약탈할 점령지를 하나둘 상실해 가는 독일군은 가만히 있어도 그 전력이 약화될 겁니다. 우린 앉아서 놈들의 모든 공장을 불태울 수 있으니까요."

"그래서, 가만히 있으면 된다?"

"저 전쟁기계들과 사투를 벌이는 건 무의미한 짓입니다. 저는 전략적으로 최선의 선택이 바로 이 방안이라고 생각합니다."

드골은 대답 대신 숨을 들이쉬었고, 빨간 담뱃불만이 더욱 크게 깜빡였다.

"프랑스도 국내를 수습할 시간이 필요하잖습니까. 지금 공세에 나서면 프랑스가 주장할 전공도 그만큼 줄어들지 않겠습니까?"

"그건 귀하가 미국의 장성이기 때문이오, 킴 원수."

나보다 더 빨리, 순식간에 한 개비를 다 피운 드골은 꽁초를 냅다 땅바닥에 버리곤 군홧발로 힘껏 짓이겼다.

"이 전쟁은 그대들에겐 바다 건너 싸움이지. 자유를 위한 투쟁이니 뭐니 해도 결국은 남의 싸움이고, 따라서 한 명의 미국인이라도 더 살려서 돌려보내는 것은 귀하의 성스러운 임무요. 한 명의 군인으로서, 나는 귀하를 존중합니다."

"그렇다면."

"그리고 한 명의 프랑스인으로서, 나는 결코 귀하의 말에 동의할 수 없소. 내부 수습? 그런 건 전쟁이 끝난 뒤에도 얼마든지 할 수 있소. 지금 이 나라에 필요한 건 공장을 다시 짓고 논밭을 개간하는 일이 아니오. 이 나라를 소생시키기 위해 가장 필요한 건, 바로 저 빌어먹을 독일인들의 사지를 찢고 히틀러의 목을 장대에 걸어 파리 시내를 행진하는 거요! 우리의 자긍심, 뿌리째 뽑혀버린 우리의 가슴을 치유해야만 이 나라가 다시 일어설 수 있기 때문에!"

그는 벌떡 일어나더니 나의 코앞까지 그 얼굴을 들이댔다. 그의 분노가 면전에 닥쳤지만, 우습게도 나는 그를 이해할 수 있을 것만 같았다.

"그게 그렇게 중요합니까? 다시 프랑스의 아들들이 죽어나갈 텐데?"

"나는 귀하에 대해 꽤 많이 연구했소. 이래 봬도 기갑 지휘관이었거든. 아마 프랑스 전체를 통틀어 귀하의 전략과 전술을 가장 많이 연구한 게 나일 거요."

"그거 참 감사하고도… 부끄럽군요."

"당신네 민족이 속한 나라는 지금 일본의 지배를 받고 있다고 알고 있소."

갑자기 왜 니가 한국 이야기를 꺼내? 나는 잠시 당황했고, 그 틈에 그가 따발총처럼 말을 쏟아냈다.

"반대로 생각해보시오. 당신네 민족… 그 코리안들에게 하느님께서 선택지를 내주셨다고. 폐허가 된 국토를 수습하고 평화롭게 국가를 재건할 기회, 그리고 바다를 건너서 일본인들을 찢어 죽일 수 있는 기회! 둘 중 하나를 고를 수 있다면 과연 당신의 동족은 어떤 걸 고를지!"

"친절한 설명 감사합니다. 이해했습니다."

"때론 그 희생이 얼마나 엄청날지 뻔히 알더라도 조국과 민족의 앞날을 위해 해야 할 일이 있지. 처칠도 나와 같이 생각하고 있을 게 틀림없소. 우리 유럽인들은… 독일인 주제에 살아 숨 쉬는 게 무척 배알이 꼴리거든."

그렇구만. 나도 결국은 미국인이었다. 그의 말마따나 나의 임무는 독일을 무너뜨리는 것이었지만, 나의 미덕은 내게 목숨을 맡긴 이들을 돌보는 것이었다. 그리고 처칠과 드골, 한 나라를 이끄는 이들은 결코 내 발상과 계획을 좌시할 수 없었다. 전쟁으로 피폐해진 영국과 프랑스 국민들을 위해선, 피의 복수가 필요했기에.

"연합군 총사령부가 베르사유로 이전했다고 들었소."

"그렇습니다."

"'배후중상설'이라고 들어보셨소? 독일 놈들은 자기네가 1차대전에서 지지 않았다고 믿었소. 왜? 본토가 온전했기 때문이지. 미국인들이 3번째 전쟁을 원하는 게 아니라면, 그 총사령부에서 2번째 베르사유 조약을 체결하길 원하는 게 아니라면, 수단과 방법을 가리지 않고 독일의 모든 논밭과 도로를 전차 궤도자국으로 뒤덮어야만 하오. 부디 명심해 주시길, 총사령관."

나는 잠자코 고개만 끄덕였다. 머리가 깨질 듯이 아팠다.

* * *

연합군이 파리를 해방하면서, 프랑스 남서부의 거대한 국토 곳곳에 독일군이 점점이 고립되었다. 대개는 항복하곤 했지만, 몇몇 근성과 충심 넘치는 놈들은 산기슭이나 고성 같은 곳에 짱박혀 '최후의 1명까지' 태세에 돌입했다. 프랑스군은 그들을 포위했고, 걸어서 독일 본토까지 돌아갈 수 없는 그놈들도 헛짓거리해서 어그로를 끄느니 그냥 얌전히 처박혀 있는 걸 택했다. 어차피 대세에 지장을 줄 수 있는 놈들도 아니고, 구태여 저런데 틀어박힌 새끼들 때려잡는다고 포탄을 쏘는 것조차 아깝지. 그걸 제외하고도 여전히 곳곳에서 전투가 벌어지고 있다.

"민족의 자긍심이라."

패튼의 아가리질을 수습하기 위해 또 날아온 웰즈 국무차관은 나와 드골의 대화 내용을 듣곤 고개를 끄덕였다.

"드골 장군도 이제 노련한 정치인이 다 됐군요."

"그렇습니까? 확실히 전 그 부분까진 고려를 못 하고 있었습니다."

"저는 그것만을 말한 게 아닙니다. 그는 진실을 말한 듯하지만, 전부 다 말하지도 않은 것 같거든요."

FDR 사후, 웰즈는 훨씬 더… 친절해졌다. 왜일까. 내가 그의 유훈을 따라주길 원해서?

"전부 다 말한 게 아니라면, 다른 이유가 더 있다는 겁니까?"

"그야 돈이죠."

"아."

"영국과 프랑스. 둘 다 숨만 쉬어도 우리에게 진 빚의 이자가 차오르고 있잖습니까. 원금 상환하려면 빨리 독일의 배때기를 갈라야 합니다."

솔직히 드골의 그 결연한 모습에서 무언가 찡함을 느끼지 못했다면 내가 너무 냉혈한인데… 웰즈는 인정사정없이 그걸 '채무에 쫓기는 빚쟁이'로 격하시켜버렸다. 무자비해라.

"대통령 각하께서 총사령관께 전하라는 말씀이 하나 있으셨습니다."

"무엇입니까."

"되도록 공세를 진행하는 방향으로 향후 작전을 모색해 달라는, '부탁'이셨습니다."

나는 잠시 고민에 잠기다, 그에게 물었다.

"…이유가 뭡니까?"

"국내 정치 때문입니다."

"더 자세히는요?"

"맥아더 장관과 협의되었습니다. 미군이 주도권을 계속 쥐고 있어야 한다는 데 두 분의 의중이 일치했습니다."

"일치당한 게 아니고요?"

웰즈는 대답하지 않았고, 우린 공허한 몇 마디를 나누다 헤어졌다. 아무래도, 그동안 내가 너무 착하게 산 모양이다. 항상 착한 사람의 말은 무시당하는 법이니까. 쥐불놀이 시간이 왔다.

균열 8

며칠 뒤. 미합중국 육군 제7군 사령부. 그중에서도 제7군 사령관, 조지 패튼의 집무실.

둥두둥. 둥두루둥둥. 둥둥둥.

바바 예투 예투 울리에 음빙구니 예투 예투 울리에……

"후배님."

"북은 사람 말을 할 수 없습니다."

똑바로 서라, 패튼—드럼. 어째서 대머리 주제에 말을 하는 거지?

"후배님, 내가 잘못했네. 앞으로 입 간수 제대로 하겠네. 아니, 그냥 아가리 다물고 있겠네. 그러니 제발 이, 인간의 존엄성을 건드리는 좆같은 짓거리는……"

"닥쳐."

북의 색깔이 흰색에서 붉은색으로 바뀌었지만, 이번만큼은 용서할 수 없다.

"북 노릇 그만두고 싶습니까?"

"그래. 아무리 그래도 이 짓거리는……!"

"그러면 군복 벗고 당장 본국으로 꺼져, 이 빌어먹을 인간아! 믿었는데! 그래도 사람이 말로 하면 알아들을 거라고 내가 믿었는데, 이 씨발놈아!"

패튼이 으르렁거리려 했지만, 내 일갈이 그보다 더 컸다. 나는 잠시 그의 번쩍번쩍한 대갈통에서 손을 뗀 후, 그와 눈을 마주했다.

"친애하는 패튼 장군님."

"예, 총사령관님."

"명령계통상 내 위에 존재하는 모든 사람이, 단 한 명도 빠짐없이 귀하의 보직을 해임한 후 본토로 보내는 것을 '권고'했습니다."

"…죄송하게 되었습니다."

"웰즈 국무차관 인편으로 편지를 부쳤습니다. 귀관을 해임하는 대신 내가 책임지고 사임하겠다고요."

"그건 안 돼!"

"안 되긴 뭐가 안 돼, 이 화상아!!"

그가 버럭 소릴 질렀지만 이번에도 내 고함소리가 더 컸다.

"내가 저번에 경고했지요. 한 번만 이딴 구설수에 오르내리면 그 빌어먹을 철모를 벗겨서 온 참모부 사람들이 이 황무지를 쓰다듬게 하겠다고."

"아니! 모자 압수가 먼저였지! 그다음이 그 미친 짓거리였고!"

"어차피 짤릴 거. 하고 싶었던 일이나 실컷 하고 떠나겠습니다. 축하합니다. 제 후임은 과연 귀관을 얼마나 참고 쓸지 잘 모르겠지만……."

"이봐! 내가 뭘 하면 되겠나! 사임 같은 헛소리 말고!"

"그동안 시발, 성깔 죽이고 살았더니 온 세상이 아주 날 호구새끼로 아네. 내가 모가지 따버리겠다고 생각한 새끼 중에 살려 둔 새끼가 없는데. 허허, 참."

패튼이 날 미친놈 보듯 바라본다. 미 육군에서 가장 미친놈 주제에 누굴 저따위로 바라본단 말인가. 꼴받게시리. 나는 그의 집무실 한쪽에 번쩍번쩍 진열된 샴페인 중 한 병을 땄다. 그 모습을 본 패튼이 막 손가락을 움찔거렸지만, 차마 제지할 순 없는 모양이었다. 그래야지.

"후. 시원하고 좋네."

"더 필요한가? 원하면 내가 한 병, 아니지. 사령부 사람들끼리 나눠 먹으라고 한 트럭 챙겨주지!"

"무슨 소립니까. 어차피 7군 사령관 해임하면 다 내 꺼 될 텐데."

"아니, 아니……."

천하의 광전사를 갖고 노는 게 꽤 재밌는 일이긴 하지만, 저러다 진짜 꼭지 돌아서 다짜고짜 총 쏴버리거나 칼로 찌르면 그건 그거대로 곤란하다. 이쯤에서 멈춰야지.

"이제 일 이야길 합시다."

"그, 그러세."

"어떤 망종이 입을 잘못 놀린 탓에, 미합중국 정부는 동맹국들에게 난데없이 빚을 지게 생겼습니다. 이런저런 복잡한 일들을 수습하는 과정에서, 총사령관의 의지와는 무방하게 다시 한번 대규모 공세를 시행할 수밖에 없게 되었구요."

"그놈 참 못된 놈이구만! 내가 단단히 혼을 내놓겠네."

"따라서, 총사령관은 사임합니다. 마침 제 의지를 북돋아주는 멋진 기사도 떴더군요."

나는 스크랩해 놓은 신문기사 몇 개를 그에게 던져주었고, 쭉 읽어 내려가던 패튼의 눈동자에 지진이 일어났다.

[몽고메리 원수, 모두의 의문에 답하다!]

['가장 우수한 전투력을 가진 영국군이 작전 내내 소외된 과정, 의심스럽기 그지없어.']

[런던에 있던 총사령관이 시시각각 변하는 전장 상황을 가장 잘 알겠는가? 커져만 가는 의문!]

[여태까지는 괜찮았다. 앞으로도 괜찮을까?]

"몽고메리! 그 호로 잡놈새끼를 확 그냥! 내가 당장 전차를 몰고 가서 그 새낄 주포로 쏴 죽이겠네!"

"됐습니다."

"이건 하극상이잖나!"

"그러게요. 입 조심하라고 직접 명령을 받았는데 그걸 거역한 사람도 있잖습니까. 그런 걸 옆에서 지켜봤으니, 총사령관이 고추에 끼는 때만큼이나 만만하게 보였을 수도?"

패튼이 도로 아가리를 다물었다. 한 달 정도는 이 건으로 컨트롤할 수 있겠구만. 아주 만족스러워.

"총사령관님."

"예, 조지 드럼 장군. 무슨 일이십니까?"

"아니, 시발, 멋대로 내 성 갈지 말고. 아무튼! 굳이 제게 이런 걸 보여주는 덴 틀림없이 깊은 의미가 있겠지? 뭘 하면 되겠습니까!"

"아가리 봉하기."

패튼이 잠시 움찔했지만, 이번엔 말 잘 들었는지 입을 꾹 다물었다.

"진짭니다. 우선 친애하는 우리 선배님께만 제 계획을 말씀드리겠습니다. 패튼 장군을 뺀 누구에게도 말하지 않을 텐데, 이게 유출되면 귀하와 나의 관계는 영원히 끝입니다. 두 번 다시 내 얼굴 볼 생각 하지 마십쇼."

"알겠네. 그 시험, 받아들이지."

사실 패튼이 입을 놀리든 안 놀리든 내 계획엔 별 지장이 없다. 오히려 입을 털어주면 그건 그거대로 또 재미있는 불꽃 쑈를 감상할 수 있지. 하지만, 과연 이 중세 기사에게 갱생의 여지가 있는가를 탐구해보는 것도 괜찮지 않겠나.

"다시 한번 말하지요. 공세는 확정되었습니다. 우리는 대대적으로 북상해 프랑스의 남은 점령지, 그리고 벨기에 일대의 탈환을 노린 후 작전의 성공 여부에 따라 네덜란드 해방까지 노릴 겁니다."

"우리 제7군은 프랑스 쪽에서 작전을 펼치겠군."

"그렇습니다. 그리고, 나는 이 공세가 실패하리라 예상하고 있습니다."

"뭐?"

"그것도 아주 처참하게."

자. 모든 걸 다 내려놓고, 연합군 총사령관이라는 이 무거운 직책마저 내려놓고 제3자적 입장에서 객관적으로 한번 보자.

이 패튼도, 마셜도, 맥아더도, 월레스도, 처칠도, 몬티도 독일군을 무슨 동네 양아치 수준으로 만만하게 여기고 있다. 불행 중 다행이라면 그 독일군에게 나라가 짓밟혀 본 드골은 그래도 제정신이라는 점. 하지만 그는 눈이 휘까닥 돌아버린 프랑스인이기 때문에 독일군이 세다는 걸 알아도 들이받아야 하는 입장이다.

하지만 나는 원 역사를 알고 있다. 그리고 내가 얼마나 역사를 뒤틀었는지도 대강 알고 있다. 지금 독일군은 원 역사 1944년에 비해 훨씬 막강하며, 그동안 전면적인 대규모 전투 대신 기동전과 기만전, 거기에 내부 혼란까지 겹치며 사실상 날로 먹었던 미군의 전투력은 당나라 군대라고 봐도 과언이 아니다. 그나마 북아프리카 전역부터 종군했던 숙련병들은 기대해봄직도 하겠다만, 바로 그 숙련병들을 일선에 내세웠기 때문에 그나마 파리 해방이라도 가능했던 거다. 이젠 정말 무리다.

그런데 아무도 내 말을 들어주지 않는다. 나는 내 의지와 무관하게 대규모 공세 명령을 내려야 할 판이고, 도대체 얼마나 우리 애들이 죽어나갈진 감도 잡히지 않는다. 과연 내가 지휘봉을 잡고 있다고 해서, 대전제부터 글러먹은 이 작전의 사상자 수를 줄일 수 있는가? 아닐 것 같은데.

따라서 내가 내린 결론은 하나.

"그래서, 저는 일시적으로 총사령관직을 내려놓을 겁니다."

"그러니까 대체 왜! 이유를 좀 똑바로 말해보게!"

"상식적으로, 총사령관이 이렇게 애걸복걸하면서 반대하는 작전을 강행하려면 보통은 그놈을 해임하고 작전에 찬성하는 새 인물을 임명하지 않습니까."

"…그렇지?"

그래. 이게 당연한 거다. 이게 문민통제고. 원 역사의 한국 전쟁에서 트루먼 대통령이 맥아더를 해임한 것과 똑같다. 직업군인에겐 자신의 의지가 있고, 이걸 도저히 꺾을 수 없다면 새 사람 꽂아야지. 그런데 이 개자식들은 끝까지 날 이 망할 의자에 못 박고 안 풀어준다. 왜일까? 긍정적으로 생각하면 날 너무 신뢰해서, 라는 결론이 나오겠지만 이미 피에 굶주린 쥐불놀이맨 유진 킴의 대가리에선 절대 긍정적인 답이 출력되지 않는다.

이 씨벌롬들, 나 견제하는 거냐 지금. 백전불패의 장군이라는 명성에 기어이 장병들의 피를 칠하고 싶은 거냐. 이건 절대 전략적으로 합당한 선택지가 아니다. 굳이 따지면, 워싱턴 D.C. 특유의 퀘퀘하고도 음침한 정치꾼들이 고를 법한 선택지지.

총사령관 유진 킴을 상대로 이런 짓거리를 해봤자 어떠한 이득도 없다. 하지만 유력한 대선후보, 국민적 영웅에 흠집을 내놓는다고 생각하면 너무나도 달콤한 방법이다. 대관절 어느 당의 누가 할 생각인진 모르겠지만, 적어도 내 지지를 얻기 글렀다고 판단한 D.C.의 정치인이라면 참을 수 없는 기회 아닌가.

"정치적으로 생각해보십쇼, 정치적으로. 절 자른 놈은 시민들에게 옴팡지게 욕을 처먹을 겁니다."

"당연하지."

"하지만 만약 제가 지휘봉을 잡아 공세를 개시하고 그 결과 패했다면, 패전 뒤에 암만 나는 이 작전 반대했다고 떠들어봤자 가족을 잃은 대중들에겐 좆까는 소리로밖에 안 들릴 겁니다."

"그렇… 겠지. 음. 그렇게 되겠군."

그냥 추하게 자기 책임을 인정하지 않는 모습. 누가 봐도 그렇게 비칠 게 뻔하다.

"그 상황에서 제가 총사령관직을 유지한다면, 그건 높으신 분들이 제게 한 번 더 기대하고 '봐주는' 겁니다. 더 이상 언터처블이 아니라, 정치적 판단에 따라 자를 수 있는 존재로 격하되는 셈이지요."

천상계에서 노닐던 유진 킴을 인간계로 끌어내리는 방법. 그게 바로 이지랄이다.

"저는 여태까지 최대한 많은 장병들을 살려서 귀국시키는 게 제 임무라고 생각했습니다. 하지만, 벌써 정치인들은 전쟁 다 끝난 것처럼 굴고 있습니다. 그렇지 않고서야 이런 미치광이 같은 발상은 나오지 않지요."

"잠깐. 너무 멀리 간 거 아닌가? 이기면 그만 아닌가, 이기면!"

"그래도 큰 상관 없습니다. 그땐 인명 피해가 막심하다고 물고 늘어지면 되니까요."

"후배님 특기잖나. 독일군 대갈통 깨놓는 거. 피해도 줄이고 승리한다면······."

"그럼 베를린 가자고 하겠죠."

이래저래 가불기. 그래서 고민했었다. 몇 날 며칠을 술만 줄창 마시면서, 나는 과연 어떻게 해야 할까를 고심했다.

어차피 나는 정치할 생각도 없지 않았나. 내가 언터처블이라는 게 정치인들에게 목 막힌 것 같은 불편함을 준다면, 그게 전쟁 수행에 문제가 된다면 신적강하 못 할 게 뭐가 있나. 그런데 아무리 생각해도 이건 아니었다.

나는 항상 아이크에게 미안한 느낌이었다. 그의 자리를 빼앗은 것 같아서. 나는 항상 몬티에게 일말의 찝찝함을 품고 있었다. 그의 화려한 전과는 이 세상에 없으니.

그래서, 그들의 자리를 빼앗은 대신 더 많은 사람을 살리고자 생각했다. 그런데, 그 결과 도로 더 많은 사람이 죽게 생겼다. 그렇게 내버려 둘 순 없다. 피해를 최소화하고 승리를 앞당기려면, 내가 등 뒤에서 칼을 맞을 순 없다.

사분오열돼서 뭐 하나 꼼지락거리려 하면 온갖 나라들 다 신경 써줘야 하는 연합군 꼬라지도. 우리 정치인 나으리들 심기 거스를까 고민하며 대가리 돌려야 하는 이 상황도. 전부 단칼에 해치워버린다. 이게 내 결론이다.

나는 주머니에 든 약병 하나와 주사기를 매만졌다.

"이 주사 한 대면, 저는 혹 쓰러집니다."

"뭐? 그딴 건 왜?"

"오늘 저는 조지 패튼 씨와 서로 모욕적인 언사를 주고받으며 큰 언쟁을 벌였고, 빡치다 못해 쓰러진 겁니다. 아시겠죠?"

패튼은 반발하려다 제 죄를 자각하곤 고개만 끄덕였다.

"이미 사임하겠단 의사도 밝혀 놨습니다. 몬티가 좆같은 소릴 했으니 몽고메리나 저, 둘 중 한 놈을 자르란 소릴 했다고도 증언해 주시고요. 아무튼 그런 와중에 총사령관이 쓰러지기까지 했으니 제가 잠시 요양하는 건 큰 문제가 안 될 겁니다. 그쵸?"

"…일단 맞다고 치지."

"이기면 문제없습니다. 그럼 제가 독일군을 너무 과대평가한 병신인 거고, 제 무능이 뽀록났으니 후방 보직으로 빠져도 아무 문제 없습니다. 하지만 지면?"

지면 이야기가 전혀 다르지. 모든 힘을 총동원해 내가 이 악물고 이 작전에 반대했다는 사실을 사방천지에 다 떠든다. 다가오는 재앙을 막으려 했던 전쟁영웅. 근시안적인 판단으로 위대한 전쟁영웅의 조언을 무시한 채 급발진해버린 정치가들. 이 시점에서 나는 천상계를 뛰어넘어 신계로 접어든다. 원균이 조선 수군을 말아 처먹은 이후의 충무공처럼, 나는 절대적인 권한을 잡을 수 있다. 잡을 수 있게 모든 뒷공작을 다할 테니까.

"몽고메리는 최소 좌천. 이번 기회에 그 싸가지 없는 놈의 모가지를 딸 겁니다. 처칠도 같이 묻어버릴 수 있을지는 봐야 알겠고. 여기까지 계획이 착착 맞아떨어지면 저는 연합군을 완벽하게 장악해 히틀러와 최후의 일전에 나설 수 있습니다.”

햴쑥해진 모습으로 얌전히 공기 좋은 곳에서 요양을 즐기는 유진 킴 원수. 그리고 대가리를 박으며 복귀를 간청하는 정치가들. 상상만 해도 즐겁다. 크헤헤헤.

“미친놈. 미친놈… 진짜 뭐 이딴 또라이 새끼가…….”

“크헤헤헤! 그럼 꼰지르시면 됩니다. 미치광이가 지휘권을 공고히 하려고 헛짓거리한다고 생각하시면 그냥 꼰지르면 돼요! 그럼 전 끝장이겠지만, 적어도 미친놈이 지휘봉 잡는 것보단 낫잖습니까.”

나는 패튼의 대답을 기다렸다. 그는 아까 자신의 이마를 북으로 사용당했을 때보다 더 얼굴이 시뻘게졌고, 이리저리 집무실을 방황하다 이내 뚜껑 따인 샴페인을 꿀꺽꿀꺽 내리 들이켰다.

“넌 정말 미친놈이야!”

“뭘 새삼스레.”

“그리고, 후배님이 이딴 미친 짓을 하게 된 건 내 주둥아리 때문 아닌가. 그럼 똥이라도 닦아야지! 그 주사, 내가 꽂아주면 되나?”

“꺼지세요.”

나는 주삿바늘을 약병에 꽂아 넣으려…….

쿵쿵쿵!!

내 심장이 바운스 치나 생각했는데, 패튼도 화들짝 놀란 걸 보니 아닌 모양이었다.

“실례합니다, 급하게 드릴 말씀이 있어서…….”

“지금 장군들이 이야기 중인데 어딜 들어오려 하나!”

“급합니다! 죄송합니다!”

쾅 하고 문이 열리더니, 사색이 된 내 부관이 달려왔다.

“사령관님, 급히 드릴 말씀이 있습니다.”

"빨리 썩 나가게. 오늘 이 대머리랑 사생결단을 내야 하니까."

"죄송합니다. 정말 급한 일입니다."

"뭔데?"

그는 무척 조심스럽게, 내 안색을 연신 살폈다. 주사 들키기 전에 빨리 꺼져줬으면 좋겠는데.

"헨리 킴 대위가 작전 중 실종되었습니다."

그 순간. 하늘이 노래졌다.

"장군님, 장군님?!"

"유진, 유진? 후배님!! 후배님!"

몸이 말을 듣지 않는다. 끔찍하다.

"군의관! 당장 군의ㄱ————!"

"예!!"

내 의식은 거기까지였다.

* * *

같은 시각. 태평양. 갈매기가 끼룩대고, 파도가 철썩이는 아름다운 해안.

"흐, 흐흐, 흐흐흐흐. 미치겠다. 미치겠어, 크헤헤헤!"

이걸 또 살았네. 헨리 드와이트 킴은 노 대용으로 쥐고 있던 나무판자를 바닥에 내팽개치고 어기적어기적 섬 안쪽으로 걸어갔다.

헨리 킴. 시즌 4호 격추.

"이제 다음 별명은 로빈슨 크루소냐."

생존 성공.

(7권에 계속)

검은머리 미군 대원수 6

1판 1쇄 인쇄 2023년 3월 22일
1판 1쇄 발행 2023년 4월 12일

지은이 명원(命元)
매니지먼트 스튜디오JHS
펴낸이 김영곤 **펴낸곳** (주)북이십일 레드리버

책임편집 유현기 배성원 서진교 강혜인
디자인 (주)여백커뮤니케이션
출판마케팅영업본부장 민안기
마케팅1팀 배상현 한경화 김신우 강효원
출판영업팀 최명열 김다운
제작팀 이영민 권경민

출판등록 2000년 5월 6일 제406-2003-061호
주소 (10881) 경기도 파주시 회동길 201(문발동)
대표전화 031-955-2100 **이메일** book21@book21.co.kr
내용문의 031-955-2403

ISBN 978-89-509-2383-9
       978-89-509-3624-2(세트)

책값은 뒤표지에 있습니다.